Andreas Izquierdo
LABYRINTH DER FREIHEIT

ANDREAS IZQUIERDO

LABYRINTH DER FREIHEIT

Roman

DUMONT

Von Andreas Izquierdo sind bei DuMont außerdem erschienen:
Das Glücksbüro
Der Club der Traumtänzer
Schatten der Welt
Revolution der Träume

Dieses Buch wurde klimaneutral produziert.

Erste Auflage 2022
© 2022 DuMont Buchverlag, Köln
Alle Rechte vorbehalten
Umschlaggestaltung: Lübbeke Naumann Thoben, Köln
Umschlagabbildungen: © Maggie Brodie/Trevillion Images,
© Mark Owen/Trevillion Images,
© Magdalena Russocka/Trevillion Images,
© ullstein bild Dtl./Kontributor
Karte: © Rüdiger Trebels
Satz: Fagott, Ffm
Gesetzt aus der Garamond und der Scala
Druck und Verarbeitung: CPI books GmbH, Leck
Gedruckt auf säurefreiem und chlorfrei gebleichtem Papier
Printed in Germany
ISBN 978-3-8321-6591-8

www.dumont-buchverlag.de

Für Luis

Der Anruf

I

Noch Sekunden vor dem Anruf ist es, als hätte die Welt aufgehört zu sein. Alles ist schwarz, alles ist still. Draußen strecken sich die Straßen leer und verlassen der gefrorenen Stadt entgegen. Kein Mensch geht, kein Wind weht, und in ihrem Zimmer verdichtet sich die Stille zu einer Finsternis, die alles auflöst: Da ist weder Stuhl noch Schrank noch Boden noch Wand.

Es ist drei Uhr in der Früh, als das Böse ins Haus schleicht und sich in ihrem Traum langsam aufrichtet: Es sucht das Zimmer ohne Licht, das Bett, das ihr endlich Bahre werden soll.

Sie träumt.

Sie träumt nicht.

Silberfunkelnd streichen ihre Fingerkuppen über die Grenze zum Bewusstsein.

Im Krieg überlebten meist die, deren Sinne unentwegt auf den Tod ausgerichtet waren. Die, die es schafften, sich ihn zum Verbündeten zu machen, dessen verborgene Zeichen sie im entscheidenden Moment einen Schritt zur Seite treten ließen, damit er einen anderen statt ihrer mit sich reißen konnte. Der Preis für das Überleben war ein Gefühl der Schuld. Man entkam dem Tod und landete zur Belohnung im Fegefeuer des Seins.

Plötzlich das Telefon.

Eigentlich schnurrt es, aber das Haus, in dem Isi lebt, ist recht groß. Sie hat das Klingeln so oft überhört, dass Artur chromblitzende Schellen hat anbringen lassen. Ein hartes, schmetterndes Geräusch ertönt, so laut, dass es sogar noch in den Pausen die Luft erzittern lässt und die heimlichen Schritte auf spitzen Zehen unhörbar macht.

Sie aber fährt auf in ihrem Bett, aus dem Traum gefallen wie durch dünnes Eis. Ihr Herz pocht hart, leise keuchend stößt sie Atem aus, während sie mit aufgerissenen Augen versucht, ruhig zu bleiben, klar zu denken.

Sie sind da!

Wie naiv anzunehmen, dass sie sie, bei allem, was in den letzten Monaten passiert ist, einfach übersehen würden. Ausgerechnet Isi, die keiner Konfrontation aus dem Weg geht – nicht einmal, wenn ihre Gegner übermächtig und kaltblütig sind.

Was soll sie tun?

Sie ist allein.

Sie hat keine Waffen.

Und die Zimmertür lässt sich nicht verschließen.

Vorsichtig setzt sie die nackten Füße auf den Boden und spürt, wie ihr Nachthemd an den Fesseln ausschwingt. Es ist eiskalt, das Zimmer unbeheizt, irgendwo vor ihr muss die Tür sein. Sie könnte einen Stuhl unter die Klinke klemmen und hoffen, dass das, was draußen ist, nicht hineinkommt. Sie könnte zum Fenster eilen und in die eisige Dezembernacht hinausklettern, ein Gedanke, der sie unwillkürlich ihren Arm schützend über ihren schwangeren Bauch legen lässt.

Tastend findet sie den Lichtschalter am Eingang und drückt ihn mit einem sanften Klicken herab: kein Strom mehr.

Da weiß sie, dass es nur einen Weg gibt.

Es hat für sie immer nur einen Weg gegeben.

Sie wird kämpfen.

Lautlos drückt sie die Klinke nach unten, die Tür springt auf, ein schwacher Luftzug weht hinein.

Vor ihr liegt die Treppe.

Und unten schrillt der Tod.

Doch nicht überall herrscht nachtschwarze Stille.

Im *Arcasi* toben der Polizeistunde zum Trotz die Ruchlosen, deren Gejohle dumpf bis auf den Bürgersteig zu hören ist, wo wie zum

Hohn die Leuchtreklame blinkt, während das restliche Viertel der Sparzwänge wegen im Dunkeln liegt. Strom gibt es nur für Gewinner. Hier am Schlesischen gibt es davon nur wenige, dafür aber unendlich viele Verlierer.

Das *Arcasi*.

Tempel der Spaßgesellschaft. Palast der Glücksritter, deren Amüsiersucht kein Morgen kennt. Die zum wilden Rhythmus der Kapelle tanzen, sich in den Armen liegen, wohl wissend, dass sie alles Geld verprasst haben und ab Tagesanbruch hungern werden.

Vor dem *Arcasi* schleichen die Huren herum, picken auf, was die Nacht ihnen an Resten lässt, und steuern unter den scharfen Pfiffen ihrer Zuhälter mit den armseligen Gestalten ins nächste Stundenhotel: zu sehen, was noch übrig ist.

Drinnen dagegen verlangen sie nach mehr: mehr Musik, mehr Alkohol, mehr Vergnügen. Bald wird Weihnachten sein, das vierte nach dem großen Krieg, und nichts hat sich gebessert. 1922 naht, und alle ahnen, dass es nur noch schlimmer wird. Was also könnte man anderes tun, als dieses Elend zu feiern?

Artur steht mit verschränkten Armen an einer Ecke des Tresens, blickt wie der Kapitän eines verrückt gewordenen Piratenschiffs über das Deck derer, die ihn, den Zeremonienmeister mit der Gesichtsmaske, ebenso verehren wie fürchten.

Auf der Bühne stampft die Kapelle Gassenhauer und neuerdings auch den neusten Jazz aus Übersee, den die Musiker von importierten Schallplatten dem Gehör nach für ihre Instrumente transkribiert haben.

Von den Spiegeln rollt der Schweiß, Pärchen knutschen, und Harry, unermüdlicher Conférencier, nutzt die Pausen des Orchesters für lockere Sprüche und derbe Witze, was die, die eigentlich müde sind, wieder munter macht. Und durstig.

Plötzlich das Telefon.

Es ist das gleiche, das auch Isi besitzt, genauso umgebaut, nur dass in diesem Lärm der Anruf zunächst ins Leere geht. Niemand hört das metallische Geschepper der Klingel, bis Artur zufällig das Hämmerchen wild auf die Schellen trommeln sieht.

Er geht ran und ruft: »JA?!«

Das Fräulein vom Amt antwortet wie durch ein tiefes Rohr: »Anruf von einer Frau von Torstayn. Soll ich durchstellen?«

»JA!«, ruft Artur gegen den Lärm zurück.

Er lauscht, aber die Leitung bleibt still.

»ISI?«

Schweigen.

Einige Sekunden lauscht Artur noch, hält sich dabei einen Finger gegen das freie Ohr. Dann ruft er: »IST NOCH JEMAND IN DER LEITUNG?«

Das Fräulein vom Amt meldet sich wieder: »Die Leitung ist frei, mein Herr.«

»ISI?«, ruft Artur wieder.

Wieder nur Schweigen.

»HALLO? SIND SIE SICHER, DASS FRAU VON TORSTAYN ANGERUFEN HAT?«

»Ja, mein Herr. Obwohl …«

»OBWOHL WAS?«

»Nun, sie klang seltsam, mein Herr. Irgendwie schwach, würde ich meinen …«

Artur ist augenblicklich alarmiert: »WAS HEISST DAS?!«

»Als ob sie sehr krank wäre. Ich konnte sie kaum verstehen.«

Artur legt auf.

In seinem Kopf platzen die Gedanken wie Regentropfen auf einen See: Ist etwas mit dem Kind? Aber würde sie dann nicht einen Arzt rufen? Oder ist eingetreten, womit zu rechnen war? Haben sie das Feuer eröffnet? Die Boysens? Die von Torstayns? O. C.? Das ganze rechte Pack?

Alle wissen, wie hart Artur zurückschlagen kann, wenn er muss. Jeder kennt die Geschichten von Silber-Kurt oder der Garde-Kavallerie-Schützen-Division. Haben sie es trotzdem gewagt? Haben sie ihn wirklich dort angegriffen, wo er am verletzlichsten ist?

Artur sucht Arnies Blick, winkt ihn rasch zu sich und setzt ihn in Kenntnis.

Dann stürzt er nach draußen und springt in seinen Wagen.

Bitte nicht, fleht er in Gedanken.

Bitte nicht.

Kurz vor drei Uhr in der Früh erwache ich aus einem Traum. Es ist immer derselbe Traum, und er verfolgt mich seit dem Tag, an dem ich Ernst Lubitsch am Lehrter Bahnhof habe stehen lassen. Ausgerechnet ihn, meinen Förderer, den Mann, der mir das Tor zur Welt aufstoßen wollte.

In diesem Traum stehe ich auf einem Schlachtfeld hinter einer Kamera und sehe auf die bizarren Bombentrichter, auf die windschiefen Stacheldrahtverhaue und schnurgeraden Gräben, das zerschossene Material, die Pferdekadaver und Soldaten. Jemand hat ein Strohfeuer entzündet, sodass Rauchschwaden geheimnisvoll über die aufgeworfene Erde treiben, und überall eilen Schauspieler und Komparsen herum, um die Kriegsszenerie möglichst akkurat nachzustellen. Alles vor mir ist nur Staffage: eine Bühne für einen Film. Nur die Pferdekadaver sind echt, eigens vom Schlachthof für diese Aufnahmen eingekauft.

Lubitsch läuft zwischen Schauspielern und Komparsen hin und her, wie immer eine Zigarre im Mundwinkel, eine lustige kleine Lokomotive, die Rauch in Wolken auspafft, während er erklärt, gestikuliert, ja dirigiert, als hätte er die Berliner Philharmoniker vor sich.

Dann winkt er mir zu.

Durch das Objektiv visiere ich die Szenerie an, drehe die Kurbel meiner Kamera, aber statt des vertrauten Surrens spüre ich plötzlich Maschinengewehrfeuer und sehe bereits im nächsten Moment die Geschosse in die Gruppe einschlagen. Ich will die Kurbel loslassen, aber ich kann nicht, drehe nur umso schneller, wobei Salve um Salve die Menschen vor mir bestreut und sie in absurden Todestänzen zu Boden gehen lässt.

Lubitsch steht ganz still da – die Zigarre kraftlos im Mund. Seinem Gesicht, seinen Augen sehe ich an, dass er den Verrat begreift, dann schlagen die Kugeln auch in seinen Körper, und ich erwache mit einem Schrei.

Seit zwei Wochen quält mich dieser Traum. Leise schleiche ich rüber zu Hans, der in dem Zimmer schläft, das früher einmal Isis war. Als alle dachten, ich würde Lubitsch nach Amerika folgen, war sie ausgezogen, auch um mir ihre Schwangerschaft zu verschweigen und mich mit den damit zu erwartenden Komplikationen zu verschonen. Da stehe ich nun am Bettchen von Hans, dessen Leid uns so zusammengeschweißt hat, und blicke auf ihn hinab, während ich weiß, dass ich die Chance meines Lebens nicht ergriffen habe. Gegen den Willen Isis und Arturs.

Plötzlich das Telefon.

Irritiert eile ich nach unten, hebe ab, beunruhigt von der Tatsache, dass jemand um diese Zeit anruft.

»Ja?«, flüstere ich, weil ich Hans nicht wecken will.

»Ein Herr *Arnie* will Sie sprechen!«, sagt das Fräulein vom Amt. Ihrer Stimme ist anzumerken, dass sie pikiert ist, weil Arnie ihr nicht seinen Nachnamen genannt hat. »Soll ich durchstellen?«

»Ja.«

Mir fällt auf, dass auch ich Arnies vollen Namen nicht kenne, genauso wenig wie die einiger anderer aus Arturs Truppe, dieser verschworenen Gemeinschaft von Heimlichtuern und Ganoven.

»Carl?«, ruft es aus der Ohrmuschel heraus, und ich höre im Hintergrund einen tobenden Mob im Rhythmus einer lauten Musikkapelle.

»Arnie?«, zische ich. »Weißt du, wie spät es ist?«

»Carl!«, ruft Arnie. Er klingt aufgebracht. Unwillkürlich spannt sich jeder Muskel in meinem Körper an. »Es stimmt was nicht mit Isi!«

»Was ist passiert?!«, erwidere ich erschrocken.

»Ich weiß es nicht! Artur ist auf dem Weg. Aber du wohnst nur drei Straßen von ihr entfernt. Kannst du rüber?«

»Natürlich!«
»Carl?«
»Ja?«
»Hast du eine Waffe im Haus?«
Ich schlucke: »Nein, warum?«
Arnie zögert, dann sagt er: »Vielleicht ist nichts, aber bitte sei vorsichtig!«
Aufgelegt.

Mein Herz hämmert wie wild, als ich die Treppe hinaufstürme, in meinen Anzug springe und meinen Hut aufsetze.

Das Telefon schrillt.

Es ist so laut, dass es in ihren Ohren schmerzt. Mit dem rechten Fuß sucht sie den Treppenabsatz. Zwar haben sich ihre Augen mittlerweile an die Dunkelheit gewöhnt, dennoch sieht sie so gut wie nichts: Das hier ist das Haus der Schatten. Das Einzige, was sie vage erkennen kann, ist das Geländer, das wie durch tiefe Schleier knochenweiß schimmert und sich kalt anfühlt, als sie ihre Hand danach ausstreckt. Leicht wie eine Feder schwebt sie die Stufen hinab, ihren Atem unterdrückend, die Augen tränend vor Anstrengung.

Sie hat das Erdgeschoss beinahe erreicht, als sie einen Lufthauch spürt.

Hat sich da jemand bewegt?

Sie sieht nichts, aber sie riecht etwas: Rasierwasser.

Ein schwacher Duft treibt zu ihr herüber, jemand steht nur knapp vor ihr. Sie duckt sich, lauscht nach einem verräterischen Atemzug, aber dieses elende Schmettern des Telefons zerschneidet alle drei Sekunden die Luft, macht jede Ortung unmöglich.

Er kann mich nicht sehen, denkt sie, *genau wie ich ihn nicht sehen kann.*

Vielleicht ist er unschlüssig, was gerade zu tun ist. Er weiß, dass das Telefon sie geweckt haben muss. Vielleicht wartet er, ob sie ahnungslos herabeilt, um den Hörer aufzunehmen, mit Sicherheit das Letzte, was sie in diesem Leben noch tun würde. Dort im Dunkeln versteckt er sich, ein Raubtier, das seinem Opfer am einzigen Wasserloch weit und breit auflauert. Wie lange kann sie hier noch stehen, bevor er Verdacht schöpft? Bevor er annimmt, dass sie möglicherweise übers Fenster geflohen ist? Bevor er hinaufstürmt und sie gleich hier zu packen kriegt?

Da!

Ein leises Rumpeln links von ihr: Das muss der Wohnzimmertisch gewesen sein.

Es sind zwei.

Jetzt gerät vor ihr die Luft in Bewegung, das Rasierwasser weht auf sie zu …

Mit beiden Händen umgreift sie das Treppengeländer, spürt ihre Füße auf dem nackten Holz, schnellt hoch und springt mit den Beinen voran ins Nichts: ein Satz wie von einer Klippe in ein schwarzes Loch. Für Bruchteile von Sekunden fliegt sie durch die Nacht.

Verfehlt sie ihn, ist alles verloren.

Schon spürt sie einen Körper und drückt instinktiv die Knie durch: Der unsichtbare Mann schreit überrascht auf, bevor er gegen die Wand hinter sich kracht, offenbar mit dem Kopf zuerst, denn er bleibt liegen, schreit nicht mehr, rührt sich nicht mehr.

Isi landet auf ihm, rappelt sich rasch wieder auf und stürzt der Haustür entgegen. Der Schlüssel steckt, sie muss ihn drehen, die Tür aufreißen, hinausspringen, bevor der andere sie erwischt.

Es sind nur vier oder fünf Meter.

Eine Unendlichkeit.

Auf dem Bürgersteig glitzert der Frost.

Mit drei schnellen Sätzen sitzt Artur hinterm Steuer und betätigt den neumodischen Starterknopf. Der Wagen springt an, ohne dass man ihn mit der Anlasserkurbel anschmeißen muss und damit auch ohne die Gefahr, dass der mitdrehende Stahl Arme bricht.

Der kürzeste Weg zu Isi führt über die Andreasstraße hinauf zur Frankfurter und von dort Richtung Bahnhof Frankfurter Allee. Doch schon auf der Kreuzung Paul-Singer- und Andreasstraße hat sich ein Lastkraftwagen auf der eisglatten Straße quergestellt, sodass Artur rechts ab in Richtung Küstriner Platz fährt. Vor ihm schießen zwei Wagen rechts und links aus der Diestelmeyerstraße und versperren den Weg.

Eine Falle.

Artur sieht im Rückspiegel, dass der Lkw unterdessen die Paul-Singer-Straße blockiert hat.

Dann eröffnen sie das Feuer.

Die Windschutzscheibe zerbricht in große, scharfe Scherben, genau wie die Heckscheibe. Auf die Karosserie prasseln Geschosse und reißen mit metallenem *Tacktacktack* Löcher ins Blech. Mündungsfeuer blitzt in der dunklen Straße, Querschläger singen davon, die Reifen von Arturs Benz platzen und lassen den Wagen auf das Kopfsteinpflaster absinken.

Ein Inferno.

Nach einer gefühlten Ewigkeit stellen die Männer das Feuer ein.

Fünf Silhouetten mit langen Wintermänteln und dunklen Hüten schleichen dem Autowrack entgegen, die Pistolen immer noch in der Vorhalte, bereit, bei auch nur der kleinsten Bewegung erneut das Feuer zu eröffnen. Hier und da flammen Lichter in den Häusern auf, Neugierige spinksen hinter sanft wallenden Gardinen auf die Straße, aber ein paar Warnschüsse später ist keiner mehr der Meinung, dass das, was da unten passiert, etwas sein könnte, das ihn anginge.

»Siehst du ihn?«, ruft einer der Schatten.

Hände greifen nach der Fahrertür, reißen sie auf, aber zu ihrer Verblüffung ist da nur ein durchlöcherter Fahrersitz: Das Auto ist leer.

»Wie hat er das gemacht?!«, zischt ein anderer wütend.

Artur hätte es ihm sagen können.

Er hätte ihnen auch zu ihren wohldurchdachten Absichten gratulieren können, denn Artur weiß immer zu schätzen, wenn jemand seinen Verstand benutzt, bevor er zur Tat schreitet. Und ihn mit einem fingierten Anruf in Panik zu versetzen, ihn zu isolieren und alle Vorsichtsmaßnahmen vergessen zu lassen, war mehr als geschickt.

Ein perfekter Plan.

Eigentlich.

Denn jetzt sind sie es, die wie auf dem Präsentierteller dastehen, und Artur antwortet dem Unbekannten auf seine Art: Wieder blitzt Mündungsfeuer auf, wieder brechen Schüsse, diesmal allerdings aus einem stillen Gässchen, in das sich Artur geflüchtet hat, als das Trommelfeuer begann. Der halbe Kopf eines der Angreifer klatscht gegen das Seitenfenster der Karosse, wo Blut, Gehirn und Knochenstücke dampfend am Glas hinablaufen, noch ehe er zu Boden sinken kann.

Sie wirbeln alle herum, und während sie das tun, platzen drei weitere Treffer in die Brust eines Zweiten, bevor sich die anderen endlich links und rechts auf den Boden werfen und blindlings das Feuer erwidern. Kriechend suchen sie Schutz hinter Arturs Auto, dann springen sie davon, zwei zurück zum Lkw, einer zu einem der Autos, die Artur den Weg versperrt hatten.

Artur leert sein Magazin, aber er trifft keinen der Fliehenden.

Dann aber rennt er dem einen hinterher, der fast schon sein Auto erreicht hat. Er muss nur zwei Meter zurücksetzen, den ersten Gang einlegen und dann das Gaspedal voll durchtreten.

Schon reißt er die Fahrertür auf.

Legt einen Gang ein.

Kratzend und schnarrend drehen sich die Reifen wild auf der glatten Straße.

Ich schlittere über glattes Kopfsteinpflaster, stürme die Voigtstraße hinab Richtung Rigaer. Es sind nur ein paar Hundert Meter, aber die Sohlen meiner Schuhe sind glatt, und mehr als einmal gerate ich so ins Trudeln, dass ich einen Sturz nur mit größter Mühe verhindern kann. Die Luft ist eisig und trocken, trotzdem klebt mir mein Hemd auf der Haut, und ich denke kurz, dass ich mir eine Lungenentzündung holen werde, wenn ich stehen bleibe. Aber ich bleibe nicht stehen, und im Vergleich zu dem, was mich gleich erwartet, wäre mir jede Lungenentzündung höchst willkommen.

Endlich erreiche ich die Rigaer, steche rechts hinein und sehe schon das hübsche Gründerzeithaus, in dem Isi jetzt wohnt. Artur hat es gekauft und ihr geschenkt, genau wie er mir das Haus in der Voigtstraße geschenkt hat.

Artur, der Unglaubliche.

Es ist finster in der Straße, nur die Lichter der weit entfernten Innenstadt hellen das Firmament schwach auf. Schemenhaft sehe ich die drei Stufen zur Haustür, die sich unerwartet einen Spalt öffnet, um sofort wieder hart zugeschlagen zu werden.

Ich springe vor, werfe mich dagegen, aber das Türblatt ist massiv und die Tür von außen ohne Schlüssel nicht zu öffnen.

Drinnen höre ich Isi schreien.

»ISI!!«

Ich hämmere gegen die Tür.

»CARL!«, höre ich dumpf, dann wieder einen Schrei.

Rasch suche ich einen anderen Weg ins Haus, bin mit wenigen Schritten vor einer der Wohnzimmerscheiben, klettere auf das Fensterbrett, drehe mich mit dem Gesicht zur Straße, halte mich mit beiden Armen im Sturz fest und trete wie ein Muli mit dem Absatz gegen den hölzernen Rahmen.

Einmal, zweimal.

Es kracht laut, die Flügel schwingen auf, Glas geht klirrend zu Bruch.

Ich springe hinein ins Dunkel.

»ISI!«, schreie ich.

Das Telefon schrillt.

Ein Schatten fliegt mir entgegen und reißt mich zu Boden. Er ist über mir, sein Gesicht kann ich nicht sehen, die Klinge, die er in der rechten Hand führt, schon.

Mit aller Kraft stößt er zu.

Sie dreht den Schlüssel um, zieht die Haustür ein Stück auf, als sie schon dagegen geworfen wird und, nur weil sie stolpert, dem Messer entgeht, das knapp über ihrem Kopf in das Holz jagt.

Draußen schreit Carl, während der Mann über ihr im Begriff ist, die Klinge wieder aus dem Holz herauszuziehen. Schnell ballt sie eine Faust und boxt blind nach oben: Ein dumpfer Schmerzenslaut sagt ihr, dass sie ihn mit voller Wucht in die Weichteile getroffen hat. Er sackt vor der Tür zusammen, presst beide Hände in den Schritt. Sie muss zurück zur Treppe, weil er den Weg nach draußen blockiert.

Das Telefon schrillt ohrenbetäubend.

Mit ausgestreckten Händen wankt sie durch absolute Dunkelheit, hört sich selbst Carls Namen rufen, spürt aber an einem Luftzug, wie sie damit den, der im Wohnzimmer herumgeirrt war, wieder anlockt, wie seine Hände vor ihrem Gesicht herumwedeln, um sie endlich zu packen. Da erwischt er ihr Haar, reißt daran, bis sie schreit und ihrerseits wie wild um sich schlägt. Mit einem lauten Klatschen erwischt sie ihn im Gesicht, was ihn laut fluchen lässt.

Dann klirren Scheiben.

Der Mann lässt von ihr ab, eilt Carls Stimme entgegen, die sie im Wohnzimmer hört. Sie erreicht die Treppe, fühlt den Lauf des Geländers in ihren Händen und eilt nach oben, das schnelle Stapfen schwerer Schritte hinter sich, bevor der andere sie an den Fesseln zu fassen kriegt und von den Füßen zieht. Isi fällt, wird über die Stufen hinabgezogen, krümmt sich schützend über ihrem Bauch zusammen, tritt dann aber wütend zu und trifft den Mann am Kopf. Für einen kurzen Moment ist sie frei, springt erneut auf, doch schon sind seine Hände wieder an ihrer Hüfte. Er zieht sie unerbittlich zu sich.

Sie stehen jetzt Auge in Auge, aber sie sehen sich nicht.

Es ist so dunkel, dass sie nur seinen Atem im Gesicht spürt. Da hebt er seine rechte Hand zu ihrem Kopf, während sie instinktiv nach seinem Handgelenk schnappt. Die Klinge ist so nah, dass sie den kühlen Stahl auf der Haut spüren kann.

Für Sekunden halten die beiden sich dort fest im Arm, wie ein fieberndes, erschöpftes Tanzpaar. Dann jedoch führt der Mann die Klinge weiter gegen ihren Hals, und sosehr sich Isi auch gegen ihn wehrt: Er ist zu stark.

Schlitternd setzt das Auto zurück, krachend legt der Fahrer nun den Vorwärtsgang ein und gibt so stark Gas, dass sich der Wagen mit durchdrehenden Reifen kaum von der Stelle bewegt. Wer in Panik ist, trifft schlechte Entscheidungen, und Arturs Gegner ist so sehr in Panik, dass er das Pedal fast durchs Bodenblech tritt, verzweifelt, dass sein Auto nicht zu reagieren scheint. Endlich gerät der Wagen in Bewegung, als etwas auf das Autodach prallt. Jetzt in den zweiten Gang. Merklich spürt er den Vortrieb. Vor sich sieht er bereits die langen Schatten des Küstriner Platzes, ein hübsches, mit ein paar Bäumen begrüntes Dreieck vor der ebenso hübschen klassizistischen Rückseite des Schlesischen Bahnhofs, die hier und dort schwach beleuchtet wird. Um diese Zeit und im gnädigen Dämmerlicht weniger Gaslaternen wirkt die Gegend weder verroht noch verarmt, die einsamen Passagiere, die jetzt noch in Berlin ankommen oder es verlassen wollen, werden zumeist am schmucklosen Haupteingang auf der gegenüberliegenden Seite von den Huren und Gaunern begrüßt.

Für einen Augenblick glaubt der Fahrer, ihm entkommen zu sein, er atmet erleichtert durch, doch dann rutscht Artur vom Dach auf die Kühlerhaube. Entsetzt starrt der Mann in diese Maske, die Arturs Gesicht so rätselhaft und unheimlich macht: das mit einem halben Männergesicht bemalte, dünne, anatomisch korrekt geformte Kupferblech, das die schrecklichen Kriegswunden, den weggesprengten Kieferknochen, das fehlende Jochbein und Auge, überdeckt.

Jetzt aber starrt das aufgemalte Auge der Maske den Mann reglos an, während das andere wütend funkelt. Dann sieht er nur noch, wie Artur ausholt und mit der Faust das dünne Windschutzglas zertrümmert, spürt erst die Splitter und dann eine eiserne Faust an seinem Hals.

Es ist das Letzte, was er fühlt.

Blitzschnell findet Artur seinen Kehlkopf und bohrt seine Eisenfinger so tief ins weiche Fleisch, dass er ihn vollständig umfasst. Er drückt zu, der Mann verliert sofort das Bewusstsein. Artur weiß, dass er gleich tot sein wird, aber er ist außer sich und ballt die Faust nur umso stärker.

Der Wagen schießt über den Bürgersteig in die Grünfläche, Artur wird wie von einem wilden Gaul abgeworfen und landet auf gefrorenem Rasen, während der Wagen selbst gegen einen Baum prallt. Mit einem hässlichen Scheppern bleibt er dort stehen. Heißer Dampf steigt friedlich aus dem Kühler in die Nachtluft.

Das Messer jagt hinab und bleibt gleich neben meinem Ohr im Boden stecken. Ich schlage in die Luft und treffe ein Gesicht, aber meine Faust streift daran vorbei. Mein Angreifer zieht das Messer aus dem Boden, während ich fast gleichzeitig sein Handgelenk zu fassen bekomme. Dennoch: Er ist im Vorteil, muss sich jetzt nur noch mit seinem ganzen Körper von oben in die Klinge stemmen, was er auch macht. Er ist zu stark, ich fühle es, ich kann ihn nicht halten, wir beide keuchen vor Anstrengung. Mit meiner Linken kriege ich eine Scherbe zu fassen, spüre, wie sie mir die Hand aufschneidet, und stoße ihm das Glas in den Oberarm.

Er schreit, der Druck auf der Klinge lässt sofort nach.

Endlich kann ich mich unter ihm wegrollen.

Scherben knirschen.

Isi spürt die Schneide, etwas Warmes läuft ihr am Hals entlang ins Nachthemd, als sie einen letzten, verzweifelten Versuch wagt: Sie schnellt vor und beißt dem Angreifer ins Gesicht. Erst schmeckt sie salzige Haut, dann quillt es ihr warm und metallisch in den Mund, während der Mann schreit und das Messer von ihrem Hals löst.

Sie nutzt die Sekunde, stößt ihn von sich, rennt zur Tür, verschwindet im Schlafzimmer und klemmt rasch einen Stuhl unter die Klinke. Das Türblatt erzittert, sie hört, wie er sich zornig von außen dagegen wirft. Die Scharniere krachen in der Zarge, die Türklinke klappert auf der Stuhllehne.

Sie wird ihn nicht aufhalten können. Noch einmal, vielleicht zweimal, dann bricht er durch, und es ist vorbei.

Hinter ihr ist das Fenster.

Vielleicht fünf Schritte.

Dann passiert alles auf einmal: Sie hechtet von der Tür weg, die er gleichzeitig durchschlägt. Ein Messer jagt ihr durch die Dunkelheit nach, ritzt durch ihr Nachthemd, während sie auf das Fenster zurennt, er gleich dahinter, aber vom eigenen Schwung ins Taumeln geraten.

Zwei, eins ...

Sie reißt die Arme vor das Gesicht und springt.

Ich rapple mich auf, irgendwo vor mir muss der Mann sein, ich sehe immer noch nichts, aber ich höre seine Schritte über die Scherben auf mich zukommen. Alles, was mir einfällt, ist die Hände vorzustrecken, ein lächerlicher Versuch, das Messer abzuwehren, das er sicher vor sich hält.

Dann spüre ich seine Hände, umgreife sie, verliere das Gleichgewicht, stolpere mit ihm rückwärts. Die Brüstung des Wohnzimmerfensters schlägt gegen meine Oberschenkel, und in der nächsten Sekunde schon sind meine Schuhe über mir, bevor ich hart auf dem Bürgersteig lande.

Die Luft bleibt mir weg.

Klirren.

Nur einen Augenblick später ist Isi über mir.

Sie schwebt.

Für einen unwirklichen Moment scheint sie in der Luft zu stehen, bevor sie über mich hinwegstürzt und mit einem lauten Krachen hinter mir einschlägt.

Scherben regnen auf mich herab.

Mühsam komme ich auf die Beine: Isi liegt auf dem Dach eines parkenden Autos.

Leblos.

Drinnen drehen sich die Schatten und verschwinden.

Und immer noch schrillt das Telefon.

Feme

2

Manchmal, wenn man in ein Schneegestöber hineinblinzelt, bleibt der eigene Blick auf unerklärliche Art und Weise an einer einzelnen Flocke hängen, die plötzlich anders ist als ihre Millionen und Abermillionen Brüder und Schwestern, obwohl jede von ihnen weiß und grazil schimmert, jede sechs Kristallarme besitzt und jeder gefrorene Winkel an ihr entweder sechzig oder hundertzwanzig Grad misst. Und doch ist da die eine, die alle Aufmerksamkeit auf sich zieht, die man anstarrt, mit der zusammen man über den Boden schweben möchte.

Manchmal, wenn man in einem solchen Schneegestöber steht, überkommt einen der Gedanke, dass wir nichts als Flocken in einem nicht enden wollenden Winter sind, alle gleich und doch so verschieden, dass einige sämtliche Blicke auf sich ziehen, während die anderen lautlos und vollkommen unbeachtet zu Boden sinken, um zu Schnee zu werden, ihrer Einzigartigkeit beraubt.

Es war der Tag vor Heiligabend, als sich ein stiller Trauerzug zwischen den Grabsteinen des Friedhofs Friedrichsfelde wie eine schwarze Schlange durch weiße Watte wand. An der Spitze der Sarg, wankend wie ein Schiff auf hoher See, vor uns ein Loch in gefrorener Erde, in das all das Weiß fiel, das niemand sonst beachtete. Hinter uns die Trauergemeinde: gesenkte Köpfe, dunkle Mäntel, schmucklose Hüte.

So erreichten wir schließlich das aufgebrochene Grab, wo sich die Trauernden in Zweier- oder Dreierreihen auf gefrorener Erde zusammenschoben, während wir den Sarg sanft auf den Boden stellten.

Da blickte ich auf und sah plötzlich eine dieser Schneeflocken durch das kalte Himmelsgrau herabsegeln, bis sie sanft auf dem silbernen Kreuz landete, das den Sargdeckel zierte, obwohl Isi nie an Gott geglaubt hatte. Aber für diesen Sarg wollte sie ein Kreuz, in der vagen Hoffnung, dass das Kind, das darin lag, seinen Weg in den Himmel finden würde.

Ihr Kind.

Wir hatten uns für sie gefreut, hatten mit ihr zusammengesessen und Namen vorgeschlagen, die sie allesamt grinsend abgelehnt hatte. Sie wollte ihn selbst aussuchen und uns erst mitteilen, wenn das Kleine geboren sein würde. Wenn sie es uns eingewickelt in ein weiches Tuch, schreiend und plärrend oder vielleicht auch nur erschöpft von seinem ersten Auftritt in der neuen Welt, präsentierte. Wenn sie uns sagte: Seht es an! Ist es nicht ein hübsches Kind? Und hat es nicht einen schönen Namen?

Henry von Torstayn.

Ein schlichter Schriftzug auf einem schmucklosen Holzkreuz.

Kein Geburtsdatum.

Kein Sterbedatum.

Sie stand zwischen Artur und mir, starrte blass und betäubt auf den Kindersarg, während um uns herum die waren, die ihrem Sohn die letzte Ehre erweisen wollten: Arnie und Arturs andere Männer, Kino-Paule und der gesamte Ringverein *Vergissmeinnicht*, unser Anwalt Friedemann Fromm mit seiner aktuellen Liebschaft, deren Namen sich niemand merken würde, Anna, die Nachtigall, der kleine Hans an ihrer Hand sowie ein paar Stammgäste und Säufer aus dem *Arcasi*.

»Erde zu Erde, Asche zu Asche, Staub zu Staub!«

Der Pfarrer sprach, aber niemand hörte ihm zu, sodass er bald schon verstummte und den beiden Messdienern mit einem Kopfnicken signalisierte, dass er aus der Kälte herauswollte.

Der Sarg wurde an zwei Tauen hinabgelassen.

Die Trauergäste defilierten am Grab vorbei, warfen etwas Erde oder eine Blume hinein, sprachen Isi ihr Beileid aus oder umarmten sie kurz. Sie jedoch ließ das alles reglos über sich ergehen, als wäre nur ihr Körper anwesend, nicht aber sie selbst. Schließlich standen nur noch Artur und ich bei ihr.

Schnee fiel.

Irgendwann trugen wir davon Häubchen auf den Köpfen und eine weiße Decke um die Schultern. Da nahmen wir Isi an den Händen und brachten sie nach Haus.

Die Tage nach dem Überfall lebte auch ich in Schockstarre, doch im Gegensatz zu Isi erholte ich mich langsam, während sie, die mutige, angriffslustige, zuweilen leichtsinnige, aber immer optimistische Isi, in tiefes Schweigen verfiel. Wie verletzt musste sie sein, wie getroffen! Nach ihrem Sturz durchs Fenster gebar sie Henry, wissend, dass sein Herz da schon nicht mehr schlug.

Ihre Schreie im Kreißsaal waren von einer solchen Verzweiflung, dass Artur und ich, die wir draußen auf dem Flur warteten, wussten, nicht körperlicher, sondern seelischer Schmerz riss sie gerade in Stücke. Später dann, als der Junge fortgetragen und ihre Schnittwunden verbunden worden waren, wachten wir an ihrem Bett, in dem sie sich trotz des starken Beruhigungsmittels im Schlaf unruhig mal auf die eine, mal auf die andere Seite warf. Artur und ich waren glimpflich davongekommen, meine linke Hand war genäht und verbunden worden, Artur selbst hatte lediglich ein paar Schürfwunden an Knien und Ellbogen abbekommen, wobei er sich unentwegt die rechte Hand rieb, die, wie mir im Dämmerlicht des Krankenzimmers schien, voller Blut war.

In dieser ersten Nacht fragte ich ihn, was passiert war, und er erzählte mir von der Falle, die man ihm gestellt hatte.

»Was ist mit deiner Hand?«, fragte ich.

Erst jetzt schien er sein unentwegtes Kneten zu bemerken und ließ davon ab.

»Nichts.«

»Artur«, mahnte ich.

Da ballte er beide Hände zu Fäusten und sagte: »Ich werde mir einen nach dem anderen holen.«

»Wir wissen nicht, wer es war«, antwortete ich matt.

Artur nickte grimmig. »Aber ich werde es herausfinden.«

»Und dann?«

Er sah mich an: »Was glaubst du?«

Ich starrte auf meine Füße. Draußen ging gerade die Sonne auf, ein herrlicher Wintertag deutete sich an. Hier in Isis Krankenzimmer aber war mir, als würde die Nacht nicht enden wollen.

»Vielleicht ...«, begann ich zögernd, wagte dann aber nicht, den Satz zu beenden.

»Vielleicht was?!«, fauchte Artur.

Ich schwieg.

»Du meinst, wir sollten es der Polizei überlassen?!«

Ich schluckte und antwortete: »Bitte beruhig dich, Artur. Es war nur ein Gedanke. Du hast Oberkommissar Kennel doch in der Hand. Er tut, was du ihm befiehlst.«

»Und dann?«

»Sie finden die Männer. Da bin ich sicher.«

»Und dann?«, fragte Artur drängender.

»Dann kommen sie für immer in den Knast.«

Einen Moment schwieg er, schüttelte aber rasch den Kopf: »Das ist nicht genug.«

»Ich finde schon, Artur. Sie würden nie wieder frei sein.«

Artur schnaubte: »Hast du wirklich vergessen, wie es hier bei uns in Berlin läuft? Wir haben eine Demokratie, aber wir haben keine Gerechtigkeit.«

Ich wusste, dass er recht hatte, aber auf eine kindische Art und Weise wollte ich widersprechen: »Ich will aber nicht so sein wie die, Artur.«

»*Du* bist ganz sicher nicht wie die, Carl.«

»Wenn du sie auf deine Art bestrafst und ich davon weiß, aber schon ...«

Artur stand auf, und an seiner Körperhaltung konnte ich schon sehen, dass es ihn große Mühe kostete, sich zu beherrschen.

»Carl, ich sags dir jetzt im Guten, und ich hoffe wirklich, dass du mir zuhörst, denn ich werde es nicht noch einmal erklären: Man kann sich nicht aus allem heraushalten in der Hoffnung, das Leben lässt einen dann in Ruhe. Sieh dich an: Du hast dich entschieden, in Berlin zu bleiben, anstatt nach Amerika zu gehen. Das war deine Entscheidung, und völlig unabhängig davon, ob es eine gute Entscheidung war oder nicht, hat diese Entscheidung Konsequenzen nach sich gezogen.

In Amerika hättest du mit Lubitschs Hilfe eine große Karriere machen können. Du wärst ein berühmter Kameramann geworden, und wer weiß, vielleicht hättest du auch eines Tages den Mut gefunden, Regisseur zu sein. Du hättest in einem Land gelebt, in dem immer die Sonne scheint, du hättest die schönsten Frauen kennengelernt, die interessantesten Menschen. Du hättest ein Glanz sein können – umgeben von Sternen. Mit Geld, mit einem Haus und Anerkennung.

Du hättest diesen Weg gehen können, Carl, aber du bist ihn nicht gegangen.

Du bist hiergeblieben. In einem Land, das noch lange nicht zur Ruhe gekommen ist. Wo gekämpft, gehungert und gestorben wird. Du bist hiergeblieben, bei uns, die wir umgeben sind von Feinden. *Das* war deine Entscheidung.

Und jetzt versuchst du, dich abzukapseln. Versuchst, irgendwie in Deckung zu gehen, und hoffst, dass das alles vorbeizieht wie schlechtes Wetter. Aber es wird nicht vorbeiziehen, Carl! Das Einzige, was wir jetzt noch selbst entscheiden können, ist, ob wir uns diesem Sturm ergeben oder ob wir selbst der Sturm sind.«

Er beugte sich tief zu mir hinab und sagte ruhig: »Ich werde dieser Sturm sein, Carl.«

Er schob mir die Faust, an der er zuvor ständig gerieben hatte, unter die Nase: »Ich werde sie an der Kehle packen und sie zerquetschen. Und wenn ich falle, werde ich sie festhalten und mit mir reißen! Verstehst du mich?«

Schluckend nickte ich, während schreckliche Bilder durch meinen Kopf spukten.

Er zog mich an den Schultern auf die Füße und stellte mich ans Bettende, von wo wir beide auf die unruhig schlafende Isi blickten.

»Sieh sie dir an, Carl! Sieh, was sie getan haben! Sie haben eine schwangere Frau angegriffen und ihr ungeborenes Kind getötet.« Er drehte mich zu sich.

In seinem gesunden Auge schimmerten Tränen, bevor es donnernd aus ihm herausbrach: »EINE FRAU UND IHR UNGEBORENES KIND!«

Ich wagte nichts zu sagen.

Dieser Anschlag war nicht nur ein Angriff auf uns, sondern berührte die wundeste Stelle in Artur selbst, einen Schmerz, den er nie würde verwinden können: Falk Boysens Mord an seiner großen Liebe Larissa und an seinem Kind. Ebenso feige wie der Überfall auf Isi.

»Und jetzt, mein treuer Freund, frage ich dich: Wirst du an meiner Seite sein? Wirst du an Isis Seite sein? Wirst du kämpfen, so gut du kannst? Für dich selbst und für uns?«

Beschämt liefen mir die Tränen über die Wangen, während ich herauswürgte: »Das weißt du doch, Artur.«

Er nahm mich in die Arme und drückte mich fest an sich.

»Wir drei, Carl! Nur wir drei!«

3

Am Ende jener Nacht also erneuerten wir unseren Schwur, den wir, als wir fast noch Kinder waren, am großen Schneidertisch meines Vaters in Thorn in unbeschwerter Laune abgelegt hatten. Als wir das erste Mal Wein getrunken hatten, berauscht von unserer hinreißenden Gaunerei rund um den Kometen Halley, und wussten, dass wir immer füreinander da sein wollten.

Ohne Artur hätte ich mich wohl verkrochen und gehofft, dass die Attacken verpuffen würden. Schon zu Schulzeiten hatte ich mich ohne ihn nicht sicher gefühlt, schon damals war er mir immer Fels in der Brandung gewesen. Jetzt war mir unwohl, aber solange es ihn gab, wollte ich mutig sein.

Noch vor der Morgenvisite traten wir aus Isis Krankenzimmer, vorbei an zwei bulligen Männern, beide bewaffnet, die vor der Tür Wache standen. Mit einem Blick machte Artur mir klar, dass wir beide, Isi und ich, keine Sekunde mehr allein sein würden.

Dann nahm er mich mit zum Küstriner Platz, an dem das Polizeirevier Fünfzig unter der Leitung von Oberkommissar Kennel immer noch Zeugenaussagen aufnahm. Gerade wurden zwei zerstörte Automobile abgeschleppt, alles unter den neugierigen Blicken der Anwohner, Huren und Gauner, für die die Schießerei in der Nacht eine aufregende Abwechslung in ihrem elenden Dasein gewesen war.

Reporter trieben sich am Rand der Absperrung herum, riefen Kennel ihre Fragen zu oder spendierten Schutzpolizisten Zigaretten, um von ihnen ein paar Informationen zu erhalten. Wahrscheinlich würde der Anschlag schon am Mittag die Schlagzeilen beherrschen und neue Empörung über die Zustände am Schlesischen Bahnhof schüren. Der Sittenverfall seit dem Sturz des Kaisers hatte dazu geführt, dass viele begannen, die Zeiten vor 1914 zu glorifizieren. Zeiten, in denen nichts gerechter war, aber zumindest der Schein gewahrt wurde, dass man selbst, wenn einen schon sonst nichts Gutes im Leben mehr erwartete, wenigstens Teil einer großen, unbesiegbaren Nation war. Der Krieg freilich hatte diesen Mythos in Stücke gesprengt und gleichzeitig die Fäulnis freigelegt, die schon lange hinter den Fassaden gegärt hatte. Eine Wahrheit, die sich viele nicht eingestehen wollten oder konnten.

Artur gab Kennel ein kleines Zeichen, und wir trafen ihn ein paar Minuten später in der Rüdersdorfer Straße, abseits des Tumults, geschützt vor neugierigen Blicken.

»Was wissen Sie?«, fragte er harsch.

Kennel, blass und unscheinbar, der Artur mit bigottem Hass zu vernichten versucht und auch vor Hans nicht haltgemacht hatte, bevor seine frömmelnde Verlogenheit ihm dann zum Verhängnis geworden war. Statt über Artur zu triumphieren, war er jetzt dessen Büttel. Auf gewisse Art und Weise gab er damit ein trauriges Sinnbild unserer Zeit ab: Oberkommissar Kennel – Gendarm der Gosse.

»Ein wirklich schönes Schlachtfeld haben Sie da angerichtet!«, zischte Kennel.

»Ich wurde angegriffen.«

»Leute wie Sie werden immer angegriffen!«, gab Kennel wütend zurück. »Das Problem ist, dass solche Aktionen zu viel Aufsehen erregen. Da sind zu viele, die Fragen stellen!«

»Sie armer Tropf«, höhnte Artur. »Wären Sie doch nur Priester geworden.«

Kennels Kieferknochen arbeiteten, während er Artur mit kaltem Hass ansah.

»Also, was wissen Sie?«, fragte Artur erneut.

»Drei Tote. Keiner von ihnen hatte Ausweispapiere bei sich.«

»Weiter!«, herrschte ihn Artur an.

»Nichts weiter!«, fauchte Kennel.

»Wem gehört das Auto?«

»Sie meinen den Kerl, dessen Kehle Sie zerfetzt haben, Sie widerwärtiges Tier?!«, spuckte Kennel förmlich aus.

»Wem gehört es?«, wiederholte Artur ungerührt.

»Wilhelm Leyschulte.«

»Und der wohnt?«, fragte Artur ungeduldig.

»Lassen Sie mich das machen, Burwitz! Die Leyschultes sind eine angesehene und sehr wohlhabende Kaufmannsfamilie. Der alte Leyschulte war sogar mal Reichstagsabgeordneter. Ich bin sicher, die haben damit absolut nichts zu tun!«

Artur ging nahe an ihn heran und tippte schmerzhaft mit dem Zeigefinger gegen Kennels Brust: »Und wo wohnen die Leyschultes nun?«

»Wenn Sie dort so etwas wie hier anrichten, kann ich nichts mehr für Sie tun«, antwortete Kennel.

»Ich werde nichts anrichten. Ich will nur sichergehen, dass Sie mir keine Scheiße erzählen, Kennel!«

»Was für ein Poet Sie doch sind!«

»Die Adresse! Ich kriegs eh raus.«

Kennel zögerte, dann sagte er: »Königin-Augusta-Straße vier.«

»Am Landwehrkanal?«

»Ja. Und bitte: Die Leyschultes haben Verbindungen.«

Artur lächelte. »Keine Bange, Kennel. Solange Sie mir als Polizist nutzen, halte ich Sie aus allem raus.«

Kennel schluckte, schwieg aber.

Artur befahl: »Sobald Sie die Namen der anderen haben, rufen Sie mich an. Und damit meine ich: noch in derselben Sekunde. Haben Sie mich verstanden?«

Kennel nickte mit verkniffenen Lippen.

Artur klopfte ihm aufmunternd auf die Schultern: »Warum so geknickt? Freuen Sie sich doch, dass ich Ihnen dieses Pack vom Hals schaffe.«

»Es gibt Gesetze, Burwitz!«

»Tatsächlich? Gabs die auch, als Sie mich umbringen wollten? Oder Carls Sohn verschleppt haben?«

»Ein Jammer, dass ich Sie damals nicht erwischt habe«, antwortete Kennel wütend.

»Tun Sie, was ich sage! Dann dürfen Sie weiter von einer Karriere bei der Polizei träumen, gehen sonntags mit Ihrer wunderschönen Nachtigall Anna in die Kirche und genießen die bewundernden Blicke der anderen Heuchler, von denen jeder, ohne mit der Wimper zu zucken, sofort mit ihr ins Bett gehen würde. Muss ja keiner wissen, dass sie Sie nicht ranlässt!«

»Scheißkerl!«

»Rufen Sie mich an, Kennel! Übrigens: Mein Auto wurde gestern Nacht gestohlen. Schreiben Sie doch bitte eine Anzeige!«

Kennel hob die Augenbrauen.

»Je weniger ich im Licht stehe, desto besser für Sie!«

Ohne weiteren Gruß kehrten wir um und setzten uns in Arturs Wagen.

»Vielleicht solltest du ein wenig netter zu ihm sein, Artur. Wenn du ihn zu sehr demütigst, dann kommt er vielleicht auf die Idee, reinen Tisch zu machen.«

Artur schüttelte den Kopf. »Es gibt nichts, was ihm so wichtig

ist wie sein guter Leumund. Er würde lieber sterben, als sich zu kompromittieren.«
»Was ist mit denen, die uns überfallen haben?«, fragte ich.
»Das regeln wir selbst. Dafür brauche ich Kennel nicht.«
»Weiß er überhaupt davon?«
»Nein.«
»Und was hast du jetzt vor?«, fragte ich.
»Wir werden sie suchen. Meine Leute. Kino-Paules Leute. Jeder, der sich etwas verdienen will. Ich habe ein Kopfgeld von hundert Dollar für jeden von ihnen ausgesetzt.«
»Du zahlst in Devisen?«
»Würdest du Reichsmark nehmen?«
Ich räusperte mich: »Nein.«
»Hundert Dollar sind ein Vermögen in diesen Zeiten. Und bei der Inflation wird es jeden Tag mehr wert sein.«
Ich nickte.
Es würde im Viertel niemanden geben, der sich diesen Schatz nicht verdienen wollte. Wenn die beiden Attentäter noch in der Stadt waren, würde man sie finden. Sie mussten nur Ausschau halten nach einem Mann mit einem Stich im linken Oberarm und einem mit einer Bisswunde im Gesicht.

4

Tatsächlich waren die Leyschultes an den Vorfällen am Schlesischen unbeteiligt, was ich von einem der Dienstmädchen erfuhr, das die herrschaftliche Villa am idyllischen Ufer des Landwehrkanals verließ, um einkaufen zu gehen. Wir hatten dort bereits eine ganze Weile frierend im Wagen gesessen und das hohe, wuchtige wilhelminische Haus mit dem kurzen Spitzgiebel ganz in der Nähe des Reichmarineamts im Auge behalten, aber nichts erkennen können, was in irgendeiner Form verdächtig war. Als die junge Frau schließlich aus dem Haus trat, schubste Artur mich aus dem Auto und beauftragte mich, sie auszuhorchen und, wenn es sein musste, ihrer Mitteilsamkeit mit ein wenig Geld auf die Sprünge zu helfen.

Unbeholfen tapste ich ihr hinterher und zermarterte mir den Kopf, wie ich mich ihr nähern könnte. Sicher würde sie misstrauisch werden, wenn sie aus heiterem Himmel von einem Fremden auf ihre Dienstherren angesprochen würde. Würde sie freundlich sein? Mich schnöde stehen lassen? Oder gar nach einem Schutzpolizisten rufen und diesem erklären, dass sie belästigt werde?

Artur hätte mit seiner bloßen Erscheinung schon dafür gesorgt, dass das Mädchen wie ein Wasserfall plapperte, allein er wollte sich im Hintergrund halten und niemanden unnötig auf sich aufmerksam machen.

Somit lief ich ihr nach, verkürzte Stück für Stück den Abstand und war gerade dabei, sie einzuholen, als sie in eine Fleischerei eintrat und dort auf andere Dienstmädchen traf, die im Auftrag ihrer Herren unterwegs waren. Einfache Hausfrauen sah man hier nicht, keine von ihnen hätte sich die Preise hier leisten können.

Zu meinem Glück und meiner großen Erleichterung konnte die Magd mit ihren Neuigkeiten nicht an sich halten und begann gleich, mit einer anderen zu tratschen. Nämlich, dass der alte Leyschulte höchstselbst bei der Polizei angerufen habe, um einen Autodiebstahl anzuzeigen. Stelle man sich so etwas einmal vor: gestohlen aus der Vorfahrt der Villa! Unerhört! Die gnädige Frau sei daraufhin ganz außer sich gewesen und habe sich mit einer aufziehenden Migräne gleich wieder ins Bett gelegt, während der junge Herr Wolfgang am Frühstückstisch darüber gescherzt habe. Seine älteren Schwestern Hedwig und Agnes hätten deswegen mit ihm geschimpft und die unmöglichen Zustände in der Stadt beklagt.

Beide Dienstmädchen waren aufrichtig darüber erschüttert, dass das Verbrechen selbst vor so respektablen Herrschaften nicht haltmachte, worauf sich das Gespräch dem überaus leicht zu erschütternden Nervenkostüm der gnädigen Frau Leyschulte zuwandte, die einfach zu zart für diese Welt sei und mehr Zeit im Bett verbrachte als Spitzwegs armer Poet.

Für mich war es ein geeigneter Zeitpunkt, die Fleischerei wieder zu verlassen, um Artur Bericht zu erstatten. Der war sehr zufrieden mit meinen Spionagediensten, und so sah ich denn auch keinen Grund, ihm mitzuteilen, dass nicht charismatische Durchsetzungsvermögen, sondern purer Zufall Vater meines kleinen Erfolgs war.

Die folgenden Tage verliefen dann ohne nennenswerte Neuigkeiten, außer dass Isi, nachdem sie aus dem Krankenhaus entlassen worden war, zu mir und Hans in die Voigtstraße zog. Sie verbrachte viel Zeit in ihrem Zimmer, verließ es nur zu Essenszeiten, um dann lustlos auf dem Teller herumzukratzen und so gut wie nichts zu essen. Ich hatte mir ein paar Tage freigenommen, um für sie da zu sein, aber obwohl sie diese Geste sicher zu schätzen wusste, verweigerte sie jedes Gespräch mit einem entschuldigenden Lächeln. So verbrachte ich meine Zeit mit Hans und den Leibwächtern, die Tag und Nacht anwesend waren und auf jedes Geräusch auf der Straße reagierten.

Die Beerdigung war schließlich der absolute Tiefpunkt.

Als wir Isi an jenem verschneiten Wintertag nach Hause brachten, weinte sie nicht. Während dieser ganzen Zeit hatte sie nicht ein einziges Mal geweint. Sie war wie ein lebender Leichnam, ungemein verstörend für uns, die wir sie nun wirklich vollkommen anders kannten.

Tags darauf feierten wir das deprimierendste Weihnachten aller Zeiten, und das auch nur wegen Hans, der mit seiner kindlichen Aufregung Isis Trauer konterkarierte. Nicht nur einmal staunte ich, wie sehr die beiden ihre Rollen getauscht hatten: Die freche, witzige Isi war verstummt, der stumme, traumatisierte Hans hatte Zutrauen zum Leben gefunden und sein Verhalten ins Gegenteil verkehrt.

Für Artur dagegen gab es auch an den Feiertagen einiges zu tun. Dutzende Spitzel wollten koordiniert sein.

Es war, als entließe er jede Nacht einen Schwarm Fledermäuse in den Himmel, um am nächsten Morgen zu hören, was sie gesehen, erlauscht und gefühlt hatten. Überall stießen sie ihre nur für Spitzel hörbaren Rufe aus, sie waren die Schatten in den Armenvierteln des Nordens und Ostens und die Lebemänner in den Spielclubs des Westens.

Sie bestachen die Spanner vor den Amüsierbetrieben, die Ausschau nach den lackierten Tschakos der Schutzpolizisten hielten und in der Dunkelheit nach klirrenden Kettchen lauschten, an denen ihre Gummiknüppel baumelten. Sie bestachen auch die Schlepper, die die Vergnügungssüchtigen durch verborgene Türen in die Spielhöllen, Clubs und Bordelle schleusten, waren allerorts und nirgends, und glaubte man sie eben noch entdeckt zu haben, waren sie schneller verschwunden als die Schlepper, wenn die Spanner wegen der Polizei pfiffen.

Auch Kennel fahndete.

Nicht nur, weil Artur ihm im Nacken saß, sondern auch, weil die Schießerei am Schlesischen wie erwartet die Öffentlichkeit in Aufruhr versetzt hatte. So gab es eine ganze Weile jede Nacht Razzien, füllten sich die Zellen im Polizeipräsidium am Alexanderplatz, obwohl alle natürlich wussten, wie sinnlos diese Aktionen waren und wie schnell die wegen vielerlei Dingen Festgenommenen wieder auf freiem Fuß. Es wurde eine harte Linie demonstriert, unzählige Verhörprotokolle wurden erstellt und abgeheftet, doch nichts gefunden, was mehr Klarheit in den Fall gebracht hätte – zumal Kennel Arturs Namen weitestgehend raushielt.

Das Ergebnis aller Bemühungen ernüchterte. Grund der Auseinandersetzung: unbekannt; Teilnehmer der Auseinandersetzung: unbekannt.

Zeugen: keine.

Wobei es am Morgen nach dem Vorfall tatsächlich einige wenige Beobachter gegeben hatte, die in erster Befragung grobe Mitteilungen machen konnten. Tags darauf jedoch erinnerte sich niemand mehr oder gab vor, sich nur wichtiggemacht zu haben. Denn da wussten mittlerweile alle von Arturs Dollarversprechen, sodass der Wunsch nach Kooperation mit der Polizei in einer Gegend, die grundsätzlich mit ihr auf Kriegsfuß stand, auf einen Wert unter null sank.

Dennoch fand Kennel tatsächlich eine Spur. Man ermittelte die Identität desjenigen, dessen halber Kopf auf dem Seitenfenster von Arturs Mercedes gelandet war: Seine Fingerabdrücke fanden sich in einem der Karteikästen der Berliner Kriminalpolizei. Dass sie so schnell aufgespürt wurden, war pures Glück, denn der Abgleich war normalerweise eine mühsame Fleißarbeit und dauerte zuweilen Wochen.

Der Mann hieß Otto Streeck, dreiundzwanzig Jahre, wohnhaft in Weißensee, und hatte es im Krieg immerhin bis zum Leutnant gebracht. Nach dem Krieg gehörte er, wie viele andere auch, zu denen, die am Wiedereinstieg in die Zivilgesellschaft gescheitert waren. Er wurde mehrmals wegen Landfriedensbruchs verhaftet, immer in Zusammenhang mit nationalistischem Protest, der vor Gericht jedes Mal geradezu lächerlich glimpflich geahndet worden war. Zuletzt hatte er in der Marinebrigade Ehrhardt gedient, was Artur als Information vollkommen ausreichte. Für ihn stand fest, dass Streeck Mitglied der Organisation Consul war, einem verborgenen Syndikat, gegründet von Korvettenkapitän Hermann Ehrhardt, das die Republik mit weißem Terror überzog. Eine ganze Reihe von politischen Morden ging auf das Konto dieses Bündnisses, der prominenteste: der an Staatssekretär Matthias Erzberger, dem Mann, der die Waffenstillstandsbedingungen im Wald von Compiègne unterschreiben musste.

Artur gab Kennel die Abschrift einer Liste mit Mitgliedern von O.C., in deren Besitz Isi ein paar Monate zuvor gekommen war und mit deren Hilfe man im Sommer eine ganze Reihe Männer hatte verhaften können. Nur um die allermeisten kurze Zeit später wegen Mangels an Beweisen wieder freizulassen. Mit dieser Liste aber konnte die Identität des Attentäters geklärt werden, dessen Kehle Artur herausgerissen hatte. Er hieß Kurt Benner, zweiundzwanzig Jahre, gebürtig aus Oldenburg, ehemaliger Gefreiter des VII. Armeekorps, 1918 ehrenhaft entlassen und bis vor sechs Monaten in seinem Elternhaus in Oldenburg gemeldet. Seitdem galt er als verschollen und wurde verdächtigt, sich O.C. angeschlossen zu haben.

Wer der Mann war, dem Artur in die Brust geschossen hatte, konnte nie ermittelt werden, aber es spielte auch keine Rolle mehr, denn zwei der drei Toten waren offensichtlich rechtsnationale Geheimbündler, und damit war uns auch klar, dass O.C. den Mordversuch an Isi und Artur durchgeführt hatte. Ich nahm durchaus zur Kenntnis, dass O.C. mich bei dieser Operation entweder vergessen oder schlichtweg für zu unwichtig befunden hatte. Wie lange aber würde es dauern, bis sie begriffen, dass sie meinen Freunden schaden konnten, wenn sie mich ebenfalls ins Fadenkreuz nahmen?

»Aber in wessen Auftrag?«, fragte ich Artur, als er mir die Ergebnisse kurz vor Silvester präsentierte.

Wir saßen in meinem Wohnzimmer, tranken Wein und hörten leise Musik aus dem Grammofon. Isi war oben in ihrem Zimmer, worüber ich froh war, denn weder Artur noch ich wollten sie in ihrer jetzigen Verfassung mit zu vielen Informationen belasten.

»Sie könnten es aus Rache getan haben, weil wir ihre Leute an die Staatsanwaltschaft verraten haben.«

»Es könnten auch die von Torstayns gewesen sein«, mutmaßte ich. »Wendell und Victoria hassen Isi. Und sie wissen, dass du sie beschützt.«

»Ja, vor allem Victoria ist ein harter Brocken. Die brennt eher ihr Gut in Ostpreußen nieder, als dass sie Isi als eine *von Torstayn* anerkennt.«

Ich goss uns beiden einen Schluck Wein nach.

»Und dann ist da noch Aldo ...«

Offiziell waren Aldo und Isi immer noch verheiratet: der Hochadlige und die Bürgerliche. Wendell hatte seinem Ältesten nach der Hochzeit den Geldhahn zugedreht, und Aldo war die Sorte verwöhnter Schwerenöter, die ohne Prunk, Verschwendung oder Dienerschaft morgens nicht einmal aus dem Bett kam. In seiner Verzweiflung über sein unerträgliches Dasein ohne Pomp und Gloria hatte er mit Isi gebrochen und ihr gleichsam seine neue Verlobte präsentiert: Helene Boysen.

Ausgerechnet die.

Verzogenes Miststück. Isis Erzfeindin seit Kindertagen.

»Aldo ist zu schwach. Er könnte das nicht.«

»Er nicht«, antwortete ich. »Helene auf jeden Fall! Isi steht ihr im Weg, und ihr Bruder Falk ist bei O. C.«

Artur nickte. »Ja, sie hat eindeutig das beste Motiv. Und sie kennt keinerlei Skrupel. Genau wie Falk.«

»Und jetzt?«, fragte ich.

Artur stellte sein Glas ab. »Komm!«

»Wohin?«

»Wir holen uns Aldo.«

5

Aldo hätte Artur wohl keine zwei Minuten widerstanden, allein: Wir waren zu spät. Als wir das repräsentative Gründerzeithaus in der Victoriastraße fünf erreichten, die wenigen Treppen zum Haupteingang hinaufgesprungen waren und an der Klingel Sturm geläutet hatten, waren Aldo und Helene bereits fort. Das jedenfalls teilte uns ein robust wirkendes Dienstmädchen mit.

Artur schob die Frau einfach zur Seite und trat ein, um sich selbst davon zu überzeugen. Während er die Treppen in die Beletage hocheilte, rannte sie zum Telefon, um die Polizei zu rufen.

»Das würde ich nicht tun!«, warnte ich, nahm ihr den Hörer aus der Hand und hängte ihn wieder ein. »Oder wollen Sie, dass mein Freund runterkommt und sich mit *Ihnen* beschäftigt?«

Ihrem immer blasser werdenden Gesicht war anzusehen, dass sie darauf absolut keinen Wert legte. Arturs Maske schüchterte jeden ein, der sie zum ersten Mal sah.

Oben hörte ich Arturs schwere Schritte, Türknallen und laute Rufe anderer Bediensteter. *Unverschämtheit!* oder *Flegel!* Schließlich eilte Artur wieder die Treppen hinab in die kleine Eingangshalle und stellte sich so nahe vor das Mädchen, dass es instinktiv den Kopf senkte und auf seine Füße starrte.

»Wo sind sie?«
»W-wer?«
»Wo sind Aldo und Helene?«
»Die Herrschaften sind verreist, mein Herr«, gab die junge Frau kleinlaut zurück.
Artur schob ihr zwei Finger unter das Kinn, hob es an und zwang sie so, ihn anzusehen.
»Wohin?«
»Bitte tun Sie mir nichts!«, wimmerte sie.
»Wo sind Aldo und Helene?«, fragte Artur erneut.
»Wir wissen es nicht, mein Herr. Sie sind schon vor knapp zwei Wochen abgereist und haben niemandem gesagt, wohin sie fahren oder wie lange sie weg sein werden. Das ist die Wahrheit! Wirklich!«
»Vor zwei Wochen ...«, wiederholte ich nachdenklich. Kurz nach dem Anschlag.
»Ja, mein Herr. Sie können jeden fragen.«
»Schon gut.« Artur nickte.
Er glaubte ihr.
Unverrichteter Dinge verließen wir das Haus wieder und fuhren mit hoher Geschwindigkeit davon. Wenn die Nachbarn diverse Botschafter oder die Reichskanzlei selbst waren, durfte man getrost davon ausgehen, dass die Polizei nach einem Alarmruf in weniger als einer Minute vor Ort sein wird.
»Was nun?«, fragte ich Artur.
Der zuckte mit den Schultern: »Die werden sich nicht ewig verstecken können. Jetzt holen wir uns erst mal die anderen.«

An Silvester tobte im *Arcasi* das Leben.
Isi und ich dagegen blieben zu Hause, sie in ihrem Zimmer, ich im Wohnzimmer, bei zu viel Wein und Musik aus dem Grammofon. Unsere beiden Leibwächter standen meistens vor der Tür und rauchten, sodass es mir an Gesellschaft mangelte und ich mit jedem Schluck tiefer in den dunklen Brunnen meiner Erinnerungen stieg. Ich dachte an Papa und seine Geschichten von Mama. An Masha

in Brest-Litowsk und an das, was wir hätten sein können ohne diesen verdammten Krieg. Und natürlich an Marlies, Hans' Mutter. Wir hatten uns an Silvester kennengelernt. War das wirklich erst drei Jahre her? Wie sehr ich sie vermisste und wie sehr ich mir wünschte, damals aus diesem Zug nach Weimar ausgestiegen zu sein, anstatt zuzusehen, wie sie winkend im Wasserdampf einer stampfenden Lokomotive für immer verschwand.

Kurz nach Mitternacht beschloss ich, eine weitere Flasche zu öffnen, und nestelte gerade mit einem Korkenzieher daran herum, als ich plötzlich deutlich entschlossene Schritte auf der Treppe hörte. Im nächsten Moment flog die Tür zum Wohnzimmer auf: Isi stand im Raum.

Erstaunt sah ich sie an.

»Was ist?«, fragte ich.

Doch sie marschierte nur auf mich zu, nahm mir die Flasche aus der Hand, entkorkte sie und trank in großen Schlucken.

»Frohes Neues!«, sagte sie anschließend und gab mir einen Kuss auf den Mund.

»Was?«, fragte ich sie verdattert.

»Frohes Neues!«, wiederholte sie, als ob das alles erklären würde.

»Was ist denn los mit dir?«, fragte ich irritiert.

»Mir ist was klar geworden, Carl!«

»Was denn?«

»Mir ist klar geworden, dass ich so nicht weiterleben kann.«

»Was meinst du damit?«, fragte ich unsicher. Sie sah immer noch blass aus, und ihr Blick verriet nichts Gutes. Ich hoffte, dass ihr angegriffener Gemütszustand sie nicht zu sehr, sehr dummen Handlungen verleiten würde. Wieder griff sie nach der Flasche und trank in großen Schlucken.

Dann sagte sie: »Ich meine damit, dass ich wieder *ich* sein muss!«

Stirnrunzelnd antwortete ich: »Vielleicht bin ich schon zu betrunken, aber ich verstehe kein Wort.«

»Henry ist tot. Ich bin es nicht. Und ich werde denen nicht die Genugtuung geben, mich am Boden zu sehen.«

»Ist wirklich alles in Ordnung mit dir?«, fragte ich.

Statt zu antworten, schenkte sie mir ein, leerte dann den Rest der Flasche und fragte: »Haben wir noch was?«

Ich nickte, holte aus der Küche neuen Wein, den sie öffnete, um wieder gierig zu trinken.

Endlich setzte sie ab und zischte: »Die machen mich nicht fertig! Die nicht!«

Sie gab mir die Flasche und nickte. »Artur wird sie finden und …« Den Rest des Satzes ließ sie vielsagend aus.

»Jedenfalls werde ich weitermachen! Da draußen gibt es viele, die meine Hilfe brauchen!«

»Du meinst dein Büro?«, fragte ich vorsichtig.

»Ich meine mein Büro«, bestätigte sie und nahm die Flasche an sich.

Sie hatte vor ein paar Monaten eine Anlaufstelle für Arme, Kriegskrüppel, Dienstmädchen und kleine Angestellte gegründet, die half, berechtigte Forderungen gegen Staat oder Arbeitgeber durchzusetzen. Bezahlen mussten die Klienten zunächst nichts, gaben aber, wenn der Fall gewonnen wurde, einen Teil des Streitwertes zurück. Friedemann Fromm betreute die Fälle für kleines Geld und verrechnete die geringen Verdienste mit den sehr hohen, die er mit Artur oder dem Ringverein *Vergissmeinnicht* einspielte.

Und Fromm gewann seine Fälle, zum großen Ärgernis der Berliner Staatsanwaltschaft, die ihn, den mit allen Wassern gewaschenen Ganovenanwalt, aufrichtig hasste, weil er sie in schöner Regelmäßigkeit am Nasenring durch den Gerichtssaal führte.

»Das … das finde ich gut! Wirklich gut!«

Sie trank abermals, und als sie absetzte, verriet ihr glasiger Blick, dass ihr der Alkohol rasant zu Kopf gestiegen war.

»Die krieg'n mich nich!«, murmelte sie mit schwerer Zunge und zischte in gereiztem Ton: »Die nich!«

»Vielleicht schalten wir jetzt lieber mal einen Gang runter, was denkst du?«, fragte ich sanft.

Statt einer Antwort nahm sie erneut einen ordentlichen Schluck und stieß kräftig auf: »So siehssu aus, Carl Schneiderssohn. Wir fahr'n Vollgas! Wir fahr'n *immer* Vollgas! Klar?« Wieder küsste sie mich auf den Mund. Dann grinste sie. »Frohes Neues!«

6

Das neue Jahr begann also mit einer scheinbar wiedererstarkten Isi, aber auch mit einer wenig ermunternden Überraschung für mich. Im November hatte die UFA, mein Arbeitgeber und mit uneinholbarem Abstand unumstrittene Königin aller Filmproduktionen, die Decla-Bioscop übernommen. Und offensichtlich wollte die Geschäftsführung zügig umstrukturieren: Wir Mitarbeiter wurden neu eingeteilt.

Ernst Lubitsch und Paul Davidson waren nach Amerika gegangen, mit dem Kauf der Decla bekam die UFA Erich Pommer als neuen geschäftsführenden Produzenten und mit Fritz Lang einen neuen Regisseur, dessen Bekanntschaft ich schon hatte machen dürfen.

Leider.

Vor allem aber bekam die UFA mit der Übernahme ein gewaltiges neues Produktionsgelände: die Filmstudios in Neu-Babelsberg.

Am zweiten Januar 1922 trat ich nun nichts ahnend in die Glashäuser am Tempelhofer Feld, als ich, kaum hatte ich meinen Mantel abgelegt, schon ins Büro gerufen wurde, wo man mir erklärte, dass man mir einen neuen Arbeitsplatz zugeteilt hatte. Auf meinen sehr vorsichtigen Protest hin gab man mir deutlich zu verstehen, dass man mich zwar schätzte, aber dass niemand unersetzlich wäre, vor allem die nicht, die zwei Wochen freigenommen hätten, während alle anderen ihrer Arbeit nachgegangen wären. Die Kosten für Bahn oder S-Bahn nach Neu-Babelsberg durfte ich immerhin in Rechnung stellen, hieß es, dann wünschte man mir noch gutes Gelingen und einen schönen Tag.

So kam es, dass ich, mit einem stillen Seufzer wegen der zukünftigen elend langen Anreisen, nach Neu-Babelsberg fuhr, über die Stahnsdorfer Straße ging und endlich vor meiner neuen Arbeitsstätte stand: einem dreistöckigen Fabrikgebäude mit weiten Rundbogenfenstern und eigenartigen, gebogenen Zacken auf dem Giebel, die aussahen wie gemauerte Krallen.

Einst hatte hier die Firma *Hachmeister* versucht, mit künstlichen Blumen und Pflanzen sowie Dekorationsartikeln erfolgreich zu sein, und war ebenso daran gescheitert wie die *Victoria Kraftfutterwerke* nach ihr. Erst dann kaufte die Deutsche Bioscop Film das Gebäude und erweiterte Zug um Zug das Gelände.

An einem der beiden Torhäuschen meldete ich mich an und betrat ein unglaublich großes Filmgelände. Über vierzigtausend Quadratmeter erstreckte sich ein freies Feld, das auf der Südseite sicher nicht nur an diesem sonnigen Tag herrlich viel Licht entwickelte und noch dazu ohne Nachbarn auskam. Es gab neben der ehemaligen Fabrik noch Verwaltungsgebäude, eine Filmkleberei, wo die Filme geschnitten und montiert wurden, eine Kopieranstalt, ein Kostümlager, eine Elektrozentrale, eine Kantine und unterirdische Filmlagerkeller sowie Fundusschuppen.

Auf seine Art und Weise war Neu-Babelsberg eine kleine Welt für sich. Draußen gab es nichts, drinnen Hunderte von Mitarbeitern, die unentwegt neue, spektakuläre Sphären auf- und wieder abbauten. Es erinnerte mich daran, wie privilegiert ich doch lebte, denn während die meisten in einer zerklüfteten Wirklichkeit schwere Hämmer auf harte Felsen schlugen, schwebte ich durch eine bunte Fantasie, in der Tod, Hunger und Elend nur gespielt waren.

Bald erreichte ich das *Große Glashaus*, ein rechteckiger, durchsichtiger Bau mit Giebeldach, der aussah wie das Tepidarium eines Riesen, trat dort ein und wurde direkt von wildem Geschrei überspült. Es klang, als wäre eine Demonstration aus den Fugen geraten, als stünde eine Versammlung kurz davor, gewalttätig zu werden, aber statt Flüchen oder Aufrufen zum Sturm hörte ich Appelle ganz anderer Art: *Kaufen! Verkaufen! Kaufen! Verkaufen!*

Vor mir bäumte sich die Rückwand einer Kulisse auf. Die Luft dahinter vibrierte geradezu, und Menschen wogten in heller Aufregung hin und her. Vorsichtig schlich ich mich hinein und sah in einen großen, mit kannelierten Säulen bewehrten Raum. In dessen Fond führten zwei Treppen zu einer Empore und einer riesigen Uhr, die nicht nur die ganze Rückseite beherrschte, sondern wie ein großes Auge auf die Szenerie hinabblickte.

Im Parkett vielleicht hundert gut gekleidete und zumeist bärtige Männer: Aktienhändler, alle mit aufgesetzten Zylindern, die mit Papieren wedelten, während zwei Helfer auf einer riesigen Anzeigetafel mit Kreide geschriebene Kurse auswischten und hektisch korrigierten. Über allem hingen Schwaden von Rauch.

Fast wähnte ich mich in einem Fiebertraum, doch trotz der Dynamik erschien mir das Bild nicht zufällig, sondern auf geschickte Art und Weise arrangiert. Dann entdeckte ich im hinteren Drittel des Raumes einen einzelnen Mann auf einem Tisch stehend, von dem die Fiebrigen respektvollen Abstand hielten. Mit pelzbesetztem Mantel und Zylinder thronte er geradezu über ihnen, die Hände lässig in die Taschen gesteckt, die Aufregung um sich herum lauernd beobachtend. Erst nach einigen Momenten erkannte ich ihn: Rudolf Klein-Rogge, wohl einer der bekanntesten Schauspieler des Landes.

»STOPP! STOPP!«

Die Menge gehorchte aufs Wort, verharrte, während alle Köpfe herumwirbelten, dem Podium zu meiner Linken zu, auf dem zwei Kameramänner standen und der Regisseur Fritz Lang.

Er war von seinem Stuhl aufgesprungen, die Arme in die Flanken gestemmt. In Knickerbockerhosen, hohen schwarzen Lederstiefeln, weißem Hemd mit Krawatte, die Haare mit Pomade streng zurückgekämmt und das Monokel ins linke Auge geklemmt, wirkte er wie eine Mischung aus Kriegskommandant und Zirkusdirektor. Sein rechter Arm schnellte vor: Mit einer Reitpeitsche zeigte er auf einen Darsteller und funkelte ihn böse an.

»SIE DA! WAS GLAUBEN SIE EIGENTLICH, WAS SIE MACHEN?!«

Der arme Kerl zeigte verschüchtert mit dem Daumen auf sich, um sicherzugehen, dass er gemeint war, während die um ihn herum ein wenig von ihm abrückten.

»JA, SIE! WO SOLLTEN SIE STEHEN?!«

Der Mann schluckte.

»DA!!«, schrie Lang und zeigte mit der Peitsche einen Meter weiter nach rechts: »DA! HERRGOTT! DA!«

Mit gesenktem Blick trat der Mann den einen Meter weiter nach rechts.

Staunend nahm ich zur Kenntnis, dass Lang die Statisten genau arrangiert hatte, obwohl man das später in einer Totalen überhaupt nicht sehen konnte.

Oder etwa doch?

»BITTE!«, schrie Lang, was als Aufforderung gemeint war, die Szene von vorne zu beginnen.

Wieder kurbelten die Kameraleute, wieder riefen die Börsenhändler, wieder wurden Börsenwerte mit Kreide überschrieben, wieder thronte Rudolf Klein-Rogge über der Szenerie.

»NEIN! NEIN! NEIN!«, schrie Lang erneut auf, und augenblicklich flogen alle Köpfe abermalig zu ihm herum. »Ich will mehr Aktion! Mehr Angst! Mehr Aufregung! Die Leute sollen in den Kinos die Dramatik spüren! Hier spüre ich gar nichts! Überhaupt nichts!«

Seufzend setzte er sich wieder auf seinen Stuhl und rief laut: »Bitte!«

Die Szene startete erneut.

Und erneut.

Und erneut.

Und erneut.

Wie andere vielleicht auch, fragte ich mich, was ihm jeweils nicht gefiel, denn für mich sahen diese Szenen immer gleich aus, aber scheinbar hatte Lang ein Bild vor dem inneren Auge, das sich nicht mit dem in Deckung bringen ließ, was die Kameras aufzeichneten.

Endlose Wiederholungen später war er dann doch zufrieden.
»UMBAU! Fünfzehn Minuten Pause, und merken Sie sich Ihre Positionen!«
Es war den Gesichtern anzusehen, dass niemand seinen Platz vergessen und wirklich niemand nach *sechzehn* Minuten aus der Pause kommen würde.

Lang marschierte von seinem Podest herab und kam auf mich zu.

Eingeschüchtert rupfte ich meine Kappe vom Kopf und reichte ihm die Hand: »Herr Lang? Carl Friedländer. Ich bin der neue Kameramann aus Tempelhof.«

Zu meiner Überraschung lächelte er kurz – ich hatte fast schon damit gerechnet, dass er mir mit seiner Peitsche eins überziehen würde.

»Der Lubitsch-Mann, richtig?«

»Ja.«

»Dann müssen Sie was können. Wir werden Sie als zweiten oder dritten Kameramann einsetzen.«

»Gern.«

Er hielt immer noch meine Hand und sah mich durchdringend an: »Kennen wir uns nicht von irgendwoher?«

Ich hätte ihm von meiner Ex-Freundin Lissy erzählen können, die er mir ausgespannt hatte. Von unserer zufälligen Begegnung vor den Glashäusern am Tempelhofer Feld, als es erste geheime Treffen zwischen ihm, Produzent Pommer und der UFA gegeben hatte. Aber ich wollte einen unbelasteten Anfang, daher antwortete ich nur: »Nein, Herr Lang.«

Sein Blick blieb skeptisch, als prüfte er gerade sein Gedächtnis, dann aber schüttelte er leicht den Kopf und sagte: »Willkommen an Bord.«

So begann mein erster Tag in Babelsberg.

Mein erster Film mit Lang.

Der Film, der ihn zu einem Stern machen würde.

Dr. Mabuse.

7

Zu den Besonderheiten jener Tage gehörte, dass bei den aufwendigen Filmproduktionen ein und dieselbe Szene in der Regel mit zwei, manchmal sogar mit drei Kameras aus gleichem Blickwinkel gedreht wurde. Das war nötig, weil aus dem Material der Hauptkamera der Film zwar geschnitten und fertiggestellt, beim Kopiervorgang aber ebendieses nach und nach zerstört wurde, sodass unbrauchbare Aufnahmen mit Aufnahmen spielgleicher Szenen der zweiten oder dritten Kamera ersetzt werden mussten. So lange, bis keine Kopien vom fertigen Film mehr gezogen werden konnten, weil alles Filmmaterial ruiniert war.

Das führte dazu, dass sich der Regisseur allein mit seinem ersten Kameramann beriet, die anderen dagegen nur eine Art Dienstleister waren, die das drehten, was man ihnen sagte. Bei Lubitsch war es nicht anders gewesen. Bei Lang hatte in der zweiten oder dritten Reihe zu sein den Vorteil, dass man von seinen Ausbrüchen verschont blieb, den Nachteil, dass man im Vorspann nicht erwähnt wurde.

Was ich gern hinnahm. Denn auch die folgenden Tage und Wochen erlebte ich Lang immer wieder als cholerischen Perfektionisten, dem ich gleichermaßen Genialität und Sadismus unterstellte, der ikonische Bilder schuf und im selben Atemzug Menschen zutiefst demütigen konnte. Dabei arbeitete er wie ein Besessener: morgens der Erste im Studio, abends der Letzte.

Seine Filme mussten groß sein!

Alles an ihnen musste groß sein!

Das Visuelle war sein Fetisch, das Bild sein Abgott, es bedeutete ihm, dem ehemaligen Maler, alles. Er war wie ein Berserker mit nicht enden wollender Energie, die er, wie sich die zuflüsterten, die es selbst nie gesehen hatten, mit Kokain immer wieder neu entfachte.

So inszenierte er seine Filme, so inszenierte er auch sich selbst. Zurückhaltung war seine Sache nicht, nicht nur was seine furchtbaren Ausbrüche betraf, sondern auch seine schamlosen öffentlichen

Auftritte, bei denen er wahlweise eine neue Gespielin präsentierte oder großkotzig mit seiner Ehefrau Thea von Harbou, die er seinem Hauptdarsteller Rudolf Klein-Rogge ausgespannt hatte, in einem protzigen weißen Mercedes Sportzweisitzer durch Berlin brauste. Und natürlich gab er die schillerndsten Feste.

Mir schien, dass er enormen Gefallen an der Provokation fand und die Gerüchte, die sich um ihn rankten, genoss. Nicht einmal die ungeheure Anschuldigung, seine frühere Ehefrau Elisabeth Rosenthal vor zwei Jahren umgebracht zu haben, schien ihn zu kümmern, obwohl er niemals über sie und das, was geschehen war, sprach. Damals war er unter dubiosen Umständen freigesprochen worden, aber zwei Dinge waren doch unbestritten: Er war bei ihrem Tod anwesend gewesen. Und Elisabeth Rosenthal wurde mit *seinem* Revolver erschossen – nachdem sie ihn beim Ehebruch mit Thea von Harbou erwischt hatte. Der einzigen Zeugin, die er praktischerweise gleich darauf heiratete.

Letztlich blieb nur eine tote Ehefrau, die offiziell Selbstmord begangen hatte.

Niemand schien ihn von den Dingen abzubringen, die er sich in den Kopf gesetzt hatte. Er war die Sonne, die nur sich selbst beschien. Ich gebe zu, dass ich ihn dafür sogar heimlich bewunderte, denn er lebte ohne Angst und Zögern und stand mir in seinem ganzen Wesen geradezu diametral gegenüber.

Aber nicht immer war Wagemut klug, was Isi aufs Eindrücklichste bewies, als sie mich ein paar Tage später aus einer Gefängniszelle anrief und mir befahl, mich sofort auf den Weg zu machen.

»W-was machst du im Gefängnis?«, fragte ich verdattert.

»Ich kann Artur nicht erreichen. Und Friedel ist bei Gericht. Also, kommst du?!«

»Ich kann nicht, Isi. Wir drehen!«

»Dann nimm dir gefälligst frei!«

»Isi, Lang ist nicht der Typ, dem ich mit so was kommen kann.«

»MIT SO WAS?!«, fauchte sie wütend. »*SO WAS* SITZT IN EINER ZELLE AUF DEM PRÄSIDIUM AM ALEX!«

»Was hast du denn angestellt?«, fragte ich.
»ICH HAB GAR NIX ANGESTELLT!«
»Isi, bitte beruhig dich. Also, warum haben sie dich eingesperrt?«
»Kommst du jetzt oder nicht?«
Ein Kollege winkte mir zu – Lang wollte weitermachen.
»Ich kann nicht. Wirklich!«
»DU KOMMST JETZT SOFORT HIERHIN UND HOLST MICH RAUS!«
»Ich komme, sobald ich kann, versprochen!«
»CARL!«

Ich legte schnell auf – in diesem Zustand war schlecht mit ihr zu diskutieren. Mit etwas Abstand würde sich ihr Ärger herunterkühlen, glaubte ich, was, wie sich noch herausstellen sollte, eine monumentale Fehleinschätzung war.

Wir drehten bis in die frühen Abendstunden, dann hatten zumindest die zweiten Kameramänner frei. Schnell eilte ich zum Telefon, rief im *Eden* an, erwischte aber nur Arnie und trug ihm auf, Artur zum Polizeipräsidium am Alexanderplatz zu schicken. Gleich danach rief ich unseren Anwalt Fromm an und hinterließ bei seiner sehr schönen und sehr vollbusigen Sekretärin die gleiche Nachricht.

Die nächsten beiden Stunden fuhr ich in diversen Bahnen zurück in die Stadt und erreichte endlich die *Rote Burg* am Alexanderplatz, Berlins zweitgrößtem Gebäude nach dem Stadtschloss der Hohenzollern. Wuchtig und einschüchternd beherrschte der Ziegelbau den gesamten Platz. Entnervt irrte ich durch den riesigen Komplex, wurde treppauf, treppab geschickt, wo ermüdete, gereizte Schutz- oder Kriminalpolizisten nur widerwillig Auskunft gaben. Alles schien heruntergekommen, verwahrlost wie die Menschen, die in Handschellen durch die Gänge hindurchgeführt wurden.

Endlich erreichte ich die Frauenzeile im vierten Stock, in der zumeist Prostituierte einsaßen, aber auch Diebinnen, Betrügerinnen, Kindsmörderinnen oder Aufgegriffene, die sich hier vom Alkoholrausch oder dem Rausch anderer Drogen erholten. Und sich leider auch nur so lange ruhig verhielten, wie die Wirkung dessen, was sie zu sich genommen hatten, nicht nachließ. Dann aber begannen sie, herumzuschreien, ihre Zellengenossinnen anzugreifen oder die Wärter mit allen denkbaren Formen der Zuneigung zu locken, wenn sie ihnen nur etwas *besorgen* könnten.

Fromm war bereits angekommen und besprach sich mit einem der Beamten, während ich längst ahnte, dass Isi in diesem Irrenhaus ganz sicher nicht ihre innere Sanftmut entdeckt hatte. Offensichtlich hatte unser Anwalt die Zeit genutzt, bei einem Richter eine Haftverschonung zu erreichen, und klärte gerade alle Formalitäten mit einem der Aufseher, als ich beide begrüßte.

»Meinetwejen könn' Se de Hälfte von die Damen mitnehm'n«, hörte ich den Schließer sagen. »Selbst denn wär'n wa noch übabelecht.«

»Die eine reicht erst mal«, antwortete Fromm.

»Die eene hat ooch een ziemlichet Tempramenq«, entgegnete der Aufseher.

Fromm ging nicht darauf ein, sondern überflog die Papiere, unterschrieb dann einen Vordruck. Damit waren alle Formalien erledigt, und Wachtmeister Wuttke führte uns an grünen Zellentüren entlang, bis wir vor einer stehen blieben, die er aufschloss. »Besuch, Euer Hochwohljebor'n!«

Aus dem Halbdunkel der Zelle trat Isi in den Eingang und fauchte den Schließer an: »Na, wenn dit ma nich Wachtmeester Wutz is'?«

»Isi, bitte!«, raunte ich.

»Wat ha' ick jesacht? Die Jräfin Koks hat 'ne Schnauze wie 'n Bierkutscha!«

Isi fauchte: »Du kannst mir ma anne Pupe schmatzen, du Flitzpiepe. Und det nächste Ma', wenn du 'ne Dame siehst, behandel se jefällichst ooch wie eene!«

»Wenn ick ma' eene seh, mach ick dit!«, schimpfte der Wärter zurück.

»Fatzke!«

»Frechet Aas!«

Fromm zog Isi sanft zu sich: »Können wir?«

Sie drängte an Wuttke vorbei und stand im nächsten Augenblick mit verschränkten Armen vor mir: »Ah, de nächste Flitzpiepe!«

»Meine Güte, Isi!«, staunte ich grinsend. »Ein paar Stunden in Gewahrsam, und du berlinerst schlimmer als die Damen vom Schlesischen!«

»Wennick ...« Sie hielt inne und fuhr etwas ruhiger fort: »Wenn ich sage, dass du mir helfen sollst, dann lässt du gefälligst alles stehen und liegen und hilfst mir!«

»Was hast du denn angestellt?«, fragte ich.

»Jaaar nüscht!«

»Dit siehta Restaurangchef vom *Joldenen Hirsch* een bissken anders. Der räumt seine Bude imma noch uff«, informierte Wuttke genüsslich.

»Bestimmt 'n Verwandta von dia!«, fauchte Isi ihn an.

»Den Ladn kann ick mir nich leist'n«, antwortete Wuttke. »Is' nur wat für Hochwohljeborne!«

»Denn jeh ick nur noch dahin!«

»Da haste Lokalvabot uff Lebenszeit, Jräfin!«

»Isi!«, mahnte Fromm. »Wir gehen!«

Kurz sah es so aus, als wollte Isi ihre neu gewonnene Freiheit mit einer schweren Beamtenbeleidigung gleich wieder versenken, dann aber besann sie sich und marschierte wutentbrannt raus. Dergestalt sahen wir sie mit knallenden Absätzen durch die Frauenzeile des Polizeigefängnisses hindurchpflügen, an deren Ende sie die Türe krachend hinter sich zuschlug.

»Jetz' ma unter uns Pastor'ntöchta«, begann Wachtmeister Wuttke. »Die is' doch adoptiert, oda?«

Ich seufzte: »Eingeheiratet.«

»Na, da brauch der Herr Bräutijam sicha zwo Helme die Woche, wa?«

Ich zuckte mit den Schultern – wenn Isi Aldo in die Finger bekäme, bräuchte er deutlich mehr als nur einen Helm. Eher schon einen Bunker.

»Na, hoffentlich issa jut bei Kasse – dit wird nemlich richtich teua.«
Damit tippte er sich an seine Mütze und stiefelte gemütlich zurück in den Trakt.

8

Die gesamte Rückfahrt in die Voigtstraße saß Isi mit verschränkten Armen im Fond unseres Wagens, trotzig aus dem Seitenfenster starrend, während Fromm und ich uns ratlose Blicke zuwarfen. Gesprächsversuche ignorierte sie. Schließlich hielten wir vor unserem Haus, wo Artur mit zweien seiner Leute aus dem Dunkel des Hauseingangs an uns herantrat und die Autotür öffnete.

»Was ist passiert?«, fragte er.

Isi sprang wortlos heraus und marschierte immer noch sehr wütend an ihm vorbei. Er wiederholte die Frage.

Während ich mit den Schultern zuckte, antwortete Fromm: »Diesmal war mir der Richter noch gewogen, das nächste Mal wird sie den Alexanderplatz ausführlicher durch Eisengitter betrachten.«

Wir folgten Isi ins Haus, traten ins Wohnzimmer, in dem sie schon saß und Wein trank.

»Jemand Musik?«, fragte sie und sprang auf. »Also, mir ist nach Musik!«

»Isi ...«, begann Artur ruhig. »Setz dich!«

»Musik hat noch keinem geschadet!«, protestierte Isi.

»Setz dich, bitte!«

Sie zog einen Flunsch und murmelte: »Miesepeter!«

Aber sie setzte sich.

Fromm und ich hatten uns ebenfalls niedergelassen, Artur zog es vor zu stehen.

»Was ist passiert?«, fragte er zum dritten Mal.

»Nichts!«, antwortete Isi aufsässig.

»Isi!«, mahnte Artur.

»War nicht meine Schuld!« Sie zuckte mit den Schultern.
»Ist aber nur eine eingesperrt worden – und die warst du!«
»Jaaa, richtig! So behandelt man Frauen in unserer Gesellschaft! Sperrt sie doch einfach alle ein!«
Artur blickte nur stumm auf sie hinab.
Eine Weile hielt sie diesem Blick stand, dann sah sie auf ihre Hände und grummelte kleinlaut: »Na ja, vielleicht habe ich ein bisschen überreagiert …«
»Sie hat den *Goldenen Hirsch* in Schutt und Asche gelegt«, korrigierte Fromm ruhig.
»Du bist keine Hilfe, Friedel!«, zischte Isi.
Fromm kommentierte es nicht weiter.
»Ich höre?«, sagte Artur.
Eine Weile sah Isi aus, als wollte sie weiterhin bockig sein, dann aber atmete sie tief durch und fragte: »Ihr wisst doch, dass ich gerade viel mit meinem Büro zu tun habe?«
Einhelliges Nicken.
»Jeden Tag kommen da Menschen hin, denen man übelstes Unrecht angetan hat. Menschen, die zu schwach sind, um sich selbst zu helfen, deren letzter Anker ich bin.«
»Und?«, fragte Artur.
»Da war dieses Dienstmädchen, Emma. Neunzehn Jahre. Vom Land, keine Ahnung von gar nichts. Und schwanger.«
»Und?«
»Und! Und! Ihr Dienstherr hat sie geschwängert. Sie wusste nicht mal, dass sie schwanger werden kann, wenn sie mit einem Mann schläft.«
»So was gibts?«, staunte Fromm.
»Jaaaa, so was gibts, Friedel. Die sind nicht alle so wie die Flittchen, mit denen du dich vergnügst!«
Artur hob warnend den Arm: »Wir sind nicht deine Feinde, Isi.«
Sie kniff die Lippen zusammen, dann nickte sie Fromm zu. »Tut mir leid, Friedel. Die meisten deiner Flittchen sind keine Flittchen. Nur ziemlich erfahren.«

Fromm seufzte.

»Jedenfalls hat Emmas Dienstherr sie vor die Tür gesetzt, kaum dass sie ihm gesagt hat, dass sie schwanger ist, und in ihr Zeugnis geschrieben, ihr Lebenswandel tauge für ein ordentliches Haus nicht. Und vor seiner holden Ehefrau hat er schön Buße getan!«

»So ein Schwein!«, zischte ich.

Isi zeigte triumphierend auf mich: »Endlich mal einer, der auf *meiner* Seite steht!«

»Weiter!«, befahl Artur.

»Ich wollte, dass der feine Herr Nesselecken ihr wenigstens ein gutes Zeugnis schreibt. Dazu eine Abfindung rausrückt, damit sie ein Dach über dem Kopf hat und ihr Kleines, wenn es denn auf die Welt kommt, eine Weile versorgen kann.«

»Du hast ihn zur Rede gestellt?«, fragte Artur.

»Fast.«

»Fast?«

Isi nickte. »Ich habe ihn beobachtet und dachte dann, dass ich größeren Erfolg haben würde, wenn ich ihm nicht sofort mit einem Prozess drohe. Also bin ich ihm nach und habe mich von ihm ansprechen lassen.«

Wir sahen uns an: Wenn Isi etwas konnte wie keine andere, dann, einen Mann dazu zu bringen, sie unbedingt kennenlernen zu wollen. Und darin war sie so geschickt, dass er später dachte, er hätte sie an der Angel – nur dass es genau umgekehrt war.

»Wo?«

»Im *Adlon*, beim Tanztee.«

»Tanztee? Du?« Artur winkte ab: »Gut, im *Adlon*. Weiter!«

Sie zuckte mit den Schultern und sagte: »Nun, wir plaudern, ein Wort ergibt das andere, er bestellt Sekt und legt sich so richtig ins Zeug. Und ich lache über seine öden Witzchen und klimper mit der Wimper, als ob ich die Bibel nach Amerika morsen würde.«

»Weiter!«

»Die Stimmung ist dementsprechend gut, es wird Abend, und Herr Nesselecken wird langsam zutraulich. Macht ein paar Andeutungen, die ich mit einem vielsagenden Lächeln belohne. Da lädt er mich zum Abendessen ein. In den *Goldenen Hirsch,* weil es da so fantastisch schmeckt. Und natürlich, weil ihn da weniger Leute kennen, die sich fragen könnten, mit wem er denn da so vertraut herummacht. Folglich versichere ich ihm, wie großartig diese Idee ist, und ... na ja, kann sein, dass ich ihm zu verstehen gegeben habe, dass so ein fantastisches Essen meinen *Appetit* geradezu unstillbar anregen könnte ...«

Diesmal seufzte ich.

»Ich nehme an, das war der Moment, wo du noch mal telefonieren musstest, richtig?«, fragte Fromm.

»Schon möglich«, flötete Isi ironisch zurück. »Eine Dame sagt immer Bescheid, wo man sie gerade findet.«

»Weiter!«, forderte Artur.

»Wir sind dann in den *Goldenen Hirsch,* und ich muss sagen, das Essen dort ist wirklich ein Traum. Da sollten wir unbedingt mal zusammen hin ...« Sie hielt inne und murmelte dann: »Na ja, *ihr* solltet vielleicht mal hin. Wie dem auch sei: Der gute Ferdi ist mittlerweile richtig heiß gelaufen. Er kann die Augen nicht mehr von mir lassen und bald auch die Hände nicht. Da kommt plötzlich diese Furie ins Lokal und entdeckt uns!«

»Diese Furie«, erklärte Fromm, »ist Ferdinand Nesseleckens Ehefrau: Adelheid Nesselecken.«

»Lass mich raten, Isi«, begann Artur. »Du hast sie angerufen!«

»Ich hatte ja keine Ahnung, dass sie wirklich vorbeikommt!«, verteidigte sich Isi.

»Isi!«, mahnte ich.

»Was heißt denn hier: *Isi? Ich* bin hier das Opfer! Ich habe doch nicht mein Dienstmädchen geschwängert und geglaubt, ich schnappe mir als Nächstes das kecke junge Fräulein aus dem *Adlon?«*

Sie sah zu Artur, als hoffte sie, dort Bestätigung zu finden. Er aber schwieg.

»Jedenfalls stürmt sie an unseren Tisch und schreit: *Wer ist diese Hure, Ferdi?«*

Isi blickte uns empört an und deutete dann mit dem Finger auf sich selbst: »Versteht ihr, die kommt rein und bezeichnet mich als Hure! MICH!«

Als wir nicht angemessen empört reagierten, verzog sie den Mund zur Schnute und blickte prüfend auf ihre Fingernägel: »Da ist die Sache natürlich ein kleines bisschen eskaliert ...«

»Wie sehr?«, fragte Artur.

»Ich habe die Dame an ihren Haaren über den Tisch gezogen.«

»O Gott«, stöhnte ich.

Isi blieb davon gänzlich ungerührt und meinte nur: »Unglücklicherweise fallen bei solchen Aktionen natürlich Sachen zu Boden ...«

»Wie zum Beispiel ein fünfarmiger Kerzenleuchter«, half Fromm.

»Was nicht so schlimm gewesen wäre, wenn Herr Nesselecken zuvor nicht eine Flasche Absinth bestellt hätte.«

»Plötzlich stand der Tisch in Flammen«, führte Isi fort. »Und der Teppich auch. Frau Nesselecken hat den Moment genutzt, sich auf mich zu stürzen, und so sind wir dann auf dem Tisch nebenan gelandet, was den Tischherrn so erbost hat, dass er sich gleich mit Ferdi anlegen musste – so ist das halt im Patriarchat: Da sind die Männer für ihre Frauen verantwortlich, nicht? Ein Wort ergibt das andere, und Sekunden später prügeln sich die beiden, stürzen in den nächsten Tisch, während ich Frau Nesselecken endlich auf den Boden bringe, fixiere und ...«

»Und?«, fragte Artur.

Sie kicherte plötzlich amüsiert. »Ich weiß, das war ein bisschen kindisch, aber: Kannst du dich noch an die Prügeleien in unserer Schulzeit erinnern? Wenn einer oben war und die Arme des unter ihm Liegenden festgehalten hat?«

Artur nickte.

»Kann sein, dass ich ein bisschen mit meiner Spucke herumgespielt habe. Also, so langsam rauslaufen lassen und im letzten Moment wieder hochgezogen ...«

Ich verkniff mir ein Lachen, genau wie Fromm, der sein Amüsement hinter vorgehaltener Hand zu verbergen suchte.

»Ich wollte sie nicht anspucken, ehrlich, aber einer der Kellner hat mich gepackt und da ... also, Frau Nesselecken war nicht sehr begeistert, so viel steht mal fest. Jedenfalls hebt mich der Kellner hoch, ich trete wie wild durch die Luft und treffe einen anderen Gast, der dabei gegen einen weiteren Tisch stürzt. Die Herrschaften waren natürlich sauer, und so ist die Sache dann endgültig aus dem Ruder gelaufen. Plötzlich hat jeder gegen jeden gekämpft. Da war vielleicht was los, sag ich euch!«

Eine Weile sprach niemand, und ich bin sicher, durch alle Köpfe flackerte die Restaurantszene mit brennenden Tischen, klirrenden Gläsern, boxenden Gästen und einem Geschrei, das man auf einem Rummel nicht hören würde.

Friedel erzählte uns, was dann passiert war: Irgendwann hatten Schutzpolizisten den Saal gestürmt, wild auf ihren Pfeifen herumgeblasen und großzügig von ihrem Knüppel Gebrauch gemacht. Ferdinand Nesselecken, betrunken und rasend, hatte den härtesten Treffer einstecken müssen und war für ein paar Minuten ohnmächtig geworden.

»Wie ihr seht!«, schloss Isi. »Nicht meine Schuld!«

Niemand von uns widersprach, weil niemand die Diskussion unnötig in die Länge ziehen wollte. Isi wäre ohnehin nicht einsichtig gewesen und hätte weiterhin darauf bestanden, in dieser Geschichte reines Opfer gewesen zu sein.

Da erhob sie sich und streckte gähnend ihre Arme aus: »Ich bin müde ... Ah, Friedel, was die Rechnung betrifft ...«

Sie blickte zu Fromm, griff in eine geheime Tasche ihres Rocks und warf ihm ein prall gefülltes Portemonnaie zu: »Das hier sollte reichen. Ich habe den Anteil für meine kleine Emma schon abgezogen.«

Fromm starrte sie an: »Du hast Herrn Nesselecken die Geldbörse gestohlen?«

»War ein großes Durcheinander, als der feine Herr sich seine Auszeit genommen hat ...«

»Er war ohnmächtig, Isi!«, protestierte Fromm.

»Weil er sich mit der Polizei angelegt hat! Er sollte sich wirklich selbst fragen, ob ein guter Staatsbürger so etwas tut. Wie auch immer: Ehrenmann, der er ist, wird er mit Freuden für seine Fehler aufkommen … Also dann, meine Herren: Gute Nacht!«
Sprachs und verzog sich hocherhobenen Hauptes in ihr Zimmer.
»Es geht ihr nicht gut!«, sagte ich leise.
Artur nickte.
»Ich mache mir wirklich Sorgen, Artur. Sie ist so verletzt und will sich trotzdem nicht helfen lassen.«
»Sie ist stark. Sie findet sich bald wieder.«
»Da bin ich mir nicht so sicher«, antwortete ich pessimistisch.
Und sollte recht behalten.

9

Zu meiner großen Freude lernte Hans mit großem Engagement, die Ziehharmonika zu spielen. Als ich anfing, ihn zu unterrichten, war es ihm noch egal gewesen, was wir da so von uns gaben, aber seit einiger Zeit bestand er darauf, dass wir nur noch Jazz, Ragtime, Dixie übten, überhaupt alles, was aus Amerika kam. Er kannte *diese moderne Musik* aus dem *Arcasi*. Die wenigen Male, die er dort zu Besuch gewesen war, hatte er der Kapelle begeistert gelauscht und sich schließlich vorgenommen, später einmal ein großer Solist zu werden, dem die schönen Damen Blumen zuwerfen würden. Auch das hatte er im *Arcasi* gesehen, nur dass dort umgekehrt die Herren den auftretenden, recht freizügig bekleideten Damen Blumen zuwarfen.

An diesem Sonntag aber klatschte mitten in unserem Spiel ein Schneeball gegen die Fensterscheibe, sodass wir unterbrachen und hinaussahen.

Isi.

In einer seltsamen Fliegermontur mit Lederjacke, Lederhelm und Schutzbrille, die sie keck auf die Stirn hochgesetzt hatte. Sie saß auf einem Tretroller. Vielmehr so einer Art Tretroller für Erwachsene, mit einem kompakten Außenmotor über dem Vorderrad, einem schmalen Trittbrett, das zu einer Stange mit einem klobigen Sattel führte. Obwohl er nicht sehr viele PS haben konnte, machte er Lärm wie ein klappernder Lkw.

Hans riss die Fenster auf und rief vergnügt: »Tante Isi!«

Die grinste und machte eine präsentierende Geste: »Tadaaaa!«

Wir liefen runter auf die Straße, tapsten durch Schneematsch zu ihr und stellten uns gleich neben das knatternde Ding, das blaue Auspuffwolken in den kalten Januartag hustete.

»Darf ich vorstellen ...«, begann Isi feierlich: »Der letzte Schrei!«

»Glaube ich gerne, dass man darauf seinen letzten Schrei tut ...«

»Was bist du denn so maulig?«, fragte sie. »Dem Motorläufer gehört die Zukunft!«

»Motorläufer?«

»So ist es. Dieses Wundergefährt wird die Lücke zwischen Fahrrad und Motorrad schließen!«

»Gab es denn da eine?«

Sie winkte ab: »Du hast einfach keine Fantasie, Carl! Das hier ist wie gemacht für die Dame von Welt!«

»Hat das der Verkäufer gesagt?«, fragte ich.

»Wirst du wohl aufhören herumzumäkeln?«

Jemand hupte.

Wir drehten uns beide um. Ein tiefes Brummen begleitete das Heranrollen eines roten Benz, der gleich hinter uns hielt. Artur und Arnie stiegen aus.

»Artur! Sieh mal!«, rief Isi.

Arturs Gesicht war weder Überraschung noch Vorbehalt zu entnehmen, Arnie dagegen verbeugte sich und sagte: »Steht dir ausgesprochen gut, Prinzessin!«

»Ach, Arnie, du bist ein wahrer Gentleman. Was sagst du, Artur?«

»Ich hoffe, es wird nächstes Jahr dafür noch Ersatzteile geben«, antwortete er trocken.

»Warum?«

»Weil die Firma Krupp bereits angekündigt hat, die Produktion einzustellen. Die ganze Serie war eine totale Pleite.«

Ich konnte mir ein Zucken in den Mundwinkeln nicht verkneifen, was Isi sogleich bemerkte: »Ja, lach du nur blöd. Du wirst schon sehen: Franziska und ich werden die Stadt erobern.«

»Du hast dem Ding einen Namen gegeben?«, fragte ich überrascht.

»Ich finde, sie sieht aus wie eine Franziska.«

»Ich finde, es sieht aus wie ein Tretroller für Kriegsversehrte«, gab ich zurück.

»Motorläufer, nicht Tretroller. So, und jetzt muss ich ins Büro!«

»Sonntags?«, fragte ich sie zurück.

»Sonntag ist der Tag der Dienstmädchen«, sie setzte sich die Schutzbrille vors Gesicht. »Und du, Carl Schneiderssohn, darfst nicht mit Franziska fahren. Das hast du dir jetzt verspielt!«

Artur lächelte.

»Brauchst gar nicht so zu grinsen, Artur. Du auch nicht!«

»Ich hab doch gar nichts gesagt!«, protestierte er.

Isi hob vornehm die Nase in den Wind und drückte dann die Lenkstange nach vorne – der Läufer heulte auf und machte einen Satz nach vorne.

Rumpelnd und schlingernd versuchte Isi, das bockige Gefährt unter Kontrolle zu bringen, rammte eine Mülltonne, fand dann aber zurück auf die Straße und brauste davon.

Wir sahen ihr nach, wie sie auf die Kreuzung Schreinerstraße/Vogtstraße zuknatterte und dabei keine Anstalten machte, langsamer zu werden. Plötzlich quietschten Reifen, ein Wagen stellte sich quer und kam um Haaresbreite vor Isi zu stehen, die in aller Seelenruhe und erhobenen Hauptes an ihm vorbeirollte.

Artur, Arnie und ich waren vor Schreck zusammengezuckt und schon im Begriff loszulaufen, als wir sie glücklicherweise weiterfahren sahen, als wäre nichts geschehen. Hinter sich einen wild schimpfenden Autofahrer, der seinen abgesoffenen Wagen mit der Anlasserkurbel neu starten musste.

»Wir müssen mit ihr reden!«, sagte ich zu Artur.
Wobei mir nicht klar war, was wir ihr sagen, wie wir ihren Schmerz lindern konnten. Sie lehnte jedes Gespräch über Henry rigoros ab, gab vor, alles vergessen zu wollen. Aber sie konnte nicht vergessen. Das war offensichtlich.
Und Artur konnte nicht vergeben.
Er nickte mir zu und sagte: »Steig ein!«
»Können wir Hans mitnehmen?«
»Nein. Kannst du ihn irgendwo abgeben?«
»Ja, nebenan bei Frau Schulze.«
So gab ich Hans bei Frau Schulze ab und stieg zu Artur ins Auto.
»Wo fahren wir hin?«, fragte ich.
»Wir haben vielleicht eine Spur«, antwortete Artur.
»Der Überfall?«
»Ja.«
»Ihr wisst, wo der Kerl ist?«, fragte ich aufgeregt.
»Noch nicht.«
Mehr sagte er nicht.
Aber mir war klar, warum er mich dabeihaben wollte: Ich sollte ihn identifizieren.

10

Wir fuhren in den Norden, erreichten den Stettiner und das Poetenviertel, in dem man, wie in bestimmten anderen Gegenden auch, Erstaunliches zu sehen bekam: Mit dem abnehmenden Licht eines grauen Wintertages verschwanden die Flaneure, die Familien mit ihren quengelnden Kindern, die Großeltern in ihren Sonntagsanzügen, und statt ihrer traten ganz andere Gestalten auf den Plan: Die Spanner, Huren und Hehler krochen aus ihren Löchern. Durchmischten erst vereinzelt die feiertägliche Bürgerlichkeit, bevor sie wie ein Krebs alles Leben durchwucherten und die Straße in eine Allee der Elenden verwandelten.

Die Straßenlampen warfen nur wenig Licht auf die vom Schnee geräumten Bürgersteige – nur jede dritte oder vierte war entzündet –, und überall standen Männer herum und boten gestohlene Waren an. Darunter immer wieder auch Verkäufer, die monoton nichts anderes als *Streichhölzer! Zigaretten!* riefen. Erkannte einer dieser speziellen Verkäufer mit geschultem Auge einen Kriminalisten in Zivil oder gar einen Schutzmann in Uniform, so geriet er nicht in Hektik, sondern fügte seinem Ruf einfach ein zweites *Streichhölzer!* hinzu. Daraufhin ließen gut postierte Prostituierte Taschentücher zu Boden fallen, und schon huschten überall Diebe, Hehler, Schlepper und Betrüger zurück in die Wohnhäuser, schlugen Türen zu, klickten Schlüssel in Schlössern, und auf der Straße war nach wenigen Augenblicken niemand mehr, der dort nicht stehen durfte. Verschwand dann die Polizei, sprangen die Türen wieder auf, und alle kehrten zurück zu dem, was ihnen Geld bringen sollte.

»Trottel!« Arnie grinste und meinte damit die herumirrenden Polizisten, die nur selten jemanden überführten. Sie machten ohnehin eher den Eindruck, darauf zu hoffen, dass sich die Gauner entweder gegenseitig erledigten oder selbst stellen würden.

So standen wir dort, allerdings nicht lange alleine, denn drei einsame Männer auf der Straße waren für Huren und Schlepper das, was dem Geier das Aas war. Bald schon kreisten sie um uns, lockten Mädchen mit weißem Fleisch und ordinären Sprüchen, schlugen uns Schlepper kumpelhaft auf die Schultern, schüttelten Hände und versprachen *det janz jroße Vernüjen. Jarantiert.*

Artur und Arnie sprachen nicht viel, schlenderten durch die Eichendorff-, Tieck- und Schlegelstraße, ignorierten Huren und Schlepper, als wären sie gar nicht da, während ich mal hier entschuldigend ablehnte, mich mal dort hutlüftend verabschiedete und mir zum Dank für meine Höflichkeit Unverschämtheiten nachrufen lassen musste.

»Wen suchen wir eigentlich?«, fragte ich Arnie.

»Jemand.«

»Schön. Und hat dieser Jemand einen Namen? Dann können wir

nämlich einfach nach ihm fragen und das hier abkürzen. Es friert, meine Füße sind Eisklumpen, und ich würde gerne nach Hause.«
Arnie schüttelte den Kopf:»An Orten wie diesen sind viele Fragen nicht sehr hilfreich.«
Mürrisch vergrub ich meine Hände in den Taschen und stapfte den beiden nach. Gemaule würde meine Position nicht verbessern, und da meine beiden Begleiter nun mal nicht sehr auskunftsfreudig waren, würde ich auch nicht mehr aus ihnen herausbekommen. Nach einer frostigen Ewigkeit hielten sie plötzlich an. Neugierig folgte ich ihrem Blick zu drei Huren, die an einer Laterne standen und von einem Fuß auf den anderen traten. Was immer sie miteinander besprachen, schien amüsant zu sein, denn sie lachten, liefen dann zusammen einer schäbigen Budike entgegen, durch deren dreckige Butzenscheiben diffuses Licht auf den Bürgersteig schimmerte.

Arnie und Artur folgten, querten die Straße, mich im Schlepptau, der ich mittlerweile so durchgefroren war, dass mir das zu erwartende Publikum in der Kneipe keinen Schrecken mehr verursachte. In dieser Kälte würde ich ohnehin bald sterben, da konnte ich das ja auch in einem dieser *Etablissemangs* tun, wo man all die Dinge zu sehen bekam, die man sonst nie sehen würde.

Oder wollte.

Mit dem ersten Eintreten wehte uns warme, feuchte Luft entgegen, die nach säuerlichem Schweiß, nassen Klamotten, schalem Bier und frischem Rauch roch. Der Raum war größer als angenommen, hatte eine ganze Reihe Tische, an denen zusammengesunkene Gestalten saßen, Karten spielten oder mit vom Alkohol aufgedunsenen Gesichtern Schnaps tranken.

Zwar verstummten die Gespräche mit unserem Eintreten nicht, aber sie wurden spürbar leiser: Wir wurden gemustert. Dann jedoch nahm das Gemurmel wieder an Fahrt auf, und ich war froh, dass ich im Fahrwasser zweier breiter Rücken praktisch unsichtbar den Weg zum Tresen fand, wo Artur und Arnie Bier bestellten und sich im Laden umsahen.

Die drei Huren hatten sich an einen Tisch gesetzt, offenbar Grog bekommen und wärmten ihre Hände an den Tassen, während sie in kleinen Schlucken tranken. Völlig verunsichert griff ich nach meinem Bier, als Artur und Arnie bereits auf den Tisch der geselligen Damenrunde zuhielten, ohne ihr Getränk angerührt zu haben. Hektisch stellte ich mein Glas ab und folgte den beiden.

»Guten Abend!«, sagte Artur.

Die drei blickten auf, und für einen Moment sah ich die Verunsicherung in ihren Gesichtern, als sie in Arturs Maske starrten.

Dann aber lächelte die Älteste von ihnen und antwortete: »Na, meen Hübscha! Wat kannick denn for dir tun?«

Artur blickte zu der Jüngsten in der Runde, ein Mädchen fast, kaum achtzehn Jahre alt, mit einem auffälligen Muttermal an der Schläfe, in deren Zügen sich der harte Alltag ihres Daseins noch nicht eingegraben hatte. Hätte ich sie unter anderen Umständen kennengelernt, hätte ich bei ihr auf ein junges Ding vom Land getippt, das als Verkäuferin arbeitete und von einem Mann und ein paar hübschen Kindern träumte.

»Ich möchte mit ihr sprechen!«, sagte Artur und nickte dem jungen Mädchen zu.

Die schien noch eine Spur blasser zu werden, fing sich aber dann und versuchte es mit einem Lächeln.

»Du siehst eejentlich aus wie eena, der wat Erfahrenes broocht«, versuchte es die Ältere noch einmal.

Artur hielt dem Mädchen die Hand entgegen: »Komm!«

Sie stand auf, ergriff sie und ließ sich von ihm zurück an den Tresen führen, mit Abstand zu den Säufern, die sich dort an ihre Mollen klammerten.

»Du hast vor ein paar Tagen einen Freier bedient, der mich interessiert«, begann Artur.

»Wollen wir nicht erst mal ins Hotel? Ist gleich um die Ecke, und die Zimmer sind auch nicht teuer.«

Sie sprach ohne jeden Dialekt – sie war also nicht von hier.

»Wir gehen nicht ins Hotel«, antwortete Artur ruhig.

»Das geht aber nicht«, protestierte sie schwach. »Ich muss schon was verdienen.«

»Du wirst was verdienen, wenn du mir weiterhilfst!« Unsicher sprang ihr Blick an Arturs Schulter vorbei in den Raum und wieder zurück. Dann sagte sie fest: »Ne, du musst mir vorher was geben!«

Sie hielt ihm die offene Handfläche entgegen, was Artur ignorierte. »Der, den ich suche, hat 'ne Wunde am rechten Oberarm. Er müsste also genäht oder verbunden gewesen sein.«

Da Artur keine Anstalten machte, ihr Geld zu geben, ließ sie die Hand wieder sinken.

»Wenn wir ins Hotel gehen, kann ich dir bestimmt was sagen. Lass uns doch nach nebenan?«, bat sie, als ihr Blick auch schon wieder in den Raum sprang, diesmal aber dort hängen blieb.

»Jibs 'n Problem?«, hörte ich eine harte Männerstimme hinter uns.

Arnie hatte sich bereits umgedreht, ich folgte, während Artur immer noch das Mädchen anstarrte.

»Nein, nein!«, antwortete die Kleine erschrocken. »Kein Problem, nicht, mein Großer?«

Jetzt drehte sich auch Artur um.

Vor uns standen drei bullige Typen, unrasiert, mit groben Gesichtern und tückischen Augen. Sie hatten zuvor an einem der Tische Karten gespielt.

»Will nur 'ne Auskunft«, sagte Artur ruhig.

»'ne Auskunft?!«, höhnte der Mann. »Denn zieh ma' weiter zum Stettiner. Da jibs jede Menge Auskunft for eenen wie dir. Ansonsten zahlste wie alle, die mit mee'n Meechen rummach'n woll'n, klar?«

Ich schluckte.

Artur aber blickte den Mann nur ungerührt an und antwortete nach einer langen Pause: »Besser, du gehst jetzt.«

Der Zuhälter zischte: »Wat haste da jesacht?«

Da hatte Arnie bereits ausgeholt: Seine riesige Eisenfaust raste ungebremst in das Gesicht desjenigen, der links von uns stand. Der

Mann flog förmlich durch den Raum und landete mit dem Rücken auf einem der Tische, mit starrem Blick und verkrampften Armen, die nach einigen Sekunden kraftlos an ihm herabfielen.

Gleichzeitig griff der Wortführer Artur an, schlug nach ihm, doch Artur wehrte diesen Schlag genauso ab wie den, den der Dritte im Bund Arnie zu gern verpasst hätte.

Arnie landete einen Haken gegen das Kinn seines Gegners, der daraufhin zu Boden ging, bevor Arnie dann mit seinen ganzen einhundertzwanzig Kilo und den Knien zuerst auf dessen Brustkorb sprang. Ich hörte es krachen, gleichzeitig entwich den Lungen wie einem platzenden Autoreifen die Luft.

Es blieb nur noch einer.

Der hielt mit einem Male ein Messer in der Hand und stach damit nach Artur.

Geschickt packte Artur die Messerhand und hielt sie, während Arnie, der wieder aufgesprungen war, den Luden von hinten umgriff. Artur zog seinen Arm zum Tresen herüber, drehte ihm das Messer aus den Fingern und jagte die Klinge durch die aufliegende Hand hindurch in den Schanktisch. Der Kerl schrie natürlich wie am Spieß, aber seine aufgespießte Hand ließ sich davon nicht lösen.

Da packte Artur seinen Kopf und knallte ihn mit aller Wucht auf die Theke, worauf die Schreie verstummten und der Mann bewusstlos zu Boden sank, soweit das mit einer festgenagelten Hand überhaupt möglich war.

Schließlich drehte sich Artur wieder dem Mädchen zu.

Die schluckte und fragte: »Was willst du wissen?«

II

Die Auseinandersetzung hatte vielleicht zehn Sekunden gedauert, höchstens fünfzehn. Und während Artur und Arnie mit den drei Zuhältern den Boden wischten, stand ich wie erstarrt da, auch dann noch, als Artur sich schon längst wieder mit dem Mädchen unterhielt. Hätte mir in diesem Moment ein altes Mütterchen mit ihrem Gehstock gegen die Stirn geklopft, ich hätte es nicht bemerkt. Vor mir hing ein bewusstloser Lude an seiner eigenen Hand und rührte sich genauso wenig wie der auf dem Tisch oder der, der die nächsten Monate eine Schnabeltasse und neue Rippen brauchen würde.

Nach anfänglichem Geschrei hatten sich die Geräusche in der Kneipe wieder beruhigt, man kümmerte sich wieder um seine Dinge und beachtete uns drei nicht weiter.

Genauso wenig wie die Zuhälter.

Erst als wir wieder auf dem Weg zum Auto waren, berichtete Artur mir, was er erfahren hatte: Der Freier hatte sich dem Mädchen nicht vorgestellt, natürlich nicht, aber er hatte, während er sich entkleidete, ziemlich nationalistisches Zeug herumposaunt. Angefangen damit, dass er wissen wollte, ob das Mädchen *deutsch* und *sauber* sei.

Als sie es ihm bestätigte, beschwerte er sich darüber, wie sehr das Land heruntergekommen sei, dass alle ruiniert und durch die Franzosen gedemütigt worden waren. Und dass sie den Krieg nie verloren hätten, ohne die Verräter, Meuterer und Kommunisten, die ihnen heimtückisch den Dolch in den Rücken gestoßen hatten, während sie, die kämpfende Truppe, noch im Feindesland gestanden und auf den Sieg gehofft hätte. Aber sie würden es denen heimzahlen, große Dinge hätten sie vor!

Der Akt selbst war kurz und aggressiv gewesen, als ob er gegen das Mädchen zu Felde ziehen würde, und auch kurz danach hatte er sich weiter abfällig und gemein benommen. Ihr war unterdessen eine genähte Wunde an seinem Oberarm aufgefallen, mit roten Wundrändern, offensichtlich entzündet, denn als er sich sein Hemd wieder anzog, verzog er bei der Bewegung das Gesicht.

»Und was bringt uns das jetzt?«, fragte ich Artur. »Wir haben keinen Namen und keine Adresse. Nichts.«

»Doch, wir wissen, wie er aussieht. Sie hat ihn mir genau beschrieben.«

»Und wenn er nicht mehr in Berlin ist?«

»Das Mädchen fand, dass er sich ausdrückte, als habe er mit Geld zu tun. Er hat Sachen gesagt wie, dass sie es ihren Gegnern mit Zins und Zinseszins zurückzahlen werden. Dass sie große Dinge vorhätten und sie dann fette Dividende dafür kassieren würden. So was.«
»Du meinst, es könnte jemand sein, der in einer Bank arbeitet.«
Artur nickte. »Er ist etwa einen Meter achtzig groß, schlank, blondes, kurzes Haar, rasierter Nacken, blaue Augen, Mitte zwanzig. Seine Wunde schmerzt, und er arbeitet möglicherweise in einer Bank. Damit können wir was anfangen.«
»Willst du jede Bank Berlins überwachen?«, fragte ich.
»Sind nicht so viele. Und selbst wenn: Ich habe viele Männer. Wenn er noch in Berlin ist, finden wir ihn.«

Und wenn ihr ihn findet, dachte ich, wird der Kerl sich wünschen, die Polizei wäre euch zuvorgekommen.

Irgendwann war ich endlich wieder zu Hause.

Ich saß eine Weile an Hans' Bett und dachte daran, wie unschuldig er im Schlaf aussah, während unsere Tage beherrscht wurden von Gewalt, Kampf und Ungerechtigkeit. Wäre es nicht schön, noch einmal so träumen zu können wie er?

Später hörte ich bei einem kleinen Schlummertrunk, den ich mit unseren beiden Leibwächtern zu mir nahm, plötzlich Isis Motorläufer auf der Straße, der so laut war, dass er vermutlich längst das halbe Viertel geweckt hatte. Doch nicht nur lautstarkes Geknatter kündigte ihre Rückkehr an, sondern auch lautes Gepolter, metallisches Geklapper und anschließend derart heftiges Gefluche, dass mich die beiden Männer, die der Ringverein *Vergissmeinnicht* abgestellt hatte, erstaunt ansahen.

Kurz darauf krachte die Haustür ins Schloss, Isi trat grußlos ein und ging mit einer blutenden Hand gleich in die Küche durch, wo sie kaltes Wasser darüberlaufen ließ.

»Was ist passiert?«, fragte ich erschrocken.

»Wir hamm den Krieg verlorn, ds is' passiert!«, fauchte Isi wütend und mit schwerer Zunge.

»Bist du etwa betrunken?«, fragte ich erstaunt.
»Gott sei Dank, binich betrunk'n, denn wennich nich betrunk'n wär, würd meine Scheißhand noch viel schlimma wehtun, als sie schon wehtuntut!«
»Zeig mal her!«, forderte ich.
Sie hatte sich ein paar Schürfwunden zugezogen, das Gelenk sah geschwollen aus, aber es ließ sich alles bewegen. Erst jetzt sah ich, dass auch ihre Knie aufgeschlagen waren. Sie war meinem Blick gefolgt, und als wir uns wieder ansahen, sagte sie: »Wir brauch'n 'nen neu'n Mülleimer.«
»Isi, vielleicht sollten wir uns mal unterhalten ...«
»Oh, bitte!«, empörte sie sich. »Kaum hab ich mal 'n klein'n Schwips, kommssu mit 'm erhob'n Zeigefinger!«
Ich schüttelte den Kopf: »Du weißt, dass das nicht stimmt. Ich meine, das mit Henry ...«
»Da gibs nix ze reden. Ham wir Alkohol?«
»Isi, bitte!«
Sie hielt mir ihre Hand vor die Augen: »Für die Ha-and, du Spießer!«
»Cognac, glaube ich.«
Sie nickte. »Dann mal los. Und noch 'n Klein'n für die Nerv'n ...«
Ich seufzte, übergoss ihre Schürfwunden, verband sie, während sie sich noch zwei Gläser genehmigte und bald nur noch sehr verwaschen sprechen konnte.
»Carl?«, nuschelte sie mit müden Lidern.
»Ja?«
»Hassu mich lieb?«
»Natürlich.«
»Ds is' gut. Du mussmich imma lieb hab'n. Du un' Artur. Hab' ihr mich lieb?«
»Ja, Isi.«
»Ichhabeuchsolib, Carl, mein Carle.«
Ich streichelte ihre Wange, während sie im Begriff war einzuschlafen. Sie streckte mir müde und mit geschlossenen Augen ihre

Arme entgegen. Ich hob sie hoch und trug sie nach oben in ihr Zimmer. Sie war eingeschlafen, bevor ich sie auf die Matratze legen konnte.

Aber nichts in ihrem Gesicht verriet Frieden.

12

Es fiel mir schwer, mich auf die Arbeit zu konzentrieren. Lang hatte tagein, tagaus unzählige Wünsche, ließ umbauen, ließ erneut umbauen, ließ abermalig umbauen, drehte, tobte, drehte von Neuem, aber nichts war gut genug, und so wurde der Film zu einem einzigen Geduldsspiel, das alle an ihre Grenzen brachte, nur nicht ihn selbst. Und mich auch nicht, weil ich gedanklich überhaupt nicht anwesend war.

Isi sorgte mich.

Sie hatte ihr inneres Sein von ihrem äußeren abgekapselt, glaubte, dass, wenn sie sich nur lange genug auf die eine Seite konzentrierte, die andere heilen würde. Offenbar hatte sie sich in den Kopf gesetzt, dass sie ihren Schmerz verstecken konnte, bis sie ihn eines Tages nicht mehr finden würde. Und obwohl sie jeden Tag spürte, wie sich das, was sie zu vergessen wünschte, neu entzündete, sie lichterloh in Brand setzte, war sie von ihrem Vorgehen nicht abzubringen.

Mehr als einmal hatte ich sie angefleht, mit mir über das zu sprechen, was uns passiert war, über Henry und ihre Wünsche, Hoffnungen und Pläne für ihn. Hatte ihr klarzumachen versucht, dass sie ihren Kummer nicht wegsperren konnte, ohne dass der sich immer wieder Bahn brach. Dass es mir bei allem Schlimmen, was mir passiert war, auch geholfen hatte, mit ihr und Artur zu sprechen und meine Last auf diese Weise mit ihnen zu teilen.

Meist hatte sie darauf nur ein wenig gelächelt und gesagt: »Ach, Carle.«

Und ich hatte geantwortet: »Komm, wir gehen zu seinem Grab und sprechen mit ihm!«

»Nein, Carle.«

Damit endeten alle meine Versuche: Sie wollte nicht auf den Friedhof. Und sie konnte nicht um Henry weinen. Stattdessen gab sie sich heiter, tat, als sei sie die alte Isi. Dann, auf irgendein Stichwort hin, verfiel sie in tiefes Schweigen, beinahe unfähig, sich zu rühren. Oder sie betrank sich sinnlos und steuerte danach ihren lächerlichen Motorläufer so halsbrecherisch, als wäre ihr der Tod willkommen.

Dabei hatte sie nicht einmal der neue Fall, das neue Dienstmädchen, das sich angekündigt hatte, aus der Bahn geworfen. Üblicherweise drehten sich ihre Angelegenheiten um dasselbe Thema: Ausbeutung. Mit dem verlorenen Krieg drängten immer mehr Flüchtlinge aus dem ehemaligen Osten nach Berlin, das weder Platz hatte noch Gnade kannte. Die Stadt war übervoll mit Menschen, die im wahrsten Sinn des Wortes keinen Wert hatten, und das stieß vormals anständige Menschen in den Abgrund ihrer schlimmsten Verhaltensweisen. So wie die Stadt mit jedem Tag erodierte, erodierte auch das Mitleid mit all den armen Kreaturen, deren einzige Hoffnung darin bestand zu überleben.

Das Mädchen kam nicht allein, sondern mit ihrem Bruder. Und zu Isis noch größerer Überraschung war nicht sie es, die Hilfe suchte, sondern ihr Bruder. Sie stellten sich ihr als Klara und Kurt Arzberger vor, waren neunzehn beziehungsweise zweiundzwanzig Jahre alt und beide ausgesprochen gut aussehend, wie Isi fand. Klara, zierlich und klein, dunkelblond mit großen blauen Kulleraugen und schönen Zähnen, erklärte schließlich, dass es in der Sache nicht um sie ging. Allerdings sei sie es gewesen, die ihren Bruder geradezu genötigt habe, Isis Büro aufzusuchen.

»Er ist so unpraktisch!« Sie lächelte entschuldigend und eroberte Isis Herz dabei gleich im Sturm, weil alles an der jungen Frau geradezu mütterliche Instinkte befeuerte.

»Um was geht es denn?«, fragte Isi schließlich und wandte sich Kurt zu.

Dessen Gesicht wirkte verträumt, auch wenn die scharfen Konturen ihm die Aura eines römischen Adeligen gaben. Sein Anzug war gebraucht, wirkte aber gepflegt. Er trug ihn, als hätte er sein Leben lang nichts anderes getragen. Seinen Hut hielt er in den Händen, das Haar war mit Pomade ordentlich nach hinten gekämmt.

»Ich werde verklagt«, antwortete Kurt sanft.

»Warum werden Sie verklagt?«, fragte Isi.

»Weil ich ein Künstler bin.«

Da er keine Anstalten machte, sich weiter zu erklären, blickte Isi wieder zu Klara, die zustimmend nickte. »Ja, das stimmt. Das mit dem Künstler. Und der Klage. Also beides, meine ich.«

Isi betrachtete beide, den scheinbar abwesenden Kurt, dann die entzückende Klara, und fand in ihren Gesichtern nichts als Sanftmut, Unschuld und Naivität. Wie konnten diese beiden irgendjemanden so verärgern, dass der sie vor ein Gericht zerren wollte?

»Wenn ich Ihnen helfen soll, müssten Sie mir schon ein bisschen mehr Informationen zuteilwerden lassen.«

Klara nickte schnell und sagte: »Natürlich, Gnädigste, ich …«

Isi gebot ihr mit einer Handbewegung zu schweigen, Klara verstummte sofort.

»Ich heiße Isi.«

»Aber«, begann Klara fast schon empört. »Ich kann doch nicht … Das geht doch nicht, Frau von Torstayn!«

»Das geht«, erklärte Isi bestimmt.

Klara brauchte ein paar Sekunden, um den Schock zu überwinden, dann versuchte sie es erneut: »Mein Bruder ist ein Poet, wissen Sie? Ein Dichter. Er reimt, das heißt …«

»Ich weiß, was ein Dichter ist, Klara«, antwortete Isi mit einem Lächeln.

»Was? Ach so, natürlich, wie dumm von mir. Also, er ist ein Poet, aber seine Gedichte sind etwas ungewöhnlich …«

»Inwiefern?«

»Er ist Dadaist!«, erklärte Klara.

»Aha«, antwortete Isi ratlos.

Klara wandte sich ihrem Bruder zu: »Das ist eine recht neue Art der Dichtkunst, nicht wahr, Kurt?«

Der schien endlich aus seiner Träumerei erwacht und nickte bestätigend. »Dada steht für alles, was die Ordnung zerstört.«

»Hm«, machte Isi, immer noch ratlos, wenn der Gedanke ihr auch durchaus sympathisch war.

»Es kommt aus der Schweiz, aber ehrlich gesagt gibt es keine Stadt, für die es so gemacht ist wie Berlin.«

»Und wie muss ich mir das vorstellen?«, fragte Isi.

»Nun, jeder von uns kennt Gedichte. Goethe, Schiller, die ganzen alten Knochen!«, begann Kurt. »Dada ist das Gegenteil. Es lässt sich nicht definieren. Dada stellt alles infrage. Sogar die Kunst selbst!«

»Hm«, machte Isi erneut.

»Kurt durfte sogar schon im *Club Dada* hier in Berlin auftreten!«, warf Klara ein und ergriff stolz die Hand ihres Bruders.

»Also, gut, Sie sind Künstler, Kurt, und Sie haben mit Ihrer Kunst jemanden so gegen sich aufgebracht, dass er Sie jetzt vor einem Richter sehen will, richtig?«

»Ja, Albrecht von Wartland.«

Isi seufzte. »Wieder so einer, der noch nicht gemerkt hat, dass wir mittlerweile Demokratie haben. Aber auch dieser Herr von Wartland kann Sie nicht wegen Kunst verklagen, die ihm nicht in den Kram passt!«

»Tut er aber.«

»Wo hat er Sie denn gesehen?«

»Er hat mich nie gesehen, nur seine Tochter Sophie«, antwortete Kurt.

»Ah, daher weht der Wind!«, sagte Isi grinsend.

Kurt schüttelte den Kopf: »Nicht das, was Sie denken, Frau von Torstayn.«

»Isi.«

Klara beugte sich zu ihr herüber: »Kurt kann nicht so viel mit Mädchen anfangen … wenn Sie verstehen, was ich meine.«

Isi nickte. »Verstehe ich.«

»Ist das ein Problem für Sie?«, fragte Kurt.

»Nein. Weiß Herr von Wartland von Ihrer Veranlagung?«

»Ich denke nicht«, antwortete Kurt nach kurzem Nachdenken.

»Dann sollte es auch unbedingt dabei bleiben. Wie Sie wissen, steht Homosexualität unter Strafe.«

Klara fragte: »Was machen wir denn jetzt?«

»Was wirft Ihnen Herr von Wartland überhaupt vor?«, fragte Isi Kurt.

»Er glaubt, ich hätte seine Tochter verdorben. Er macht mich dafür verantwortlich, dass sie ihr eigenes Leben will.«

»Und das begründet er mit Ihren Auftritten?«

»Sophie ist ein entzückendes junges Ding. Und sehr interessiert an den neuen Künsten. Sie liebt George Grosz, Otto Dix oder Käthe Kollwitz. Sie liebt alles, was mit dem bricht, woran ihr Vater glaubt.«

»Gut, also, es geht um seine Tochter, nicht um Ihre Kunst.«

»Beides«, antwortete Kurt mit einem Unterton, der Isi verriet, dass er ein wenig enttäuscht war, dass seine Kunst allein offenbar nicht provokant genug war, um dafür verurteilt zu werden. Mit stiller Befriedigung nahm Isi zur Kenntnis, dass Kurts Sanftheit nicht Spiegelbild seines, zumindest in diesem Punkt, gestählten Selbstbewusstseins war.

»Beides!«, bestätigte sie daraufhin und nahm wahr, dass er sich darüber freute. »Dennoch«, mahnte sie, »konzentrieren wir uns ab jetzt auf den Teil der Geschichte, den wir vor Gericht gewinnen können, denn das Gefängnis wäre für jemanden wie Sie doppelt schlimm. Einverstanden?«

»Einverstanden«, bestätigte Kurt.

»Gut, dann wäre das ja geklärt. In den nächsten Tagen werden Sie Friedemann Fromm aufsuchen. Er wird Sie vertreten.«

»Und Sie werden gar nicht dabei sein, Frau von Torstayn?«, fragte Klara ängstlich.

»Isi ... Und ja: Ich werde dabei sein, allerdings nicht immer.

Sie können Herrn Fromm aber vertrauen. Er ist der beste Anwalt Berlins.«

»Und wir müssen nichts bezahlen?«, fragte sie vorsichtig.

»Nein. Normalerweise verrechnen wir unseren Aufwand mit den Abfindungen oder Schmerzensgeldern, aber in Ihrem Fall ist da nichts zu holen. Friedel wird mit Ihrem Herrn von Wartland kurzen Prozess machen – Sie werden schon sehen.«

Klaras Gesicht hellte sich auf: »Danke, ich danke Ihnen so, Frau von Torstayn! Isi.«

»Nichts zu danken. Jetzt konzentrieren wir uns auf die Klage, und der Rest wird sich ergeben.«

Klara sprang auf und schüttelte Isi euphorisch die Hand. Kurt erhob sich ebenfalls, aber plötzlich schwankte er, wurde leichenblass, und als er Isi die Hand reichte, war die eiskalt.

»Ist Ihnen nicht gut, Kurt?«, fragte Isi.

»Es ist ... Mir ist nur ein wenig schwindelig«, antwortete er knapp.

»Er ...«, begann Klara zögerlich.

»Ja?«, fragte Isi.

»Nichts, nichts, Frau von Torstayn. Wir haben Ihnen schon genug kostbare Zeit geraubt.«

Kurt versuchte ein Lächeln, hielt immer noch ihre Hand, wenn auch, wie Isi schien, nur aus dem Grund, dass er befürchtete, sonst umzukippen.

Da nickte Isi wissend und bestimmt. »Klara? Nehmen Sie meinen Mantel?«

»Natürlich, aber ...«

Isi bot Kurt ihren Arm: »Wir gehen aus.«

13

Für Isi stellte sich schnell heraus, dass Kurt nicht nur *unpraktisch* war, sondern so realitätsfern, dass er wohl nur dank seiner Schwester noch auf der Welt wandelte. Die beiden lebten zusammen in großer Armut, da allein Klara als Dienstmädchen etwas verdiente. Kurt versuchte zwar, mit seiner Kunst etwas beizusteuern, doch das war schon in guten Zeiten schwierig gewesen. Das wenige, das ihnen nach Abzug der Miete blieb, reichte nicht aus, um beide zu ernähren. So schmuggelte Klara für Kurt Essensreste von ihrem Arbeitsplatz nach Hause, aber wenn nichts übrig blieb, hungerte er eben.

Kurt gab vor, nicht viel für sich zu brauchen, schnorrte sich durch die Künstlercafés und war besonders stolz darauf, im *Romanischen Café* zuweilen ins *Bassin für Schwimmer* eingeladen zu werden, wo alle erfolgreichen oder wenigstens geachteten Künstler Platz nehmen durften, anstatt im *Bassin für Nichtschwimmer* zu hocken, wo die Möchtegerns waren, die Amateure. Was zählte denn eine schnöde Mahlzeit, wenn man sich mit Benn, Roda Roda oder gar Bruno Cassirer unterhalten durfte, *der* Institution unter den Verlegern und Galeristen? Um wie viel nährender waren doch die Bonmots oder politischen Ansichten solcher Geistesgrößen? Gegen den Hunger halfen Kaffee und Zigaretten, das Verlangen nach geistiger Nahrung aber konnte nur in solcher Gesellschaft befriedigt werden.

Sein Talent konnte Isi nicht einschätzen, seinen Zustand schon. Obwohl Kurt sich sehr zurückhaltend verhielt, sah sie doch, mit welchem Appetit er die aufgetischten Speisen verputzte, und als der Teller leer war, las sie in seinen Augen die Trauer darüber, dass es nichts mehr gab. So bestellte sie erneut und bemerkte nicht, dass sie selbst nichts aß, sondern nur trank. Ihr war, als dürfte sie den Geschwistern nicht einen Bissen stehlen.

Als ihr Mahl endlich beendet war, waren die beiden seit langer Zeit wieder einmal satt. Und sie betrunken. Sie fühlte Freude, die beiden für den Moment *gerettet* zu haben, und Wut, sie nicht vor dieser Welt schützen zu können. Wie sie Henry nicht hatte schützen können. Es gab keinen Platz für Dienstmädchen und träumerische Dichter und ihr Kind und keinen Gott, der ihnen welchen einräumte.

Als sie sich verabschiedeten, umarmte Isi Klara wie eine große Schwester, gab ihr sogar einen Kuss auf die Wange, während Kurt ihr zulächelte, offenbar wieder den eigenen Gedanken nachhängend. Isi sah sie in die Nacht davoneilen, setzte sich dann auf ihren Motorläufer, und es kam einem Wunder gleich, dass es nur die Mülltonnen gewesen waren, die sie am Ende ihrer Fahrt gerammt hatte.

So vergingen ihre Tage in Ratlosigkeit.

Genau wie meine.

Aber nicht die Arturs.

Unermüdlich trieb er seine Spione an, ließ sie vor jeder Bank Patrouille laufen, in Eingangshallen lungern, sprach selbst mit Bankiers über ihre Angestellten, wobei ihm vertrauensvoll alles mitgeteilt wurde, was er wissen wollte. Und das nicht nur wegen seiner Respekt einflößenden Erscheinung.

Artur war nicht irgendwer.

Dank Hugo Stinnes, dem mächtigsten Industriellen Deutschlands, hatte er vor gar nicht langer Zeit bei mehreren Banken enorme Kredite aufnehmen können und rasch Immobilie um Immobilie gekauft. Noch waren die Rückzahlungen der Kredite eine große Belastung für Artur, aber der Markt hatte sich in den letzten Wochen und Monaten in einer Weise entwickelt, dass es ihn nicht sorgte. Im Gegenteil: Artur spekulierte darauf, dass das Reich auch weiterhin sein Geld unter der Last der Reparationen selbst druckte und damit die Inflation befeuerte.

Kurzum: Die meisten Bankiers kannten ihn nicht nur als erfolgreichen Gastronomen, der mit dem *Eden* das aufregendste Lokal Berlins für Reiche und dem *Arcasi* den wildesten Betrieb Berlins für den Rest führte, man kannte ihn vor allem auch als Geschäftsmann, der Kontakt zu Stinnes und zu denen hatte, die sich im *Eden* vergnügten. Alle suchten sie seine Nähe, alle fanden ihn unheimlich, aber niemand hätte auch nur gewagt, darüber nachzudenken, ihn abzuweisen.

Und so dauerte es tatsächlich nicht lange, bis seine Spitzel, nach einigen Fehlalarmen, fündig wurden. Sie hatten in einer Filiale der *Darmstädter und Nationalbank Berlin* einen Mann ausgemacht, auf den die Beschreibung passte.

An diesem Tag wollte ein glücklicher Umstand, dass Lang Nachtaufnahmen in den Studios plante. Zwar war der halbe Betrieb damit beschäftigt, die Vorbereitungen dafür zu treffen, aber als Kameramann würde ich nachmittags ein paar Stunden freihaben.

Mit Stolz präsentierte man meinen Kollegen und mir zuvor die ersten Weinert Scheinwerfer, die eine reflektierende Rückseite hatten und somit ganz andere Lichtverhältnisse schaffen konnten als die Geräte im vorhandenen Lampenpark. Eine Technik, um die uns, so hörte ich es von Lang selbst, die ganze Welt beneidete und die nicht einmal Hollywood besaß.

Der Bühnenbauer Otto Hunte hatte mit seinen Männern für *Dr. Mabuse* atemberaubende Großstadtgassen im Glashaus erschaffen, die jetzt mithilfe des Weinerts in Licht und Schatten getaucht werden sollten. Zwölf Arbeiter waren nötig, um dieses Ungetüm zu tragen und dort zu postieren, wo Lang es haben wollte. Es würde nicht nur im Film eine lange Nacht werden, auch beim Dreh würde niemand ins Bett kommen.

Artur holte mich in Neu-Babelsberg ab und fuhr in geradezu halsbrecherischem Tempo zurück in die Behrenstraße, wo er direkt vor einem langen vierstöckigen Gebäude mit einem torartigen Haupteingang hielt. Draußen auf den Bürgersteigen war wenig los, im Gegensatz zu den Linden, die parallel zur Behrenstraße verliefen.

»Sieh dich drinnen mal unauffällig um«, sagte Artur.

»Und wenn er mich wiedererkennt?«, fragte ich zurück.

»Zieh den Hut tief ins Gesicht und halte Abstand. Ich will nur wissen, ob da drin ist. In einer Stunde ist Feierabend, dann kommt er hoffentlich sowieso raus.«

Mit mulmigem Gefühl querte ich die Straße und trat durch den gewaltigen Haupteingang in ein herrschaftliches Vestibül mit kurzer Treppe hinauf in die Schalterräume. Tonnendecken mit aufwendig gestalteten Kassetten, Marmor, Säulen und Rundbögen erinnerten an große Zeiten, als die Reichsmark noch etwas wert und Deutschland mächtiger Spieler im Welthandel gewesen war.

Durch eine Flügeltür betrat man dann den Schalterraum. Hinter dunklen verzierten Eichentresen mit schmucken Aufbauten sah man Kassierer und Buchhalter mit Ärmelschonern und hinter ihnen Schreibtische, an denen Bankangestellte ihrer Arbeit nachgingen. Türen führten von dort in den hinteren Teil der Bank, der für Besucher nicht einsichtig war. Glücklicherweise standen einige Kunden vor den Schaltern, sodass es nicht auffiel, wie ich rasch die Halle durchschritt und alle Angestellten musterte. Leider konnte ich niemanden entdecken, auf den die Beschreibung passte.

So verließ ich die Bank wieder und entdeckte am Ende des Gebäudes einen Seiteneingang, der nicht verschlossen war und der zu einem Empfang führte, hinter dem ein kleines Männlein mit Zwicker auf der Nase saß und mich fragend ansah.

»Was kann ich für Sie tun, mein Herr?«, fragte es steif.

»Oh«, antwortete ich, »ich glaube, ich habe mich verlaufen. Ich wollte eigentlich zu den Schaltern. Aber das ist nicht der Eingang, oder?«

»Nein, mein Herr! Hier ist nur der Eingang für die Bediensteten der Bank.«

Ich lüftete den Hut zum Gruß, verschwand wieder und setzte mich zu Artur ins Auto.

»Fahr ein Stück zurück. Im Schalterraum hab ich ihn nicht gesehen. Ich vermute, er arbeitet oben in den Büros.«

Artur wendete den Wagen und parkte schließlich direkt vor dem Angestellteneingang.

Wir warteten.

Nach einer guten Stunde begannen grau und schwarz gekleidete Männer sowie einige Damen in schlichten Kostümen aus dem Nebeneingang zu strömen.

Dann endlich kam auch ein blonder Mann, blaue Augen, den Hut in den ausrasierten Nacken geschoben. Er bog zügig nach rechts ab, weg von unserem Wagen. Artur stupste mich und sah mich fragend an.

»Ich weiß es nicht, Artur. Es war einfach zu dunkel.«

»Dann erkennt er dich vermutlich auch nicht. Lauf ihm nach und halt ihn an!«

»Und dann?«

»Frag ihn etwas. Ob er Feuer hat? Die Uhrzeit weiß? Irgendwas.«

»Und dann?«

»Herrgott, Carl. Bedank dich und hau ihm kumpelhaft gegen den rechten Oberarm.«

Ich sprang aus dem Auto und eilte dem Mann nach. Überholte ihn, blieb dann stehen und wandte mich um. Mit einem entschuldigenden Lächeln fragte ich: »Ach, haben Sie vielleicht Feuer?«

Ich klopfte meine Manteltaschen ab, als suchte ich nach welchem. Er nickte mir kurz zu, zückte ein Päckchen Streichhölzer, schob es sogar auf, damit ich leichter eines herausholen konnte. Erst da ging mir auf, dass ich überhaupt keine Zigaretten bei mir hatte, warum auch: Ich war Nichtraucher.

»Es ist einfach zu dumm!«, rief ich und lachte unsicher. »Jetzt habe ich auch noch meine Zigaretten vergessen.«

Sein Blick wurde misstrauisch.

Ich konnte sehen, wie er versuchte, mich einzuordnen, seine Erinnerungen durchforstete nach dem Kerl da vor seiner Nase. Es fiel uns praktisch gleichzeitig ein: meine Stimme.

Da trat ich einen Schritt vor und packte ihn am rechten Oberarm.

Fest.

Zischend zuckte er zusammen, nun war ihm endgültig klar, wer da vor ihm stand: Mit aufgerissenen Augen wich er vor mir zurück.

Wirbelte herum und starrte in Arturs Maske.

»Hast du wirklich gedacht, wir finden dich nicht?«, fragte der ihn ruhig.

Der Schock dauerte nur eine Sekunde, dann wirbelte er erneut herum, schlug mir mit der Faust ins Gesicht und nutzte den Moment, um über mich hinwegzuspringen und zwischen den Passanten unterzutauchen, so schnell er nur konnte.

Artur half mir wieder auf die Füße. Mein Kinn tat höllisch weh, und ich schmeckte Blut im Mundwinkel.

»Tut mir leid, Artur«, sagte ich und hielt mir das Gesicht. »Ich habe nicht aufgepasst.«

Er schüttelte großmütig den Kopf: »Der kommt nicht weit.« Artur kehrte um, betrat die Bank durch den Angestellteneingang und kehrte nach etwa zwanzig Minuten zurück.

»Los!«, sagte er.

Wir fuhren in die Seydlitzstraße, gleich am alten Exerzierplatz der ehemaligen Ulanenkaserne, die aussah wie eine monströse mittelalterliche Burg mit drei viereckigen Wehrtürmen in einer Reihe.

Hier hatten sich einst des Kaisers treueste Soldaten verschanzt und nach Befehlen gesehnt.

Wir hielten vor Hausnummer sieben, wo bereits vier von Arturs Männern warteten.

»Philipp Schuhmann, vierter Stock. Stellt alles auf den Kopf!« Das taten sie dann auch.

Sie fanden Briefe, Adressen, sein ganzes Hab und Gut.

Es gab keinen Platz mehr, an dem sich Philipp Schuhmann jetzt noch verstecken konnte.

14

Innerhalb weniger Stunden war Schuhmann jeder Weg versperrt: In seiner Wohnung waren sie, vor seiner Arbeitsstelle, vor der Wohnung seiner Mutter, seiner Verwandten, seiner Freunde. Arturs und Kino-Paules Männer schwärmten aus, machten jedem, den sie trafen, schnell klar, dass es besser war, mit ihnen zu kooperieren, anstatt zu versuchen, Schuhmann aus der Klemme zu helfen. Bald wagte niemand mehr, auch nur einen Finger zu rühren, geschweige denn, das Telefon anzufassen, so überhaupt eines vorhanden war.

Artur hatte in Schuhmanns Wohnung auch zwei Briefe von Gesinnungsgenossen gefunden, sodass er mit seinen Männern zuallererst zu den angegebenen Adressen fuhr und in einem Fall goldrichtig damit lag. Sie klopften an eine Tür in Charlottenburg, wo ihnen zwar nicht geöffnet wurde, hinter der sie aber allerlei hektische Geräusche hören konnten. Kurzerhand trat Artur sie ein und stürmte mit zwei anderen das Zimmer. Leider erwischten sie nur den gemeldeten Bewohner, einen Mann namens Paul Werny, nicht aber Schuhmann, der durch ein offenes Fenster aus dem zweiten Stock in einen Innenhof gesprungen war. Sie sahen ihn humpelnd davoneilen.

»Wo ist er hin?«, fragte Artur Werny, der ihn daraufhin trotzig anschwieg.

Artur boxte ihn in den Magen, nickte dann seinen Begleitern zu: Sie packten und zerrten ihn ins Auto, so rasch, dass der nach Luftringende nicht einmal Zeit hatte, um Hilfe zu rufen. Er fand sich später in einem Keller in Friedrichshain wieder, wobei man ihm die Möglichkeit gab, freiwillig Auskunft zu geben, was er erneut trotzig verneinte und schon bald bereute.

Nach etwa einer Stunde, in der sie ihn ziemlich zugerichtet hatten, wussten sie fast alles, was Werny wusste: Schuhmann war keine zehn Minuten bei ihm gewesen, hatte um Geld und Hilfe gebeten, wollte sich mit dem Kameraden Ernst in Verbindung setzen. Werny hatte ihm eine Telefonnummer gegeben und mitgeteilt, dass seines Wissens alle Kameraden die Stadt verlassen hätten. Dann schon hatten Artur und seine Männer die Wohnungstür eingetreten. Nach einigen aufmunternden Ohrfeigen nannte Werny Artur die Adresse des Kameraden Ernst, doch als Arturs Männer dort ankamen, war die Wohnung verlassen. Sie stand schon seit Wochen leer – die Miete dagegen war für drei Monate im Voraus bezahlt worden.

Mittlerweile war es Nacht geworden, draußen war es brutal kalt. Schuhmann war mit dem geflohen, was er am Leib trug. Er konnte unmöglich im Freien schlafen; einen Zug oder ein Hotel würde er sich vermutlich auch nicht leisten können. Artur ließ die Unterkünfte der Obdachlosen durchsuchen, vor allem *Die Palme*, Berlins größtes Obdachlosenasyl, das um die fünftausend Menschen aufnehmen konnte oder, besser gesagt: musste. Ein riesiger roter Backsteinbau, der seinen Namen von einer kleinen Topfpalme hatte, die in den Anfangsjahren im Haupteingang gestanden hatte.

Überall waren jetzt Männer unterwegs und fahndeten ganz offen nach Philipp Schuhmann, ließen jeden wissen, dass eine hohe Dollarbelohnung auf seinen Kopf ausgesetzt war und gleichzeitig eine sehr, sehr schmerzhafte Bestrafung drohte – wenn man dem Flüchtigen half.

Doch Schuhmann blieb verschwunden.

Wie vom Erdboden verschluckt.

Zwei Tage lang ließ Artur jeden Stein in Berlin umdrehen, sorgte dafür, dass die Nacht tausend und der Tag hunderttausend Augen hatte, aber Schuhmann tauchte nicht auf.

War ihm wirklich die Flucht aus Berlin gelungen?

Schließlich klingelte im *Arcasi* das Telefon – der Barmann gab Artur den Hörer.

»Kennel hier.«

»Was gibts?«, fragte Artur gereizt.

»Bellevue-Ufer, Ecke Lutherbrücke. Jetzt!«

Aufgelegt.

Zwar war der Ton zwischen den beiden stets schroff, aber dieser unverhohlene Befehl wunderte Artur dann doch, sodass er sich auf den Weg machte in den Westen, wo er auf der Brücke Dutzende Polizisten zwischen dichter Uferböschung herumstreunen sehen konnte.

Artur hatte seinen Wagen kaum abgestellt, als ihm Kennel schon entgegenkam und zischte: »Was soll das?«

»Was soll was?«, fragte Artur zurück.

»Ich dachte, Sie gingen vorsichtiger zu Werke?«

»Wovon zum Teufel reden Sie, Kennel?«

»Ich rede von Ihrer Belohnung! Ich rede davon, dass die Kollegen gerade einen aus dem Wasser gezogen haben, den *Sie* auf dem Gewissen haben!«

Artur sah ihn ruhig an. »Ist das so?«

»Philipp Schuhmann. Klingelt da was?«

Artur reagierte gelassen: »Nein.«

»Stichwunde am rechten Oberarm?«

Schweigen.

»Der Mordbereitschaftsdienst hat bei mir angefragt, aber wenn ich das übernehme, muss ich auch Ergebnisse liefern.«

»Dann übernehmen Sie nicht.«

»Und wenn andere schnüffeln?«

Artur sah ihn ruhig an und fragte: »Was ist denn überhaupt passiert?«

»Tun Sie bloß nicht so scheinheilig!«, zischte Kennel.

Artur blickte sich um, niemand schenkte ihnen Beachtung. Da packte er Kennel hart am Arm und zog ihn zur Seite: »Ich habe keine Lust mehr auf Ihr Genöle! Was ist passiert?«

»Schuhmann hat eine Kugel in den Kopf bekommen und wurde in die Spree geworfen. Vermutlich schon vorgestern. Die Leiche ist nicht mehr starr.«

Artur schnaubte kurz. »Schade, ich hätte es sehr gern selbst erledigt!«

»Sie waren das nicht?«, fragte Kennel erstaunt.

»Nein. Niemand von uns und niemand, der scharf auf eine Belohnung ist.«

»Wer sollte ihn sonst umgebracht haben?«

Artur zuckte mit den Schultern: »O.C. hat viele Feinde.«

Kennel nickte vorsichtig: Offensichtlich ging er im Kopf gerade ein paar Möglichkeiten durch.

»Es gibt da etwas …«, murmelte er nachdenklich.

Artur sah ihn fragend an.

»Feme.«

»Was soll das sein?«, fragte Artur.

»Lynchjustiz an Verrätern. Eher so ein Geheimbundgerücht. Wir haben davon gehört, aber gestanden hat es noch niemand.«

Artur begriff: Diese Bande nationalistischer Fanatiker ging nicht nur gegen die vor, die sie für die Verhältnisse in der jungen Republik verantwortlich machte. Sie griff *jeden* an, der ihre Ideale beschmutzte.

Im Krieg hatten diese Männer gelernt, dass Ehre wichtiger war als der Tod, Treue wichtiger als Angst und Mut wichtiger als Hoffnung. Sie hatten gekämpft, geschrien und verloren, waren zurückgekehrt in ein Vaterland, das nicht mehr jenes war, das sie verlassen hatten.

In den Stahlgewittern der Front war für sie die Zeit stehen geblieben, sie waren 1914 hinausgezogen und vier Jahre später zurückgekehrt. Äußerlich war alles wie in ihren Erinnerungen, im Inneren nichts mehr dasselbe.

Die Heimat war ihnen abhandengekommen.

Sie hatten einander angesehen und geahnt, dass sie nichts mehr besaßen, nichts mehr waren und nie wieder etwas erreichen würden, solange Frieden wäre. So hatte für einige die Schlacht nie geendet. Nicht während der Revolution, nicht während des Aufstandes, nicht während des Putsches. Nur im Krieg konnten sie die sein, die sie 1914 waren: die Ehrhaften, die Treuen, die Mutigen.

1914 war Liebe.

1918 war Hass.

Verrat am Krieg war Verrat am Vaterland. Und wie lautete die Strafe für Verräter und Deserteure? In jeder Armee der Welt?

Philipp Schuhmann war kein Verräter, aber er war unvorsichtig gewesen. Wie lange hätte er standgehalten? Wie lange, bis auch er die Bewegung hintergangen hätte? Seine Kameraden hatten ihm offenbar nicht getraut und ihn hineingestoßen in den Kreis derer, die den Tod verdienten.

Artur sagte: »Er hat von großen Dingen gesprochen. Die haben also was vor.«

»Woher wissen Sie das?«, fragte Kennel.

»Ich sage es Ihnen nur, damit Sie die Kollegen in die richtige Richtung schicken. Nicht in meine.«

»Und Sie geben mir Ihr Wort, dass Sie es nicht waren?«

»Wir waren sehr nahe an ihm dran, aber ich wollte ihn lebend. Um mich mit ihm … zu unterhalten.«

Kennel nickte.

»Verschwinden Sie! Ich möchte nicht mit Ihnen gesehen werden.«

»Da haben wir was gemeinsam, Kennel.«

Artur ging zurück zu seinem Wagen und fuhr mit einem unbehaglichen Gefühl zurück. Werny hatte gesagt, dass die Kameraden alle die Stadt verlassen hatten. Auch ihre drei Männer waren also auf der Flucht. Drei hatten die Stadt verlassen, einer war zurückgekehrt. Und er ahnte bereits, wer dieser eine gewesen war. Der, der die schwierigste Aufgabe von allen gehabt hatte, dessen Mord von Angesicht zu Angesicht hätte geschehen sollen, ein Mord an einer schwangeren Frau. Dieser Dreckskerl war die einzige Spur, die sie noch hatten.

Der Mann mit der Bisswunde im Gesicht.

15

Sicher verfluchte Paul Werny den Moment, als Philipp Schuhmann gegen seine Tür gehämmert hatte, und sich selbst dafür, dass er sich überhaupt mit O. C. eingelassen hatte. Vielleicht dachte er anfangs noch, Artur und seine Leute würden sich an die Regeln halten, aber spätestens im Keller, wo er kräftig verdroschen wurde, musste ihm klar geworden sein, dass er nicht mit Nachsicht rechnen konnte.

Jetzt hockte er da, gefesselt, sah so gut wie nichts mehr durch seine geschwollenen Augen, während sein Gesicht, sein ganzer Körper wund war, blutig, und sogar das bloße Atmen eine Qual.

Als Artur schließlich eintrat, zuckte er beim ersten Geräusch zusammen, als befürchtete er weitere Schläge, aber Artur setzte sich nur mit einem Stuhl vor ihn und starrte ihn eine Weile an.

Dann sagte er ruhig: »Philipp Schuhmann ist tot.«

Werny sackte in sich zusammen und begann zu weinen.

»Ich will nicht sterben …«, schluchzte er.

Artur antwortete nicht, sondern wartete darauf, dass Werny sich wieder fasste.

»Du warst sehr tapfer«, begann er. »Ich respektiere das. Darum verspreche ich, dass es sehr schnell gehen wird. Du wirst nicht weiter leiden.«

»Bitte! Du musst das nicht tun!«, bettelte Werny.

Artur schwieg.

»Ich kann euch helfen!«, rief Werny rasch. »Bitte! Ich ... ich ...«

»Ich weiß nicht, Paul. Wie könntest du denn noch helfen?«, fragte Artur zurück.

»Ich tu alles für euch! Ich schwöre es!«

Artur zuckte mit den Schultern: »Männer in deiner Situation schwören viel. Da kann man nichts drauf geben.«

»Ich sage die Wahrheit! Ich schwöre es!«

Artur atmete tief durch.

Dann zückte er seinen Revolver, hob ihn an Wernys Kopf und spannte mit einem lauten Klicken den Hahn.

»Bitte nicht! Hab Mitleid!«

»So wie ihr mit euren Opfern?«, fragte Artur gereizt.

»Ich gehöre doch gar nicht dazu!«

Artur tippte mit dem Lauf des Revolvers gegen die Schläfe Wernys: »Wenn ich wirklich etwas hasse, Paul, dann, wenn man mich anlügt!«

»Warte! Warte! Ich habe mich schlecht ausgedrückt. Ich meinte: Ich gehöre nicht so richtig dazu! Ich helfe denen schon mal, wenn sie ein Bett brauchen, oder ich mache ein paar Besorgungen. Ansonsten weiß ich nichts. Die haben mich nie in etwas eingeweiht!«

»Du hast uns eine Adresse gegeben, Paul«, sagte Artur ruhig. »Aber da war niemand.«

Werny erwiderte hastig: »Der gehört dazu. Ganz sicher! Den hab ich immer angerufen, wenn ich Nachrichten weitergeleitet habe. Der hat auch dauernd woanders gewohnt.«

»Angerufen? Auf welcher Nummer?«

»Immer andere.«

»Die letzte reicht«, entgegnete Artur.
Werny nannte ihm eine Nummer in Leipzig.
»Und wer war am Ende der Leitung?«, fragte Artur.
»Er hat sich immer nur Ernst genannt.«
»Ich interessiere mich für einen Mann mit einer Bisswunde im Gesicht.«
Werny nickte heftig: »Das ist er. Ganz sicher. Ich hab ihn vor zwei Wochen gesehen. Am Bahnsteig.«
»Am Bahnsteig?«
»Er hat Berlin verlassen.«
»Und die Telefonnummer, die du mir gegeben hast. Die hast du auch Schuhmann gegeben?«
»Ja.«
Artur beobachtete ihn genau und war sich sicher, dass Werny in einem Zustand war, in dem er nicht mehr lügen konnte.
»Ich mache dir einen Vorschlag, Paul: Ruf diesen Ernst für mich an. Sag ihm, dass ich weiß, wer er ist. Willst du das für mich tun?«
»Und ... und ... was ist mit mir?«
»Du möchtest eine zweite Chance?«
Heftiges Nicken.
»Hast du Verwandte im Reich?«
»Ja, in Köln. Eine Tante.«
»Wenn du tust, was ich dir sage, dann setze ich dich in einen Zug nach Köln. Du fährst los und kehrst nie wieder zurück. Solltest du jemanden von O.C. oder sonst irgendjemanden – ganz egal, wen – anrufen oder jemandem schreiben, werde ich das erfahren. Dann werde ich zu dir kommen, dich an ein Wagenrad binden und in den Rhein werfen. Das ist ein elender Tod, Paul, aber was noch schlimmer ist: Niemand wird dich je finden. Du wirst verschwunden sein, geradeso, als hätte es dich nie gegeben. Hast du das verstanden?«
»Verstanden! Alles verstanden! Ich gehe fort. Und ich werde nie wieder von mir hören lassen. Ich schwöre es!«
»Du schwörst ganz schön oft, Paul.«
»Bitte, lass mich gehen! Ich werde fort sein! Ich schw...« Er hielt

inne, rang mit seiner Fassung, während ihm Tränen über das blutige Gesicht liefen und Spucke aus seinem Mund. »Ich werde weggehen! Für immer.«

Artur sah ihn lange an.

Werny war nicht nur äußerlich ein Bild des Jammers, auch innerlich war alles in sich zusammengestürzt.

»Gut!«, sagte Artur, sicherte den Revolver wieder und steckte ihn ein: »Gehen wir nach oben und machen einen Anruf.«

Er nickte seinen Leuten zu, die Wernys Fesseln durchschnitten und ihn die Treppen hinaufführten.

Artur war wohl der einzige Mensch auf der Welt, der einer großen Gefahr nicht nur nicht aus dem Weg ging, sondern sie im wahrsten Sinne des Wortes auch noch anrief. Er spekulierte darauf, dass eine Organisation, dass ein einzelner Mann, der einen Zeugen lieber umbrachte, bevor der etwas Dummes machen konnte, sich nicht das Risiko leisten konnte aufzufliegen. Er wusste nicht, was Schuhmann in seiner Panik verraten hatte.

Er würde zurückkommen müssen.

Zu Artur.

Zu Isi.

Zu mir.

16

Schuhmanns Tod nahmen Isi und ich noch reglos hin, aber dass Artur den Mann mit der Bisswunde wieder in die Stadt locken wollte, erschütterte uns. Die Vorstellung, dass ein eiskalter Mörder nach Berlin zurückkehrte, dass wir nie wissen würden, wo er sich gerade aufhielt oder wann er zuschlagen könnte, drehte mir förmlich den Magen um.

»Wie konntest du nur?«, rief ich empört.

»Beruhig dich bitte, Carl!«, mahnte Artur.

»Ich mich beruhigen, Artur? Du lockst einen Mörder an, und da soll ich mich beruhigen? Wieso jagst du ihn nicht durch die Republik?«

»Weil das hier *meine* Stadt ist«, antwortete Artur ruhig.

»Oh, *deine* Stadt! Hab ich da etwa eine Krönung verpasst? Ziehst du jetzt ins Stadtschloss?«

»Carl, bitte ...«

Isi hob die Hand und gab mir zu verstehen, dass ich Artur ausreden lassen sollte. Missmutig ließ ich mich wieder in den Sessel nieder und scharrte ungeduldig mit den Füßen. Wir saßen an diesem späten Abend zusammen in unserem Haus in der Voigtstraße und tranken Wein. Die Leibwächter standen vor der Tür, Hans schlief bereits.

»Natürlich könnte ich ihn durch die Republik jagen, aber da draußen hat er Freunde.«

»Und hier nicht?«

»Hier habe *ich* Freunde. Hier kann er sich nicht bewegen, wie er will.«

Genervt beugte ich mich vor: »Dir ist aber schon klar, dass er uns hier jederzeit angreifen kann?«

»Das kann er doch sowieso, Carl. Solange dieser Mann lebt, sind wir alle in Gefahr.«

»Warum fährst du nicht nach Leipzig und findest raus, wer er ist? Und wenn du es weißt, sagst du es der Polizei.«

»Ich arbeite nicht für die Polizei, Carl. Die Polizei arbeitet für mich. Oder gar nicht.«

Isi nickte. »Er hat recht, Carl. Du kannst denen nicht trauen. Schon vergessen, von wem Ehrhardt seinen Decknamen hatte?«

Den Mund zu einem Strich verzogen, ließ ich mich wieder in den Sessel zurückfallen. Der Polizeipräsident von München hatte Hermann Ehrhardt höchstselbst eine falsche Identität ausgestellt – Consul Hugo von Eschwege. Daraus hatte sich dann der Name seines Geheimbunds abgeleitet: Organisation Consul.

»Und? Glaubst du, dass er jetzt bald herkommt?«, fragte ich Artur.

»Ja.«

»So eine Scheiße!«, fluchte ich laut.

»Wir erwischen ihn, Carl«, versuchte er, mich im versöhnlichen Ton zu beruhigen.

»Und wenn nicht? Was, wenn er einen von uns holt?«

»Das wird nicht passieren!«, antwortete Isi für Artur. »Beim ersten Mal hatten wir nur Glück, Isi. Das weißt du ganz genau. Ohne diesen Anruf in der Nacht wärest du schon tot. Niemand hätte dich retten können.«

Sie schüttelte den Kopf: »Es gab aber diesen Anruf. Und das Ergebnis ist: Von sieben Männern, die uns angegriffen haben, leben noch drei. Zwei sind geflohen und kommen sicher nicht wieder. Es bleibt einer. Der schlimmste von allen.«

»Er wird kommen, Carl. So oder so.«

Ich füllte mein Glas bis zum Rand und trank es in einem Zug aus. Schnell schwemmte mir der Alkohol durchs Blut und wattierte nicht nur meine Nerven, sondern ließ plötzlich sogar einen Gedanken aufblitzen.

»Vielleicht nicht!«, murmelte ich nachdenklich.

»Was meinst du?«, fragte Artur.

»Vielleicht war es ein Auftrag«, spekulierte ich.

»Von wem? Den von Torstayns?«, fragte Isi.

Ich schüttelte den Kopf: »Dachte ich anfangs auch, aber die sind sich eigentlich zu fein für so etwas. Kannst du dich noch an Wendell erinnern, als er uns gesagt hat, dass er die Ziele von O.C. zwar lobenswert fände, ihre Mitglieder aber ziemlich primitiv? Er hat dabei ausgesehen, als wäre er in einen Kuhfladen getreten. Die Boysens dagegen sind sich für nichts zu schade. Und Falk ist Teil von O.C.«

Einen Moment kehrte Ruhe ein.

Wir sahen uns an.

»Nehmen wir an, du hättest recht«, begann Artur. »Dann hätten die Boysens die Männer von O.C. auf uns angesetzt?«

»Warum nicht? Sie haben sie vielleicht aufgehetzt. Haben Isi als

Verräterin hingestellt, auch wenn sie nie Teil von O.C. war. Und sie haben schön für sich behalten, dass Helene Boysen unbedingt Aldos Braut und damit Teil des Hochadels werden möchte. Was auch Falk zugutekäme. Die Boysens haben alles verloren: Thorn und ganz Westpreußen sind jetzt Polen, die Deutschen fliehen aus dem Osten. Vielleicht hat Falk die Ländereien seiner Familie noch verkaufen können, aber sicher nicht zu dem Preis, den sie wert sind. Wie dem auch sei: Helene und er sind genauso heimatlos, wie wir es nach dem Krieg waren. Und sie müssen sich genauso neu erfinden, wie wir es getan haben. Die von Torstayns sind ihr einziger Trumpf. Und beide sind skrupellos genug, uns alle umzubringen, damit sie ihre Ziele erreichen.«

»Sind sie«, bestätigte Isi.

»Es sieht aus wie ein Racheakt«, überlegte ich. »Aber in Wirklichkeit ist es ein hinterhältiger Plan, der sie zurück an die Spitze bringen soll.«

»Gut möglich.« Artur nickte. »Ändert aber nichts daran, dass wir diesen Ernst aus dem Weg räumen müssen.«

»Doch, Artur! Wenn die Boysens dahinterstecken, müssen wir mit ihnen verhandeln.«

»Das kannst du vergessen!«, zischte Isi wütend.

»Dann mit den von Torstayns. Wenn wir uns mit ihnen einigen, werden sich die Boysens fügen. Und die wiederum pfeifen diesen Ernst zurück. Wenn wir den Torstayns geben, was sie wollen, wird dieser Krieg enden.«

Artur verzog skeptisch den Mund: »Du bist und bleibst ein unerschütterlicher Optimist. Dieser Krieg ist erst vorbei, wenn wir tot sind oder die.«

Ich wandte mich an Isi: »Ich bitte dich, Isi! Du legst doch überhaupt keinen Wert mehr darauf, Aldos Frau zu sein. Willige in die Annullierung der Ehe ein. Meinetwegen auch in eine Scheidung. Was kümmern uns die von Torstayns und die Boysens! Wir sind wir. Leben wir unser Leben in Frieden.«

Isi schwieg.

Dann sagte sie: »Vielleicht hast du recht, Carl, aber vergisst du da nicht etwas?«

Ich sah sie fragend an.

»Sie haben mein Kind getötet. Und erst wenn wir Henrys Mörder gefunden haben, wird Frieden sein. Vorher nicht.«

»Selbst wenn jemand von uns dabei stirbt?«, fragte ich zurück.

»Artur wird uns beschützen«, antwortete sie fest.

»Er kann uns nicht beschützen! Wenn dich wirklich jemand umbringen will, dann schafft er das auch!«

Artur nickte. »Es bleibt ein Risiko.«

»Bitte seid vernünftig: Lasst uns einen Weg finden, wie wir diese Situation klären, bevor sie vollkommen außer Kontrolle gerät.«

»Welcher sollte das sein, Carle?«, fragte Isi.

»Henry war auch Aldos Kind, Isi. Er hätte nie gewollt, dass ihm etwas passiert. Und dir auch nicht.«

»Vielleicht, Carle. Ändert aber nichts daran, dass Henry tot ist. Und sein Mörder noch lebt.«

»Ich bin sicher, dass Aldo ganz genau weiß, wer für was verantwortlich ist«, sagte Artur. »Wenn er uns diesen Ernst liefert, dann können wir verhandeln. Vorher nicht.«

»Dann lasst uns mit ihm reden!«, schlug ich vor. »Er ist der Einzige, der das halbwegs friedlich lösen kann.«

»Er wird nicht kommen, Carl. Seine Familie wird es nicht zulassen. Und die Boysens schon gar nicht.«

Da grinste Isi plötzlich.

Und ich war mir ziemlich sicher, dass das nichts Gutes zu bedeuten hatte.

»Er wird kommen!«, sagte sie listig.

Was immer ihr gerade durch den Kopf ging, spiegelte sich in ihrem Gesicht und den aufblitzenden Augen wider. Sie hatte nicht vor, die Situation zu deeskalieren. Im Gegenteil. Die Konfrontation war ihr Metier, der schnelle Angriff, ohne über die Konsequenzen ihres Handelns nachzudenken. Stechen, bevor sie selbst gestochen wurde.

»Möchte mich jemand begleiten?«, fragte sie unschuldig.

»Was hast du vor?«, fragte ich zurück.

Sie antwortete nicht, sondern zog sich Mantel, Hut und Handschuhe an und ließ sich dann von Artur in die Victoriastraße fünf fahren. Dort stieg sie aus, klopfte energisch gegen die Haustür, und als das Mädchen, das Artur und ich schon einmal aufgesucht hatten, öffnete, sagte sie im herrischen Ton: »Ich bin Luise von Torstayn. Und das ist *mein* Haus!«

Damit schob sie das vollkommen verdutzte Mädchen zur Seite und schritt hinein.

17

Ehrlich gesagt hatte ich mit einem Erdbeben gerechnet.

Mit Geschrei, Tumult und Polizei. Nicht einmal bewaffnete Geheimbündler hielt ich für ausgeschlossen, aber es geschah gar nichts. Vorerst.

Das Personal war natürlich verblüfft.

Und empört, aber Isi ließ sich davon nicht beirren und sie alle in Reih und Glied antanzen. Drei Dienstmädchen, zwei Diener. Alle in entsprechender Livree, wie sich das für so ein hochherrschaftliches Haus wie dieses gehörte.

»Meine Damen, meine Herren, lassen Sie mich Ihnen eines mitteilen: Falls Sie es noch nicht mitbekommen haben, ich bin Luise von Torstayn. Mein Ehemann ist Aldo von Torstayn. Ich bin sicher, Sie haben von mir gehört, auch wenn Aldo Ihnen hier Helene Boysen als seine Verlobte vorgestellt hat. Es ändert nichts daran, dass ich die Hausherrin bin. Womit ich schon bei Ihnen wäre. Ich kann verstehen, dass Sie irritiert sind. Ich könnte auch verstehen, wenn Sie unter diesen Umständen nicht weiter hier arbeiten möchten …«

Sie nickte Artur zu, der daraufhin die Haustür weit öffnete und zurück in die kleine Eingangshalle kam.

»Es steht Ihnen frei zu gehen. Sie werden ein ordentliches Zeugnis bekommen.«

Die Bediensteten standen stramm und wagten nicht einmal, einander anzusehen.

»Sollten Sie sich jedoch entschließen zu bleiben, werden Sie für mich arbeiten. Und zwar: *nur* für mich. Für niemanden sonst! Bin ich da verstanden worden?«

Nach einem kurzen Zögern antwortete die Truppe unisono mit: »Jawohl, gnädige Frau!«

»Ausgezeichnet! Bis mein lieber Ehemann wieder an meiner Seite ist, sind Sie ausschließlich mir Rechenschaft schuldig. Wenn Sie aber der Meinung sind, sich dem Stammhaus der von Torstayns als Spion andienen zu müssen, dann kann ich Ihnen versichern, dass Sie hier nicht nur im hohen Bogen rausfliegen, sondern auch ein Zeugnis bekommen werden, dass es Ihnen unmöglich macht, je wieder Arbeit zu finden. Und glauben Sie mir: Die von Torstayns werden Ihnen nicht helfen! Denn die von Torstayns interessieren sich nicht besonders für die Wünsche und Nöte des kleinen Mannes. Bin ich auch da verstanden worden?«

»Jawohl, gnädige Frau!«

»Na, das fluppt ja heute! Sie werden sehen, dass ich eine sehr umgängliche Dienstherrin bin und immer ein offenes Ohr für Sie haben werde. Es sei denn, ich werde von Ihnen hintergangen. Dann werden Sie sich wünschen, mir nie begegnet zu sein. Und jetzt: zurück an die Arbeit!«

Zögerlich zerfiel die strammstehende Reihe.

»Moment ... Sie da!«

Isi zeigte auf das Mädchen, das uns die Tür geöffnet hatte.

Die junge Frau schluckte erschrocken und antwortete: »Ja, Gnädigste?«

»Sie geben mir jetzt die Telefonnummer der von Torstayns!«

Sie wurde blass, nickte aber und führte Isi zum Telefon, das in der Nähe des Eingangs auf einem Tischlein stand. Isi hob den Hörer ans Ohr, befahl dem Fräulein vom Amt, sie mit der Nummer zu verbinden, auf die das Dienstmädchen mit dem Finger in einem Büchlein tippte.

Dann wedelte sie die Kleine fort und wartete geduldig, bis am anderen Ende jemand ans Telefon ging.

»Wendell von Torstayn, bitte ... Sie dürfen Luise von Torstayn melden ... Ja, ich warte ...«

Wir standen hinter ihr, und als ich zu Artur hinüberspähte, konnte ich sehen, mit welchem Amüsement er der Szene folgte.

»Guten Abend, Wendell!«, grüßte Isi munter. »Wie geht es denn meinem lieben, lieben Schwiegerpapa? Was machen die Untertanen? Heute schon jemanden auspeitschen lassen?«

Isi wandte sich uns zu und lauschte belustigt der wenig freundlichen Entgegnung, die Wendell ihr da durch das Kabel nach Berlin schickte.

»Verstehe, lieber Schwiegerpapa. Seit dem Krieg bekommt man einfach kein vernünftiges Personal mehr. Es ist ein Albtraum, sage ich dir. Apropos Personal: Ich habe das in der Victoriastraße übernommen. Ich wohne nämlich wieder hier.«

Diesmal hörte ich Wendells Stimme bis in den Flur.

»Ja!« Isi nickte zufrieden. »Dachte ich mir schon, dass dich das freut. Wie dem auch sei: Richte doch meiner lieben, lieben Schwiegermama Victoria Grüße aus, ja? Seit der Stallknecht ihr nächtens seine Aufwartung macht, sind ihre anämischen Wangen wieder ganz rosig geworden. Sie sieht um Jahre jünger aus. Kompliment!«

Eine Antwort darauf wartete sie nicht mehr ab, sondern legte auf.

»Das gibt Ärger!« Ich seufzte.

Isi zuckte mit den Schultern. »Hoffentlich. Ich hab mir jedenfalls die größte Mühe gegeben!«

Artur kicherte amüsiert und küsste Isi dann auf den Mund. »Du warst wunderbar! Ich sag Friedel Bescheid. Spätestens morgen wird hier die Polizei aufmarschieren.«

So zog Isi noch in derselben Nacht aus der Voigtstraße ins herrschaftliche Haus in der Victoriastraße, bekam dort ihre Leibwächter und wimmelte schon am nächsten Morgen zusammen mit Anwalt Fromm die Polizei ab: Sie war ohne jeden Zweifel Luise von Torstayn, und es erwies sich als günstig, dass sie sich nie umgemeldet hatte. Somit hatte sie jedes Recht der Welt, in diesem Haus zu wohnen, es sei denn, ihr Ehemann Aldo von Torstayn würde persönlich vorstellig werden und Gründe vorweisen, sie des Hauses zu verweisen. Die hatte er aber nicht. Jedenfalls nicht vor einem Richter, wenn der erfuhr, dass er mit Helene Boysen seit Monaten die Ehe brach. So zog die Polizei nach allerlei Geplänkel unverrichteter Dinge wieder ab.

Und Isi lud uns zum Abendessen ein.

Wir saßen zusammen mit Hans an einer langen Tafel, die Stimmung war sehr gelöst. Dienstmädchen huschten herein und servierten die einzelnen Gänge, Speisen, die vergessen ließen, wie sehr die Stadt noch immer an Hunger litt.

»Was ist, wenn Wendell für das alles hier nicht mehr zahlen wird?«

Isi zuckte mit den Schultern: »Dann lebe ich hier eben ohne Dienerschaft und fünfgängige Menüs.«

»Er wird zahlen«, sagte Artur und tupfte sich mit einer Serviette den Mundwinkel ab.

»Ach ja?«, fragte ich.

»Friedel hat ihm einen Brief geschickt. Er hat ihm klargemacht, dass sich die Situation nur lösen lässt, wenn Aldo herkommt. Und dass Irritationen jedweder Art dazu führen werden, dass er nicht nur der Berliner Presse, sondern vor allem auch der ostpreußischen Presse pikante Details einer gescheiterten, von Aldo ruinierten Ehe mitteilen wird, die den Namen der von Torstayns und der Boysens auf Jahrzehnte schwer belasten werden.«

Isi grinste. »Es gibt nichts, wirklich gar nichts, was Wendell und Victoria so wichtig ist wie der Schein. Aldo könntest du mit so was nicht drohen, aber die beiden würden eher an einem Strick vom Scheunenbalken baumeln, als zuzulassen, dass sich ihre Untertanen das Maul über sie zerreißen. Oder dieses andere Adelspack.«

»Ich weiß nicht …«, sagte ich nachdenklich.

Isi stupste mich freundschaftlich an. »Komm schon, du alter Schwarzseher. Wir haben ein klassisches Unentschieden. Jeder hält dem anderen einen Revolver an den Kopf.«

»Und du meinst wirklich, dass mich dieses Bild beruhigt?«, fragte ich zurück. »Mal davon abgesehen, dass die sich nicht derart vorführen lassen werden. Nicht auf Dauer.«

»Der Ball liegt ganz eindeutig in ihrer Spielhälfte.«

»Ihr geht immer davon aus, dass die sich rational verhalten werden. Vielleicht gilt das sogar für die von Torstayns. Aber nicht für die Boysens.«

Ich schielte zu Hans, der aber konzentriert an einem Stück Braten herumsäbelte und offenkundig nicht zuhörte. Es war erstaunlich, wie gelassen er die ganze Anspannung hinnahm. Oder vielleicht ignorierte er sie auch schlicht? In jedem Fall wirkte er nicht verängstigt, was noch erstaunlicher war, bedachte man die Umstände seines wirklich nicht einfachen Lebens. Er hatte eine bemerkenswerte Entwicklung vollzogen.

»Du hast sie offen herausgefordert«, fuhr ich warnend fort. »Helene und Falk werden zurückschlagen – aber nicht mit Anwälten.«

»Genau wie ich«, antwortete Artur gelassen.

In ihren zufriedenen Gesichtern las ich, wie entschlossen sie waren und wie wenig es nutzen würde zu versuchen, sie vom Gegenteil zu überzeugen. Eine Weile sprach niemand mehr, bis ich schließlich klein beigab. »Vielleicht belassen sie es ja auch dabei. Die Victoriastraße ist schließlich nur ein Haus.«

Isi steckte sich zufrieden einen letzten Bissen in den Mund und hob ihr Glas zu einem Toast an. »Sie werden es nicht dabei belassen.«

Wir führten unsere Gläser in der Tischmitte zusammen. »Wahrscheinlich.« Ich seufzte.

»Sie werden es nicht dabei belassen können«, begann Isi munter, »weil ich ein großes Fest geben werde. Ich lade die ganze Berliner Gesellschaft ein: Politiker, Bankiers, Geschäftsleute, Prominenz. Es wird eine herrliche Sause!«

»Verdammt, Isi!«, fluche ich.

Sie aber lächelte nur zufrieden. »Spätestens dann werden alle wissen wollen, wie diese Geschichte wohl ausgehen wird!«

»Als Tragödie«, unkte ich.

Isi lachte und schüttelte den Kopf: »Nein, Carle. Als Komödie. Gott liebt Komödien. Und er liebt uns!«

Damit stießen wir mit einem herrlich tönenden *Kling* die Gläser zusammen.

Fast schon bewunderte ich sie dafür, dass sie sich über die gewonnene Schlacht freuten und sich dem schönen Moment voll hingaben. Wenn die beiden einen rot entflammten Horizont sahen, dann erkannten sie darin *immer* den beginnenden Morgen.

Ich dagegen nur die aufziehende Nacht.

18

Sosehr unser Leben wie ein Papierschiffchen auf stürmischen Wellen tanzte, so ruhig schipperte die Politik im Strom der Zeit dahin. Die Konferenz von Cannes war vorbeigezogen. Walther Rathenau hatte zwar einen Zahlungsaufschub erreicht, aber das Deutsche Reich hatte immer noch alle zehn Tage einunddreißig Millionen Goldmark an die Siegermächte zu überweisen. Trotzdem war damit der ursprünglich geforderte Betrag von zwei Milliarden Mark im Jahr um knapp die Hälfte gedrückt worden.

Ebert hatte Rathenau daraufhin zum Außenminister ernannt, was die Nationalisten auf die Palme trieb, denn so schlau und erfolgreich Rathenau agierte, so sehr nahmen sie ihm eine Sache übel, nämlich dass er Jude war. Allen geifernden Protesten und Flüchen zum Trotz hielt Ebert an seiner Wahl fest, weil es schlicht und ergreifend die beste war, die sich dem Reich anbot.

Allein die ersten zarten Erfolge in der Außenpolitik änderten nichts an dem Desaster im Innern: Die Reparationen würgten alles Wachstum ab, die Inflation trieb die einfachen Leute bereits jetzt in den Ruin, weil die Löhne mit den Preissteigerungen nicht mithalten konnten. Das Elend wuchs, nicht galoppierend, aber doch stetig.

Die Eisenbahner streikten, die Gas-, Wasser- und Elektrizitätswerke folgten, allesamt erfolglos. Letztlich wusste jeder, dass der Protest zwar berechtigt war, aber zu nichts führen konnte, weil es schlicht nichts mehr zu verteilen gab.

Nur eine Branche erlebte einen erstaunlichen Aufschwung, einen, den die Inflation sogar beflügelte: das Kino. Nicht nur, weil die Menschen in die Säle strömten, um wenigstens für ein paar Stunden ihre Probleme zu vergessen, sondern auch, weil die deutschen Filme im internationalen Vergleich billig in der Herstellung waren. Für Konzerne wie die UFA war es ihrerseits überlebenswichtig, Filme ins Ausland für Devisen zu verkaufen: Dollar, Franc, Pfund. Jede Währung war willkommen – nur nicht die Reichsmark.

Vor diesem Hintergrund mutete meine Verstimmung natürlich lächerlich an, dennoch verfiel ich in jenen kalten Januar- und Februartagen einer Trübsal, die nichts mit der fortdauernden Bedrohung zu tun hatte, der Isi, Artur und ich ausgesetzt waren. Tatsächlich bekümmerte mich dieser Umstand noch am wenigsten, denn auch an Ausnahmezustände konnte man sich gewöhnen, so wie ich mich im Krieg an Explosionen und Elend gewöhnt hatte.

Es war die Arbeit mit Lang, die mein Herz sinken ließ, denn durch ihn wurde mir klar, was ich verloren hatte: Spielerisch, humorvoll und voller Ideen war der Austausch mit Lubitsch gewesen. Doch Davidson und er waren in Amerika, ich hatte sie vor dem Bahnhof zurückgelassen, um Artur und Isi beizustehen. Das hatte mein Privatleben ziemlich durcheinandergewirbelt, aber auch beruflich zahlte ich nun den Preis: Mit Erich Pommer und Fritz Lang waren bei der UFA jetzt zwei am Werk, die zwar genauso besessen von Filmen waren wie Davidson und Lubitsch, aber eben auf eine ganz andere Art.

Vor allem Langs humorloser Perfektionismus, sein Berserkertum, sein Bilderfetisch, denen sich alles unterzuordnen hatte, nahmen mir die Freude. Lubitsch hatte mit *jedem* gearbeitet – Komparsen, selbst wenn es Tausende waren, waren nie nur Staffage für ein Bild, sondern Menschen gewesen, für die der kleine Mann mit der qualmenden Zigarre immer ein Lächeln oder ein gutes Wort übrig gehabt hatte. Ein Film von Lubitsch war nicht nur ein Film von Lubitsch, sondern auch ein Film der anderen. Ein Film von Lang war ein Film von Lang. Von niemandem sonst.

Natürlich hatte es Pommer neben ihm – wie alle Produzenten – wahrlich nicht leicht, in dem verschwenderischen Wahnsinn Langs das zur Verfügung stehende Geld immer sinnvoll einzusetzen. Doch ich empfand ihn wie einen reichen Onkel, der seinen Lieblingen, vor allem Lang, nichts abschlagen konnte, während Davidson eher so etwas wie der gebeutelte Familienvater gewesen war, der seufzend Rechnungen für einen Haufen unerzogener Gören begleichen musste.

Ich sehnte mich nach der alten Leichtigkeit.

Dem Spaß.

Den wunderbaren Dramen und den zuweilen unfreiwilligen Komödien.

Voller Wehmut erinnerte ich mich an eine Geschichte, die man mir zutrug, als ich gerade bei der PAGU angeheuert hatte.

Sie handelte von Joe May, dem klein gewachsenen Regisseur, der vor Lang mit Lubitsch zusammen als Bester seines Faches gegolten hatte. Er hatte einige Qualitäten, nur konnte man kaum behaupten, dass er seinen Triumphen demütig gegenüberstand.

»Ich habe eine fantastische Idee, Herr Davidson!«, jubelte May eines Tages.

»Aha«, antwortete Davidson misstrauisch.

»Ich werde einen Film machen, der dreimal so teuer ist wie alle Filme, die je gemacht worden sind. Die Leute sollen dreimal so lange in den Kinos sitzen und dreimal so viel dafür bezahlen!«

Davidson starrte ihn mit herabgesenkten Lidern an.

May war von seinem Stuhl aufgesprungen und hatte eine beschwichtigende Geste mit den Händen gemacht: »Er spielt im alten

Rom *und* im Mittelalter *und* in der Neuzeit! Es geht um Seelenwanderung. Ein Liebespaar, das durch die Zeiten zueinanderfinden soll, was zweimal tragisch endet. Erst beim dritten Mal schaffen sie es.«

»Aha.«

»Also: Zu Beginn wird ein Ring vom Meer an Land gespült. Ein junges Mädchen findet ihn ...«

»Ihre Frau, nehme ich an?«, fragte Davidson.

Joe May drehte die meisten Filme mit seiner Frau, die beiden waren ein eingespieltes, sehr erfolgreiches Gespann.

»Ganz genau! Meine Frau Mia.«

»Meinen Sie nicht, dass Ihre Frau ...«, begann Davidson.

»Sie ist doch erst achtundzwanzig!«, protestierte May vorauseilend.

»Das haben Sie mir schon vor zwei Jahren gesagt!«

»Gut, dann dreißig.«

Davidson kniff skeptisch die Augen zusammen.

»Na, sagen wir Anfang dreißig!«

Davidson schnaubte einmal durch, dann nickte er. »Und weiter?«

»Wir sind im alten Rom ... Ach, übrigens, wir werden Löwen brauchen, im alten Rom wurden ständig Menschen den Löwen zum Fraß vorgeworfen.«

»Echte Löwen?«

»Natürlich echte Löwen!«

»Wissen Sie, was so ein Tier pro Tag kostet?«

May ließ sich nicht beirren: »Zurück zu dem Mädchen. Sie verliebt sich also in einen Christen und verbringt dann eine Liebesnacht mit ihm ...«

»Zeigen wir die?«, fragte Davidson.

»Mit meiner Frau? Sind Sie verrückt?«, empörte sich May.

Davidson seufzte.

»Und wie lange soll gedreht werden?«

»Dreimal so lange wie sonst. Wie gesagt, Rom, Mittelalter und Neuzeit. Es geht um Liebe, Spionage, einen Ring ...«

Davidson maulte: »Bis dahin ist Mia Großmutter!«
»Also, bitte, mit dreiunddreißig ist man doch keine Großmutter!«
»Dreiunddreißig?«
»Apropos!«, rief May, als fiele es ihm gerade ein: »Mia lässt schön grüßen! Sie würde sich freuen, wenn Sie uns demnächst einmal zum Abendessen beehren!«
Davidsons Gesicht umschmeichelte plötzlich ein genießerisches Lächeln. »Kocht sie selbst?«
»Natürlich!«
Mia Mays Kochkünste waren eine Legende in unserer Branche, auch wenn ich selbst natürlich viel zu unwichtig war, um je in ihren Genuss gekommen zu sein.
»Was gibt es denn?«, fragte Davidson, während er sich unbewusst den dicken Bauch rieb.
»Gans.«
»Ich komme mit Freuden!«, rief Davidson glücklich.
May klatschte zufrieden in die Hände: »Abgemacht!«
Womit er den Film meinte, Davidson die Gans.
May sprang auf und drehte sich in der Tür noch einmal um: »Ach, vielleicht bringen Sie ihr noch ein kleines Geschenk mit? Sie hat bald Geburtstag.«
»Gerne. Wie alt wird sie denn?«
»Vierunddreißig.«
Einen winzigen Moment schien er innezuhalten, als ob er seiner eigenen Antwort nachlauschte, dann schlüpfte er schnell durch die Bürotür nach draußen.
Sie drehten den Film.
Veritas vincit wurde ein riesiger Erfolg.

19

Der Zufall wollte es, dass ich ausgerechnet in diesen Tagen meines aufkeimenden Zweifels und des beständigen Gefühls der Vergeblichkeit jemanden traf, den ich für immer verloren geglaubt hatte.

Je länger ich später darüber nachdachte, desto weniger *zufällig* schien mir diese Begegnung, denn eigentlich war sie ja nur die Konsequenz meiner Schlüsse und Beschlüsse der letzten Wochen und Monate. Waren wir nicht alle nur Spielball unserer Entscheidungen? Wir wählten dieses, ließen jenes, wir kamen vom Kurs, schlugen einen neuen ein und verloren den Horizont aus den Augen. Wäre es da nicht logisch anzunehmen, dass es keine Zufälle gab, sondern nur Richtungswechsel und Kollisionen?

Einer dieser Wechsel jedenfalls war meiner Unzufriedenheit entsprungen, meiner Frustration darüber, dass mir meine Arbeit schal geworden war. Ich wünschte mir, Wege zu finden, die mich wieder zu dem Jungen machen sollten, der 1910 in Thorn die Fotografie entdeckt hatte. Ich wollte wieder diese Begeisterung, ja diese Sensation in meinem Herzen spüren. Meiner Berufung folgen, eine neue Erfüllung entdecken.

So begann ich, darüber nachzudenken, mich vielleicht wieder mehr der Fotografie zuzuwenden, wieder eigene Bilder zu kreieren, die *mein* Bild der Welt zeigten, so wie ich das schon im Krieg getan hatte, als ich der Lügen überdrüssig geworden war, die ich für das Kriegspressequartier inszenieren musste. Ich entstaubte also irgendwann meine alte Balgenkamera, schnappte mir das Köfferchen mit unbelichteten Glasplatten und machte mich in meiner freien Zeit auf die Suche nach Inspiration, nach neuen Formen und Wegen.

Eines Sonntags stand ich so vor einem trostlosen kleinen Kino, das wirklich nichts mit dem glänzenden UFA-Palast, dem Union Theater oder dem Alhambra gemein hatte, an einem Ort, wo eine schillernde Industrie auf einen schäbigen kleinen Raum zusammenfiel, den keiner der Sterne jener Zeit gekannt, geschweige denn betreten hätte. Und es lief auch keiner der Filme, an denen ich mitwirken durfte, sondern einer von Richard Oswald, dem Volksaufklärer, dessen Berühmtheit weniger auf seinem ehrlichen Willen gründete, für mehr Verständnis und Liberalität zu werben, sondern darauf, dass seinen Filmen das Verruchte anhaftete, das Sündige.

Oswald beschrieb die, die in den großen Produktionen keine oder nur sehr abwertende Beachtung fanden, wie Homosexuelle oder auch Huren. In jedem Fall aber versprachen seine Filme einen Blick auf das verborgene Land der Sexualität. Wunderte es da, dass die Menschen zu Tausenden ins Kino gingen – natürlich in aller Heimlichkeit. Oder dass seine Filme von der wiedereingeführten Zensur kassiert wurden, allen voran *Anders als die Andern,* die Geschichte um einen homosexuellen Violinisten und seinen Schüler?

Hier lief *Lady Hamilton*, ein Historienfilm, der kurz nach seinem Erscheinen mit einem Jugendverbot bedacht worden war, was ihn für die Erwachsenen nur umso interessanter machte.

Bisher hatte Oswald in mir keine besondere Aufmerksamkeit erregt, jetzt jedoch stand ich vor dem Plakat und dachte darüber nach, wie *er* wohl einen Film inszenierte. Wie *er* wohl gewichtete? Humor und Tempo, Ästhetik und Perfektion kannte ich, aber was machte Oswald aus? Waren seine Werke *echter* als Lubitschs und Langs? War er vielleicht der Heinrich Zille des deutschen Films? Sah er die Dinge anders als die anderen?

So musste ich wohl eine ganze Weile grübelnd vor dem Plakat gestanden haben, denn ich bemerkte zunächst nicht, dass sich jemand genähert hatte und mich beobachtete. Dann aber sah ich den Mann neben mir, der mich ein wenig anzüglich anlächelte.

»Gefallen Ihnen die Filme von Oswald?«, fragte er, der etwa in meinem Alter war.

»Bitte?«, fragte ich verwirrt zurück.

»Welcher gefällt Ihnen am besten?«

»Ich weiß nicht. Ich kenne noch keinen«, gab ich zurück.

»Bei mir ist es *Anders als die Andern.*«

Er hatte es Silbe für Silbe betont, sodass sogar einem ignoranten Holzkopf wie mir klar werden musste, warum er es so ausstellte.

»Wie gesagt: Ich kenne keinen.«

»Warum sehen Sie sich ihn nicht einmal an?«, fragte er sanft.

Ich runzelte die Stirn: »Ich dachte, er ist verboten worden? Wurde er nicht sogar vernichtet?«

»Schon, die meisten Kopien, aber zu Schulungszwecken darf er noch gezeigt werden.«

»Zu Schulungszwecken?«

»Ja, im Rahmen wissenschaftlicher Diskurse. Sie können ihn zum Beispiel heute sehen. Im Institut für Sexualwissenschaften von Doktor Hirschfeld.«

Isi hatte mir im letzten Jahr von Hirschfelds Institut erzählt und mich damit gefoppt, dass ich doch ein paar saftige Aufklärungsfilme für ihn drehen könnte. Sie und Artur hatten sich daraufhin sehr über mein empörtes Gesicht amüsiert.

»Ah ... oh ...«, antwortete ich verlegen.

»Wenn Sie wollen, begleite ich Sie. Wir können ihn uns zusammen ansehen?«

»W-was?«, stotterte ich, um schnell anzufügen: »Nein. Danke. Ich denke, Sie schätzen mich falsch ein.«

»Tu ich das?«, fragte er amüsiert zurück. »Sie glauben nicht, wie viele Männer in Berlin sich falsch einschätzen.«

»Nein, nein«, antwortete ich steif. »Sie liegen falsch.«

Mit einem bedauernden Lächeln nickte er mir zu und tippte sich zum Abschied an den Hut. »Sie sollten ihn trotzdem sehen. Das Institut finden Sie in der Beethovenstraße, Ecke In den Zelten.«

Mit einiger Erleichterung sah ich ihn davongehen, froh darüber, nicht weiter dieses pikante Thema verhandeln zu müssen. Tatsächlich waren mir von einem Mann noch nie Avancen gemacht worden, die Verunsicherung darüber irritierte mich selbst.

Als er außer Sichtweite war, beschloss ich aber, seinem Rat zu folgen, brachte meine Kameraausrüstung nach Hause und fuhr schließlich mit der Straßenbahn zum Tiergarten, ging von dort zur Beethovenstraße und zur ehemaligen *Villa Joachim,* benannt nach dem berühmten Violinisten und Komponisten Joseph Joachim. Sie lag zwischen dem Kurfürstenplatz und Reichstag, nahe dem Kronprinzenufer der Spree, und war herrlich anzusehen.

Nicht nur die unmittelbare Lage am Tiergarten ließ Idylle und Romantik aufkommen, sondern auch der Gründerzeitbau selbst, dessen prächtiger Haupteingang zwar genau auf der Ecke der sich kreuzenden Straßen lag, aber einige Meter zurückgenommen war. Zwei Freitreppen führten zu einer Empore und lenkten den Blick auf die zweistöckige Fassade, die von Balkon und Spitzgiebel vollendet wurde.

Ein Sommersitz des Geistes und der Kultur.

Doch je näher ich kam, desto zögerlicher wurden meine Schritte, denn vor dem Institut tummelten sich Menschen, die mich noch um einiges mehr als der Mann vor dem Kino verwirrten. Da waren ganz offensichtlich Puppenjungs, wie man sie auch am Wittenbergplatz finden konnte, junge Männer, kaum den Kinderschuhen entwachsen, mit gepuderten Wangen, auffälliger Kleidung, grazilen Bewegungen und zuweilen affektiertem Lachen. Ich sah auch einige Damen, die zu meiner großen Überraschung gar keine waren, sondern Männer in Frauenkleidung. Dazwischen aber auch ganz normal wirkende Herren, denen nichts Auffälliges anhaftete und denen ich mich vorsichtig näherte, als könnte ich durch mein bloßes Auftauchen die ganze Truppe aufscheuchen wie die Katze einen Schwarm Tauben.

Allein: Mein Mut hatte mich mittlerweile verlassen. Am Rand stehend wagte ich niemanden zu fragen, ob Oswalds Film hier aufgeführt wurde, und mit jeder Minute, die ich dort ratlos streunte, kam ich zu der Überzeugung, dass Oswalds Sicht auf die Dinge des Lebens doch nicht so interessant war. Hatte ich mit Langs Ästhetik und Lubitschs Humor nicht genügend Rüstzeug für ein eigenes Schaffen? Man musste ganz sicher nicht alles gesehen haben, vor allem wenn es einem so fremd war. Es dauerte wohl keine fünf Minuten, da hatte ich mich in einem kleinen inneren Diskurs selbst davon überzeugt, mir im Tiergarten lieber ein wenig die Beine zu vertreten.

So drehte ich mich um, versicherte mich mit einem kurzen Blick, dass mich nicht ausgerechnet hier ein Auto überfahren würde, querte In den Zelten, zurück in die winterliche Knochigkeit des Tiergartens, als ich hinter mir jemanden meinen Namen rufen hörte.

Unter anderen Umständen hätte ich so getan, als hätte ich nichts gehört und wäre zügig weitergelaufen, aber diese Stimme! Ich kannte diese Stimme!

Es war, als würde mich meine Jugend einholen, als wäre ich zurück in Thorn, auf dem Neustädtischen Markt mit seinen hübschen Häusern, den prächtigen Fassaden und dem kleinen Geschäft, das mein Leben für immer verändert hatte: das Fotoatelier Lemmle.

Ich drehte mich um.

Gustav Lemmle lief auf mich zu und selbst als er direkt vor mir stand, war ich mir immer noch nicht sicher, nicht einem Wahnbild aufzusitzen.

»Bist du's wirklich, Carl?«, fragte er aufgeregt.

Ich starrte ihn fassungslos an und nickte. »Herr Lemmle!«

»Gustav«, lachte er. »Du bist wahrlich kein Lehrjunge mehr!«

Dann endlich umarmten wir uns.

Was für ein Zufall!

Oder doch nur die Summe meiner Einschätzungen und Entscheidungen?

Einerlei.

Mit Beginn des Krieges war Gustav Lemmle spurlos verschwunden und hier wieder aufgetaucht.

Genau wie ich.

20

Nichts an ihm schien verändert.

Er trug immer noch schöne Anzüge, deren elegante Strenge er mit kleinen Accessoires wie einem bunten Einstecktuch oder farbigen Strümpfen konterkarierte. Alles an ihm war zeitlos elegant, wenn die Jahre auch nicht spurlos an ihm vorübergezogen waren: Sein immer noch sehr volles dunkles Haar war an den Schläfen ergraut, kleine Fältchen in seinem Gesicht ließen ihn reif und distinguiert wirken. Den gewaltigen Backenbart hatte er abgenommen, dafür trug er einen gepflegten Oberlippenbart und, recht verwegen, wie ich fand, ein kurzes Bärtchen gleich unter der Unterlippe, das ihn ein wenig wie ein Musketier aussehen ließ.

Nach unserer herzlichen Begrüßung waren wir den kurzen Weg zum Brandenburger Tor gegangen und dort in eines der Cafés am Pariser Platz. Wir ließen uns von livrierten Kellnern Kaffee bringen, blickten auf die durchweg zahlungskräftige Klientel, die es sich leisten konnte, hier ihre Sonntagnachmittage zu verbringen, und fanden uns bald schon in unseren Erinnerungen wieder, den Tagen, als wir zusammen in Thorn im kleinen Atelier gearbeitet und uns über die damalige Kundschaft amüsiert hatten. Damals, als alle eine Fotografie als heiliges Relikt empfunden und nie jemand gelächelt hatte, mit einer Ausnahme vielleicht: das Ehepaar Hopp. Die beiden Dicken, die so herrlich streiten konnten und deren Ablichtung der Höhepunkt meiner Lehrzeit geworden war.

. Wir sprachen über Isi und Artur, deren Lebensweg Gustav bestaunte, auch darüber, dass ich jetzt Vater war, unter welchen Umständen ich einen Ziehsohn gewonnen und wie sehr ich mit meiner neuen Rolle zu kämpfen hatte. Ich erzählte vom Krieg, von Masha in Brest-Litowsk, von den Lügen des Kriegspressequartiers und schließlich auch von meinen Erfahrungen bei der UFA.

Gustav hörte zu, schüttelte zuweilen ungläubig den Kopf, bis ich meinen Bericht beendet hatte und wir beide schwiegen. Erst da fiel mir auf, dass er noch nichts über sich erzählt und auch keine Anstalten gemacht hatte, es zu tun. So herzlich unser Wiedersehen gewesen war, so spürbar waren während der letzten Stunde Schatten über ihn hinweggezogen und hatten den Rückblicken die Farbigkeit genommen. Mir schien plötzlich, als fürchtete Gustav, etwas von sich preiszugeben.

Schließlich fragte ich: »Warum bist du weggegangen? Ohne ein Wort?«

Er schien mit der Frage gerechnet zu haben, rührte gedankenverloren in seinem Kaffee herum und sagte dann nach einer langen Zeit des Grübelns: »Ich bin homosexuell, Carl.«

Er wagte kaum, mich anzusehen.
»Gustav?«
Er blickte auf.
Ich lächelte. »Das ist mir wirklich scheißegal.«
»Für einen Moment sah er vollkommen verdutzt aus.
Dann aber begann er zu lachen, so herzlich und erleichtert, dass ich darin einstimmte. Wir lachten, bis uns die Tränen kamen und ich in einer kichernden Pause fragte: »Was ist eigentlich so lustig daran?«
Und er antwortete: »Ich dachte, du wärst auch homosexuell.«
Daraufhin wurde unser Gegacker derart hysterisch, dass die Besucher des Cafés sich indigniert von uns abwandten und einige sogar nach der Rechnung winkten. Diesmal dauerte es ziemlich lange, bis wir uns beruhigten, und erst als uns ein Kellner höflich darauf aufmerksam machte, dass die anderen Gäste unsere gute Laune *nicht* zu teilen wünschten, rissen wir uns zusammen, wischten uns die Augen trocken und versuchten räuspernd, ein seriöseres Bild abzugeben.
»Du meinst wegen des Instituts?«, fragte ich ihn.
»Ja.«
Ich schüttelte den Kopf: »Ich wollte nur *Anders als die Andern* sehen.«
»Ist immer noch ziemlich missverständlich«, antwortete Gustav grinsend.
»Aus rein ästhetischem Interesse«, antwortete ich.
Wir kicherten wieder blöd.
»Im Ernst, ich wollte nur wissen, wie der Film so ist«, antwortete ich schließlich.
»Langweilig«, sagte Gustav. »Ist kein guter Film, wirklich nicht.«
»Dann habe ich nichts verpasst?«
»Nein.«
Wir tranken, bestellten erneut, warteten, bis serviert worden war, bevor ich fragte: »Warum bist du damals nun weggegangen?«
Gustav blickte aus dem Fenster, als ob er von hier aus Thorn sehen

könnte und all das, was die ehemalige Festungsstadt an der Weichsel eben außerdem gewesen war: eine konservative, weit hinter Berlin herhinkende Stadt mit einer Bevölkerung, die Traditionen pflegte und dem Fortschritt skeptisch gegenübergestanden hatte. Damals, als ich Lehrjunge im Atelier Lemmle wurde, hatten sich in der Gesellschaft erste Risse im preußischen Stahl gezeigt, hatte der Wind den Geruch von Freiheit und Selbstbestimmung aus den großen Städten in die kleinen Gassen und Straßen des Ostens geweht. Menschen im Allgemeinen reagierten aber auf Neues selten aufgeschlossen oder wenigstens vernünftig, sondern klammerten sich reflexartig an das, was sie kannten, was es immer schon gegeben hatte, selbst wenn es schlecht und ungerecht war. Kam der Wechsel dann zu schnell, wurde aus Innovation Bedrohung. Und Bedrohungen forcierten den Willen zum Widerstand.

»Es hatte einfach damit zu tun, dass ich nicht so war wie sie. Die haben immer schon über mich getratscht, Carl. Ich war dieser Fotograf, dessen Haare ein wenig zu lang waren, der bunte Socken trug und keiner Frau den Hof machte. Eine Weile beruhigte sie der Gedanke, dass ich wohl so eine Art *Künstler* sei, aus dem Westen dazu und eben keiner von ihnen. Aber dann kam der August 1914 ...«

Er trank einen Schluck aus der Tasse.

»Endlich konnten sie gegen ihre Feinde kämpfen. Es denen mal so richtig zeigen. So, wie sie es allen zeigen wollten, die nicht so waren wie sie selbst.«

Ich erinnerte mich an die ersten Tage nach der Mobilmachung und der Kriegserklärung gegen Russland. Euphorie hatte sich breitgemacht, auch eine gewisse Befreiung von gesellschaftlichen Zwängen. Endlich mal mit denen abrechnen, die einem immer schon nicht ganz geheuer waren. Wie der alte Wassili, mit dem sich mein Vater so hinreißend streiten konnte, der zahnlose alte Mann, der in seinem Leben keiner Fliege etwas zuleide getan hatte. Er war von einem eifrigen Leutnant wegen des Verdachts der *Spionage* unter dem Jubel der Thorner kurzerhand an die Wand gestellt worden.

Misstrauen, Zweifel, Argwohn schürten den Hass, und noch bevor der erste Soldat an die Front geschickt worden war, waren einige standrechtlich erschossen worden. Mord, der bejubelt wurde. Bestätigt von denen, die es immer schon gewusst hatten. Die den Tätern auf die Schultern geklopft und sich gefreut hatten, dass endlich mal jemand etwas unternommen hatte. Dabei war es nur Mord. Nichts sonst.

»Jemand hatte die Scheibe meines Ateliers eingeworfen. Weil ich *verdächtig* war. Einer, der die Jugend verführt. Die männliche Jugend, nahmen sie an. Im Taumel des prognostizierten schnellen Sieges über die ganze Welt war das *die* Gelegenheit, sich von ein paar unliebsamen Mitbürgern zu trennen.«

»Und die Polizei?«

»Du meinst Tessmann? Hast du nicht deine eigenen Erfahrungen mit Tessmann gemacht?«

Ich nickte, er hatte Artur und mich damals eingesperrt. Später auch Isi. Polizeikommandant Adolf Tessmann war der Büttel der Boysens, williger Handlanger der Macht. Natürlich hatte er Gustav Lemmle nicht geholfen, sondern sich auf die Seite der vermeintlich anständigen Bürger Thorns gestellt.

»Ein paar Tage lang dachte ich, die kriegen sich wieder ein. Ich erneuerte das Schaufenster und dachte, vielleicht würden sie sich besinnen, wenn ihre Söhne an die Front müssten. Vielleicht würden sie dann kommen, Fotografien machen lassen und feststellen, dass es größere Sorgen gab, als einen *Künstler* am Neustädtischen Markt. Aber so war es nicht. Jemand schob mir einen Zettel unter der Tür durch, dass ich sterben würde, wenn ich nicht sofort verschwände. Also bin ich dann gegangen.«

Ich schluckte.

»Ich wollte mich bei dir verabschieden, Carl, aber in der Kaserne sagte man mir, du lägest auf der Krankenstation und dürftest keinen Besuch bekommen. Ich ließ einen kurzen Brief für dich

zurück, dann bin ich zum Hauptbahnhof und habe Thorn verlassen.«
»Ich habe den Brief nie bekommen!«, antwortete ich.
»Aber es gab ihn, Carl.«
»Ich weiß«, ich nickte schnell, »wer diesen Brief hat verschwinden lassen: Sergeant Trommer. Der hat mich gehasst.«
»Jedenfalls bin ich nach Berlin. Vielleicht hätte ich von Anfang an hierhinziehen sollen, aber dann hätten wir uns nie kennengelernt.«
Ich lächelte. »Ich bin froh, dass du bei uns in Thorn warst. Und sieh uns an: Wir haben den Krieg überlebt. Die Spanische Grippe, die Revolution, die Aufstände. Und sind immer noch da!«
»Unkraut vergeht nicht.« Gustav grinste.
Ich hob ihm meine Kaffeetasse entgegen, wir prosteten uns damit zu.
»Auf das Unkraut!«, sagte ich.
Er stieß mit mir an: »Auf uns!«

21

Stand man vor dem Kriminalgericht, so wähnte man sich vor einem Tor zu einer anderen Welt. Zwei etwa sechzig Meter hohe Türme reckten sich erhaben in den Himmel, beherrschten einen ebenerdigen Bogengang und eine darüberliegende neoromanische Fenstergalerie, während auf den umlaufenden Firsten allegorische Renaissancestatuen die Würde des Baus noch einmal betonten. Hinter der Front lag ein riesiges Geviert vieler Häuserblocks, einschließlich des Gefängnisbaus.

Betrat man die Eingangshalle, war man nicht weniger beeindruckt, wenn nicht sogar eingeschüchtert, denn allein der Treppenaufgang mutete an, als beträte man das Schloss eines allmächtigen Herrschers. Aufgänge, Bögen und Gänge suchten einen zu verwirren, die sich bald schon zu einem Labyrinth des Rechts auswuchsen.

Am liebsten hätte man einen Bindfaden ans Portal gebunden, um wieder herauszufinden.

Aber wie friedlich es war! So wie vor den Türmen eine große Betriebsamkeit herrschte, Straßenbahnen die Ecke Altmoabiter und Rathenower Straße klingelnd mal nach links, mal nach rechts befuhren, so ruhig war es im Innern. Die Flure lagen still da, die Türen zu den Gerichtssälen waren fest verschlossen, und nur dann und wann trat ein Gerichtsdiener vor und rief die nächsten Parteien aus. Hier hörte man seine Schritte auf den kalten Böden, hier konnte man viel Zeit damit verbringen, den Raum zu suchen, in dem Schicksale entschieden wurden.

Es war eine leise Welt, aus der man bei ungünstigem Richterspruch nicht wieder herausfand, von der man im Gegenteil verschlungen wurde, um fortan im Bauch des Gefängnisses auf den Tag zu warten, an dem sich die Türen wieder für einen öffneten.

Für Männer wie Friedemann Fromm allerdings war es die Bühne, auf der sie beinahe täglich ein großes Schauspiel veranstalteten, mal dramatisch, mal wütend, mal ironisch, mal belehrend. Robe und Barett waren ihnen vorgeschriebenes Kostüm, damit die Privatperson darin verschwinden und den Anwalt, Staatsanwalt oder Richter daraus hervortreten lassen konnte. Dann waren sie bereit, ihren Rollen Leben einzuhauchen. Und genau wie der Schauspieler sein Publikum langweilen oder begeistern konnte, trumpften Anwälte vor allem in den Phasen der Improvisation auf oder gingen unter. Nur mit dem Unterschied, dass sie selbst nicht für ihren Auftritt bestraft wurden, sondern diejenigen, die sie vertraten.

Der Fall Arzberger gegen von Wartland war dem Anschein nach einer dieser kleinen Fälle, wie sie zu Dutzenden täglich verhandelt wurden, ohne öffentliches Interesse und dementsprechend spärlich auf den Zuschauerstühlen des Gerichtssaals besucht. Da Klara arbeiten musste, nahmen nur Isi und ich dort Platz, während die streitenden Parteien hereingerufen wurden. Der ebenso schmale wie blasse Kurt Arzberger trat hinter Fromm ein genau wie der herrisch dreinschauende Albrecht von Wartland, ein Mann in den Fünfzigern, förmlich gekleidet mit Zylinder, Handschuhen, schwarzem Anzug und silberbesetztem Gehstock.

Er zwinkerte dem Staatsanwalt freundlich zu, bevor er sich eines Besseren besann und auf der Zeugenbank Platz nahm, so raumgreifend, dass es für einen weiteren Aussagenden kaum Platz gegeben hätte. Dann wandte er sich kurz in den Saal, blickte dabei triumphierend wie ehedem der Kaiser, wenn der vor den ebenso aufmüpfigen wie von ihm ungeliebten Berlinern paradierte.

Kurt dagegen folgte Fromm auf die linke Seite, setzte sich und wirkte darüber hinaus so unbeteiligt, als wäre er hier nicht angeklagt, sondern bloß Fromms Hospitant in einem leidlich spannenden Prozess.

Der Zufall wollte es, dass der Richter derselbe war, den Fromm im Jahr zuvor mit dem Beweis der Phryne verblüfft hatte. Damit hatte er nicht nur die Staatsanwaltschaft und ihn überrumpelt, sondern auch einen ungewinnbaren Prozess für sich entschieden. Richter Meixner hegte zwar reichlich Vorbehalte gegen Fromm, aber so wie ich damals das Gefühl nicht losgeworden war, dass der Beweis der Phryne ihm mehr Freude bereitet hatte als alle anderen Urteilsführungen, so glaubte ich jetzt den Anflug eines Lächelns auf seinem ansonsten steinernen Gesicht zu erkennen, als er durch eine rückwärtige Tür in den Saal trat und Fromm gewahr wurde.

Nach den üblichen Formalitäten wie der Feststellung der Personalien von Kläger und Angeklagtem, die der Gerichtsschreiber artig auf Papier übertrug, eröffnete der Staatsanwalt das Verfahren. Wenn man ihm zuhörte, gewann man den Eindruck, dass er in Kurt Arzberger einen gefährlichen Staatsfeind ausgemacht hatte, so scharf ging er ihn an. Da war von Verrohung die Rede, von Moral beziehungsweise vom Verlust selbiger, von Verführung Minderjähriger und einem Signal, das das Gericht an diejenigen senden sollte, die glaubten, sie könnten ihre minderwertigen, zersetzenden und niederträchtigen Ansichten hinter dem Feigenblatt der Kunst verstecken. Schließlich forderte er, auch als Abschreckung für andere, die den deutschen Geist beschmutzten, ein Jahr Gefängnis ohne Bewährung.

An Wartlands Körperhaltung konnte ich sehen, wie aufmerksam er dem Staatsanwalt folgte. Hier und da nickte er zustimmend und blickte schließlich zufrieden nach vorne, in Erwartung eines kurzen Prozesses. Ohne einen Beweis dafür zu haben, war ich mir sicher, dass der Staatsanwalt und er wenigstens gute Bekannte, wenn nicht sogar Freunde waren.

Meixner blickte Fromm an und sagte: »Ihre Erwiderung, Herr Anwalt?«

Fromm nahm den Staatsanwalt ins Visier, zielte förmlich durch sein Monokel auf ihn. »Wir beantragen Abweisung des Staatsanwaltes und die Einstellung des Verfahrens.«

Der Staatsanwalt fuhr hoch und rief wütend: »Das ist gar nicht möglich!«

Fromm setzte nach: »Da der Staatsanwalt offensichtlich den Verstand verloren hat, sollte das Gericht hier eine Ausnahme machen.«

»Unverschämtheit!«, donnerte der Staatsanwalt.

»Herr Anwalt!«, mahnte Meixner. »Noch so eine Bemerkung, und Sie kassieren eine Strafe wegen Missachtung des Gerichts!«

Fromm lächelte fein, dann antwortete er: »Wir beantragen Freispruch, Herr Vorsitzender.«

Die Fronten waren geklärt – die Stimmung zwischen der Staatsanwaltschaft und Verteidigung angemessen ruiniert.

Albrecht von Wartland wurde in den Zeugenstand gerufen, einem einfachen Stuhl vor dem Richterpult, auf dem er sich mit stolzem Blick und förmlichen Grußgesten an den Richter und Staatsanwalt niederließ.

»Herr von Wartland!«, begann der Staatsanwalt. »Wenn Sie dem Gericht bitte berichten wollen, warum Sie den Angeklagten Arzberger für eine öffentliche Gefahr halten.«

Wartland antwortete: »Weil der Angeklagte meine liebe Tochter Sophie auf dem Gewissen hat.«

Ein Satz, der ihm alle Aufmerksamkeit sicherte und an Dramatik kaum zu überbieten war, bedachte man, dass es hier *nicht* um Mord oder Totschlag ging.

»Bitte erläutern Sie dem Gericht Ihre Beobachtungen, Herr von Wartland!«, forderte der Staatsanwalt.

Der räusperte sich und sagte dann mit brüchiger Stimme: »Sophie ist unsere einzige Tochter. Neunzehn Jahre alt, ein unschuldiges, feinsinniges Geschöpf mit einem großen, reinen Herzen. Eine fantastische Schülerin, eine begabte Pianistin, ein Mensch, der Herzen im Sturm gewinnt und einen Raum zum Leuchten bringt. Ein Kind, das nicht besser geraten konnte, und unser ganzer Stolz.«

Fromm seufzte pathetisch, sehr zum Ärgernis von Albrecht von Wartland, der ihn böse anblitzte, sich dann aber wieder Richter Meixner zuwandte.

»Sie war ein Mädchen von besten deutschen Tugenden!«

»Die da sind?«, rief Fromm gereizt in den Raum.

»Herr Anwalt!«, mahnte Meixner. »Sie gedulden sich bitte, bis Sie an der Reihe sind. Hier führt nur einer den Prozess, und das bin ich.«

»Natürlich, Herr Vorsitzender. Der Zeuge soll mit seiner Marienverkündung nur fortfahren ...«

»Ich protestiere aufs Schärfste!« Der Staatsanwalt fuhr in die Höhe. »Der Verteidiger macht den Zeugen lächerlich!«

Meixner schickte Fromm einen letzten strafenden Blick, der unterstrich, dass er seine eben ausgesprochene Warnung in die Tat umsetzen würde. Fromm schwieg und wies mit einer ironischen Geste an, dass von Wartland gern weitermachen dürfe.

»Dann kam der Beschuldigte und hat alles zerstört!«, klagte von Wartland sichtlich aufgewühlt und zeigte mit dem Finger auf Arzberger. »Er hat aus einem hoffnungsvollen, demütigen, gottesfürchtigen Mädchen eine aufsässige, nihilistische Atheistin gemacht, die keinerlei Interesse mehr daran hat, das Leben zu führen, das ihre Mutter und ich unter größten Mühen für sie vorbereitet haben.«

Mit einem Taschentuch tupfte er sich den Schweiß von der Stirn und nutzte die Pause, um sich wieder zu fassen.

»Wie sollte das dem Angeklagten Arzberger gelungen sein?«, fragte Meixner neugierig.

»Mit seiner verkommenen Lebensweise. Mit seinen verkommenen Ansichten, die das zarte, beeinflussbare Gehirn meiner lieben Tochter vergiftet haben.«

»Was ist denn geschehen?«, fragte Meixner.

»Sie war bei ihm!«, rief von Wartland. »Sie war bei ihm! Und als sie zurückkehrte, war sie nicht mehr dieselbe!«

Der Schmerz schien ihn zu übermannen, und er biss sich verzweifelt in die behandschuhte Faust.

Meixner fragte: »Stand der Angeklagte denn in einer Beziehung zu Ihrer Tochter?«

»Er hat ihre Unschuld ausgenutzt. Ihre Tugend. So ein naives kleines Ding ist doch dem Spiel eines Teufels nicht gewachsen!«

»Darf ich das so verstehen, dass der Angeklagte Ihre Tochter verführt hat?«

»Das hat er! Das hat er!«

»Ich meinte: Kam es zu Zärtlichkeiten? Oder gar zum unehelichen Verkehr?«, hakte Meixner nach.

Von Wartland hielt einen Moment inne und schluckte: »Das weiß ich nicht bestimmt.«

Fromm fuhr auf und fauchte: »Entweder der Zeuge erbringt den Beweis, dass seine Tochter keine *virgo intacta* mehr ist, oder er nimmt auf der Stelle den angedeuteten Vorwurf der Verführung einer Minderjährigen zurück!«

Meixner fragte: »Wir können eine Feststellung anordnen, Herr von Wartland?«

Von Wartland zögerte.

Fromm rief: »Ich bestehe sogar darauf!«

Da schüttelte von Wartland den Kopf: »Keine Untersuchung, bitte.«

»Schön, wäre das also geklärt!«, sagte Fromm zufrieden. »Meinem Mandanten eine Verführung oder gar Schlimmeres zu unterstellen, ist geradezu absurd!« Alle Beteiligten sahen zu Kurt herüber, als Fromm rasch anfügte: »Absurd ehrabschneidend, meinte ich natürlich.«

Da wandte sich Meixner wieder von Wartland zu. »Wir können also davon ausgehen, dass es keine Verführung Minderjähriger im Sinne des Strafgesetzbuches gegeben hat.«

»Vermutlich«, nuschelte von Wartland kleinlaut.

»Was ist also dann passiert?«

»Vor einigen Monaten kam unsere Tochter von einer Veranstaltung zurück, bei der der Angeklagte aufgetreten ist. Als sie ging, war sie wie immer: Fröhlich sprang sie durch die Tür wie ein junges Reh, so erzählte man mir. Als sie einige Stunden später zurückkam, wirkte sie vollkommen verstört, ja beinahe fiebernd in ihren hysterischen, wenig sinnhaften Äußerungen. Meine Frau und ich waren vollkommen vor den Kopf gestoßen, dachten aber, dass sie sich von ihrem Zustand wieder erholen würde. Aber das tat sie nicht. Mit jeder Woche wurde sie aufsässiger, entzog sich der elterlichen Fürsorge, sprach von Kunst und Zerstörung! Von Kampf und Freiheit! Sie war wie von Sinnen. Wir schickten sie sogar zu einem Nervenarzt, der ihr eine Überreizung attestierte und ein Sanatorium in den Bergen empfahl. Dort ist sie immer noch, aber ihren Briefen entnehmen wir, dass es nicht geholfen hat!«

»Und das soll der Angeklagte bewirkt haben?«

»Jawohl, Herr Richter! Dies ist der Mann, der mein Mädchen auf dem Gewissen hat. Sie ging als reine Seele und kehrte verdorben zurück. Er ist in ihren Kopf eingedrungen und hat ihre Gedanken vergiftet. Alles unter dem Deckmäntelchen der sogenannten Kunst!«

»Und was für eine Kunst ist das gewesen?«, fragte Meixner neugierig.

»Ich weiß es nicht. Sie hat gesagt, er habe ihr die Augen geöffnet! Er habe sie gelehrt, dass alles falsch sei. Verstehen Sie doch, Herr Richter: Dieser Mann hat unser Mädchen zerstört!«

Meixner nickte, machte sich Notizen und blickte erst zum Staatsanwalt, dann zu Fromm: »Haben Sie Fragen?«

Der Staatsanwalt verneinte, Fromm dagegen stand auf. »Als Ihre Tochter zu dieser Veranstaltung ging, war sie da in Begleitung?«
Von Wartland sah ihn irritiert an. »Wie meinen Sie das?«
»Na, haben Sie oder Ihre Frau oder sonst jemand Sophie begleitet?«
»Nein.«
»Dann wissen Sie auch nicht aus erster Hand, was vorgefallen ist?«
»Nicht nötig. Ich sehe ja die Auswirkungen!«
»Waren Sie an dem betreffenden Tag überhaupt zu Hause anwesend?«
»Ich ... ich war auf Geschäftsreise und meine Frau bei einer Wohltätigkeitsveranstaltung.«
Fromm zog die Augenbrauen hoch. »Ihre geliebte Tochter, Ihr Augapfel, Ihr seliges Dornröschen war also vollkommen unbeaufsichtigt?«
Von Wartland blitzte ihn wütend an.
»Und als ebensolche keusche Maid entfleuchte sie der nicht vorhandenen elterlichen Obhut in eine Lokalität von zweifelhaftem Ruf?«
»Zumindest der Teil mit der zweifelhaften Lokalität ist korrekt«, antwortete von Wartland böse.
»Und dieser einmalige Ausflug verwandelte Schneeweißchen in Rosenrot?«
»Wenn Sie so wollen.«
»Dann muss ich den beiden aufopferungsvollen Eltern leider verkünden, dass Sophie viele Male in diesem Lokal anwesend war. Sie haben es nur nicht bemerkt, weil Sie mit wichtigeren Dingen beschäftigt waren als mit der von Ihnen verkündeten opferbereiten Fürsorge!«
Herr von Wartland fuhr auf. »Das ist eine Lüge!«
Fromm wedelte mit einigen Briefen, die er aus einer Kladde gezogen hatte: »Hier habe ich die Korrespondenz, die Ihr Fräulein Tochter mit meinem Mandanten aus ihrer Haft ... Verzeihung: aus

ihrer Kur in den bayrischen Alpen geführt hat. Sie spricht dort von den *vielen* glänzenden Auftritten meines Mandanten und von ihrer Bewunderung ihm gegenüber. Das und einiges mehr. Ich kann es gerne verlesen?«

»Unterstehen Sie sich!«, schrie von Wartland.

»Dann nehmen wir das als gegeben an. Die Staatsanwaltschaft und der Herr Vorsitzende können sich jederzeit davon überzeugen. Also, Herr von Wartland, Ihr Fräulein Tochter hat schon seit geraumer Zeit ihren eigenen Kopf und sich seit ebenso langer Zeit nachts heimlich aus dem Haus geschlichen. Und es ist keinesfalls so, dass Ihre Tochter, in welcher Form auch immer, von meinem Mandanten hypnotisiert oder indoktriniert wurde oder was immer Sie da annehmen. Sie interessiert sich nur für Kunst.«

»Das ist keine Kunst!«, schnaubte von Wartland.

»Glücklicherweise bestimmt allein die Kunst, was Kunst ist. Mal davon abgesehen, obliegt es in erster Linie der elterlichen Fürsorge, dass sich eine Minderjährige nicht allein in der Stadt herumtreibt. Aber das nur am Rande.«

»Unverschämtheit!«, schrie von Wartland und wandte sich Richter Meixner zu: »Muss ich mir das hier bieten lassen?!«

Meixner nickte Fromm kurz zu. »Nicht ganz so blumig, Herr Anwalt, ja?«

Fromm antwortete: »Ich habe keine weiteren Fragen.«

Meixner entließ den sichtbar vor Wut kochenden von Wartland und rief Kurt nach vorne.

»Sie haben gehört, was man Ihnen vorwirft, Herr Arzberger«, begann Meixner daraufhin. »Möchten Sie Stellung nehmen?«

»Ich weiß nicht, was ich dazu sagen soll«, gab Kurt zurück.

»Nun, man wirft Ihnen vor, den Willen des Mädchens in Ihre Gewalt gebracht zu haben.«

»Das ist doch Unsinn!«

»Wollen Sie uns vielleicht verraten, was Sie mit ihr gemacht haben?«

»Nichts, Herr Richter, ich bin aufgetreten. Im *Scala*, das ist ein

Varieté in der Lutherstraße. Sophie hat mich nach dem Auftritt angesprochen, und wir haben uns unterhalten.«
»Über was haben Sie sich unterhalten?«
»Über Dada.«
»Was soll das sein?«, fragte Meixner ratlos.
»Das ist eine Form der Lyrik, die keine Lyrik ist. Eine Form der Prosa, die keine Prosa ist. Eine Form der Kunst, die die Kunst infrage stellt. Dada stellt alles infrage!«
»Da hören Sie es!«, schrie von Wartland, der von der Zeugenbank aufgesprungen war. »Zersetzerisch, umstürzlerisch, gefährlich! Genau das ist er! Eine Gefahr!«
»Setzen Sie sich!«, befahl Meixner und wandte sich wieder Kurt zu: »Und diese Kunst hat Sophie beeindruckt?«
»Sie war davon begeistert!«
»Und wie stelle ich mir so ein Dada-Werk vor?«
»Es ist ein Vortrag vor Publikum.«
»Wollen Sie uns nicht einmal ein Beispiel geben?«, fragte Meixner. »Vielleicht ein Stück, das Sie auch Sophie vorgetragen haben?«
Darauf schien Fromm nur gewartet zu haben. Er lehnte sich grinsend in seinen Stuhl zurück, während sich der Staatsanwalt und von Wartland aufmerksam vorbeugten.
Kurt stand auf.
Verbeugte sich knapp.
Und begann.
»PFÜ-PFÜ-DAGADING! PRRRT DAGADING! SIMBALA TSÜ TSÜ – DAGADING! RACKA DE BE, RACKA TE CE. OOOOOO OOHHHH, B, B, B, MMZACKADING! ABBATACKAKAKA OH HHHHHHHH C, C, C ...«
Isi und ich kicherten.
Meixner hob die Hand und unterbrach: »Was zum Teufel ...?!«
»Ich war noch nicht fertig, Herr Richter!«, protestierte Kurt.
»*Das* haben Sie auch vor Sophie vorgetragen?«, fragte Meixner entgeistert.
»Vor ihr und allen anderen im Publikum!«

»Aber das ist doch … das ist … doch …«, stotterte er.
»Dada«, vollendete Kurt.
Ich war mir ziemlich sicher, dass Meixner etwas ganz anderes sagen wollte.
»Nun denn!«, rief Fromm, ließ sein Monokel effekthascherisch aus dem Auge fallen, um es dann geschickt mit der Rechten aus der Luft zu pflücken. »Hören wir uns das Werk doch bitte zur Gänze an, damit wir seine gesellschaftskritischen, subversiven Aspekte herausarbeiten können, die hier ja Hauptbestandteil der Anklage sind.«
Meixner starrte Fromm an: »Wie lang ist das Werk denn?«
»Vierzig Strophen«, antwortete Kurt.
»Vierzig?! Und wie viele Strophen haben wir bis jetzt gehört?«
»Die Hälfte der ersten.«
Meixner schluckte.
»Soll ich noch mal von vorne anfangen?«, fragte Kurt ihn.
»Auf keinen Fall!«, rief Meixner.
»Dann ab C, C, C!«, beschied Fromm und gab Kurt mit einer Geste zu verstehen, dass er fortfahren sollte.
»KRRRRCHHHT KATADU, BRRRRCHT KATADU, ZRRRR CHT KATADÄ. PFÜ-PFÜ-DAGADING!«
»HALT!«, rief Meixner dazwischen. »Das reicht! Ich habs verstanden. Vielmehr: nicht verstanden. Spielt auch keine Rolle.«
Fromm stand auf und säuselte: »Bei allem Respekt, Herr Vorsitzender. Der Herr Staatsanwalt hat uns leider alle in diesen Strafprozess hineingezwungen, jetzt müssen wir ihn auch ordentlich zu Ende führen!«
Der Staatsanwalt saß mit hochrotem Kopf auf seinem Platz und starrte vor sich hin.
»Daher, Hohes Gericht, beantrage ich nicht nur die Verlesung des kompletten Gedichts, sondern auch dessen schriftliche Niederlegung. Nur so finden wir den Weg zur Wahrheit.«
»Sie wollen doch nicht wirklich alles zu Protokoll nehmen lassen?«, fragte Meixner entgeistert.

»Es tut mir sehr leid, Herr Vorsitzender. Die Verfahrensordnung lässt uns da überhaupt keine andere Wahl.«

Fromm nickte Kurt aufmunternd zu.

»KRRRCHHHT KATADU, BRRRRRCHT ...«

Der Gerichtsschreiber hob schüchtern die Hand und unterbrach damit Kurts Vortrag.

»Wie schreibt man KRRRCHHHT KATADU?«

»Alles groß!«, antwortete Fromm trocken.

Isi und ich brachen in lautes Gelächter aus.

Meixner ließ uns des Saales verweisen.

Und so endete der auf eine Stunde angesetzte Prozess vier Stunden später mit einem Staatsanwalt, der Fromm aufrichtig hasste, einem Richter, der den Staatsanwalt aufrichtig hasste, und einem zutiefst gedemütigten Zeugen der Anklage, der alle hasste.

Und natürlich einem triumphalen Freispruch.

22

Die Türen zur Victoriastraße Nummer fünf schwangen auf, auf dass die elegante Gesellschaft Berlins zumeist paarweise eintreten konnte. Alle waren sie begierig darauf, Luise von Torstayn kennenzulernen, so mancher erhoffte sich gar einen veritablen Skandal.

Die Männer im Frack, die Damen schmuckbehangen und im Abendkleid gaben ihre Mäntel im Eingang ab, gönnten sich einen Willkommenssekt, der ihnen von fleißigen Dienern in Schalen entgegengehalten wurde. Dann führte man sie ein Stockwerk höher in die Beletage.

Im Vestibül standen vier von Arturs Männern, bei denen man fast den Eindruck haben konnte, sie hätten sich aus dem Salon nach hier unten zurückgezogen, um in Ruhe zu rauchen. Auch sie trugen Frack, aber im Gegensatz zu den Geladenen fielen selbst im schmeichelnden Zwirn ihre massigen Schultern und kantigen Gesichter auf, die verrieten, dass man mit ihnen besser nicht diskutierte.

Oben wartete Isi, die jeden Gast mit einem strahlenden, herzlichen Lachen begrüßte. An manch einer überraschten Miene konnte man ablesen, dass nicht wenige zuvor schon wilde Geschichten über Luise von Torstayn gehört hatten, die sich mit der Art, wie Isi sich hier präsentierte, nicht in Einklang bringen ließen. Unauffällig verteilt standen hier Arnie und einige seiner Kumpane herum, während Artur und ich an Isis Seite waren, Gäste begrüßten und kurze, harmlose Plausche hielten. Neben der bezaubernden Isi zog vor allem Anna alle Blicke auf sich: Die ungezügelte Frivolität ihres Kleides malte unanständige Bilder auf die Gesichter der anwesenden Herren.

Kurt und Klara Arzberger traten ein.

Es war augenscheinlich, dass Kurt nur einen Anzug besaß, der zudem nicht einmal schwarz war. Obwohl wahrlich nicht passend für eine förmliche Abendgesellschaft, trug er ihn mit so großer Selbstverständlichkeit, dass kaum jemand diesen Umstand bemerkte. Klara hing an seinem Arm wie ein verschüchtertes Kind, sie zog den Kopf ein, als erwartete sie eine Ohrfeige, bis sie endlich Isi erreichte und zur Begrüßung wie eine Ertrinkende nach ihren beiden Händen griff.

»Wie schön, dass ihr da seid!«, rief Isi erfreut.

»Danke für die Einladung, Frau von Torstayn«, antwortete Klara und blickte sich rasch um. »Wir wollten nur kurz unsere Aufwartung machen.«

»Nichts da!«, beschied Isi. »Ihr bleibt bis zum Schluss!«

»Das ist sehr freundlich, Frau von Torstayn«, begann Klara, »aber das hier ist ein bisschen zu fein … Also, ich meine, wir passen hier wirklich nicht hin!«

»Unsinn!«, widersprach Isi. »Ihr seid unsere Ehrengäste! Da vorne steht euer Anwalt!«

Wir blickten zu Fromm hinüber, an dessen Miene unschwer abzulesen war, was er Anna, die bei ihm stand, gerade vorgeschlagen hatte. Die funkelte ihn belustigt an und leckte sich aufreizend über die Lippen.

»Vielleicht warten wir damit, bis Anna jemand anderes um den Verstand bringt!«, flüsterte ich ihr zu.

Isi nickte grinsend.

Dann winkte sie einem anderen Pärchen zu und entließ Klara und Kurt in dessen Obhut.

Gustav Lemmle kam hinein, und ich wandte mich schnell Artur und Isi zu. »Da kommt meine Überraschung für euch!« Sie erkannten ihn nicht sofort, dann aber doch mit großem Erstaunen.

»Artur! Isi!«, rief Gustav und drückte beiden die Hände. »Wie schön, euch zu sehen!«

»Du meine Güte, Herr Lemmle!« Isi war fassungslos.

»Gustav!«

»Hätte nicht gedacht, dass ich Sie je wiedersehen würde«, sagte Artur freundlich.

»Carl hat mir viel von euch erzählt. Sehr beeindruckend, was ihr aus euch gemacht habt!« Gustav lächelte.

»Und Sie?«, fragte Isi neugierig.

»Och, immer noch dasselbe wie in Thorn!«

»Sie haben wieder ein Geschäft?«, fragte Artur.

»Ja, tatsächlich.«

»Dann werden wir zu Ihnen kommen und eine Fotografie von uns dreien machen lassen!«, beschied Isi.

»Es wäre mir die größte Freude!«, gab Gustav zurück.

»Möchtest du etwas trinken?«, fragte ich.

Gustav nickte. »Gern.«

Ich ging mit ihm auf die Suche nach einem der livrierten Diener. Wie wenig ich doch über Gustav wusste! Wie hatte er die Kriegsjahre verbracht? Wie die Unruhen danach? Unser erstes Treffen war geprägt gewesen vom Austausch gemeinsamer Erinnerungen und dem Geständnis seiner Homosexualität. Um all die anderen Dinge zu besprechen, hatte die Zeit gefehlt. Ich hatte nicht einmal gewusst, dass er wieder ein Atelier besaß.

Wir fanden Sekt, prosteten uns zu und tranken. Wir würden noch viel Zeit haben, all die Dinge, die jetzt noch grau und undurchsichtig waren, einander zu erhellen. Ein Lehrherr war mir verloren gegangen und als Freund zurückgekehrt.

Ein paar Minuten später klingelte Isi mit einem silbernen Glöckchen, was die Gesellschaft verstummen ließ. Sie begrüßte einmal mehr alle Anwesenden und bat in den Salon zum Essen.

Später, nach einem ausgezeichneten Mahl, vertraten sich die Herren bei Zigarre und Cognac die Füße im Rauchsalon, während die Damen davor in losen Gruppen zusammenstanden und mit ihren Männern angaben. Isi ließ weiter Alkohol servieren, sodass die Stimmung zunehmend munterer wurde, die Gespräche lauter schienen, das Lachen schriller. Währenddessen wanderte sie umher, plauderte hier, lachte dort, war überall und nirgends.

Gustav stand mit Klara und Kurt zusammen, das Trio verstand sich hervorragend. Tatsächlich schien Gustav Kurts Interesse geweckt zu haben, aber dem schien Kurt offenkundig zu jung. Da war eine Distanz, die Kurt irgendwann zu überwinden aufgab.

Irgendwann trafen meine Freunde und ich beim Herumwandern zusammen, und ich hörte, wie Isi Artur leise fragte: »Hast du jemanden entdeckt?«

Der schüttelte sanft den Kopf. »Bis jetzt nicht. Niemand, der O.C. auch nur entfernt unterstützen würde. Sind denn alle da?«

»Ich weiß es nicht. Die Einladung war recht offen gehalten.«

Artur nickte und machte: »Hm.«

Ich schlenderte weiter umher, besah mir jedes Gesicht und überlegte, wer die jeweilige Person war und was sie wohl im Schilde führen könnte. Aber bei den meisten gab es nichts zu sehen, außer blasierter Sorglosigkeit und wichtigtuerischer Mienen. Dann jedoch fiel mir ein Mann in den Dreißigern auf, den ich nicht zuordnen konnte und dessen Gesicht ich während des Essens nicht gesehen hatte.

War er später gekommen?

Im Gegensatz zu den anderen trank er nicht, das gefüllte Sektglas, das er in der Rechten hielt, war unberührt. Seine Augen sprangen wachsam von einem zum anderen. Mehr und mehr hatte ich das Gefühl, dass er hier nicht hingehörte. Ich wandte mich um und entdeckte einen zweiten Mann, der wie der erste nicht trank, mit niemandem sprach und die Umstehenden aufmerksam beobachtete.

Ich winkte Artur zu mir. Er kam hinüber, und ich machte ihn auf die beiden aufmerksam.

»Habe ich auch schon bemerkt!«, flüsterte Artur zurück.

»Die sind komisch«, sagte ich leise.

Artur nickte.

Dann suchte er Arnie und sprach gedämpft mit ihm.

Etwa eine Stunde später hatte die Stimmung ihren Höhepunkt erreicht, der Lärmpegel war beachtlich, die Gruppen hatten sich neu sortiert, und alle unterhielten sich prächtig. Während ich so an den Gästen vorüberglitt, konnte ich sie tuscheln hören. Unter Gekicher tratschten sie über Isi, über die von Torstayns, auch über Helene Boysen. Sie hatten sich alle fürstlich von ihr bewirten lassen, genossen gerade Tabak, Alkohol und süße Leckereien, und doch war es ihnen unmöglich, der Versuchung nicht nachzugeben, über ihre Gastgeberin herzuziehen, zu mutmaßen, Gerüchte loszutreten oder falsche Behauptungen aufzustellen. Und je betrunkener sie wurden, desto wüster wurden die Verdächtigungen und Witzchen über die ménage à trois, die Aldo, dem alten Schwerenöter, zur Ehre und Isi, der verlotterten Bürgerlichen, zur Schande gereichte.

Es war nicht so, dass wir nicht alle mit solch einer Reaktion, mit Lästereien, übler Nachrede und Verleumdung gerechnet hatten angesichts des ungewöhnlichen Schauspiels, das sich da vor den Augen der Berliner Gesellschaft auftat. Dennoch war ich enttäuscht. Ich hatte gehofft, Berlins Hautevolee wäre besser als das, aber die Wahrheit war: Sie war *genau das*.

Dann sah ich den einen geheimnisvollen Fremden, wie er sein Glas abstellte und sich zügig in Isis Richtung bewegte. Genau wie der andere, der sich aus einer entgegengesetzten Ecke des Raumes durch die plaudernde Menge drängte.

Ich pflügte rücksichtslos durch die Grüppchen, erntete missbilligende Blicke, wollte aber zumindest einem von beiden den Weg abschneiden. Beinahe gleichzeitig mit Artur, der zusammen mit einem seiner Männer wie aus dem Nichts aufgetaucht war, erreichte ich den Mann, der mir zuerst aufgefallen war. Er blickte erstaunt, aber nicht verängstigt auf.

»Wenn die Herren mich durchlassen könnten?«, fragte er höflich, tat einen weiteren Schritt vorwärts, ohne dass sich jemand von uns bewegte.

Daraufhin suchte er einen Weg um uns herum, doch Artur stellte sich ihm entgegen und suchte ihn mit geübten Handgriffen nach Waffen ab.

»Ich muss doch sehr bitten!«, empörte er sich.

Artur fragte schroff: »Wer sind Sie?«

»Das könnte ich Sie ebenso fragen«, antwortete der Mann gereizt.

»Das könnten Sie. Der Unterschied zwischen uns beiden ist allerdings, dass *ich* in zehn Sekunden die Treppe hinunter auf die Straße nehme und *Sie* das Fenster.«

Seinem Gesicht war anzusehen, dass der Mann mit dieser Antwort nicht unbedingt gerechnet hatte. Nach dem ersten Schrecken straffte er sich und stellte sich förmlich vor: »Magnus Schillinger. Ich bin mit meinem Bruder Clemens hier.«

Er nickte an uns vorbei, und wir konnten sehen, dass Arnie den Zweiten im Bunde aufgehalten hatte wie wir Magnus.

»Wir sind auf Einladung der Kammans hier. Die wiederum wurden von Luise von Torstayn eingeladen.«

Einen Moment noch fixierte Artur Schillingers Gesicht, als suchte er darin Anzeichen einer Lüge, dann aber antwortete er schlicht: »Ich nehme an, Sie wollen sich verabschieden?«

»Jawohl.«

»Dann werde ich Sie und Ihren Bruder begleiten.«

Die Schillingers erreichten Isi gleichzeitig, dankten für den schönen Abend und entschuldigten sich für ihre Verspätung. Dann verbeugten sie sich formvollendet zum Handkuss und wurden schließlich von Artur zur Tür gebracht.

Mehr geschah nicht.

Nach und nach verabschiedeten sich die Gäste, bis zum Schluss nur noch wir drei und die Bewacher übrig waren.

»Nichts«, sagte Isi, und es klang beinahe schon enttäuscht.

»Die Botschaft ist angekommen«, antwortete Artur und wandte sich mir zu. »Kannst du in die Victoriastraße ziehen?«

Isi strahlte. »Das ist eine großartige Idee! Und du hast es dann auch nicht mehr so weit bis nach Babelsberg.«

Ich nickte. »Und Hans?«

»Zieht auch hierhin!«, rief Isi. »Eines der Mädchen bringt ihn morgens zur Schule und holt ihn mittags wieder ab.«

Es war also beschlossen.

Das Personal räumte zügig auf.

Es wurde leise und leiser, Lampe um Lampe verlosch, bis nur noch das fahle Licht eines großen runden Mondes durch verlassene Räume schimmerte. Wo vor einer Stunde noch gelacht und getrunken worden war, wo sich festlich gekleidete Gäste in Grüppchen amüsiert hatten, streckten sich jetzt nur noch die verzerrten Silhouetten des Mobiliars über Böden und Wände.

Allein die große Standuhr tickte – bis auch sie schließlich stehen blieb.

Stille.

Zimmer und Treppen.

Flure und Kammern.

Türen und Fenster.

Erstarrt zu einem finsteren Bild.

Plötzlich das Telefon.

Schrill springt das Klingeln durch Türen, Räume und Wände. Sucht nach einem Ohr, sucht nach einem Auge, sucht nach einer Antwort auf sein Drängen. Leise Schatten schweben durch die Dunkelheit, Mondlicht glänzt in den blank polierten Schuhen heimlicher Wachen.

Männer, die sehen können.
Männer, die hören können.
Männer, die kalte Revolver in ihren Händen halten.
Oben tritt Isi an den Treppenabsatz und blickt in den Abgrund.
Das Telefon schrillt.
Schrillt.
Schrillt.
Und verstummt.

Jäger und Gejagte

23

Ich habe mich oft gefragt, ob es etwas geändert hätte, wenn der Prozess für Albrecht von Wartland nicht so vernichtend ausgegangen, die Niederlage nicht ganz so demütigend gewesen wäre. Wobei es kaum jemand mehr verdient hatte, den Nacken öffentlich zu beugen als der Vater der begeisterungsfähigen Sophie, deren Begnadigung von der elterlichen *Kur* in den bayrischen Bergen nach dem Urteilsspruch auf unbestimmte Zeit verschoben worden war.

Dass er sich – genauso wie sein Freund, der Herr Staatsanwalt – an revanchistischen Gedanken wärmte, lag auf der Hand, aber mit welcher Niedertracht die beiden sie schlussendlich in die Tat umsetzen würden, schockierte dann doch.

Einstweilen besuchte ich mit den ersten schönen Vorfrühlingstagen Gustav in dessen Atelier.

Nach Wochen des strengen Frostes taute die Stadt endlich auf, kitzelten warme Sonnenstrahlen Lächeln in Gesichter, die man für immer erfroren geglaubt hatte. Aber nicht nur die Menschen atmeten erleichtert auf, auch Baum und Blume trieben neues Leben durch das graue Mauerwerk, und ein zarter Duft drängte aus dem Tiergarten herein in die Straßen und Gassen der immer noch hungernden Stadt.

So konnte man mit den milden Lüften auch wieder allerlei erstaunliches Volk rund um den Nollendorfplatz ausmachen, nicht nur des Nachts, wenn die Puppenjungs und Dirnen die Fantasien der braven Bürger anheizten oder empörten, sondern auch tagsüber, wenn sie als bourgeois bunte Frühlingsvögel umherstreiften und hier und da anrüchige Lokale besuchten, die wie die Pilze aus dem Boden zu schießen schienen.

Wunderte es da, dass Gustav in der Schwerinstraße, die parallel zur Bülowstraße verlief und nur einen Katzensprung vom Nollendorfplatz entfernt war, sein Atelier eröffnet hatte? Überrascht war ich nur, wie sehr es sich von dem Studio in Thorn unterschied. War das alte Geschäft am Neustädtischen Markt in seiner Nüchternheit, in seiner schmucklosen Zweckmäßigkeit noch Spiegelbild einer kaiserlichen Festungsstadt, in der jeder Zierrat, jeder Firlefanz zu viel war und sich Fantasie- und Visionslosigkeit nicht nur in den Fotografien, sondern auch in den Köpfen und Herzen der Preußen wiederfanden, so war der neue Laden das glatte Gegenteil, angefangen damit, dass er einen ausgefallenen Namen trug und nicht nur einfach *Atelier Lemmle* hieß, sondern: *Le bijou*.

Das Schmuckstück.

Was da in goldfarbener Schnörkelschrift über einer mit rotem Samt verhangenen Schaufensterscheibe versprochen wurde, erfüllte sich im Innern: Alles schimmerte wie Seide. Geschmackvolle Teppiche auf dem Boden, eine zierliche Chaiselongue, die zum Ruhen einlud, ein Stuhl und ein kleiner Sekretär im Stil Louis XIV. An den Wänden gerahmte Fotografien, zumeist Männer, allesamt schlank und gut aussehend. Auch zwei Frauenbildnisse entdeckte ich, eines burschikos, ein anderes frivol, aber nicht plump.

Im hinteren Teil des Raums stand eine Balgenkamera auf einem Stativ, deren Objektiv sich wie eingeschlafen einer kleinen Bühne entgegenneigte, auf der man allerlei Kulisse arrangieren konnte.

Ein Glöckchen über der Eingangstür war beinahe das Einzige, was dieses Atelier mit dem in Thorn einte, und kaum hatte ich es betreten und staunend begutachtet, tauchte Gustav auch schon hinter einem schweren Samtvorhang auf, der offensichtlich weitere, rückwärtige Räume verbarg.

»Da bist du ja!«, rief er erfreut und nahm mich in den Arm. »Und? Wie gefällt es dir?«

»Es ist umwerfend, Gustav. Und es riecht so gut!«

»Blumen, mein Lieber. Ein Muss! Außerdem liebt es meine Kundschaft so.«

Erst jetzt entdeckte ich überall Sträuße in Vasen, und ein wenig beschämt stellte ich fest, wie wenig Gefühl ich doch für die kleinen

Preziosen des Alltags besaß. Obwohl ich ein visueller Mensch war und sicher mehr wahrnahm als jemand, der sich weder mit Fotografie noch mit Film beschäftigte, ging mir der Sinn für Sinnlichkeit bisweilen ab.

»Du hast wirklich nie nach Thorn gepasst!«, sagte ich. »Berlin ist genau richtig für dich!«

»Ja, ich bin recht glücklich hier«, antwortete Gustav.

»Nur recht?«, fragte ich zurück.

Gustav zuckte mit den Schultern: »Der Richtige war noch nicht dabei, Carl.«

»Ah«, machte ich und wusste nicht, was ich sonst darauf hätte antworten sollen. Gustav musste mir meine Beklommenheit angesehen haben: Lächelnd klatschte er in die Hände und rief: »Na, dann gönnen wir uns doch erst mal einen Kaffee und einen Cognac, in Ordnung?«

»Gern.«

Er verschwand im hinteren Teil seines Ateliers und kehrte nach ein paar Minuten mit einem silbernen Tablett zurück, reichte mir Kaffeetasse und Cognacschwenker, bevor wir es uns auf der Chaiselongue gemütlich machten.

»Ich habe eine kleine Überraschung für dich«, begann ich.

»Ich auch eine für dich!«, antwortete Gustav.

»Ehrlich? Was denn?«, fragte ich.

»Du zuerst!«, forderte er.

»Anfang März bin ich auf eine Filmpremiere eingeladen. Und ich dachte, du hättest vielleicht Lust, mich zu begleiten?«

»Natürlich! Ich komme gerne! Was ist es denn für ein Film?«

»Ganz genau weiß ich das nicht. Die Filmproduktionsfirma ist extra für diesen Film gegründet worden.«

»Wie geheimnisvoll!«

»Der Film heißt *Nosferatu*.«

»Oh, der! In den Zeitungen wimmelt es von Werbeanzeigen!«

»Ja, sie betreiben unheimlichen Aufwand. Die Premiere soll sogar ein Kostümball werden!«

»Das ist ja großartig! Um was geht es denn?«
»Vampire.«
»So was wie Dracula?«
»Ja, ich denke schon.«
»Wie aufregend. Ich komme mit Freuden!«
»Du kannst gerne noch jemanden mitbringen. Hast du eigentlich Familie hier?«

Für einen Moment sah er aus, als hätte ich ihm ins Gesicht geschlagen, dann mühte er sich um einen gefassten Eindruck, was ihm aber nicht wirklich gelingen wollte. »Meine Mutter starb, als ich dreizehn war. Mein Vater ... Ich weiß nicht, ob der noch lebt.«

»Du hast keinen Kontakt mehr?«, fragte ich vorsichtig.

»Nein. Und das ist auch gut so.«

Betretenes Schweigen machte sich breit, bis Gustav nachdenklich anfügte: »Ich werde dir das alles mal erzählen. Aber nicht heute.« Dann straffte er sich und grinste. »Jetzt zu meiner Überraschung!«

»Was ist es denn?«, fragte ich neugierig.

»Warte kurz!«

Er sprang auf, verschwand wieder im hinteren Teil des Studios, doch diesmal brauchte er so lange, dass ich versucht war aufzustehen, um nach ihm zu sehen. Da hörte ich im rückwärtigen Teil eine Tür ins Schloss fallen und das gedämpfte Murmeln zweier Männerstimmen, bevor Gustav mit einem jungen Mann hinter dem Vorhang auftauchte, den er mir als Alfred Freilich vorstellte.

»Sag einfach Freddie zu mir!«, sagte er und gab mir seine Hand.

»Freddie ist mein Assistent.« Gustav lächelte. »Er wohnt hier im Haus und soll eigentlich was Ordentliches lernen.«

»Meine Eltern.« Freddie seufzte, als ob damit alles gesagt wäre. Und wahrscheinlich war damit auch alles gesagt.

»Jedenfalls hilft er mir in seiner freien Zeit.«

»Und was hast du dir jetzt ausgedacht?«, fragte ich.

»Wir machen eine Fotografie von uns, Carl. Ich habe immer bedauert, dass es keine gibt. Aber!«, rief er. »Es muss etwas Besonderes sein. Nicht so was wie das, was wir in Thorn gemacht haben!«

»Einverstanden.«
»Vorschläge?«, fragte er mich gut gelaunt.
»Oh, ich weiß nicht ...«, antwortete ich überrascht.
Gustav grinste Freddie an: »Und so was ist nun Kameramann bei der UFA!«
Sie foppten mich, was ich mit verdrehten Augen quittierte.
Wir versuchten allerlei Kostümierungen. In einer großen Truhe bewahrte Gustav einiges an Staffage auf, weil seine durchschnittliche Klientel Durchschnittlichkeit ablehnte. Manches davon war so gewagt, dass ich mich kaum traute, es anzufassen, vor allem Frauenkleidung in Männergrößen sowie einige orientalische Aufmachungen, die so weit geschnitten waren, dass sie mehr zeigten als verbargen. Mich ließ die Vorstellung ein wenig frösteln, wie mehr oder minder unbekleidete Männer in schlüpfriger Pose Modell standen.

Ehrlich gesagt war mir das alles zu frivol, und obschon der stetig nachgeschüttete Cognac mich nach und nach gnädiger urteilen ließ, fanden wir nichts, was mir entsprochen oder in dem ich mich wenigstens ein bisschen wohlgefühlt hätte.

Freddie hatte schließlich die rettende Idee.

Er befahl uns, unsere Krawatten abzulegen, die Hemdkragen zu öffnen und uns durchs Haar zu wuscheln, sodass unsere Frisuren eine einzige Wirrnis wurden, während er die Kamera näher an uns heranschob. Er lichtete uns in dem Augenblick ab, als wir ausgelassen lachend und auch einigermaßen beschwipst in die Kamera blickten, einen Arm jeweils um die Schultern des anderen gelegt.

Es machte Klick, und ein herrliches Porträt blieb, wie von zwei Jungs auf dem Schulhof, die sich nach einer verlorenen Rauferei selbst feierten.

24

Wir hatten noch stundenlang gescherzt, hatten Freddie mit Geschichten und Geschichtchen unserer gemeinsamen Vergangenheit amüsiert, die Flasche Cognac geleert, bevor Freddies Mutter, die genau wie sein Vater nur wenig Verständnis für die Marotten ihres Sohnes hatte, nach ihm rief. Missmutig verabschiedete er sich von uns. Kaum war die Tür ins Schloss gefallen, sah Gustav mich traurig an. Er fürchtete, dass sie Freddie eines Tages vor die Wahl stellen würden: sie oder Gustav.

»Sie hassen mich«, sagte er trübsinnig. »Vielmehr das, was ich bin.«

Nicht einmal, dass Freddie sich bei Gustav etwas dazuverdiente, was die kleine Familie überhaupt erst über Wasser hielt, ließ sie den nachbarlichen Verdacht ertragen, mit ihrem Sohn *stimme möglicherweise etwas nicht*. Freddies Vater jedenfalls begegnete Gustav mit Aggression, seine Mutter mit ausgesuchter Unhöflichkeit. Dabei war Freddie nicht einmal schwul, aber die bloße Befürchtung, er könnte es unter Gustavs Einfluss werden, hatte seinen Vater zu der Bemerkung veranlasst, dass es in diesem Fall besser wäre, sein Sohn wäre im Krieg ehrenhaft gefallen.

Sosehr die Stadt allerlei schillernden Gestalten Zuflucht bot, so wenig willkommen waren sie bei vielen ihrer Bewohner. Unabhängig davon, ob man Monarchist, Nationalist, Sozialist oder Nihilist war: Traditionen und Vorurteile ließen sich auch mit Kriegsgranaten nur schwer auseinandersprengen.

Unserer guten Laune tat es nur einen sehr kurzen Abbruch: Ich war froh, neben Isi und Artur einen weiteren Freund zu haben, dem ich in jeder Beziehung vertrauen konnte. Mit der Abenddämmerung trat ich dann den Heimweg an, wobei ich das unbestimmte Gefühl hatte, beobachtet zu werden. Doch als ich mich umwandte, entdeckte ich nichts Auffälliges.

Zu Hause öffnete mir eines der Mädchen, als Hans mir auch schon über die Treppe entgegenlief und mich stürmisch begrüßte.

»Spielst du mit mir?«, rief er. »Bitte!«

»Jetzt?«, fragte ich angesäuselt. »Du musst doch bald ins Bett! Morgen ist doch Schule?«

»Keiner spielt mit mir!«, rief er enttäuscht.

»Was ist denn mit Tante Isi?«, fragte ich.
»Die hat schon die ganze Zeit Besuch!«
Ich nickte, nahm ihn auf den Arm, stieg die Treppen hinauf in die Beletage und traf dort auf Isi und Klara Arzberger, die vollkommen verheult auf dem Boden kauerte und Isis Hand hielt. Auf einem Sofa daneben saß Friedel, unser Anwalt, der ein wenig betreten auf den Boden sah.
»Was ist passiert?«, fragte ich erschrocken.
»Kurt wurde festgenommen!«, antwortete Isi wütend.
»W-was? Warum denn?«, fragte ich verwirrt.
Fromm nickte. »Paragraf 175.«
Das war das Gesetz, das Homosexualität unter Strafe stellte. Eines, das viele Männer in Berlin fürchteten, obwohl es unzählige Bars und Budiken gab, in denen man als schwuler Mann verkehren konnte. Meist blieb man unbehelligt, aber wenn man verraten oder in flagranti erwischt wurde, drohten bis zu sechs Monate Zuchthaus.
»Aber ...«, begann ich hilflos.
»Ich fürchte, ich bin daran nicht ganz unschuldig«, erklärte Fromm kleinlaut.
»Wieso das denn?«, fragte ich.
»Du erinnerst dich an den Prozess? Und an den Moment, als ich erklärte, dass es geradezu absurd sei, Kurt zu unterstellen, er hätte Sophie von Wartland verführt?«
»Ja, natürlich.«
»Ich habe noch versucht, es zu retten, und etwas von *absurd ehrabschneidend* angefügt, aber ich kann es drehen und wenden, wie ich will: Ich habe mich verplappert.«
»Du meinst ...«
»Genau das meint er!«, fuhr Isi auf. »Dieser miese, hinterhältige Hurensohn von Wartland hat sofort verstanden, worauf Friedel angespielt hat und ihm einen Spitzel auf den Hals gehetzt.«
Hans kicherte völlig unpassend und flüsterte mir ins Ohr: »Tante Isi hat Hurensohn gesagt!«

Ich setzte ihn ab, rief ein Mädchen und versprach, ihm später vorzulesen. Dieses Gespräch war eindeutig nicht für seine Ohren bestimmt.

Friedel sagte: »Sie haben ihn mit einem anderen Mann erwischt.«

Frustriert zog ich mir einen Stuhl heran und setzte mich: »Und jetzt?«

»Er sitzt im Alex. Als ich mich bei der Staatsanwaltschaft nach ihm erkundigt habe, teilte man mir mit, wer sich den Fall förmlich unter den Nagel gerissen hat.«

»Oh, bitte nicht«, antwortete ich bang.

»Doch. Derselbe Staatsanwalt, der ihn beim letzten Mal nicht drangekriegt hat. Das war ein abgekartetes Spiel. Und ich sehe keine Möglichkeit, wie ich verhindern könnte, dass man ihn für die volle Strecke einlocht. Es sei denn ...«

»Was?«, fragte ich.

»Es sei denn, Artur würde sich mit dem Staatsanwalt *unterhalten*«, schloss Friedel.

»Und? Wird er?«, fragte ich.

Isi schüttelte den Kopf: »Nein. Er will keine Aufmerksamkeit erregen. Er sagt, wir haben auch so schon genug am Hals.«

Niemand sagte etwas, nur Klaras Schluchzen eilte in kleinen Wellen durch den Raum.

»Das ist noch nicht alles«, begann Isi erneut in müdem Ton.

»Was denn noch?«

»Klara wurde bei ihrer neuen Arbeitsstelle fristlos entlassen!«

»Das kann doch nicht sein?«

Ich sah auf Klara, die vor lauter Scham ihr Gesicht in Isis Saum verbarg und einmal mehr so zierlich wirkte wie ein Kind.

»Gleich heute Morgen brachte ein Bote Klaras Dienstherrn einen Brief, der offenkundig die Umstände von Kurts Verhaftung beschrieb. Und daraufhin wurde Klara mit sofortiger Wirkung gekündigt.«

Wütend ballte ich die Fäuste. »Könnt ihr dagegen nicht etwas unternehmen?«

»Nein«, antwortete Friedel. »Der Hausherr wird die Verderbtheit Klaras und ihres Bruders anprangern, und vor allem wird er den moralischen Schutz seiner eigenen Familie einfordern. Und damit auch durchkommen. Kein Richter wird ihn dazu zwingen, jemanden im eigenen Haus zu dulden, der nicht über jeden Verdacht erhaben ist.«

Wieder Schweigen.

Da sprang Isi wütend auf und wanderte mit verkniffenen Lippen im Raum hin und her. »Wenn ich den in die Finger bekomme! Ich … ich …«

Sie hielt inne, dann marschierte sie der Tür entgegen.

»Was hast du vor?«, fragte ich erschrocken.

Ich kannte diese Art von Entschlossenheit an ihr, und sie bedeutete nie etwas Gutes.

»Ich rufe Kino-Paule an …«

Mit drei schnellen Schritten war ich bei ihr und hielt sie fest.

»Das wirst du schön bleiben lassen!«

»Was denn? Ich will doch nur ein bisschen plaudern!«

»Hör auf damit, Isi!«

Sie versuchte, sich loszureißen. »Lass mich! Ich werde diesen Scheißkerl derartig verprügeln lassen, dass er Monate im Streckverband verbringt.«

»Wen? Von Wartland?«

»Von Wartland. Und gleich danach Klaras ehemaligen Dienstherrn, zum Schluss den Staatsanwalt. Alle! Ich werde sie alle windelweich prügeln lassen.«

Ich zog sie an der Hand zurück zu Klara.

»Komm! Das reicht jetzt! Wir finden einen anderen Weg.«

»Es gibt keinen anderen Weg, Carl!«, fauchte Isi. »Das ist die einzige Sprache, die diese Männer verstehen.«

Ich nötigte sie, in einem der Sessel Platz zu nehmen, und sagte: »Wir haben genug Probleme, Isi. Und für Klara finden wir eine bessere Lösung.« Ich wandte mich ihr zu: »Oder hast du deine Stelle sehr gemocht?«

Klara schüttelte unter Tränen den Kopf.
»Dann lass es uns als eine Chance sehen. Du fängst einfach neu an.«
»Und Kurt?«, fragte Isi.
»Vielleicht wird es nicht so schlimm. Friedel hat vor Gericht schon wahre Wunder vollbracht!«
»Ach, Carle.« Isi seufzte und sank in sich zusammen.
»Du musst nur dran glauben.«
»An was glauben?«
»Gerechtigkeit.«
Und obwohl sie müde aussah, klang sie entschlossener denn je: »Gerechtigkeit? Nein, wir werden nicht auf Gerechtigkeit hoffen. Gerechtigkeit ist etwas, was man Schwachen gewährt. Wir werden stark sein!«
»Und wenn wir alles verlieren?«
Da lächelte sie vorsichtig und antwortete: »Dann verlieren wir eben alles, aber wir werden ihnen einen großen Kampf bieten. Den größten, zu dem wir in der Lage sind.«

25

Immerhin gelang es Friedel, Kurt aus der Haft im Polizeipräsidium am Alexanderplatz freizubekommen, wenn auch mit der Auflage, dass sich Kurt bis zu seiner Verhandlung Ende März täglich bei einem Polizeirevier zu melden hatte, was man durchaus als Schikane werten durfte. Dass Klara ihre Anstellung verloren hatte, war auch für den ansonsten etwas realitätsfernen Kurt ein Schock, denn ohne Einnahmen würden sie bald ihr kleines Zimmer verlieren, wie ihnen eine herrische Vermieterin ohne jedes Mitleid gleich nach Kurts Rückkehr aus der Haft ankündigte. Bisher hatte sich allein seine kleine Schwester mit den Notwendigkeiten des materiellen Überlebens herumgeschlagen, während er vornehmlich den Idealen seiner Kunst nachhing, aber die Vorstellung, in der *Palme* zu landen, eingepfercht mit Tausenden von armen Teufeln, ohne Privatsphäre, ohne seine kleine Schwester, ohne ihr strahlendes Lächeln und ihren unerschütterlichen Optimismus, grauste ihn. In seiner Naivität wurde er sich nicht darüber gewahr, dass ihm noch eine viel schlimmere Dunkelheit drohte, wenn der Prozess zu seinen Ungunsten ausging.

Isi hatte zunächst überlegt, die beiden Geschwister in der Victoriastraße aufzunehmen, aber Klara hatte entschieden protestiert: Allein die Vorstellung, in einem solch vornehmen Haus mit einer Adligen zu wohnen, kam ihr absurd unangemessen vor. Isi nahm das zähneknirschend hin, wenn auch vor allem, weil draußen immer noch ein Mörder frei herumlief und sie Kurt und Klara nicht in die Schusslinie bringen wollte. Unerträglich, wenn sie, die sich beide kaum verteidigen konnten, bei einem weiteren Angriff als Kollateralschäden endeten!

Eine neue Anstellung musste her. Aber wer würde Klara die unter diesen Umständen denn geben? Blieb nur noch Artur. Und so marschierte Isi mit Klara schnurstracks ins *Arcasi* und war sich auf der Breslauer Straße schon nicht mehr sicher, ob die Idee wirklich so gut gewesen war. Klara klammerte sich derart fest an ihre Hand, dass Isis Knöchel knackten. Seit dem Kriegsende kannten wir alle die Gegend um den Schlesischen Bahnhof und hatten uns so an ihren Anblick gewöhnt, dass uns kaum noch auffiel, wie sehr die ohnehin schon schäbige Umgebung in den letzten drei Jahren weiter gelitten hatte. Armut und Hunger hatten nicht nur die Straßen, sondern auch die Herzen der Bewohner verwahrlosen lassen, und einem Mädchen wie Klara gegenüber verhielten sich die Huren besonders gemein, vielleicht weil sie sie an eine Zeit erinnerte, als sie selbst noch geträumt hatten.

So suchte sich Klara hinter Isi zu verstecken, während die sie ins *Arcasi* schleuste, vorbei an Spannern und an Freiern, die beiden Frauen Dinge zuflüsterten, die Klaras Kopf geradezu glühen ließen.

Es war noch früh am Abend und wenig Betrieb.

Artur und Anna unterbrachen ihr beiläufiges Gespräch verwundert, als Isi ihnen Klara präsentierte.

»Du brauchst doch sicher ein fleißiges Mädchen, das deinen Haushalt macht?«, begann Isi.

»Meinen Haushalt?«, fragte Artur zurück. »Welchen Haushalt? Hast du etwa getrunken, Isi?«

»Nein, ich versuche nur, dir eine neue Arbeitskraft vorzustellen!«

»Das letzte Mal war Carl es, der mir eine neue Arbeitskraft untergejubelt hat: Philipp Curecken. Wie das geendet hat, weißt du ja hoffentlich noch.«

»Willst du jetzt wirklich alte Geschichten aufwärmen, Artur?«

Anna lächelte Klara an. »Wie heißt du denn, Kleines?«

»Klara.«

Sie gab ihr die Hand und knickste dabei, was Anna sehr amüsierte.

Dann hob sie Klaras Kinn an, blickte ihr tief in die Augen und sagte nach ein paar Momenten: »Willst du nicht noch ein, zwei Jahre warten, bevor du hier anfängst?«

»Sie braucht sofort etwas. Sonst landet sie auf der Straße«, antwortete Isi bestimmt.

Anna betrachtete sie ruhig. Es hätte kaum einen größeren Unterschied zwischen zwei Frauen geben können als zwischen der mit allen Wassern gewaschenen, ihrer sinnlichen Ausstrahlung vollkommen bewussten Nachtigall, die männliche Gäste mit einem Fingerschnippen durch brennende Reifen springen lassen konnte, und der zierlichen Klara, die aussah, als würde sie beim ersten lauten Ton wie eine Schildkröte in ihr Kleid hineinzucken.

»Wie wäre es mit einer Anstellung als Kellnerin oder Zigarettenmädchen?«, fragte Isi.

Anna schüttelte den Kopf. »Nein, viel zu rau für unser zartes Blümchen.« Sie wandte sich Artur zu: »Sie könnte die Bar bestellen, Besorgungen machen, morgens aufräumen. Ehrlich gesagt hätte es die Bude nötig.«

Artur seufzte.

»Was ist mit dem *Eden*?«, fragte Isi. »Die Herrschaften sind doch wohl erzogener da.«

»Nein«, beschied Artur.

Auch Anna schüttelte den Kopf: »Das sind Raubtiere, Isi. Vollkommen egal, ob sie Manieren haben. Nein, wenn, dann soll sie hier arbeiten.«

»Stell sie ein, Artur!«, bat Isi. Und als er zögerte, fügte sie augenklimpernd hinzu: »Nur ein paar Monate. Bis wir was anderes für sie gefunden haben ... bittteeeee!«

Sie übertrieb schamlos, aber sie brachte Artur damit zum Lächeln. Schließlich nickte er. »Meinetwegen. Fangen wir mal mit Aufräumarbeiten an, dem Auffüllen der Bar, Lieferungen annehmen und so etwas.«

»Danke, Herr Burwitz«, antwortete Klara und knickste erneut.

»Artur ... und hier wird nicht geknickst, verstanden?«

»Jawohl, Herr Burwitz.«

Artur sah Isi mit hochgezogenen Brauen an, doch die beschwichtigte mit einer Geste. »Das wird schon! Gib ihr 'ne Woche, und sie flucht wie ein Köpenicker Bierkutscher.«

»Hoffentlich«, murrte Artur.

»Sieh zu, dass du eine Kellnerin wirst!«, sagte Anna. »Hier verdient man kein Geld mit Stundenlohn. Verstehst du?«

Klara sah sie mit großen Augen an, nickte beflissen und antwortete entwaffnend ehrlich: »Nein.«

Anna kicherte. »In Ordnung, Liebes. Wenn es so weit ist, zeig ich dir ein paar Kniffe.«

Isi klatschte zufrieden in die Hände: »Du bist mein Held, Artur! Ein wahrer Heiliger!«

»Isi, Klara gehört hier nicht hin, und keiner hat Zeit, auf sie aufzupassen!«

»Mach dir keine Sorgen. Klara lernt schnell! Sie ist schließlich eine Frau und kein Mann.«

Anna lachte, und Isi verschwand schnell nach draußen, bevor Artur es sich noch mal anders überlegen konnte.

26

Seit dem großen Fest und dem nächtlichen Anruf waren Tage vergangen, die ich mehr oder minder in Babelsberg verbrachte, wo ein manischer Fritz Lang die Dreharbeiten vorantrieb, die Schauspieler quälte oder die Ausstatter anschrie, wenn sie gewagt hatten, einen Stuhl in ein Bühnenbild hineinzustellen, den er nicht höchstselbst ausgesucht hatte. Er umgarnte die Bosse und stauchte einen Statisten wegen einer Nichtigkeit derart zusammen, dass der in Tränen ausbrach und vom Gelände floh. Und immer wieder ließ er Szenen wiederholen. Niemand glaubte daran, dass dieser Film 1922 fertiggestellt werden könnte. Dabei war es gerade mal Ende Februar.

Irgendwann aber wurden die Aufnahmen dann doch für beendet erklärt, und Lang verzog sich mit kilometerlangem Filmmaterial in den Schneideraum, was für alle eine merkliche Entspannung bedeutete.

Die Arbeitszeiten normalisierten sich, die UFA-Leute wurden auf andere, weniger bedeutsame Produktionen verteilt: Filme, gemacht für den schnellen Konsum, deren tatsächlicher Wert für die Zuschauer darin bestand, für zwei Stunden aus der Kälte zu kommen. Um dann vom gelegentlichen Magenknurren daran erinnert zu werden, dass man das Geld besser doch in Brot investiert hätte.

Während wir *Dr. Mabuse* drehten, hatte ich nur ein einziges Mal einen ganzen Tag frei, den ich bei Gustav verbrachte. Auf dem Heimweg fühlte ich mich plötzlich wieder beobachtet. Ich nahm an, dass Gustavs Homosexualität in Verbindung mit Paragraf 175 zu einem für ihn und mich ernst zu nehmenden Denunziantentum führen konnte. Zum Glück konnte ich niemanden entdecken und eilte nach Hause. An den Mann mit dem Decknamen Ernst dachte ich nur noch gelegentlich, ich war einigermaßen unbeschwert. Artur hatte uns mehr als einmal ermahnt, niemals ohne Begleitung aus dem Haus zu gehen, woran sich Isi hielt, nicht aber ich.

Dann eines Abends, nach einem angenehm kurzen Arbeitstag, stand ich mit Dutzenden anderen an der Haltestelle der Straßenbahn in Babelsberg, als ich mit einem Mal erneut heimliche Blicke auf mir brennen spürte. Ich drehte mich verstohlen nach allen Seiten um: Viele Gesichter waren mir bekannt, einige fremd, aber niemand sah zu mir herüber, keiner wandte sich ab oder versuchte, sich unauffällig hinter anderen zu verstecken. Und doch war da mit einem Mal ein flaues Gefühl im Magen: Angst. Unbestimmt zwar, aber existent.

Auch auf der Heimfahrt suchte ich immerzu nach einem Gesicht, das sich mir nicht zeigen wollte, und hatte ich doch jemanden im Verdacht, so stellte ich zwei Stationen später fest, dass er ausstieg und sich weder für mich noch für sonst jemanden interessierte.

Als ich dann ebenfalls ausstieg, war ich mir sicher, dass niemand, mit dem ich losgefahren war, noch in der Bahn saß. Ich sah der Elektrischen nach, lachte nervös über mich selbst und attestierte mir einen veritablen Verfolgungswahn.

Später am Abend berichtete ich Isi beim Essen davon.

Sie aber lachte nicht, stand auf, telefonierte mit Artur, der eine halbe Stunde später in die Beletage eintrat und mich eindringlich befragte, was und wer mir aufgefallen war. Streng wies er mich an, ab jetzt nirgendwo mehr ohne Begleitung hinzugehen. Nicht einmal zur Arbeit.

»Wie stellst du dir das vor, Artur?«, fragte ich. »Ich kann niemanden mit aufs Gelände nehmen.«

»Musst du auch nicht. Er wird draußen auf dich warten.«

»Den ganzen Tag?«

»Den ganzen Tag. Und die ganze Nacht, wenn es sein muss.«

»Und für wie lange soll das so gehen?«

»Ich denke, das weißt du ganz genau«, antwortete Artur kühl.

»Und wenn dieser Ernst gar nicht kommt?«, fragte ich zurück.

»Er ist schon hier.«

Ich wurde so blass, dass Isi meine Hand nahm und mir ein Glas Wasser hinstellte.

»Bist du sicher?«

»Ja.«

»Und weißt du, wo er ist?«
»Nein.«
»Oder wer er ist?«
»Nein.«
»Wie kannst du dir dann so sicher sein?«
»Weil man nur so einen Krieg überlebt, Carl.«
Einen Moment sagte niemand etwas.
Dann fragte ich: »Du suchst ihn, oder?«
»Ich suche unentwegt nach ihm.«
Isi fragte: »Hast du eine Spur?«
Er zögerte erst mit der Antwort, dann beugte er sich vor. »Ich wollte ohnehin mit euch drüber sprechen.«
Isi nickte. »Was können wir tun?«
»Es gibt da jemanden im *Eden*. Einen Politiker. Strammes Mitglied der DNVP. Der interessiert sich für *Filme*.«
»Wenn die alle wüssten, wie es bei uns zugeht, würde sich keiner mehr für Filme interessieren«, maulte ich.
»Nicht diese Art von Filmen«, gab Artur vielsagend zurück.
»Welche Art denn?«, fragte ich.
»Herrgott, Carl, versuch doch mal, nicht so ein naives Schäfchen zu sein!«, schimpfte Isi.
»Oh!«, machte ich hilflos, aber immerhin hatte ich den Wink verstanden.
»Er möchte einen Film mit sich in der Hauptrolle und ist bereit, dafür viel Geld zu zahlen.«
»Und was kann ich da tun?«, fragte ich. »Wie du hoffentlich weißt, mache ich so was nicht.«
»Jetzt schon.«
»O nein!«
Ungerührt wandte sich Artur Isi zu: »Und du wirst die Hauptdarstellerin sein …«
»Dir ist klar, dass ich ihn aufbreche wie einen Hirsch, wenn er mich auch nur anfasst …«, schnappte Isi.
Artur ging nicht weiter darauf ein: »Ihr werdet den Mann im

Eden treffen. Du, Carl, bist bei einer kleinen Filmproduktionsfirma, drehst schreckliche Schmonzetten und verdienst dir mit Pornografie das Geld, um eine eigene Produktion eröffnen zu können. Und du, Isi, bist eine Schauspielerin. Du kannst die Leute eh alles glauben machen.«

Er spielte darauf an, dass Isi, bevor sie Aldo heiratete und ihr Büro eröffnete, ein sagenhaftes Talent an den Tag gelegt hatte, abergläubischen Damen aus den besseren Kreisen mithilfe okkulter Tricks und Täuschungen das Geld aus der Tasche zu ziehen. Das hatte ihr nicht nur beträchtliche Summen eingebracht, sondern auch Artur ermöglicht, das *Eden* zu eröffnen, denn verheiratet waren die Damen der Gesellschaft samt und sonders mit den Lenkern dieses Landes. Isi hatte damals nicht lange gebraucht, um ihnen in ihrer esoterischen Gutgläubigkeit, um nicht zu sagen: Einfalt, intimste Geheimnisse zu entlocken, die Artur auf seine Weise nutzte.

»Und dann?«, fragte ich ihn.

»Du erklärst ihm ein wenig deine Arbeit und dass du ein kleines, geheimes Atelier hast. Isi, du musst nicht viel tun: Er wird durchdrehen bei dem Gedanken, dass er dich bekommt. Dann macht ihr einen Termin aus. Und ihr besteht auf eine große Anzahlung.«

»Und dieser Mann kann dir wirklich weiterhelfen?«, fragte ich.

Artur verzog das Gesicht: »Er ist ein Strippenzieher. Einer, der die Republik hasst, was ihn natürlich nicht davon abhält, ein Gehalt als Reichstagsabgeordneter zu kassieren. Und er soll Kontakt zu Ehrhardt haben.«

Seit dem Mord an Matthias Erzberger, dem Mann, der 1918 die Waffenstillstandserklärung auf einer Waldlichtung bei Compiègne unterschreiben musste und dem die Rechten später dann die Schuld für den vermeintlichen Schandfrieden gaben, war Hermann Ehrhardt, der Gründer und Namensgeber der Organisation Consul, auf der Flucht.

»Und wann sollen wir ihn treffen?«

»Morgen.«

Ich nickte tapfer, aber mir war speiübel.

27

Es hieß, wer das *Eden* betrat, ließ alles zurück, was ihn zuvor bedrückt hatte, um fortan durch eine Fantasie zu schweben, in der es weder Zeit noch Realität, weder Schmerz noch Bedauern und schon gar keine Verpflichtung oder Verantwortung gab.
 Wenn man ein Mann war.
 Das *Eden* war nicht leicht zu finden, und noch schwerer war es, es zu betreten. Von außen sah man in der Marienstraße nur ein hübsches, aber doch recht bürgerliches Gründerzeithaus, das wie alle anderen dunkel und verlassen dalag, da Sparmaßnahmen die Stadt dazu gezwungen hatten, die Straßenbeleuchtungen abzustellen. Es gab auch kein Schild, keine Reklame, nichts, was auf einen solchen Ort hinwies, außer einem Spanner an der Tür, der die Gäste begrüßte und Neugierige abhielt.
 Eine andere Eigenart des *Eden* war, dass man in diesem illustren Klub nicht Mitglied werden konnte, nicht für Geld und schon gar nicht für gute Worte, sondern berufen werden musste. So war es nicht schwer zu erraten, wie begehrt die Einladungen waren und wie sehr diejenigen, die einmal drin waren, fürchteten, eines Tages nicht mehr eingeladen zu werden.
 Im ersten Stock öffnete eine wunderschöne junge Dame im Abendkleid die Tür, nahm mir die Garderobe ab und führte mich schließlich zu einer gewaltigen weißen Tür mit Milchglasintarsien im Jugendstilmuster. Dann schwangen wie von Zauberhand die Flügel zu beiden Seiten auf, bevor sie mich mit einer einladenden Geste und einem verführerischen *Willkommen im Eden!* einließ.
 Seit meinem letzten Besuch hatte sich viel geändert, denn eines der Merkmale des *Eden* war der Wandel, dem verwöhnten Publikum sollten immer neue Welten geboten werden. Nur die Räume selbst waren natürlich immer die gleichen: ein riesiger Salon mit glänzendem Parkett, hohen Stuckdecken und einem glitzernden, aber ausgeschalteten Kristallleuchter an der Decke. Alles andere, Teppiche, Vorhänge, Bilder, Tische und Sessel, wurde regelmäßig getauscht,

auch die obligatorischen Spieltische erhielten immer wieder neue Bezüge. An diesem Abend präsentierte sich mir eine Art englischer Club mit schweren Ledersesseln und gelblicher Beleuchtung, wo beim letzten Mal noch ein französisches Bordell gewesen war.

Von dem Hauptraum gingen weitere ab, von denen ich wusste, dass auch sie ständig umdekoriert wurden. In manchen wurde Essen gereicht, in anderen konnte man in Opiumwolken und weichen Kissen seinen Frieden finden.

Die anwesenden Damen waren allesamt im Abendkleid und plauschten locker bei einem oder mehreren Gläsern Sekt mit den Herren im Frack. Eine dieser Damen schwebte auf mich zu und hob mir ein Silbertablett entgegen. »Guten Abend! Darf ich Ihnen etwas anbieten? Sekt? Cognac? Kokain?«

Ich verneinte dankend und hielt mich etwas abseits der plaudernden Grüppchen, beobachtete die Männer und wartete auf Artur, der irgendwann auch auftauchte und mir mit einem Nicken zu verstehen gab, dass er mich *dem Mann* vorstellen wollte.

So erreichten wir einen sehr dicken, untersetzten Kerl mit Backenbart und feuchten Lippen, der mir zur Begrüßung seine fleischige Hand entgegenstreckte.

»Sie sind also Kameramann?«, fragte er.

»Ja«, antwortete ich knapp.

»Könnte ich schon mal was von Ihnen gesehen haben?«

Ich schüttelte den Kopf und antwortete: »Ich weiß nicht, was Artur Ihnen über mich erzählt hat, aber die Filme, die ich drehe, sind nicht gerade das, was Sie im UFA-Palast zu sehen bekommen.«

Er lächelte zufrieden.

»Kommen Sie, unterhalten wir uns doch etwas …«, sagte er und schob mich sanft von Artur fort, dem er mit einer Geste bedeutete, dass er ab jetzt alleine zurechtkam.

Eine Weile fragte er mich über meine Arbeit aus, vordergründig jovial, geradezu kumpelhaft, aber in seinen Augen konnte ich sehen, dass er mich prüfte. Ich war gut vorbereitet, gab allerlei Produktionen an, bei denen ich gedreht hatte, Filme, so armselig, dass sie wenige Tage nach ihrem Erscheinen auch schon wieder verschwunden waren. Ich glänzte auch mit allerlei Anekdoten aus der Filmwelt, viele davon wahr, von mir jedoch angemessen verfremdet. Vor allem aber gab ich zu verstehen, wie sehr mich mein Leben anödete und dass ich mich nach Höherem sehnte.

Für mein Gegenüber das Stichwort, eine geschlagene Stunde über Politik zu sprechen, über die DNVP und ihre Ziele. Man musste nichts von Parteien verstehen, um zu wissen, wie die DNVP und ihre Mitglieder tickten, welche Ideen sie verfolgten. Sie war erst 1918 direkt nach dem Krieg gegründet worden, aber die, die sie unterstützten, gab es schon immer: ostelbische Junker, Offiziere, Adlige, Nationalisten, Antisemiten. Und wenn man wie Artur, Isi und ich aus Westpreußen kam, wusste man schon, was diese Leute wollten, bevor sie den Mund auftaten. Beinahe unnötig zu erwähnen, dass Wolfgang Kapp, der Landschaftsdirektor aus dem Osten, der davon träumte, mit einem Putsch dauerhaft selbst ernannter Herrscher des Reiches zu werden, strammes Mitglied der DNVP war.

Ab und zu pflichtete ich dem Mann neben mir bei, betonte, dass sich seit dem Kriegsende einiges zum Schlechteren entwickelte, was nicht einmal gelogen war, und dass in einer solchen Situation eine Demokratie nicht sonderlich hilfreich wäre.

»Recht so!«, rief er da. »Man darf sich nicht alles gefallen lassen!«

Wie alle Nationalen wusste er für jedes Problem eine schnelle Lösung und beklagte gleichsam den fehlenden Mumm der anderen, sie durchzusetzen. Irgendwann nickte ich nur noch und hoffte, dass er seine *Sendung* bald beenden würde, um auf das zu kommen, worum es eigentlich ging.

»Eine gute Sache hat die ganze Situation dann doch!«, sagte er plötzlich und zog mich zur Seite, sodass wir dem Rest des Raumes, wo uns ohnehin niemand beachtete, den Rücken zukehrten.

»Es gibt so viel Abschaum da draußen, dass man keine Rücksicht mehr zu nehmen braucht. Nicht wahr?«

Ich deutete Zustimmung an.

»Artur hat Ihnen gesagt, was ich suche?«, flüsterte er im Ton eines Verschwörers.

Wieder Nicken.

»Und Sie wären dazu bereit?«

»Wenn es sich für mich lohnt?«

»Das wird es ganz gewiss.«

»Dann bin ich Ihr Mann!«

»Haben Sie moralische Bedenken?«

Ich schüttelte den Kopf: »Es ist, wie Sie sagen: Man muss keine Rücksicht mehr nehmen!«

Zufrieden klopfte er mir gegen den Oberarm und lächelte. »Ausgezeichneter Mann!«

»Es wird aber nicht billig«, warf ich ein.

»Machen Sie sich keine Sorgen. Wenn alles klappt, kommen noch mehr Aufträge.«

»Ich interessiere mich nur für meine Zukunft. Was Sie oder Ihre Freunde machen, geht mich nichts an!«

Da hielt er mir die Hand hin: »Reinhold von Henning. Reini für Freunde.«

»Carl«, antwortete ich.

»Jetzt brauchen wir nur noch eine ... Schauspielerin«, schloss er, winkte Artur heran und raunte ihm dann zu: »Wir sind uns einig geworden.«

Artur gab uns mit einer Geste zu verstehen, ihm in einen Nebenraum zu folgen, dem kissenbewehrten Opiumhimmel, in dem nur eine junge Frau stand, einfach gekleidet mit einem weißen seidenen Cachenez um die Augen gebunden: Isi. Früher hatten alle Besucher des *Eden* Cachenez getragen, um sich von denen zu unterscheiden, die keine trugen und käuflich waren. Mittlerweile aber verzichtete man auf Cachenez, fühlte sich wohl und sicher in einer unwirklichen Welt, deren einziger Sinn Spiel und Lust war.

Von Henning grüßte Isi mit einer Verbeugung und einem angedeuteten Handkuss, während Isi nur ihn, nicht aber mich anblickte.

Artur wandte sich daraufhin um und verließ den Raum.

»Sie sehen fantastisch aus!«, schmeichelte von Henning.
»Vielen Dank«, antwortete Isi knapp.
»Es wird mir eine Freude sein …«, begann von Henning, beendete den Satz dann aber nicht, wohl weil er mit einer Zotigkeit hätte schließen müssen, die selbst er für unangemessen hielt. Noch.
Isi befahl: »Sie zahlen in Devisen. Oder Gold. Die Hälfte jetzt, die Hälfte am Drehtag.«
»Sollen Sie haben. Aber ich möchte auf meine Kosten kommen! Also all das, was ich zu Hause nicht haben kann.«
Isi nickte und antwortete ebenso lasziv wie zweideutig: »Wenn ich mit Ihnen fertig bin, wird es kein *Zuhause* mehr für Sie geben.«
Von Henning sah aus, als rauschte gerade ein Erdbeben durch ihn hindurch, das in einem vorfreudigen Hackenknallen kulminierte: »Kann es kaum erwarten, Madame!«
Er sah uns beide an.
»Wann immer Sie wollen«, gab Isi zurück, was ich mit einem Nicken bestätigte.
Er zückte sein Portemonnaie, das mit Dollarnoten prall gefüllt war, und sagte: »Je eher, desto besser.«

28

Reinhold von Henning gab fünfzig Dollar.
Im Januar 1919, kurz nach dem Krieg, wären das etwa vierhundert Reichsmark gewesen, eine bescheidene Summe und doch vielleicht für jemanden ein ganzer Monatslohn.
Ein Jahr später wären schon zweitausendfünfhundert Mark auf dem Devisenmarkt fällig gewesen, in etwa der Jahreslohn eines Arbeiters. Als Artur nach dem Anschlag auf Isi und mich eine Belohnung in Dollar für die Ergreifung der Täter ausschrieb, waren fünfzig Dollar schon neuntausend Mark wert und jetzt, knapp drei Monate später, zwölftausendfünfhundert.

Deutschland reifte Monat für Monat zum Paradies derjenigen heran, die mit Devisen zahlen konnten. Monat für Monat wurde das Leben für sie in dem Maße billiger, wie es für Einheimische teurer wurde. Was auch der Grund dafür war, dass die ehemaligen Todfeinde aus dem Ausland in immer größeren Scharen nach Deutschland reisten, um hier einzukaufen. Nicht nur Luxusartikel, sondern auch Menschen. So wandelte sich das ehedem puritanische, gottesfürchtige Reich mit jedem Tag der Inflation in ein großes Bordell, in dem man alles, aber wirklich alles bekommen konnte. Jeder, ob arm, bürgerlich oder reich, gab sich der Sünde hin. Niemand war vor unmoralischen Angeboten gefeit, die den Käufer so gut wie nichts, den Verkäufer so gut wie alles kosten konnten. Ob es die junge Frau im Schuhladen in der Friedrichstraße war, der ein Mann bei der Anprobe den Fuß so drängend in den Schoß drückte, bis sie nach Ladenschluss der frechen Forderung in einem billigen Hotel nachgab, oder der junge Bursche, der die Hand für ein Trinkgeld aufhielt und an ihr hineingezogen wurde, während die Tür hinter ihm ins Schloss fiel.

Oder ich, der ich in einem einfachen Zimmer mit großen Dachfenstern eine Kamera aufbaute, vor mir nur ein Bett, in dem ich Isi mit einem Widerling beim Geschlechtsverkehr filmen sollte.

Wir waren beide froh, dass die Vorbereitungen tatsächlich nur knapp zwei Tage gedauert hatten, denn wir spürten, wie ungeheuer belastend die Situation war, obwohl nur als Falle gedacht. Sie ließ uns im wahrsten Sinn des Wortes verstummen. Selbst abends am Tisch schwiegen wir, während Hans nichts ahnend seine Suppe löffelte.

So verließen wir am entscheidenden Tag endlich das Haus, erreichten unser Ziel, stiegen ins Dachgeschoss eines unauffälligen Gebäudes, ohne dass uns jemand begegnet wäre. Endlich hörten wir schwere Tritte auf der Treppe, und wenig später trat ein keuchender Reinhold von Henning in das Zimmer, der eine geschlagene Minute brauchte, um sich von dem Aufstieg zu erholen. Dann aber besah er sich Isi, und pure Gier flackerte in seinen Augen auf.

Er legte Hut, Mantel und Jacke ab, zückte erneut die Brieftasche, gab Isi die zweite Hälfte der Bezahlung und setzte sich auf den einzigen Stuhl im Zimmer. »Ausziehen!«
Ich konnte Isi den Widerwillen ansehen. Von Henning winkte ungeduldig mit der Hand und rief: »Alles, was ich zu Hause nicht bekomme! Und noch viel mehr!«
Isi straffte sich und begann langsam, ihre Kleidung abzulegen. Von Henning befahl mir, auch das schon zu filmen. Mit tauben Armen beugte ich mich über die Kamera, begann, die Kurbel zu drehen, und sah plötzlich Isi als Mädchen vor mir, das ich auf dem Kosackenberg in Thorn in einer Scheune fotografierte. Wir waren kaum fünfzehn Jahre alt gewesen. Für einen Moment hatte sie mir damals ihre Seele offenbart, sodass ich kaum durch das Objektiv hatte blicken können, weil das Bild so intim, so intensiv, so wahrhaftig war. Liebe in seiner unschuldigsten Form.
Dachte Isi jetzt auch daran?
Ich sah ihre Beklommenheit und auch ihre Scham. Doch nicht von Henning löste diese Verlegenheit aus oder die Kamera, sondern ich. Als wollte sie nicht verderben, was wir seit Kindertagen so strahlend in unseren Herzen trugen.
Ihr Rock fiel herab, von Hennings Lippen glänzten feucht.
Wo blieb Artur? Nur dieser Gedanke hämmerte in meinem Kopf, während von Henning sich blitzschnell auszog. Isi stand noch in Unterrock und Mieder da, als er auf sie zuging. Das war alles so falsch. Ich machte mich bereit, zwischen die beiden zu treten.
Die Tür flog auf, doch nicht Artur stürmte hinein, sondern Oberkommissar Kennel zusammen mit drei Schutzpolizisten.
Sie schrien laut *POLIZEI!*, warfen erst mich, dann von Henning zu Boden, während Kennel Isi Handschellen anlegte.
»ABFÜHREN!«
Von Henning wurde in Unterwäsche hinausgestoßen, seine Kleidung trug man ihm nach. Außer Sichtweite gab Kennel dem Schutzmann zu verstehen, dass er mir aus dem Kreuz steigen und mir aufhelfen sollte. Dann nahm er Isi die Handschellen ab.

»Danke«, murmelte ich.

Kennel sagte nichts, sah mich nur mit einer Mischung aus Ekel und Hass an, dann verschwand er mit seinen Untergebenen. Die Schritte verklangen auf der Treppe. Die Haustür fiel ins Schloss. Alles wurde sehr still. Grau fiel das Licht durch die Dachfenster, kleine Flocken aus Staub tanzte darin herum. Isi und ich nahmen uns in die Arme.

»Ich hätte ihn umgebracht«, flüsterte ich.

»Ich weiß.« Sie lächelte, gab mir einen Kuss und zog sich wieder an.

29

Das Polizeirevier Fünfzig, das Oberkommissar Kennel leitete, war mit biederen, massivhölzernen Möbeln bestückt. Die Schutzleute hatten zwar die kaiserlichen Pickelhauben gegen schwarz lackierte Tschakos getauscht, waren aber nicht minder bieder. Abgestandene, tote Luft, ausgeatmet von abgestandenen, toten Menschen, lag schwer im Raum, und eine bleierne Müdigkeit schien auf den Polizisten zu lasten, selbst dann, wenn Huren zeterten, Zuhälter schrien oder Diebe ihre Unschuld beschworen. Die Männer dort hatten schon alles gesehen, alles gehört und alles gerochen. Es gab nichts mehr, was sie noch überraschen konnte.

Nicht einmal ein halb nackter Mann hätte sie überrascht, aber man hatte Reinhold von Henning dann doch erlaubt, sich vollständig anzukleiden, bevor man seine Personalien aufnahm und ihn in dieselbe Zelle steckte, in der Artur und ich auch schon gesessen hatten. Damals, als sich Oberkommissar Kennel uns gegenüber noch im Vorteil glaubte.

Von Henning protestierte lautstark gegen die Behandlung, verwies auf seinen Status als Reichstagsabgeordneter, erntete aber nur

Gelächter von den anderen Häftlingen, die ihn entweder für betrunken oder für verrückt hielten. Wenn auch deutlich teurer angezogen als sie selbst.

Kennel ließ ihn stundenlang schmoren, was auf von Henning einen erstaunlich beruhigenden Effekt hatte: Seine Wut- und Protestanfälle ebbten ab und wichen einem kleinlauten Bitten nach Wasser und danach, seinen Anwalt anrufen zu dürfen.

Gegen zehn Uhr am Abend wurde es ruhiger auf der Wache, was sich noch ein paar Stunden so halten würde, bis später in der Nacht die armseligsten Kreaturen von den Straßen und aus den Spelunken eingesammelt wurden.

Etwa zu dieser Zeit trat Artur ins Polizeirevier und wurde Kennel gemeldet. Er schloss ihm die Zelle auf, in der von Henning abgekämpft hockte. Erfreut sprang der auf, als er Artur erkannte.

»Artur, ein Glück!«, rief er und streckte ihm seine fleischige Hand entgegen.

»Hat man dich schon verhört?«, fragte Artur.

»Nein, noch nicht.«

Sie setzten sich auf die Pritsche.

»Du weißt, dass du ganz schön tief im Dreck steckst?«, fragte Artur.

»Das ist alles nur ein Missverständnis!«, antwortete von Henning. »Ich habe … Es ist gar nichts passiert!«

»Und du glaubst, dass dir das hilft?«, fragte Artur.

»Ich habe Freunde, Artur. Mächtige Freunde.«

Artur rückte ein Stück näher. »Wer wird dir helfen, wenn die Zeitungen Wind davon bekommen? Deine Frau? Deine Politikerfreunde? Die ganze Stadt wird sich biegen vor Lachen, und verurteilt wirst du trotzdem. Pornografie ist kein Kavaliersdelikt!«

Von Henning presste die Lippen aufeinander.

Dann sprang er wütend auf: »WIESO BIN ICH HIER, ARTUR?«

»Hinsetzen!«

»WIESO?! LOS! SAG SCHON!«

Artur blickte ihn so lange an, bis er wieder Platz nahm.

»Wenn ich herausfinde, dass du etwas damit zu tun hast!«, drohte von Henning.

»Sie waren nicht hinter dir her«, antwortete Artur ruhig.

»Nein? Hinter wem dann? Diesem Kameramann?«

»Der Schauspielerin.«

Von Henning schnaubte wütend. »Und dann empfiehlst du sie weiter?«

Artur drehte sich von Henning so zu, dass von Henning in das reg- und mitleidlose aufgemalte Gesicht seiner Maske sehen musste, was nicht nur von Henning als unheimlich empfand – das ging jedem so.

»Was du verlangt hast, gibt es nicht an jeder Ecke, Reini. Über kurz oder lang spricht sich so etwas rum, und dann beginnt die Polizei, gewisse Leute zu beobachten.«

»Hat man sie gefasst?«, fragte er.

»Ja, natürlich.«

»Was ist mit diesem Kameramann?«

»Genauso.«

»Werden die aussagen?«

Artur zuckte mit den Schultern. »Ich weiß es nicht.«

Von Henning packte Artur beim Revers und versuchte, ihn zu schütteln: »Die dürfen nicht aussagen, Artur! Bei dieser Hure ist es vielleicht egal, der glaubt man nicht, aber der Kameramann darf nicht aussagen. Hast du mich verstanden?«

Artur schwieg einen Moment.

»Er könnte natürlich fliehen …«

»Kannst du das arrangieren?«, fragte von Henning leise.

»Es müssten einige Leute bestochen werden.«

Von Henning nickte. »Geld spielt keine Rolle.«

Artur schwieg.

Von Henning stand erneut auf und lief unruhig im Raum hin und her.

»Kennst du diesen Kameramann gut?«

Artur sah aufmerksam zu ihm auf. »Warum?«

»Oder diese Schauspielerin? Wer garantiert mir, dass die beiden den Mund halten?«

»Niemand«, antwortete Artur.

»Sie müssen aber den Mund halten, Artur!«, zischte von Henning und blieb dann vor Artur stehen. »Sie müssen für immer den Mund halten.«

Daraufhin stand Artur auf, was von Henning sichtbar einschüchterte. Artur war groß und wuchtig. Er hätte von Henning mit einem einzigen Faustschlag den Schädel zertrümmern können.

»Du meinst Mord?«, fragte er.

»Ich zahle lieber an dich als an die.«

»Das wäre aber ein sehr, sehr großer Gefallen, nicht wahr, Reini?«, fragte Artur.

»Ich wäre dir für immer verbunden!«

Artur nickte zufrieden.

Dann sagte er ruhig: »Es gibt da etwas, was du tatsächlich für mich tun kannst …«

»Betrachte es als erledigt!«, versicherte von Henning.

»Ich suche einen Mann.«

»Was für einen Mann?«

»Er ist Mitglied eurer Organisation …«

Von Henning schluckte, blickte um sich, als befürchtete er einen heimlichen Hörer in der winzigen Zelle, dann flüsterte er: »Das geht nicht, Artur.«

»Möchtest du wirklich diesen Skandal? Das Ende deiner gesellschaftlichen und politischen Karriere?«

»Erpresst du mich gerade, Artur?«, zischte von Henning.

Diesmal packte Artur ihn am Revers und hob den fetten Mann hoch, bis seine Füße in der Luft baumelten.

»Du nennst mich einen Erpresser, du Hund?«

»Artur!«, keuchte von Henning hilflos.

»Ich erpresse niemanden! Aber spätestens morgen früh wird die Presse auf dich aufmerksam, spätestens morgen früh wird ein Reporter einen Schutzmann für eine gute Geschichte bestochen haben, und dann wird ganz Berlin wissen, was du getan hast! Ich bin der einzige Freund, den du noch hast, Reini!«

»Artur!«, stöhnte von Henning. »Bitte ... Es war nicht so gemeint!«

Er ließ los, von Henning landete auf den Füßen und schwankte. Dann wischte er sich mit dem Handrücken über den Mund und fragte: »Was ist das für ein Mann, Artur?«

»Einer für Feme.«

Von Henning zuckte förmlich zusammen, wohl überrascht, dass Artur von dieser Praxis gehört hatte.

»Er ist in Berlin. Deckname Ernst.«

Etwas blitzte in von Hennings Augen auf – er kannte den Mann. Gleichsam schien er verzweifelt darüber nachzudenken, wie er einen Verrat vermeiden konnte. Allein, es fiel ihm nichts ein.

»Das darf niemals herauskommen, Artur ... Dieser Mann ist sehr gefährlich!«

»Die ganze Organisation ist gefährlich.«

Nervös ballte von Henning seine Finger immer wieder zu Fäusten: »Ich weiß nicht ... Ich weiß nicht ...«

Artur schwieg.

Dann blickte von Henning auf: »Hab ich dein Wort, Artur?«

»Du hast mein Wort.«

Von Henning streckte seine rechte Hand aus und sagte: »Der Kameramann und die Schauspielerin im Tausch gegen Ernst.«

Artur schlug ein.

»Wer ist er?«

Wieder blickte von Henning sich um, dann sagte er leise: »Er heißt Gromatka. Fritz Gromatka.«

»Wo finde ich ihn?«

»Das weiß ich nicht genau, aber er treibt sich wahrscheinlich im Scheunenviertel herum. Dort interessiert man sich weder für die Polizei noch für Leute wie ihn.«

Artur nickte, wandte sich ab und klopfte gegen die Zellentür.

»Was ist jetzt mit mir?«, fragte von Henning.

Ohne zu antworten, verließ Artur die Zelle.

30

Noch in derselben Nacht kam Artur zu uns in die Victoriastraße, wo wir Wein tranken und seinem Bericht folgten. Mit mehr als Unbehagen nahm ich zur Kenntnis, wie die unbestimmte Bedrohung zu einer sehr realen wurde. Von Henning zufolge hielt sich Gromatka tatsächlich immer noch in Berlin auf. Isi schien nicht im Geringsten davon beeindruckt, dass der Mann, der sie fast umgebracht hatte, vielleicht in der Stadt war. Stattdessen erhob sie nur ihr Glas und sprach einen feierlichen Toast aus: »Möge von Henning in der Zelle verrotten! Und Gromatka nehmen wir uns als Nächsten vor!«

»Hört, hört!«, rief ich, um Zuversicht bemüht.

Artur schwieg dazu.

»Was?«, fragte Isi alarmiert.

Er blickte auf seine Armbanduhr und antwortete: »Schätze, er wird gerade entlassen.«

»Wie bitte?«, fluchte ich. »Wie kann der denn entlassen werden? Er wurde doch in flagranti erwischt!«

»Er wird aus demselben Grund entlassen, aus dem du und Isi nicht eingesperrt wurdet!«

»Artur, bitte sag mir nicht, dass diesem Dreckschwein nicht der Prozess gemacht wird?«, flehte ich.

»Es wird keinen Prozess geben«, antwortete Artur ungerührt.

Isi fuhr hoch und schrie: »ARTUR!«

Artur blickte zu ihr auf. »Wie lange, glaubst du, wird das *Eden* noch laufen, wenn sich herumspricht, dass ich seine Mitglieder der Polizei ausliefere?«

»Ich scheiß auf dein Geschäft, Artur! Hörst du?«

»Laut und deutlich, Isi. Aber ich habe einen Handel mit ihm, Isi. Einen, der dich und Carl vor einer tödlichen Bedrohung rettet.«

»Dieser Handel ist dreckig, Artur!«, wandte ich ein.

»Wir leben in dreckigen Zeiten, falls du es noch nicht bemerkt hast. Ich tue, was nötig ist!«

»Dann werde ich ihn eben zur Rechenschaft ziehen!«, rief Isi wütend.
»Du wirst gar nichts tun, Isi. Bis wir Gromatka haben, wird niemand irgendetwas tun. Habt ihr das verstanden?«
Isi hielt inne und sah ihn neugierig an. »Bis wir Gromatka haben ... Was soll das heißen?«
»Bis der Handel erfüllt ist«, antwortete Artur.
Und dann sagte er gar nichts mehr.
Isi und ich blickten uns an. Es würde keinen Sinn machen, Artur weiter mit Fragen zu löchern, die er allesamt ignorieren würde. Aber eines stand für uns fest: Da war noch etwas.
Etwas, das er uns verschwieg.
Wir spürten es beide.

31

Im Gegensatz zu mir empfand Gustav große Freude an der Verwandlung, sodass er zur Premiere von *Nosferatu* nicht nur den für die Zeit des Films typischen biedermeierlichen Gehrock mit Gilet, Pantalons, Rüschenhemd und Zylinder trug, er bewegte sich darin auch, als hätte man ihn mit einer Zeitmaschine um hundert Jahre zu uns in die Zukunft geschickt. Aufgeregt wie ein Kind fieberte er dem Beginn der Vorführung entgegen, so sehr, dass ich es fast schon bedauerte, mir nicht eine eigene Kluft aus dieser Zeit geschneidert zu haben, allein um des Spaßes willen.

Vor dem Zoologischen Garten hatte sich eine große Menschentraube gebildet, wo die Wartenden wie von der Rebe gepflückt in den Marmorsaal eingelassen wurden. Auf dem edlen Fischgrätenparkett standen die Gäste, viele von ihnen verkleidet, in Grüppchen und füllten den Saal mit dem gewaltigen Tonnendach, den herrlichen Rundbögen und der umlaufenden Balustrade mit Gesprächen und Gelächter. Alles war verziert, bemalt; zwei riesige Kronleuchter tauchten den zigarettenrauchgeschwängerten Raum in weiches Licht.

Die neu gegründete Produktionsgesellschaft namens PRANA hatte *Nosferatu* in fantasievollen Anzeigen mit großem Aufwand in Tages- und Filmzeitungen beworben, sodass alle vor Neugier brannten: auf den Film, auf die vollkommen unbekannte Filmgesellschaft, aber auch auf den wenig bekannten Regisseur Friedrich Murnau sowie auf Carl Mayer, einen Glanz unter den Drehbuchautoren, der bereits *Das Cabinet des Dr. Caligari* mitverfasst hatte.

Gustav saugte mit glitzernden Augen das einmalige Flair der Veranstaltung auf, zeigte mal dezent auf eine hinreißende junge Dame mit Wespentaille, züchtigem Schutenhut, ausladenden Elefantenärmeln und Kreuzbandschuhen, mal auf einen jungen Mann, von dem man hätte annehmen können, er hätte eben noch seine Kommilitonen in die Junirevolution 1830 gegen die Bourbonen geführt. Die Illusion einer untergegangenen Zeit hielt einen mit silbernen Feenfesseln förmlich gefangen.

»Es ist fantastisch, Carl!«, schwärmte Gustav.

Von der UFA war ich spektakuläre Premieren gewohnt, aber auch diese hier konnte sich sehen lassen. Ein Conférencier kündigte an, dass im Saal gefilmt und sowohl vor als auch nach dem Film Musik gespielt werden würde. Dann würde ein kleines Schauspiel des Hauptdarstellers des Films, Max Schreck, folgen. Wahrscheinlich sollte der Mime damit dem Berliner Publikum nähergebracht werden, denn in der Hauptstadt kannte ihn niemand. Es war vielleicht das Einzige an dem Abend, was nicht funktionierte, denn dieses Stück, in dem Schreck seinem Gegenüber, einem altmodischen Theaterdirektor, beibringen wollte, was Filmkunst bedeutete, geriet zu einem sehr langweiligen und reichlich überflüssigen Intermezzo, das Schreck mehr schadete als nutzte. Vor allem da er überaus selbstbewusst erwähnt hatte, dass er *alles könne*. Um nachdrücklich zu beweisen, dass man da durchaus geteilter Meinung sein konnte.

Schließlich nahmen wir Platz, das Licht wurde gelöscht, das Ballorchester stimmte *Der Vampyr* von Heinrich Marschner an. Über die aufgebaute Leinwand flimmerten die ersten Bilder.

Gebannt folgten wir der Geschichte des unheimlichen Nosferatu. Die Handlung des Films glich *Dracula* sehr, war aber nach Norddeutschland verlegt worden, das, wie ich fand, ganz wunderbar in Szene gesetzt wurde. Genau wie der glatzköpfige Vampir mit seinen eng zusammenstehenden Beißzähnen und langen Hexenfingern. Dämonie, die ihre Wirkung nicht verfehlte, vor allem im Zusammenspiel mit der Musik: Unterdrückte Schreie sprangen durch dunkle Reihen, einige zarter besaitete Damen flohen, als ihnen die Bilder zu bedrohlich wurden. Auch ich fand es unheimlich, aber ich war bei Weitem nicht so fasziniert wie Gustav, der neben mir saß und wie hypnotisiert die Leinwand anstarrte.

Am Ende gab es donnernden Applaus, vor allem von Gustav, der in seinem Enthusiasmus sogar von seinem Stuhl aufgesprungen war.

»War es nicht großartig?«, rief er mir lachend zu.

Seine Begeisterung rührte mich.

Nach der Vorführung tanzte ein Ballett noch eine Pantomime, dann wurden die Stühle zur Seite geräumt, und die *Symphonie des Grauens* verwandelte sich in einen Ball des Frohsinns.

»Kennst du Murnau?«, fragte mich Gustav.

»Nein, tut mir leid.«

»Zu schade, ich würde ihn gern kennenlernen.«

Ich zuckte mit den Schultern. »Er ist sicher hier.«

Gustav nickte. »Dann los! Lass ihn uns suchen!«

Wir schlängelten uns zwischen den Gästen hindurch, wobei ich den ein oder anderen UFA-Bekannten nickend grüßte. Dann blickte ich auf einen Hinterkopf, der in schwere blaue Zigarrenwolken gehüllt war. Unvermittelt drehte der Mann sich zu mir um, als hätte er geahnt, dass ich hinter ihm stand.

»Herr Lubitsch!«, entfuhr es mir fast schon erschrocken.

Er schien genauso verblüfft zu sein, gab mir dann aber die Hand. »Carl, schön, dich zu sehen!«

»Seit wann sind Sie zurück?«

»Noch nicht so lange.«

Für einen schweigsamen Moment sahen wir uns an, und ich

fragte mich, ob er auch an den Dezembertag vor ein paar Monaten dachte, als ich Paul Davidson und ihn am Lehrter Bahnhof stehen gelassen hatte, um für die schwangere Isi da zu sein. Wochenlang hatte ich mit mir gehadert, überlegt, ihm einen Brief nach Amerika nachzusenden, es dann aber gelassen, denn wie hätte ich erklären können, was ich an manchen Tagen selbst nicht verstand.

Gustav räusperte sich, sodass sich die peinliche Pause auflöste.

»Darf ich Ihnen vorstellen: Gustav Lemmle. Fotograf.«

»Sehr erfreut!«, sagte Lubitsch.

»Ganz meine Freude!«, gab Gustav zurück.

Eine weitere unangenehme Pause kapselte uns vom Trubel um uns herum ab.

Gustav sprang erneut ein: »Darf ich Sie um etwas bitten, Herr Lubitsch?«

»Nur zu!«

»Kennen Sie Herrn Murnau? Ich würde ihm gern zu seinem Film gratulieren!«

Lubitsch lächelte, dann wandte er sich um und winkte in die Menge.

Kurze Zeit später trat ein schlanker Mann in den Dreißigern an uns heran, rotblondes Haar, gut aussehend, mit sehr grazilen Bewegungen. Er war genauso wenig verkleidet wie Lubitsch und ich, sah aber in seiner ganzen eleganten Art aus, als würde er von allen Anwesenden am allerbesten in die von ihm entworfene Welt passen.

»Herr Murnau? Gustav Lemmle, Fotograf und Bewunderer!«

Lubitsch wies auf Gustav, der Murnau anstarrte, als hätte ihn der Blitz getroffen. Murnau gab Gustav die Hand, schweigend, aber verbindlich.

»Ich würde Ihnen gern sagen, wie gut mir Ihr Film gefallen hat, allein: Es fehlen mir die Worte!«, sagte Gustav mit belegter Stimme, und mir fiel auf, wie verändert er plötzlich war. All die überbordende Begeisterung war verflogen, er schien nur noch Murnau zu sehen. Als ob alle um die beiden herum verschwunden wären, standen sie sich gegenüber, und ehe ich michs versah, hatte mich Lubitsch am Arm fortgeführt. Da stand ich nun allein mitten in der Menge neben meinem ehemaligen Mentor.

Ein Kellner hob uns Sektschalen entgegen, die wir annahmen und von denen wir tranken.

»Ich hätte nicht gedacht, dass Sie noch einmal zurückkommen«, begann ich das Gespräch.

»Ich mache noch einen Film hier«, gab Lubitsch zurück.

»Und? Ist Hollywood so, wie Sie es sich vorgestellt haben?«

»Es ist größer, Carl. Viel größer.«

»Und die Menschen dort?«

»Sehr freundlich. Und sehr hart. Mary Pickford ist ein Biest, nein, vielmehr ist ihre Mutter eines. Fairbanks und Chaplin sind umgänglich. Aber alles dort ist Geschäft, noch viel mehr als hier.«

»Sie werden eine große Karriere machen, Herr Lubitsch. Besser als Sie ist dort niemand.«

»Sehr freundlich von dir, Carl. Einen guten Kameramann hätte ich drüben noch gebrauchen können ...«

Ich hatte gehofft, das Thema vermeiden zu können, schluckte kurz und antwortete dann: »Es tut mir sehr leid.«

»Du hattest deine Gründe.«

»Ja.«

Er zog an seiner Zigarre und sagte dann: »Du warst immer recht geheimnisvoll, Carl. Allein, wie wir uns kennengelernt haben, ist schon eine gute Geschichte.«

Ich nickte, wagte aber kaum, ihn anzusehen.

»Du bist der loyalste Mensch, den ich kenne, deswegen hat es mich sehr verletzt, dass du nicht mitgefahren bist. Ich dachte, du wärst es auch mir gegenüber.«

»Das bin ich, Herr Lubitsch, aber es gibt Bande, die darf man nicht trennen. Ich hoffe, Sie verstehen das.«

»Ich bin dir nicht böse, Carl«, versicherte er mir und trank einen Schluck. »Vielleicht weißt du es nicht, aber du bist auf deine Art einer unter einer Million. Jeder möchte jemanden wie dich zum Freund.«

»Wirklich?«
»Ja, wirklich. Paul sieht das genauso. Du scheinst übrigens ein großes Talent für erste Begegnungen zu haben. Paul verriet mir, dass er geweint hat, als er sich zum ersten Mal mit dir unterhalten hat.«
»Wie geht es Herrn Davidson?«, fragte ich.
»Er fremdelt mit den Amerikanern. Aber er ist immer noch derselbe.«
Ich lächelte unwillkürlich.
»Wie ich höre, bist du jetzt bei Lang?«, fragte er.
»Ja.«
»Und? Wie ist es?«
Ich zögerte so lange mit der Antwort, dass er zu lachen begann und mir aufmunternd gegen die Schulter schlug. »Kopf hoch! Er ist ein Wahnsinniger, aber er kann dir alle Türen öffnen.«
Als ich auch daraufhin schwieg, sah er mich neugierig an und fragte: »Aber das willst du gar nicht, oder?«
Ich kommentierte es nicht.
Da blickte er mir geradezu forschend in die Augen: »Ich frage mich wirklich, wem dein Herz gehört, Carl.«
Ich zuckte hilflos mit den Schultern.
»Schon *okay*, wie die Amerikaner sagen. Ich will es auch gar nicht wissen. Ich bin nur ein bisschen neidisch.«
Er hielt mir die Hand hin, in die ich einschlug.
»Auf Wiedersehen, Carl Friedländer.«
»Auf Wiedersehen, Herr Lubitsch.«
Er drehte sich um und verschwand Zigarrenwölkchen paffend in der Menge.

32

Ich ließ Gustav an jenem Abend allein auf dem Ball zurück, verabschiedete mich, was er aber gar nicht zu bemerken schien, so angeregt unterhielt er sich mit Murnau. Wie man mir später versicherte, war diese Vertrautheit für Murnau äußerst ungewöhnlich, denn er redete in der Regel nicht viel, hielt Menschen immer auf Abstand, und nicht einmal Alkohol konnte ihn auflockern, weil er keinen trank.

Erst auf dem Heimweg wurde mir bewusst, dass ich wieder ohne Leibwache unterwegs war. Ich versuchte, es zu kompensieren, indem ich zunächst die Nähe von Passanten suchte, und als das nicht mehr möglich war, stieg ich in eine Kraftdroschke, die mich vor unserem Haus absetzte. An jenem Abend fühlte ich mich zwar nicht verfolgt, aber ich nahm mir vor, nicht mehr so unvorsichtig zu sein.

Artur dagegen verschwendete seine Zeit nicht mit Vergnügungen, sondern ließ seine Leute nach Gromatka suchen: im Scheunenviertel, dem alten jüdischen Kiez, der einen ähnlichen Anblick bot wie der Schlesische Bahnhof. Elend und Armut regierten die Straße, Lumpen in Lumpen die Spelunken und Dirnen die Lust. Dazwischen Orthodoxe aus dem Osten, die niemand wollte, und manchmal auch Schutzmänner, die niemand achtete.

Hier luden Arturs Leute die Säufer zu Mollen und Schnaps ein, vergoldeten den Huren ihre Dienste und waren bald gern gesehene Gäste, weil sie zahlten und die Wirte nicht um Aufschub baten. Doch wer, wie viele dort, nur auf einem sehr dünnen Überlebensseil tanzte, fürchtend, dass der nächste Absturz der letzte sein könnte, suchte stets den eigenen Vorteil und vertraute niemandem, nicht einmal sich selbst. Jemandem hier nachzuspüren war wie eine Aufforderung, beide, Jäger und Gejagte, zu schröpfen. Nach Fritz Gromatka zu fragen oder einem Mann, der sich Ernst nannte, oder jemanden finden zu wollen, der eine Bisswunde wie ein Kainsmal im Gesicht trug, bedeutete, eine Information kaufen zu wollen, für die der Gefragte beim Gesuchten ein weiteres Mal Kasse machen konnte. So strich man das Doppelte ein und verriet am Ende niemanden.

Die Einzigen, die man tatsächlich hätte befragen können, waren die galizischen Juden, doch die sprachen oft kein Deutsch, und noch öfter verweigerten sie jeden Kontakt mit den Gestalten im Viertel, nicht nur, weil sich der Umgang mit Huren und Dieben von allein verbot, sondern auch, weil sie den Antisemitismus der anderen aus guten Gründen fürchteten.

Dann aber, ein paar Tage nach der großen Premiere, schlug einer der Späher Alarm, und der Zufall wollte es, dass sein Anruf Artur in der Victoriastraße erreichte, als er mit uns zu Abend aß. Das Telefonat dauerte nur wenige Sekunden, dann legte Artur auf, rief Arnie im *Arcasi* an und bat ihn zu kommen – mit zweien seiner besten Leute.

Isi und ich standen daneben, als Artur schließlich auflegte, seinen Mantel anzog und sich auf den Weg machte.

»Bitte geh kein Risiko ein!«, bat Isi.

Artur antwortete nicht.

Sie trafen sich in der Mulackstraße vor der berüchtigten Mulackritze, einem grauen Einfamilienhaus, auf dem der Staub der Jahrzehnte klebte: dreckige Fenster, ein morsches Dach und der geschwungene, auf Putz gemalte Schriftzug *Sodtkes Restaurant* über der Eingangstür. Tatsächlich aß dort niemand. Dafür trank man umso mehr. Vieles war möglich in der Mulackritze, aber nichts gratis außer vielleicht Filzläuse oder Prügel.

Von dort eilten die Männer in die Grenadierstraße, in der zwischen orthodoxen Juden, Schiebern, Arbeitslosen, Huren und Hausfrauen auch Kinder streunten, die jetzt aber, mit anbrechender Dämmerung, nach und nach in die überfüllten Häuser zurückkehrten und auf ein Abendessen hofften.

Bald erreichten sie Hausnummer fünfzehn, ein ausgeblichenes Gründerzeithaus, das nicht von bürgerlichem Wohlstand kündete, sondern in viele kleine Wohneinheiten zerhackt worden war, in die oft so viele Menschen hineingestopft wurden, dass man sich mit dem Aufenthalt im Warmen abwechseln musste. Wer nicht arbeitete, blieb nur so lange drinnen, bis die, die es taten, zurückkehrten. Dann machte man Platz und kehrte erst spät in der Nacht zum Schlafen zurück.

Artur schob die Haustür auf und blickte in einen verwahrlosten Flur. Das Treppenhaus lag im Düstern, Strom gab es keinen, nicht einmal in den Wohnungen. Von jedem Stockwerk führten zwei Türen zu den schachtelkleinen Zimmern dahinter, in denen Mordslärm herrschte, meist von Müttern, die ihre Kinder anschrien, oder Männern, die ihre Frau verprügelten.

Auf leisen Sohlen erreichten sie das dritte Stockwerk und entdeckten den Aufstieg zum Dachgeschoss, der in einer Holzklappe endete. Hier konnte man nur nacheinander hoch, was Artur nicht gefiel. Er hätte gerne schnell und überraschend zugeschlagen, um Gromatka zu überrumpeln, bevor der sich wehren konnte. Er deutete mit einer Geste an, dass er vorangehen würde, dann Arnie und die beiden anderen folgen sollten. Doch kaum hatte er die ersten Stufen betreten, knarzte und quietschte es, dass man es im halben Haus hören konnte.

Artur hielt inne, hörte über seinem Kopf schnelle Schritte.

Er sprang die letzten Stufen empor, zog einen Revolver aus der Manteltasche und stieß mit der anderen Hand gegen die Holzklappe, während im gleichen Moment ein Schloss darüber zuschnappte und den Aufgang blockierte. Artur zögerte keine Sekunde und feuerte vier Löcher in das Holz: Über ihm hasteten die Schritte davon.

Im Haus wurden Türen aufgerissen: Bewohner wagten sich neugierig in den Flur, Kinder kreischten. Arnie und die beiden anderen Männer rannten hinunter und machten den Kiebitzen klar, dass sie sich lieber um ihren eigenen Kram kümmern sollten. Einer, der das nicht so recht einsehen wollte, kassierte einen Schwinger und landete vor der eigenen Wohnungstür, wo er mit gebrochener Nase liegen blieb. Das überzeugte auch die anderen, dass sich im Haus nichts abspielte, was ihrer Aufmerksamkeit bedurfte.

Artur warf sich unterdessen wiederholt mit aller Wucht von unten gegen den Verschlag und brach schließlich das Schnappschloss heraus: Der Dachboden war leer. Nichts als eine kleine Öllampe und ein paar Möbel. In den Ziegeln klaffte ein Loch: Gromatka hatte Ziegel von den Sparren gestoßen, um den einzigen Fluchtweg zu nutzen, der ihm geblieben war.

Arnie kam hinauf.

»Er ist weg!«, fluchte Artur.

Sie blickten durch das Loch in die Schatten einer anbrechenden Nacht: Da waren Firste und Schornsteine, aber niemand, der darüber hinweghüpfte. Unmöglich zu sagen, wohin Gromatka geflohen war, und blindlings loszurennen war bei dieser Sicht zu gefährlich.

Sie durchsuchten das wenige, das sie fanden: zwei Betten, eines davon unbenutzt. Ein windschiefer Schrank, leer bis auf ein Frauenkleid und ein wenig Schminke. Dazu zwei feuchte, frisch gewaschene Hemden, von denen Gromatka wohl gehofft hatte, sie würden schneller trocknen.

Ansonsten nichts von Belang.

»Er weiß nun, dass wir ihm im Nacken sitzen«, raunte Arnie. »Unser Vorteil ist dahin.«

Artur nickte.

Gromatka musste jetzt handeln.

Oder fliehen.

33

Für mich war dieser Fehlschlag ein Schock.

Trotz aller Anzeichen hatte ich heimlich geglaubt, dass Gromatka unmöglich so dumm sein konnte, sich mit Artur anzulegen. Ich war immer der Meinung gewesen, dass jeder, der das tat, entweder ein Idiot oder lebensmüde war, aber es gab offenbar noch eine dritte Kategorie Männer: diejenigen, die genauso entschlossen, genauso mutig und genauso gerissen waren wie er. Die Quintessenz daraus war niederschmetternd: Gromatka war da. Und er würde uns wieder angreifen.

In der Zwischenzeit war es auch für die Arzbergers immer schwieriger geworden, den Kopf über Wasser zu halten. Kurt hatte nach seiner Festnahme wegen Paragraf 175 und der Wiederfreilassung aus dem Gefängnis am Alexanderplatz versucht, wenigstens zeitweise eine Arbeit zu finden, um seiner Schwester Klara, die außer sich vor Sorge war, zu helfen, scheiterte diesmal aber nicht allein an seiner Unfähigkeit, ein geregeltes Leben zu führen, sondern auch an den schikanösen Auflagen der Behörde, sich an jedem Tag zu einer bestimmten Zeit auf einem bestimmten Revier zu melden. Wie hätte er da eine solide Anstellung finden können, selbst wenn es eine gegeben hätte? Er hatte auch versucht, an mehr Auftritte zu gelangen, was gründlich gescheitert war, da Dada nicht gerade zu den Ausdrucksformen gehörte, die ein großes Publikum generierten. Hier und da steckte ihm ein besser bezahlter Künstlerkollege ein paar Scheine zu, vor allem als bekannt wurde, dass ihm wegen seiner Veranlagung Haft drohte, aber es reichte letzten Endes hinten und vorne nicht. So tat Kurt das, was er am besten konnte: Er ignorierte die Realität und verweigerte den Blick auf das, was da am Horizont bedrohlich aufzog.

Im Gegensatz zu Klara, die kaum eine Nacht mehr schlief, viel weinte und noch mehr arbeitete. Sie war immer die Erste im *Arcasi*, schrubbte die Böden, Toiletten und Tische, polierte die Theke, bis Anna fürchtete, die üblichen Ganoven und Tunichtgute könnten sich bald über die neue Sterilität ihres Lieblingslokals beschweren. Sie kaufte ein, rechnete ab und tat dies nach kurzer Zeit schon unbeaufsichtigt, weil Artur wusste, dass Klara zu der überaus seltenen Spezies innerhalb der Gastronomie gehörte, die weder trank noch betrog.

Abends dann, wenn sich Nachtigall Anna in ihrem schönsten Kleid den Gästen präsentierte, mit ihnen kokettierte oder sie davon abhielt, Stunk anzuzetteln, wenn sie gurrte, lachte und lockte, ging Klara nach Hause, machte Kurt ein Essen und kroch zitternd unter die warme Decke, denn der Tag des Gerichts rückte unaufhaltsam näher.

Dann schließlich kam der Prozess, just einen Tag bevor Gromatka Artur im Scheunenviertel entwischte.

Isi und ich begleiteten die Arzbergers zum Kriminalgericht, wo wir uns mit Friedemann trafen, der den Geschwistern ein aufmunterndes Lächeln schenkte. Spätestens da ahnte ich, dass es um Kurt nicht gut bestellt war, denn diese Art von Trost zu spenden hatte Friedemann sonst nicht nötig. Das einzige Lächeln, das man von ihm gewohnt war, war jenes, mit dem er einem Staatsanwalt oder Richter eine Frechheit vortrug. Meistens kam er damit durch.

Wir stiegen die herrliche Treppe hinauf, liefen über stille Flure, bis wir unseren Gerichtssaal erreichten, vor dem ein Schutzmann saß und Zeitung las.

Kurze Zeit später bat uns ein Saaldiener hinein.

Isi, Klara und ich verzogen uns auf die wenigen Zuschauerplätze, während Kurt neben seinem Anwalt auf der Anklagebank Platz nahm, ebenjenem Staatsanwalt gegenüber, den Friedel beim Dada-Prozess so gedemütigt hatte. Dieser mühte sich vielleicht, sich seine Genugtuung nicht allzu sehr anmerken zu lassen, aber er konnte seine Freude über die unerwartete Chance, sich an Fromm und letztlich auch an Kurt zu rächen, kaum verbergen.

Ein Richter trat ein, den keiner von uns kannte, die Personalien wurden aufgenommen. Dann schon verlas der Staatsanwalt mit zunehmender Empörung die Anklage, die ich des Wohlklanges wegen so zusammenfassen möchte, dass Kurt und ein anderer Mann von einem Schutzpolizisten auf einer öffentlichen Bedürfnisanstalt bei sehr eindeutigen Praktiken erwischt worden waren. Selbstredend stellte der Staatsanwalt seine Abscheu ob der widernatürlichen und sittenlosen Geschehnisse entsprechend zur Schau.

»Möchte der Angeklagte sich zu den Vorwürfen äußern?«, fragte der Richter.

Fromm stand auf und sagte: »Werter Herr Vorsitzender, mein Mandant bestreitet die Vorwürfe nicht, möchte aber betonen, dass es sich bei dem Treffen keineswegs um einen Akt der Zuneigung oder gar Prostitution gehandelt hat. Herr Arzberger traf im Tiergarten zufällig einen Mann, während er einem menschlichen Bedürfnis nachging. Dieser Mann, meinem Mandanten an Kraft und Reife weit überlegen, zwang Herrn Arzberger zu Handlungen, die auch seiner Natur widersprechen!«

»Eine Vergewaltigung?«, höhnte der Staatsanwalt.
»Ganz ohne Zweifel!«
»Unter Männern?«
»So ist es!«
Der Staatsanwalt wandte sich dem Richter zu: »Herr Vorsitzender, das ist absurd, was uns Anwalt Fromm da auftischt. Vergewaltigung unter Männern gibt es nicht!«
»Der Staatsanwalt muss es ja wissen«, ätzte Friedel, worauf der Staatsanwalt erst einen roten Kopf, dann einen Wutanfall bekam und Fromm beschimpfte, dass die Fenster des Gerichtssaals zitterten.

Der Richter beendete den Streit mit einem strengen Verweis gegen Friedemann und der Androhung, dass weiteres Gestänker zu einer empfindlichen Geldstrafe führen würde. Um neuen Anfeindungen Vorschub zu leisten, ließ der Richter rasch den einzigen Zeugen des Vorfalls eintreten, nämlich den Schutzmann, der vor dem Saal in der Zeitung gelesen hatte.

Er beschrieb dem Richter ziemlich deckungsgleich den Vorfall in der Bedürfnisanstalt, was der Staatsanwalt zufrieden zur Kenntnis nahm, um noch zu fragen: »Gab es Anzeichen von Gewalt?«
Der Schutzmann sah ihn irritiert an. »Gewalt?«
»Schreie? Handgemenge? Schläge? Irgendetwas in der Richtung?«
»Nein, Herr Staatsanwalt.«
»Gab es Hilferufe? Zeichen von Einschüchterung oder Nötigung?«
»Nein, Herr Staatsanwalt.«
»Also nur zwei Männer in Ausübung unter Strafe stehender Praktiken?«
»Jawohl, Herr Staatsanwalt.«
Als keine weiteren Fragen mehr folgten, wandte sich Fromm an den Polizisten: »Herr Schulten, Sie sind Wachtmeister im Revier Lichtenberg, richtig?«
»Jawohl, Herr Anwalt.«
»Das ist sehr weit entfernt vom Tiergarten, richtig?«
»Das ist wohl so, Herr Anwalt.«

Fromm ließ sein Monokel effekthascherisch in seine rechte Hand fallen und nahm den Polizisten ins Visier. »Da frage ich mich natürlich, was macht ein Schutzmann aus dem Osten so weit im Westen ...?«

»Ich war nicht im Dienst, Herr Anwalt.«

»Ah, verstehe, Sie vertraten sich also etwas die Beine?«

»Jawohl, Herr Anwalt.«

»Was für ein Zufall, dass Sie da auf meinen Mandanten aufmerksam wurden!«

»Im Tiergarten gibt es viele Puppenjungs, da schaue ich hin und wieder nach dem Rechten.«

»Na, das nenne ich mal Einsatz!«, rief Fromm und unterdrückte nur schlecht einen höhnischen Unterton. »Sogar in Ihrer Freizeit machen Sie Jagd auf das Verbrechen!«

»Es ist meine Pflicht als Polizist ...«

»Jaja, sparen Sie sich das!«, fuhr Fromm dazwischen. »Da kommen wir gleich zu!«

Wachtmeister Schulte presste wütend die Lippen aufeinander.

»Also dann, Herr Wachtmeister. Sie sagten selbst, dass es im Tiergarten viele Puppenjungs gibt. Was aber erregte Ihren Verdacht bezüglich meines Mandanten, der wahrlich nicht so aussieht wie ein Puppenjunge?«

»Nun ... es war mehr so ein Gefühl. Intuition. So etwas lernt man mit der Zeit.«

»Verstehe, wie lange sind Sie noch mal bei der Polizei?«, fragte Fromm hintersinnig.

»Drei Jahre.«

»Donnerwetter, da haben Sie aber schnell gelernt! Spazieren durch den Tiergarten, erkennen Verdächtiges, wo niemand sonst Verdächtiges erkennt, und schreiten dann entschieden ein!«

Der Staatsanwalt rief: »Der Kollege soll bitte auf den Punkt kommen, Herr Vorsitzender!«

Der Richter nickte zustimmend. »Wollen Sie auf etwas Bestimmtes hinaus, Herr Anwalt?«

Fromm lehnte sich zurück und las von einem Blatt ab: »Polizeiinspektor Schmiedebach. Sagt Ihnen der Name etwas?«

»Jawohl, das ist mein Chef. Der Leiter der Wache.«

Friedemann zog die Augenbrauen hoch. »Ihr Chef verriet mir, dass Sie seit zwei Wochen freigestellt sind. Können Sie mir sagen, warum das so ist?«

Der Wachtmeister räusperte sich und rutschte nervös auf seinem Stuhl herum: »Das ... ist privat.«

»Das muss aber etwas sehr Wesentliches sein, dass Sie zwei Wochen unbezahlten Urlaub genommen haben?«

»Wie gesagt: Es ist privat!«

Fromm wandte sich an den Richter: »Mein Problem ist, Herr Vorsitzender, dass der Herr Wachtmeister keine privaten Probleme hat. Er hat nur, wie ich vermute, den gut bezahlten Auftrag bekommen, meinen Mandanten zu beobachten!«

»Das ist eine infame Unterstellung!«, schrie der Staatsanwalt.

Der Richter nahm den Wachtmeister ins Visier, sodass der hastig antwortete: »Das ist nicht richtig, Herr Richter!«

»Können Sie Ihre Behauptung beweisen, Herr Anwalt?«, fragte daraufhin der Richter.

»Es gibt Anhaltspunkte ...« Womit er sich wieder Wachtmeister Schulte zuwandte: »Ist es richtig, dass Sie auf Ihr Bankkonto zehntausend Mark in bar eingezahlt haben?«, fragte Fromm.

»Woher wissen Sie das?«, entfuhr es dem bleich werdenden Wachtmeister.

»Ich werte das als Bestätigung!«, antwortete Fromm.

Arturs gute Kontakte ins Finanzwesen hatten sich wieder einmal bezahlt gemacht. Das Bankgeheimnis war in einer Stadt wie Berlin, in Zeiten, wie wir sie erlebten, ohnehin nur ein relatives.

Der Staatsanwalt sprang wütend auf. »Dann hat der Mann eben geerbt!«

»In bar?«, fragte Fromm süffisant zurück.

»Herr Vorsitzender!«, warf der Staatsanwalt ein, dem anzusehen war, dass dieser Prozess wieder einmal nicht so verlief, wie er gehofft hatte. »Der Herr Wachtmeister steht hier nicht vor Gericht. Hier wird allein Paragraf 175 verhandelt. Und nichts sonst!«

»Genau das ist der Punkt, Herr Vorsitzender. Der Zeuge behauptet, meinen Mandanten in flagranti erwischt zu haben. Gleichzeitig arbeitet er offensichtlich im Auftrag einer dritten Partei, die meinem Mandanten schaden will, und schwänzt dafür seinen Dienst. Hier steht das Wort eines windigen, pflichtvergessenen Staatsdieners, der den eigenen Profit über die Verantwortung seines Berufes stellt, gegen das Wort eines untadeligen, nicht vorbestraften Mannes, dem von einem Dritten Gewalt angetan wurde.«

»Das muss ich mir nicht bieten lassen!«, fauchte Wachtmeister Schulte.

»SIE MÜSSEN SICH NOCH VIEL MEHR BIETEN LASSEN, WACHTMEISTER SCHULTE!«, schrie Fromm ihn an, was nicht nur Schulte, sondern auch uns auf den Zuschauerbänken zusammenzucken ließ.

»Warum wurde der andere Mann nicht festgenommen?«, fauchte Fromm.

»Ich war allein«, antwortete der Wachtmeister kleinlaut. »Daher entkam er.«

»Was für ein Zufall, dass Sie nicht ihn, sondern meinen Mandanten festgenommen haben. Überhaupt wimmelt es in Ihrer Geschichte von Zufällen: zufällig entdeckt, zufällig geerbt, zufällig festgenommen!«

Wieder mischte sich der Staatsanwalt ein: »Ihr Mandant wurde in einem Zustand offensichtlicher Entkleidung aufgegriffen. Und er bestreitet die widernatürlichen Vorgänge nicht. Das sind die Fakten. Nichts weiter interessiert hier!«

Fromm winkte spöttisch ab. »Fakten haben Sie, werter Kollege, noch nie interessiert!« Um sich dann wieder dem Richter zuzuwenden: »Herr Vorsitzender, der Herr Staatsanwalt versucht nur, darüber hinwegzutäuschen, dass er, zum wiederholten Male übrigens, schlampig ermittelt hat. Anstatt den wahren Schuldigen anzuklagen, versucht er, das Opfer einer Straftat obendrein noch zum Opfer eines Justizirrtums zu machen. Der Herr Staatsanwalt ist das traurige Beispiel eines überforderten, von rachsüchtigen Emotionen beherrschten Beamten, dem die Grundsätze der Justiz gleichgültig sind, solange er nur *irgendjemanden* einsperren kann. Und sei es auch den Falschen!«

»UNVERSCHÄMTHEIT!«, schrie der Staatsanwalt.

Aber da hob der Richter auch schon die Hand und gebot beiden Parteien, den Mund zu halten. Die Gemüter beruhigten sich, das Gericht entließ Wachtmeister Schulte und zog sich für die Urteilsfindung zurück.

Wir warteten draußen, beglückwünschten Friedel zu seiner Taktik und vor allem zu seiner kämpferischen Vorstellung. Selbstverständlich wussten wir, dass es keine Vergewaltigung gegeben hatte, aber Fromm hatte so viele Zweifel gestreut, dass sie wahrlich nicht ausgeschlossen werden konnte. Damit stand sogar ein Freispruch im Raum.

Wir wurden wieder hereingerufen.

Erhoben uns zur Urteilsverkündung.

Kurt bekam fünf Monate ohne Bewährung.

34

Er wurde noch im Gerichtssaal festgenommen, was zu einem herzzerreißenden Tumult führte, weil Klara über die Barriere zur Anklagebank sprang, um Kurt an sich zu drücken. Der Gerichtsdiener und ein herbeigerufener Wachtmeister trennten die Geschwister unsanft voneinander und führten ihn ab.

Wir folgten den dreien auf den Flur. Kurt drehte sich unentwegt zu uns um, konsterniert, ängstlich und überfordert von der brutalen Realität, während Klara in Isis Armen weinte und dabei Kurts Namen durch die Flure rief. Selbst der hartgesottene Friedemann wirkte angefasst, nicht weil er ungewohnterweise einen Prozess verloren hatte, sondern weil er *diesen* verloren hatte.

Wir nahmen Klara mit zu uns, trösteten eine Untröstliche, bis sie schließlich vor lauter Erschöpfung auf dem Sofa einschlief und einmal mehr wie ein junges Mädchen wirkte, das vom Schicksal viel zu früh in eine Erwachsenenwelt gestoßen worden war.

»Sie könnte hier wohnen?«, schlug ich vor.

»Was ist mit Gromatka?«, fragte Isi.

»Er hat sicher kein Interesse an ihr.«

»Er hat an allem Interesse, was er gegen uns einsetzen kann«, antwortete Isi.

»Da wäre sie in ihrer Bleibe aber ungeschützter, jetzt, wo Kurt nicht mehr da ist.«

Isi nickte nachdenklich.

Später am Nachmittag weckte Isi Klara und teilte ihr mit, dass sie ab sofort bei uns wohnen würde. Ihren Protest erstickte sie im Keim, auch indem sie ihr vorrechnete, wie viel Miete sie sparen würde. So hätten die beiden Geschwister etwas, wenn Kurt wieder rauskäme. Klara stimmte also zu, denn alles, was gut für Kurt war, war auch gut für sie.

Am nächsten Tag stand sie sehr früh auf, versorgte Hans und brachte ihn zur Schule. Anschließend begann sie ihr Tagwerk im *Arcasi*, das jeden Morgen so aussah, als wäre dort am Abend zuvor die Welt untergegangen. Was für den einen oder anderen Gast auch sicher zutraf. Sie arbeitete hart, um nicht an Kurt zu denken, und zählte die Stunden, bis sie ihn endlich besuchen konnte, wenn sie es doch tat. Sie betrug sich heiter, wenn wir mit ihr sprachen, versank aber in Melancholie, wenn sie sich unbeobachtet fühlte. Überhaupt erinnerte sie mich in diesen Tagen sehr an Isi gleich nach dem Verlust ihres Kindes, mit dem großen Unterschied, dass Klara unentwegt über den ihrigen sprach.

Dann, etwa eine Woche nach dem Urteil, war es so weit: Wir durften Kurt besuchen. Wir betraten den Komplex über die Rathenower Straße, erhaschten hinter hohen Außenwänden einen Blick auf die runden Wege zwischen den Trakten, auf denen die Gefangenen im Kreis gehen durften, wenn sie sich einmal täglich die Beine vertraten, davor Ziegelmauern mit vielen kleinen Gitterfenstern, die in fünf schnurgeraden Flügeln sternförmig zusammenliefen.

Wir wurden in einen schmucklosen Besucherraum vorgelassen, saßen an einem der hölzernen Tische, bis eine Tür aufgeschlossen und Kurt, in Begleitung eines Wächters, hereingeführt wurde. Er trug einen groben Arbeitsanzug in undefinierbarer Farbe, der um seine Schultern und seinen Hosenboden schlackerte, während sein Gesicht blass war und die Augen in tiefen Höhlen lagen. Er hatte offensichtlich nicht viel geschlafen, wirkte schwach und krank.

Klara brach in Tränen aus, lief ihm entgegen und umarmte ihn stürmisch. Isi und ich konnten sehen, wie er dabei das Gesicht verzog, als ob ihn etwas schmerzte, und als ich herantrat, um ihm die Hand zu geben, sah ich unter dem sich hochschiebenden Ärmel blaue Flecken. Bevor er reagieren konnte, hob ich bereits seine Jacke hoch und sah weitere tiefblaue Flecken auf seiner Haut.

Klara presste ihre Hände auf den Mund.

Isi winkte den Beamten zu sich und fragte: »Was ist mit ihm passiert?«

Der Mann zuckte mit den Schultern. »Weeß ick doch nüscht!«

Isi trat näher an ihn heran und fauchte: »Ich will wissen, was passiert ist, Meister!«

»Det is' nich det *Adlon* hier, Frollein!«, pampte er zurück. »Wenn ihm dit nich passt, dann jibt et een juten Trick, um dit zu vermeiden: Draußen blei'm! Und jetzt fang ma besser an zu schnattern mit ihm, sonst pack ich en wieda ein. Kapiert?«

Wir setzten uns und verbrachten die meiste Zeit mit Schweigen. Kurt schien zu benommen, um zu sprechen, Klara zu geschockt. Fragen nach seinem Wohlbefinden konnten wir uns ohnehin sparen. Immerhin versprach Isi, alles zu versuchen, damit sich Kurts Situation möglichst bald verbesserte.

So verließen wir in äußerst gedrückter Stimmung das Gefängnis und sahen unsere schlimmsten Befürchtungen bestätigt: Jemand mit Kurts Veranlagung hatte einen schweren Stand unter Dieben,

Zuhältern und Totschlägern. Seine Sanftmut und zierliche Physiognomie provozierten geradezu Gewaltausbrüche, es traf immer die, die sich nicht wehren konnten.

Am Abend rief Isi Artur an, um ihn zu fragen, was sich für Kurt erreichen ließ.

»Was sagt denn Friedel dazu?«, wich Artur aus.

»Er kann nichts machen. Eine Umwandlung der Haft- in eine Geldstrafe wird er nicht durchbekommen. Aber er kennt natürlich eine Menge Gauner, die wiederum eine Menge Gauner kennen, von denen da der eine oder andere einsitzt.«

»Du meinst, er könnte Schutz für Kurt arrangieren?«, fragte Artur.

»Ja.«

»Klara könnte versuchen, jemanden zu bezahlen«, begann Artur, »aber es wird schwer, einen zu finden, der einen Schwulen beschützt. Da heißt es ganz schnell, dass man selbst einer ist.«

»Na und?«, fauchte Isi wütend.

»Das sind alles harte Burschen, Isi. Keiner will seinen Ruf riskieren. Ob dir das jetzt passt oder nicht.«

»Kennst du nicht jemanden?«

»Ich kann Kino-Paule fragen, ob einer von *Vergissmeinnicht* gerade sitzt. Aber billig wird das nicht.«

»Klara würde alles tun!«

»Das weiß ich.«

»Kann Anna aus ihr nicht eine Kellnerin machen? Ihr ein paar Kniffe beibringen?«

Artur seufzte. »Ich würde es gern so belassen, wie es ist, Isi. Klara ist ein guter Mensch. Sie ist fleißig und ehrlich im Gegensatz zu denen, die hier sonst rumlaufen.«

»Sie stirbt, wenn sie Kurt nicht helfen kann, Artur. Bitte!«

Nach einer kurzen Pause antwortete Artur: »Gut, Anna soll sie ein bisschen unter ihre Fittiche nehmen …«

»Danke.«

Er legte auf.

Klara begann am nächsten Abend ihren ersten Dienst im *Arcasi*. Lachte über schlechte Witze, darüber, dass man ihr an den Hintern grapschte, darüber, dass man sie veräppelte. Sie kokettierte, lockte, wie sie es bei Anna gesehen hatte, aber sie war nicht Anna, und natürlich konnten die Gäste das auch sehen. Letztlich tat sie alles, was nötig war, um ein gutes Trinkgeld zu bekommen, aber sie gehörte dort nicht hin.

Gegen vier Uhr morgens verließ sie Arturs berüchtigte Spelunke. Erschöpft.
Ausgelaugt.
Verzweifelt.
Die Bahn war ihr vor der Nase weggefahren. Alles war ihr zu viel: die Sorgen, die Arbeit, die Angst. Müde wankte sie Richtung Stadtschloss, als sie auf der Jannowitzbrücke haltmachte, um über das Geländer auf das nachtschwarze friedliche Wasser der Spree zu blicken. Sie fragte sich, wie schnell sie wohl darin versinken würde. Alles fühlte sich so schwer an, und sie begann zu weinen. Diese Nacht schien einfach nicht enden zu wollen, und der neue Tag würde keine Besserung bringen: Das Leben war ein Kampf, den man nicht gewinnen konnte. Warum dann nur dieses Abstrampeln?

Ohne sich dessen wirklich gewahr zu sein, stellte sie erst einen, dann den zweiten Fuß auf das stählerne Geländer. Beugte sich ein wenig über die Brüstung, blickte hinab. Es wäre nur ein kurzer Flug in eine friedlichere Welt ...

Da hielt ihr plötzlich einer ein weißes Taschentuch hin.
Sie blickte auf und sah in das Gesicht eines jungen, gut aussehenden Mannes: Anzug mit Einstecktuch, weißes Hemd, eleganter Hut. Er nickte ihr freundlich zu. »Bitte, nehmen Sie doch!«
Sie trocknete damit ihr Gesicht und gab es ihm zurück.
»Danke.«
»Gern geschehen, Fräulein. Ich heiße übrigens Johann, aber meine Freunde nennen mich Jo.«
Er reichte ihr die Hand, die sie ergriff und die zu ihrem Erstaunen so zart war wie die Hand einer feinen Dame.

»Ich heiße Klara«, gab sie zurück.
»Schlimme Nacht gehabt?«, fragte Jo.
Sie nickte.
»Ich sage Ihnen etwas, Fräulein Klara. Erlauben Sie mir, Sie zu einem Kaffee einzuladen. Dann war heute nicht alles schlimm, und Sie gehen mit einem besseren Gefühl nach Hause. Und morgen scheint dann wieder die Sonne.«
Klara sah ihn an.
Und lächelte.

35

Als ich die Situation noch ein wenig zu leicht genommen hatte, als ich noch dachte, Fritz Gromatka wäre nur eine vage Gefahr, hatte ich bereits erste Anzeichen einer nervös flackernden Paranoia an mir entdeckt. Jetzt aber, nachdem ich *wusste*, dass Gromatka sicher nicht die Stadt verlassen hatte, entwickelte ich einen geradezu hysterischen Verfolgungswahn. Plötzlich war nichts mehr so, wie es war, nicht einmal harmlose Rituale wie etwa das gemeinsame Frühstück oder Abendessen mit Menschen, die ich immer als willkommenen Besuch betrachtet hatte, die spannende, verblüffende, aber auch traurige Geschichten erzählen konnten, die ich aber nicht als das wahrnahm, was sie immer schon waren: Leibwächter.

Nun aber *sah* ich sie: Männer mit Waffen, Männer, die nachts kaum schliefen und tagsüber oft an Fenstern standen. Männer, die verhindern sollten, dass wir umgebracht wurden.

Zwei blieben immer im Haus, zwei folgten uns als stille Schatten nach draußen. Es gab kein Davonschleichen mehr, keinen Leichtsinn. Weder Isi noch mich konnte man noch allein antreffen. Artur hatte uns Arnie und einen Mann namens Fünf-Finger-Eddy zugeteilt, der seinen Spitznamen seiner außergewöhnlichen Fähigkeit verdankte, Dinge vor den Augen anderer verschwinden zu lassen. Womit vor allem Geldbörsendinge oder Schmuckdinge gemeint waren, die er einem aus den Taschen, von den Fingern, Hälsen oder Handgelenken ziehen konnte, während er gleichzeitig angeregt mit einem plauderte.

Später gab er sie wieder zurück und erklärte mit vorwurfsvoller Miene, dass wir wirklich froh sein konnten, dass er so ein *ehrlicher* Bursche war. Ansonsten war er sehr umgänglich. Mit zunehmender Zeit jedoch machte mich seine spezielle Angewohnheit wahnsinnig, genau wie ich begann, Arnie mit meinem Verhalten wahnsinnig zu machen.

Jeden Morgen verließen wir gemeinsam das Haus in der Victoriastraße, stiegen gemeinsam in die Straßen-, später in die Eisenbahn, fuhren gemeinsam nach Babelsberg, gingen gemeinsam zur dreistöckigen Fabrikanlage, die trotzig und spitzenbewehrt den Studios voranstand, wo er mich bald nur noch mit einem Nicken am Torhäuschen verabschiedete, ohne auch nur ein einziges Wort mit mir gewechselt zu haben. Nicht allein, weil er wie Artur eher mundfauler Natur war, sondern auch, weil ich ständig fragte, ob er jemanden entdeckt oder etwas Verdächtiges bemerkt hatte. Hatte er anfangs noch versucht, mich zu beruhigen, ignorierte er schnell mein fiebriges Gestammel und verfiel in unerschütterliches Schweigen.

Abends kehrten wir dann auf gleiche Art zurück. Nach einer Weile machte ich mich dann selbst daran, nach Bedrohungen Ausschau zu halten. Dabei konnte ich mich in derart kurzer Zeit in einen schreckhaften Wahn hineinsteigern, dass ich bei jeder Fehlzündung die Hände über dem Kopf zusammenschlug, kreischte, wenn plötzlich Kinder um Ecken liefen, oder mich in Arnies Arm krallte, wenn Männer mit unter Hüten gesenkten Köpfen auf uns zuhielten.

Allein das war schon furchtbar störend für andere, unglücklicherweise beließ ich es nicht dabei, sondern entwickelte weitere Marotten: An einem Tag stockte ich unentwegt während des Gehens. Tags darauf sog ich die Luft scharf ein, wenn Autos zu schnell an mir vorbeifuhren. Und wieder einen Tag später drehte ich mich so

oft um, dass mich Arnie um Laternen, Litfaßsäulen oder Passanten dirigieren musste.
Schließlich packte er mich an den Schultern und schüttelte mich verärgert. »Das geht so nicht weiter, Carl!«
»Tut mir leid, Arnie.«
»Hör auf damit!«
»Ich versuchs. Tut mir leid.«
»Und hör auf, dich dauernd zu entschuldigen!«
»Tut mir l...«
Er hob mir den Zeigefinger vor die Nase, und ich nickte schnell. Wir wechselten die Betreuer, von nun an war Arnie für Isi zuständig und Fünf-Finger-Eddy für mich.

Isi ging übrigens mit der Situation gelassener um als ich, nahm den Schutz als gegeben hin und kümmerte sich darüber hinaus weiter um die, die es ihrer Meinung nach viel nötiger hatten. Sie nahm meine zunehmende Ängstlichkeit anfangs recht amüsiert hin, kicherte, wenn ich vom Essen auffuhr, weil das Telefon klingelte, grinste, wenn ich am Fenster stand und hinter Gardinen auf die Straße blickte, und wurde erst unleidig, als ich den zuvor noch so unerschütterlichen Hans mit meiner Nervosität ansteckte und sie plötzlich zwei um sich herum hatte, die überall Verderben witterten. Das alles hätte wohl großes Potenzial für eine schöne Komödie von Lubitsch gehabt, allein: Niemandem war mehr nach Lachen zumute.

Irgendwann platzte auch Isi der Kragen. Sie rief Gustav an und flehte ihn an, mich abzulenken. Irgendwo weit weg von der Victoriastraße.

Gustav versprach es: »Ich denke, ich habe da eine Idee.«
Und die war simpel.

Gustav war der Meinung, dass wenn ein Geist überhitzte, wenn einem die eigenen Nerven unaufhörlich hektische Signale sendeten, man das nur auf zweierlei Arten lösen konnte. Die erste war mehr als naheliegend: Ruhe. Absolute Ruhe. Der Aufenthalt auf einem Berg beispielsweise, wo es nichts gab außer Felsen, Wolken und Kühen, würde mir sicher guttun: Ich würde abkühlen und bald schon wieder Frieden finden. Natürlich würde ich meine Arbeit bei der UFA verlieren, Hans wochenlang nicht sehen und riskieren, dass Gromatka herausfand, wo ich war, sodass er mich dann in aller Ruhe umbringen könnte. Bei näherer Betrachtung erwies sich dieser Weg also als unpraktisch.

Zweckmäßiger erschien Gustav daher die zweite Möglichkeit: Er würde meine Nerven beruhigen, indem er mir etwas zeigte, was mich so sehr beschäftigte, dass ich die Bedrohung verdrängte, weil andere Bilder meine Aufmerksamkeit beanspruchten.

Es sollten sehr ungewohnte Bilder werden.

So lernte ich das *Dorian Gray* in der Bülowstraße kennen.

Ehedem eine Diele, war es im letzten Jahr wiedereröffnet worden und bot den buntesten Vögeln Berlins eine gesellschaftliche Heimat. Männer wie Frauen verkehrten hier, lernten sich kennen und liebten und konnten für die Zeit ihres Aufenthalts vergessen, dass es noch eine Welt draußen gab, die sie nicht freundlich behandelte. In gewisser Weise war das *Dorian Gray* wie das *Arcasi*: eine Fluchtmöglichkeit. Nur dass das *Arcasi* eine explosive Mischung aus Ganoven, Huren, Abenteurern und Spießern bot, ein lautes Versteck, in dem jeden Abend der Weltuntergang gefeiert wurde, das *Dorian Gray* hingegen Sanftmütige anzog, kulturinteressierte, leise Menschen, von denen nur einzelne auf die eine oder andere Art kapriziös aus der Menge herausstachen.

In beiden Lokalitäten gab es eine Hauskapelle, doch während die im *Arcasi* der Menge Feuer machte, schmeichelte die im *Dorian Gray* den Zuhörern und ließ Raum für Gespräche. Krachte es im *Arcasi* jede Nacht, ganz gleich, ob Werk- oder Feiertag, so lebte das *Dorian Gray* an den Wochenenden mit Tanzveranstaltungen, Komödien oder Gesangsvorträgen spürbar auf.

Für mich war es eine neue Welt, die meine ganze Aufmerksamkeit beanspruchte. Als ich dort das erste Mal eintrat, waren Gustav und Fünf-Finger-Eddy an meiner Seite. Eddy folgte uns nur mit dem allergrößten Widerwillen hinein und flüsterte mir hektisch zu, dass wir hier ganz, ganz falsch wären.

Für einen Moment wusste ich nicht, worauf er anspielte, denn das, was ich sah, gefiel mir ausnehmend gut: elegante Menschen, gemütliche Sessel, leise Musik und an den Wänden gefällige Scherenschnitte. Das *Dorian Gray* hatte die Anmutung eines Clubs, nur ohne Spieltische, Amüsierdamen oder Opiumzimmer wie im *Eden*. Erst auf den zweiten Blick fiel mir auf, dass die anwesenden Frauen mich nicht beachteten, die Männer dagegen schon, teils mit einer Lüsternheit, die mich völlig verunsicherte. Einige von ihnen waren geschminkt, einige der Frauen trugen Anzug. Zuweilen war es sogar umgekehrt.

»Du kommst gut an!«, flüsterte Gustav mir lächelnd zu.

Ich nickte blass.

Wir setzten uns an die Bar und begrüßten den Wirt, einen sehr jungen, gut aussehenden Mann namens Richard, der Gustav freundlich mit Vornamen ansprach und uns dann Wein brachte sowie dem maulenden Eddy eine große Molle Bier, die er auf einen Zug trank, um sich gleich eine neue zu bestellen.

»Kommst du öfter hierher?«, fragte ich Gustav.

»Ist mein Stammlokal. Bin bald jeden Tag hier.«

»Ah«, gab ich unsicher zurück.

Gustav schien meine Befangenheit zu amüsieren.

»Am Wochenende ist mehr los. Dann geht es hier manchmal ziemlich wild zu.«

»Ah«, machte ich erneut.

Nach kurzem Schweigen fragte er: »Kennst du Oscar Wilde?« Ich schüttelte den Kopf.

»Er hat *Das Bildnis des Dorian Gray* geschrieben. Einen Roman über einen Mann, der jung und schön sein wollte, wobei statt seiner ein Bildnis von ihm alterte.«

»Hat es funktioniert?«, fragte ich.

Gustav lachte. »Ja und nein. Dorian Gray blieb tatsächlich schön, aber er ging daran zugrunde. Du solltest es lesen!«

»Ich denke drüber nach«, gab ich zurück.

Wir stießen miteinander an.

»Du hast lange nichts von dir hören lassen«, sagte ich nach einem Schluck.
»Ich war beschäftigt«, antwortete Gustav und konnte sich ein breites Grinsen nicht verkneifen.
»Tatsächlich?«, neckte ich ihn.
»Jaa-haaa.«
»Womit warst du denn beschäftigt, Gustav?«
Er zuckte die Schultern, als wüsste er es selbst nicht, sah dabei aber so vergnügt aus, dass ich weiterbohrte. »Das muss ja ein sehr amüsantes Nichts gewesen sein, das dich grinsen lässt, als hättest du den Verstand verloren.«
»Vielleicht hab ich ihn ja auch verloren ...«
Und wieder dieses Grinsen – er konnte es gar nicht mehr abstellen.
»Bist du etwa verliebt?«, fragte ich ihn.
»Neiiiinnnn«, antwortete er gedehnt, drehte sich dann aber zu mir um und sprudelte förmlich los: »Wie noch nie in meinem Leben, Carl! Es ist der Wahnsinn. Ich glaube, ich dreh noch durch!«
Wir stießen auf die gute Nachricht an, und ich neckte Gustav damit, dass ich mich zu Eddy umdrehte und laut flüsterte: »Er ist verliebt!«
Eddy sah mich stumpf an, dann nahm er sein Glas, stand auf und fluchte: »Dann nehmt euch ein Zimmer, ihr Spinner!«
»Doch doch nicht in mich!«, rief ich erschrocken.
Aber da hatte Eddy das *Dorian Gray* auch schon verlassen und trank, wie ich annahm, seine Molle vor der Tür weiter.
Gustavs guter Laune tat dies jedenfalls keinen Abbruch.
»Es ist so ... Ich bin so durcheinander, Carl! Ich kann überhaupt keinen klaren Gedanken fassen, und gleichzeitig bin ich so inspiriert, dass ich in den letzten beiden Wochen die schönsten Fotografien meines Lebens gemacht habe!«
»Das freut mich für dich!«
»Ich hätte nicht gedacht, dass es mich einmal so erwischt. Wirklich nicht.«

»Wer ist denn der Glückliche?«, fragte ich.

»Das solltest du eigentlich wissen, Carl!«

Diesmal grinste ich: Murnau.

Gustav schwärmte weiter: »Friedrich ist so besonders. So ein talentierter, feiner, geistreicher Mann! Er hat so klare Ansichten, bringt alles so perfekt auf den Punkt!«

»Aber …«, begann ich vorsichtig. »Ist er … Teilt er denn …?«

»Du meinst, ob er auch verliebt ist?«

»Ich dachte eher daran, ob er überhaupt …«

Gustav runzelte die Stirn. »Ob er schwul ist? Natürlich ist er schwul, Carl!«

»Oh!«, machte ich. »Das wusste ich nicht.«

»Ach so, ich dachte, das wäre kein großes Geheimnis.«

»Ist wohl an mir vorbeigegangen.«

»Ich habe mir *Nosferatu* vier weitere Male angesehen!«, gestand er, um kichernd anzufügen: »Ich stelle mir dabei vor, wie Friedrich die Szenen filmt und Anweisungen gibt.«

»Übertreibst du nicht ein bisschen, Gustav?«

»Natürlich übertreibe ich! Darum geht es doch bei der Liebe!«

»Teilt er deine Gefühle denn?«, fragte ich.

Das schien ein wunder Punkt zu sein, denn Gustavs gute Laune trübte sich ein. Verlegen rieb er mit dem Zeigefinger über die Theke und murmelte: »Ich weiß es nicht. Hoffentlich …«

»Hast du ihm deine Liebe schon gestanden?«, fragte ich.

»Nein. Friedrich ist immer ein wenig distanziert. Es gab noch keine Gelegenheit.«

Ich tätschelte seinen Arm: »Das wird schon. Wie könnte er dich nicht lieben, Gustav?«

»Meinst du?« Er lächelte geschmeichelt.

»Aber natürlich!«

Er schien kurz darüber nachzudenken, dann nickte er. »Vielleicht hast du recht. Er vertraut mir nämlich schon das eine oder andere Persönliche an.«

»Das da wäre?«

»Wusstest du, dass er eigentlich Plumpe heißt?«
Ich schüttelte den Kopf: »Nein.«
»Er hat seinen Namen seiner Eltern wegen geändert. Vor allem wegen seines Vaters.«
»Weil sie ihn nicht akzeptieren, wie er ist?«
Gustav nickte. »Ja. Und es hat mich so an meine Geschichte erinnert ...«
Das *Dorian* füllte sich zusehends, dennoch blieb es angenehm leise.

Ein Mann mit grauen Schläfen stieß mich wie zufällig an, als er ein Getränk bestellte, und nutzte die Gelegenheit, sich nicht nur zu entschuldigen, sondern gleich ein Gespräch mit mir zu beginnen. Ich winkte höflich ab und verwies auf Gustav, was er mit einem freundlichen Nicken zur Kenntnis nahm. Er empfahl sich.

»Ich komme aus einem kleinen Städtchen im Volksstaat Württemberg«, begann Gustav. »Sehr konservativ, sehr katholisch. Mein Vater war Kirchner unserer Gemeinde, immer darauf bedacht, ein gottgefälliges Leben zu führen. Meine Mutter war Hausfrau – mehr gibt es leider nicht zu sagen über sie. Sie hat sich allem und jedem so untergeordnet, dass ich bis zum Schluss nicht wusste, wer *sie* eigentlich ist. Sie kannte keine Leidenschaften, keine Freuden, nur Arbeit und Gehorsam. Sie starb, wie sie gelebt hatte: ohne jemanden zu belästigen. Nicht einmal mich. Ich wuchs heran und wusste bald, dass mir Männer besser gefielen als Frauen. Vor allem aber wusste ich, dass Vater nie davon erfahren durfte, denn wie hätte das wohl ausgesehen, wenn ausgerechnet der Sohn vom Kirchner homosexuell ist.

Als ich fünfzehn war, zog eine neue Familie in unser Städtchen und wurde dementsprechend misstrauisch beäugt. Vor allem ihr ältester Sohn Heinrich, Heini gerufen. Er war so anders! Kleidete sich anders. Sprach anders. Legte sich in der Schule mit den Lehrern an. Nicht auf dumme oder dreiste Art, er argumentierte so messerscharf, dass es fast immer auf Prügel hinauslief, wobei jeder wusste, dass er im Recht war. Und der Lehrer ein Idiot.

Ich verliebte mich sofort in ihn.

Wir trafen uns jeden Tag – die Leute fingen an zu tuscheln. Heini war so unangepasst, so blitzgescheit und freigeistig: Kein Wunder, dass ihm die anderen misstrauten.

Wir küssten uns, wenn wir allein waren, und versprachen uns, immer für den anderen da zu sein. Aber vor allem: abzuhauen, wenn die Zeit reif wäre. Weg aus dieser Stadt, weg von diesen Menschen.« Die Erinnerung hatte seine Stimme angeraut, in seinen Augen schimmerten die Tränen. Er atmete tief durch, sammelte sich und fuhr dann fort: »Glückliche Menschen fallen auf, weißt du? Vor allem den Unglücklichen. Ich weiß nicht, wann sie es begriffen, aber eines Tages waren sie da. Ein paar Männer, die sich um die *Moral* sorgten, erwischten uns. Vorneweg mein Vater. Er gab mir Ohrfeigen, trat mich den ganzen Weg nach Hause. Heini aber schlugen sie halb tot. Sie gaben ihm die Schuld dafür, mich verführt zu haben.«

Er trank einen großen Schluck, starrte auf die Theke, um mich nicht ansehen zu müssen.

»Es blieb nicht viel von ihm übrig, Carl. Seine Knochen heilten, sein Verstand nicht. Er verließ das Bett nie wieder und erkannte auch niemanden mehr. Dieser helle, talentierte, gebildete Junge war nur noch ein Bündel aus Knochen, Haut und Fleisch. Seine Familie zog fort, ohne dass sie Anklage erhoben. Es wurde nicht einmal ermittelt, niemand war Zeuge, denn in diesem Punkt waren sich die gottesgläubigen Männer alle einig: Niemand verriet einen guten Christen. Erst recht nicht, wenn er Satan aus ihrer Mitte entfernt hatte. Aber das Schlimmste ist: Ich habe auch nichts gesagt! Ich hätte meinen Vater verraten müssen, die Nachbarn, die Kirche. Aber ich habe es nicht getan … Ich habe es nicht getan.«

»Du warst sehr jung, Gustav. Selbst wenn du etwas gesagt hättest, hätten sie doch alles abgestritten. Es wäre auch mit deiner Aussage niemand verurteilt worden«, tröstete ich.

Gustav schnaubte ungläubig. »Ich hätte mutig sein müssen! Schon Heini zu Ehren. Mit dieser Schuld muss ich für immer leben.«

Wir schwiegen eine Weile.

Dann sagte Gustav: »Vater schickte mich auf ein Internat, aus dem ich floh. Dann trieb ich mich eine Zeit lang auf der Straße herum. Irgendwann traf ich einen sehr netten Fotografen, der mich aufnahm, mich ausbildete und mit dem ich auch eine Liebesbeziehung hatte. Er starb nach einer Zahnbehandlung ... Kannst du dir das vorstellen? Eine Zahnbehandlung! Jedenfalls führte ich sein Geschäft eine Weile, dann zog ich weiter. Mal hierhin, mal dorthin. Und irgendwann landete ich dann in Thorn.«

Keiner von uns beiden sagte mehr etwas.

»Das tut mir sehr leid«, sagte ich schließlich mit ebenfalls belegter Stimme.

»Du weißt, wie das ist, wenn man eine große Liebe verliert, Carl. Du hast das zweimal durchmachen müssen.«

Ich nickte stumm.

»Darum weißt du auch, wie besonders so eine Liebe ist. Und dass man sie nicht ruinieren will.«

»Das verstehe ich.«

Gustav lächelte. »Natürlich möchte ich, dass Friedrich genauso fühlt wie ich. Aber das ist gerade nicht so wichtig. Viel wichtiger ist, dass ich wieder fünfzehn Jahre alt bin. Dass die Welt zwar immer noch die alte ist, aber doch alles ganz anders. Ich kann dir gar nicht sagen, wie sehr ich das genieße!«

Ich hob mein Glas und stieß mit ihm an. »Auf eine Welt, die ganz anders ist!«

Wir tranken.

Und während wir tranken, wachte Eddy draußen über die alte Welt.

36

Archimedes hat einmal gesagt: *Gib mir einen Punkt, wo ich sicher stehen kann, und ich hebe die Welt aus den Angeln.* Nun, ganz so gewaltig waren die freigesetzten Kräfte in meinem Fall nicht, aber es stimmte natürlich: Veränderte man die Perspektive, fasste man sicheren Boden unter den Füßen, fand man die Stelle, an der man einen Hebel ansetzen konnte, so war man zu gewaltigen Veränderungen fähig. Auch wenn es um die eigene Paranoia ging. Der eigene Stand bestimmte die Perspektive.

Es wäre übertrieben gewesen zu sagen, dass mein Besuch im *Dorian Gray* mir meine Ängstlichkeit genommen hätte, aber es war doch so, dass diese neue Welt dort mich so neugierig machte, dass ich die mich bedrängende alte zurückschieben konnte. Ich freute mich für Gustav und genoss unsere Gespräche über das, was wirklich wichtig war, nämlich die vielen Wege zum Glück.

Auch an anderer Stelle hatte eine kleine Veränderung eine große Wirkung gehabt: Klara verpasste nach jener ersten Nacht im *Arcasi* ihre Bahn, doch anstatt unter dem Gewicht ihrer Verzagtheit etwas zu tun, was sich nicht mehr zurücknehmen ließ, reichte ihr jemand im entscheidenden Moment die Hand und führte sie im wortwörtlichen Sinn zurück auf sicheren Boden. Dieser eine Augenblick hatte ausgereicht, ihren Blickwinkel zu verändern: Sie sah nicht mehr in die hoffnungslose Finsternis einer endlosen Nacht, sondern in den grenzenlosen Horizont eines anbrechenden Tages.

Plötzlich war sie nicht mehr müde.

Nicht mehr verzweifelt.

Nicht mehr ausgelaugt.

Sie trank Kaffee mit einem Fremden und entdeckte eine Welt, die ganz anders war: eine voller Lachen und Hoffnung.

Es war schon hell, als Jo sie zurück in die Victoriastraße brachte, wo er sich mit einer kleinen Verbeugung und einem Handkuss verabschiedete, während Klara mit jeder Faser ihres Seins hoffte, er würde sie um ein weiteres Treffen bitten. Er wandte sich schon zum Gehen, als sie ihm in Gedanken zurief: *Bitte frag!*, und ihm flehentlich nachsah.

Da drehte er sich tatsächlich um. »Darf ich Sie wiedersehen, Fräulein Klara?«

»Sehr gern«, antwortete sie und schlüpfte leise kichernd ins Haus. An jenem Morgen kam sie so beschwingt in die Beletage, wo Hans, Isi und ich gerade frühstückten, dass wir ganz verwundert aufsahen und sie fragten, warum sie so gut gelaunt sei, obwohl Artur sie an ihrem ersten Abend so lange hatte arbeiten lassen.
»Ist nicht schlimm!«, flötete sie. »Soll ich Hans zur Schule bringen?«
»Das macht ein Mädchen«, antwortete Isi verwundert und sah sie dabei so durchdringend an, dass Klara einen roten Kopf bekam und schnell eine Etage hinaufeilte – in ihr Zimmer.
»Was ist denn mit der?«, staunte ich.
Isi sagte nichts, sondern blickte ihr nur nach.
Drei Tage schwebte Klara durch die Räume, lächelte viel, entzog sich aber jedem Gespräch, denn natürlich ahnten wir bereits, was da im Gange war, sogar ich. Klara hüllte sich in bedeutsames Schweigen, eilte jeden Morgen hinab, zu sehen, was die Post mitbrachte, um dann mit einem Brief, fest an die Brust gepresst, als ob sie den Hope-Diamanten in Sicherheit bringen müsste, in ihr Zimmer zu huschen.
Sie schlief wenig, machte sich lange zurecht, verließ mittags die Victoriastraße und kehrte erst am späten Nachmittag zurück, mit einem solchen Strahlen, als wäre sie permanent in Scheinwerferlicht getaucht.
Drei Tage beobachtete Isi sie mit wachsender Neugier, bevor sie sie am vierten in ihrem Zimmer aufsuchte, gerade als Klara sich wieder zurechtmachte.
»Ich höre?«, begann Isi und blickte sie über den Spiegel an, vor dem Klara stand und ungeduldig versuchte, ihre Haare in Form zu bringen.
»Was meinen Sie, Frau von Torstayn?«, fragte Klara unschuldig zurück, aber weil sie genau wusste, worauf Isi anspielte, schoss ihr wieder die Röte ins Gesicht, was sie mit einem Grinsen zu überspielen suchte.
»Wie heißt er?«, fragte Isi lächelnd.

Sie blickten einander an, dann wirbelte Klara herum und platzte förmlich heraus: »Johann! Also, Jo. So nennen ihn alle.«

»Aha!«, machte Isi, setzte sich auf Klaras Bett und klopfte auf die Matratze. Klara folgte der Aufforderung und nahm neben ihr Platz.

»Erzähl mir von ihm!«, forderte Isi sie auf.

Klara seufzte pathetisch: »Er hat mich gerettet!« Dann berichtete sie ihr haarklein von allem, was sie bedrückt hatte, von der Ausweglosigkeit und ihrer Angst um Kurt. Und natürlich ihrem ersten Abend im *Arcasi* und wie niedergeschlagen sie gewesen war, als sie heimging. Aber dann war er gekommen und hatte sie vor einer Dummheit gerettet.

»Ich wünschte, ich hätte genauer hingesehen, Klara«, begann Isi erschrocken über das, was sie da hörte. »Ich weiß nicht, warum ich das nicht bemerkt habe. Ich dachte … Ich weiß nicht, was ich dachte. Es tut mir leid.«

»Das muss es nicht, Frau von Torstayn. Sie haben Ihre eigenen Sorgen, und vielleicht habe ich ja auch ein bisschen übertrieben. Ich wäre wohl nicht gesprungen, aber mir gefällt der Gedanke, dass Jo mich gerettet hat. Es ist so romantisch, finden Sie nicht?«

»Ist es, ja.«

»Er ist so besonders, Frau von Torstayn! Nicht so wie die Männer im …«

»*Arcasi*. Ich weiß.«

»Jo ist so … so … wunderbar!«

»Das sieht man.«

»Finden Sie?«

»Jeder Trottel kann das sehen!« Isi grinste.

Klara nickte und antwortete voller Überzeugung: »Das soll auch jeder sehen!«

»Was macht dein Jo denn so?«

»Stellen Sie sich vor: Er arbeitet als Buchhalter.«

»Ein solider Beruf«, entgegnete Isi.

»Ja, und er ist sehr ehrgeizig. Jo sagt, in ein paar Jahren könnte er vielleicht Prokurist werden.«

»Ehrgeiz ist auch gut.«

»Und er sieht soooo gut aus! Er ist so ein schöner Mann!«

»Das ist nie verkehrt.«

Klara nestelte an ihrem Kleid herum: »Ich ... ich habe ihm gesagt, dass ich hier arbeite. Als Dienstmädchen.«

Isi nickte. »Das war gut so.«

»Ich weiß nicht, Frau von Torstayn. Es war gelogen.«

»Eine kleine Notlüge, das geht schon in Ordnung. So wie du ihn beschreibst, wäre er wohl nicht sehr glücklich, wenn er wüsste, dass du die Nächte im *Arcasi* verbringst!«

»Er wäre entsetzt, Frau von Torstayn. Wer möchte denn ein Mädchen, das in einem solchen Lokal arbei...?«

Sie hatte es mit einer solchen Empörung ausgesprochen, dass ihre hochschnellende Hand nur noch die letzte Silbe verhindern konnte. Dann starrte sie Isi mit aufgerissenen Augen an. »Bitte verzeihen Sie mir, Frau von Torstayn. Sie sind alle so gut zu mir, und ich ... Bitte sagen Sie Herrn Burwitz nichts! Ich bin ein schrecklicher Mensch!«

Isi legte ihre Hand auf die von Klara. »Nur die Ruhe, ich verstehe dich ja!«

»Trotzdem, das war undankbar und hässlich von mir. Ich entschuldige mich dafür.«

Isi stand auf und lächelte ihr aufmunternd zu. »Reden wir nicht mehr davon. Was denkst du: Ist dein Jo auch so verliebt wie du?«

»Ja, ist er! Er hat gesagt, so ein nettes Mädchen wie mich hat er noch nie kennengelernt!«

»Das glaube ich gern!«

Klara sprang auf und umarmte sie.

»Ich danke Ihnen! Für alles!«

»Schon gut, Liebes! Dann mach dich mal schön für deinen Jo, ja?«

Sie nickte und stellte sich wieder vor den Spiegel, während Isi ihr Zimmer verließ. Sie eilte die Treppe hinab, fand in der Beletage Arnie am Tisch sitzend, eine Zigarette im Mundwinkel, und mit leicht verkniffenen Augen die Zeitung lesend.

Sie setzte sich zu ihm und sah ihn auffordernd an.

»Was gibts, Prinzessin?«, fragte er Isi und schlug eine neue Seite auf.

»Ich brauche einen deiner Männer. Einen guten.«

37

Der April kam mit unstetem Wetter, aber auch mit herrlichen Frühlingstagen, die ich sehr genoss. Lang saß immer noch im Schneideraum und arbeitete wie ein Besessener an seinem Film, alle anderen machten einen großen Bogen um die Filmkleberei, um ihm ja nicht über den Weg zu laufen.

Artur suchte Fritz Gromatka in jedem Winkel der Stadt, aber der war spurlos verschwunden. Langsam schien sich Artur mit dem Gedanken anzufreunden, dass Gromatka es sich doch anders überlegt haben könnte und die Stadt verlassen hatte. Dass er vielleicht doch nicht so verrückt war, wie zumindest ich es annahm.

Die anderen schienen ebenfalls aufzuatmen, wenn es auch niemand zugab. Die Stimmung im Haus besserte sich, nicht nur, weil Klara vor lauter Verliebtheit wie ein betrunkenes Glühwürmchen durch die Zimmer irrlichterte, sondern auch, weil unsere Bewacher zunehmend entspannter wirkten. Und meine Schreckhaftigkeit war fast überwunden, jedenfalls zuckte ich weder bei Fehlzündungen noch bei schnellen Schrittes auf uns zukommenden Männern mehr zusammen. Es war im wahrsten Sinne des Wortes Frühling geworden: Alles Leben blühte auf.

Abends war ich immer öfter im *Dorian Gray* zu finden, was Eddy von Mal zu Mal mauliger werden ließ. Mehr als einmal bat er mich, vielleicht auch mal ein anderes Lokal zu besuchen. Ein heterosexuelles, vielleicht. Aber mir gefiel es im *Dorian Gray*, weil mir die Menschen darin gefielen. Nach einer Weile hatte es sich dann auch herumgesprochen, dass ich ihre Veranlagung zwar nicht teilte, aber doch ein angenehmer Gesprächspartner war.

Gustav und ich unterhielten uns viel über Filme, aber noch mehr über Murnau, über den ich heimliche Erkundigungen einholen musste, damit mein alter Freund wusste, was der Regisseur mochte und was nicht und was er selbst in jedem Fall vermeiden sollte, wenn sie sich trafen. Viel konnte ich nicht beitragen, außer ein paar dürren Informationen: Murnau war ein Sonderling aus Bielefeld, der nur noch eine Niere und ein großes Talent hatte, Menschen auf Distanz zu halten. Er war in nichts mit Lubitsch, Lang oder May zu vergleichen, sondern bildete eine Klasse für sich.

Er selbst kam nie ins *Dorian Gray,* aber vor allem am Wochenende zog es allerlei andere schillernde Gestalten hierher. Das wiederum führte schließlich zu einem echten Aufstand von Eddy, weil er, ohnehin schon mies gelaunt, von einem als Frau verkleideten Mann angesprochen worden war. Was die Situation so ungeheuer komisch machte, war, dass Eddy diesen Mann nicht als solchen erkannte, sondern glaubte, die vermeintliche Dame könnte zur Abwechslung mal jemand sein, mit dem zu schäkern sich lohnte. Ob es nun am schummerigen Licht lag oder daran, dass Eddy für gewöhnlich zwei, drei große Mollen brauchte, um sich innerlich mit dem Lokal abzufinden, oder vielleicht auch daran, dass die Dame, die keine war, wirklich täuschend echt aussah, ließ sich im Nachhinein nicht mehr sagen. Eddy hatte sich mit ihr, die zierlich gewachsen war, dazu gründlich rasiert und geschickt geschminkt, auf ein gemütliches Sofa gesetzt und erst nach endlosen Minuten bemerkt, dass der ganze Laden ihn grinsend ansah.

Da erst schwante ihm Böses.

Als ich dann nicht mehr an mich halten konnte und losprustete, taten es andere nach, worauf Eddy wütend hochfuhr und blass zitternd vor Wut auf jeden von uns zeigte, als nummerierte er durch, wen er draußen zu verprügeln gedachte. Dann eilte er hinaus und kam auch nicht wieder rein.

Stattdessen trat ein Zeitungsverkäufer ein und bot die Abendzeitung an, die ich gewohnheitsmäßig kaufte, um sie mir später mit Gustav bei einem Getränk zu teilen, was uns beiden stets eine

Freude war, denn trotz Musik und Geplauder wurde es hier nie so laut, dass eine gepflegte Lektüre nicht möglich war.

Diesmal ließ mich die Schlagzeile jedoch plötzlich kerzengerade im Sessel sitzen. Ungläubig las ich die ersten Zeilen des zugehörigen Artikels, bevor ich abbrach, die Zeitung rasch zusammenfaltete und mich hektisch von Gustav verabschiedete.

Ich stürmte aus dem *Dorian Gray*, achtete nicht auf Fünf-Finger-Eddys Beschwerden, sondern herrschte ihn an: »Los! Beweg dich!«

Schon allein eine solche Unhöflichkeit aus meinem Mund zu hören alarmierte ihn: Schulter an Schulter liefen wir zum Nollendorfplatz und sprangen dort in eine Kraftdroschke.

Zu Hause hämmerte ich gegen die Tür, schob das Mädchen, das mir öffnete, unsanft zur Seite und rief Artur im *Arcasi* an: »Komm sofort zu uns!«

Dann lief ich die Treppen hoch in die Beletage. Dort fand ich Isi bei einem Glas Wein und einer Schellackplatte, die sie zu ihrer Unterhaltung aufs Grammofon gelegt hatte. Bevor sie fragen konnte, was los war, warf ich die Zeitung auf den Tisch und tippte auf den kurzen Artikel, den ich im Wagen zu Ende gelesen hatte.

Isis Augen weiteten sich vor Überraschung: *Reichstagsabgeordneter stirbt bei tragischem Unfall!* Und darunter: *Der Reichstagsabgeordnete Reinhold von Henning starb gestern am späten Abend, als er in der Nähe seines Hauses beim Überqueren der Straße von einem Automobil erfasst und tödlich verletzt wurde. Vom Fahrer des Wagens fehlt jede Spur.*

Später im Text beklagte der stellvertretende Sprecher der DNVP, dass auch das lasche Auftreten der Regierung schuld am Tod des beliebten Abgeordneten sei, da Sparmaßnahmen wie mangelnde Straßenbeleuchtung, erzwungen durch den barbarischen Versailler Vertrag, das Leben aller Berliner des Nachts bedrohen würden.

Isi legte die Zeitung zurück auf den Tisch und sagte: »Also, niemand kann sagen, dass Artur seine Handel nicht erfüllen würde. Vielleicht verweist er seine Partner nicht auf das Kleingedruckte, aber er hält sein Wort!«

»Und wenn sie ihn erwischt hätten?«, fragte ich.

»Artur erwischt niemand«, gab Isi zurück.
»So, meinst du? Und warum sieht dann sein Gesicht so aus, wie es aussieht?«
Isi schwieg einen Moment, dann winkte sie ab. »Purer Zufall.«
»So was kann ihm wieder passieren.«
»Jetzt hör auf zu jammern, Carl. Es hat den Richtigen getroffen!«
Darauf schwieg ich dann.
Wenig später kam Artur zu uns hinauf und fragte: »Was ist los?«
Ich zeigte ihm den Artikel, den er aufmerksam las.
»Ich nehme an, du weißt, was da passiert ist?«, fragte ich mit einem ironischen Unterton.
Er nickte, ließ sich mit der Antwort jedoch Zeit und sagte dann knapp: »Ich fürchte, ja.«
Das wiederum irritierte mich.
Ich fragte: »Das warst doch du, oder?«
Artur holte eine Flasche Schnaps aus einem der Schränke und goss jedem von uns ein großes Glas ein.
»Nein.«
»Nein?«, rief Isi überrascht.
»Eine Weile dachte ich wirklich, es ginge möglicherweise ohne Krieg ...«, sagte er nachdenklich.
»Was meinst du?«, fragte ich.
»Ist dir nicht aufgefallen, wie ruhig es geworden ist?«
»Doch.«
»Fritz Gromatka hätte längst zuschlagen können.«
Isi nickte. »Er hat es sich anders überlegt. Glück für ihn!«
Artur schüttelte den Kopf: »Nein, er war nur beschäftigt. Mit Reinhold von Henning.«
»Was? Wieso?«, fragte ich verwirrt.
»Feme. Er wusste, dass ihn jemand verraten haben musste. Und er hat wohl herausgefunden, wer das war.«
»Dann ist er immer noch in der Stadt?«, fragte Isi.
»Zumindest in der Nähe.«
»Und jetzt?«, fragte ich.

»Er wird kommen«, antwortete Artur ruhig. »Und wir sollten besser vorbereitet sein.«

Wir blickten einander an.

»Ihr solltet die Stadt verlassen«, sagte Artur.

»Ich gehe nirgendwohin!«, zischte Isi.

»Sei bitte vernünftig!«, bat Artur.

»Und wie lange?«, fragte ich.

»So lange es eben dauert.«

»Wie stellst du dir das vor, Artur? Ich verliere meine Anstellung.«

»Besser als dein Leben!«, konterte Artur. »In ein paar Tagen ist die Premiere von *Dr. Mabuse*. Wenn ich die schwänze, sorgt Lang dafür, dass mir niemand mehr eine Arbeit gibt.«

»Ich werde mich nicht verstecken, Artur. Soll er kommen!«, fauchte Isi. »Ich habe keine Angst.«

Kurz schien Artur nachzudenken, dann schlug er vor: »Ihr solltet euch bewaffnen.«

»In Ordnung«, antwortete Isi.

Ich zögerte mit der Antwort, nickte dann aber zustimmend. Da lächelte er ein wenig. »Wir kriegen ihn schon! Aber wir dürfen ihn nicht unterschätzen.«

Wir nahmen unsere Gläser und stießen miteinander an.

»Wir drei!«, sagte Artur. »Nur wir drei.«

38

Sturm zog auf.

Nach Wochen relativer Sorglosigkeit war es, als kehrte ein böser Geist zurück, nach dem Ausschau zu halten aber zu nichts führte, weil er nachts ein Schatten und tagsüber ein Windhauch war. Ich gab mir Mühe, ihn nicht in meinen Kopf kriechen zu lassen, und obwohl es nicht immer gelang, verhielt ich mich doch nicht mehr so hasenfüßig wie nach Gromatkas Flucht aus dem Scheunenviertel.

Ehrlich gesagt orientierte ich mich sogar ein wenig an der Person, der das alles überhaupt nichts ausmachte, die vermutlich nicht einmal mitbekommen hatte, was sich gerade um uns herum abspielte, und stattdessen seit Wochen wie eine Fee von Blümchen zu Blümchen tippte und dabei Pirouetten des Übermuts drehte: Klara. Selbst Besuchstage im Gefängnis konnten sie nicht mehr aus der Bahn werfen, auch wenn sie Isi weiterhin anflehte, Artur zu fragen, ob er nicht doch jemanden finden könnte, der Kurt beschützen würde. Er hatte natürlich immer noch einen sehr schweren Stand unter den Inhaftierten. Irgendwann ließ Artur sich von Isi tatsächlich auch breitschlagen und fand jemanden, aber dessen Forderungen waren so hoch, dass Klara sie nicht bedienen konnte. Und doch gab es Hoffnung für Kurt, denn sie hatte in Jo nicht nur einen verständnisvollen, mitfühlenden Geliebten gefunden, den der Umstand, dass Kurt wegen Paragraf 175 inhaftiert worden war, nicht schockierte, sondern er hatte Klara zu ihrer großen Überraschung auch versprochen, dass er ebenfalls versuchen würde, Geld aufzutreiben, um ihrem geliebten Bruder zu helfen. Nicht schwer zu erraten, dass Klara außer sich vor Glück war und den Boden anbetete, auf dem Jo schritt.

Ich war erstaunt über die außerordentlich moderne Haltung dieses jungen Mannes mit einem so bürgerlichen, ernsthaften Beruf und gratulierte ihr zu ihrem Fang. Ja, zwinkerte ihr sogar zu und riet ihr, ihren Jo schön festzuhalten, damit ihn keine andere bekommen konnte. Da lächelte sie nur und sagte: »Das glaube ich kaum ...«

Was genau sie damit meinte, verriet sie natürlich nicht mir, sondern Isi, die sie kurz vor der Premiere von *Dr. Mabuse* zur Seite zog, um ihr etwas *zu erzählen*. Dabei zitterte sie wie eine Silvesterrakete unmittelbar nach der Zündung des Schwarzpulvers. Sie setzten sich wieder in Klaras Zimmerchen auf ihr Bett, Klara umklammerte die ganze Zeit Isis Arm und platzte, kaum dass sie sich niedergelassen hatten, endlich heraus: »Jo hat um meine Hand angehalten!«

Sie strahlte wie ein Weinert-Scheinwerfer und hibbelte auf der Matratze herum, dass Isi ihr beruhigend die Schulter tätschelte. »Ich gratuliere von Herzen!«

»Er sagt, dass er noch nie so ein Mädchen wie mich getroffen hätte. Und dass er mich lieb hat. Und dass er den Rest seines Lebens mit mir verbringen will!«

»Weiß Kurt schon davon?«

»Nein, noch nicht«, sagte sie zurückhaltender.

»Meinst du, es macht ihm etwas aus?«, fragte Isi.

»Das nicht. Aber ...«

»Ja?«

»Wer kümmert sich denn dann um ihn?«, fragte sie besorgt.

Isi zuckte mit den Schultern. »Ich denke, es ist höchste Zeit für ihn, erwachsen zu werden. Er kriegt das schon hin.«

Klara nickte zögerlich.

»Und wenn er mich selbstsüchtig findet?«

»Tut er nicht. Ganz sicher nicht«, beruhigte Isi und wechselte das Thema: »Wisst ihr schon, wo ihr wohnen werdet?«

»Erst mal bei ihm. Aber er spart schon Geld, und wenn es geht, ziehen wir in eine größere Wohnung!« Sie grinste und hielt ihr die linke Hand hin. »Sehen Sie mal, Frau von Torstayn!«

An ihrem linken Ringfinger steckte ein silberner Ring mit einem kleinen Diamanten darauf.

»Mein Verlobungsring! Hat er von seinem Ersparten gekauft!«

»Der ist aber wirklich sehr sehr schön, Klara! Ich freue mich für dich!«

»Ich bin so verliebt, Frau von Torstayn! Ich weiß gar nicht, wohin mit mir. War es bei Ihnen auch so?«

Isi dachte an Aldo, die wilden Feste, die Orgien der Verschwendung, den Spaß, den sie hatten. Wie hatte das alles nur so schiefgehen können?

»So ähnlich«, antwortete Isi ausweichend.

Da saß sie nun, strahlte Isi an, begann dann aber, nervös mit ihren Fingern zu spielen, wobei sie gleichsam nach den richtigen

Worten zu suchen schien: »Es gibt da etwas ... also ... Ich weiß gar nicht, wie ich das sagen soll.«

Isi nickte ihr aufmunternd zu. »Einfach raus damit!«

Klara grinste verschämt, wurde rot und kicherte nervös.

»Also, vielleicht könnten Sie mir ja einen Rat geben?«

»Gern. Welchen Rat denn?«

Sie wurde noch röter.

»Diese Sache mit der Hochzeitsnacht ... Sie wissen schon ...«

Sie schlug die Augen nieder, wirkte verschämt und belustigt in einem. Dann fragte sie leise: »Kann man da etwas falsch machen?«

Isi verkniff sich ein Lächeln und schüttelte den Kopf: »Nein, du kannst nichts falsch machen.«

»Es ist nur ...«, begann Klara. »Ich weiß gar nicht, was man da überhaupt macht.«

»Nun, geküsst habt ihr euch ja schon, nicht?«

»O ja!«, rief Klara.

»In der Hochzeitsnacht werdet ihr euch auch küssen, nur habt ihr dabei nichts an ...«

Klara sah sie mit großen Augen an.

»Und der Rest ergibt sich dann ...«

»In Ordnung!« Klara nickte heftig. »Ich mache einfach, was Jo will.«

Isi griff ihre Hand und sagte: »Du machst einfach das, was *du* willst, einverstanden?«

»Einverstanden.«

»Ist das Aufgebot schon bestellt?«, fragte Isi dann.

»Noch nicht.«

»Gut, gib mir Bescheid. Wir werden ein tolles Fest für dich ausrichten. Gleich hier in der Victoriastraße!«

»Aber ... das geht doch nicht, Frau von Torstayn!«, protestierte Klara.

»Das geht. Weil ich hier die Chefin bin und sage, dass es geht!«

Sie umarmten einander, und Isi küsste Klara, als wäre sie ihre kleine Schwester. Dann verließ sie das Zimmer und stieg hinab in die Beletage zu mir und Arnie, der es sich auf dem Sofa mit einer Zeitung bequem gemacht hatte, während ich mit Hans spielte. Sie klingelte nach einem der Mädchen und wies es an, ein wenig mit Hans in den nahen Tiergarten zu gehen. Mit einem Knicks nahm es Hans bei der Hand und verzog sich mit ihm nach draußen.

»Was gibts?«, fragte ich Isi.

Sie erzählte uns beiden von ihrem Gespräch mit Klara.

»Aber das ist doch ganz wunderbar!«, rief ich erfreut. »Wenigstens eine hier, die sich keine Sorgen macht!«

»Ich habe die beiden ausspionieren lassen ...«, antwortete Isi trocken.

»Du hast was?!«, rief ich empört.

»Genauer genommen: diesen Jo. Ließ sich nicht vermeiden, dass Klara auch davon betroffen war.«

Ich verschränkte die Arme vor der Brust. »Und du hast nicht das Gefühl, dass das ein klitzekleines bisschen übergriffig war?«

»Doch.« Isi nickte ungerührt. »Habs aber trotzdem gemacht.«

»Und warum?«

Bevor Isi etwas entgegnen konnte, tat Arnie es: »Sie hatte Fragen und brauchte ein paar Antworten.«

»Aha«, sagte ich, ohne den Hauch einer Ahnung, was damit gemeint war. Und da keiner Anstalten machte, sich zu erklären, fragte ich scharf: »Und? Klärt mich gnädigerweise noch einer auf?«

Arnie sagte: »Es gab da ein paar Dinge, die nicht so richtig zusammenpassten.«

»Wie beispielsweise?«

»Was macht ein Buchhalter um vier Uhr morgens auf der Jannowitzbrücke? Wieso hat er nachmittags Zeit, Klara auszuführen? Ist er das, was er vorgibt zu sein?«

»Und was ist dabei rumgekommen?«

»Ich habe einen meiner Leute auf ihn angesetzt. Er heißt mit ganzem Namen Johann Scharte, arbeitet als Buchhalter und wohnt in der Annenstraße.«

»Die ist nicht weit weg von der Jannowitzbrücke.«

Arnie nickte zustimmend. »Was nicht erklärt, warum ein braver Buchhalter sich nachts in der Stadt rumtreibt.«

»Vielleicht war er nur schlaflos!«, sagte ich.

»Möglich. Er könnte natürlich einem Bedürfnis nach menschlicher Nähe nachgegangen sein. Der Schlesische ist nicht weit …«

»Also, ich weiß nicht«, antwortete ich skeptisch.

»Wie dem auch sei. Unser Mann hat ein wenig geschnüffelt und herausgefunden, dass Jo Scharte offenbar sehr variable Arbeitszeiten hat.«

»Spielt das eine Rolle?«

Arnie zuckte mit den Schultern. »Manchmal spielt alles eine Rolle. Manchmal nicht.«

Ich wandte mich Isi zu: »Und? Zufrieden jetzt? Klingt doch alles ganz schlüssig?«

Sie zögerte mit der Antwort, sodass ich genervt rief: »Was denn noch?«

»Sie hat ihn mir nicht vorgestellt«, antwortete Isi ruhig.

»Sie hat ihn dir nicht vorgestellt? Drehst du jetzt durch, Isi? Du bist doch nicht ihre Mutter!«

»Sie ist wie ein kleines Kind, Carl! Und auf Kinder muss man aufpassen!«

Sprachlos starrte ich sie an.

Wir hatten seit Monaten nicht mehr über Henry gesprochen. Genau genommen hatten wir nach seinem Tod nie richtig über ihn gesprochen, weil Isi alle Versuche abgeblockt hatte. Wir hatten gespürt, wie sehr sie sein Verlust getroffen, wie hart sie mit ihren Gefühlen gerungen hatte. Seit dieser Dezembernacht war es, als läge ein Schatten auf ihr, der ihrem Strahlen die Farben nahm: Henrys Tod beherrschte immer noch ihre Gedanken und lenkte ihre Taten.

»Sie wird es sicher nachholen, Isi«, antwortete ich versöhnlich. »Spätestens wenn sie hier heiraten.«

»Warum hat sie ihn mir nicht vorgestellt?«, fragte Isi beharrlich.

»Sie ist verknallt! Sie will jede Sekunde mit ihm verbringen. Das ist doch nicht so schwer zu verstehen?«

Isi nickte zwar, sah aber nicht überzeugt aus.

»Was glaubst du denn, warum sie es nicht gemacht hat?«, fragte ich.

»Weil *er* es nicht wollte«, schloss Isi.

Ich sah zu Arnie: »Möchtest du vielleicht auch was dazu sagen?«

Arnie runzelte die Stirn. »Wieso?«

»Weil du mich geschüttelt hast, als ich dir mit meinem Verfolgungswahn auf die Nerven gegangen bin. Würdest du Isi vielleicht auch mal schütteln?«

»Im Gegensatz zu dir weiß die Prinzessin, wie der Hase läuft. *Sie* hat Bedenken – *du* hattest Paranoia.«

»Besten Dank, Arnie!«, maulte ich.

»Nicht dafür«, antwortete Arnie gelassen und widmete sich wieder der Zeitung.

»Und jetzt?«, fragte ich Isi.

Sie zuckte mit den Schultern: »Jetzt richten wir erst einmal eine Hochzeit aus. Und wenn der junge Mann mir nicht gefällt, dann …«

Sie ließ den Satz unvollendet.

Aber es war nicht allzu schwer zu erraten, dass sich Jo Scharte dann mit Aldo in Sachen Helm würde beraten können. Aldo … Es mutete uns durchaus seltsam an, dass die von Torstayns sich so still verhielten. Fürchteten sie einen weiteren Skandal? Oder hofften sie darauf, dass wir einfach so verschwanden? Dass jemand wie Gromatka ihnen die Arbeit abnahm?

Nun, wir sollten es bald erfahren.

39

Vorerst aber rissen die guten Nachrichten für Klara nicht ab.

Jo hatte eingewilligt, die Hochzeit bei uns zu feiern, und versprochen, sich bald bei Isi vorzustellen. Klara hielt ihr stolz seinen Brief hin, einer von denen, die hier fast jeden Morgen eintrafen, obwohl sich die beiden sehr oft trafen, und war es auch nur für eine Stunde oder zwei. In jenem Brief versicherte er Isi (und beiläufig auch mir), dass er es bedauerte, sich noch nicht vorgestellt zu haben, aber er wäre im Moment mit Angelegenheiten beschäftigt, die sein ganzes Leben verändern sollten. Natürlich fragte Isi Klara, welche Angelegenheiten das sein sollten, und Klara versprach, ihn danach zu fragen.

Das tat sie genau genommen noch am selben Nachmittag und kehrte vor ihrem Dienst im *Arcasi* zu uns zurück, mit glänzenden Augen und einer Hibbeligkeit, als stünde sie bereits seit Stunden vor einer verschlossenen Toilette.

»Sie werden es nicht glauben, Frau von Torstayn«, rief sie entzückt. »Jo wird vielleicht seine Anstellung kündigen!«

Wir sahen sie beide überrascht an.

»Und wovon wollt ihr dann leben?«, fragte Isi misstrauisch.

»Das ist es ja: Er steht ganz kurz davor, in einem anderen Haus, bei Wilhelm Berger & Sohn, die Stelle als zweiter Prokurist zu bekommen! Ist das nicht toll?«

»Ja, das ist es!«

»Und wissen Sie, was? Er wird so viel verdienen, dass er auch den Schutz für Kurt kaufen kann!«

»Das ist ja fantastisch!«, rief ich erfreut. Und weil Isi wenig Euphorie zeigte, stieß ich sie mit dem Ellbogen auffordernd in die Seite. »Nicht wahr, Isi?«

Da erst rang sie sich ein Lächeln ab und sagte: »Ich freue mich, Klara. Für dich und Kurt.«

»Wir haben Ihnen so viel zu verdanken, Frau von Torstayn! Ich kann das nie wieder gutmachen!«

»Ist nicht nötig, Klara. Werde nur glücklich, hörst du?«

»Aber eine schlechte Nachricht gibt es doch«, fuhr sie fort und sah mich an. »Ich kann morgen nicht mit zu Ihrer Kinopremiere kommen, Herr Friedländer.«

Lang hatte bis zur letzten Minute seinen Film geschnitten, der sage und schreibe viereinhalb Stunden lang war und deswegen in zwei Teilen veröffentlicht werden sollte. Ich hatte ihn mir oft im Schneideraum vorgestellt, zwischen kilometerlangem Zelluloid sitzend, und sogar Verständnis dafür gehabt, dass er in dieser Zeit noch gereizter war als sonst. Vielleicht auch weil er sich gegen die Müdigkeit mit einem weißen Pulver stemmte, das er sich per Rezept von jedem Arzt verschreiben lassen konnte.

Natürlich hatte ich Isi und Artur an diesem letzten Donnerstag im April zur Premiere eingeladen, Gustav dazu und eben Klara, weil das Kino sie wie alle jungen Leute brennend interessierte.

»Oh, warum nicht?«

»Weil sich Jo morgen mit seinen neuen Arbeitgebern zum Essen trifft. Er will mich ihnen als seine Braut vorstellen. Jo glaubt, wenn sie sehen, dass er in festen Händen ist, wird sie das bestärken, ihm die Stelle anzuvertrauen. Er ist ja noch sehr jung, nicht wahr?«

»Wie alt ist er denn?«, fragte ich.

»Vierundzwanzig«, antwortete Klara stolz. »Wenn das klappt, dann kann er noch ganz groß Karriere machen!«

»Dann drücke ich mal die Daumen, Klara.«

»Danke, Herr Friedländer.« Sie lächelte und wandte sich dann wieder Isi zu. »Frau von Torstayn? Darf ich Sie noch einmal um einen allerletzten Gefallen bitten?«

»Natürlich.«

»Ich möchte morgen ganz besonders schön aussehen, aber ich habe kein richtiges Kleid. Ob ich mir von Ihnen eines borgen dürfte?«

Isi nickte. »Da werden wir aber ohne Carls Hilfe nicht auskommen. Wir haben nicht die gleiche Größe.«

»Würden Sie, Herr Friedländer?«

Ich hätte auch ohne den flehentlichen Blick zugestimmt.

Isi gab ihr eines ihrer schönsten Kleider, ich steckte bei Klara ab und machte mich dann an die Arbeit. Es war schön, wieder an der kleinen Amerikanischen zu arbeiten, das vertraute Surren der Nähmaschine zu hören, den Rhythmus des Wiegetritts zu spüren. Erstaunlicherweise war ich viel weniger eingerostet, als ich gedacht hatte, sodass ich zügig Nähte auftrennte und wieder schloss, bis am späten Abend das Kleid fertig war und ich es Klara aufs Bett legte.

In meiner Jugend hatte ein besonderes Kleid noch für Aufruhr sorgen können, und mit einem Schmunzeln dachte ich daran, wie Isi mich reingelegt hatte, als sie mir einst eines, das für eine Andere gemacht war, abgeschwatzt hatte. Es war der Beginn unserer Freundschaft und erst zwölf Jahre her. Zwölf Jahre, in denen ein Reich untergegangen war, wir für immer unsere Heimat verloren hatten und unsere Gesellschaft in die Moderne gestoßen worden war. Die alte Ordnung war einem großen Chaos gewichen: Dafür hatten Millionen mit dem Leben bezahlt.

Aber mit diesem Kleid, dachte ich, wird Klara auftrumpfen.

Sie würde schön wie eine Prinzessin sein und ihre Gastgeber so bezaubern, dass die gar nicht anders konnten, als ihrem Verlobten die neue Stelle zu geben.

Sie würde ihren Prinzen heiraten.

Ihren Bruder beschützen.

Und ein glückliches Leben beginnen.

Klara würde der Beweis dafür sein, dass ein Kleid auch im Chaos Ordnung schaffen konnte.

40

Seit seiner Eröffnung 1919 war der UFA-Palast am Zoologischen Garten Sehnsuchtsort derer, für die Film mehr war, als nur eine neumodische Form der Unterhaltung. Ursprünglich als Ausstellungshalle konzipiert, war Deutschlands größtes Kino das Flaggschiff der UFA, ein Tempel der Illusion, der eintausendsiebenhundertvierzig Besuchern Platz bot und mit Lubitschs *Madame Dubarry* der Weltöffentlichkeit präsentiert worden war. Nur die größten, teuersten, prestigeträchtigsten Filme wurden hier gezeigt, an einem Platz, der mehr einer romanischen Festung als einem Glitzerbetrieb für Lichtspieltheater glich: Dunkler Backstein mit Rechteckzinnen als Brüstung, spitze Giebel und eckige Wehrtürme ließen den Bau abweisend und uneinnehmbar wirken.

Und doch war es ein Palast der Träume.

Die Burg der Sterne.

Wer es zu einer Premiere hierhin geschafft hatte, ganz gleich, ob als Geladener oder Filmschaffender, der hatte Rang und Namen. Und alle kamen sie: Politiker, Wirtschaftskapitäne, Militärs, Adel, Großbürgertum. Jeder, der in dieser Stadt etwas werden konnte oder schon war. Und all jene, die nichts waren oder werden würden, standen allenfalls als Kiebitze hinter den Absperrungen und zeigten mit offenem Mund auf die, die sie zu erkennen glaubten. Wie Fritz Lang, der sich so zu inszenieren wusste, dass man ihn kaum übersehen konnte. Er zog die Aufmerksamkeit auf sich wie ein Emil Jannings oder eine Henny Porten. Wenn schon nicht an seinem Monokel, den Reitstiefeln und der militärischen Haltung, dann erkannte man ihn spätestens an dem weißen röhrenden Mercedes Coupé, mit dem er vorfuhr, seinen Auftritt an der Seite von Thea von Harbou sichtlich genießend.

Die UFA hatte Weinert-Scheinwerfer aufbauen lassen, was die dunkle Burg in gleißendes Licht tauchte und den Geladenen den Weg zu einem Filmereignis wies, über das mittlerweile die ganze Stadt sprach. So traten auch Artur, Isi, Gustav und ich in das ganz in Gold und Purpur gehaltene Marmorfoyer. Arnie und Fünf-Finger-Eddy wollten draußen auf uns warten. Wir aber ließen uns bewirten und blickten der Berliner Oberschicht entgegen, die den Blick grußlos erwiderte, obwohl einige von ihnen auf Isis Fest erschienen waren, um schadenfreudig mit anzusehen, wie eine Bürgerliche die von Torstayns am Nasenring durch die Manege führte.

»Hast du Friedrich schon gesehen?«, fragte Gustav und reckte den Hals nach allen Richtungen.

»Nein, Gustav«, antwortete ich betont nachsichtig.

»Das ist ja eigentlich auch nichts für ihn«, murmelte er besorgt und bemerkte nicht, wie wir uns angrinsten.

»Ich muss Lang und Pommer begrüßen, dann können wir rein«,

sagte ich und drängte mich zwischen vielen Fräcken und Abendkleidern durch das Foyer, bis ich beide mit Thea von Harbou, Rudolf Klein-Rogge, Aud Egede-Nissen und Norbert Jacques, dem Schöpfer der literarischen Vorlage von *Dr. Mabuse*, bei munterer Plauderei antraf. Ich gab allen die Hand und versicherte ihnen, wie sehr ich mich auf die Premiere freute, wie stolz ich war, Teil dieses Films sein zu dürfen, und dass ich die Daumen für einen Erfolg drückte. Die Erwiderungen waren ebenso freundlich wie meine guten Wünsche. Ich machte mich in dem Wissen auf den Rückweg, dass nicht nur Schauspieler schauspielerten. Seit Lang war mir die Begeisterung für das Medium abhandengekommen, gleichzeitig bewunderte ich seinen Perfektionswillen und seinen Blick für große Bilder.

Angekommen bei Isi und Artur, schaute ich mich suchend nach Gustav um. Isi wies mit einem Kopfnicken in eine Ecke, wo ich Gustav und Murnau sprechen sah. Schließlich drehte Murnau sich um und verließ das Foyer.

Gustav kehrte geknickt zurück und sagte: »Es ist ihm zu viel.«

Für einen Moment fragte ich mich, ob Gustav damit den Premierenrummel oder seine Avancen meinte, als er auch schon anfügte: »Zu laut, zu voll, und der Film interessiert ihn auch nicht.«

»Der Film wird gut«, sagte ich. »Er verpasst was.«

»Dabei wollte ich später mit euch beiden ins *Dorian Gray*.«

»Dann musst du wohl mit mir vorliebnehmen«, antwortete ich. »Es sei denn, Artur und Isi begleiten uns?«

»Macht das mal schön unter euch aus«, entgegnete Artur, und Isi grinste.

Ein Gong rief uns zu unseren Plätzen, wir traten in einen gewaltigen, rechteckigen Saal mit Hunderten von Sitzplätzen. Die Balkone über uns waren in Lila und Gold gehalten, die Logen an den Seiten in Grün und Gold. Vor uns die riesige Leinwand, von einem ebenso großen grünen Samtvorhang verdeckt. Direkt darunter das Orchester, das den Film musikalisch in Szene setzen würde.

Endlich kehrte Ruhe ein, das Licht erlosch, der Vorhang schwang auf.

Die ganze Szenerie hätte Klara kaum mehr einschüchtern können: ein Restaurant auf den Linden, livrierte Kellner, Kerzenlicht, das über silbernen Kandelabern tanzte, gedämpfte Gespräche. Die Männer im Frack, die Damen im Abendkleid, schmuckbehangen. Hier speiste heute nur, wer sich nicht für Filme interessierte oder keine Einladung mehr bekommen hatte, was zur Folge hatte, dass man sich wechselseitig wiederholt versicherte, das Theater oder die Oper dem billigen Spektakel am Kurfürstendamm vorzuziehen.

Jo sah ausnehmend gut aus, bewegte sich souverän in einem Anzug, von dem sie nie angenommen hätte, dass er sich ihn hätte leisten können. An seinen Arm geklammert trat sie ein, und es war, als tauchte sie ab in eine untergegangene Welt aus Pomp und Gloria, mit Gästen, die nicht nur den Privilegien des Kaiserreichs, sondern gleich einer ganzen Epoche hinterhertrauerten. Diesen Verlust hatten sie nie verwunden, man sah es jedem einzelnen Gesicht an. Denn Geld war eine Sache, Exklusivität eine andere. Und wie exklusiv konnte man sein, wenn es keinen Hof mehr gab, der über alles erhaben war?

Klaras Kleid fand gnädige Beachtung bei den funkelnden Damen, denen nicht einmal mehr das barmherzige Licht der flackernden Lüster Jugend schenken konnte. Bei den greisen Herren pulste ihre unschuldige Frische für zwei Schläge süße Erinnerungen an vergangener Tage Blüte, bevor sie wieder über ihrem Essen in Ödnis versanken.

Sie erreichten einen Tisch, von dem zwei junge Männer aufstanden und ihr galant die Hand küssten. Klara atmete heimlich auf, denn die beiden Männer schienen ganz anders zu sein als der Rest der Gäste: Man bot ihr sofort das Du an, das Klara erst nicht annehmen wollte. Als Jo ihr erklärte, dass er Wolfgang und Konrad schon aus der Schule kannte, ließ sie sich schließlich doch dazu überreden.

Sie waren beide Söhne wohlhabender Geschäftsleute und entschlossen, ein eigenes Geschäft aufzubauen. Startkapital war dank ihrer Familien reichlich da, jetzt ging es darum, einen Betrieb hochzuziehen. Sie wollten in den Maschinenbau, vor allem in Landmaschinen, investieren, denn was das Reich jetzt am nötigsten brauchte, war Nahrung.

Klara saß ganz still da, lächelte, so viel sie nur konnte, und hoffte, dass man sie nichts fragen würde. Sie wollte Jo keinesfalls blamieren.

»Was hältst du davon?«, fragte da Jo Klara.

»Ich finde die Idee fantastisch«, antwortete sie schnell, was sie auch gesagt hätte, wenn beide ihr Kapital in Schuhcreme oder Regenschirme hätten anlegen wollen.

»Deine Verlobte versteht was vom Geschäft!« Wolfgang zwinkerte ihr zu, er war ein gut aussehender Mann mit kleinen Lachfältchen um die Augen.

»Du hast ausgezeichnet gewählt!«, bemerkte Konrad hintersinnig. Klara fand ihn fast genauso gut aussehend wie Wolfgang.

Sie gaben die Bestellungen auf, und als die Vorspeise dann serviert wurde, glaubte Klara, noch nie eine so köstliche Suppe probiert zu haben. Wolfgang aber winkte den Kellner zu sich und sagte knapp: »Nehmen Sie das wieder mit!«

»Etwas nicht in Ordnung, mein Herr?«

»Es ist ungenießbar.«

Der Kellner schluckte und sagte: »Ich bin untröstlich, mein Herr.« Wolfgang winkte ab. »Bringen Sie uns doch eine Flasche Wein. Als Entschuldigung des Hauses.«

Der Kellner nickte und verschwand.

Klara wagte kaum aufzusehen und fragte sich, was an dem Essen nur falsch sein könnte, als Wolfgang sie angrinste. »Der Wein kostet hier ein Vermögen, die Suppe nicht. Jetzt bekommen wir eine Flasche zum Preis einer Suppe. Es ist ein Geschäft, verstehst du?«

Klara verstand und lächelte.

Die Gänge wurden serviert, nichts ging mehr zurück, und alles war so köstlich, dass ihr die Sinne schwanden. Dazu tranken sie französischen Rotwein, der ihr half, sich ein wenig ungezwungener am Tisch zu unterhalten. Bald wagte sie, laut über die Witze der

anderen zu lachen, und an den Gesichtern ihrer Gastgeber konnte sie sehen, dass das gut ankam.
Zum Schluss gab es Kaffee. Wolfgang übernahm die Rechnung. »Kinder, was für ein schöner Abend. Ich finde, er sollte noch nicht zu Ende sein!«
»Was hast du denn vor?«, fragte Jo.
»Ich möchte feiern!«
»Was meinst du, Liebling?«, fragte Jo Klara.
Sie nickte. »Aber natürlich! Wenn du es auch gern möchtest!«
Jo lächelte. »Wunderbar.«
Sie verließen das Restaurant in bester Stimmung, spazierten über die Linden, als Wolfgang die Gruppe bat, ihn zu seiner Wohnung zu begleiten, wo er noch etwas Bares aus dem Geldschrank holen wollte.

Dr. Mabuse war ein rauschender Erfolg.
Es gab viel Applaus und noch mehr angeregte Gespräche, die man beim Verlassen des Kinosaals allenthalben mit anhören konnte. Die schauspielerischen Leistungen von Rudolf Klein-Rogge und Aud Egede-Nissen wurden überschwänglich gelobt, genau wie die von Otto Hunte und Carl Stahl-Urach erschaffenen Kulissen. Dazu die Nachtaufnahmen und Langs Talent, verrückte Effekte zu schaffen: Dr. Mabuses Gesicht, das das Publikum hypnotisch anstarrte, hatte er in einer Szene immer größer werden lassen, bis es leinwandfüllend und bedrohlich auf die Reihen hinabsah und dort für überraschte Rufe und Gemurmel sorgte. Kurz: Es gab viel zu besprechen, unabhängig davon, ob einem der Film gefallen hatte oder nicht. Lang hatte eine Qualitätsarbeit abgeliefert, wie ich ohne Umstände zugab, auch wenn ich den Humor Lubitschs schmerzlich vermisste.
Auf Gustav hatte der Film ebenfalls großen Eindruck gemacht. Ohne Unterlass lobte er die Originalität und verwies dabei auf etwas, was mir selbst gar nicht aufgefallen war: Dr. Mabuse war nicht nur die fantasievolle Geschichte eines übermächtigen Schurken, der Film war in gewisser Weise auch Abbild unserer Gesellschaft, in der viele

das Gefühl hatten, von übermächtigen Ganoven beherrscht zu werden: Politiker, aber auch Industrielle oder eben Menschen wie Artur, die sich nicht ans Gesetz hielten, wenn es ihren Zielen und Wünschen nicht diente. *Dr. Mabuse* war ein übersteigertes Sittengemälde Berlins, in dem wenige alles und viele gar nichts vermochten.

Ich weiß nicht, ob Artur diese Anspielungen bemerkte oder nicht. Er beteiligte sich jedenfalls nicht an den Gesprächen und verabschiedete sich draußen, auf dem Kurfürstendamm, um Isi zusammen mit Arnie zunächst nach Hause zu begleiten und später dann im *Arcasi* nach dem Rechten zu schauen. Er winkte nach einer Kraftdroschke, bekam aber erst mal keine, weil Dutzende vor ihm die gleiche Idee hatten. Während er sich in Geduld übte, wollten Gustav und ich weiterziehen.

Fünf-Finger-Eddy trat aus der Schar der Wartenden heraus und begleitete uns ein Stück den Kurfürstendamm hinab, um dann mit uns zum Nollendorfplatz abzubiegen.

»O nein!«, rief er und steckte trotzig die Hände in die Hosentaschen.

»Was denn?«, fragte ich.

»Wir gehen *nicht* ins *Dorian Gray*!«

»Doch.« Ich nickte.

»Ohne mich!«, meckerte er.

»Jetzt stell dich bitte nicht so an!«, bat ich. »Ich sage dir diesmal auch, wenns keine Frau ist ...«

Gustav und ich prusteten los, was Eddy nur noch mürrischer machte. »Carl, auch wenn du Arturs bester Freund bist, treib es nicht auf die Spitze!«

»Jetzt komm schon, Eddy!«

»Wartet hier! Ich hole Arnie. Soll der sich doch mit den Tunten rumschlagen!«

Bevor ich antworten konnte, hatte er sich auch schon umgedreht und lief die Tauentzienstraße wieder hinauf zum Kino.

»Ich steh jetzt hier nicht rum«, sagte ich zu Gustav. »Bis zum *Dorian* sind es nur ein paar Minuten.«

Wir umrundeten den Nollendorfplatz und stießen in die Bülowstraße mit ihren herrlichen Großbürgerbauten, der Hochbahn und einer schmalen Allee voll blühender Bäume, die neben der Straße zum Spazieren einlud. Auch hier gab es wenig Licht, nur jede dritte oder vierte Laterne brannte. Die geheimnisvollen Schatten erinnerten uns an Dr. *Mabuse*, dessen Nachtszenen Kameramann Carl Hoffmann so genial in Szene gesetzt hatte.

Nur wenige Schritte vom *Dorian Gray* entfernt entdeckten wir vor uns einen Frauenkörper auf dem Spazierweg, der, je näher wir kamen, zu groß und zu wuchtig wirkte, um wirklich einer Frau zu gehören. Offenbar war die Person überfallen worden und lag jetzt bewusstlos auf dem Boden.

Gustav erschrak, dann lief er los und rief: »Warum können sie uns nicht einfach in Ruhe lassen?«

Er hatte unsere Mitbürger gemeint, die die Homosexualität ablehnten und noch viel mehr die Travestie. Es war in dieser Gegend schon des Öfteren zu Zwischenfällen dieser Art gekommen: Ein paar Raufbolde nahmen sich gern mal eine der *Damen* vor und verprügelten sie. Einfach nur, weil sie es konnten und sie sich anschließend besser fühlten.

Seufzend rief ich: »Gustav, warte!«
Ich lief los, um zu helfen.

Eddy eilte Artur, Arnie und Isi entgegen, als die drei gerade in eine Kraftdroschke steigen wollten.

»Was machst du denn hier?«, fragte Artur verwundert.
»Ich geh da nicht hin!«, antwortete Eddy bestimmt.
»Wohin?«, fragte Artur.
»Ins *Dorian Gray*.«
Isi und Artur sahen sich an.
»Was ist damit?«, wollte Isi wissen.
»Das ist ein verdammter Homoladen«, schimpfte Eddy. »Und nach dem letzten Mal … Das kann keiner mehr von mir verlangen.«
»Was war beim letzten Mal?«, fragte Arnie.

Eddy starrte ein wenig beschämt auf seine Füße.
»Was hast du angestellt, Eddy?«, forschte Artur.
»Nix!«, zischte Eddy. »Die haben mich verarscht!«
»Inwiefern?«
Eddy schielte zu Isi und zischte. »Muss das jetzt sein?«
»Ich schweige wie ein Grab!«, versprach Isi.
Eddy zögerte mit der Antwort, dann sagte er: »Die haben mir 'ne Frau untergejubelt, die in Wirklichkeit ein Mann war ...«
Isi und Arnie konnten ein amüsiertes Prusten nicht unterdrücken, Artur aber stand plötzlich kerzengrade und fixierte Eddy mit seinem gesunden Auge.
»Sag das noch mal.«
»Einen Mann in Frauenkleidung!«, fauchte Eddy ihn an und gleich darauf auch Isi und Arnie: »Und wehe, ihr sagt was!«
Die beiden wandten sich grinsend ab, doch Artur packte Eddy beim Revers. »WO SIND SIE?«
Er war so laut geworden, dass sich alle nach ihnen umdrehten. Eddy, Arnie und Isi starrten Artur geschockt an.
»Nollendorfplatz, Ecke Tauentzien. Sie warten da auf Arnie!«
Artur ließ ihn los und rannte wie um sein Leben.

Sie waren alle bester Laune, als sie Wolfgangs prächtige Eigentumswohnung mit Blick auf die Linden betraten. Parkett, hohe Stuckdecken, Doppeltüren mit Milchglasintarsien ließen bereits im Flur erahnen, dass Jos Schulfreund keine Sorgen kannte. Im Wohnzimmer dann Teppiche, wertvolle Möbel, ein großer Esstisch mit Stühlen. Klara hätte bei einer Wohnung dieser Größe eine Dienerschaft erwartet, aber es war niemand sonst da.
»Kinder!«, rief Wolfgang. »Ich habe Durst. Lasst uns noch einen Sekt trinken, bevor wir weiterziehen.«
Da der Vorschlag auf allgemeine Zustimmung stieß, verschwand Wolfgang in der Küche, kehrte aber nach wenigen Sekunden zurück und sagte: »Nichts mehr da! Jo, holst du uns im *Bristol* noch zwei Flaschen?«

»Aber natürlich«, antwortete Jo.

»Moment, du brauchst Geld …«

Wieder verschwand er, während Jo und Klara ein wenig verloren herumstanden und Konrad sich eine Zigarette anzündete. In dieser Stille fiel Klara auf, dass Konrad sich wenig an der Unterhaltung beteiligt hatte. Auch jetzt war ihm offensichtlich nicht nach Plauderei.

Wolfgang kehrte mit einem Bündel Scheine zurück.

Er legte es auf den Tisch und sagte zu Jo: »Hier!«, zog zweitausend Mark aus dem Bündel und gab sie ihm. »Ich hab sogar noch was draufgelegt. Als Bonus.«

Jo nickte lächelnd, gab Klara einen Kuss und eilte davon.

Die Tür fiel ins Schloss.

Niemand sprach.

Klara fühlte plötzlich die Blicke der beiden Männer auf sich brennen, nestelte nervös an ihrer Handtasche herum und versuchte es mit ein wenig Konversation, um die eigenartige Stimmung zu durchbrechen: »Eine schöne Wohnung, Wolfgang, wirklich …«

»Findest du?«

»Ja, unbedingt. Alles so geschmackvoll eingerichtet.«

Wieder nur Blicke.

Dann näherten sie sich ohne Hast, sich ihrer selbst sicher und mit einem seltsamen Vergnügen an ihrer Unsicherheit.

»Jo hat so geschwärmt von dir«, begann Wolfgang. »Und ich muss sagen: Er hat nicht übertrieben.«

Klara schluckte und wich instinktiv einen Schritt zurück. »Oh, das ist aber nett.«

»Ja, sehr nett.«

»So unschuldig«, sagte da plötzlich Konrad. »Das bist du doch, oder?«

Klara wich weiter zurück und stieß mit der Hüfte gegen den großen Wohnzimmertisch. »W-was?«

»Na, du bist doch noch unschuldig, oder?«, fragte Konrad unverblümt.

Klara wurde rot und antwortete: »Ich glaube nicht, dass Sie das was angeht!«

»Oh, wir sind wieder beim Sie!«, bemerkte Konrad. »Das mag ich.«

»Ja«, bestätigte Wolfgang.

Sie waren jetzt so nah an sie herangerückt, dass sie weder nach links noch nach rechts ausweichen konnte.

»Was soll das?«, protestierte Klara zittrig. »Was wollen Sie?«

Wolfgang fuhr mit dem Finger an ihrem Dekolleté entlang: »Süß und unschuldig ...«

Klara schlug ihm die Hand weg.

Da griff Wolfgang zu.

Klara schrie, landete hart mit Schultern und Hinterkopf auf dem Tisch. Dort presste er sie herab, während Konrad ihr das Beinkleid unter dem Rock herunterriss.

»Das Kleid!«, rief Klara. »Nicht das Kleid ...«

Sie fielen mit einer Wucht über sie her, die sie zu Eis erstarren ließ.

Bald war sie nackt, spürte Hände, Fingernägel, auch Bisse und Schläge, aber es war, als wäre sie selbst gar nicht mehr da. Nicht einmal, als sich Konrads Finger eisern um ihren Hals schlossen, nackt und erregt, in seinen Augen nichts als Gier und kalte Mordlust, fühlte sie etwas. Da war nur ein Körper, der ihr nicht mehr zu gehören schien. Und so nahm sie auch ohne Angst zur Kenntnis, dass sie hier sterben würde, zerrissen von zwei wilden Tieren.

Nur eines machte ihr Sorgen: das schöne Kleid.

Isi würde schimpfen.

Gustav erreichte als Erster die Frau auf dem Boden, doch als er sie an der Schulter berührte, sie umzudrehen versuchte, schnellte sie hoch und stach in rascher Folge dreimal auf ihn ein. Überrascht starrte Gustav in das geschminkte Gesicht eines Mannes, während ihm das Blut aus dem Bauch herausschoss, dann schon warf der Unbekannte ihn zu Boden, kam selbst auf die Füße und hielt mir die blutige Klinge drohend entgegen.

Vollkommen verwirrt blickte ich auf Lippenstift, Wimperntusche und Abdeckcreme. Dynamisch und völlig undamenhaft sprang der Mann mir mit dem Messer in der Hand entgegen, erst im letzten Moment bekam ich seinen Arm zu fassen. Es gelang mir, die Schneide an meiner Flanke vorbeizuführen.

Für einen Wimpernschlag standen wir uns Nase an Nase gegenüber: Blaue mitleidlose Augen starrten mich an, keuchender Atem auf meiner Haut.

Dann stieß er mir die Stirn ins Gesicht.

Ich hörte das Krachen meines Nasenbeins. Tränen schossen mir in die Augen, und ein metallisch schmeckender Blutstrom lief über Lippen und Kinn.

Ich taumelte zurück, stolperte, fiel.

Im nächsten Augenblick stürzte er sich auf mich. Ich packte die Messerhand und schlug ihm meine Faust ins Gesicht. Die Abdeckcreme blieb an meiner Hand haften, und darunter sah ich ein blassrosa Bissmal auf seiner Wange. Der Schock darüber, dass Fritz Gromatka auf mir lag und mit aller Gewalt die Klinge gegen mich führte, setzte neue Kraft frei: Ich hielt ihn, das Messer schwebte drohend über mir, aber es sank nicht weiter herab.

Da schlug er mit der anderen Faust zu, schlug erneut, während meine Versuche nur unkontrollierte Wischer waren, die ihm so wenig ausmachten, wie mir seine Schläge zusetzten. Mir schwanden die Kräfte, mein Kopf dröhnte, und mein Blickfeld begann, sich von den Rändern her einzutrüben.

Es hatte keinen Zweck.

Er war einfach zu stark.

Wie aus weiter Entfernung hörte ich rasende Schritte über dem gestampften Boden, dann flog ein Fuß über mich hinweg, und riss Gromatka von mir.

Unterdrückte Schreie, das Klatschen von wuchtigen Schlägen.

Dann wurde es still.

Schließlich half mir jemand auf die Beine: Artur.

Benommen sah ich Gromatka in Frauenkleidung bewusstlos auf

dem Boden liegen. Nur ein paar Schritte neben ihm ein sich windender Gustav.

Ich fiel auf die Knie und zog meinen alten Freund auf meinen Schoß: Hemd und Weste waren schwarz getränkt, auf dem Boden breitete sich langsam eine große Blutlache aus.

Gustav war totenbleich, aber bei Bewusstsein.

»WIR BRAUCHEN EINEN ARZT!«, schrie ich.

»Ist gut, Carl ...«, stieß Gustav aus.

»Nein, gar nichts ist gut! EINEN ARZT!«

Artur kniete neben mir, besah sich Gustavs Wunden.

»Bitte hol einen Arzt, Artur. Bitte!«

Artur antwortete nicht, aber er rührte sich auch nicht.

»Ist schon gut, Carl«, flüsterte Gustav so leise, dass ich ihn kaum verstehen konnte.

»Gustav, bitte!«, rief ich. »Halt noch ein bisschen durch! Es kommt gleich Hilfe!«

Artur legte seine Hand auf die Gustavs, die er auf seine Wunden gepresst hielt, und sagte leise: »Wir bleiben bei dir.«

Gustav nickte bleich.

Hinter uns hörten wir schnelle Schritte auf uns zueilen. Isi, Arnie und Eddy hielten erschrocken inne, als sie Gustav auf dem Boden liegen sahen.

»Ihr drei ...«, murmelte er leise.

Dann war es, als schlüpfte er durch eine Tür.

Ins Nichts.

Sie war fort.

Kehrte mit flatternden Lidern zurück. Blickte gegen die doppelflügelige Wohnzimmertür, drehte langsam ihren Kopf, sah gegen die Decke. Verwirrt nahm sie wahr, dass sie rücklings auf dem Tisch lag, vollkommen nackt. Zitternd zog sie die Beine an. Überall war Schmerz: im Unterleib brennend, an den Armen und Beinen pulsierend. Auch der Hals tat ihr weh. Zweimal versuchte sie, sich aufzurichten, aber es fehlte die Kraft und letztlich auch der Wille.

Dann Geräusche im Flur, die Tür zum Wohnzimmer ging auf. Einen Moment später tauchte Jo in ihrem Blickfeld auf, blickte mit unbewegter Miene auf sie herab.

»Jo …«, flüsterte sie.

Er griff neben sie, hielt ihr das Geldbündel vor die Augen: »Die beiden waren begeistert von dir! Sieh nur, was wir verdient haben!«

»Jo …«

Nur ein Krächzen.

Er schien ihren Zustand gar nicht zu bemerken.

»Ab jetzt wirst du viel Geld verdienen, Liebes. Versprochen!«

Er verschwand wieder aus ihrem Blickfeld, sie hörte etwas rascheln, dann warf er das zerrissene Kleid auf den Tisch und setzte sie mit einem Ruck auf.

»Zieh dich an! Wir wollen die Gastfreundschaft der beiden nicht überstrapazieren.«

Willenlos ließ sie sich in das kaputte Kleid helfen.

Er steckte ihr drei Scheine ins Dekolleté: »Hier dein Anteil …« Er hob sie vom Tisch, stellte sie auf die Füße, hielt sie an der Hüfte und half ihr mit den ersten Schritten.

»Morgen bist du nur für mich da, ab übermorgen gehts ans Geldverdienen, klar?«

In ihrem Kopf rauschte es, ihre Beine gaben immer wieder nach.

Da packte Jo sie bei den Oberarmen, drehte sie zu sich und gab ihr eine schallende Ohrfeige: »Klar?«

Sie nickte. »Ja, Jo.«

Sie hatten mich bei Gustav gelassen.

Ich hielt seinen Kopf und weinte, während er in meinen Armen lag. Fast glaubte ich, ein Lächeln um seinen Mund herum zu erkennen, in jedem Fall aber lag ein großer Frieden in seinem Gesicht.

Artur flüsterte Eddy etwas zu, dann instruierte er mich, während Eddy und Arnie auf die Fahrbahn der Bülowstraße liefen und das erste Fahrzeug anhielten, das ihnen entgegenkam. Dem verdutzten Fahrer stellte Eddy sich als Kriminalpolizist vor, der seinen Wagen konfiszieren müsse. Der Mann war so überrumpelt, dass er sich von Arnie hinterm Steuer hervorziehen ließ, während Artur, Fritz Gromatka über die Schulter geworfen, bereits ins Auto stieg, zusammen mit Isi, was den Fahrer aufzurütteln schien, denn der wollte jetzt Eddys Dienstausweis sehen.

»Es gibt zwei Möglichkeiten«, erklärte Eddy. »Erstens: Wir fahren los, und Sie haben Ihr Auto in zwei Stunden zurück. Zusammen mit fünfzig Dollar für die Umstände. Zweitens: Wir fahren jetzt los, Sie werden mit gebrochenem Kiefer in die Notaufnahme eingeliefert und haben Ihren Wagen in zwei Stunden zurück – ohne fünfzig Dollar. Was ist Ihnen lieber?«

Der Fahrer wählte – wenig überraschend – Variante eins.

Kurz darauf standen echte Schutzpolizisten bei mir, nahmen meine Aussage auf, dass uns ein Unbekannter angegriffen hatte, als wir gerade ins *Dorian Gray* gehen wollten. Die Uniformierten sahen sich vielsagend an, bestellten einen Leichentransport und nahmen mich mit auf die Wache am Alex, wo ich dasselbe noch einmal einem anderen Kriminalbeamten sagte. Ich unterschrieb ein Protokoll, dann war ich vorerst entlassen. Sie würden sich kaum darum bemühen, den Täter zu finden, so viel war mir klar, aber das war ja auch nicht nötig, denn Artur hatte ihn bereits.

Mitten in der Nacht kehrte ich in die Victoriastraße zurück, wo man mir ausrichten ließ, dass ich abgeholt werden würde. So wusch ich mich, zog mich um und öffnete nach dem ersten Klopfen die Haustür: Arnie.

Wir fuhren zusammen in die Gegend des Schlesischen, zu einem alten Haus, das Artur, wie andere Häuser auch, mal als Zuflucht, mal als Lager, mal als Stützpunkt diente. Arnie führte mich hinunter in den Keller, wo Isi von einem Stuhl aufsprang und mich umarmte.

»Warum sind wir hier?«, fragte ich sie.

»Artur will es so«, antwortete sie leise.

Arnie klopfte gegen eine Kellertür, sie wurde geöffnet und wir wurden hereingerufen.

Fritz Gromatka sah furchtbar aus.

Gefesselt an einen Stuhl, das Gesicht so zerschlagen, dass man es kaum mehr erkennen konnte.

An der Decke schaukelte eine nackte Glühbirne.

Artur stand vor uns und sagte: »Ich denke, wir sind fertig hier.«

»Woher wusstest du, dass …?«, begann Isi, die auf Gromatka starrte, der uns alle so lange in Atem gehalten hatte und jetzt nur noch ein Bündel Fleisch war.

»Frauenkleidung. Wir haben auch welche in Gromatkas Dachversteck gefunden.«

»Hat er was gesagt?«, fragte ich.

»Zu den Boysens? Oder den von Torstayns?«, fragte Artur zurück und antwortete dann: »Nein.«

»Und zu O.C.?«

Artur schüttelte den Kopf: »Nur das Übliche: dass ihre Zeit kommt! Dass große Dinge anstehen. Den ganzen Scheiß der Verblendeten eben.«

Ich nickte stumm.

Es hätte wenig gebracht, Artur vorzuschlagen, Gromatka der Polizei zu überlassen, und wenn ich ehrlich war: Ich wollte es selbst nicht. Ich hatte in den Gesichtern der Beamten gelesen, dass sich ihr Ehrgeiz, was die Aufklärung des Mordes betraf, in engen Grenzen hielt. Wen interessierte schon ein toter Homosexueller?

»Warum sind wir hier?«, fragte ich erneut.

Artur antwortete: »Weil uns das hier alle angeht. Und weil wir es alle zusammen zu Ende bringen.«

Dann wandte er sich Isi zu: »Das ist der Mörder deines Kindes, Isi.«

Er zog einen Revolver aus dem Hosenbund und hielt ihn ihr hin.

Zögernd nahm sie die Waffe in die Hand.

Trat vor Gromatka.

Hob die Waffe vor seinen Kopf.

Ich hielt den Atem an und konnte sehen, dass Isi es auch tat, dass sie mit sich rang, dass sie, mehr als alles andere, schießen wollte und es doch nicht konnte. Gromatka dagegen starrte mit geschwollenen Augen zurück, hielt ihren Blick und wandte sich nicht ab: Er war keiner von denen, die um ihr Leben bettelten.

Er war im Reinen mit sich – Isi nicht.

Sie gab Artur die Waffe zurück und fiel mir dann in die Arme.

Artur gab mir mit einem Nicken zu verstehen, dass ich sie nach draußen führen sollte, was ich tat.

Die Tür fiel ins Schloss.

Drei Schüsse ließen die Luft zittern.

Dann wurde es still.

Und endlich brach Isi in Tränen aus.

Endlich.

Der Prozess

41

Geht einer fort. Hört einer dort. Kein Wort.

Als bräche man ein und sänke hinab auf einen stillen Grund, während schwindendes Licht in Wellen über dich hinwegrollt und alle Geräusche dumpf und unverständlich werden. Du lebst, du lebst nicht, du hoffst aufzutreiben und möchtest doch für immer unten bleiben. Es gibt nichts, was so betäubt wie Schmerz, nichts, was tiefer hinabstößt, und nichts, was dich rettet, es sei denn, du rettest dich selbst.

Geht einer fort. Hört einer dort: ein Wort.

Als stiege man auf, dem Licht entgegen, der Oberfläche und den Geräuschen. Die Lungen brennen, silbrig schimmert ein zarter Spiegel, bis du ihn durchbrichst und nach Luft schnappst. Du warst tot, doch jetzt lebst du wieder, und der Schock darüber lässt dich in Tränen ausbrechen.

Isi weinte über Stunden, war nicht zu beruhigen, bis sie vollkommen erschöpft in meinen Armen einschlief und wir sie nach Hause brachten, in ihr Bett legten und zudeckten. Keiner von uns verließ in jener Nacht ihr Zimmer, schweigend nahmen wir auf reichlich unbequemen Stühlen Platz, bis auch wir einnickten und erst am späten Vormittag erwachten. So benommen, dass ich für einen süßen Augenblick glaubte, ich wäre nur aus einem Albtraum erwacht, in dem Gustav gestorben und Gromatka erschossen worden wäre. Umso härter traf mich die Wirklichkeit, denn neben mir saß Artur, in sich eingesunken, sowie Isi, die tief und ruhig in ihrem Kleid vom Vorabend schlief.

Ich machte Frühstück, kehrte mit Eiern, gebratenem Speck und Kaffee zurück und zog die Vorhänge auf: Draußen war ein herrlicher Frühlingstag, die Sonne flutete das Zimmer mit gleißendem

Gold. Artur erwachte sofort, Isi musste geweckt werden, so tief hatte sie geschlafen. Aber als sie sich aufgerichtet und den Schlaf aus den Augen gerieben hatte, war da plötzlich wieder dieses Schimmern, das sie so besonders machte, das schöne Gesicht, das so viel ausdrücken konnte, ohne etwas zu sagen.

Sie und Artur aßen mit großem Appetit, ich dagegen stocherte in meinem Essen herum, bis ich es auf Isis und Arturs Teller aufteilte und stattdessen nur etwas Kaffee trank.

Da legte Isi ihr Besteck auf den Teller und sah uns beide an. »Begleitet ihr mich?«

»Wohin?«

»Ich möchte zu Henry.«

Später standen wir auf dem Friedhof in Friedrichsfelde und blickten zusammen auf das kleine Grab, auf dem mittlerweile ein hübscher schwarzer Grabstein stand mit Henrys Namen darauf. Isi weinte leise, nahm in stiller Liebe Abschied. Von nun an würde sie, sooft es ging, vorbeikommen, um Henry von ihrem und unseren Leben zu erzählen.

»Ich möchte auch Gustav hier beerdigen«, sagte ich zu den beiden, als wir schon wieder auf dem Weg nach draußen waren.

Aber nicht nur Gustavs Begräbnis wollte organisiert sein, auch sein Nachlass musste noch geregelt werden. Ich wollte alles seinem Assistenten Freddy schenken, auf dass er die Gelegenheit nutzte, sich aus der elterlichen Obhut zu befreien. Ich war mir sicher, dass Gustav es gutgeheißen hätte, auch wenn er sich wahrscheinlich noch mehr gefreut hätte, wenn ich sein Atelier übernommen hätte, um es in seinem Sinne weiterzuführen. Aber tatsächlich war ich nicht bereit, meine Anstellung bei der UFA zu kündigen, auch wenn der Gedanke verlockend war.

Wir kehrten am Nachmittag zurück in die Victoriastraße, tranken erneut Kaffee und sprachen darüber, ob ich in die Voigtstraße zurückkehren sollte, was Isi ablehnte. Erst als eines der Mädchen hereinkam, um die Tassen wegzuräumen, fragte Isi nach Klara.

»Das Fräulein Arzberger ist heute Nacht nicht zurückgekehrt«, informierte das Mädchen spitz, wobei sie die moralische Entrüstung darüber nur schwer unterdrücken konnte.

»Bitte?«, fragte Isi erstaunt zurück. »Sind Sie sicher?«

»Das Bett ist unberührt, Frau von Torstayn«, antwortete das Mädchen und nahm das Geschirr mit nach draußen.

»Sie ist bei ihrem Verlobten«, sagte ich achselzuckend.

»Das passt überhaupt nicht zu ihr!«, sagte Isi.

»Sie ist jung und verliebt, und möglicherweise hat sie die Hochzeitsnacht nicht abwarten können«, antwortete Artur und fügte beiläufig an: »Oder er.«

»So ist sie nicht«, beharrte Isi. »Sie ist Feuer und Flamme, aber sie hält die angemessene Reihenfolge ein. Ganz sicher.«

»So wie du?«

»Ach, halt die Klappe, Artur«, antwortete Isi mit einem kleinen Lächeln, wohl wissend, dass Artur auf ihre eigene *Hochzeit* mit ihm unmittelbar nach der Kriegserklärung 1914 anspielte.

»Vielleicht ist es spät geworden, und sie hat bei diesem Jo übernachtet«, spekulierte ich.

»Gibst du mir Bescheid, wenn sie zum Dienst erscheint?«, fragte Isi Artur.

»Ja, Mama.«

Ich lachte.

»Würdet ihr bitte damit aufhören?«, mahnte sie. »Wenn Klara erst verheiratet ist, kann sie machen, was sie will. Vorher nicht.«

»Ja, Mama«, antwortete Artur wieder.

Isi atmete theatralisch aus und sagte dann: »So, jetzt bleibt eigentlich nur noch eines …«

»Was denn?«, fragte ich.

Mit einem Nicken bat sie uns, sie nach unten zu begleiten, wo sie den Hörer vom Telefon abnahm und dem Fräulein vom Amt mitteilte, dass sie mit dem Stammgut der von Torstayns in Ostpreußen verbunden werden wollte.

Es dauerte eine ganze Weile, bis dort ein Diener abnahm und Isi ihm befahl: »Bringen Sie mir Fräulein Boysen an den Apparat.«

Es vergingen zwei lange Minuten.

Dann fragte Isi: »Helene?«

Wir hörten ihre Stimme im Hörer.

Isi sagte ruhig: »Fritz Gromatka ist tot.«

Stille kehrte ein.

Helene Boysen hängte ein, ohne geantwortet zu haben.

42

Klara kehrte nicht zurück.

Nicht in jener Nacht und auch nicht am Morgen darauf. Auch ihren Dienst im *Arcasi* trat sie nicht an. Isi ließ sich also von Arnie zu der Adresse bringen, die seine Leute herausgefunden hatten, als sie Jo nachspionierten. Er begleitete sie in den dritten Stock, während Isi ihm einschärfte, dass er sich nicht einmischen sollte. Es reichte, wenn Jo Scharte sah, dass sie in Begleitung jemandes war, der ihn daran erinnern würde, sich seiner besten Manieren zu bedienen.

Sie klopfte.

Es dauerte einen Moment, bis geöffnet wurde. Isi war, als hätte sie hinter der Tür Geflüster gehört, dann aber öffnete Jo und sah sie freundlich an.

»Ja, bitte?«

»Luise von Torstayn«, stellte sich Isi vor.

Jo warf einen kurzen Blick auf den grimmigen Arnie hinter ihr, dann lächelte er. »Frau von Torstayn, das ist aber eine schöne Überraschung!«

»Ich suche Klara!«, antwortete Isi bestimmt.

Jo nickte. »Aber natürlich! Sie machen sich sicher schon Sorgen, nicht wahr?«

»Kann ich sie sprechen?«

Jo rief über die Schulter in den Raum: »Klara? Kommst du mal?«

Vorsichtig trat sie hinter Jo ins Blickfeld: »Guten Tag, Frau von Torstayn!«

Sie sah blass aus, übernächtigt. Irgendetwas an ihrer Körperhaltung störte Isi, wobei sie nicht hätte sagen können, was. Da war nichts von der übersprudelnden, verliebten Klara, die kaum stillhalten konnte, wenn sie über Jo und die Hochzeit sprach.

»Ist alles in Ordnung, Klara?«, fragte Isi.

»Ja natürlich, Frau von Torstayn«, antwortete Klara, die ein paar Schritte Abstand zur Tür hielt.

»Du warst gestern nicht arbeiten?«

Klara nickte. »Ja, das stimmt. Jo hat die neue Anstellung bekommen und möchte nicht mehr, dass ich arbeite.«

»Und warum bist du nicht nach Hause gekommen?«

»Es war schon so spät und ...« Sie zögerte. »Jo und ich heiraten ja bald. Ich wollte bei ihm sein nach dem tollen Essen.«

Bei Isi schrillten sämtliche Alarmglocken. Nicht weil Klara ihre Anstellung gekündigt hatte, was bei verheirateten oder auch nur verlobten Frauen vollkommen üblich war, sondern weil ihre Antworten so vorbereitet wirkten, so tonlos über ihre Lippen sprangen, ohne dass sie Isi dabei ansehen wollte: Hier stimmte etwas nicht!

»Und du konntest nicht anrufen?«, hakte Isi nach.

»Das war meine Schuld!«, rief Jo gut gelaunt. »Ich habe sie nur für mich haben wollen, da haben wir einfach die Zeit vergessen. Können Sie uns noch mal verzeihen, Frau von Torstayn?«

»Wann kommst du zurück?«, fragte Isi Klara.

Zum ersten Mal zögerte die mit der Antwort, als ob sie die Frage unvorbereitet treffen würde.

»Gleich morgen, Frau von Torstayn!«, versprach Jo. »Dann werde ich auch offiziell um ihre Hand anhalten und mit Ihnen die Hochzeit besprechen, die sie so großzügig für uns ausrichten wollen. Wir freuen uns schon sehr darauf, nicht wahr, Klara?«

Die nickte und rang sich ein Lächeln ab. »Ja, sehr.«

Isi sah nun Jo an: » Sie haben das Aufgebot schon bestellt?«

»Ja, im Standesamt Friedrichshain.«

Isi wandte sich wieder Klara zu. »Möchtest du mit uns mitkommen, Klara?«

Sie stand ganz still da.
Sah zu Isi.
Dann zu Jo.
Um schließlich den Kopf zu schütteln. »Nein danke, Frau von Torstayn. Wir kommen Sie morgen besuchen.«
»Wann?«
»Wie wäre es gegen fünf Uhr am Nachmittag?«, schlug Jo jovial vor. »Ich komme gleich nach der Arbeit zu Ihnen und bringe Klara dann mit. Sie hat ja auch noch ein paar persönliche Dinge bei Ihnen, nicht?«
Ihr erster Impuls war, einfach in die Wohnung zu marschieren, Klara zu packen und wie ein ungezogenes Kind mit nach Hause zu nehmen. Aber sie wusste auch, dass Klara keines mehr war und dass sie ihren Willen respektieren musste, unabhängig davon, ob ihr der gefiel oder nicht.
Jo sah sie unablässig freundlich an, nichts schien ihn zu beunruhigen, nicht einmal der finstere Arnie, der ihn, auf einen bloßen Wink Isis hin, die Treppe einmal runter und wieder hoch hätte prügeln können.
Isi ahnte, dass dieser Mann falsch war, aber sie wusste auch, dass sie keine Handhabe hatte. »Gut, dann morgen um fünf Uhr. Ich kann mich darauf verlassen, Klara?«
»Das können Sie, Frau von Torstayn!«, versicherte Jo an ihrer Stelle. »Und verzeihen Sie noch einmal die Unannehmlichkeiten.«
Nur widerwillig trat Isi zurück, während Jo die Tür ohne Hast verschloss und Klara langsam dahinter verschwand. Einen Augenblick stand sie noch da, dann wandte sie sich Arnie fragend zu.
»Er lügt«, sagte der ruhig.
Isi nickte. »Fahr mich zum Standesamt Friedrichshain. Jetzt!«
Dort studierten sie die Aushänge der angekündigten Hochzeiten, und tatsächlich fand sich eine Bekanntmachung von Johann Scharte und Klara Arzberger.
Der nächste Tag kam, es wurde fünf Uhr.
Niemand tauchte auf.

Als ich gegen sechs Uhr nach Hause kam, machte Isi sich gerade ausgehfertig und bat mich, sie und Arnie zu begleiten. So kehrten wir zusammen zur Wohnung von Jo Scharte zurück, klopften gegen die Tür, doch niemand öffnete.

Arnie drängte sich daraufhin vor, und bevor ich dagegen protestieren konnte, warf er sich auch schon mit der Wucht seiner einhundertzwanzig Kilo gegen die Tür, die krachend aufschwang.

Wir traten ein und sahen in einen leeren Raum.

Alles war geräumt worden.

Jemand räusperte sich hinter uns. »Darf ick ma wiss'n, wat Se da mach'n?«

Wir drehten uns um zu einer verhärmten Frau in den Dreißigern, die sich einen Kittel über die Alltagskleidung geworfen hatte und ganz nach der Art Portiersfrau aussah, die sich mit Kodderschnauze und ruppigem Benehmen um die Belange des Hauses kümmerte.

»Wo finden wir denn Herrn Scharte?«, fragte Isi zurück.

»Wer will'n dit wissen?«, schnappte die Frau.

Arnie trat vor und sah sie nur an.

Unsicher schluckend blickte sie zu ihm hinauf und sagte dann schon viel zugänglicher: »Ach so, sa'ren Se doch jleich, dit Se Freunde sin … Der Herr Scharte is' jestern Abend ausjezo'n. Mit seine neue Braut.«

»Wohin?«, fragte Isi.

»Hatter nich jesacht.«

»Hat er eine Nachsendeadresse hinterlassen?«

Sie schüttelte den Kopf. »Hat nie ville Post jekricht.«

»Hat er Verwandte? Freunde? Jemand, den Sie mal kennengelernt haben?«

»Nee.«

»Hat er mit irgendjemand sonst im Haus Kontakt gehabt?«

Sie zögerte, sah zu Arnie, diesmal aber nicht mehr eingeschüchtert, sondern mit dem gierigen Blick derjenigen, die ein kleines Geschäft witterten.

Arnie drückte ihr einen Schein in die Hand.

»Wissen Se, wenn ick et nich bessa wüsst, hätt ick nie druff jetippt, dit der 'n Buchhalter war ...«

»Sondern?«

»So wie der de Schicksen anjeschleppt hat – na, wat denken Se wohl?«

Wir blickten uns an.

»Aba anjestellt warer doch. Hab ja jed'n Monat de Abrechnung jesehn. Imma janz korrekt.«

»Hat er eine Stammkneipe gehabt? Vereine? Irgendwas, wo er regelmäßig aufgetaucht ist?«

Sie schüttelte den Kopf. »Nee, der tat imma janz zerückjezochn. Oda verschwiejn, janz wie Se woll'n.«

Wir blickten uns an, und plötzlich hatte ich das ungute Gefühl, dass wir Klara nie wiederfinden würden. Jedenfalls nicht mehr als die Person, die vorgestern Abend das Haus verlassen hatte, mit ihrem schönen Kleid und voller Hoffnung auf eine strahlende Zukunft.

43

Menschen verschwanden oft in dieser Stadt.

Sie kamen zu Hunderttausenden aus den Ostgebieten, die jetzt nicht mehr deutsch waren, sie zogen zu Verwandten, wenn sie welche hatten, hofften auf Arbeit, Obdach oder Essen. Sie kamen mit der erschöpften Hoffnung der Vertriebenen, kämpften, so gut sie konnten, und starben in dem Wissen, dass es keinen kümmerte.

Nicht einmal, wenn sie ermordet wurden.

Nicht weil sie etwas falsch gemacht oder Streit angezettelt hatten, jemand betrogen oder bestohlen hatten, sondern sehr oft nur, weil sie zur falschen Zeit am falschen Ort waren. Ein junges Ding vom Land kam vielleicht an irgendeinem Tag am Schlesischen an, den Koffer mit den wenigen Habseligkeiten in der Hand, erschlagen vom Lärm der Großstadt, geschockt von der Betriebsamkeit und den vielen zerlumpten Gestalten und Huren, die es aus ihrem Dorf in Ostelbien nicht kannte. Was das Mädchen sehr wohl kannte, waren Armut, Hunger und Vertreibung, auch Hartherzigkeit, Gewalt und Gutsherrendünkel, aber sie kannte das Chaos der Stadt nicht und vor allem nicht das wahre Böse, selbst wenn es direkt vor ihr stand.

Im Sommer letzten Jahres fasste man dieses Böse, aber man fasste es nicht, weil die Gendarmerie so erfolgreich ermittelt hatte, sondern nur, weil eines dieser jungen Dinger trotz des Knebels so laut schrie, dass man die Polizei rief und die Tür aufbrach: Sie überlebte. Vergewaltigt und verstümmelt. Viele andere überlebten nicht.

Ich habe mich oft gefragt, warum mir Carl Großmann nie aufgefallen ist. Er wohnte in der Lange Straße und betrieb einen Wurststand in der Nähe des *Arcasi,* aber er war dort nie Gast gewesen, und bis auf die Tatsache, dass er junge Frauen quälte, tötete, zerstückelte und die Körperteile in den Luisenstädtischen Kanal warf, ein unauffälliger Mann. Ich erinnere mich noch an die Zeitungsberichte über die *Bestie vom Schlesischen Bahnhof* und die Angst, die jedem Mädchen wie ein Schatten folgte, denn im Frühjahr 1921 verging kaum ein Tag, an dem man nicht wieder ein Körperteil aus dem Wasser fischte. Aber ich fragte mich auch, warum man ihm nicht näher kam, warum niemand wusste, wer er war, und niemand einen Verdacht hegte.

Bald schrieben auch die Zeitungen von den vielen Frauen, die seit Kriegsende am Schlesischen ankamen, die Arbeit suchten, Obdach, Essen, die Großmann zielsicher ansprach und denen er alles versprach. Wie verzweifelt musste man sein, sich von einem wie ihm in seine Wohnung locken zu lassen: ein kleiner, hässlicher Mann mit tückischem Gesicht und bösen klaren Augen. Und obwohl seine Nachbarn Mädchen ein und aus gehen sahen, tat niemand etwas, weil jeder mit dem eigenen Überleben beschäftigt war.

Zu denen, die er tötete, zerstückelte und, wenn man dem Klatsch der Anwohner glaubte, selber aß oder an seinem Wurststand als Dosenfleisch verkaufte, kamen all die, die er *nur* vergewaltigte. Die er oft schwer verletzt wieder laufen ließ, weil er sicher sein konnte, dass sie ihn nicht anzeigen würden. Nicht allein aus Scham über das Erlittene, sondern auch, weil sie vor der Polizei hätten zugeben müssen, dass sie einem Mann auf dessen Zimmer gefolgt waren, was gleichsam zur Folge hatte, dass alles, was ihnen geschehen war, als selbst verschuldet galt. Frauen, die so etwas taten, hatten die gleichen Rechte wie Huren: gar keine.

Carl Großmann stand im Verdacht, mindestens dreiundzwanzig Frauen getötet und zerstückelt zu haben. Viel wahrscheinlicher aber war, dass es noch sehr viele mehr waren, die ohne jede Spur verschwunden waren, deren Namen niemand kannte, die niemand vermisste, die vielleicht nur wenige Stunden in der neuen Stadt verbracht hatten, bevor sie getötet worden waren. Dazu die, die mit dem Leben davongekommen waren: Wie viele mochten es sein? Dutzende? Hunderte? Niemand offenbarte sich, und Großmann sprach auch nicht darüber.

Laut Zeitungsberichten hatte er drei Morde zugegeben – mehr nicht. Das einzige Positive war, dass er einsaß und man ihm in diesem Sommer noch den Prozess machen würde, dessen Urteil wohl jeder schon voraussahnte: Was anderes als den Tod hatte ein solches Monster verdient?

Viele waren also verschwunden. Fast nie hatten sie Fürsprecher, niemanden, der sich um sie sorgte, niemanden, der sie vermisste. Folglich war es, als hätte es sie nie gegeben.

Klara Arzberger aber hatte Isi.

Kaum hatte die Jo Schartes Wohnung verlassen, war sie, mit mir und Arnie im Schlepptau, ins *Arcasi* gestürmt, hatte Artur zur Seite gezogen und in knappen, aber sehr wütenden Worten erklärt, was passiert war.

»Er hat sie verschleppt!«, fauchte sie.

»Hört sich so an«, antwortete Artur.

»Wir müssen sie suchen?«, forderte Isi.

»Wir?«

Isi sah ihn verdutzt an: »Was soll denn das jetzt heißen?«
»Warum sollte *ich* sie suchen, Isi?«, fragte Artur.
»Warum? Weil sie ein Kind ist, in der Hand eines Zuhälters, und du genau weißt, was das bedeutet!«
»Das weiß ich, Isi. Das Problem ist nur: Es ist zu spät!«
»EINEN SCHEISS IST ES, ARTUR!«
Es war so aus ihr herausgebrochen, dass die wenigen Gäste, die an Theke oder Tischen herumgammelten, sich zu ihr umdrehten.
»Du hilfst mir, sie zu finden!«, zischte Isi.
»Und dann?«
»Und dann wird Jo Scharte merken, dass er sich mit den Falschen angelegt hat, dieses Dreckschwein!«
Artur verschränkte die Arme vor der Brust und sah Isi ruhig an.
»Lass mich mal zusammenfassen: In *deinem* Büro tauchen die Geschwister Arzberger auf, denen *du* helfen möchtest. Das klappt zuerst, dann aber wird alles schlimmer, und Kurt landet im Gefängnis. Dann bringst *du* Klara zu mir und forderst von mir, ihr eine Anstellung zu geben, obwohl *ich* dir mehrmals gesagt habe, dass das hier nicht das Richtige ist für ein Mädchen wie sie. Dass ein Mädchen wie sie in einer Gegend wie dieser wie ein Lamm unter Wölfen ist. Und hier irgendwo läuft sie dann auch diesem Scharte über den Weg, der sofort Witterung aufnimmt, der sofort weiß, was er mit ihr machen will. Im Gegensatz zu ihr, die nicht die geringste Ahnung hat, in welcher Gefahr sie sich befindet. So weit korrekt?«
Isis Augen verengten sich zu Schlitzen. »Was willst du mir damit sagen, Artur?«
»Was ich damit sagen will?«, wiederholte er und tippte ihr dann mit dem Zeigefinger gegen die Schulter. »Ich will damit sagen, dass *du* Scheiße gebaut hast! Dass *du* Klara Arzberger dieser Gefahr ausgesetzt hast und nicht auf mich gehört hast. Und jetzt kommst du und verlangst, dass ich alles stehen und liegen lasse, um sie zu suchen. Jetzt kommst du und verlangst, dass ich Jo Scharte für das, was er ihr augenscheinlich angetan hat, zur Verantwortung ziehe. Denn das ist es doch, was du verlangst, oder?«

»Das habe ich nicht gesagt«, gab Isi defensiv zurück.

Artur wurde immer wütender: »Nein?! Was hast du dann gesagt, Isi?«

Sie schwieg, hob an zu antworten, aber Artur kam ihr zuvor: »Was bin ich für dich, Isi? Hm? Sag schon, was bin ich für dich?« Er rückte näher an sie heran. »Sag schon, Isi? Was bin ich? Der Wachhund, den man von der Kette lässt, wenn es schwierig wird? Der Mann, der die Dinge macht, die sonst keiner tun will? Zu dem du kommst und sagst: Fass, Artur, Fass!« Er tippte ihr wieder mit dem Zeigefinger gegen die Schulter, aber so hart, dass ich dazwischenging. »IST ES DAS, ISI?! BIN ICH DAS FÜR DICH? BIN ICH DAS FÜR EUCH?«

Ich konnte mich nicht erinnern, ihn jemals so wütend gesehen zu haben.

Und das ging wohl auch noch anderen so, denn plötzlich stand auch Anna, die Nachtigall, neben mir und zwängte sich ebenfalls zwischen Isi und Artur. Sie wandte sich Artur zu, legte ihm beruhigend die Hand auf die Wange und hauchte ihm einen Kuss auf den Mund. Auch Arnie war vorgesprungen und zog Artur am Arm weg, führte ihn zur Theke und gab dem Barmann zu verstehen, dass er ihnen Schnaps bringen sollte.

Anna nutzte den Moment und flüsterte Isi zu: »Bitte geh jetzt!«

Isi war kreidebleich geworden, sie zitterte.

Genau wie ich.

Anna schob uns sanft zur Tür und sagte leise: »Das ist kein guter Tag heute, Isi.«

»W-was ist denn nur?«, fragte Isi geschockt.

»Isi, merkst du denn wirklich nicht, wie viel Verantwortung er trägt? Dass er euch jeden Tag beschützt, uns alle, und trotzdem nicht alle retten kann? Gustav? Klara? Merkst du wirklich nicht, was er alles tut?«

»D-doch ...«

»Ja? Ist das so?«

Ich schluckte: Sie hatte recht. Artur war unser Fels in der Brandung, der Mann, den nichts erschüttern konnte, derjenige, der stehen blieb, wenn alle anderen fielen. Wir hatten uns so sehr daran gewöhnt, dass er unbesiegbar war, dass wir fast vergessen hatten, dass auch er nur ein Mensch war.

Anna flüsterte: »Du hättest niemals so mit ihm sprechen dürfen, denn *du* bist im Unrecht.«

Isi nickte stumm.

»Geht jetzt. Ich bringe das in Ordnung. Und morgen wird alles wieder gut sein.«

Sie gab Isi und mir einen Kuss auf die Wange, dann schob sie uns durch die Tür. Artur stand mit dem Rücken zu uns über die Theke gebeugt, geradeso, als ob er das Gewicht der ganzen Welt zu tragen hatte.

44

Gustav bekam eine würdevolle Beerdigung.

Nur der Pfarrer linste dann und wann misstrauisch in die illustre Trauergemeinde, denn es waren viele Stammgäste aus dem *Dorian Gray* gekommen, einige auch mit schwarzen Schleiern, obwohl sie sonst keine Frauenkleidung trugen. Zu meiner Freude geleitete auch Friedrich Murnau Gustav auf dessen letztem Weg, warf ernst und äußerlich unbewegt Blumen in das Grab des Mannes, dessen Liebe er entzündet hatte, obwohl er das möglicherweise nicht einmal wusste.

Es gab überhaupt viele Blumen und Kränze, und nicht wenige der Anwesenden weinten.

Nachdem alle gegangen waren, stand ich noch eine Weile an seinem Grab und dankte ihm für die wenige Zeit, die ich mit ihm verbringen durfte.

Isi wartete draußen auf mich.

Artur war nicht aufgetaucht, augenscheinlich brauchte Anna etwas mehr als nur einen Tag, um ihn wieder ins Gleichgewicht zu bringen. Isi war bereit, sich in aller Form bei ihm zu entschuldigen, doch erst einmal plante sie ihren nächsten Angriff. Auch ohne Arturs Hilfe würde sie Klara Arzberger keinesfalls aufgeben. Natürlich wusste sie, dass sie Arturs Männer besser nicht in einen Loyalitätskonflikt zwingen sollte, den sie ganz sicher nicht gewinnen würde. Arnie empfahl ihr, es die nächsten Tage ein bisschen ruhiger angehen zu lassen, wusste aber wie ich, dass Isi nicht zu dem Typ Frau gehörte, der gut gemeinte Ratschläge annahm, wenn die ihr nicht in den Kram passten. So folgte er ihr unauffällig, als sie sich nach dem Kaffee von mir verabschiedete. Nur für den Fall, dass sie sich bei ihrer Suche nach Klara möglicherweise in massive Schwierigkeiten bringen würde, denn das wiederum hätte Artur ihm nicht verziehen.

Sie nahm in der Rungestraße, ganz in der Nähe des Bahnhofs Inselstraße, Aufstellung und beobachtete dort das Haus Nummer fünfzehn, in dem die Firma *Wilhelm Berger & Sohn* ihren Sitz hatte. Offenbar ein florierender Betrieb, der mit Butter, Käse, Zigarren, Tee und Spirituosen, aber auch mit Getreide- und Futtermittel handelte. Das Haus hatte eine große Toreinfahrt, durch die Isi einige Lager entdecken konnte, ansonsten wuselten ein paar Arbeiter draußen herum. Ohne je etwas über den Lebensmittelhandel gehört zu haben, war sich Isi sicher, dass es in diesen Zeiten wohl kaum ein besseres Geschäft gab als dieses. Jedenfalls keines, das eine solche Nachfrage kannte.

Sie hielt nach Jo Scharte Ausschau, aber sie entdeckte ihn nicht, sodass sie nach zwei Stunden ihren Posten aufgab und einen der Arbeiter wie zufällig in ein Gespräch verwickelte. So erfuhr sie, dass Scharte bekannt war, aber man sich in der Firma keinen rechten Reim auf den Mann machen konnte: Er hatte als ganz normaler Buchhalter begonnen, war aber irgendwann nur noch unregelmäßig zur Arbeit erschienen, geradeso, wie es ihm wohl passte.

»Und dagegen sagt keiner etwas?«, staunte Isi.

Der Arbeiter kratzte sich am Kopf. »Nun, der Senior, der alte Wilhelm Berger, hat die Geschäfte seinem Sohn Konrad übertragen und schaut nur dann und wann nach dem Rechten. So ganz aufgeben kann er seine Firma nicht, aber da alles sehr gut läuft, mischt er sich auch nicht groß ein. Und dem Junior ist es offenbar egal, ob Herr Scharte zur Arbeit kommt oder nicht.«

»Hm«, machte Isi nachdenklich.

»Ja«, bestätigte der Mann. »Ist schon komisch, wenn man bedenkt, wie schnell man sonst vor die Tür gesetzt werden kann.«

Der Mann sprach mit einem ihr vertrauten Dialekt, und so fragte sie: »Sie sind nicht von hier, oder?«

»Bin aus Westpreußen.«

»Nicht zufällig aus der Culmer Ecke?«

»Doch, kennen Sie das etwa? Direkt aus Culm.«

»Ich bin aus Thorn.«

Der Mann lächelte: »Schöne Stadt.«

»Culm auch.«

Er nickte. Plötzlich schimmerten sogar Tränen, die er sich verstohlen aus dem Gesicht wischte.

»Ohne den Krieg ...«, begann er, ließ den Satz jedoch unvollendet.

Isi berührte seine Hand. »Wir sind hier und machen das Beste draus, nicht wahr?«

»Jawoll, Fräulein. So schnell kriegen die uns nicht klein!«

»So ist recht! Wollen Sie mir vielleicht einen kleinen Gefallen tun? Von Culmer zu Thornerin?«

»Gern, Fräulein.«

Sie griff in ihre Handtasche, schrieb ihre Telefonnummer auf und gab dem Mann fünf Dollar: »Wenn Herr Scharte hier auftaucht – rufen Sie mich an?«

»Für fünf Dollar binde ich ihn sogar an einen Karren, wenn Sie wollen!«

»Nicht nötig. Nur anrufen!«

So vergingen drei Tage, die Isi zu Hause verbrachte, um jedes Mal, wenn im Vestibül das Telefon schnarrte, hochzuschrecken.

Dann endlich drang am vierten Tag das wohlbekannte Idiom des Arbeiters aus dem Hörer, der kurz und bündig sagte: »Kommen Sie, Fräulein. Jetzt gleich!«

Das tat sie.

Ließ sich von Arnie zur Rungestraße fahren und einen mahnenden Blick gefallen. Dann stieg sie aus, marschierte schnurstracks hinein in das Kontor des Berger'schen Nahrungsmittelhandels und trat in ein großes Büro, wo Telefone klingelten und Schreibmaschinen klapperten. Kaufmänner schrieben in Kladden, Buchhalter ließen Rechenmaschinen klingeln, und ganz hinten im Raum stand Jo Scharte, der sich mit einem anderen, sehr gut angezogenen Mann unterhielt und bester Laune zu sein schien.

Niemand beachtete Isi, jeder war in seine Arbeit vertieft.

Sie entdeckte auf einem Fensterbrett eine Vase mit frischen Blumen, nahm sie in die Hand und warf sie, so fest sie konnte, gegen die Wand, wo sie laut klirrend zerbrach. Sofort hatte sie die volle Aufmerksamkeit des ganzen Büros, alle starrten sie erschrocken an, während der Wasserfleck Schlieren zog und auf dem Boden größer wurde.

Isi zeigte mit dem Finger auf Scharte und rief: »Wo ist Klara Arzberger?«

Jo, zunächst erschrocken wie die anderen auch, fasste sich schnell und kam ihr rasch entgegen, gemeinsam mit dem eleganten jungen Mann, mit dem er gesprochen hatte. Als er Isi erreichte, schob er sie am Ellbogen zur Tür hinaus und sagte: »Lassen Sie uns doch draußen weiterreden, Frau von Torstayn.«

Dort angekommen, fauchte er sie an: »Was wollen Sie hier?«

»Wo ist Klara?«, wiederholte Isi wütend.

»Das geht Sie, mit Verlaub, einen Scheiß an, Frau von Torstayn. Klara ist bald meine Frau und lebt jetzt ihr eigenes Leben!«

»Sie ist aber nicht Ihre Frau!«, zischte Isi.

»Sie ist vor allem nicht Ihre Tochter! Oder kleine Schwester! Oder was immer Sie glauben, was Sie für sie sind!«

»Ich will mit ihr sprechen!«

»Sie wollen gar nichts, Frau von Torstayn. Sie wollen gehen! Das wollen Sie!«

»Einen Dreck werde ich!«

Jetzt mischte sich der elegante junge Mann neben Jo an: »Herrschaften, so geht das doch nicht! Wir beruhigen uns jetzt, dann klären wir das wie zivilisierte Menschen!«

»Wer sind Sie denn?«, pampte Isi.

»Konrad Berger, mir gehört der Laden hier.«

»Dann sagen Sie Ihrem Untergebenen, dass er mir auf der Stelle sagen soll, wo ich Klara Arzberger finde!«

»Das kann ich leider nicht, Frau von Torstayn. Herr Scharte arbeitet hier nicht mehr. Er hat gerade seine Kündigung eingereicht.«

»Dann sind Sie nicht der geheimnisvolle Unternehmer, der diesem Herrn hier eine Prokuristenstelle angeboten hat?«, fragte Isi.

»Doch. Nur nicht in Berlin.«

Isi sah ihn überrascht an. »Nicht?«

»Nein. Er wird für uns nach Danzig gehen. Genau wie seine Braut.«

Isi brauchte einen Augenblick, um die neue Situation zu erfassen. Berger nickte ihr leutselig zu. »Das beantwortet wohl alle Ihre Fragen, Frau von Torstayn. Und sicher haben Sie noch Besseres zu tun, als in meinem Kontor weitere Vasen gegen die Wand zu werfen, oder?«

Seine Freundlichkeit machte Isi nur noch wütender. »Ich gehe hier nicht weg, ohne dass ich mit Klara gesprochen habe.«

Immer noch lächelnd antwortete Konrad Berger: »Doch, Sie gehen hier weg. Sonst werde ich Sie von der Polizei wegtragen lassen, wenn es sein muss. Auch wenn Ihnen so was nichts ausmacht …«

Isi spießte ihn mit Blicken auf. »Kennen wir uns?«

»Nein. Aber die wahren von Torstayns sind liebe Kunden von uns. Sie würden es mir übel nehmen, wenn ich mit Ihnen Umgang hätte.«

»Tja, dann sollten Sie lieber noch mal auf Ihren alten und neuen Untergebenen einwirken, denn sonst komme ich jeden Tag hierher und werfe so lange Vasen gegen Wände, bis ich mit Klara Arzberger gesprochen habe!«

Immer noch lächelte Berger. Dann aber wurde seine Stimme eisig. »Sie suchen die Gefahr, Frau von Torstayn. Aber wer die Gefahr sucht, der kommt darin um.«

»Drohen Sie mir etwa?«, spottete Isi.

Er sah sie nur an.

Da verspürte Isi plötzlich etwas, was sie an sich selbst nicht kannte: Unbehagen. Nein: Angst. Es war, als kröche er ihr in den Kopf, mit diesen Augen, die weder Mitleid noch Wut noch Liebe noch Hass kannten.

Nur Leere.

Immerwährende Leere.

Er sagte: »Ich meine es nur gut mit Ihnen, Frau von Torstayn. Kommen Sie nicht wieder.«

Sie hob trotzig das Kinn.

Wandte sich ab und ging.

Aber es kostete sie alle Kraft, nicht davonzulaufen.

45

Sie sah blass aus, als sie zu Arnie ins Auto stieg, schwieg, als er losfuhr, bis er schließlich wissen wollte, wie das Gespräch ausgegangen war. Isi überspielte ihre Unsicherheit mit einem Lächeln und antwortete, dass sie ihren Standpunkt überaus deutlich zum Ausdruck gebracht habe, was Arnie mit einem Lächeln kommentierte.

Dann kehrte die Stille zurück und mit ihr Konrad Berger.

Diese Augen!

Sie konnte mit allem umgehen: Hass, Wut oder Boshaftigkeit. Aber nicht mit diesem *Nichts*. Man sah in seine Augen, und es war, als ob man sich darin auflöste. Es gab nichts, was man bekämpfen, nichts, wogegen man sich wehren konnte. Da war einfach nichts, und das war das Unheimlichste, was ihr je bei einem Menschen begegnet war. Niemand hatte sie je mehr erschreckt als der gut aussehende, gut gekleidete, mit perfekten Manieren ausgestattete Konrad Berger.

Aber das sollte nicht die einzige Überraschung an diesem Nachmittag bleiben, denn kaum war Isi in die Victoriastraße zurückgekehrt, klopfte es energisch an die Tür. Ein Hausmädchen öffnete und tat vor Überraschung einen kleinen Schrei. Isi, die oben an der Treppe stand, wandte sich um und sah zunächst nur die Hilfskraft wild knicksend zurückweichen, doch dann flog eine junge Frau hinein, die Isi nur zu gut kannte: Helene Boysen.

»Guten Tag!«, grüßte sie spitz und zupfte sich die weißen Handschuhe von den Fingerspitzen. »Ich denke, wir sollten uns einmal unterhalten!«

»Helene«, seufzte Isi. »Hab mich schon gefragt, wann du hier auftauchst. Wo ist Aldo?«

Helene blickte auf und sagte: »Wie wäre es mit einem Kaffee?«

Isi nickte knapp, ging dann in die Beletage vor, wo sie einem anderen Mädchen auftrug, Kaffee zuzubereiten. Als Helene eintrat, saß Isi bereits und wies ihr mit einer Handbewegung huldvoll einen Platz zu. Die ließ sich ohne Hast nieder, sah Isi provozierend selbstsicher an, bis eines der Mädchen den Kaffee servierte und sich dann rasch zurückzog.

»Was willst du hier?«, fragte Isi schließlich.

»Ich habe einen neuen Vorschlag für dich«, begann Helene.

»Interessiert mich nicht«, gab Isi zurück.

»Willst du nicht erst mal hören, was ich zu sagen habe?«

»Nein.«

»Einerlei«, antwortete Helene ungerührt und trank einen Schluck von ihrem Kaffee. »Hier also unser Vorschlag ...«

»Unser?«

»Der Vorschlag der Familie von Torstayn.«

»Schließt das Aldo mit ein?«

»Natürlich«, antwortete Helene, stellte die Tasse ab und fuhr fort: »Du bekommst ein Haus in bester Lage.«

»Das habe ich schon – du sitzt gerade darin.«
»Das ist nur gemietet. Und in drei Monaten läuft der Vertrag aus. Dann musst du raus.«
»Das macht nichts.«
»Wie gesagt, du bekommst ein Haus und eine großzügige Apanage in Dollar. Natürlich auch Sachleistungen wie eine schöne Einrichtung, Kunst, was du willst. Im Gegenzug willigst du in die Scheidung ein.«
»Oh, Scheidung? Nicht mehr Annullierung? Ich dachte, Victoria wäre lieber tot, als dass ich ihren Namen weitertragen dürfte?«
»Schwiegermama ist nicht gerade angetan, das stimmt. Aber sie ist auch eine Pragmatikerin. Sie kann damit leben, wenn du nur aus unser aller Leben verschwindest.«
»Euer Leben? Noch bin ich mit Aldo verheiratet, Helene. Du bist im Moment gar nichts. Nur eine Boysen ohne Land, nicht wahr?«

Die Spitze trieb schmerzhaft durch Helenes Brust.

Isi sah an ihrem zuckenden Mundwinkel, dass es sie Kraft kostete, sich nicht auf sie zu stürzen und ihr das Gesicht zu zerkratzen. Dann aber fing sie sich und antwortete tonlos: »Wir haben alle unsere Heimat verloren.«

»Ich habe keine Heimat verloren, Helene. Nur du.«

Helenes Augen glänzten kalt, sie räusperte sich. »Wie dem auch sei. In Anbetracht der schweren Zeiten ist das Angebot durchaus großzügig. Du wirst eine reiche Frau sein, unabhängig davon, ob die Inflation schlimmer wird oder nicht. Und du behältst deinen Namen.«

»Den Namen behalte ich nur, weil es dich und das andere Torstayn-Pack rasend macht. Und dass ihr mir immer noch Geld anbietet, zeigt nur, dass ihr nichts verstanden habt.«

»Was willst du dann?«

»Ich will mit Aldo sprechen.«

Helene fixierte Isi und antwortete: »Das wirst du, sobald du die Vereinbarung unterschrieben hast.«

»Ich will vorher mit Aldo sprechen.«

»Nein!«

Da lächelte Isi. »Oh, was ist denn, Helene? Hast du Angst, ich könnte ihn wieder zurücknehmen?«

»Aldo hasst dich!«, behauptete Helene.

»Tut er das?«, entgegnete Isi genüsslich. »Wie groß wird dann erst mein Triumph sein, wenn er wieder zu mir zurückkehrt ...«

»Niemals!«

»Wenn du dir so sicher bist, warum drehst du dann gerade durch?«

Helene atmete tief durch und antwortete: »Das tue ich gar nicht. Es ist nur so, dass Aldo schwach ist! Man muss ihn vor sich selbst schützen!«

»In diesem Punkt sind wir mal einer Meinung.«

Helene stand auf und drohte: »Ich warne dich: Nimm den Handel an!«

»Oder was, Helene?«, fragte Isi zurück und stand ebenfalls auf. »Schickt ihr dann noch ein Mordkommando?«

Helene schnaubte verächtlich.

»Nur zu, Helene. Ihr bekommt einen nach dem anderen zurück. Tot.«

»Du weißt nicht, mit wem du dich anlegst!«, rief Helene wütend.

»Mach den Weg frei, und es wird niemand mehr zu Schaden kommen.«

»Erst spreche ich mit Aldo!«, fauchte Isi.

»Was willst du denn mit ihm besprechen?«, fauchte Helene zurück.

»Ich will wissen, ob er von dem Anschlag wusste!«

Helene hielt inne.

Isi konnte sehen, wie es in ihrem Kopf arbeitete, wie sie blitzartig ihre Lage prüfte, die Silben wog, die sie aussprechen durfte.

Dann antwortete Helene ruhig: »Es spielt keine Rolle, was er wusste oder nicht. Aldo ist zwar der König in diesem Spiel, aber niemand gewinnt Schach mit einem König. Die Dame ist die mächtigste Figur. Sie bestimmt den Angriff und entscheidet die Partie.«

»Wenn Aldo mit dem Tod meines Kindes zu tun hat, dann brauchen wir keinen Handel mehr.«

Helene sah sie aufmerksam an: »Wie meinst du das?«
Isi trat an sie heran. »Dann werde ich ihn umbringen.«
Die beiden Frauen sahen sich kalt an.
»Wirst du den Handel annehmen?«, fragte Helene.
»Nein«, antwortete Isi.
Helenes Mund verschloss sich zu einem dünnen Strich: »Dann kann ich nichts mehr für dich tun.«
Sie wandte sich ab und verließ das Haus.

46

Helene rauschte so wütend hinaus, dass sie beim Queren der Bellevuestraße mehrere Automobile zu einer Vollbremsung zwang. Die Fahrer, die wagten, sich darüber zu beschweren, spießte sie mit giftigem Blick auf. Sie ignorierte den schönen Rolandbrunnen, die herrliche Siegesallee und erst recht die wild treibenden Blüten des Tiergartens. Stattdessen marschierte sie zu den Linden, balancierte ein ebenso zierliches wie altmodisches Schirmchen gegen die Sonne über ihrem Hut und sah dabei aus, als wollte sie Berlin im Alleingang unterwerfen.

Isi war das nur recht: Kaum hatte Helene die Haustür krachend hinter sich zugeworfen, war sie ihr nachgeeilt, denn sie musste wissen, wo ihre Rivalin Stellung bezogen hatte, vielleicht sogar mit Aldo. Sie hielt Abstand und folgte ihr über die Siegesallee durch das Brandenburger Tor auf die Linden und von dort zu einem wunderschönen Haus mit einem Ziertürmchen, etwa auf halbem Weg zum Stadtschloss, sehr nahe der Friedrichstraße.

Statt Namensschildern gab es einen Portier, der in einem kleinen Büro im prunkvollen Vestibül saß und von dem sie zwar nicht erfuhr, wohin die Dame vor ihr unterwegs gewesen war, aber immerhin, dass sich diesen Prachtbau insgesamt vier Parteien teilten.

»Und welche?«, fragte Isi.
»Wer will'n dit wissen?«, blaffte der Concierge grob.

Isi fand, dass er nicht nach einem Mann aussah, den man mit Charme bezirzen konnte. Mit einem kleinen Bestechungsgeld würde sie ihn auch nicht locken können, sie hatte ihre Wohnung in der Eile ohne ihre Handtasche verlassen.

»Ma' bissken netta, wa?!«, pampte Isi zurück. »Sprichst hia nich mit 'ne Bordsteinschwalbe, du Flitzpiepe!«

»Klingst aba wie eene!«

»Stänkafritze!«

»Aas!«

Sie sahen einander an, bevor Isi ihn anlachte. »Lass man jut sinn, ick jeh ja schon!«

»Hübsch biste ja!«, antwortete der Mann mild. »Aba Manieren haste keene!«

»Ha' ick schon öfta jehört.«

Der Mann grinste und hielt ihr die Tür auf. »Na, dann vafatz dir ma. War mir 'n Vajnüjen.«

Sie verließ das Haus und nahm auf einer Bank schräg gegenüber, gleich unter einer Linde Platz, durchaus sicher, dass ihr kleiner Auftritt als Dame von zweifelhaftem Ruf seinen Zweck nicht verfehlt hatte: Der Pförtner würde Helene keinen Bericht erstatten, denn welche Herrschaften, vor allem weibliche, interessierten sich schon für neugierige Freudenmädchen, die sich in der Tür geirrt hatten?

Eine Weile saß sie nur da, beobachtete mal den Eingang, mal die Passanten, die offenbar wohlhabend genug waren, sich um diese Zeit einfach nur die Füße vertreten zu können. Ob Aldo wirklich in Berlin war? Möglicherweise sogar in einer dieser Wohnungen? Insgeheim hoffte sie, dass er aus der Tür treten würde, ahnte aber, dass sie tagsüber kaum damit rechnen konnte, denn Aldo war ein Nachtmensch: Er liebte Vergnügungen, Musik und Alkohol. Für schöne Frühlingstage hatte er – zumindest früher – wenig übrig.

So mochte sie eine Stunde ausgeharrt haben. Die Zeit begann, ihr lang zu werden, und sie dachte darüber nach, ihren Posten wieder zu räumen, als sie vom Stadtschloss her drei Männer über den Bürgersteig eilen sah, von denen sie zwei sofort erkannte: Erwin Kern und Hermann Fischer. Es waren der Brief dieser beiden im letzten Jahr und die darin enthaltene Liste von Mitgliedern der Organisation Consul gewesen, die uns ins Fadenkreuz gerückt hatten, weil wir die Informationen an die Behörden weitergegeben hatten. Ein Brief für Aldo bestimmt, von Isi abgefangen, der letztlich all die Gewalt in Gang gesetzt hatte, an deren Ende ihr tot geborener Sohn stand.

Diese beiden hier zu sehen war mehr als beunruhigend, denn eigentlich hatte Isi – wie wir alle – geglaubt, mit Fritz Gromatkas Tod den Kopf aus der Schlinge und gleichsam der Schlange die Giftzähne gezogen zu haben. Aber O.C. war offensichtlich wie die Hydra, wo zwei Köpfe nachwuchsen, wenn man einen abschlug. Kurz hoffte Isi auf einen Zufall, darauf, dass die drei an der Haustür der Nummer sechzehn einfach vorbeilaufen würden, aber sie taten es nicht.

Natürlich nicht.

Hatte Helene nicht wenig subtil mitgeteilt, dass sie dieses Mal alles auf eine Karte setzen würde? Der König war nicht matt gesetzt, die Figuren formierten sich zu einem neuen Angriff. Und sie würde sich nicht einmal anstrengen müssen, die Verschwörer auf uns zu hetzen: Artur hatte vier von ihnen getötet und einen so lange gejagt, bis der von den eigenen Leuten umgebracht worden war.

Allein der Dritte im Bunde schien Isi nicht so recht ins Bild zu passen: Während sich in Kerns und Fischers Gesichtern die Erfahrungen eines langen, brutalen Krieges widerspiegelten, war der dritte Mann ein Milchgesicht mit weichen, fast mädchenhaften Zügen, zu jung, um wirklich gekämpft zu haben. Auch lief er zwei Schritt hinter ihnen her, fast ein wenig geduckt in der Körperhaltung. Die beiden vor ihm hingegen demonstrierten militärische Strenge und Zielstrebigkeit.

Sie respektieren ihn nicht, dachte Isi.

Dann schon waren sie im Hauseingang verschwunden.

Sie rührte sich nicht von der Stelle und nahm sich vor, auf die Männer zu warten, in der Hoffnung, ihnen vielleicht folgen zu können. Allein: Kern und Fischer waren erfahren. Und sie würden Isi wahrscheinlich erkennen. Wenn sie das taten, stand es nicht nur schlecht um sie, sondern um uns alle: Mit ihr als Geisel wären wir dazu verdammt, auf jede ihrer Forderungen einzugehen.

Aber sie hatte Glück.

Keine zwanzig Minuten später verließ der Jüngling wieder das Haus und eilte Richtung Stadtschloss davon. Isi folgte ihm in der Gewissheit, dass, wenn er sich nach ihr umdrehen sollte, er sie nicht erkennen konnte. Sie passierten erst das Schloss, dann den Alexanderplatz und landeten irgendwann in den Armenvierteln des Prenzlauer Bergs, wo Isi ihm in eine der Wohnkasernen folgte, in den zweiten Stock des ersten Hofes. Dort verschwand er hinter einer schäbigen Wohnungstür.

Auf dem Hof hielt Isi einen der herumlungernden Jungen am Ärmel fest und fragte ihn nach dem jungen Mann im zweiten Stock.

»Dit is' der Ernst!«, sagte der Bursche und zog geräuschvoll den Rotz hoch. »Wat willste denn von dem, Frollein?«

»Sieht jut aus, der Ernst. Hatter 'ne Freundin?«

Der Junge zuckte die Schultern. »Hab keene jesehn.«

Isi nickte und fragte: »Wie heeßter denn mit janzn Nam'?«

Frech hielt ihr der Bursche die offene Hand hin. Isi beugte sich zu ihm und hauchte ihm einen Kuss auf die dreckige Wange. Erst überrascht, dann ganz verschämt grinste er sie an und sagte: »Techow heesster. Un' wenner nich will, ick nehm dir!«

Isi grinste zurück und flüsterte: »Der will mir ...«

Er rieb sich die Stelle, an der er den Kuss bekommen hatte, und nickte. »Dit jloob ick, Frollein. Ick bin ooch schon janz valiebt in Ihn'.«

»Keen Wort zu ihm, klaro?«

Der Kleine nickte, tippte mit dem Zeigefinger auf die andere Wange und erhielt von Isi einen zweiten Kuss.

»Ick schweije wie 'n Jrab, Frollein.«

47

Am selben Abend tauchte Artur in der Victoriastraße auf. Dort saßen wir zusammen in der Beletage, nachdem ich Hans ins Bett gebracht und ihm eine Gutenachtgeschichte vorgelesen hatte.

Jetzt tranken wir Wein, während Isi von Helenes Besuch und dem von ihr vorgeschlagenen Handel berichtete. Als sie geendet hatte, kniete sie sich plötzlich vor den in einem Sessel sitzenden Artur, legte ihre Hände auf seine und sagte: »Ich bitte dich um Entschuldigung, Artur.«

Überrascht von der Geste murmelte Artur nur: »Schon gut.«

»Bitte sag mir, dass du mir verzeihst! Ich kann so nicht leben, Artur.«

Er beugte sich vor und gab ihr einen Kuss auf den Mund und lächelte. »Schon vergessen.«

»Danke.«

Auch ich atmete erleichtert auf.

»Was ist mit Kurt?«, fragte Artur schließlich. »Hat ihn schon jemand besucht?«

Ich schüttelte den Kopf: »Ehrlich gesagt hoffe ich immer noch ein bisschen darauf, dass Klara vorbeikommt und sich erklärt.«

»Es ist *ihr* Bruder«, antwortete Artur. »Es ist *ihre* Aufgabe, sich zu erklären. Genau genommen hat keiner von uns noch etwas mit der Sache zu tun.«

»Du weißt, wie sie sind, Artur«, sagte Isi. »Beide nicht sehr lebenstüchtig.«

»Es würde Kurt das Herz brechen, wenn Klara wirklich nach Danzig ginge«, sagte ich.

»Dann soll er eben nach Danzig nachziehen, wenn er aus dem Knast kommt«, schlug Artur vor.

»Kurt? Mit seinen Träumereien von Kunst und dem Leben in der Hauptstadt? Der soll in die ostelbische Provinz? Und dann auch noch als schwuler Mann? Der würde sterben da!«, warf Isi ein.

»Ist es sicher, dass sie nach Danzig geht?«, fragte ich.

Isi zuckte mit den Schultern: »Berger hat eine Dependance da. So viel habe ich herausfinden können.«

»Vielleicht will Jo Klara tatsächlich nur für sich allein«, warf ich ein.

Isi schüttelte den Kopf. »Da stimmt etwas nicht. Ganz sicher.«

»Klara muss den ersten Schritt machen«, sagte Artur. »Selbst wenn ihr zugestoßen ist, was wir alle befürchten, muss sie zu uns kommen.«

Isi schwieg, was sie sonst sicher nicht getan hätte, aber sie wollte den neuen Frieden nicht gefährden. Vielleicht stimmte sie Artur insgeheim sogar zu.

»Kommen wir zu unseren Freunden von O.C.«, fuhr Artur fort. »Sie sind also zurück in der Stadt.«

»Was sollen wir tun?«, fragte ich beunruhigt.

»Ich werde einem Handel erst zustimmen, wenn ich mit Aldo gesprochen habe!«, erklärte Isi. »Ich muss wissen, wie tief er drinsteckt.«

»Aber wir wären frei, Isi«, wandte ich ein. »Und um Aldo könnten wir uns auch irgendwann später kümmern. Wenn sich alles beruhigt hat.«

»Es wird sich nichts beruhigen«, sagte Artur. »Sie sind zurück, und sie werden zuschlagen.«

»Vielleicht nicht?«, fragte ich mit wenig Hoffnung.

»Ich habe ihre besten Leute umgebracht. Rache ist da unausweichlich!«

»Hat Gromatka nicht noch getönt, dass es nicht vorbei ist?«, fragte Isi.

Artur nickte. »Er hat viel nationales Zeug geredet. Aber eines ist klar: Solange es O.C. gibt, sind wir in Gefahr.«

»Ihre Front bröckelt!«, antwortete ich. »Die meisten sind auf der Flucht. Vor ein paar Wochen haben sie diesen Idioten Kapp festgenommen.«

Wolfgang Kapp, der Mann, der so gerne Reichskanzler geworden wäre, und gedacht hatte, er könnte mit einem Putsch die Republik stürzen, war in Schweden festgenommen und nach Deutschland ausgeliefert worden. So wenig Ehrgeiz die Justiz im Verfolgen und Verurteilen von Rechtsnationalen hatte, in seinem Fall hatte sie zugegriffen, vielleicht auch, weil ihr gar nichts anderes übrig geblieben war. Mit Unbehagen dachte ich an den bevorstehenden Prozess, vielmehr an seinen Ausgang, denn es war zu befürchten, dass die Strafe überaus mild ausfallen könnte.

»Kern und Fischer sind keine Idioten«, antwortete Artur. »Wir müssen sie loswerden.«

Isi nickte. »Ich liefere sie dir!«

»Bitte überlass das Artur und seinen Leuten!«, bat ich. »Es gibt keinen Grund, ein unnötiges Risiko einzugehen.«

»Die werden ständig in Bewegung sein«, antwortete Isi. »Artur muss wissen, wo er sie stellen kann.«

»Und wie willst du das herausfinden?«, fragte ich.

Sie lächelte nur und ließ dann ein wenig ihre Finger durch die Luft tanzen. »So wie ich das immer mache: mit ein bisschen Magie!«

48

Mitunter mochte man wirklich glauben, dass Isi über Zauberkräfte verfügte, aber tatsächlich agierte sie nur sehr selbstsicher und manchmal derart frech, dass es an Verwegenheit grenzte.

Ihre Karriere als *Hexe* hatte kurz nach dem Krieg begonnen, als sie eine wohlbetuchte, abergläubische Alte mit präparierten Hühnereiern so aufgescheucht hatte, dass sie an ihr und ihren ebenso esoterisch verklärten Freundinnen ein Vermögen als Wahrsagerin und Seherin verdient hatte. Selbstredend verfügte Isi über keine übernatürlichen Kräfte, aber die Damen glaubten es alle. Das einzig wirklich *Magische* war Isis vollendete Kunst der Präsentation und Ablenkung: Ihre wahre Begabung bestand nicht darin, etwas herzuzaubern, was vorher gar nicht da war, sondern etwas herzuzaubern, von dem jemand dachte, es wäre vorher gar nicht da gewesen. Sie ließ Menschen sehen, was sie sehen wollten, fühlen, was sie fühlen wollten, und vor allem ließ sie sie Dinge tun, die sie eigentlich nicht tun wollten. Fast schon unnötig zu erwähnen, wie gut dies vor allem bei Männern funktionierte, mit deren niederen Instinkten sie virtuoser umging als Franz Liszt mit einem Klavier.

So konnte dann auch Ernst Werner Techow sein Glück gar nicht fassen, als er am nächsten Morgen sein schäbiges Zimmer verließ und auf dem Alexanderplatz mit einer bezaubernden jungen Dame zusammenstieß. Dabei fragte er sich nicht, wie sie mitten auf dem riesigen Platz in ihn hatte hineinlaufen können, er fragte sich auch nicht, warum sie ihn nicht beschimpfte, obwohl sie umgeknickt und hingefallen war. Ja, er fragte sich nicht einmal, warum sie seine Hand nicht losließ, als er ihr wieder auf die Beine half und sie ihn neugierig ansah.

Alles, was *er* sah, war der Beginn einer Romanze, an deren Anfang ein amüsanter Zufall gestanden hatte. Eine Geschichte, deren Fortlauf geradezu danach schrie, sich in ein leidenschaftliches Abenteuer zu verwandeln. Eine Begebenheit, bei deren Schilderung auf einer Hochzeit die Brautjungfern dahinschmolzen, weil sie so märchenhaft war, und von der später die Kinder den Kindeskindern erzählten: Ihre Großeltern seien einst auf einem leeren, riesigen Platz zusammengestoßen, weil das Schicksal es so wollte.

All das sah Ernst Werner Techow in den Sekunden, in denen sie sich gegenüberstanden und Isi seine Hand nicht losließ. Ihm Zeit gab, ihr schönes Gesicht zu betrachten, den reizvollen Mund, die blitzenden blauen Augen und den spöttischen Ausdruck darin. Er sah, was er sehen wollte, bis er sich sicher war, diese Gelegenheit nicht verpassen zu dürfen, denn niemals wieder würde ihm das Leben eine solche Frau in die Arme wehen.

»Sind Sie immer so stürmisch?«, fragte Isi halb böse, halb kokett und öffnete Techow damit Tür und Tor, sich von seiner galantesten Seite zu zeigen.

»Ich bin untröstlich!«, rief er erschrocken. »Sind Sie verletzt?«

Isi blickte auf das am Boden liegende Päckchen und seufzte. »Nur der Kuchen, wie ich annehme!«
Endlich ließ sie ihn los, worauf er gleich den Hut lüftete und sich kurz verbeugte. »Wenn ich mich vorstellen darf: Techow. Und für den Kuchen komme ich selbstredend auf.«
»Sieh an«, lächelte Isi. »Berlin scheinen die Ehrenmänner doch noch nicht ausgegangen zu sein.«
»Leider bin ich etwas in Eile ...«
»Ah!«, machte Isi spöttisch.
Das verletzte ihn ein wenig, sodass er schnell anfügte: »Wollen wir vielleicht Visitenkarten tauschen?«
»Ah!«, machte Isi erneut.
Es war offensichtlich, dass sie seine Redlichkeit anzweifelte, was ihn kränkte, und um zu beweisen, dass er anders war als die anderen, lachte er sie an und sagte: »Sie haben vollkommen recht! Darf ich Sie auf ein Getränk einladen?«
Er durfte.
Sie betraten ein Café, bestellten Gebäck und Kaffee, später dann ein Glas Sekt, während sie in unverfänglichen Plaudereien über dies und das sprachen und dabei feststellten, dass sie doch sehr harmonierten. Genauer betrachtet stellte das nur Techow fest, denn Isi saß vor ihm und schenkte ihm ein Strahlen, das den dunkelsten Ecken seiner verirrten Seele Licht spendete, vor allem als er erklärte, warum die Republik so schwach und die Demokratie so falsch war.
So lächelte sie, als er Philipp Scheidemann verdammte, dessen Ausrufung der Republik am neunten November 1918 der Sündenfall gewesen sei. Lächelte, als er Sozialdemokraten und vor allem Kommunisten, die dem Heer das Messer in den Rücken gerammt hätten, die Pest an den Hals wünschte. Lächelte, als er die Franzosen verfluchte, die Engländer, die Amerikaner, die Russen. Und lächelte auch noch, als er sich über Walther Rathenau beschwerte, der jetzt Außenminister und Liebling des Volkes war, wobei sein Erfolg im April auf der Konferenz von Rapallo nur ein Scheinerfolg gewesen sei.

Rathenau hatte es geschafft, das politisch wie wirtschaftlich isolierte Deutschland wiederzubeleben, indem er mit dem einstigen Gegner Russland neue Beziehungen und vor allem den Verzicht auf Reparationen ausgehandelt hatte. Für Techow war daran nichts Gutes, außer vielleicht dass es Frankreich rasend gemacht und es, nicht zum ersten Mal, mit Vergeltung gedroht hatte. Für ihn war das Reich schwach, alle demokratischen Politiker Bettler. Selbst wenn sie, wie Rathenau, einen ersten Schritt aus der Misere getan hatten. Und es ärgerte ihn über alle Maßen, dass des Außenministers Stern hell am Firmament der Weltpolitik strahlte, wo jeder aufrechte, nationale Mann doch nichts als Hass empfinden musste.

All das durfte sich Isi anhören, sie, die nach der Revolution gegen den weißen Terror und die Kaisertreuen gekämpft, die furchtlos in die Gewehrläufe des Militärs gestarrt hatte. Und doch wurde sie das Gefühl nicht los, dass hier bloß ein dummer Junge vor ihr saß und nachplapperte, was andere ihm eingetrichtert hatten. Ein junger Mann, der Halt suchte und ihn bei den Rechten gefunden hatte.

»Ich versteh nichts von Politik«, antwortete Isi schließlich, und die Art, wie sie das sagte, ließ Techow gleich verstummen, denn er glaubte, dass sie sich zu langweilen begann, und dafür wollte er nicht verantwortlich sein.

»Ich habe noch gar nicht gefragt, wie Sie heißen«, sagte er stattdessen.

»Lotte«, antwortete Isi.

Der Deckname, den sie auch schon während der Revolution benutzt hatte.

»Sehr schön. Ich bin Ernst!«, antwortete Techow und hielt ihr sein Sektglas entgegen. »Wollen wir darauf anstoßen?«

Sie wollte.

Und an seinem erwartungsvollen Gesicht konnte sie ablesen, auf was er hoffte.

»Und jetzt erwarten Sie einen Bruderschaftskuss?«, fragte sie.

»Nichts lieber als das!«

»Sie gehen ja ganz schön ran!«, gab Isi zurück. Um dann vielversprechend zu lächeln. »Wir werden sehen ...«

Es gab eine Pause mit bedeutungsvollen Blicken, wonach das Gespräch nicht mehr recht auffrischen wollte, sodass Techow schließlich auf die Uhr sah und erschrak. »O Gott, ich bin viel zu spät!«

»Wo soll es denn hingehen?«, fragte Isi.

»Ich wollte mir ein Automobil ansehen«, antwortete er.

»Wie aufregend«, gab Isi zurück.

Techow nickte nachdenklich. »Ja, schon ...«

»Freuen Sie sich denn nicht?«, fragte Isi.

»Doch, doch, es ist ... also, es ist für einen Freund.«

Isi hatte so eine Ahnung, wer dieser *Freund* sein könnte: Kern oder Fischer. Dann stand sie auf und machte Anstalten zu gehen.

»Warten Sie!«, rief Techow und bot ihr den Arm.

Draußen verbeugte er sich noch einmal vor ihr und fragte: »Darf ich Sie wiedersehen?«

Isi gab ihm einen Kuss auf die Wange und lächelte kokett. »Den schuldete ich Ihnen noch!«

»Wann?«, fragte er rasch.

»Bald«, gab sie gleichgültig zurück.

»Aber ...«

»Wenn Sie mir Ihre Adresse verraten, lasse ich es Sie wissen.«

Er nannte ihr die Adresse, die sie längst kannte, dann winkte sie ihm zu und eilte davon.

Sie wusste, dass er ihr nachsah, was ihr ausnehmend gute Laune machte. Als ich an diesem Tag nach Hause zurückkehrte, begrüßte sie mich mit einem Strahlen im Gesicht und sagte: »Wir ziehen aus.«

49

Es war eigenartig, unser altes Haus in der Voigtstraße zu betreten.

Natürlich waren die kaputten Fenster und Türen längst repariert worden. Es gab keine Spuren des Kampfes und der Verwüstung mehr, aber kaum hatte ich die Haustür aufgeschlossen, horchte ich erst einmal in den Flur, ja ins gesamte Haus hinein, ob nicht irgendwo verräterische Schritte schlichen, leiser Atem ging oder ein verstohlener Schatten davonsprang. Ich prüfte sogar den Geruch auf ein fremdes Rasierwasser, aber da war nichts als abgestandene Luft und leicht verstaubte Räume.

Hans hatte gegen den Umzug protestiert, hatte mit dem Fuß aufgestampft und geheult, weil er partout die Victoriastraße nicht verlassen wollte, nicht nur, weil das Haus dort so schön groß war und sehr nah am Tiergarten, den er sehr liebte, sondern auch, weil er die vielen dienstbaren Geister darin zu schätzen gelernt hatte. Mehr als das: Er hatte eine aristokratische Freude entwickelt, über Personal zu verfügen und es auch entsprechend zu scheuchen. Wir hatten mehr als einmal ein ernstes Gespräch darüber geführt, dass ich es überhaupt nicht mochte, wenn er sich mit seinen sieben Jahren wie ein junger Gutsherr aufführte, auch hatte ich ihm Strafen angedroht, wenn er sich nicht respektvoller gegenüber den Dienstmädchen benehmen würde.

Allein: Es hatte wenig genutzt.

Er hatte seine kleinen tyrannischen Auswüchse nur in die Zeiträume verschoben, in denen weder Isi noch ich anwesend waren, sodass ich oft nur durch Zufall erfuhr, wenn er sich schlecht benahm. Ich war daher nicht unglücklich, als Isi unseren Umzug befahl, und trat zufrieden in unser altes Wohnzimmer, begrüßte mit einem Lächeln das gemütliche Mobiliar, das Grammofon und die kleine Küche.

Wir packten aus und saßen abends, als Hans endlich im Bett lag, im Wohnzimmer zusammen, hörten Musik und tranken Wein, wie wir es früher auch getan hatten. Außer dass wir jetzt offiziell Geschwister waren. Denn das war unsere neue Legende für den Fall, dass Ernst Techow uns einmal besuchen würde, und das würde er, sobald Isi ihm einen Ring durch die Nase gezogen hatte.

»Du bist mein älterer Bruder«, sagte sie, »unsere Eltern sind im Krieg gestorben und haben uns dieses Haus und ein wenig Geld vermacht. Du arbeitest jetzt übrigens auf dem Finanzamt.«

»Was Besseres ist dir nicht eingefallen?«, fragte ich mürrisch.

»Das ist ein sicherer Beruf, und vor allem ist der Laden groß genug, dass man nicht so leicht herausfindet, dass du da gar nicht angestellt bist.«

»Und du?«, fragte ich.

»Ich suche einen Ehemann. Inoffiziell. Offiziell versorge ich den Haushalt. Und dein Kind.«

»Die Kindsmutter ist ebenfalls im Krieg gestorben?«

»An der Spanischen Grippe. Wir heißen jetzt übrigens Borrmann. Lotte und Georg Borrmann.«

»Und du glaubst, das funktioniert?«, fragte ich zweifelnd.

Da zog sie einen Brief aus ihrer Rocktasche, öffnete ihn und las: »*Liebe Lotte, seit wir uns auf so schicksalhafte Weise begegnet sind, kreisen meine Gedanken nur um dich. Ich frage mich, was du gerade tust und ob du vielleicht an mich denkst, so wie ich an dich denke. Ich kann dir gar nicht sagen, wie sehr ich mich gefreut habe, deinen Brief vorgestern bekommen zu haben. Du schreibst so amüsant, so leichtfüßig! Ich möchte jeden Tag einen Brief von dir lesen! Lieber noch zwei! Wann sehen wir uns? Bitte schreib mir bald – ich zähle schon die Stunden!*«

Ich starrte sie an. »Du bist unglaublich!«

»Oh, bitte, Carl. Ein dummer Junge von zwanzig Jahren. Das ist beinahe schon beleidigend leicht.«

»Und es macht ihm nichts aus, dass du viel älter bist?«, fragte ich.

»Du bist wirklich ein Charmeur, Carl! Casanova hätte von dir lernen können!«, maulte sie.

»Also, bitte, er ist zwanzig und du schon fünfundzwanzig!«

»Ich bin auch zwanzig und du ein unsensibler Trampel.«

»Gut, meinetwegen: zwanzig«, bestätigte ich und fügte grinsend an: »Hast dich ganz passabel gehalten.«

»Und du wunderst dich, dass du keine Freundin hast«, schnappte sie zurück.

Ich seufzte.

»Was machst du eigentlich … also, wenn er dich …?«

Sie lachte.

»Du bist so ein Schäfchen, Carl. Meinst du nicht, dass Aldo ein ganz anderes Kaliber war?«

»Allerdings.«

»Und?«, fragte sie keck zurück.

»Schon gut, ich ziehe die Frage zurück«, antwortete ich seufzend. Sie nickte zufrieden.

Dann verlor sich ihre gute Laune plötzlich und wich einer düsteren Prophezeiung: »Ich werde diesen Burschen auswringen wie einen Putzlappen. Und wenn kein einziges Tröpfchen mehr rauskommt, dann werde ich ihn wegschmeißen und Artur sagen, wo er die beiden anderen findet. Und *dann* werden wir in Frieden leben.«

So verbrachte sie mit Ernst Techow herrliche Maitage.

Sie trafen sich oft, flanierten oder tranken Kaffee, während Isi ihn mal lockte, dann wieder wegstieß, ihm schrieb oder ihn mit unklaren Andeutungen eifersüchtig machte. Anders gesagt: Sie warf ein Netz über ihn und zog es gnadenlos zu, bis er sich nicht nur nicht mehr rühren konnte, sondern es vor allem gar nicht mehr wollte.

Ich lernte ihn bei einem Besuch kennen, und ich glaube, dass er mich, Georg Borrmann, korrekter Beamter und älterer Bruder Lottes, bei Weitem nicht so faszinierend fand wie meine kleine Schwester. Natürlich ließ er es sich nicht anmerken, denn schließlich würde ich es sein, bei dem er um die Hand Lottes würde anhalten müssen, in Ermangelung eines Vaters.

Er berichtete von seinem Maschinenbaustudium, wobei ich ihn ermahnte, einen möglichst guten Abschluss anzustreben, denn nur damit ließe sich in diesen schweren Zeiten eine Familie ernähren. Dabei blickte ich Lotte streng an, die sogleich den Blick verschämt abwendete, was Techow versichern ließ, dass er mit Lottes Hilfe den besten Abschluss machen würde, den je ein Student an der Technischen Universität in Berlin erreicht hätte. Das zu hören stimmte mich milde, worauf ich ihm erst einen Schnaps anbot, den er brav ablehnte, und mich dann empfahl.

Nach zwei Wochen stand er derart in Flammen, dass es für Isi an der Zeit war, die Daumenschrauben ein wenig anzuziehen: In einem höchst romantischen Moment, als sie beide im Tiergarten auf einer Bank saßen und Händchen hielten, schlug sie ihm vor durchzubrennen.

Er zuckte zusammen, als hätte sie ihm einen Stromschlag verpasst, und sah sie mit großen Augen an. »Durchbrennen?«

»Ja!«, rief Isi begeistert. »Warum nicht? Lass uns fortgehen!«

»Fort? Wohin denn?«

»Australien!«

»Australien?«

»Ja, lass uns gleich los! Ich schreibe Georg einen Brief, und dann treffen wir uns am Anhalter Bahnhof. Wir fahren nach Hamburg und von dort mit dem ersten Schiff nach Australien!«

Er war reichlich blass geworden.

»A-aber … ich meine … wir haben doch keine Fahrkarten …«

Isi runzelte die Stirn: »Fahrkarten? Ich spreche von unserem gemeinsamen Leben, und du kommst mir mit Fahrkarten?«

»Aber wir brauchen doch Fahrkarten?«, protestierte er schwach.

»Dann kaufen wir welche!«, schlug Isi vor.

»Aber wovon …?«

»Verkauf dein Automobil!«, rief sie da.

»Was für ein Automobil?«, fragte er zurück.

»Na das du für einen *Freund* angesehen hast«, sagte Isi Gänsefüßchen markierend und fügte lächelnd hinzu: »Ich habe doch gleich begriffen, dass es für dich ist. Du wolltest nur nicht so vor mir angeben …«

Techow lachte unsicher: »Ah, dieses Automobil …«

»Verkauf es!«

»Das kann ich nicht, Lotte.«

Isi verschränkte die Arme vor der Brust und zog einen Flunsch. »Ich-kann-nicht wohnt in der Ich-will-nicht-Straße!«

»Es geht wirklich nicht, Lotte. Ich würde alles für dich tun …«

»… nur das nicht!«, vollendete Isi gekränkt. »Verstehe schon.«

Er zögerte mit der Antwort, dann sagte er: »Sieh mal, ich gehe ja mit dir weg …«

Sie lächelte ihn an. »Dann lass uns gehen! Jetzt!«

»Gib mir noch ein wenig Zeit, bitte!«

»Warum denn? Was ist denn so wichtig an deinem dummen Studium? Was ist wichtiger als ich?«

»Nichts, Lotte …«

»Aber?«, hakte sie nach.

»Ich habe Verpflichtungen.«

Sie wandte sich ihm zu. »Welche Verpflichtungen?«

»Das darf ich dir nicht sagen«, gab er kleinlaut zurück.

Sie sah ihn an, dann gab sie ihm zu seiner großen Überraschung einen kleinen Kuss auf den Mund. »Hast du so wenig Vertrauen in mich?«

Da konnte sie sehen, wie ihm Tränen in die Augen stiegen. »Natürlich vertraue ich dir! Ich liebe dich doch!«

»Ist das wahr?«, fragte Isi sanft.

»Ich liebe dich, Lotte! Ich liebe dich wie verrückt!«

Sie lächelte.

»Dann solltest du keine Geheimnisse vor mir haben, Ernst.«

Er rang so sehr mit sich, dass es beinahe schmerzhaft mit anzusehen war.

»Ich bin da in etwas reingeraten, Lotte … Ich muss da … Ich kann da nicht einfach raus.«

»Warum nicht?«, fragte sie. »Lauf mit mir weg, dann bist du raus!«

»Ich habe mein Wort gegeben. Das Wort eines deutschen Mannes muss etwas wert sein, verstehst du?«

»Jedermanns Wort muss etwas wert sein, Ernst. Sag mir, was dich bedrückt!«

Er schwieg.

Seine Mundwinkel zuckten.

Er hob an zu sprechen, fiel in sich zurück, hob wieder an.

Spucks aus!, rief Isi ihm in Gedanken zu. *Spucks aus, oder ich schlag dir so fest gegen den Hinterkopf, dass es im Botanischen Garten landet!*

»Es gibt da etwas, was noch getan werden muss. Ich habe es versprochen«, antwortete er schließlich.

»Was muss noch getan werden?«

Wieder rang er mit sich. »Es ist sehr wichtig. Meine Freunde würden es mir nie verzeihen, wenn ich sie im Stich ließe!«

»Wobei?«, hakte Isi nach.

Er schüttelte den Kopf. »Ich kann es dir nicht sagen. Du würdest mich hassen!«

»Ich könnte dich niemals hassen, Ernst!«

»Doch, dafür schon.«

»Dann tu es nicht!«

»Ich muss, Lotte. Ich muss.«

Sie sah ihn prüfend an. »Weil dich deine Freunde dazu zwingen?«

Er schluckte und nickte. »Ich habe mein Wort gegeben.«

»Dann sag mir, wo ich deine Freunde finde. Ich werde mit ihnen sprechen!«

»Du kannst doch nicht für mich sprechen!«, antwortete er, aber es klang nicht ganz so empört, wie Isi erwartet hätte.

»Denk doch nach, Ernst: Wir laufen davon! Zusammen! Was macht es denn da, wenn ich mit ihnen spreche? Wir werden sie niemals wiedersehen!«

Überrascht sah er sie an. »So weit würdest du gehen?«

»Für dich, Ernst. Nur für dich!«

Er küsste sie stürmisch, was sie nicht verhindern konnte, bevor sie ihn dann doch noch sanft von sich schob. »Die Leute, Ernst! Die Leute!«

Er schaute um sich, bemerkte die empörten Blicke einiger Flaneure, dann richtete er sein Sakko und antwortete: »Ich weiß nicht, wo sie gerade sind.«

»Dann finde es heraus und sag es mir. Einverstanden?«

Er zögerte lange, dann sagte er: »In Ordnung!«
Sie nahm seine Hände und schwor: »Bald wird alles vorbei sein, Ernst. Du wirst schon sehen!«
Da lächelte er.
Und küsste ihre Hände.

50

Mir tat Ernst leid, wobei mir vollkommen klar war, dass er auf der falschen Seite stand. Aber er schien mir im Prinzip ein guter Junge zu sein, wenn auch mit katastrophalem Umgang. Isi behandelte ihn wie einen frisch gefangenen Hering, hatte ihm die Bauchdecke aufgeschnitten und rupfte bereits an den Innereien herum, wohl wissend, dass er immer noch lebendig in ihren Händen zappelte, wenn auch nicht mehr lange. Bald würde sie mit einem Ruck alles aus ihm herausreißen, ihn wegwerfen, während er, sein Blick glasig, neben seinen Eingeweiden auf dem Boden verrotten würde.

Der Juni kam, aber Techow hatte immer noch nicht herausgefunden, wo sich Fischer und Kern versteckten, oder er wollte es nicht sagen, sodass Isi begann, ihn auf kleiner Flamme zu rösten: Sie sagte kurzfristig Verabredungen ab. Dann traf sie sich mit ihm, wobei ihnen ganz *zufällig* Kino-Paule, Herr des Ringvereins *Vergissmeinnicht,* begegnete, der ihr unverhohlen und in seinem Beisein den Hof machte. Dann wiederum verbrachten sie beide einen Abend in völliger Zweisamkeit, der ihn noch in derselben Nacht den nächsten verliebten Brief schicken ließ, den sie dann aber nicht beantwortete.

Sogar ich konnte sehen, wie sehr er unter ihrer Willkür litt, wie er immer blasser wurde, nervöser, ein junger Mann, eingequetscht zwischen zwei mächtigen Gefühlen: dem Hass auf die Politik und der Liebe für Isi. Er war ohne Orientierung, ohne Mittel oder Ideen, sich dem Druck entziehen zu können. Er suchte Halt, vielleicht auch Trost, jemanden, der ihn in den Arm nahm und sagte, es würde wieder alles gut, aber diesen jemand gab es nicht. Nur Isi, die darauf drängte, dass er sich endlich offenbarte.

»Ich kann nicht«, versicherte er ihr. »Du würdest mich hassen.« Und sie fragte: »Wie kann ich mit einem Mann davonlaufen, wenn er mir nicht vertraut?«

Sie schienen in einer Sackgasse angekommen.

Pfingsten kam. Philipp Scheidemann, der Mann, der während der Revolution die Republik ausgerufen und damit den Kaiser vor vollendete Tatsachen gestellt hatte, entging nur knapp einem Mordanschlag. Er war mittlerweile Oberbürgermeister von Kassel, wo ihm Attentäter in einem Park beim Spaziergang mit seiner Tochter auflauerten und versuchten, ihn mit Blausäure zu bespritzen. Scheidemann aber hatte Glück: Starker Wind bewahrte ihn vor dem Tod, und so kam er noch einmal davon.

Ein paar Tage später traf sich Isi mit Techow und erlebte ihn noch stiller als sonst, noch bedrückter. Diesmal versuchte sie, ihn aufzumuntern, auf andere Gedanken zu bringen.

Da fragte er sie plötzlich: »Könntest du einen Mörder heiraten, Isi?«

Sie sah ihn erstaunt an. »Einen Mörder?«

»Nehmen wir an, ich bringe jemanden um oder bin zumindest dafür verantwortlich. Würdest du mich trotzdem noch wollen?«

»Kommt darauf an, wen du umbringen würdest«, gab Isi zurück. »Ist es ein Tyrann? Jemand wirklich Böses?«

»Ich weiß nicht«, wich er aus. »Schon möglich.«

»Warum würdest du ihn umbringen?«

»Weil er Schuld auf sich geladen hat«, antwortete Techow vage.

»Große Schuld?«

»Er ist ein Verräter.«

Isis Herz wummerte gegen ihren Brustkorb, gleichzeitig zwang sie sich, äußerlich ruhig zu bleiben. Es reizte sie über alle Maßen weiterzufragen, aber das hätte ihn mit Sicherheit misstrauisch gemacht.

»Ich weiß nicht, Ernst. Mord ist Mord, nicht wahr?«
Er nickte stumm.
»Und wir reden doch nur hypothetisch, oder?«
Er schwieg.
»Hat das etwa mit deinen Freunden zu tun?«, fragte Isi.
Er schwieg.
»Wie heißen deine Freunde, Ernst?«
»Hermann«, antwortete er überraschend. »Hermann und Erwin.«
»Und sie sind wütend auf jemanden?«, fragte Isi.
»Ja.«
»Und sie wollen, dass du ihnen hilfst?«
Wieder ein Nicken. »Es ist sehr gefährlich, sagen sie.«
»Sehr gefährlich?«, hakte Isi nach.
»Ja, der Mann ist sehr, sehr gefährlich.«
Artur.

Isi schwieg und hoffte, dass Techow sie jetzt nicht anschaute, denn er hätte ihre Halsschlagader pochen sehen können. Sie griff seine Hand und entgegnete ruhig: »Sag mir, wo ich deine Freunde finde, Ernst. Ich werde sie überzeugen, dich gehen zu lassen.«

»Die kann man nicht überzeugen, Isi.«

Isi lächelte ihn an. »Ich kann jeden überzeugen, denkst du nicht auch?«

Er sah auf und versuchte sich ebenfalls an einem Lächeln – es misslang. »Ich möchte mit dir weggehen, Isi. Wirklich!«

»Das weiß ich doch, Ernst. Sag mir, wo deine Freunde sind, dann wird alles gut. Ich verspreche es.«

»Wirklich?«

»Ja.«

»Gut, ich will es versuchen.«

Sie gab ihm einen Kuss und sagte leise: »Braver Junge.«

Da stand er auf und verabschiedete sich: »Möglicherweise werden wir uns ein paar Tage nicht sehen können. Ich melde mich, sobald ich kann.«

»In Ordnung«, antwortete Isi.

Er ging, und sie hatte das Gefühl, dass sie niemals so nah dran gewesen war, das Schlimmste zu verhindern.

51

Artur versetzt all seine Leute in Alarmbereitschaft und verbietet uns, das Haus zu verlassen. Alles, was Isi ihm und mir berichtet hat, klingt, als würde ein Anschlag unmittelbar bevorstehen. Er bittet mich, mich bei der UFA krankzumelden, was ich auch tue.
Dann beginnt das große Warten.
Das Beobachten der Straße.
Das Lauschen nach Geräuschen.
Doch nichts geschieht.
Die Anspannung zerrt an den Nerven und ermüdet gleichzeitig. Nach einer Woche stellen wir uns die Frage, ob wir Techows Andeutungen richtig interpretiert haben, gleichzeitig hört Isi nichts mehr von ihm, was uns alle nur noch misstrauischer macht.

»Vielleicht hat er sich verplappert?«, frage ich eines Abends Isi und Artur in unserem Wohnzimmer.

»Dann ist er jetzt tot«, antwortet Artur ruhig.

»Vielleicht sind wir zu passiv?«, fragt Isi.

»Das sind wir«, antwortet Artur. »Aber da wir nicht wissen, wo die anderen stecken und welchen Plan sie sich zurechtgelegt haben, ist es besser, in Deckung zu bleiben. Sie sind da draußen, ich spüre es.«

»Suchen deine Leute noch nach ihnen?«, frage ich.

»Natürlich.«

»Was ist mit der Wohnung Unter den Linden?«

»Niemand da«, antwortet Artur.

»Nicht einmal Helene?«, fragt Isi beunruhigt.

»Sie ist vor ein paar Tagen abgereist. Schlesischer Bahnhof – also zurück in den Osten.«

»Und Aldo?«

»War unseres Wissens nicht in Berlin.«

Sie hat das Feld geräumt, was man getrost als sehr ungutes Zeichen werten darf.

»Und was machen wir jetzt?«, frage ich.

Artur blickt vom Fenster hinaus auf die Straße und sagt nur: »Warten.«

Also warten wir.

Auf ihren nächsten Zug.

Das Telefon.

Tagelang war es ruhig, doch an diesem Samstag lässt es gegen zehn Uhr am Morgen die Luft erzittern, springt sein metallisches Schrillen von Raum zu Raum, unablässig drängend, bis Isi aufsteht und den Hörer aufnimmt. Das Fräulein vom Amt kündigt ein Ortsgespräch an: Klara Arzberger.

Klara!

Irgendwann haben wir uns, vielleicht auch aus Bequemlichkeit, damit abgefunden, dass sie vielleicht doch mit ihrem Jo nach Danzig gegangen ist und dort das Leben einer braven Hausfrau lebt.

Ein fataler Irrtum.

»Frau von Torstayn?«, fragt Klara mit brüchiger Stimme.

»Klara?«, ruft Isi verwundert.

Sie beginnt zu weinen und antwortet: »Frau von Torstayn … wo sind Sie?«

Dann wieder Schluchzen, herzzerreißend.

»Klara? Um Gottes willen!«, ruft Isi aufgeschreckt. »Wo bist du?«

Sie weint und weint, und nur mit Mühe würgt sie heraus: »Ich bin hier … in der Victoriastraße … Ich bin hier!«

»Klara! Bleib, wo du bist!«, befiehlt sie. »Ich komme sofort!«

Schluchzen.

»Frau von Torstayn … es tut mir so leid!«

»Bleib, wo du bist!«

»Ich habe das Kleid kaputt gemacht«, schluchzt sie. »Es tut mir so leid!«

»Ich bin gleich bei dir!«, ruft Isi und legt auf.
Ich halte sie auf, während sie bereits nach Hut und Türklinke greift.
»Nicht, Isi!«
»Lass mich los, Carl!«, zischt sie. »Ich hatte recht. Ich hatte die ganze Zeit recht!«
»Das ist vielleicht eine Falle!«, sage ich.
»Wie kann das eine Falle sein? Klara hat mit alldem nun wirklich nichts zu tun!«
»Dann lass uns wenigstens auf Artur warten!«
Sie reißt die Tür auf und stürmt nach draußen. »Das ist vielleicht die einzige Chance, sie zu retten!«
Ich laufe ihr nach und rufe einem der Männer zu, dass er Artur mitteilen soll, wo wir sind.

Eine regnerische Nacht ist einem ziemlich kühlen Morgen gewichen, als Techow in den großen offenen Tourenwagen steigt, den er für sich und seine beiden Freunde Kern und Fischer besorgen musste. Seine Hände sind kalt, sein Gesicht ist blass – er wäre gerne woanders: bei Isi.
Die beiden steigen ein. Kern hält eine Maschinenpistole, Fischer hat Handgranaten eingesteckt. Wenn sie Techow nicht so im Unklaren gelassen hätten, hätte er sie an Isi verraten, aber er wusste nie genau, wo sie waren, und jetzt ist es zu spät.
»Langsam«, sagt Fischer und tippt ihm auf die Schulter. »Wir wollen nicht auffallen.«
Techow startet den Motor: Tief brummend zittert der Wagen. Dann fährt er los.

Wir erreichen die Victoriastraße mit schlitternden Reifen.
Isi fährt, ich sitze neben ihr und halte meinen Hut fest. Ich atme erleichtert aus, während Isi bereits aus dem Wagen springt. Über den Bürgersteig folge ich ihr die wenigen Stufen zur Haustür hinauf.

Dort steht bereits Artur.

Mit verschränkten Armen vor der Brust und trotz der Maske sichtbar übellaunig.

»Was soll das, Isi?«, herrscht er sie an.

»Klara ist hier!«

»Ist sie nicht!«, antwortet er.

»Was soll das heißen?«, fragt sie aufgeschreckt zurück.

»Das soll heißen, dass sie nicht hier ist.«

Mittlerweile stehe ich bei beiden und sage: »Aber sie hat uns angerufen!«

»Sie ist weg!«, antwortet Artur.

»Wer sagt das?«, faucht Isi.

»Die Angestellten im Haus. Sie war drin, hat dich angerufen, wurde immer nervöser und ist dann wieder rausgelaufen.«

»Und jetzt?«, frage ich.

»Und jetzt macht ihr gefälligst, dass ihr wieder in die Voigtstraße kommt!«, herrscht Artur uns an.

Isi sieht von ihm zur Haustür, dann zu mir und schließlich die Victoriastraße hinab, in der Hoffnung, dort vielleicht Klara entdecken zu können.

»Sofort ins Auto!«, befiehlt Artur.

Da taucht Klara tatsächlich auf.

Springt aus einem Hauseingang nahe der Bellevuestraße und rennt los, als wäre jemand hinter ihr her.

»KLARA!«, ruft Isi.

Schon springt sie die Treppen hinab und prescht ihr entgegen.

»ISI!«, schreit Artur.

Dann springt auch er die Treppen hinab, Isi nach. Genau wie ich.

Irgendwo vor uns hören wir das scharfe Aufheulen eines großmotorigen Automobils. Im nächsten Moment schießt ein Wagen aus der Bellevuestraße und gibt Vollgas.

Zu dritt laufen wir Klara nach und dem jagenden Automobil entgegen.

Kein Schutz, nirgends.

Techow fährt vorbildlich.
Hält Abstand zu dem Wagen vor ihm, einem Cabrio.
Kern und Fischer sitzen auf der Rückbank, er hört, wie Kern die Maschinenpistole entsichert.
Vor ihnen eine scharfe Kurve, das Cabrio bremst.
Da ruft Fischer: »Jetzt!«
Techow tritt das Gaspedal durch. Aus dem tiefen Brummen wird ein wütendes Brüllen, der Mercedes macht beinahe einen Satz nach vorn, so hart beschleunigt er.
Kern nimmt die Maschinenpistole hoch, den Finger am Abzug.
Fischer entsichert seine Handgranate.

Isi und Klara laufen fast ineinander, just als Artur die beiden Frauen zu Boden reißt und unter sich begräbt. Im nächsten Augenblick passiert das Automobil die Dreiergruppe.

Entsetzt bleibe ich stehen, sehe wie gelähmt dem aufheulenden Wagen nach, wie er sich in Schlangenlinien dem Bürgersteig nähert, bevor der Fahrer ihn schlingernd zurück zur Straßenmitte steuert.

Darin: vier Männer.
Johlend.
Offensichtlich vollkommen betrunken.
Sie rasen an uns vorbei.
Schaukelnd zwingen sie ein Fahrzeug im Gegenverkehr zu einer Vollbremsung, bis sie wieder auf der richtigen Fahrbahnseite sind.
Von dort rauschen sie davon.

Walther Rathenau und sein Fahrer dagegen haben keine Chance.
In der Kurve noch eröffnet Kern das Feuer, während Fischer die Handgranate in sein NAG-Cabriolet hineinwirft.
Fünf Schüsse treffen den Außenminister, dazu eine schwere Detonation.
Dann schon rast Techow im Mercedes davon.

Hinter sich lassen sie den Mann, der das Reich aus der Dunkelheit hätte führen können. Jetzt aber sitzt er still auf dem Rücksitz und starrt in die ewige Nacht.

52

Der Plan der Organisation Consul war ebenso grotesk wie simpel gewesen: Töte den begabtesten Politiker Deutschlands, provoziere damit einen Aufstand der Linken und stürze das Reich in ein Chaos, das der Organisation und dem Militär die Möglichkeit gibt, die Macht mit Gewalt an sich zu reißen. So wie das Militär die Aufstände und Unruhen 1919 und 1920 schon einmal blutig niedergeschlagen hatte. Nur dass sie diesmal hofften, das Reich in eine Diktatur verwandeln zu können.

Unter ihrem Befehl, verstand sich.

Tatsächlich war der Aufschrei, der durch das Reich ging, gewaltig: Über zweihunderttausend demonstrierten allein am folgenden Tag im Lustgarten, Millionen waren es im ganzen Reich. Für vierundzwanzig Stunden gab es einen Generalstreik, die Wut über den Anschlag ließ die Luft förmlich erzittern.

Die Wut auf die DNVP.

Auf O.C.

Auf alle, die die Demokratie in den letzten Jahren nationalistisch torpediert hatten.

Entgegen den Erwartungen der Rechten brach allerdings kein Bürgerkrieg aus, sondern nur Empörung angesichts der Ermordung des Sohnes des AEG-Gründers Emil Rathenau. Im Reichstag kam es zu tumultartigen Prügelszenen gegen Abgeordnete der DNVP, vor allem gegen einen ihrer führenden Köpfe, Karl Helfferich, einem widerwärtigen Hetzer und Antisemiten, der seit Jahren schon zu Gewalt gegen Erfüllungspolitiker aufrief und der noch am Tag vor Rathenaus Ermordung eine Schmährede gegen ihn gehalten hatte. Und so bewirkte Rathenaus Tod genau das Gegenteil dessen, was von den Rechten beabsichtigt worden war: Endlich hatten die demokratischen Kräfte genug vom *Weißen Terror*, Reichskanzler Wirth rief dem Volk in sehr später Erkenntnis zu: *Der Feind steht rechts!* Da stand er schon immer, allein: Man hatte ihn nie wirklich ernst genommen. Und eine mit alten Eliten zersetzte Justiz hatte Täter mit lächerlichen Urteilen davonkommen lassen.

Jetzt endlich wurde ein Gesetz zum Schutz der Republik erlassen, die Organisation Consul verboten und die Jagd auf ihre Mitglieder eröffnet. Sie fanden zumindest die, die an Rathenaus Ermordung beteiligt waren: Techow als Ersten. Kern und Fischer vier Wochen später: Kern wurde auf Burg Saaleck erschossen, Fischer richtete sich daraufhin selbst. Mitwisser und Helfer wurden, im Gegensatz zu den Gräueltätern von 1919 und 1920, zu teils harten Strafen verurteilt. Allen voran Techow, der der Todesstrafe nur entging, weil die Mutter von Walther Rathenau Ernst Werner Techows Mutter in einem Brief öffentlich vergab. Und weil Techow selbst unter Tränen schwor, Fischer habe ihn mit dem Tod bedroht, wenn er ihm nicht helfen würde. So erhielt er *nur* fünfzehn Jahre.

Der Herr der Organisation Consul, Hermann Ehrhardt, floh – abermals.

Isi jedenfalls sah Techow nie wieder.

An jenem Tag, als wir alle noch nicht wussten, was ein paar Kilometer entfernt passiert war, hielt sie die weinende Klara im Arm, die ihr ein Bündel Geldscheine in die Hand drückte. »Für Kurt! Für seinen Schutz!«

Dann riss sie sich los und lief davon.

Isi setzte ihr nach und ließ sich auch von Artur nicht zurückhalten. Sie war so flink, dass wir es schließlich aufgaben, sie zu verfolgen, und nur hofften, ihr würde nichts passieren.

Eine Weile verfolgte sie Klara durch den Tiergarten, was bei den Passanten sicher eine gewisse Irritation hervorrief: Sie sahen zwei junge Frauen im Kleid und mit Hut ohne erkennbaren Grund durch den Park rennen, in einer Zeit, in der man Menschen im Allgemeinen nicht rennen sah und Frauen gleich gar nicht.

Auf Isis Rufe reagierte Klara nicht, und sie war schneller als gedacht, sodass Isi gut damit zu tun hatte, sich nicht von ihr abhängen zu lassen, was mit zunehmendem Seitenstechen und keuchendem Atem immer schwerer wurde.

Irgendwann erreichten sie die Gedächtniskirche, umrundeten sie, bevor Isi, schweißüberströmt und mit brennenden Lungen, Klaras Spur kurz vor der Augsburger Straße verlor. Frustriert stemmte sie ihre Hände in die Seiten und blickte um sich, ob Klara zwischen den staunenden Passanten nicht doch irgendwo noch zu entdecken war, aber es nutzte nichts: Sie war wie vom Erdboden verschwunden.

Isi beschwor Artur natürlich, nach Klara suchen zu lassen. Diesmal willigte er ein, und schon am darauffolgenden Abend zogen seine Leute über die Tauentzienstraße, die Augsburger und Nürnberger Straße und fragten nach einer Klara Arzberger. Ihren Namen kannte keiner, dennoch gab es bald eine Spur. Eines der Mädchen, die in dieser Gegend nach Freiern Ausschau hielt, gab den entscheidenden Tipp: Sie hatte von einer jungen Frau gehört, auf die Klaras Beschreibung passte, die nicht wie viele andere auf der Straße arbeitete und Stundenhotels frequentierte, sondern ihre Freier in einem angemieteten Zimmer empfing.

Arturs Männer brachten die Adresse in Erfahrung und riefen uns dann in der Victoriastraße an. Nachdem die Gefahr durch O.C. vorerst gebannt schien, waren Isi und ich hier wieder eingezogen. Wir machten uns sofort auf den Weg und trafen uns vor einem Gründerzeithaus in der sehr bürgerlichen Ansbacher Straße. Ohne zu zögern, eilte Isi hinauf in den dritten Stock und klopfte an die Tür. Als niemand antwortete, schlug sie wütend dagegen und rief: »Klara! Mach sofort auf!«

Arnie, der uns begleitet hatte, schob sie zur Seite und warf sich mit Anlauf gegen das Holz. Die Tür flog förmlich aus ihren Angeln, und während Arnie sich noch fing, erstarrten wir geschockt: Klara war tot.

Sie hatte sich mitten in ihrem Zimmer an einem Balken erhängt.

53

Tiefe Trauer war schnell wilder Entschlossenheit gewichen: Isi tobte. Sie tobte so entschieden, dass weder Artur noch ich wagten, sie zu unterbrechen, während sie wie ein Raubtier im Käfig durch die Beletage tigerte und Gewaltexzesse ankündigte, die mich frösteln ließen. Dann wieder schrie sie so laut, dass bald eines der Mädchen ins Zimmer stürzte, nur um von ihr wieder fortgewedelt zu werden, bevor sie erneut auf und ab lief und alle denkbaren Arten beschrieb, Jo Schartes Leben gewaltsam zu beenden.

Es dauerte, bis sie leiser wurde. Und auch dann wurde sie es nicht, weil sich ihre Wut abkühlte, sondern weil ihre Stimme nicht mehr wirklich mitspielte und die Eindrücke des langen Tages und der anbrechenden Nacht sie ziemlich erschöpft hatten. Endlich setzte sie sich und begann zu weinen. »Wieso habe ich sie damals nicht einfach aus der Wohnung gezerrt und mitgenommen? Wieso?«

»Es ist nicht deine Schuld, Isi«, versuchte ich, sie zu trösten.

»Ich hätte sie retten können! Sie war doch noch ein Kind!«

Isi verbarg ihr Gesicht hinter ihren Händen.

»Niemand hätte sie retten können, Isi«, antwortete Artur.

»Wie kannst du nur so etwas sagen?«, fauchte sie.

»Weil sie verliebt war!«, gab Artur zurück. »Hättest du dich da von irgendetwas abhalten lassen? Hättest du Aldo nicht geheiratet, wenn wir dagegen gewesen wären?«

Sie hob an, etwas zu antworten, schwieg dann aber.

»Sie war verloren, als sie Scharte begegnet ist.«

Isi presste die Lippen aufeinander. »Dafür wird dieses Schwein büßen!«

Artur trat an sie heran und kniete sich zu ihr hinab. »Du wirst jetzt wegen eines Zuhälters nicht alles riskieren! Hast du mich verstanden, Isi?«

Sie fauchte: »Ich werde dieses Schwein umbringen, Artur. Ich werde ihm einen Revolver an den Kopf halten, und diesmal werde ich abdrücken. Hörst du, Artur? Diesmal drücke ich ab.«

»Das wirst du nicht tun, Isi!«, entgegnete Artur. »Denn wenn du erwischt wirst, wirst du seinetwegen ins Zuchthaus wandern. Du wirst viele Jahre einsitzen wegen eines Schmierlappens wie Scharte.«
»Er hat recht, Isi. Scharte ist es nicht wert!«, pflichtete ich bei.
»Aber Klara ist es verdammt nochmal wert!«, schrie sie. »Was hat sie getan, um so ein Schicksal zu verdienen?«
»Nichts«, entgegnete Artur. »Sie war ein sehr nettes, sehr anständiges Mädchen. Sie hatte das nicht verdient!«
»Dann hilf mir, Gerechtigkeit zu schaffen!«, bat Isi energisch.
»Wir könnten doch Kennel auf ihn ansetzen?«, fragte ich. »Wir könnten auch versuchen, noch andere zu finden, die gegen ihn aussagen. Dann geht er ins Zuchthaus!«
»Er soll sterben!«, schrie Isi. »Zuchthaus ist zu gut für ihn!«
Artur verzog skeptisch den Mund. »Es wird nicht leicht werden, andere zu finden. Noch schwerer wird es, sie dazu zu bringen, gegen ihn auszusagen. Die Justiz hat wenig Mitleid mit Huren. Und noch weniger Mitleid haben die Luden. Selbst wenn sie ins Gefängnis gehen, kommen sie eines Tages wieder raus. Die Mädchen wissen das.«
»Ein Grund mehr, dass wir uns um ihn kümmern!«, forderte Isi.
»Es ist vorbei, Isi!«, gab Artur zurück.
»Nein!«
Da nahm er sie in den Arm und drückte sie an sich. Isi begann erneut zu weinen, während Artur ihr nur zuflüsterte: »Es ist vorbei, Isi.«
Eine Weile war nur das Schluchzen Isis zu hören, bis sie sich beruhigte und Stille wie eine schwere samtene Decke auf uns fiel. Mit großem Unbehagen sah ich auf den Packen Geld auf dem Tisch, den Klara Isi gegeben hatte, und versuchte erst gar nicht, darüber nachzudenken, wie sie ihn hatte verdienen müssen, genauso wenig wie über das, was unweigerlich bevorstand: Jemand musste Kurt sagen, was passiert war. Zumindest musste man ihm sagen, dass seine kleine Schwester nicht mehr lebte.
Würde er die Vorstellung ertragen, wie sie ihr Leben ausgehaucht hatte, oder sollten wir ihm nicht eine *einfachere Wahrheit* mittei-

len? Irgendetwas, das ihn nicht in seiner Zelle liegen und sich vorstellen ließ, was Klara hatte tun müssen. Was sie ausgehalten hatte, bis sie ihren Bruder retten konnte, um sich dann aus Scham und Verzweiflung umzubringen. Ihr Bruder, der so lebensunfähig wie sensibel war, der seine Schwester so verehrte, wie sie ihn verehrt hatte.

Würden wir sein Leben nicht für immer zerstören?

Schließlich fragte ich Artur und Isi.

»Er sollte sich an seine Schwester nicht als Hure erinnern«, sagte Artur.

Isi saß zusammengesunken da und starrte auf ihre Hände.

»Isi?«, fragte ich.

»Ein Unfall«, antwortete sie tonlos. »Sie ist gestolpert, hat sich die Knie aufgeschlagen, die Wunde hat sich infiziert. Ich gehe morgen und sage es ihm.«

Artur nickte. »Gut, dann ist es genau so passiert. Ich werde es meinen Leuten mitteilen. Einer von Kino-Paules Männern sitzt im Moment ein. Ich werde einen Preis für Kurts Schutz aushandeln. Was von dem Geld noch übrig bleibt, bekommt er, wenn er raus ist.«

»Was ist mit Scharte?«, fragte ich.

»Scharte wird irgendwann einen Fehler machen – dann kann Kennel sich ihn holen.«

Isi schwieg.

Wir sahen sie beide an.

»Isi?«, fragte ich.

Sie schwieg.

Und das war kein gutes Zeichen.

54

An dem Tag, an dem alle Pläne, die Isi geschmiedet haben mochte, um Jo Scharte dem Jenseits anzuempfehlen, zu Staub zerfielen, tauchten drei Männer in Babelsberg auf, um unserem obersten Produzenten Erich Pommer eine Sensation zu präsentieren, die das ganze Kinogeschäft in den Grundfesten erschüttern sollte: *den sprechenden Film.*

Gerüchte darüber kursierten schon seit einiger Zeit, angeblich gab es polnische und schwedische Ideen zu einem Verfahren, in dem Bild und Ton gleichzeitig aufgezeichnet und später entsprechend abgespielt werden sollten. Aber erst an diesem Tag schien dieses Geraune Wirklichkeit zu werden: Die Ingenieure Hans Vogt, Jo Engl und Joseph Massolle waren davon überzeugt, dass es ihnen gelungen war, das Kinogeschäft neu zu erfinden. Sie hatten eine Firma gegründet, die sich Tri-Ergon nannte, was übersetzt in etwa *Werk der drei* hieß, und präsentierten Erich Pommer ihr eigens entwickeltes Lichttonverfahren. Natürlich war weder ich noch sonst jemand aus der Produktion bei der Präsentation anwesend, aber Babelsberg war, trotz seiner beeindruckenden Größe, doch nur ein vollgepfropfter Kescher glitschiger Klatschmäuler, die jedes Geflüster weitertratschten, denn alles war eine Geschichte, und waren wir nicht alle Geschichtenerzähler? Jedenfalls war niemand von uns in der Lage, auf Dauer der Versuchung zu widerstehen, eine Neuigkeit weiterzutragen, sodass sie in der Regel schnell von Mund zu Mund sprang, dabei immer größer und mit allerlei Spekulationen angereichert wurde, bis sie am Ende nur noch einen kleinen Kern Wahres in sich trug und keiner mehr sagen konnte, wer eigentlich Quelle der ursprünglichen Erzählung gewesen war.

So auch bei Tri-Ergon.

Zumal die drei, ganz geschäftstüchtig, nicht nur Pommer ihr Verfahren erklärt hatten, sondern praktisch jedem, dem sie in Babelsberg begegnet waren, angefangen bei Pommers Sekretärin, die ihnen Kaffee spendierte, solange sie darauf warten mussten, dass unser aller oberster Produzent endlich Zeit für sie haben würde. Die Idee der drei erschien mir, als ich davon hörte, zunächst simpel: Auf dem gedrehten Filmmaterial wurde zwischen den Einzelbildern und den Perforationslöchern für den Projektor eine etwa zwei Millimeter breite Tonspur fotografisch gespeichert.

So weit der *einfache* Teil.

Kompliziert wurde es, weil die Tonspur durchgängig lief, die Bilder hingegen einzeln abgetastet wurden, was zur Folge hatte, dass Bild und Ton einen gewissen Zeitversatz hatten und synchronisiert werden mussten. Während Tri-Ergon also Pommer zu überzeugen versuchte, dass sie ebenjenes Problem gelöst hatten, wurde in den Werkhallen und bei den Bühnenbildern bereits heftig diskutiert: Was war denn so falsch am stummen Film? Es lief doch alles fabelhaft! Warum denn jetzt eine Veränderung, die alles auf den Kopf stellen würde? Müsste man da nicht sämtliche Kinos umrüsten? Und was war mit den Außengeräuschen? Würden die nicht auch auf der Tonspur landen? Da würde doch jedes kleine Geräusch die Aufnahmen ruinieren! Wie sollte das denn funktionieren?

Und das war noch das freundliche Geschnatter der Angestellten.

Um einiges bissiger waren da die Lästereien über einige unserer Schauspieler und Schauspielerinnen, für die der Tonfilm mit Sicherheit eine böse Überraschung werden würde. Für sie und später dann das Publikum. Pola Negri war zwar mittlerweile in Amerika, aber über ihren wilden Akzent hätten sich sicher viele amüsiert. Und andere waren noch hier: Es war eine Sache, eine Szene gestisch und mimisch zu gestalten, eine andere, wenn man dabei klang, als hätte man einen Schlaganfall gehabt, oder man sich wie ein Pennäler beim Vortrag eines Gedichts vor dem Klassenverband anhörte. Spielen *und* Sprechen war im Film bislang nicht vorgesehen, dementsprechend müssten sich die Drehbücher ja geradezu in Dialogbücher verwandeln!

Ich denke, ich muss wohl kaum betonen, welche Einwände gegen den sprechenden Film den größten Beifall bekamen: Es gab unter den Angestellten zu viele, die großes Talent im Persiflieren unserer Darsteller hatten und die imaginäre Tonspielfilmszenen so gut anspielen konnten, dass sich die Zuhörer vor Lachen bogen. Natürlich nur, solange kein Darsteller in Sicht war.

Tri-Ergon war also noch gar nicht aus Pommers Büro raus, da

hatten sich die meisten schon eine eindeutige Meinung gebildet: Der sprechende Film war Quatsch. Es störte die Produktionsabläufe und gefährdete sogar Arbeitsplätze, weil die Qualität wohl kaum den Ansprüchen genügen würde und Menschen deswegen nicht mehr ins Kino gingen.

Als Tri-Ergon Pommers Büro endlich wieder verließen, warf man ihnen mitleidige Blicke zu, überzeugt davon, dass sie sich eine blutige Nase geholt hatten. Kurz darauf aber rief Pommer seine wichtigsten Produzenten und Regisseure zu sich, und als die dann sein Büro verließen, hieß es plötzlich, dass möglicherweise eine neue Ära begonnen hatte, nämlich die des Sprechfilms. Dabei war Pommer auch nicht sicher, ob diese Idee wirklich Früchte tragen würde, aber er war risikofreudig, vor allem wollte er Dinge besser machen als Hollywood. Und eines stand fest: Amerika hatte diese Technik noch nicht. Daher war er wild entschlossen, mit der UFA vorzupreschen. Somit hatte er Tri-Ergon beauftragt, einen Kurzfilm zu drehen und diesen dann dem staunenden Publikum zu präsentieren. Dazu stellte er ein paar Leute ab, die man nicht so dringend bei anderen Produktionen brauchte, die aber erfahren genug waren, um bei einem solchen Projekt zu bestehen.

Er klopfte mir auf die Schulter und rief lächelnd: »Carl! Sie sind genau richtig dafür! Gratuliere!«

Ich erwiderte das Lächeln und auch den Handschlag und dachte nur, dass ich entweder Teil einer Weltsensation oder einer karrierebeendenden Blamage sein würde. So oder so glaubte ich, Tagessieger im unausgeschriebenen Wettbewerb der überraschendsten Neuigkeiten zu sein.

Das war ich aber nicht.

55

Als Isi zutiefst niedergeschlagen aus dem Gefängnis zurückkehrte, war sie entschlossener denn je, Jo Scharte zur Rechenschaft zu ziehen, auch wenn sie wusste, dass weder Artur noch ich sie bei diesem Vorhaben unterstützen würden. Aber Kurt an diesem nackten Holztisch vor sich zu sehen, schlackernd dürr in seiner zu großen Gefängniskluft, Schrammen und Beulen im Gesicht, die Hände zwischen die Schenkel gepresst, während es ihn in seinem Schmerz konvulsivisch durchschüttelte und Rotz und Tränen über sein Gesicht liefen, hatte ihr förmlich das Herz gebrochen. Wie sollte der junge Poet, dessen Kopf bisher in den Wolken gesteckt hatte, mit der brutalen Realität eines Lebens ohne seine kleine Schwester klarkommen? Er schien ja nicht einmal die Nachricht zu verstehen, die Isi ihm übermittelt hatte, und fragte stattdessen nur immer und immer wieder: »Wo ist Klara? Wann kommt sie?«

Isi hatte mit ihm geweint, hatte versucht, ihm irgendwie tröstend beizustehen, obwohl sie genau wusste: Es gab nichts, das ihn je darüber hinwegtrösten konnte, dass seine Schwester nicht mehr da war. Gleichsam ekelte sie sich vor sich selbst, wie sie ihm immerzu die gleiche Geschichte auftischte: von der Sepsis, vom Kampf Klaras und dem ihrer Ärzte, davon, dass sicher *ihm* ihr letzter Gedanke gegolten hatte. Möglicherweise das Einzige, was nicht gelogen war. Die Nachricht, dass Klara Geld angespart hatte, dass er ab sofort Schutz genießen würde, schien Kurt überhaupt nicht zu erreichen, denn alles, was er fragte, war: »Wo ist Klara? Wann kommt sie?«

Irgendwann war die Besuchszeit abgelaufen, und der Wärter hatte Kurt am Oberarm gepackt und ihn zurück in den Zellentrakt gebracht, während er sich krümmte und weinte und *Wo ist Klara? Wann kommt sie!* rief.

Immerzu.

Ein paar Tage später war Klara auf dem Friedhof Friedrichsfelde beerdigt worden, gleich neben Gustav. Kurt hatte man den Ausgang verwehrt. So waren es nur Artur, Anna, Isi, Friedel und ich, die ihr die Ehre des letzten Geleites erwiesen, und ich kann sagen, dass wir alle betroffen waren, alle blass und alle wütend auf eine Welt, die Menschen wie Kurt und Klara nicht schützen konnte.

Zu Hause hatte Isi kein Wort mehr gesprochen, hatte nur dagesessen, wobei wir ihr ansehen konnten, über was sie nachdachte. Wir hatten sie noch einmal ermahnt, keine Dummheiten zu begehen, aber sie hatte uns ignoriert und war früh ins Bett gegangen. Artur hatte daraufhin allen seinen Leuten, auch denen von Kino-Paules *Vergissmeinnicht*, sehr deutlich gemacht, was er mit demjenigen zu tun gedachte, der Isi bei einem Mord assistieren würde. Wir wussten beide, dass Isi das im Grunde nicht aufhalten würde, aber so gewannen wir vielleicht Zeit, sodass sich ihre Wut vielleicht langsam legen konnte und sie nicht direkt loszog, um Scharte über den Haufen zu knallen.

Im Nachhinein aber sollte sich diese Vorkehrung als überflüssig herausstellen, denn das Leben schlug seine eigenen Volten, und das, was dann geschah, war um ein Vielfaches dramatischer als der Mord an einem verdammungswürdigen kleinen Luden.

Denn am Tag, an dem Tri-Ergon sich aufmachte, das Kino zu revolutionieren, klopfte es leise an das Portal der Victoriastraße. Weil der Mietvertrag fast ausgelaufen war, hatten wir mit unserer Rückkehr das Personal vier Wochen früher als vorgesehen gekündigt. Zu Hans' großem Verdruss hatten wir ihn bei unserer alten Nachbarin Frau Schulze in der Voigtstraße einquartiert. Ich wollte ihn nicht schon wieder aus seinem Alltag reißen, außerdem war der Schulweg von dort kürzer.

An jenem Tag also öffnete Isi voll von dunklen Gedanken selbst die Tür und glaubte für einen Moment, Opfer einer Halluzination zu sein, denn vor ihr stand: Aldo. Blass, um ein paar Kilo leichter, aber immer noch der gut aussehende Lebemann, der sie im letzten Jahr derart schnöde verraten hatte.

»Hallo, Isi«, grüßte er vorsichtig und riskierte sogar ein Lächeln. Sie aber starrte ihn nur an und wusste nichts zu antworten.

»Darf ich eintreten?«

Fast schon benommen schob sie die Haustür auf und stieg die Treppen hinauf in die Beletage, während ihr Aldo stumm folgte. Zwei Mädchen waren noch geblieben. Isi befahl ihnen, nach Hause zu gehen. Sie huschten davon, nahmen sich aber noch die Zeit, vor Aldo zu knicksen, der letztlich ihr wahrer Dienstherr war.

So nahmen Isi und Aldo Platz, saßen sich gegenüber und sahen sich an.

»Was willst du hier?«, fragte Isi schließlich.

»Mit dir reden«, antwortete Aldo.

»Hast dir 'ne Menge Zeit dafür gelassen«, bemerkte Isi spitz, doch trotz allem war sie neugierig auf das, was er zu sagen hatte.

Aldo begann behutsam: »Ist viel passiert in den letzten Monaten ...«

»Weiß Helene, dass du hier bist?«

»Helene?«, fragte er zurück.

»Sie war hier und hat mir gedroht.«

Aldo nickte langsam und antwortete: »Ich habe ihr den Laufpass gegeben.«

Mit vielem hätte Isi gerechnet, nur damit nicht. Erstaunt starrte sie Aldo an, der ihren Blick mied und nicht vorhandenen Staub von seiner Hose schnippte.

»Ist das wahr?«, fragte Isi.

»Ja.«

»Und deine Eltern?«, fragte Isi.

»Denen werd ich es noch sagen.«

Da warf Isi genervt den Kopf in den Nacken und stöhnte nur: »Ach, Aldo!«

»Ich sage es ihnen!«, bekräftigte Aldo. »Ich wollte aber erst mit dir sprechen.«

»Über was willst du mit mir sprechen?«, fragte sie zurück.

Er ließ sich mit der Antwort Zeit.

Dann aber sagte er mit erstaunlich fester Stimme: »Ich möchte zurück zu dir!«

Ein Satz wie Donnerhall, von dem sich Isi erst einmal erholen musste.

Schließlich fragte sie entrüstet: »Wie bitte?!«

»Das alles war ein furchtbarer Fehler, Isi. Helene, meine Eltern, sie alle haben auf mich eingeredet. Ich habe dich im Stich gelassen, und das war falsch. Ich weiß das jetzt!«

»Sehe ich auch so«, gab Isi zurück.

»Ich liebe dich! Ich habe immer nur dich geliebt! Ich möchte den Rest meines Lebens mit dir verbringen!«

»An diesem Punkt waren wir schon, Aldo. Du hast mich geheiratet, weißt du noch? Genau genommen sind wir immer noch verheiratet!«

»Ja, aber ich bin nicht mehr derselbe Mann wie damals. Ich weiß jetzt, was ich will: dich!«

»Und deine Eltern, Aldo? Sobald du ihnen sagst, dass du wieder mein Ehemann bist, wird dich dein Vater nicht nur enterben, er wird dir sofort den Geldhahn zudrehen!«

»Das ist mir egal«, behauptete Aldo.

»Das ist dir egal?«, rief Isi verwundert. »Einem Mann, der morgens ohne Diener nicht einmal aus dem Bett kommt?«

»Ich habe mich geändert, Isi!«

Sie schüttelte den Kopf: »Niemand ändert sich einfach so.«

»Doch, du wirst sehen!«

Sie blickte ihn forschend an. »Nehmen wir mal an, du meinst, was du sagst. Womit willst du dein Geld verdienen?«

»Mir fällt schon etwas ein«, antwortete er trotzig.

»Dir ist letztes Jahr auch etwas eingefallen. Mit dem Ergebnis, dass du einen Haufen Rechtsnationaler angeschleppt und dich mit Helene Boysen verlobt hast!«

»Das wird jetzt alles anders, wenn du mich nur zurücknimmst!«

»Was wird anders, Aldo? Du suchst dir eine Arbeit? DU?!«

»Warum nicht?«, fragte Aldo zurück.

»Weil du noch nie gearbeitet hast! Und weil du keine Ahnung hast, wo du arbeiten sollst. Oder als was!«

»Für dich schaffe ich das!«

»Aber für *dich* schaffst du es nicht. Dein Beruf ist Erstgeborener und Sohn. Deine Leidenschaft ist Hedonismus. Und Verschwendung dein Zeitvertreib.«

Er stand auf und kniete sich zu ihren Füßen. »Wir gehören zusammen, Isi. Wir haben immer zusammengehört!«

Sie sahen einander an.

Und plötzlich waren da nicht nur seine große Aufrichtigkeit, die sie berührte, sondern auch die vielen gemeinsamen Erinnerungen, die wie Fotografien an der Wand ihres Lebens hingen. Die vielen Stunden, in denen sie sich geliebt hatten und nicht voneinander hatten lassen können.

Wie vertraut er noch war.

Sie sah ihn an, schob ihre Fingerspitzen unter sein Kinn, rückte näher an ihn heran, während auch er ihr entgegenkam, die Augen schon halb geschlossen zum Kuss.

Sie aber fragte leise: »Hast du von dem Anschlag gewusst?«

Überrascht öffnete er die Augen, sein Gesicht erstarrte.

»Hast du?«, wiederholte sie.

Da riss er sich von ihr los und sprang auf. »Wie kannst du nur so etwas denken?«

Isi fuhr ebenfalls hoch und funkelte ihn wütend an. »Es ist eine sehr einfache Frage, Aldo. Hast du, oder hast du nicht?«

»Ich hatte nichts mit dem Überfall zu tun!«, schrie er.

»Das habe ich nicht gefragt, Aldo. Nur ob du davon gewusst hast!«

Er begann, im Zimmer hin und her zu laufen. »Ich weiß nicht, wer das war, Isi. Wirklich!«

In ihrem Magen bildete sich ein heißer, harter Klumpen, während ihr Herz zu pochen begann und sich ihre Adern anfühlten, als würde Lava in ihnen zirkulieren.

»Weißt du, was ich mich schon seit Monaten frage, Aldo?«, presste sie mühsam heraus.

Er sah sie beinahe schon weidwund an.

»Ich frage mich, wer damals um drei Uhr morgens angerufen hat. Wer hat just in der Sekunde angerufen, als Mörder durch mein Haus schlichen?«

Aldo schluckte hart.

»Wer hat davon gewusst und im letzten Moment beschlossen, mich zu warnen?«

Aldos Mund verschloss sich zu einem Strich. Dann begann sein Kinn zu zittern. »Ich wusste nicht, dass sie dich umbringen wollten, Isi. Ich dachte, sie wollten dir einen Schrecken einjagen ...«

»Du hast es also gewusst!«, zischte sie.

»Ich habe nur zufällig ... Ich dachte ... Ich wusste nicht, dass sie so weit gehen ...«

»LÜGNER!«

»Isi, bitte, ich flehe dich an: Du musst mir glauben!«

Sie sprang ihn fast an und trommelte mit den Fäusten gegen seinen Oberkörper, während er versuchte, sie fest an sich zu drücken.

»SIE HABEN MEIN KIND UMGEBRACHT!«

Aldo begann zu weinen. »Es tut mir leid. Es tut mir alles so leid!«

Sie machte sich los, holte aus, schlug ihn am Kinn und schrie: »DU HAST UNSER KIND UMBRINGEN LASSEN!«

»Ich habe versucht, dich zu retten, Isi! Niemand sollte verletzt werden!«

Wieder ging sie wutentbrannt auf ihn los, doch diesmal packte er sie an den Armen und hielt sie fest. Da spuckte sie ihm ins Gesicht. Reflexartig schlug er ihr mit der flachen Hand ins Gesicht. Sie taumelte rückwärts, stolperte über eine Welle im Teppich und stürzte zu Boden.

Schlug hart mit dem Kopf auf.

Die Welt drehte sich plötzlich.

Sie sah Aldos Gesicht schemenhaft über sich, hörte seine Stimme wie aus weiter Ferne. Aber alles, an was sie noch denken konnte, war, dass in einer Schublade des Schrankes ein Revolver lag. Noch aus der Zeit, als Arturs Männer über sie gewacht und in diversen Zimmern Waffen platziert hatten – für den Fall der Fälle.

Sie wandte ihren Kopf zum Schrank.

Nur ein paar Meter.

Das war zu schaffen.

56

Etwa zum gleichen Zeitpunkt saß ich in der Straßenbahn und dachte an Gustav. Was hätte er wohl zu der Idee des sprechenden Films gesagt? Wäre er, wie ich annahm, begeistert gewesen? Hätte er sich über die Innovation gefreut oder vielleicht doch eingewandt, dass ein Film wie *Nosferatu* mit Ton an Ausdruck verloren hätte? Es fiel mir schwer, mir Murnaus Werk mit Ton vorzustellen, dann aber dachte ich, es hätte ihn vielleicht zu einem Erfolg machen können, denn trotz guter Kritiken war der Film grandios gescheitert. Dabei hätte er den Zeitgeist genauso treffen müssen wie *Dr. Mabuse*, der ein rauschender Erfolg geworden war und Langs ohnehin schon überbordendes Ego in Sphären katapultiert hatte, die nur noch in Kilometern gemessen werden konnten. *Nosferatu* erzählte von dem Bösen, das sich ins Land geschlichen und heimlich getötet hatte. Waren wir nicht alle einer Pandemie schutzlos ausgeliefert gewesen? Hatten Viren sich nicht heimlich eingeschlichen und getötet? Seltsamerweise verfing die subtile Botschaft nicht. Oder sie erreichte zu wenige, denn die UFA weigerte sich, Murnaus Film in ihren Kinos abzuspielen. Damit fehlte *Nosferatu* die Basis, um wirklich erfolgreich zu werden, denn die UFA war auch im Vertrieb marktbeherrschend. Warum sie Murnaus Film nicht zeigen wollte, wusste niemand so genau, aber es gab Gerüchte, so wie es immer Gerüchte in unserem Geschäft gab.

Von der Produktionsgesellschaft PRANA-Film hielt man nicht allzu viel, es gab jede Menge Klatsch. Es hieß, die Macher hätten sich auf Kosten des Budgets wilde Saufgelage mit teurem Wein und jeder anderen nur denkbaren Form von Luxus gegönnt. Und zu allem Überfluss schien die PRANA gar nicht die Rechte am *Dracula*-Stoff erworben zu haben: Kurz nach der Premiere hörten wir, dass Bram Stokers Witwe Florence Balcombe eine Klage vorbereitete. Das alles trug nicht nur zu dem katastrophalen Ruf der Produktionsgesellschaft bei, sondern führte im Sommer auch zu ihrem Konkurs.

Das Absurde an der Situation aber war: Durch die extreme Werbekampagne, deren Kosten, Gerüchten zufolge, die des Films überstiegen hatten, kannte praktisch jeder in Berlin ein Werk, das wiederum kaum jemand gesehen hatte. *Nosferatu* war auf eine gewisse Art und Weise ein Gespenst wie seine Hauptfigur geworden: ein Untoter.

Wie gerne hätte ich das alles mit Gustav debattiert.

Und wie unfassbar war es immer noch, dass er nicht mehr da war, dass es für ihn keinen Schmerz, kein Leid und keinen Hass mehr gab, genauso wenig wie Liebe, Licht und Freude. Er war gegangen und hatte mich mit großer Sehnsucht nach seinem Lachen, seiner Warmherzigkeit und seinem Intellekt zurückgelassen.

So kehrte ich in einer melancholischen Stimmung zurück nach Hause, berührt von den Erinnerungen an einen Freund. Im Westen entzündete die Sonne gerade ein feuriges Abendspektakel, als ich erst an die Haustür klopfte und schließlich, als keiner öffnete, selbst aufschloss.

Wie still es war!

Das Vestibül lag in tiefen Schatten, die Stufe für Stufe die Treppe hinaufgekrochen waren und jetzt am Fuß der Empore zu lauern schienen, während die Tür zur Beletage verschlossen war. Von Isi genauso wenig eine Spur wie von den beiden Mädchen.

»Isi?«, rief ich.

Keine Antwort.

Ein seltsames Gefühl überkam mich.

Oben angelangt, drückte ich vorsichtig die Klinke herab und trat ein.

Die Abendsonne ließ das Wohnzimmer förmlich in Flammen aufgehen. In der Mitte des Raums kniete Isi. Unter ihr lag ein Mann in einem teuren Anzug. Erst nach Sekunden sah ich das Blut, das sich auf dem Boden ausgebreitet hatte.

An Isis Schultern konnte ich sehen, dass sie leise weinte.

»ISI!«, rief ich erschrocken.

Dann stürzte ich zu ihr hin und erkannte Aldo auf dem Boden.

»Was ist passiert?«, rief ich.

Sie aber sah mich verständnislos an, dann strich sie Aldo eine Haarsträhne aus der Stirn und sagte: »Er ist tot.«

»Das sehe ich, Isi! Was ist passiert?«

Bevor sie antworten konnte, hämmerte unten jemand gegen die Haustür.

Ich sprang auf und lief zur Treppe. Von draußen warfen sich offenbar mehrere Männer gegen den Eingang, das Holz krachte bedrohlich, und Putz segelte bereits von den Angeln durch die Luft. Rasch kehrte ich zu Isi zurück und zog sie am Arm hoch. »Wir müssen hier weg!«

Widerwillig ließ sie sich von mir durch den Raum führen, als wir schon unten die Türe bersten und schnelle Schritte die Treppe hinaufeilen hörten. Endlich erwachte Isi zum Leben. Wir liefen über eine weitere Treppe in ein höheres Stockwerk, den Flur entlang, dem Aufgang zum Dachgeschoss entgegen. Hinter uns hörten wir Stimmen *POLIZEI!* rufen.

»Zieh die Schuhe aus!«, zischte ich. »Du musst über die Dächer!«

Sie trat sich selbst die Schuhe ab und stieg ins Dachgeschoss.

»Schieb ein paar Dachziegel weg und kletter raus. Ich versuch, sie aufzuhalten!«

Ich sprang zurück in den Flur und stellte mich der herannahenden Meute in den Weg. Im nächsten Moment rannten Blauuniformierte auf mich zu, die ersten beiden hatten ihre Schlagstöcke bereits gezückt. Ich nahm all meinen Mut zusammen und riss die beiden mit mir zu Boden, spürte aber, dass die drei hinter ihnen über mich hinwegsprangen. Vollkommen sinnlos verwickelte ich die beiden Polizisten in eine Keilerei, die ich, wenig überraschend, verlor. Schnell fixierten sie mich auf dem Boden, drehten mir die Arme auf den Rücken und legten mir Handschellen an. Als ich aufblickte, sah ich, wie zwei Beamte eine wild um sich tretende, schreiende Isi die Treppen herunterzerrten und sie dann ebenfalls auf den Boden warfen. Dort lagen wir also und schauten uns an, während jeweils zwei Polizisten in unseren Rücken knieten.

Es war das erste Mal, dass ich dachte, dass unser aller Weg kein gutes Ende nehmen würde.

57

Wachtmeister Wuttke war nicht sonderlich überrascht, als ihm Isi in der Frauenabteilung des Gefängnisses Alexanderplatz übergeben wurde, und noch weniger davon, dass sie ihn den ganzen Weg bis zu ihrer Zelle wüst auf Berlinerisch beschimpfte. Unerschütterlich, wie er war, und einiges schlechtes Benehmen gewohnt, kommentierte er: »Da hat dem Herrn Bräutjam der Helm wohl nüscht jenutz, wa, Jräfin?«

Und warf dann die Zellentür hinter ihr zu.

Auch ich saß im Polizeipräsidium Alexanderplatz ein, aber nur für zwei Nächte, dann holte Friedel mich raus, wobei er mir klarmachte, dass auch mir ein Verfahren drohte wegen Widerstand gegen die Staatsgewalt und Beihilfe zur Flucht.

»Da werden wir wohl noch ein bisschen an deiner und Isis Aussage schrauben müssen«, sagte er. »Sonst wirds nichts mit Bewährung.«

»Was ist mit Isi?«, fragte ich.

Da seufzte er und antwortete: »Sie steht unter Mordverdacht.«

Ein paar Tage sahen wir Isi nicht, dann wurde sie ins Frauengefängnis Barnimstraße verlegt, nur einen Katzensprung vom Alexanderplatz entfernt. Wie das Polizeipräsidium war die Haftanstalt ein roter Backsteinbau mit einem Turmgeviert auf den Mauern, gekrönt von zwei schlanken, runden Ziertürmchen, umlaufen von rechteckigen Zinnen als Dachbrüstung. Trotz der mittelalterlichen Anmutung wirkte er wie ein in die Jahre gekommenes Fabrikgebäude, war aber, wie Friedel uns versicherte, das modernste Gefängnis der Stadt.

Dort durften Artur und ich Isi besuchen, in einem Raum ähnlich dem, wo wir Kurt getroffen hatten, nur dass diesmal Isi die Häftlingskleidung trug: ein blaues Waschkleid mit weißblauem Halstuch, dazu blaue Wollstrümpfe mit einem roten Zierstreifen. Wir umarmten sie, dann setzten wir uns an einen Tisch.

»Was genau ist passiert?«, fragte Artur.

Isi zuckte mit den Schultern. »Aldo wollte zu mir zurück!«

»Wirklich?«, fragte Artur ungläubig.

»Ja, wirklich«, gab Isi zurück. »Er hat mich um Verzeihung gebeten.«

»Und warum ist er dann tot?«, fragte Artur.

Isi zuckte die Schultern.

»Du solltest das hier wirklich ernst nehmen, Isi!«, warnte Artur. »Das alles kann verdammt hässlich werden.«

»Ich weiß nicht, was passiert ist«, gab Isi zurück.

»Dann sollte dir möglichst schnell etwas einfallen. Die von Torstayns sind nicht irgendwer, und sie werden alles daransetzen, dass du schuldig gesprochen wirst.«

»Bitte, Isi, sag uns, was geschehen ist!«, bat ich.

»Ihr glaubt wirklich, dass ich ihn umgebracht habe, oder?«, fragte sie zurück.

»Es spielt keine Rolle, was wir glauben«, antwortete Artur. »Wir sind auf deiner Seite. Egal, was du getan hast.«

Sie nickte und erzählte detailgenau bis zu dem Punkt, wo sie und Aldo derart in Streit geraten waren, dass die ganze Angelegenheit handgreiflich wurde.

»Und dann?«, fragte Artur.

»Ich weiß es nicht«, antwortete Isi ausweichend. »Mir hat sich alles gedreht. Ich wollte zum Schrank, aber dann wurde mir schwarz vor Augen. Als ich wieder wach wurde, lag Aldo neben mir.«

»War noch jemand im Haus?«

»Nein.«

»Was ist mit der Waffe?«, fragte Artur.

»Wurde nicht gefunden«, antwortete Isi.

Artur stutzte. »Wurde nicht gefunden? Ich dachte, da war eine im Schrank?«

»Dachte ich auch. Aber Friedel sagt, die Polizei hat nichts gefunden.«

Artur nickte nachdenklich. »Keine Waffe also. Das ist gut.«

»Hat Friedel auch gesagt«, gab Isi zurück.

»Und wieso ist die Polizei so schnell aufgetaucht?«

»Angeblich hat ein Nachbar den Schuss gehört und Alarm geschlagen.«

»Welcher Nachbar?«, fragte Artur.

»Das wissen sie nicht«, antwortete Isi.

Einen Moment legte sich Stille über unseren Tisch: Wir sahen einander an, während in unseren Gesichtern Ratlosigkeit aufzog.

Dann sagte Artur: »Klingt, als hätte dir jemand eine Falle gestellt.«

»Jemand?«, fragte Isi ironisch zurück.

Wir wussten alle, wer dieser *Jemand* war. Die Frau, die von Aldo verlassen worden war und die dementsprechend vor den Trümmern ihrer Ränke stand: Helene Boysen.

»Sie könnte Aldo gefolgt sein!«, spekulierte ich. »Sie weiß genau, dass alles sein darf, nur nicht, dass Aldo zu dir zurückkehrt, Isi. Sie schleicht ins Haus, bekommt den Streit mit und erschießt Aldo.«

»Das würde die fehlende Waffe erklären«, schloss Artur. »Nur: Wie ist sie ins Haus hinein?«

»Vielleicht hat Aldo ihr geöffnet, als Isi ohnmächtig war?«

Isi und Artur sahen mich zweifelnd an.

»Ich versuche nur zu helfen!«, wehrte ich mich.

»Dann sollten wir schnell eine bessere Theorie finden«, antwortete Artur.

Er wandte sich Isi zu. »Hat sie einen Schlüssel?«

»Weiß ich nicht. Aldo hat sicher einen.«

Artur trommelte nachdenklich mit den Fingern auf dem Tisch.

»Wir werden alles versuchen, Isi, aber eines muss dir klar sein: Du bist praktisch in flagranti erwischt worden. Und wir haben nur ein paar dünne Indizien. Ich sehe nicht, wie wir dich hier heil rausbekommen können.«

»Du schaffst das«, antwortete Isi bestimmt. »Es gibt nichts, was du nicht schaffst!«

Er lächelte ein wenig, stand auf und gab ihr einen Kuss. »Dann sollte ich mich mal besser an die Arbeit machen, hm?«

Auch ich küsste Isi zum Abschied und begleitete Artur hinaus. Draußen standen wir noch kurz vor dem Haupteingang. Autos klapperten über das Kopfsteinpflaster, Menschen eilten über die Bürgersteige. Der Knast lag mitten in einer Wohngegend, aber das schien niemanden weiter zu kümmern. Es war nur ein Gebäude mit Gittern, nicht mehr.

»Was denkst du wirklich?«, fragte ich Artur.

Der atmete tief durch und antwortete: »Wenn wir dem Gericht keinen anderen Mörder präsentieren, dann werden sie Isi nehmen. Und weil das Opfer aus dem Hochadel kommt und die Täterin vorbestraft ist, wird es nur einen Urteilsspruch geben ...«

»Lebenslänglich?«, fragte ich bang.

Er schüttelte den Kopf. »Das Schafott.«

58

Wendell und Victoria von Torstayn bezogen kurz darauf das Haus in der Victoriastraße. Und sie kamen mit großer Entourage, denn bei aller Trauer um ihren Sohn Aldo dachten sie nicht daran, auf den gewohnten Luxus zu verzichten. Im Gefolge auch Helene, ganz in Schwarz wie Victoria, und genau wie die ostpreußische Eiskönigin war sie vollkommen beherrscht. Sie engagierten Anwälte und Detektive, ließen durchblicken, dass jede Information für denjenigen, der sie mitzuteilen wusste, zu großzügiger Belohnung in Devisen führte.

Das alles teilte uns unser Anwalt im *Arcasi* mit.

Es war noch früh am Abend, wir hatten ausreichend Ruhe, um alle nun notwendigen Schritte ungestört zu besprechen. Friedel warnte uns eindringlich: »Bei ihrem Einfluss und ihren Mitteln müssen wir unbedingt einen Prozess verhindern, Artur. Den Torstayns traue ich alles zu, sie werden ein ehrliches Verfahren um jeden Preis verhindern.«

»Was meinst du?«, fragte Artur.

»Du weißt doch, wie der Prozess gegen Kurt Arzberger lief. Und das waren nur ein von Wartland und ein idiotischer Staatsanwalt. Nicht auszudenken, wenn Wendell von Torstayn alle seine Verbindungen spielen lässt und alle seine Mittel einsetzt. Wenn er nicht nur den Staatsanwalt und die Polizei, sondern auch den Richter *überzeugt*.«

»Was schlägst du vor?«

Friedel sah sich um, als fürchtete er, dass uns jemand belauschen könnte. Dann sagte er: »Wir brauchen einen Täter. Und wir brauchen ihn schnell!«

»Das sehe ich auch so«, antwortete Artur.

»Du verstehst mich nicht, Artur. Wir brauchen ihn sofort. Gibt es jemanden, der dir was schuldet? Ich meine: richtig was schuldet?«

Wir sahen ihn beide verblüfft an.

»Du meinst, so viel, dass er sich unter die Guillotine legen würde?«, fragte ich sarkastisch.

»Es gibt vielleicht nur lebenslänglich«, gab Friedel zurück.

»Wenn es einen Schuldspruch gibt, dann sicher kein Lebenslänglich«, antwortete Artur ruhig.

»Dann finde einen anderen. Einen, der es verdient hat«, schlug Friedel vor.

»Wann hast du eigentlich aufgehört, Anwalt zu sein?«, fragte ich ihn spitz. »Du klingst schlimmer als einer von *Vergissmeinnicht!*«

»Carl, das ist nicht der Moment für Schöngeisterei. Sie werden Isi hinrichten, willst du das?«, fragte Friedel scharf.

»Natürlich nicht!«, antwortete ich empört.

»Dann liefert mir einen Täter!«

Ich wandte mich Artur zu. »Bitte sag nicht, dass du diesen Mord irgendjemandem unterschieben wirst, Artur.«

Der schwieg.

»Ich meine es ernst, Artur. Wenn du das tust, dann gehe ich nach Amerika. Und auch Isi wird niemals mit dieser Schuld leben können!«

»Wir brauchen eine Lösung, Carl«, antwortete Artur ruhig. »Und wenn unser Gegner nicht sauber spielt: Warum sollten wir es tun?«

»Wir können aber nicht einen Unschuldigen ins Verderben schicken!«

»Von unschuldig redet ja auch keiner!«

»Du meinst, wir brauchen einfach eine Bestie vom Schlesischen? Noch einen Carl Großmann? Weil sich der echte nämlich letzte Woche in der Zelle erhängt hat!«

»So einer wäre perfekt«, antwortete Friedel. »Auf einen Mord mehr kommts bei so einem nicht mehr an!«

»Herrgott, Friedel, du bist Anwalt!«, rief ich so laut, dass sich die wenigen Säufer, die an der Theke in ihr Bier starrten, zu uns umdrehten. Leiser fügte ich an: »Das kommt nicht infrage. Und damit Ende der Diskussion!«

»Kennel wird etwas finden«, sagte Artur ruhig.

»Oberkommissar Kennel?«, fragte ich überrascht.

»Er leitet die Ermittlungen. Ich habe ihn angerufen, als man dich und Isi festgesetzt hat. Bei der Polizei gilt bei Mord: Wer zuerst kommt, mahlt zuerst. War schon bei O.C. so.«

»Das ist gut!«, Friedel nickte. »Das hilft ungemein. Weiß er etwas, was wir nicht wissen?«

»Nein. Es fehlt die Tatwaffe. Ansonsten: Niemand war im Haus, niemand ist eingebrochen. Da waren nur Isi und Aldo. Und Aldo ist jetzt tot.«

»Und der Nachbar, der den Schuss gehört hat?«, fragte ich.

»Haben sie mittlerweile gefunden. Er wohnt nebenan. Ein älterer Herr aus Ostpreußen. Ein Juncker, wie er im Buche steht …«

»Das kann doch nicht wahr sein!«

»Er schwört, dass er niemanden das Haus hat verlassen sehen.«

»Wie denn auch?«, rief ich wütend. »Da hätte er ja schon aus seiner Tür raus auf den Bürgersteig gemusst, um alles zu beobachten.«

Friedel schüttelte den Kopf. »Er wird aussagen. Und man wird ihm glauben, es sei denn, er gäbe zu, dass seine Familie und die von Torstayns sich nicht nur seit gut dreihundert Jahren kennen, sondern dass er Wendell mit Freuden einen Freundschaftsdienst erweist.«

Mir sank allmählich der Mut.

»Ist es denkbar …?«, begann Friedel, aber er ließ den Satz unvollendet.

Artur sah ihn an. »Du meinst, ob Isi Aldo erschossen hat?«

»Ja«, erwiderte Fromm, »denn dass die Waffe fehlt, kann auch einen ganz anderen Grund haben, nämlich dass Isi sie hat verschwinden lassen, bevor die Polizei kam.«

Artur zögerte mit der Antwort, dann aber nickte er. »Es ist möglich. Vielleicht in Notwehr, wer weiß. Aber möglich ist es.«

»Du glaubt ihr nicht?«, empörte ich mich.

»Was glaube ich ihr nicht, Carl?«, fragte Artur zurück. »Sie hat nicht gesagt, dass sie es *nicht* getan hat.«

Verblüfft sah ich erst ihn, dann Friedel an: Es stimmte. Ich war so bereit, sie als unschuldig anzusehen, dass mir gar nicht aufgefallen war, dass sie sich zu Aldos Ableben überhaupt nicht geäußert hatte, außer dass sie sich nicht daran erinnerte. Oder erinnern wollte.

»Und *wenn* sie es getan hat?«, fragte ich die beiden.

»Ändert das etwas, Carl?«, fragte Artur zurück.

Sie sahen mich jetzt beide neugierig an.

Die Frage brannte auf meiner Haut.

Sie trieb wie ein Nagel in meinen Kopf.

Ich wollte nicht darüber nachdenken, ob sie schuldig war. Ich wollte nur annehmen, dass sie es nicht war. Ich wollte es um ihretwillen, um meinetwillen. Und um Aldos willen, den ich auf eine Art wirklich gemocht hatte trotz seiner verantwortungslosen Verschwendungssucht und seiner gedankenlosen Leichtlebigkeit.

So richtete ich mich auf und sagte fest: »Sie war es nicht.«

Aber es fühlte sich an, als stünde ich auf schwankendem Boden.

59

Es zeigte sich schon bald, was es wirklich hieß, sich mit Wendell von Torstayn angelegt zu haben. Die Heirat seines Sohnes mit einer Bürgerlichen, sie nicht loszuwerden, weil sie bockig war und auf Geld nicht ansprang, darüber hinaus zu wissen, dass sie in der Lage gewesen wäre, einen solchen Skandal heraufzubeschwören, dass sich halb Ostpreußen kichernd die Hände reiben würde, das war eine Sache. Eine andere der Mord am Erstgeborenen. Und so lagen wir selbstredend richtig, dass ihm jedes Mittel recht sein würde, uns büßen zu lassen.

Als Erstes beendete Wendell die Karriere des von allen ungeliebten, für Artur aber überaus nützlichen Oberkommissars Kennel. Offenbar hatte eine Armee von Spitzeln, die vermutlich nicht nur auf uns, sondern auf alle in unserem Umfeld angesetzt war, herausgefunden, dass er die Nachtigall Anna geheiratet hatte, die im *Arcasi* frivolen Geschäften nachging und keineswegs die konvertierte Christin war, die sie vorgegeben hatte zu sein. Allein der Skandal, dass ein Polizeibeamter mit einer *Hure* liiert war, hätte wahrscheinlich schon gereicht, um ihn zumindest versetzen zu lassen, aber im Zuge seiner Überprüfung wurden noch einmal die Vorgänge im letzten Jahr aufgerollt, und plötzlich standen viele Fragen im Raum, nämlich warum Artur unter den Augen des Polizeirevier Fünfzig mit allem durchkam, warum er trotz massiver Verdächtigungen niemals festgesetzt worden war, warum er gegen die Sperrstunde verstoßen konnte, wie er Lust hatte, und warum Artur in Kennels Revier ein und aus ging, wann immer ihm danach war. Man legte Kennel nahe, still und leise seinen Dienst zu quittieren, um keine dieser Fragen näher beantworten zu müssen, und man wurde den Eindruck nicht los, dass er das mit großer Erleichterung tat. Das Einzige, was er offensichtlich nicht ertragen konnte, war, dass er in seiner evangelischen Kirchengemeinde in Ungnade gefallen war, sodass er kurz nach seiner beruflichen Demission Berlin verließ, um neu anzufangen.

Danach war nichts mehr, wie es vorher war.

Der neue Chef des Polizeirevier Fünfzig hieß Kommissar Otto Trepermann und war ganz offensichtlich instruiert worden, ab sofort eine Null-Toleranz-Politik dem *Arcasi* und Artur gegenüber zu fahren. Trepermann war jung, ehrgeizig und verfolgte seinen Auftrag mit feurigem Eifer. Was selbstredend auch für die Ermittlungen gegen Isi galt, was Arturs gerissenen Schachzug, Kennel und sein Revier in die Untersuchung des Mordfalles einzubinden, in ein veritables Eigentor verwandelte. Stattdessen hatte Artur nun mit Razzien zu kämpfen, mit Schikanen und mit regelmäßigen Festnahmen, sodass er kaum in der Lage war, seine Geschäfte zu führen, geschweige denn, Isi zu helfen.

Auch ich entdeckte bald Beobachter, die mir folgten. Es waren nicht immer dieselben, aber alle waren sie gleich ungeschickt, vor allem verglichen mit Gromatka, den man nie gesehen hatte und doch gespürt. Was sie bei mir herauszufinden erhofften, war mir schleierhaft, denn im Gegensatz zu Isi oder Artur bewegte ich mich grundsätzlich auf der richtigen Seite des Gesetzes. Nach zwei Wochen hatte ich dann auch das Gefühl, dass meine Überwachung immer schlampiger wurde, bis ich schließlich niemanden mehr entdecken konnte, der an mir Interesse zeigte.

Dabei wäre das, was ich in jener Zeit erlebte, hoch spannend gewesen, auch für mich, wenn Isi nicht wegen Mordes in Untersuchungshaft gesessen hätte: Ich war Teil einer Unternehmung, die sich aufmachte, Geschichte zu schreiben. Wir wollten den ersten sprechenden Film der Welt ins Leben rufen, Pioniere und damit Teil einer Weltsensation sein. Und ich kann sagen, dass wir alle Anstrengungen unternahmen, unseren Kurzfilm zu einem Erfolg zu machen.

Wir drehten in den Luna-Ateliers in Pankow.

Inmitten einer herrlichen Parklandschaft stand dort das ehemalige Schloss Schönholz, das von Produzent Robert Meinert zu einem Filmatelier umgebaut worden war. Es gab kein Drehbuch, sondern nur eine lose Abfolge von Tonideen, die wir aufnehmen wollten, um die Technik später vorzuführen. Doch die Schwierigkeiten, auf die wir stießen, waren gewaltig. War es zuvor vollkommen egal gewesen, ob während einer Aufnahme gesprochen wurde, ob Straßenlärm eindrang oder Regen auf die Glashausdächer trommelte, so ruinierte jetzt das geringste Geräusch, der kleinste Versprecher eine ganze Aufnahme. Vorher war nur das Licht entscheidend: Wer es hatte, konnte drehen. Nun aber war jede einzelne Aufnahme eine Geduldsprobe, denn keiner von uns war es gewohnt, absolute Stille zu wahren, solange die Kamera lief. Und das Schloss war alles andere als schalldicht! Schon bei leichtem Regen konnte nicht mehr gedreht werden, eine Szene, die beinahe im Kasten war, wurde ruiniert, weil draußen Menschen, die im Park flanierten, laut lachten. Ein Arbeiter rief etwas, oder jemand ließ einen Hammer fallen: alles vorbei. Sogar das Kurbeln der Kamera verursachte ein Surren, das zu laut war für die Tonaufnahme, sodass Kamera samt Kameramann in eine schalldichte Kabine gesteckt werden musste. Wir Kameramänner mussten täglich mehrfach das Hemd wechseln, weil wir darin schwitzten wie in einer Wüste.

Letztlich gelang es aber doch – oder sagen wir: Wir drehten den Film zu Ende. Premiere war im *Alhambra*, einem neuen Tempel des Filmvergnügens, der mehr als eintausenddreihundert Menschen Platz bot. Das Gebäude war ein säulenbewehrter fünfstöckiger Prachtbau am Kurfürstendamm, von dem die zwei Stockwerke in der Mitte dem Kino vorbehalten waren, während der Rest Wohnhaus blieb.

Ausverkauft war es nicht an jenem Sonntag im September, als der Film um halb zwölf Uhr mittags vor etwa tausend Zuschauern vorgeführt wurde. Es funktionierte, wenn auch nicht ganz perfekt. Vor allem helle, hohe Töne wie Geigen, Flöten oder Klarinetten waren wunderbar anzuhören, Hundegebell dagegen wirkte verzerrt, menschliche Stimmen waren mal ausgezeichnet, mal mit Störungen wahrzunehmen. Dazu kamen hier und da knackende Geräusche, die im großen Saal sehr auffielen, bei der geheimen Uraufführung in einem kleinen Kino waren sie uns kaum aufgefallen.

Dennoch: Man gewann einen guten Eindruck, was möglicherweise einmal die Zukunft des Kinos sein könnte, allerdings waren die Reaktionen des Publikums verhalten. Möglicherweise war der Effekt zu befremdlich oder vielleicht nicht befremdlich genug gewesen, aber beim Hinausgehen sprachen die Menschen kaum über das Gesehene, sie waren weder verzückt noch enttäuscht. Vielleicht ratlos, in jedem Fall aber nicht inspiriert.

Die Tri-Ergons Hans Vogt, Jo Engl und Joseph Massolle waren frustriert, UFA-Chef Erich Pommer wohl auch, aber er versprach ihnen, noch ein oder zwei Versuche zu wagen. Freundliche Artikel und Kommentare im *Film-Kurier* schienen ihn zu bestärken, denn alle Journalisten bewunderten die Ingenieurskunst und sahen im Licht-Ton-Verfahren die Zukunft des Films, wenn auch hier und da ein paar Kinderkrankheiten ausgemerzt werden mussten.

Pommer hielt an dem Vorhaben auch später noch fest, als die ersten Schauspieler, besonders Emil Jannings, herummaulten, dass der Ton die Kunst zerstören, dass Ausdruck und Genie darunter leiden würden. Es gab überhaupt eine Menge Einwände gegen den sprechenden Film. Und ohne Pommer wäre wohl schon nach der Premiere unseres Kurzfilms Schluss gewesen.

An all diesen Dingen war ich beteiligt, aber nichts davon konnte ich genießen oder wenigstens wertschätzen, denn meine Gedanken kreisten nur um den Prozess. Um Isi, die im Gefängnis saß und von der wir nicht wussten, wie wir sie da herausbekommen konnten. Aber es musste einen Weg geben, um sie zu retten.

Es musste einfach.

60

Der Einfluss Wendells beschränkte sich jedoch nicht nur auf die Justiz, auch in der Presselandschaft war er offensichtlich bestens vernetzt. So waren es dann die Zeitungen und Zeitschriften der ehemaligen Scherl-Gruppe, die mit Aldos Tod Isi ins Fadenkreuz nahmen. Mitten im Krieg hatte der einstige Zeitungskönig und kulturinteressierte August Scherl sein Unternehmen verkaufen müssen, ausgerechnet an den stramm nationalen Alfred Hugenberg, Mitglied der DNVP im Reichstag, der wie die allermeisten seiner Glaubensbrüder die Demokratie aufrichtig hasste.

Somit wurde das tragische Ableben Aldo von Torstayns vor allem im *Berliner Lokal Anzeiger* und in der *Berliner Abendzeitung* zu einem Drama von nationaler Bedeutung umgedeutet, in dessen Hauptrolle eine verschlagene Venus einen der edelsten und reinblütigsten Söhne des Reichs aus Gier und Geltungssucht hintergangen und heimtückisch ermordet hatte. Beinahe täglich übertrumpften sich die Hugenberg-Erzeugnisse mit neuesten Erkenntnissen, immer zulasten Isis, sodass sich trotz der sachlicheren Kommentare der *Ullstein-* und *Mosse*-Blätter bald schon eine ungute Tendenz im Volk breitmachte, das sein Urteil schon gefällt hatte, bevor der Prozess überhaupt losging.

Eine Entwicklung, unter der auch Hans zu leiden hatte, der in der Schule gehänselt wurde und des Öfteren in Raufereien verwickelt wurde, weil er sich gegen die Tiraden zur Wehr setzte. Zu Hause versorgte ich dann blaue Flecken und Schürfwunden und pflichtete ihm bei, dass man immer für die Seinen einstehen sollte, versprach, dass ich Isi berichten würde, was für ein tapferer kleiner Kerl er war. Das ließ ihn stolz lächeln und bald umso mutiger weiterkämpfen, so lange, bis sich tatsächlich niemand mehr mit ihm anlegen wollte. Ich bewunderte seine Furchtlosigkeit und war erstaunt über seinen Erfolg. In gewisser Weise hatten wir uns gegenseitig eine Lektion beigebracht.

Der Tag der Prozesseröffnung war dann eine Überraschung für mich: Kaum hatte ich das Foyer mit dem herrlichen Treppenhaus des Kriminalgerichts Moabit betreten, lief ich in eine schwarzgraue Menge plappernder Kiebitze hinein, die allesamt nur wegen des Prozesses gekommen waren. Das Volk gegen Luise von Torstayn.

Es war laut wie in einer Bahnhofshalle.

Vor dem Saal siebenhundert hatte sich bereits eine große Menschentraube gebildet, die gegen den Zuschauereinlass drängte, während zwei Wachtmeister die größte Mühe hatten, die Neugierigen davon abzuhalten, den Verhandlungsraum zu stürmen. Glücklicherweise war Friedel schon anwesend, sodass er den Saaldiener instruierte, mich über den Hauptsaal zu den Zuschauerbänken zu führen, wo ich mir einen Platz in der Mitte aussuchen konnte, während draußen aufbrausendes Geschrei herrschte und immer wieder Körper gegen die Tür wummerten.

Für ein paar Minuten saß ich tatsächlich vollkommen allein da und bewunderte die gewaltige Kammer, die eigentlich zu schön war, als dass man darin Gerichtsprozesse hätte führen sollen. Rechteckig, lang und sehr hoch, weiße Wände mit runden Ecken, die in eine tonnenartige Decke mit prächtig ausgeschmückten Kassetten mündeten. Große Kronleuchter beleuchteten die umlaufenden Holztäfelungen an den Wänden, das breite Richterpodest und die überdachten Holzbänke, auf denen Zeugen oder Beschuldigte Platz nahmen. Zwischen Anklage und Verteidigung verlief ein langer Tisch, zu beiden Seiten bestuhlt. Und natürlich die Tribüne für das Publikum ganz hinten, vom Verhandlungsraum durch ein verziertes Holzgeländer getrennt.

Die Zuschauertüren wurden geöffnet.

Menschen strömten hektisch hindurch, bis der letzte Platz belegt war. Die Wachtmeister hatten Mühe, dem Rest klarzumachen, dass es für sie heute nichts mehr zu sehen gab. Dann traten auch Friedel in schwarzer Robe und Isi ein, sie auf dem überdachten Platz für Angeklagte, er weiter vorne, tiefer stehend, in einer Bank nahe am Richterpult. Ich suchte Isis Blick, fand ihn und winkte ihr zu: Sie wirkte blass, aber nicht mutlos und schenkte mir ein aufmunterndes Lächeln.

Dann befahl der Saaldiener Ruhe und forderte alle Beteiligten auf, sich zu erheben: Drei Richter kamen über eine Tür hinter dem Richterpult herein, dahinter zwei Schöffen. Wir nahmen Platz, während der Vorsitzende Richter, ein älterer Herr in Robe und Barett, die Verhandlung des großen Schwurgerichts eröffnete.

Nach den Formalien verlas die Staatsanwaltschaft die Anklage und umriss die Geschehnisse mit dem eindeutigen Ergebnis, dass das Opfer Aldo von Torstayn von der Angeklagten heimtückisch in eine Falle gelockt und dann skrupellos umgebracht worden war. Dann ließ der Vorsitzende Richter den ersten Zeugen hereinrufen: Wendell von Torstayn.

Eine Weile stellte er Wendell Fragen zu seiner Familie und seinem Sohn, die Wendell sachlich beantwortete, wobei er Isi aber keines Blickes würdigte. Dann bat er ihn, seine Beziehung zu seiner Schwiegertochter zu beschreiben, und damit war es dann vorbei mit den Höflichkeiten. Wendell sah Isi jetzt direkt an und sagte kalt: »Diese Person war niemals meine Schwiegertochter. Sie trägt meinen Namen, aber sie gehört nicht zur Familie. Sie gehörte nie dazu. Sie hat nur den Leichtsinn meines Sohnes ausgenutzt und sich die Hochzeit erschlichen.«

»Inwiefern?«, fragte einer der Richter.

»Sehen Sie, Hohes Gericht«, begann Wendell. »Wahrscheinlich ist das Ganze sogar meine Schuld. Ich habe Aldo immer zu sehr verwöhnt. Genau wie meine Frau habe ich ihm wohl zu viel durchgehen lassen. Er hat gerne gelebt, hat das Theater und das Spektakel geliebt. Ich habe ihn gewähren lassen, dachte, er würde schon noch ruhiger, sich eine passende Frau suchen und eine Familie gründen. Er war in manchen Dingen fast wie ein Kind, und das hat die Angeklagte ausgenutzt: Sie hat ihn zur Heirat genötigt!«

Friedel fuhr auf und rief: »Wie zum Teufel nötigt man einen erwachsenen Mann zu einer Heirat?«

Der Vorsitzende Richter mahnte ihn, sich disziplinierter zu verhalten, richtete die Frage dann aber an Wendell: »Wollen Sie das bitte erläutern?«

»Sie hat ihm vorgegaukelt, schwanger zu sein, und ihn vor dem daraus resultierenden Skandal gewarnt!«

Wieder fuhr Friedel auf. »Das ist eine infame Lüge!«

Wendell giftete zurück: »Ja, und zwar von ihr! Sie war nicht schwanger, aber sie hat es ihn glauben lassen. Aldo ist den Weg des

Ehrenmannes gegangen und hat die Angeklagte geheiratet. Um sie selbst und unsere Familie vor Gerede zu schützen!«

»Ich protestiere aufs Schärfste, Hohes Gericht!«, widersprach Friedel. »Hier wird die Ehrbarkeit meiner Mandantin mit ebenso unbewiesenen wie niederträchtigen Behauptungen beschmutzt!«

Der Vorsitzende Richter nickte und fragte Wendell: »Gibt es dafür Beweise?«

»Für das Vorgaukeln der Schwangerschaft gibt es genauso wenig Beweise, wie sie ihm damals Beweise für deren Existenz geliefert hat, aber es gibt eine Reihe von Indizien, die ihre Glaubwürdigkeit erschüttern.«

»Welche sollten das sein?«, fragte der dritte Richter.

»Zum einen ist Fräulein Beese ...«, begann Wendell.

»Frau von Torstayn!«, donnerte Friedel. »Der Zeuge spricht meine Mandantin mit ihrem Namen an!«

Wendell blieb unbeeindruckt, als die Richter Friedel zustimmten. Er sagte nur: »Die Angeklagte ist vorbestraft und hat über ein Jahr im Gefängnis gesessen!«

Im Publikum rumorte es.

Friedel rief: »Sie saß, weil sie sich gegen das Unrechtsregime des Kaisers und einen grausamen Krieg erhoben hat, der Millionen deutsche Männer das Leben gekostet hat. Ich wünschte, es hätten mehr Menschen einen solchen Mut bewiesen wie Frau von Torstayn. Es wäre uns vieles erspart geblieben!«

»Haben Sie auch im Gefängnis gesessen?«, fragte Wendell spitz. »Oder der Herr Staatsanwalt? Oder die Herren Richter und Schöffen? Sie hat gegen Gesetze verstoßen. Wo kämen wir denn da hin, wenn jeder Verbrecher seine Taten umdichten könnte, nur weil der Zeiten Geschick ihm Gelegenheit dazu gibt. Der Punkt ist: Anständige Menschen gehen nicht ins Gefängnis!«

Ehe Friedel darauf antworten konnte, schnitt der Vorsitzende Richter ihm mit einer Handbewegung das Wort ab. »Was noch?«

»Die Angeklagte ist die Geliebte eines der berüchtigsten Verbrecher Berlins!«

Wieder staunende Geräusche im Publikum.

»Der Zeuge tischt hier eine Lüge nach der nächsten auf!«, rief Friedel. »Ich beantrage, die Bemerkung aus dem Protokoll zu streichen!«

Diesmal fuhr der Staatsanwalt hoch und sagte laut: »Artur Burwitz ist polizeibekannt!«

»Wurde er je verurteilt?«, fragte Friedel scharf.

Der Staatsanwalt schwieg.

»WURDE ER JE VERURTEILT?!«

Fromms Stimme zischte wie ein Beil durch den Raum, um dann so krachend in die Bank der Staatsanwaltschaft einzuschlagen, dass nicht nur ich, sondern auch meine Nachbarn auf den Besucherbänken zusammenzuckten.

»Das nicht«, begann der Staatsanwalt defensiv.

»Dann verbitte ich mir diese Verleumdungen! Herr Burwitz betreibt Amüsierbetriebe und verwaltet Immobilien. Das macht ihn ganz sicher nicht zu einem Verbrecher! Und schon gar nicht zu einem berüchtigten! Zudem kommt die Unterstellung, meine Mandantin habe ein Verhältnis mit ihm, einer weiteren Verleumdung gleich! Frau von Torstayn und Artur Burwitz kennen sich seit ihrer Kindheit!«

»Es liegen mittlerweile viele Anzeigen gegen Herrn Burwitz vor!«, verteidigte sich der Staatsanwalt.

»Ausgestellt von einem profilierungssüchtigen Polizisten. Und allesamt wurden sie abgeschmettert!«

Für einen Moment sah es aus, als hätte Friedel den entscheidenden Stich gesetzt, um dem Argument die Luft abzulassen, dann aber zog der Staatsanwalt mit einem teuflischen Grinsen ein Blatt Papier hervor. »Die beiden haben also nicht in wilder Ehe zusammengelebt? Ich habe hier die Abschrift eines Briefs, das Original lege ich gern vor.«

Das erwischte Friedel kalt: Davon wusste er nichts. Er drehte sich zu Isi um.

Diese schüttelte den Kopf.

»Noch eine Lüge!«, schrie Friedel daraufhin.

Daraufhin las der Staatsanwalt laut vor: »*Liebste, ich wünschte, ich könnte nach Hause – zu dir. Ich wünschte, ich müsste das hier nicht schreiben, sondern könnte es dir selbst sagen. Vielleicht hatte es einen Grund, dass wir nicht geheiratet haben. Vielleicht musste das so sein. Du und Carl seid die wichtigsten Menschen für mich … Ich werde dich immer lieben, auch wenn wir nicht heiraten werden …*«

Ich glaube, ich wurde noch blasser als Isi auf der Anklagebank, denn ich kannte den Brief. Artur hatte ihn von der Front geschrieben, um sich von Isi zu trennen. Und hinterhältigerweise hatte der Staatsanwalt ihn nicht vollständig vorgelesen, denn Artur schrieb darin auch, dass sie nicht füreinander bestimmt waren. Und dass sie eben kein Paar sein würden.

Diesmal wurde das Gemurmel so laut, dass der Vorsitzende Richter wütend mit seinem Hammer auf das Pult schlug und drohte den Saal räumen zu lassen. Friedel hatte sich in der Zwischenzeit Isi zugewendet, die hinter ihm saß, und mit ihr geflüstert.

Dann war er wieder vorgetreten und sagte: »Meine Mandantin bestreitet nicht, eine Beziehung zu Herrn Burwitz gehabt zu haben. Aber das war zu Beginn des Krieges. Und das ist lange her. Eine Liebesbeziehung, wie vom Staatsanwalt angedeutet, gibt es seit dieser Zeit nicht mehr.«

Wie abschätzig die beiden Schöffen Isi plötzlich betrachteten! Man sah ihnen förmlich an, wie tief Isi in ihren Augen gesunken war. Unehelicher Geschlechtsverkehr war nur für einen Mann ein Kavaliersdelikt, für eine Frau bedeutete er gesellschaftliche Ächtung. Nichts anderes hatten Wendell und die Staatsanwaltschaft damit bezweckt: Sie wollten Isis Leumund und ihre Ehrbarkeit infrage stellen. Lügen und Verdrehungen hatten sie in ein schlechtes Licht gerückt, denn sie war jetzt nicht mehr die strahlend schöne Frau von Torstayn, sondern eine promiske Straftäterin, die Kontakt zur Berliner Unterwelt hatte.

Und es wurde noch schlimmer.

Der Staatsanwalt übernahm die Befragung.

»Als Sie gewahr wurden, dass Ihr Sohn Aldo einer, in Ihren Augen, Betrügerin in die Falle gegangen war, was haben Sie da unternommen?«

»Ich bot ihr Geld, die Heirat aufzulösen«, antwortete Wendell.

»Wie viel?«

Wendell räusperte sich. »Eine Apanage, die ihr ein sorgenfreies Leben bis ans Ende ihrer Tage garantiert hätte.«

»Und wie hat die Angeklagte reagiert?«

Wendell starrte Isi an. »Es war ihr nicht genug.«

Ein breites Raunen auf den Zuschauerrängen ließ den Richter wieder nach seinem Hammer greifen. Die Geräusche ebbten ab und wichen einer gespannten Stille.

»Nicht genug?«, wunderte sich der Staatsanwalt übertrieben. »Die Angeklagte pflegte einen überbordenden Lebensstil, den mein Sohn ihr finanzierte.«

»Gibt es ein Beispiel dafür?«

»Ja, ihre Hochzeitsreise. Auf das Betreiben der Angeklagten hin war mein Sohn gezwungen, derart viele Rechnungen zu begleichen, dass sie die Reise abbrechen mussten, weil er insolvent war.«

»Von welchen Summen reden wir?«

»Von Zehntausenden von … Dollar!«

Mit der nötigen Kunstpause erreichte er, dass das Publikum nach Luft schnappte. Nach Rathenaus Tod hatte sich die Inflation noch einmal sprunghaft verschlimmert. Stand der Dollar am Tag des Anschlages bei 341,56 Reichsmark, notierte er heute, am zweiten November 1922, 4957 Reichsmark. Zehntausende von Dollar! Das waren Höhen, die alle schwindeln ließen. Wendell war es gelungen, Isi als skrupellose, geldgierige, nimmersatte Verschwenderin darzustellen.

Ich konnte sehen, wie Friedel im Begriff war zu protestieren, sich dann aber umentschied. Was hätte er sagen können? Die Torstayns hatten mit Sicherheit Belege. Und es stand außer Zweifel, dass Aldo für alles hatte aufkommen müssen, denn eine Frau beglich keine Reise- und Vergnügungsrechnungen. Wie hätte Friedel beweisen können, dass es *Aldos* Verschwendungssucht war, die ihn letztes Jahr in den Ruin getrieben hatte? Vermutlich hätte Friedel mit einem Einspruch die Angelegenheit noch schlimmer gemacht – eingedenk der Liebesbriefüberraschung vergangener Tage. Wer wusste schon, was sie noch gefunden hatten?

»Das muss ein Schock für Sie gewesen sein?«, fragte der Staatsanwalt mitfühlend.

»Nicht nur für mich, auch für Aldo. Endlich kam er zur Besinnung und wollte die Hochzeit annullieren. Aber da hatte die Angeklagte ihr Ziel bereits erreicht: Diesmal war sie wirklich schwanger. Aus ihrer Sicht hatte sich ihre Verhandlungsposition noch einmal verbessert.«

»Aber Ihr Sohn blieb bei seinem Entschluss?«

»Ja, er wollte diese *Ehe* unbedingt auflösen. Er wollte nichts mehr mit der Angeklagten zu tun haben!«

»Und wie hat die Angeklagte reagiert?«

»Meine Frau und ich haben sie vor etwa einem Jahr zu einem erneuten Gespräch eingeladen und unser Angebot noch einmal erhöht.«

»Mit welchem Ergebnis?«

»Mit dem Ergebnis, dass ihr Verbrecherfreund Burwitz drohte uns alle zu töten. Die ganze Familie.«

Das Rumoren auf den Zuschauerbänken wurde so laut, dass der Richter auf sein Pult hämmerte und mahnte, er würde den Saal notfalls räumen lassen.

»Sie zog dann in das Haus, das mein Sohn angemietet hatte, übernahm das Personal und sagte mir, wenn ich etwas dagegen unternehmen würde, würde sie uns vor aller Welt bloßstellen. Meinen Sohn, mich, meine Frau, meine ganze Familie. Dabei wurde sie am Telefon beleidigend und so vulgär, dass ich, um meine Familie zu schützen, nichts unternahm.«

»Lebt sie dort noch?«, fragte der Staatsanwalt.

»Nein, der Mietvertrag lief aus, sie hätte die Kosten selbst übernehmen müssen. Das hat sie natürlich nicht getan.«

Ich konnte sehen, wie wütend Isi war, wie viel Mühe es sie kostete, nicht von der Anklagebank aufzuspringen und Wendell das Gesicht zu zerkratzen. Aber sie hielt sich zurück. Offenbar hatte Friedel ihr eingebläut, dass emotionale oder gar hysterische Ausbrüche vor Gericht ihre ohnehin schon schwache Position weiter verschlechtern würden.

So endete der erste Tag dann im Desaster.

Abgesehen von den Aussagen der Polizei standen noch die Victorias und vor allem die Helenes aus. Ein weiteres Desaster schien damit vorprogrammiert.

Und so kam es dann auch.

61

Vielleicht aus einer gönnerhaften Überlegenheit heraus verriet der Staatsanwalt Friedel bei einem zufälligen Treffen, was sich weder Isi noch Artur noch ich erklären konnten, nämlich, woher der Brief gekommen war. Man hatte ihn in den Trümmern von Isis Elternhaus gefunden und zusammen mit den restlichen Andenken Trudi Granderath gebracht, der jungen Frau, die einst Isis Vater hatte heiraten sollen. Trudi behielt ihn und noch einige wenige andere Sachen, die sie an ihren Beinaheehemann Gottlieb Beese erinnerten, bis zu jenem Tag, als Wendells Spione bei ihr anklopften und sie befragten. Und Trudi Granderath hatte eine Menge Dinge mitzuteilen, denn einst Isis Freundin, fühlte sie sich später von ihr betrogen und wünschte ihr jetzt, da die Granderaths nach dem Krieg alles verloren hatten, erst recht das Allerschlimmste.

Friedel machte keinen Hehl daraus, dass wir kaum verhindern konnten, weitere Verhandlungstage krachend zu verlieren, sodass er sich darauf konzentrieren wollte, Isi für den Tag ihrer Befragung vorzubereiten. Er würde alles daransetzen, genügend Zweifel an Isis Täterschaft zu streuen, um die Schöffen dazu zu bringen, sich auf unsere Seite zu schlagen.

»Alles, was wir erreichen können«, ermahnte er uns, »ist ein Freispruch aus Mangel an Beweisen. Und wir müssen hoffen, dass weder Richter noch Schöffen bestochen sind oder mit dem rechten Lager sympathisieren.«
»Das finde ich heraus«, antwortete Artur ruhig.
»Und wenn es so wäre?«, fragte ich.
Dazu schwieg Friedel vielsagend.

Während Artur sich also, trotz intensiver Bewachung durch das Polizeirevier Fünfzig, auf den Weg machte, mehr über die einzelnen Mitglieder des Schwurgerichts herauszufinden, entwickelten sich auch an anderer Stelle die Dinge mehr als ungünstig.

Im September war Kurt Arzberger entlassen worden, und es zeigte sich schnell, dass er den Tod seiner kleinen Schwester Klara längst nicht verwunden hatte. Er hatte zunächst Isi um Rat bitten wollen, wie die Dinge nun anzugehen seien, musste aber feststellen, dass ihr Büro geschlossen war. Nach einigem Nachfragen fand er heraus, dass sie im Frauengefängnis in der Barnimstraße einsaß. Er war also ab jetzt vollkommen allein.

Als er später dann im *Arcasi* vorstellig wurde, gab ihm Artur das, was vom Geld seiner Schwester übrig war, und half ihm auch, ein schäbiges kleines Zimmer am Schlesischen zu finden. Fortan wusste Kurt nicht, was er machen sollte. Auf ehrliche Weise sein Geld zu verdienen, wenn man gerade aus dem Gefängnis gekommen war, war in jenen Zeiten so gut wie unmöglich, sodass er tagaus, tagein in seinem Zimmerchen saß, bis er in einen unruhigen Schlummer fiel.

Eine Weile versuchte er sich noch als Dada-Künstler, aber Dada war in einer mit Sensationen verwöhnten Stadt keine allzu große Überraschung mehr, zumal er spürte, dass es ihm mittlerweile an Selbstvertrauen mangelte, an Überzeugung. Und sich dies auch in seinen Auftritten widerspiegelte.

Klara war nicht mehr da.

Jeden Tag, jede Stunde, jede Minute hätte er mit ihr teilen, ihr seine Gedichte vortragen und sich von ihr bestärken lassen wollen.

Ihre unbekümmerte Begeisterungsfähigkeit, ihre immerwährende Fürsorge, ihre bedingungslose Liebe waren ein überlebenswichtiger Teil seines Daseins gewesen, und ohne diesen verlor alles an Farbe, an Helligkeit und Sinn. Er vermisste sie, wie man auf dem Höhepunkt der eigenen Verliebtheit den anderen vermisste, nur dass dieser Schmerz nichts Süßes hatte, kein Versprechen auf ein Wiedersehen war, sondern nur ein Hinabfahren in die eigenen Kammern des Schreckens.

Kurt begann zu trinken.

Saß oft schon zur frühen Stunde im *Arcasi* und trank so lange, bis der Alkohol seine Qual überspülte wie die Flut das Watt. Anna stand zuweilen bei ihm und streichelte seinen Nacken, versuchte es mit Trost für einen Untröstlichen und wusste, dass nichts helfen würde.

»Ich habe viele wie ihn gesehen!«, sagte sie an einem Abend zu Artur. »Aber niemanden, der so wenig Chancen hatte, seinen Schmerz zu überwinden.«

Sie blickte zu Kurt hin, der zusammengesunken am Tresen saß.

»Er wird sterben«, sagte sie.

Artur betrachtete ihn und schwieg.

Dann aber, an einem dieser Abende, an denen Kurt in sein Bierglas wie in einen Abgrund starrte, trat ein Kerl neben ihn, wie sie seit einiger Zeit immer öfter auf den Straßen zu sehen waren: Männer in grotesker Kleidung, mit Tangohosen und knapp geschnittenen Sakkos, gern in Orange, Lila oder Rotbraun. Schieber hatte es im und vor allem nach dem Krieg auch schon gegeben, doch jetzt traten sie aus den Halbschatten ihrer Existenz heraus. In einer Gesellschaft, in der Werte und Anstand zu Staub zerfielen und eine Uniform nicht mehr satt machte, verspotteten sie die alte Ordnung mit greller Kleidung. Die Inflation fraß die Löhne, und jeder neue Dollarkurs tauchte das Reich tiefer in einen fatalen Abwärtsstrudel, in dem allein bunte Schieber das besorgen konnten, was auf normalem Weg nicht mehr aufgetrieben werden konnte. Es gab für sie schlicht keinen Grund mehr, sich zu verstecken, im Gegenteil:

Ihr farbenfrohes Auftreten spiegelte das, was seit 1914 schiefgegangen war.

Dieser Mann jedenfalls war angetrunken, doch bester Laune, als er Kurt auf die Schulter schlug und ihn wissen ließ, dass es keinen Grund für Trübsal gebe und das Leben verdammt schön sei. Da Kurt nicht reagierte, fühlte er sich herausgefordert, seinen Standpunkt noch einmal zu unterstreichen, ihm abermals auf die Schulter zu hauen und dabei zu rufen: »Komm, ick spendier dir 'ne Molle!«

Die nahm Kurt schweigend an, ohne ihm dafür zu danken. Stattdessen starrte er wieder vor sich hin, was den Mann verärgerte und sich lautstark darüber beschweren ließ, dass der feine Herr zwar Bier für hundertzwanzig Reichsmark pro Glas zischte, aber nicht mal *een Danke üba de Lippen* bekäme.

Der Thekenmann versuchte, ihn daraufhin mit ein paar flotten Sprüchen abzulenken, aber dieser bunte Vogel arbeitete sich mit Sticheleien an Kurt ab, bis man ihm schließlich mitteilte, dass Kurts Schwester vor Kurzem verstorben sei und dem armen Kerl nicht der Sinn nach Belustigung stände. Darauf ließ der Schieber von Kurt ab, vergnügte sich mit anderen Gästen, die ihm offensichtlich etwas über Klara steckten. Denn bald kehrte er zu Kurt zurück, legte ihm die Hand auf die Schulter und sagte: »Dit tut mir leid, mit deine Schwesta. Aba jetz, wo se dot is', kann se dir wenichstens keene Schande mehr mach'n!«

Es war das erste Mal an diesem Abend, dass Kurt aufblickte und den Schieber ansah. »Was reden Sie denn da?«

»Iss imma schwer mit die Weiba, aba inne Familje mecht man so wat ooch nich ha'm.«

Kurt sah ihn fragend an.

»Na, nimms nich so schwea. De Zeiten sinn hart, da sinn schon janz andere uffn Strich jejanjen.«

Kurt sprang auf und schrie: »Was reden Sie denn da?«

»Na, deene Schwesta! Soll'n richtisch jutet Pferdchen jewesen sinn … Jott hab ihr selich!«

Kurt schlug ihm, so fest er konnte, mit der Faust in Gesicht. »Dreckiges Schwein, du!«
Der Schieber steckte den Schlag leicht weg, dann schlug er selbst zu, und Kurt ging sofort zu Boden. Das alles war in Sekunden passiert, sodass Artur erst eingreifen konnte, als Kurt schon bewusstlos war. Er packte den Stänkerer und warf ihn aus dem Laden. Dann hob er Kurt wie ein Kind auf die Arme und trug ihn nach Hause.
Als er zurückkehrte, wartete Anna bereits an der Tür und fragte nach Kurts Wohlbefinden.
»Ich hoffe, er war betrunken genug, um es zu vergessen«, murmelte Artur.
Doch als Kurt am nächsten Tag nicht ins *Arcasi* zurückkehrte, da wusste Artur, dass er es nicht vergessen hatte.
Kurt Arzberger war aufgestanden, um herauszufinden, was seiner kleinen Schwester wirklich zugestoßen war.

62

Glaubte ich am ersten Prozesstag, Zeuge eines mehr oder minder gewöhnlichen Mordprozesses zu sein, so musste ich bereits am zweiten feststellen, dass diese Verhandlung weit höhere Wellen schlug, als ich angenommen hatte. Was weniger am Mord selbst lag, denn ein simpler Schuss ins Herz war nicht besonders spektakulär angesichts der Tatsache, dass vor vier Jahren erst ein Krieg zu Ende gegangen war, der jede Vorstellung von Grausamkeit pulverisiert hatte. Nein, was die Leute über alle Maßen neugierig machte, waren die intimen Einblicke in die Lebensgewohnheiten und Machenschaften des Hochadels, der sich von einer kleinen Bürgerlichen ganz offensichtlich an der Nase hatte herumführen lassen.
So spaltete sich die Öffentlichkeit schnell in diejenigen, die Isi unbedingt tot sehen wollten als einzig gerechte Strafe für ihr betrügerisches Verhalten und die, die eine heimliche Freude daran

entwickelten, dass eine *von ihnen* es denen *da oben* mal so richtig gezeigt hatte. Zwar verfochten auch Letztere Mord nicht als Mittel der Wahl, aber sie hegten eine gewisse Sympathie für Isi.

Saal siebenhundert war an Tag zwei genauso voll wie am ersten, nur dass diesmal noch viel mehr Menschen Zutritt begehrten, den ihnen die Wachtmeister verwehrten, was entsprechend lautstark moniert wurde. Es brauchte also eine gewisse Zeit, bis Ruhe eingekehrt war und Victoria von Torstayn aussagen konnte. Uns war, ehrlich gesagt, nicht klar, was sie überhaupt zur Aufklärung des Mords beitragen sollte, aber wir würden bald feststellen, dass sie auch nichts Derartiges vorhatte.

Nachdem die Richter sie wechselweise zu Aldo und seinen Scheidungs- beziehungsweise Annullierungsplänen befragt hatten, übernahm der Staatsanwalt die Befragung.

»Als Ihr Sohn Ihnen mitteilte, wen er heiraten wollte, haben Sie ihm da deswegen abgeraten, weil Fräulein Beese als Bürgerliche nicht Ihren Erwartungen entsprach?«

»Nein, Herr Staatsanwalt. Ich gebe zu, dass mir ein Mädchen aus einer angesehenen Familie mehr zugesagt hätte, aber ihre Herkunft machte mir nichts aus.«

»Ist das so?«

»Es ist eine neue Zeit, nicht wahr? Auch der Hochadel tut gut daran, sich ihr zu öffnen.«

Das war so unverfroren gelogen, dass mir empört der Mund aufklappte. Wenn es seit dem Kaiser und seiner verstorbenen Frau Auguste jemanden gab, der die gottgegebenen Privilegien von Monarchie und Adel persönlich in eine Steintafel hätte meißeln wollen, dann ja wohl die Eiskönigin derer von Torstayns.

»Warum hatten Sie dann Einwände?«

»Weil ich ihren Namen bereits kannte!«, sagte Victoria kühl und sah Isi dabei direkt ins Gesicht.

Diese überraschende Aussage sorgte für einige Unruhe auf den Zuschauerbänken. Ich wusste, dass das gelogen war, fragte mich aber, wie sie das Gesagte wohl zu untermauern gedachte.

»Wie das?«, fragte der Staatsanwalt in der Manier des eifrigen Stichwortgebers.

»Durch Wilhelmina von Lossow«, antwortete Victoria. Ich zuckte zusammen, als hätte ich in eine offene Stromleitung gegriffen. Frau von Lossow war die abergläubische Alte, die von Isi mit ein paar Hühnereiern und viel Brimborium dazu gebracht worden war zu glauben, dass unsere Freundin mit übernatürlichen Fähigkeiten gesegnet war. Dieses hatte dazu geführt, dass sie ihren ebenso abergläubischen Bekannten von Isi erzählte, woraufhin diese eine nach der anderen mit ein paar kleinen magischen Tricks um viel Geld erleichtert hatte.

»Wer ist das, Frau von Torstayn?«

»Eine liebe Freundin«, antwortete Victoria. »Sie wurde von der Angeklagten in den Wahnsinn getrieben!«

Diesmal fuhr Friedel auf und rief: »Das ist unerhört! Entweder sie beweist diese Behauptungen, oder ihre Aussage wird augenblicklich aus dem Protokoll gestrichen.«

Der Staatsanwalt hielt ein Schreiben hoch, in dem die Tochter Frau von Lossows an Eides statt versicherte, dass ihre Mutter in einem Sanatorium ihrem Ende entgegendämmerte. Sie behauptete, dass Isis Séancen, in denen sie angeblich Kontakt ins Jenseits hergestellt hatte, um Frau von Lossow mit ihrem geliebten Mann zusammenzubringen, ihre Mutter den Verstand habe verlieren lassen.

»Das beweist absolut gar nichts!«, erklärte Friedel und wandte sich an das Gericht. »Ich beantrage Streichung.«

»Gibt es eine ärztliche Diagnose?«, fragte der Richter.

»Die ließe sich sicher noch einholen«, antwortete der Staatsanwalt ausweichend.

»Dann ist die Aussage gestrichen, es sei denn, sie wird noch belegt.«

»Hier habe ich fünf weitere Aussagen von hochgestellten Persönlichkeiten, die alle versichern, dass die Angeklagte mit Magie und Geisterbeschwörung arbeitet. Und dass sie ihr viel Geld gegeben haben, aus Angst, sie könnte ihnen vielleicht schaden.«

»Ich werde jede Einzelne vor Gericht befragen!«, warf Friedel sofort ein.

»Das geht leider nicht!«, antwortete der Staatsanwalt. »Alle Personen befinden sich auf nicht absehbare Zeit im Ausland und können einer Vorladung nicht folgen. Daher haben wir ihre Aussagen schriftlich eingeholt. Ich verbürge mich für ihre Echtheit.«

Friedel wandte sich Richtern und Schöffen zu. »Sind wir hier in einem Zirkus? Was soll das?«

»Warum so empfindlich, Herr Anwalt?«, rief der Staatsanwalt süffisant. »Ich habe Sie sich auch schon für so manchen abwesenden Zeugen verbürgen sehen!«

Gekicher im Zuschauerraum.

»Im Übrigen ist es nicht das erste Mal, dass die Angeklagte jemanden in den Wahnsinn getrieben hat!«, trumpfte der Staatsanwalt auf. »Schon ihren Vater trieb sie mit einem perfiden Spiel in den Selbstmord!«

»Das ist ungeheuerlich!« Friedel fuhr hoch.

»Ungeheuerlich, aber wahr!«, schrie der Staatsanwalt und wandte sich Isi zu. »Haben Sie beim Polterabend Ihres Vaters ihn mit einem Puppenspiel derart bloßgestellt, dass nicht nur seine Hochzeit abgesagt wurde, sondern sich der arme Mann im Anschluss eine Kugel in den Kopf jagte?«

»Hohes Gericht, darf ich fragen, welchen Fall wir heute verhandeln? Den Mord an Aldo von Torstayn oder lächerlichen Klatsch aus Thorn?«

Die Richter wiesen den Staatsanwalt zurecht, der sich kurz verbeugte und reumütig gab. Dennoch war es ausgesprochen und hatte Eindruck hinterlassen. Offenbar hatte die Staatsanwaltschaft einen Mann geschickt, der Friedels Mätzchen und Winkelzüge nicht nur kannte, sondern sie ebenfalls beherrschte.

Mit einem Lächeln wandte er sich wieder Victoria zu: »Haben Sie Ihren Sohn vor der Angeklagten gewarnt?«

Victoria tupfte sich verstohlen eine nicht vorhandene Träne aus dem Augenwinkel. »Natürlich habe ich das. Aber er war wie von

Sinnen! Mittlerweile glaube ich, dass sie ihn verhext hat. Wie alle anderen auch!« Wieder Gemurmel auf den Bänken, doch diesmal reichte ein warnender Blick des Vorsitzenden Richters.

»Kann man also sagen, dass Ihr Sohn unter dem Einfluss der Angeklagten stand?«

»So ist es!«

»Praktisch willenlos?«

»Jawohl.«

»Danke, Frau von Torstayn, das war sicher sehr schwer für Sie heute. Nicht nur als Zeugin, sondern auch als Mutter, die ihren Erstgeborenen durch einen heimtückischen Mord verloren hat!«

Victoria nickte stumm, presste die Lippen aufeinander und tupfte sich über die Augen.

Friedel stand auf und ließ sein Monokel kunstvoll aus dem Auge in seine Hand fallen, was immer ein Zeichen großer Angriffslust war.

»Madame, hätten Sie Ihren Sohn gerettet, wenn Sie gekonnt hätten?«

»Was ist denn das für eine Frage?«, empörte sich Victoria, die ihre Tupfeinlage unterbrach und Friedel wütend anfunkelte. »Natürlich hätte ich das!«

»Dann verstehe ich nicht, warum Sie es nicht getan haben.«

»Was erlauben Sie sich!«, fauchte Victoria.

»Nun«, gab Friedel ungerührt zurück, »die Frage, die sich hier jeder stellt, ist, warum Sie nichts unternommen haben?«

»Was hätte ich denn unternehmen sollen?«

»Das fragen Sie? Die liebende Mutter, aufopfernde Löwin, sensible Madonna? Sie fragen, wie Sie Ihrem Sohn hätten helfen können? Wie konnten Sie zulassen, dass die Frucht Ihres Leibes, Ihr ganzer Stolz, der Erbe Ihrer Dynastie in die Fänge einer solch gefährlichen Person wie meiner Mandantin gerät? Wie konnten Sie nur still danebenstehen und zusehen, obwohl so viele Ihrer lieben Freundinnen von ihr bedroht oder wenigstens genötigt wurden? Und eine sogar wahnsinnig geworden sein soll? Wie konnten Sie nur?«

Victorias Gesicht hatte die Farbe frisch gefallenen Schnees angenommen, während ihre Augen vor Wut glühten wie Feuerholz an einem kalten Winterabend.

»Wie hätte ich ihn denn retten können?«, fragte Victoria spitz.

»Er war ja gar nicht ansprechbar!«

»Sie hätten sich an die Polizei wenden können!«, rief Friedel. »Sie hätten meine Mandantin anzeigen können! Sie und Ihre lieben Freundinnen, die jetzt, welch unglücklicher Zufall, allesamt im Ausland weilen. Hätte eine solche Anzeige, veranlasst von den mächtigsten Menschen in Ostpreußen, Brandenburg oder Pommern, nicht immenses Gewicht gehabt? Hätte sie nicht mit an Sicherheit grenzender Wahrscheinlichkeit zu einer Verurteilung geführt?«

Victoria schwieg.

»Wann haben Sie meine Mandantin eigentlich persönlich kennengelernt?«

»Bei einem gemeinsamen Abendessen im Haus meines Sohnes.«

»Als er Ihnen verkündete, meine Mandantin heiraten zu wollen?«

»Jawohl.«

Friedel ließ sich einen Moment Zeit und donnerte dann: »Und Sie haben nichts gesagt? Nur dagesessen und nichts gesagt? Ihrem Ehemann nicht? Ihrer Familie nicht? Niemandem? Was sind Sie denn für eine Mutter?!«

Der Staatsanwalt fuhr hoch und schrie: »UNVERSCHÄMTHEIT!«

Friedel winkte ab und sagte: »Streichen Sie es! Ich ziehe den letzten Satz zurück. Kommen wir noch einmal zu jenem Abendessen. Wenn es sich also so verhält, wie Sie es dem Gericht und allen Anwesenden weismachen wollen, dass Sie bereits wussten, was für eine gefährliche Person da am Tisch saß: Wieso haben Sie einem solchen Treffen zugestimmt?«

Victoria hob das Kinn. »Ich wollte mir selbst einen Eindruck machen!«

»Um was festzustellen? Dass die Frau an der Seite Ihres Sohnes tatsächlich eine Hexe ist, die andere ruiniert und in den Wahnsinn treibt? Hohes Gericht, wertes Publikum: Würden Sie mit einer solchen Person zu Abend essen? Wenn sie dazu noch von einem stadtbekannten *Verbrecher* begleitet wird?«

Natürlich antwortete niemand, aber in den Gesichtern sah man, dass sie alle Friedels Argumentation gefolgt waren und die von ihm gestellte rhetorische Frage mit einem klaren *Nein* beantworteten.

»Sie, Frau von Torstayn, kannten meine Angeklagte nicht. Sie hatten auch nie von ihr oder Artur Burwitz gehört! Das Einzige, was wahr ist an Ihrer Aussage, ist, dass Sie gegen diese Hochzeit waren. Nur eben aus einem ganz anderen Grund. Weil sie der Heirat zwischen einer Bürgerlichen und einem Adligen niemals zugestimmt hätten! Genau wie die von Torstayns schon seit dreihundert Jahren einer solchen Heirat nicht zugestimmt haben. Schämen Sie sich, ein solches Schauspiel gegeben zu haben, und seien Sie versichert: Niemand glaubt Ihnen hier! NIEMAND!«

An diesem Punkt hatte er Victorias Geschichte, die dazu diente, Isi weiter zu diskreditieren, entkräftet. Victoria saß zwar kerzengerade, aber doch weidwund getroffen auf dem Zeugenstuhl und wusste nichts mehr zu sagen. An diesem Punkt hätte die Befragung mit einem Erfolg für uns enden können.

Aber das tat sie nicht.

Denn da war noch der Staatsanwalt, und der zeigte erneut, dass er aus demselben Holz geschnitzt war wie Friedel.

Rasch sprang er auf und rief:»Es spielt keine Rolle, was Sie oder irgendjemand anders getan hätten, Herr Anwalt! Es spielt nur eine Rolle, welchen Charakter Ihre Mandantin hat. Sie ist vorbestraft, sie verkehrt in zwielichtigen Lokalen mit noch zwielichtigeren Menschen, und sie erleichtert gutgläubige Bürger mittels Hokuspokus um ihr Geld. Das sind die Fakten!«

Er beugte sich zu seinem Pult hinab und zückte ein weiteres Blatt Papier.»Und die sind genauso wahr, wie die Vorgänge, die sich in einem Restaurant namens *Der Goldene Hirsch* zugetragen haben. Wollen Sie uns vielleicht erläutern, was Ihre Mandantin dort angestellt hat?«

Der Hieb kam schnell und überraschend, sodass Friedel mit der Antwort zögerte.

Es wurde so leise im Saal, dass man die Birnen in den Kronleuchtern summen hören konnte.

»Dann will ich helfen!«, fuhr der Staatsanwalt ungerührt fort. »Ihre Mandantin hat dort den Speiseraum in Schutt und Asche gelegt!«

Erstaunte Rufe von den Zuschauerbänken – Friedel biss sich auf die Lippen.

»Offenbar hat sie einem jungen Mann schöne Augen gemacht, bis dessen Ehefrau die beiden erwischte und Ihre Mandantin sich mit ihr durch das ganze Lokal prügelte und sogar Feuer legte. Entspricht das in etwa der Wahrheit?«

Friedel erwiderte: »Die Wahrheit ist, dass sie dem gar nicht mehr so jungen Mann keine schönen Augen gemacht hat, sondern dass sie wegen eines von ihm entlassenen Dienstmädchens mit ihm verhandeln wollte.«

»Aha, eine ledige Frau trifft sich also mit einem verheirateten Mann in einem Lokal zum *Verhandeln*? Ist es das, was Sie uns sagen wollen?«, spottete der Staatsanwalt.

»Sie hilft Menschen in Not!«, antwortete Friedel.

»Allein? In einem Restaurant? Mit verheirateten Männern? Warum macht sie das nicht in ihrem Büro?«

Friedel ballte die Fäuste und schwieg.

Jeder im Publikum starrte Isi an.

Der Staatsanwalt nickte, als ob er sich in stiller Selbstzufriedenheit zu seinem Zug gratulierte, und fragte dann: »Wissen Sie, was seltsam ist? Dass Ihre Mandantin dauernd in solche Dinge verwickelt ist.«

Dann wandte auch er sich an das Publikum. »Ich sehe hier einige Damen. Wer von Ihnen ist vorbestraft, erleichtert friedliche Menschen um ihr Geld, verkehrt in zwielichtigen Lokalen, trifft sich mit verheirateten Männern und legt Restaurants in Schutt und Asche?«

Wenig überraschend hob niemand die Hand.

»Nur Mut, meine Damen! Geben Sie es nur zu, es geschieht Ihnen nichts!«

Gelächter.

Aber natürlich rührte sich niemand.

Triumphierend wandte er sich Friedel wieder zu. »Sehen Sie, Herr Anwalt, das ist der Unterschied zwischen der Angeklagten und den ehrbaren Menschen im Saal. Darum ist sie angeklagt! Und deswegen wird sie die Strafe erhalten, die sie verdient. Denn eines, Hohes Gericht, liebes Publikum, ist sicher jedem klar geworden: Wo Rauch ist, da ist auch Feuer! Ihre Mandantin hat es gelegt ...« Eine kunstvolle Pause war ihm Rampe für einen letzten Satz, den er wie eine göttliche Prophezeiung in die Luft schickte: »... und in diesem Feuer wird sie brennen!«

63

Friedels Argumentation war schnell vergessen, alles, was blieb, waren wilde Fantasien über Isis Auftritt im *Goldenen Hirsch*. Schon beim Verlassen des Gerichtssaals kannten die Kiebitze kein anderes Thema, die einen amüsierten sich, die anderen waren empört, dass es dort offenbar zu einer unehelichen Tändelei und einer Schlägerei mit anschließender Verwüstung gekommen war. Letztlich waren sich aber alle einig, dass Isi diesen Vorfall zu verantworten hatte, selbst die, die eigentlich mit ihr sympathisierten.

Somit ging auch dieser Prozesstag verloren.

Tags darauf besuchten wir Isi im Frauengefängnis in der Barnimstraße, saßen zusammen an dem einfachen Holztisch und versuchten, nichts zu sagen, was nach einem Vorwurf klingen könnte. Auch Friedel war mitgekommen und machte Isi auf eine Art und Weise Mut, dass ich ihm seinen Optimismus sogar abkaufte, obwohl ich tief im Inneren wusste, dass es nicht gut bestellt war um uns.

Wenigstens Artur hatte erfreuliche Neuigkeiten: »Meine Leute haben sich Richter und Schöffen angesehen. Sie sind konservativ, aber wir konnten nichts finden, was sie mit der DNVP oder mit O.C. verbindet.«

»Sie haben Hermann Ehrhardt vorgestern festgenommen!«, sagte ich. »Selbst wenn einer heimlich sein Lied singt, ist es kein guter Augenblick das zuzugeben. O.C. ist verboten, die Attentäter sind tot oder festgenommen. Jetzt hat es auch ihren Anführer erwischt. Das ist gut. Auch für uns.«

»Frau von Lossow ist übrigens nicht wahnsinnig geworden, sondern nur dement. Ich habe mit ihrem Arzt telefoniert«, sagte Friedel.

»Dann musst du das dem Gericht sagen!«, rief ich sauer.

»Schon eingereicht.« Friedel nickte und wandte sich Isi zu. »Als Nächstes kommt Helene Boysen. Gibt es da etwas, was ich wissen sollte?«

Sie zögerte mit der Antwort, was uns alle aufmerken ließ.

»Ich war wütend ...«, begann sie zögerlich.

»O nein!«, antwortete ich in unguter Vorausahnung.

»Ich habe Helene gesagt, dass ich Aldo umbringen würde, falls er mit dem Tod meines Kindes zu tun hat!«

Friedel schluckte.

Dann sagte er: »Das wirst du auf keinen Fall aussagen, hörst du?«

Isi nickte.

»Das ist mein Ernst, Isi. Du wirst das nicht mal andeuten! Gab es Zeugen für das Gespräch mit Helene und dir? Zeugen, dass sie dich aufgesucht hat?«

»Nein.«

»Sicher?«

»Ja.«

»Dann hat dieses Gespräch niemals stattgefunden, verstanden?«

Isi nickte erneut.

Eine Weile saßen wir noch zusammen. Artur und Friedel verabschiedeten sich schließlich, während ich blieb und die verbliebenen zehn Minuten Besuchszeit mit Isi verbrachte.

»Wie geht es dir?«, fragte ich.
Sie legte ihre Hände auf meine.
»Mir geht es gut. Mach dir keine Sorgen.«
»Wie könnte ich mir keine Sorgen machen, Isi?«
Sie lächelte. »Es geht mir gut, Carl. Wirklich.«
Wir schwiegen.
Dann fragte ich: »Hast du Angst?«
»Nein.«
Ich sah sie skeptisch an.
Sie lachte. »Ich habe keine Angst, Carl Schneiderssohn.«
»Du sollst das doch nicht immer sagen!«, protestierte ich.
»In Ordnung.« Sie grinste.
Der Moment der Heiterkeit verflog so schnell, wie er gekommen war.
»Ich habe nämlich Angst«, sagte ich leise.
Sie beugte sich zu mir herüber und gab mir einen Kuss. »Solange wir zusammen sind, hat keiner von uns etwas zu befürchten, Carl.«
Ich nickte, spürte aber einen Kloß im Hals, den ich mühsam hinabwürgte.
»Wie schaffst du es eigentlich, an den Gerichtstagen vor Ort zu sein?«, fragte Isi, um das Thema zu wechseln. »Die haben dich doch nicht rausgeworfen, oder?«
Ich schüttelte den Kopf: »Im Gegenteil, ich bin in einer neuen Großproduktion.«
»Und dann kannst du trotzdem weg?«
»Ich hatte ein erstaunliches Gespräch mit Fritz Lang.«
Sie runzelte die Stirn. »Ich dachte, du magst ihn nicht?«
»Vielleicht muss ich meine Meinung ändern«, antwortete ich.
»Warum?«
»Ich habe ihm von dem Prozess erzählt. Er verfolgt ihn genauso wie alle anderen in Berlin.«
»Tatsächlich? Will er vielleicht einen Film daraus machen?«, kokettierte sie. »Dann soll mich bitte die Porten spielen!«

»Isi!«, mahnte ich.

Mit einer Geste gab sie mir zu verstehen, dass ich fortfahren sollte.

»Er fragte mich, ob ich bei seinem neuen Film wieder die zweite Kamera übernehme. Ich habe abgelehnt, weil ich ja weiß, wie dann die Arbeitstage aussehen. Ich glaube, er hat mit vielem gerechnet, aber nicht, dass ich ihm absage, denn niemand sagt ihm ab. Also habe ich es ihm erklärt, und er hat es zu meiner großen Überraschung verstanden. Vielleicht weil es ihn an seine eigene Geschichte erinnerte.«

»Daran, dass er seine Frau umgebracht hat und damit davongekommen ist?«, fragte Isi.

»Er redet nicht darüber, und bewiesen ist nichts, aber ja: Ich vermute, es erinnert ihn daran. Jedenfalls hat er mir für alle Prozesstage freigegeben. Wahrscheinlich spielt es für ihn ohnehin keine Rolle, ob ich an den Tagen arbeiten kann. Wir verfilmen die Nibelungen. Das kann dauern ...«

»Trotzdem: sehr anständig von ihm.«

»Wir haben gerade erst angefangen, aber er tobt und schreit schon wie in besten Tagen. Wir schaffen nichts, doch das ist ihm egal. Er ist wie ein verzogenes Kind in einem Süßwarenladen. Und Pommer lässt ihm alles durchgehen.«

Isi grinste. »Du bist ein armer Tropf! Du musst für den berühmtesten und erfolgreichsten Regisseur der UFA arbeiten. Dein Leben ist wirklich die Hölle.«

Ich fasste ihre Hände fester.

»Ich würde das alles sofort eintauschen, wenn du hier nur rauskönntest. Das alles und noch mehr!«

Das Wasser schoss ihr so schnell in die Augen, dass die ersten Tränen bereits kullerten, bevor sie antwortete: »Ach, Carle, mein Carle.«

Als uns der Wachtmeister zwei Minuten später trennte, um sie zurück in ihre Zelle zu führen, weinten wir beide.

64

Sie hatte sich vorbereitet für ihren großen Auftritt vor Gericht. Ganz in Schwarz gekleidet sah man sie zum Zeugenplatz gehen, gramzitternd, unsicher im Schritt, der Oberkörper wie gebeugt von der Welten Schwere. Ein zarter Schleier aus schwarzer Spitze verbarg halb ihr blasses Gesicht.

Helene Boysen war *die Witwe*.

Nein, die Erfindung der Witwe, ihr Prototyp, ein von Rembrandt komponiertes Meisterwerk aus Schatten und noch mehr Schatten.

Was insofern bemerkenswert war, weil sie ja gar nicht mit Aldo verheiratet gewesen war, aber jeder, der sie sah, erkannte in ihr ein Sinnbild der Trauer und Agonie.

Die Formalien absolvierte sie mit so brüchiger Stimme, dass einer der Richter sie aufforderte, lauter zu sprechen. Sie kam dem nur zögernd und nach abermaliger Aufforderung nach. Dann endlich hatte sie sich auf ihrem Platz eingerichtet, hob den Schleier und blickte leidend. Auch sie wurde von Richtern und Staatsanwalt zu ihrer Beziehung zu Aldo befragt: Sie beschrieb eine zarte Minne, gülden und fein, formvollendet, wie es dem Adel geziemte und man es aus mittelalterlichen Liedern kannte. Aldos Tod habe sie zerschmettert zurückgelassen, in dem Wissen, dass sie niemals mehr glücklich sein könne.

»Aldo und ich waren füreinander bestimmt!«, sagte sie schluchzend. »Ich habe mich bei ihm gefühlt, als wäre ich angekommen!«

»Dann hatte die Familie von Torstayn keine Vorbehalte gegen Sie?«, fragte der Staatsanwalt.

»Ganz im Gegenteil! Wendell und Victoria von Torstayn hießen mich ehrlich willkommen. Ich glaube, ich kann sagen, dass ich in kurzer Zeit wie eine geliebte Tochter für sie wurde.«

»Ich frage deshalb, weil die gegnerische Partei behauptet hat, dass die von Torstayns eine Bürgerliche nie akzeptiert hätten?«

Helene hob trotzig das Kinn. »Unsinn! Sehen Sie mich an: Ich *bin* eine Bürgerliche!«

Gemurmel im Publikum.

Sie hatte spürbar einen Treffer gelandet.

»Danke, Fräulein Boysen. Ich habe keine Fragen mehr.« Friedel hatte bequem auf seinem Stuhl gesessen und Helene beobachtet. Jetzt erhob er sich langsam und fragte: »Sie kommen aus Thorn, nicht wahr, Fräulein Boysen?«

»Jawohl.«

»Wie lange gibt es die Familie Boysen schon in Thorn?«

»Das weiß ich nicht so genau ...«

»Nun, fünfzig Jahre?«

»Nein, sicher länger.«

»Dreihundertfünfzig Jahre?«

»Weiß nicht, schon möglich«, antwortete Helene ausweichend.

»Sie wissen das nicht?«, rief Friedel. »Erstaunlich. Aber Sie wissen schon, welchen Stellenwert die Boysens in Thorn hatten?«

»Natürlich.«

»Ist es richtig zu sagen, dass die Boysens lange Zeit die wichtigste Familie in Thorn waren?«

»Ich denke schon, ja.«

»Und ist es auch richtig, dass die Familie über unermessliche Ländereien und Besitztümer verfügte?«

»Unermesslich ist wohl etwas übertrieben ...«

Friedel nickte. »Gut, Sie haben recht. Zwanzigtausend Hektar sind nicht unermesslich ...«

Deutliches Geraune im Publikum.

Zwanzigtausend Hektar war in etwa ein Viertel der Fläche Berlins. Das war für den einfachen Bürger sehr wohl unermesslich.

»Das spielt keine Rolle!«, schnappte Helene. »Es ist alles weg. Wie Sie wissen, gibt es Westpreußen nicht mehr.«

Friedel nickte wieder. »Das stimmt. Verkauft haben Sie Ihr Eigentum trotzdem. Und zwar gerade noch rechtzeitig. Richtig?«

Helene schwieg.

»Ist es zutreffend, dass Sie stattdessen Land in Ostpreußen gekauft haben?«

Helene zuckte mit den Schultern. »Ich kümmere mich nicht um Geschäfte. Das macht alles mein Bruder.«

Friedel ließ nicht locker: »Also, Ostpreußen. Die verbleibenden Teile der Familie Boysen sind dort wieder Großgrundbesitzer. Wie sie es einst in Thorn waren, richtig?«

Helene schwieg.

»Das werte ich dann mal als: *ja*. Kommen wir doch jetzt zu Ihrer geplanten *bürgerlichen* Hochzeit mit einem Mitglied des Hochadels. Ist es richtig, dass die Ländereien der Boysens und der von Torstayns fast benachbart sind?«

Helene ließ sich mit der Antwort Zeit – sie ahnte, worauf die Fragen abzielten. Dann nickte sie. »Schon möglich, ja.«

»Wie hoch wäre denn Ihre Mitgift im Falle einer Hochzeit gewesen?«

Helene schwieg.

»Fräulein Boysen?«, insistierte Friedel.

»Ich weiß es nicht«, wich sie aus.

»Ich helfe gern!«, rief Friedel und wandte sich dem Publikum zu. »So ein gesellschaftlicher Aufstieg kostet natürlich! Vier Fünftel Ihres Besitzes wären in die Ländereien derer von Torstayn übergegangen. Wir reden von etwa viertausend Hektar feinstem Agrarland. Das sind etwa vierundzwanzig- bis dreißigtausend Tonnen Weizen im Jahr. Und was kostet die Tonne aktuell? Hunderttausend Mark? Hundertzwanzigtausend Mark? Macht etwa drei Milliarden Mark. Kommt das ungefähr hin?«

Helene schwieg – im Publikum war deutliche Unruhe aufgekommen. Die Summen waren so ungeheuerlich, dass sich der Reichtum der von Torstayns und Boysens kaum mehr vorstellen ließ.

»Nicht schlecht für eine *Bürgerliche*! Da kann man einer Hochzeit unter Stand schon mal freudig zustimmen!«, höhnte Friedel.

Mit der nötigen Kunstpause, damit das Gesagte wirken konnte, fuhr Friedel fort: »Sie hatten also ein gesteigertes Interesse an der Hochzeit, weil es Sie zu einer Person mit enormen Möglichkeiten und gesellschaftlichem Ansehen gemacht hätte. Zudem wären Sie und Ihre Kinder Mitglieder des Hochadels geworden, auch Ihre Familie hätte davon profitiert.

Die Familie von Torstayn hatte ein Interesse an der Hochzeit, weil es sie noch reicher gemacht hätte, als sie ohnehin schon ist. Der Punkt ist: Warum hätte meine Mandantin das aufgeben sollen, was Sie gerne gehabt hätten? Warum hätte sie Aldo von Torstayn umbringen sollen, wenn sie sich dadurch um ihre Stellung gebracht hätte? Sie war eine wohlhabende Frau, sie wäre bei einer Scheidung eine sehr, sehr reiche Frau gewesen. Nur von einem Mord hätte sie nichts gehabt – schlimmer noch: Sie hätte alles verloren und dazu noch die Todesstrafe riskiert. Sie sehen, Fräulein Boysen, wertes Gericht, es fehlt schlicht und ergreifend das Motiv! Diese Vorwürfe machen keinen Sinn!«

Helene sah ihn kalt an. »Doch, machen sie. Weil sie es mir gestanden hat!«

Lautes Raunen sprang durch die Reihen.

»Was hat sie gestanden?«

»Den Mord!«

Es wurde sehr laut, und erst die angedrohte Räumung des Saals ließ den Pegel in sich zusammenfallen, bis es still wie in einer Gruft war.

»Meine Mandantin hat Ihnen etwas gestanden, was sie gar nicht getan hat?«, fragte Friedel ironisch.

»Sie hat es angekündigt!«, trumpfte Helene auf. »Als ich sie aufsuchte, um ihr ein noch besseres Angebot für die Scheidung zu machen.«

Friedel wandte sich an das Gericht: »Hohes Gericht, dieses Gespräch hat nie stattgefunden. Ich bitte daher dringend, die Zeugin zu ermahnen, dass sie bei der Wahrheit bleibt!«

»Das ist die Wahrheit!«, schrie Helene. »Sie sagte, dass sie sich niemals scheiden lassen werde. Sie sagte, sie werde Aldo eher umbringen, bevor das geschehe!«

»Pure Erfindung!«, rief Friedel. »Ich bitte um Streichung aus dem Protokoll!«

»Sie wusste, dass Aldo und ich uns lieben. Das hat sie rasend gemacht. Fräulein Beese hasst mich seit Kindertagen!«
»Sie heißt Frau von Torstayn!«, schrie Friedel. »Das gilt auch für Sie! Vor allem für Sie!«
»Sie hasst mich!«, schrie Helene zurück. »Sie hasst meine Familie! Sie gibt uns die Schuld dafür, dass sie gesessen hat! Sie gibt uns die Schuld dafür, dass ihr Zuhälterfreund desertiert ist! Sie gibt uns die Schuld dafür, dass sie keine von Torstayn sein kann! Und ich kann es beweisen!«
Friedel merkte auf. »Was können Sie beweisen?«
»Dass dieses Gespräch stattgefunden hat!«
»Unsinn!«
Da sprang wie auf Kommando der Staatsanwalt auf und rief: »Ich würde dazu gerne den Zeugen Otto Pick aufrufen, Hohes Gericht?«
Friedel war irritiert. »Was für ein Zeuge?«
Der Gerichtsdiener lief hinaus und rief den Zeugen Pick auf. Als der eintrat, sah ich Isi bleicher als Papier werden.
Nach der Aufnahme der Personalien fragte der Staatsanwalt: »Herr Pick, wo arbeiten Sie?«
»Ich bin Hauswart. Unter den Linden sechzehn.«
Er bemühte sich um Hochdeutsch, was ihm nicht ganz gelang und ihn in seiner sympathischen Umständlichkeit nur umso glaubwürdiger wirken ließ.
»Bitte sehen Sie sich die Angeklagte dort drüben genau an und sagen Sie uns, ob Sie sie schon einmal gesehen haben.«
»Det hab ich!«
»Wo und wann haben Sie sie in Ihrem Haus gesehen?«
»Am dritten Juno. Nachmittags, mein Herr!«
»Und Sie sind absolut sicher?«
»Ja, se is' ausjesprochen hübsch. Und frech war se auch. So was vajisst man nich.«
»Und was wollte die Angeklagte?«
»Se war offensichtlich dem Fräulein Boysen jefolgt und fragte, wo se im Haus wohnt. Ick hab ihr aber nüscht jesacht.«

»Und das war am dritten Juni?«
»Jawoll.«
Der Staatsanwalt wandte sich Helene Boysen zu: »Wann haben Sie Frau von Torstayn in der Victoriastraße aufgesucht?«
»Am dritten Juni!«
Wieder ein deutliches Raunen.
»Um wie viel Uhr?«
»Gegen Mittag!«
»Und in diesem Gespräch kündigte Frau von Torstayn den Tod ihres Ehemannes an?«
»So ist es!«
Er nickte zufrieden und nahm wieder Platz. Friedel, vollkommen überrascht von der Situation, drehte sich zu Isi um, doch die starrte nur geradeaus. Ich konnte sehen, wie sehr er mit sich rang, den Zeugen Pick näher zu befragen, und wie sehr er fürchtete, damit in ein offenes Messer zu rennen. Herr Pick wurde sicherlich von Helene bezahlt, seine Aussage wirkte wie mit ihr abgesprochen. Dass er den genauen Tag von Isis Erscheinen noch wusste, war absurd, aber die Aussage stand. Somit hatten wir auch diesen Tag verloren. Weil Isi den Concierge von Haus sechzehn schlicht und ergreifend vergessen hatte.

65

Ich war nicht sicher, ob Artur Isi glaubte, auch wenn seine Treue bedingungslos war. Bei allem stand das stille Wissen im Raum, dass Isi den Schrank hätte erreichen und Aldo erschossen haben können. Die Waffe war unauffindbar. Isi fehlte die Erinnerung, in manchen Momenten schien sie sich selbst nicht ganz sicher zu sein, ob sie nicht vielleicht doch getan hatte, was ihr der Staatsanwalt vorwarf. Vermutungen, die wie Wolken über einen blauen Himmel zogen, Schatten, die das Licht verdunkelten und weitere Furcht in mir weckten, dass dieser Prozess verloren gehen könnte.

Artur, der die Prozesstage mied, um nicht unnötige Aufmerksamkeit auf sich und damit auch auf Isi zu ziehen, ließ sich von Friedel und mir die Abläufe bis ins Detail schildern, um nach den Lücken in der Beweiskette zu suchen, die Isi als Ausweg in einer ausweglosen Situation dienen konnten. Als wir den Überraschungsauftritt von Otto Pick verdaut hatten, begriffen wir, dass Helene dem Gericht Isis stärkstes Motiv nicht genannt hatte: Rache für ihr totes Kind. Vermutlich weil sie dafür nicht nur den Mordanschlag hätte erwähnen müssen, sondern auch, dass Falk sowie Aldo mit der Organisation Consul in Kontakt gestanden hatten.

Offensichtlich hatten die von Torstayns beschlossen, den Prozess zu bestreiten, ohne die Familie mit weißem Terror in Verbindung zu bringen, eine Verbindung, die ihr gerade jetzt, mit Ehrhardts Festnahme und dem im Sommer erlassenen Gesetz zum Schutz der Republik, durchaus schaden konnte.

»Sie haben alle Trümpfe in der Hand: Isi hatte ein Motiv, sie hatte die Gelegenheit, und sie war am Ort. Nur die Tatwaffe fehlt ihnen«, sagte Friedel niedergeschlagen.

»Dann müssen wir jetzt angreifen«, antwortete Artur.

»Wie denn?«, fragte ich.

»Wir müssen Helene und die Torstayns mit der Organisation Consul in Verbindung bringen.«

»Nur dass die nicht mehr existiert!«, antwortete ich skeptisch.

»Die haben mit Dreck geworfen, wir sollten das auch. Wir müssen klarmachen, dass die von Torstayns und vor allem die Boysens skrupellos sind. Damit können wir vielleicht die nötigen Zweifel an Isis Schuld streuen. Dass sie das Thema ausgespart haben, zeigt uns doch, dass sie es fürchten.«

»Und wie willst du das angehen?«, fragte ich Artur.

»Nehmen wir an, Aldo hat mit Helene wirklich Schluss gemacht und ihr gesagt, dass er mit Isi ein gemeinsames Leben will … Helene stünde vor den Trümmern ihrer Pläne. Was würde sie da tun?«

Er sah mich an. »Erinnerst du dich noch daran, was sie mit Kopernikus getan hat?«

Friedel runzelte die Stirn. »Was hat Nikolaus Kopernikus damit zu tun?«

»Als wir noch Kinder waren, hatte Isi einen Hund namens Kopernikus. Helene wollte ihn unbedingt haben und bekam ihn dank des Einflusses ihrer Familie auch, aber Isi holte ihn sich zurück. Als sie merkte, dass sie Kopernikus nicht besitzen konnte, hat Helene ihn von einer Kutsche überfahren lassen.«

»So ein Biest!«, fluchte Friedel.

»So ist sie, das ist ihr Charakter. Bevor jemand anderes etwas bekommt, das sie haben möchte, zerstört sie es lieber.«

»Sie könnte Aldo nachgegangen sein«, spekulierte ich. »Einen Schlüssel vom Haus hätte sie leicht nachmachen können, Aldo besaß garantiert einen. Sie kommt nach oben, sieht die ohnmächtige Isi und Aldo, der sie möglicherweise im Arm hält. Sie hat eine Waffe bei sich und erschießt Aldo. Dann flieht sie.«

»Was ist mit der Waffe im Schrank?«, fragte Friedel.

»Wer weiß, ob da eine drin war. Isi hat es nur angenommen«, antwortete ich. »Gefunden hat die Polizei nichts.«

»Gut«, stimmte Friedel zu. »Klingt einigermaßen schlüssig. Nur: Wie beweisen wir das?«

Artur nickte. »Ich finde einen Weg.«

Wir verabschiedeten Friedel und warteten bis zum Abend, um uns aus dem *Arcasi* hinauszuschleichen. Draußen lauerten Schutzmänner, die Artur auf Schritt und Tritt folgten, um ihn bei den geringsten Anlässen – und manchmal auch ohne Anlass – festzunehmen. Das alles sollte ihn mürbemachen, ihn vielleicht sogar seinen Laden aufgeben lassen.

Es hatte zu schneien begonnen, die Linden waren einer der wenigen Plätze in Berlin, wo es viel Licht gab und es auch recht festlich geschmückt war: Bald würde Weihnachten sein, aber von Freude darauf war nichts zu spüren. Es war kalt, unwirtlich, die meisten froren in ihren Wohnungen, um Heizkosten zu sparen. So traten wir in den Flur von Hausnummer sechzehn, wo Otto Pick uns erst neugierig, dann, als er Arturs Maske sah, misstrauisch musterte.

»Wat kannick for Ihn' tun?«, fragte er unsicher.

Wir hatten verabredet, dass ich mit ihm sprechen und Artur hinter mir drohend wie Unwetter am dunklen Horizont stehen würde.

Ich nahm den Hut ab und versuchte ein Lächeln. »Herr Pick?«

»Ja?«

»Auf ein Wort, bitte!«

»Worüba denn?«

»Über Ihre Aussage vor Gericht.«

Seine Augen weiteten sich erschrocken, dann sprang er von seinem Stuhl auf und griff zum Telefon, das in einer Nische stand.

»Ick ruf de Polente, dit sach ick Ihn' jleich!«

Ich legte rasch meine Hand auf den Hörer und antwortete: »Das wird nicht nötig sein. Hören Sie uns nur kurz zu, ja?«

Er betrachtete erst mich neugierig, dann ängstlich Artur, der regungslos zurückstarrte.

»Ick hab allet jesacht!«, rief Pick nervös.

Ich nickte beruhigend. »Das habe ich gehört. Nur weiß ich, dass Fräulein Boysen Ihnen bei Ihrer Aussage geholfen hat.«

Das wusste ich zwar nicht, aber ich sprach es so bestimmt aus, dass Pick »I bewahre!« rief.

»Sehen Sie, ich will doch nur, dass Sie sich an noch ein paar andere Dinge erinnern.«

»Wat denn for Dinge?«, fragte er.

»Erwin Kern, Hermann Fischer, Ernst Werner Techow.«

Er schluckte und schwieg.

»Die gingen hier ein und aus. Und genau das werden Sie aussagen. Dass Sie die drei gesehen haben, dass Helene Boysen regen Kontakt mit ihnen pflegte und dass Sie glauben, Frau von Torstayn habe daher nach Helene Boysen gefragt.«

Picks Blick huschte von mir zu Artur und wieder zurück.

»Ich nehme an, Fräulein Boysen hat Sie großzügig für Ihre Aussage belohnt?«, fragte ich.

Er zögerte mit der Antwort, aber als Artur einen Schritt auf ihn zumachte, rief er schnell: »Ja doch. Hat se!«

Artur griff in seine Manteltasche und zog einen Zwanzig-Dollar-Schein heraus. »So großzügig wie mein Freund hier?«, fragte ich. Pick schüttelte den Kopf.

»Dann greifen Sie zu. Sehen Sie es als Geste unseres guten Willens. Damit die Gerechtigkeit siegen kann.« Pick nahm den Schein und steckte ihn schnell in die Hose.

Ich gab ihm Friedels Visitenkarte. »Morgen früh werden Sie Anwalt Fromm aufsuchen und Ihre Aussage zu Protokoll geben …«

»Un' dit Frollein Boysen?«, fragte Pick.

Ich zuckte mit den Schultern: »Mit wem möchten Sie sich lieber unterhalten: mit Fräulein Boysen oder mit meinem Freund hier?«

Herr Pick beschloss spontan, sich in diesem Fall lieber mit Fräulein Boysen unterhalten zu wollen. Ich setzte den Hut wieder auf und verabschiedete mich mit dem Hinweis, dass ich morgen einen Anruf von Anwalt Fromm erwarten würde.

»Falls der aber ausbleibt«, sagte ich, »werden wir beide uns nicht mehr wiedersehen!« Dann zeigte ich auf Artur und ihn. »Sie beide hingegen schon.«

Otto Pick nickte schnell – er würde aussagen.

So viel stand fest.

66

Helene war in die Victoriastraße gezogen, nicht nur um ihren ehemaligen Schwiegereltern in spe nahe zu sein, sondern auch des Komforts wegen. Unzählige Diener und Hausmädchen schwirrten durch die Räume, um ihren Dienstherren jeden Wunsch von den Augen abzulesen. Oder sich von ihnen nach bester Gutsherrenart demütigen und schikanieren zu lassen.

Seit Tagen ließ Artur das Haus beobachten, in der Hoffnung, jemanden oder etwas zu finden, womit er Helene in Bedrängnis bringen konnte. Unglücklicherweise verließ Helene das Haus nicht, genauso wenig wie Wendell oder Victoria, sodass Arturs Männer nur Dienstmädchen oder Diener hinaushuschen sahen, täglichen Besorgungen nachgehend.

Am vierten Tag aber verließ auch Helene das Haus, um an einem schönen Wintertag durch den nahen Tiergarten zu flanieren, und natürlich tat sie das als *die Witwe*. Interessanter als ihr ewiges Schauspiel jedoch war ihre Begleitung, eine junge Frau, der Erscheinung nach so etwas wie ihre Zofe, denn sie trug weder Livree oder Dienstbotenkleidung, noch verhielt sie sich wie eine Freundin.

Arturs Spion folgte den beiden, beobachtete ein gewaltiges hierarchisches Gefälle und auch einige Gespreiztheiten Helenes, die die junge Dame an ihrer Seite auszubaden hatte. So hatte sie ein Taschentuch aufzuheben, das Helene offenkundig absichtlich hatte fallen lassen, die Tasche zu tragen und auch einen fliegenden Händler zu bezahlen, bei dem Helene etwas eingekauft hatte, während diese bereits weiterflanierte. Schließlich aß Helene in einem Lokal im Tiergarten, wobei sie der jungen Dame an ihrer Seite nichts servieren ließ, nicht einmal ein Glas Wasser. Danach kehrten sie zurück in die Victoriastraße, worauf Arturs heimlicher Beobachter sich umgehend ins Automobil setzte und ins *Arcasi* fuhr, um Artur die Ergebnisse seiner Observation mitzuteilen.

Wir mussten mit dieser Frau sprechen.

Doch wie lockte man sie aus dem Haus, ohne dass Helene davon etwas mitbekam? Man konnte auf ihren freien Tag hoffen und darauf, dass sie ihn nutzte, um sich in der Stadt zu vergnügen. Allerdings war es gut möglich, dass man ihr keinen zugestand oder dass sie ihn im Haus zu verbringen hatte, was zwar ungesetzlich war, aber die Zeiten waren nie so schlecht wie in diesen letzten Tagen vor Weihnachten, und keiner, der seine Stellung behalten wollte, würde sich in dieser Lage über Arbeitsbedingungen beschweren.

Frankreich bestand weiterhin mit Nachdruck auf Reparationszahlungen, obwohl sich das Reich bereits im Sommer nach der Konferenz von London für zahlungsunfähig erklärt hatte. Der französische Ministerpräsident Poincaré hatte gedroht, das Rheinland zu besetzen, sollte Deutschland seinen Verpflichtungen nicht nachkommen. Das hatte die Ressentiments auf beiden Seiten des Rheins geschürt und die Inflation gleichermaßen beschleunigt. Wie das Reich aus dieser Falle entkommen konnte, wusste niemand. Vielleicht hätte Rathenau einen Weg gefunden, aber diese letzte Hoffnung des Reichs war dahin.

Schließlich schickte Artur einen seiner Leute in gefälschter Polizeiuniform zur Victoriastraße, wo ihm ein Diener öffnete. Er gab ihm einen verschlossenen Brief, den man bitte der Zofe von Fräulein Boysen übermitteln sollte. Der Brief beinhaltete eine Vorladung zur Zeugenbefragung ins Polizeirevier Fünfzig. Artur hatte einen ganzen Packen solcher Vorladungen, sodass es nicht weiter schwergefallen war, eine zu fälschen. So mussten sie nur noch warten, bis die Frau die Victoriastraße verließ, um ihrer Pflicht als Bürgerin nachzukommen, auch wenn sie nicht den Hauch einer Ahnung hatte, was um Himmels willen sie wohl bezeugen sollte. In ihrer Aufregung hatte sie nicht einmal bemerkt, dass sie in der Vorladung nicht mit Namen angesprochen wurde.

Sie war noch nicht weit gekommen, als ein Wagen neben ihr hielt, zwei grobe Typen heraussprangen, sie auf den Rücksitz bugsierten und in eines dieser Häuser brachten, die Artur für seine Geschäfte nutzte oder, wie in Gromatkas Fall, dazu, jemanden zu *befragen*. Artur und ich empfingen sie in einem heruntergekommenen Wohnzimmer, erneut in heimlicher Absprache, dass ich es zunächst mit Empathie und Freundlichkeit versuchen würde, bevor er eingriff. Es hatte bei Otto Pick funktioniert, bei Helenes Zofe rechnete ich mit noch weniger Gegenwehr, weil ich überzeugt war, dass Fräulein Boysen, so wie sie ihre Angestellte behandelte, auf wenig Loyalität hoffen durfte.

Ich sollte irren.

Denn nach dem ersten Schrecken und einigen Sekunden der Orientierung wurde ihre Mundpartie fest, das gereckte Kinn machte deutlich, dass sie mit ihrer Entführung nicht nur sehr unzufrieden war, sondern auch gar nicht daran dachte, sich kooperativ zu verhalten.

»Darf ich nach Ihrem Namen fragen?«, begann ich höflich.
»Wo bin ich?«, fauchte sie böse.
»Sie sollen alles erfahren, doch zunächst wüsste ich gern, wie ich Sie ansprechen kann?«
»Wie heißen Sie denn?«, pampte sie zurück.
Mit einem stillen Seufzer bat ich sie mit einer Geste, sich auf den einzigen Stuhl in der Zimmermitte zu setzen, was sie tat.
»Wir interessieren uns für den neunundzwanzigsten Juli.«
Sie sah mich irritiert an. »Woher soll ich wissen, was vor einem halben Jahr war?«
»Oh, ich denke, Sie wissen es. Es ist der Tag, an dem Aldo von Torstayn starb.«
»Ermordet wurde, meinen Sie wohl.«
Ich ließ es unkommentiert und fragte: »Wissen Sie noch, was Sie an diesem Tag gemacht haben?«
»Nein«, schnappte die Frau.
Zu schnell, wie ich fand.
»Es geht uns auch weniger um das, was Sie getan haben, sondern eher um das, was Fräulein Boysen getan hat ...«
Sie saß plötzlich ganz steif auf ihrem Stuhl, während ihre Augen in ihrem ansonsten versteinerten Gesicht zwischen mir und Artur hin und her sprangen.
»Gehören Sie etwa zu dieser Beese?«
»Sie heißt Frau von Torstayn. Ich bitte Sie, höflich zu bleiben, wir sind es ja auch.«
Sie schwieg bockig.
»Wir haben Grund zu der Annahme, dass Fräulein Boysen und Aldo von Torstayn an diesem Tag eine Auseinandersetzung hatten. Können Sie das bestätigen?«
Sie presste die Lippen aufeinander und sah mich trotzig an.
»Es ging dabei um ihre Verlobung, vielmehr deren Auflösung.«
Der Mund war wie ein Strich, es fehlte nicht viel, und sie hätte sich die Lippen blutig gebissen.
»Ich bin sicher, Sie haben etwas davon mitbekommen?«

Sie schwieg.

Ich kniete mich zu ihr herab und fragte: »Sie müssen keine Angst haben. Wenn Sie wollen, müssen Sie auch nie wieder zurück in die Victoriastraße. Wir können Ihnen Arbeit bieten, die besser bezahlt ist und bei der Sie besser behandelt werden.«

»Bringen Sie mich auf der Stelle zurück!«, zischte sie.

»Zurück zu Dienstherren, die Menschen wie sie wie Sklaven behandeln? Wo Sie wie eine Sklavin behandelt werden?«

»Ich arbeite für ein großes Haus!«, rief sie stolz. »Für eine bedeutende Familie! Es ist mir klar, dass Sie das nicht verstehen, aber nicht jeder darf Mitglied eines solchen Hauses sein!«

Ich zuckte mit den Schultern. »Wie Sie wollen. Aber zuvor beantworten Sie bitte unsere Fragen!«

»NIEMALS!«, schrie sie plötzlich. »Ich bin Teil derer von Torstayn. Und Sie sind Abschaum. Ich rede nicht mit Ihnen! Pfui!«

Ich stand auf, als ich hinter mir schon Arturs Schritte hörte, seinen Arm an meiner Schulter spürte. Er schob mich zur Seite und ohrfeigte dann Helenes Zofe derart hart, dass sie förmlich vom Stuhl gefegt durchs halbe Zimmer flog. Noch bevor sie sich aufrappeln oder auch nur fassen konnte, was ihr da gerade passiert war, kniete er bereits über ihr. Ihre Lippen zitterten, während sie mit brüchiger Stimme bat, sie doch loszulassen. Artur packte sie am Hals, dann zog er seine Maske zur Seite und ließ sie in sein zerstörtes Gesicht sehen.

Sie brach unmittelbar in Tränen aus.

Artur sagte: »Sie reden oder Sie teilen mein Schicksal. Wählen Sie! Jetzt!«

Er ballte seine Hand zur Faust, zielte damit auf ihr Gesicht.

Da nickte sie hektisch und sagte: »Ja, es stimmt. Die beiden hatten einen furchtbaren Streit. Herr von Torstayn hat die Verlobung mit Fräulein Boysen gelöst. Er wollte nichts mehr mit ihr zu tun haben! Er ist dann aus dem Haus gelaufen und hat Fräulein Boysen zurückgelassen.«

»Ist sie ihm nach?«, fragte Artur laut.

Sie schüttelte den Kopf.

»OB SIE IHM NACH IST?!«
»Nein, mein Herr, sie hat telefoniert!«
Wir sahen neugierig auf sie herab.
»Telefoniert?«, fragte Artur. »Mit wem?«
»Das konnte ich nicht verstehen«, antwortete sie schnell.
Artur drückte ihr die Kehle zu und holte mit der Faust aus.
»Ich schwöre es!«, krächzte sie. »Ich flehe Sie an: Es ist die Wahrheit!«
Artur ließ etwas nach und fragte: »Was hat sie dann gemacht?«
»Sie wirkte nach dem Telefonat gelöster. Sie rief mich, und wir gingen zusammen ins Kaufhaus Wertheim.«
Wir sahen uns staunend an.
»Es ist wahr, mein Herr. Ich schwöre es. Sie hat eingekauft. Sehr viel eingekauft.«

Ich glaubte ihr, auch weil ich Helene Boysen kannte: Sie hatte mit dem Telefonat sichergestellt, dass jemand anderes die Drecksarbeit übernehmen würde, und sich ein Alibi besorgt, für den Fall, dass man sie verdächtigen würde. Und ich hatte schon so eine Ahnung, mit wem die saubere Helene da telefoniert hatte.

Artur ließ die Frau los, half ihr auf die Beine, schob sich die Maske wieder vor das Gesicht und sagte: »Sie können jetzt gehen. Aber ich muss Sie warnen: Sie sind ab jetzt nicht mehr sicher.«

»W-warum?«, stotterte sie geschockt.

»Weil Sie etwas wissen, was Sie nicht wissen dürfen. Aber vor allem: weil Sie für uns aussagen werden.«

»N-nein, bitte, das kann ich nicht tun!«

»Sie können, und Sie werden!«, antwortete Artur bestimmt. »Denn wenn wegen Ihnen eine Unschuldige hingerichtet wird, dann werden Sie auch sterben!«

»A-aber ...«

»Sprechen Sie mit niemandem über das, was hier passiert ist. Hören Sie? Mit niemandem! Ihr Leben hängt davon ab!«

Sie starrte Artur kreidebleich an. »A-aber warum denn?«

»Weil der, der Aldo umgebracht hat, auch Sie umbringen wird, wenn er von diesem Treffen erfährt. Besser wäre es, Sie sagen aus, und ich versichere Ihnen, wenn alles überstanden ist, werden die von Torstayns Sie wieder aufnehmen. Denn ganz gleich, was für überzüchtete Idioten sie auch sein mögen, sie wollen Gerechtigkeit für ihren Sohn. Und die sollen sie auch bekommen.«

Mittlerweile liefen ihr Tränen über die Wangen. »Das kann doch alles nicht wahr sein!«

»Wie ist Ihr Name?«, fragte Artur.

»Dorothea Bredigkeit.«

»Fräulein Bredigkeit«, begann Artur mitleidlos: »Sie sind nicht bedeutend und waren es auch nie. Sie sind nur jemand, der eine harte Entscheidung treffen muss: Sterbe ich mit einer Illusion, oder überlebe ich mit der Wahrheit?«

Die junge Frau starrte uns an.

Dann flehte sie leise: »Darf ich nach Hause? Bitte! Ich möchte nach Hause.«

Artur lenkte ein: »Gut, aber denken Sie immer daran: zu niemandem ein Wort!«

»Was sage ich denn zu heute?«

»Sagen Sie, man hat Sie verwechselt. Sagen Sie, man hat sich entschuldigt und Sie dann wieder zurückgebracht.«

Sie nickte schwach.

»Wenn ich Ihnen einen Rat geben darf, Fräulein Bredigkeit«, begann Artur sanfter: »An dem Tag, an dem Sie vorgeladen werden, verlassen Sie das Haus. Zögern Sie nicht, sagen Sie niemandem Bescheid. Gehen Sie einfach schnurstracks hinaus und wählen Sie dann diese Nummer …« Artur gab ihr die Visitenkarte des *Arcasi*. »Ich verspreche Ihnen, dass dann alles wieder gut wird.«

»Ich kann nicht … Ich kann nicht einfach so weglaufen … Und wohin? Zu Ihnen? Einem Ganoven?«

»Wenn Helene Boysen von der Vorladung erfährt, dann werden Sie sehr schnell feststellen, wer die wahren Ganoven sind.«

Sie nickte zögerlich.

Dann brachte sie jemand zum Wagen und fuhr sie wieder zurück.

67

Falk Boysen war also zurück.

Seltsamerweise war es uns allen nicht in den Sinn gekommen, dass er Aldo getötet haben könnte, vielleicht weil er schon eine ganze Zeit von der Bildfläche verschwunden war und wir die stille Hoffnung hatten, dass er nie wieder auftauchen würde. Schon allein weil Artur ihn sonst sofort umgebracht hätte.

Helene musste Falk davon berichtet haben, dass Isi möglicherweise siegte und sie alle ihre Pläne würden beerdigen müssen. Auch für Falk würde die Angliederung an die von Torstayns nur Vorteile bringen: Er war immer schon ehrgeizig, hatte im Krieg trotz seiner Feigheit und Homosexualität Karriere gemacht.

Aber der Krieg war verloren gegangen, Thorn war verloren gegangen, und als ehemaliges Mitglied der Garde-Kavallerie-Schützen-Division, vor allem aber der Organisation Consul, drohte ihm die Verfolgung, selbst bei einer Justiz, die auf dem rechten Auge blind war. Als Anhängsel derer von Torstayns hingegen hätte er sicher sein können, dass man ihn unbehelligt ließ. Er hätte mit Helene in Ostpreußen Fuß fassen und wieder zu Ansehen kommen können, wäre auf einen Schlag wohlhabend und bestens vernetzt gewesen.

Das alles war mit Aldos Entscheidung verloren gegangen, aber das war nicht der Grund, warum er sterben musste: Helene konnte es einfach nicht ertragen, dass ausgerechnet Isi ihn bekommen sollte. Schon viel zu oft hatte Isi sie zutiefst gedemütigt, ein weiteres Mal würde sie das nicht zulassen. Und so, wie es aussah, war Helenes Rache viel besser gelaufen, als sie es sich möglicherweise erträumt haben mochte: Sie konnte Isi sogar den Mord an Aldo in die Schuhe schieben und dabei zusehen, wie diese unschuldig auf das Schafott gelegt werden würde.

Was für ein Triumph!

So organisierte Artur seine Männer und setzte alles daran, Falk Boysen aufzuspüren. Da über Weihnachten keine Gerichtstage angesetzt waren und erst im neuen Jahr weiter verhandelt werden würde, blieb uns ein wenig Zeit, die Stadt auf den Kopf zu stellen, um ihn zu erwischen.

»Er wird nicht gestehen«, meinte ich pessimistisch.

»Er wird versuchen, seine Haut zu retten«, antwortete Artur. »Einen ehemaligen Offizier richtet in diesem Land keiner hin – außer mir.«

Tatsächlich hatten wir keinen Anhaltspunkt, wo wir Falk finden könnten.

Aber zwei Dinge wussten wir doch über ihn: Er war in der Nähe. Und er war homosexuell.

So wies Artur seine Leute an, die einschlägigen Bars, Kaschemmen, Varietés und Budiken zu durchkämmen, um nach einem Mann zu fahnden, dessen linke Gesichtshälfte eine lange Narbe verunstaltete: Artur hatte sie ihm kurz nach dem Krieg beigebracht. Daneben blinkten Goldzähne in seinem Mund – die echten hatte ihm ebenfalls Artur ausgeschlagen. Fünf-Finger-Eddy wagte einen kurzen Protest, doch als Artur ihn daran erinnerte, dass Gustav noch leben würde, wenn er sich nicht wie ein dummer kleiner Junge aufgeführt hätte, schwieg er beschämt.

Und wieder war es, als schickte Artur den abendlichen Schwarm Fledermäuse in den Nachthimmel, deren heimliche Rufe Spitzel locken sollten. Artur selbst wartete im *Arcasi*, war wie die Spinne im Netz, die darauf wartete, dass ihre Seidenfäden zitterten. Unser aller Konzentration war so auf den Prozess und auf die Suche nach Falk gerichtet, dass niemand von uns bemerkte, dass auch Kurt Arzberger Pläne schmiedete. Er trank nicht mehr, sparte sein Geld, versuchte, hier und da etwas dazuzuverdienen, um es den Huren in die Hände zu drücken, die niemals etwas umsonst hergaben, auch keine Informationen. War er knapp bei Kasse, saß er im *Arcasi* und hoffte auf *den einen* Hinweis, der ihn, im Übermut oder in Trunkenheit ausgesprochen, zu dem führen würde, der für Klaras Tod verantwortlich war: Jo Scharte.

Weihnachten kam, und niemand hatte etwas über einen Mann mit einer Narbe und Goldzähnen gehört. Artur behielt äußerlich die Ruhe, aber er wunderte sich, dass es nicht die geringste Spur gab, dass da niemand war, der wenigstens ein Gerücht gehört hatte.

War Falk doch wieder zurück in Preußen?

Er heuerte einen Detektiv an und schickte ihn in den Osten. Einen Mann wie Falk musste man dort doch schnell finden. Nach einer Woche kehrte der Detektiv zurück und berichtete Artur, dass Falk dort zwar bekannt sei, aber seit Wochen nicht mehr gesehen worden war.

Artur nickte. Er war also hier.

Dann, nach einer wilden Silvesternacht und den ersten kalten, aber klaren Tagen im neuen Jahr, wachte Artur mit einer Idee auf: der Tiergarten. Dort, wo die Puppenjungs anschafften. So schickte er noch in derselben Nacht die Hälfte seiner Leute hin, um die Burschen zu befragen.

Gegen zwei Uhr in der Früh klingelte das Telefon im *Arcasi*.

»Ich denke, wir haben etwas«, sagte Arnie.

»Bin unterwegs«, gab Artur zurück.

Er fuhr in den Tiergarten und fand trotz Dunkelheit Arnie in der brutalen Kälte mit einem schmächtigen Jungen, der nicht nur des Wetters wegen mit den Zähnen klapperte.

»Du kennst den Mann mit der Narbe?«, fragte Artur ihn ruhig.

Der Junge sah zu ihm auf und trat nervös und frierend von einem Bein aufs andere.

»Kann schon sein …«, gab der Junge zurück.

»Weißt du, wo er wohnt?«, fragte Artur.

Er schüttelte den Kopf. »Wir fahren immer in ein Stundenhotel.«

»Wo?«

»Immer ein anderes.«

»Wie nennt er sich?«

»Wilhelm.«

Der Name seines Vaters, der Patriarch der Boysens. Wenn der wüsste, wie sein Sohn veranlagt war, würde er ihm eine Kugel in den Kopf schießen. Und anschließend sich selbst.

Artur zückte einen Fünfzig-Dollar-Schein.

Die Augen des Jungen sprangen ihm fast aus dem Kopf.

»Damit kannst du hier weg. Dein Leben neu aufbauen«, sagte Artur.

»Was muss ich tun?«

»Du musst mir nur sagen, wann er zu dir kommt und wohin ihr geht.«

»Wie soll ich das machen?«, fragte er zurück. »Er kommt, wann er will. Ich steige ins Auto, und dann fahren wir los.«

»Ruf vom Stundenhotel an. Bevor ihr loslegt.«

Der Junge griff nach dem Schein.

Artur hielt ihn fest und sagte: »Fünfzig jetzt, hundert, wenn wir ihn bekommen.«

»Wirklich?«, fragte er ungläubig.

»Ja.«

Artur sah Arnie an: »Habt ihr seinen Namen?«

Arnie nickte. »Albert Temmen.«

»Dann hör jetzt zu, Albert Temmen. Du wirst jeden Tag um sechs diese Nummer hier anrufen ...« Artur gab ihm die Karte des *Arcasi*. »Jeden Tag. Und wenn er dich abholt. Hast du verstanden?«

»Jawohl.«

»Wir wissen, wo wir dich finden, Albert. Betrügst du uns, dann wirst du dir wünschen, mir nie begegnet zu sein.«

Der Junge schluckte und nickte schnell.

»Gut, geh jetzt nach Hause. Arnie wird dich fahren.«

Arnie legte ihm seine riesige Pranke auf die Schulter und schob ihn von Artur fort.

»Jeden Tag, Albert! Jeden Tag!«

Die Warnung war unmissverständlich, aber, wie Artur glaubte, im Grunde unnötig: Temmen würde ihn nicht betrügen, weil er zum ersten Mal die Chance auf ein richtiges Leben hatte. Trotzdem ließ er ihn in der stillen Hoffnung, dass es Falk nicht verschrecken würde, unauffällig überwachen.

Temmen rief am nächsten Tag um sechs Uhr abends an, um mitzuteilen, dass er nichts mitzuteilen hatte. Er rief die ganze Woche an, um mitzuteilen, dass er nichts mitzuteilen hatte. Dann aber rief er vormittags an.
Die Jagd war eröffnet.

68

Als Franzosen und Belgier am elften Januar 1923 ins Ruhrgebiet einmarschierten, ging ein solcher Aufschrei der Empörung durch das Reich, dass alles andere davon übertönt wurde. Poincaré hatte seine Drohung also wahr gemacht, fest entschlossen, die ausbleibenden Reparationszahlungen direkt vor Ort in Form von Kohle einzutreiben. Reichskanzler Wilhelm Cuno rief daraufhin dazu auf, den Invasoren passiven Widerstand zu leisten, sodass aus dem erhofften Beutezug vorerst nichts wurde, denn niemand arbeitete mehr in den Minen und Abbaugebieten, was alle Räder zum Stillstand brachte und die Inflation geradezu explodieren ließ: Stand der Dollar an jenem elften Januar noch auf zehntausendvierhundertfünfzig Reichsmark, notierte er Ende des Monats bereits bei neunundvierzigtausend Reichsmark.

Für Isi hatte der Einmarsch positive Auswirkungen, denn das Interesse an ihrem Prozess hatte spürbar nachgelassen, es drängelten bei Weitem nicht mehr so viele Neugierige in den Zuschauerraum des Saals siebenhundert, und auch die Presse konzentrierte sich wieder auf die Weltpolitik, sodass ihnen an diesem vierzehnten Januar der Prozessweiterführung die Entscheidung entging.

Lange hatte sie schweigen müssen, jetzt sagte sie aus und tat dies in einem schlichten grauen Kleid, mit hochgesteckten Haaren und sehr dezent geschminktem Gesicht. Trotzdem, so stellte ich im Publikumsraum nicht ohne Stolz fest, verfehlte sie vor allem bei den Männern nicht die Wirkung, sprangen geflüsterte Bewunderungen von Sitznachbar zu Sitznachbar.

Vor ihr hatte Otto Pick, der Hauswart von Haus sechzehn seine bei Friedel protokollierte Aussage wiederholt, was für ein großes Raunen in einem Publikum gesorgt hatte, das den rechten Ideologien ganz offensichtlich feindselig gegenüberstand. Trotz der Erfolge der DNVP bei der letzten Reichstagswahl war Berlin immer schon eine *rote* Stadt gewesen, deren Bewohner der Kaiser nie hatte leiden können.

Auch ich hatte meine Zeugenaussage bereits getätigt, wobei ich nicht viel Erhellendes beitragen konnte, ebenso wenig wie ein Polizeihauptmann, der uns zusammen mit anderen Uniformierten letzten Sommer die Treppen in der Victoriastraße hochgejagt hatte. Jetzt also Isi.

»Frau von Torstayn«, begann Friedel. »Wussten Sie, wer Aldo von Torstayn war, als Sie sich kennenlernten?«

»Nein. Wir trugen Masken.«

»Sie trugen Masken?«

»Ja, ich war eingeladen in einen Club. Aldo war dort Gast. Genau wie ich. Alle trugen Masken. Wie in der *Weißen Maus*.«

Den amüsierten Geräuschen der Zuhörer nach zu urteilen kannten die meisten das kleine Lokal in der Jägerstraße, in dem sich jeder, der wollte, eine Maske umbinden konnte, um den frivolen Aufführungen auf der Bühne inkognito folgen zu können.

»Sie konnten also nicht wissen, wer er war und vor allem: wie reich er war?«

»Nein.«

Friedel nickte. »Was geschah dann?«

»Er freite um mich.«

»Wie tat er das, Frau von Torstayn?«

»Er überschüttete mich mit Einladungen, Schmuck, Kleidung, Blumen.«

»Und haben Sie diese Dinge angenommen?«

»Nun ja, die Blumen und einige Einladungen schon. Alles andere nicht.«

»Warum nicht?«

»Weil ich wollte, dass er mit seinem Reichtum etwas Sinnvolles machte.«

»Und tat er es?«

»Ja, er gründete eine Suppenküche und unterhielt sie.«

Die Zustimmung von den Rängen hatte einen ermahnenden Blick der Richter zur Folge. Rasch kehrte wieder Ruhe ein.

»Ist es richtig, dass Sie erst nach dieser Geste seinen Heiratsantrag angenommen haben?«

»Das ist richtig«, bestätigte Isi.

»Wie ging es weiter?«

»Sein Vater strich ihm die Zuwendungen, was ihn in finanzielle Schwierigkeiten brachte. Aldo pflegte einen überbordenden Lebensstil mit Dienern, Automobilen, Luxus und Vergnügungen aller Art.«

»Er hätte eine Arbeit annehmen können?«, fragte Friedel.

»Aldo hat in seinem Leben noch nie gearbeitet«, gab Isi zurück, was für Rumoren im Publikum sorgte.

»Aber er brauchte Geld?«

Isi nickte. »Er begann, abendliche Feste zu geben, und lud Persönlichkeiten aus Wirtschaft und Politik ein.«

»Führte es zum gewünschten Erfolg?«

»Nein.«

»Was dann?«

»Er lernte bei einer dieser Gelegenheiten die beiden Extremisten Hermann Fischer und Erwin Kern kennen. Und noch einige andere, die sich später in der Organisation Consul wiederfanden.«

»Wie standen Sie zu diesem Geheimbund?«

»Ich habe Menschen wie Ehrhardt mein ganzes Leben lang bekämpft. Sie sind das Gift, das jede freie Gesellschaft tötet.«

Beifälliges Gemurmel und einige aufmunternde Rufe von den Bänken.

Friedel wartete es ab und fuhr dann fort: »Hatte Ihr Ehemann Kontakt zur Organisation Consul?«

»Ja, ich fing einen Brief an ihn mit einer Liste von Mitgliedern ab. Einer davon war Falk Boysen, der Bruder von Helene Boysen.«

»Was taten Sie mit dieser Mitgliederliste?«
»Ich übergab sie den Behörden. Viele Mitglieder wurden daraufhin festgenommen.«
Friedel nickte. »Sie haben dem Geheimbund also geschadet?«
»Ja, dafür haben sie sich dann auch gerächt.«
Friedel wandte sich an Gericht und Publikum: »Vor gut einem Jahr hat man versucht, Frau von Torstayn in ihrem Haus umzubringen. Sie überlebte knapp und verlor dabei ihr Kind.«
Getuschel im Publikum, vor allem die wenigen Damen hielten entsetzt die Hände vor ihre Münder.
»Warum überlebten Sie in jener Nacht?«, fragte Friedel.
»Ich wurde in letzter Sekunde gewarnt!«
Friedel nickte wieder und bat den Saaldiener, eine Zeugin einzulassen. Der kehrte mit einer jungen Frau zurück, die daraufhin in den Zeugenstand trat.
Nach den Formalien fragte Friedel: »Fräulein Hoffmann, können Sie uns sagen, wo Sie arbeiten?«
»Auf dem Telefonamt.«
»Taten Sie dies auch in der Nacht vom siebten auf den achten Dezember 1922?«
»Jawohl, Herr Anwalt.«
»Warum erinnern Sie sich so gut daran?«
»Weil ich gegen drei Uhr in der Früh den Anruf eines Herrn von Torstayn bekam, der seine Frau sprechen wollte. Er war ungeheuer aufgewühlt. Ich habe dann versucht durchzustellen.«
»Niemand hob ab?«
»Nein. Aber ein paar Tage später waren die Zeitungen voll von dem Anschlag und den Toten am Schlesischen Bahnhof. Ich las auch Frau von Torstayns Namen und habe ihn gleich wiedererkannt. Der Name kommt nun wirklich nicht jeden Tag vor.«
Friedel sah zum Staatsanwalt herüber, der lässig abwinkte. Überhaupt gab sich der Mann ausnehmend ruhig. Mit Verwunderung nahm ich zur Kenntnis, dass er Friedels Befragung nicht für Zwischenrufe oder Störmanöver nutzte.

Das Gericht entließ die Telefonistin, sodass Friedel mit der Befragung Isis fortfuhr: »Wurden die Täter gefasst, Frau von Torstayn?«
»Die meisten, ja. Sie gehörten alle der Organisation Consul an.«
Wieder Unruhe im Publikum.
»Derselben Organisation, zu der Ihr Ehemann Aldo engen Kontakt hatte?«
»Ja.«
»Der auch Falk Boysen, der Bruder der sogenannten *Verlobten*, angehörte?«
»Ja.«
»Bei diesem Anschlag verlor die Organisation vier ihrer Mitstreiter – ist das richtig?«
»Ja, einen davon durch Feme.«
Friedel nickte. »Das bedeutet, einer von ihnen wurde von der Organisation selbst umgebracht?«
»Ja, sie fürchteten wohl, er könnte sie sonst verraten.«
Friedel wandte sich wieder an Gericht und Publikum: »Man kann also sagen, dass Aldo von Torstayns Anruf letztlich dafür sorgte, dass vier Männer der Organisation starben. Ist das richtig, Frau von Torstayn?«
»Ja.«
Wieder deutliche Regungen im Publikum. Dass die Organisation mit Gromatka auch einen fünften Mann verloren hatte, ließ Friedel wohlweislich aus.
»Es gab also triftige Gründe, warum besser niemand aus der Organisation erfahren sollte, dass Aldo von Torstayn den Anschlag mit seinem Anruf vereitelt hatte.«
»Ja.«
»Aber sie erfuhren es doch?«
Isi nickte und sagte: »Ja.«
Wieder deutliche Unruhe auf den Zuschauerplätzen und mahnende Blicke des Gerichts.
»Und darum schickte die Organisation jemanden, um Aldo von Torstayn zu töten.«

»Ja.«
»Und deswegen fand man auch keine Tatwaffe bei Ihnen, denn Sie besitzen überhaupt keine Waffe.«
»So ist es!«
»Nur, wenn Sie ihn nicht getötet haben, wer war es dann?«
Isi sagte fest: »Der Mörder meines Mannes heißt Falk Boysen!«
Die unerwartete Wendung sorgte für einen solchen Aufruhr, dass der Vorsitzende Richter energisch den Hammer mühte, um für Ruhe zu sorgen. Mit einem Mal stand der ganze Prozess auf der Kippe, denn jetzt gab es einen zweiten Tatverdächtigen: Falk Boysen.
Alles, was es jetzt noch brauchte, war, seiner habhaft zu werden.

Sie fuhren zu viert wie die Wahnsinnigen in Richtung Kurfürstendamm, bogen über die Nürnberger in die Augsburger Straße und hielten mit quietschenden Reifen vor einem heruntergekommenen Hotel mit der Hausnummer vierundfünfzig. Die rasante Fahrt hatte für Aufsehen gesorgt, vier bullige Männer aus dem eleganten Mercedes springen zu sehen, den Artur gesteuert hatte, ebenso, doch nach einigen Sekunden gingen die meisten schulterzuckend weiter, und die, die es nicht taten, wurden von dem, den Artur vor dem Eingang des Hotels postiert hatte, daran erinnert, lieber mal den eigenen Angelegenheiten nachzugehen, es sei denn, man bestand zwingend auf einem Veilchen.

Die drei anderen indes eilten in den Flur, beschrieben Falk dem dürren Männlein am Empfang, das ihnen daraufhin mitteilte, dass der Herr im zweiten Stock in Zimmer dreiunddreißig anzutreffen sei. Sonst sagte er nichts, sondern lehnte sich nur in seinem Stuhl zurück und griff nach seiner Zeitung: Er war viel zu erfahren, um den drei Männern vor ihm, die allesamt nicht aussahen, als wäre ihnen nach gepflegter Konversation, mit Protesten oder Empörung auf die Nerven zu gehen.

Sie ließen einen bei dem Männlein, nur Arnie und Artur liefen die Treppen hinauf in den zweiten Stock, wo sie ihre Revolver zogen und bis an die Tür mit der Nummer dreiunddreißig heranschlichen, vor der sie stehen blieben und lauschten.

Nichts.

Keine Stimmen, kein Stöhnen, kein vielsagendes Quietschen von Bettfedern. Arnie beugte sich zum Schlüsselloch hinab, aber der Schlüssel steckte, sodass nichts zu sehen war. Artur legte daraufhin vorsichtig die Hand auf die Klinke und drückte sie langsam hinunter, während Arnie vom Türblatt wegtrat, um nicht von schnell verschossenen Kugeln getroffen zu werden.

Zu ihrer Überraschung war die Tür nicht abgeschlossen.

Artur stieß die Tür auf, während sie zusammen ihre Waffen ins Zimmer richteten, ohne sich selbst als Ziel zu entblößen.

Keine Reaktion.

Blitzschnell blickte Artur ins Zimmer, dann sprang er vor, hinter ihm Arnie.

Auf dem Bett lag halb nackt Albert Temmen.

Trotz der beiden Schüsse, die ihn mitten ins Gesicht getroffen hatten, war er noch zu erkennen. Neben ihm lag ein Kissen mit gut sichtbaren Schmauchspuren, offensichtlich hatte es dem Schützen als Schalldämpfer gedient. Auch ohne die Beschreibung des Concierge hätte Artur gewusst, mit wem er es zu tun hatte: zweimal ins Gesicht.

Falk Boysen.

»Armer Junge«, murmelte Arnie und steckte seine Waffe wieder ein.

Artur zischte wütend: »Sucht ihn! Fragt alle Puppenjungs, fragt jeden, der Temmen kannte. Zur Not prügelt es aus ihnen heraus, aber findet ihn!«

Sie verließen das Zimmer und verschwanden genauso schnell, wie sie gekommen waren.

Im Saal siebenhundert wagte niemand mehr ein Geräusch.

Alle blickten sie nach vorn zu Isi, die stolz und ruhig dasaß, Friedel zugewandt.

»Frau von Torstayn, bitte beschreiben Sie uns, was an jenem Tag im Juli geschah, als Ihr Ehemann Aldo von Torstayn Sie aufsuchte!«

»Er sagte mir, dass er Helene verlassen habe und dass er nur mich lieben würde.«

»Und wie haben Sie reagiert?«

»Ich war wütend, gleichzeitig habe ich mich gefreut. Er ist mein Ehemann. Und ich habe ihn aus Liebe geheiratet.«

»Sie haben sich also versöhnt?«

»Ja.«

Friedel spielte Überraschung. »Nur ... warum ist er dann tot?«

Isi antwortete: »Ich weiß nicht, was passiert ist. Ich stand mit dem Rücken zur Tür der Beletage. Das Letzte, woran ich mich erinnere, ist, dass ich Aldo angesehen habe ...«

Sie machte eine kleine Kunstpause, bevor sie vieldeutig fortfuhr: »Ich erhielt einen Schlag gegen den Kopf und wurde ohnmächtig. Als ich aufwachte, lag Aldo neben mir. Tot.«

Das war geschickt genug, dass man ihr die Lüge kaum nachweisen konnte: Der Schlag rührte von einem Sturz her, den Aldo verursacht hatte. Nach einem erbitterten Streit zwischen den beiden, den Friedel lieber nicht vor Gericht erwähnt sah.

So fragte er nur: »Dort fand Sie auch Ihr Freund aus Kindertagen, Carl Friedländer?«

»Ja. Und gleich darauf hörten wir schnelle Schritte auf der Treppe. Wir liefen davon, weil wir nicht wussten, was geschehen war.«

»Sie waren in Panik?«

»Ja.«

»Und fand die Polizei bei Ihnen, bei Carl Friedländer oder im Haus eine Waffe?«

»Nein.«

»Keine Waffe!«, rief Friedel dem Gericht und dem Publikum zu. »Keine Waffe, obwohl eine hätte da sein *müssen*!«

Dann bedankte er sich bei Isi und setzte sich wieder auf seinen Platz.

Der Staatsanwalt dagegen starrte Isi eine Weile an, bis er sich schließlich langsam erhob.

Dann aber begann er, zur Überraschung aller, zu applaudieren.

»Bravo! Und auch für Sie, Herr Kollege: Bravo!«

Friedel stand auf und rief: »Hohes Gericht, der Herr Staatsanwalt wähnt sich offensichtlich im Theater. Ich bitte Sie, ihn daran zu erinnern, dass wir vor einem Schwurgericht stehen!«

Bevor der Vorsitzende antworten konnte, tat es der Staatsanwalt: »Ich danke dem Kollegen für die Einlassung, Hohes Gericht! Tatsächlich konnte man den Eindruck gewinnen, in einem Theater zu sitzen. Gegeben wurde: Grimms Märchen!«

»Ich protestiere auf das Schärfste!«, rief Friedel wütend.

»Herr Staatsanwalt!«, mahnte der Vorsitzende Richter. »Wenn Sie nichts Sachliches beizutragen haben, schweigen Sie!«

Friedel setzte sich wieder, zufrieden über den ausgesprochenen Rüffel.

Mit einer knappen Verbeugung entschuldigte sich der Staatsanwalt bei Richtern und Schöffen und fuhr dann fort: »Gut, ab jetzt dann sachlich. Die Angeklagte hat uns viel über ihr soziales Wesen mitgeteilt. Sie hat sich in einem für sie günstigen Licht präsentiert. Nun, das ist ihr gutes Recht! Dagegen ist nichts einzuwenden. Allein: Sie kann keine Zeugen benennen, die ihr sanftmütiges und großzügiges Wesen bestätigen. Es bleibt also nur das, was sie über sich selbst sagt. Die Staatsanwaltschaft hingegen hat eine ganze Reihe von Zeugnissen und Beweisen dafür vorgelegt, dass die Angeklagte ein fragwürdiges Leben lebt. Sie verkehrt in zwielichtigen Lokalen mit zwielichtigen Gesellen und geht zwielichtigen Beschäftigungen nach. Sie neigt ganz offensichtlich zur Gewalt und hat auch schon im Gefängnis gesessen. Ich glaube, man geht nicht zu weit, wenn man behauptet: Überall, wo die Angeklagte auftaucht, gibt es über kurz oder lang Ärger.«

Friedel fuhr hoch, setzte sich aber wieder, nachdem das Gericht ihm mimisch und gestisch angedeutet hatte, dass es die Unsachlichkeit des Staatsanwaltes bemerkt hatte.

»Und jetzt also präsentiert uns die Angeklagte einen neuen Verdächtigen, um nicht zu sagen: einen neuen Mörder. Ja, sie präsentiert uns sogar die komplizierten Hintergründe, die sie frei- und einen anderen schuldig sprechen. Das ist schon allerhand! Aber eines sollten wir bitte nie vergessen: Sie war allein mit dem Toten! Als Aldo von Torstayn erschossen wurde, war sie alleine mit ihm im Haus. Das bezeugen die Beamten, die sie fanden, das bezeugt sogar ihr Freund aus Kindertagen.

Das ist Fakt! Und nur das!

Und wenn es tatsächlich so war, dass die Boysens und Aldo von Torstayn mit der Organisation Consul in Verbindung gestanden haben, wenn es sich, wie durch die Zeugin Hoffmann bestätigt, so zugetragen hat, dass Aldo von Torstayn seine Ehefrau vor einem Mordanschlag gewarnt hat, dann finden wir darin auch ihr Mordmotiv, denn Aldo von Torstayn kannte offensichtlich die Pläne jener Verschwörer und trug somit auch eine Mitschuld am bedauerlichen Tod des gemeinsamen Kindes. *Das* konnte ihm die Angeklagte nicht verzeihen! Welche Mutter könnte so etwas auch? Welche Mutter könnte den Mord an ihrem Kind verzeihen! *Das* ist der Grund, warum Aldo von Torstayn sterben musste. Und nur das!«

Ein beunruhigendes Gemurmel der Zustimmung flog durch die Reihen der Zuhörer. Der Staatsanwalt kostete es aus, bis wieder atemlose Stille herrschte.

»Jetzt also zum Märchen von der Verschwörung. Wie sollte dieses Märchen wahr sein? Die Organisation Consul gibt es nicht mehr. Ihr Anführer Hermann Ehrhardt sitzt in Haft. Wer hätte da den Befehl zur Feme geben sollen? Aber was noch wichtiger ist: Die Angeklagte nennt den Bruder Helene Boysens als Täter. Warum sollte der morden, selbst wenn er den Verrat rächen wollte? Wie unglaublich dumm wäre das? Die Familie Boysen, die durch den Verlust Westpreußens ihrer Wurzeln beraubt wurde, hätte in Ostpreußen Teil einer der berühmtesten und einflussreichsten Familien des Reiches werden können! Der Bruder tötet also den zukünftigen Ehemann seiner Schwester und zerstört damit auch seine eigene Zukunft? Das ist absurd! Oder wie ich es schon eingangs gesagt habe: Theater! Übelstes Bauerntheater! Nur dass wir hier in der Hauptstadt nichts übrighaben für Bauerntheater!«

Mit sehr zufriedener Miene setzte er sich und blickte Friedel gelassen an.

Der stand auf und ließ effekthascherisch sein Monokel aus dem Auge plumpsen, um es mit der Hand geschickt aufzufangen.

»Wissen Sie, Herr Staatsanwalt, ich würde Ihnen sogar zustimmen, allein, eine Sache haben Sie nicht bedacht ...«

»Welche denn, Herr Anwalt?«

»Dass Aldo von Torstayn die Verlobung gelöst hat. Er hat Helene Boysen verlassen und wollte wieder zurück zu seiner Ehefrau. Und damit hätten die Boysens vor den Trümmern ihrer Existenz gestanden. Damit wäre der Weg frei für Feme gewesen, weil beide Boysens nichts mehr zu verlieren hatten.«

»Ah!«, höhnte der Staatsanwalt belustigt. »Richtig! Die Trennung! Wie dumm, dass es keine Zeugen dafür gibt!«

»Es gibt eine Zeugin!«

Für einen Moment schien dem Staatsanwalt die belustigte Miene einzufrieren. Friedel wandte sich dem Saaldiener zu. »Bitten Sie die Zeugin Dorothea Bredigkeit hinein!«

Eilig sprang der Mann auf, lief auf den Flur und rief laut den Namen von Helenes Zofe. Ich kann gar nicht sagen, wie gebannt wir alle auf die offene Tür des Gerichtssaals starrten, während wir die Schritte auf dem Steinboden näher kommen hörten. Doch dann trat nicht Dorothea Bredigkeit ein, sondern ein Polizist, der schnurstracks zum Staatsanwalt hineilte, um ihm etwas ins Ohr zu flüstern.

Wir waren alle konsterniert: Friedel, Isi, ich.

Selbst das Publikum sah irritiert von einem zum anderen.

Friedel fragte laut: »Was ist mit der Zeugin Bredigkeit?«

Der Saaldiener erwiderte: »Draußen ist niemand.«

Der Staatsanwalt wandte sich dem Schwurgericht zu: »Hohes

Gericht, gerade eben wurde mir mitgeteilt, dass die Tatwaffe doch noch gefunden worden ist!«

Im Zuschauerraum gab es einen lauten Ruf der Überraschung, dann ein solches Gerede, dass es Minuten dauerte, bis wieder vollkommene Ruhe herrschte.

»Würden Sie das bitte erläutern!«, forderte der Vorsitzende Richter.

»Man hat einen Revolver in einem Topf gefunden. Vergraben unter Blumenerde. Er wurde heute Morgen gefunden, als ein Dienstmädchen die Pflanze umtopfen wollte. Und damit schließt sich die Beweiskette: Die Angeklagte war anwesend, sie hatte die Gelegenheit, sie hatte ein Motiv, und sie hatte eine Waffe! Heute endet nun dieses Theater. Heute wurde sie endgültig als das überführt, was sie ist: eine Mörderin!«

Ich war aufgesprungen und schrie: »Isi!«

Sie sah zu mir herüber, aber da war keine Hoffnung mehr in ihrem Blick. Selbst Friedel ließ den Kopf sinken.

Das Gericht vertagte sich.

Und als es wieder zusammentrat, waren sich alle einig: Isi wurde des Mordes an Aldo für schuldig gesprochen und zum Tode verurteilt.

Die Entscheidung

69

Wir sahen Dorothea Bredigkeit nie wieder. Natürlich hatte Friedel sie laden lassen, und sie hatte ihr Erscheinen auch zugesagt, aber bei Gericht war sie nie angekommen. Später, als wir die halbe Stadt auf den Kopf stellten, um sie wiederzufinden, war alles, was wir erfuhren, dass Fräulein Bredigkeit ihre Anstellung überraschend gekündigt hatte und in ihre Heimat gefahren war, wo sie ebenfalls niemals angekommen war.

Das Undenkbare war also Wirklichkeit geworden. Die Vorstellung, dass Isi eines Morgens aus ihrer Zelle geführt und auf das Schafott gelegt werden würde, dass ein Beil Hals und Genick durchtrennte und alles, was sie war, was sie sein wollte, was sie noch hätte werden können, in einen Korb fallen und wie ihr Blick im Nichts verschwinden würde, war kaum zu ertragen. Ich fühlte mich wie aus einem Albtraum hochgeschreckt, nur um festzustellen, dass nichts davon Fantasie, sondern alles brutale Realität war.

Ich hielt ihre Hände, als Friedel, Artur und ich sie das erste Mal nach dem Urteilsspruch im Frauengefängnis in der Barnimstraße besuchten, in diesem spröden Besucherraum mit den einfachen Holztischen und Stühlen. Sie saß mir gegenüber, blass, schön, immer zu einem aufmunternden Lächeln bereit, aber sie musste mich nur ansehen, wie ich tränenüberströmt dahockte, um zu wissen, wie ernst die Sache war. Friedel versuchte, optimistisch zu sein, sprach von einem Gnadengesuch, das aussichtsreich wäre, vom Mut, den Isi nicht sinken lassen dürfte.

Aber es war hoffnungslos.

Und wir wussten es alle.

»Gibt es denn keine anderen Möglichkeiten mehr?«, fragte ich Friedel.

»Das Urteil wäre nur anfechtbar, wenn es eine neue Beweislage gäbe.«

»Und wenn wir Falk finden?«

»Dann müsste er den Mord gestehen«, gab Friedel zurück.

»Aber was ist mit Fingerabdrücken?«, fragte ich.

»Auf der Waffe sind keine«, antwortete Friedel.

»Ich weiß, aber ich meinte auf dem Blumentopf. Auf allem, was Falk auf seinem Weg ins Haus angefasst haben könnte.«

»Da wurden keine genommen, Carl.«

Ich nickte erfreut. »Das ist doch perfekt! Denn wenn wir jetzt welche finden würden, dann könnten wir beweisen, dass er im Haus war.«

»Carl …«, begann Artur ruhig.

»Was denn?«, begann ich gereizt. »Es stimmt doch, was ich sage!«

»Schon, aber …«

»Kein *Aber*. Wir finden Falk und vergleichen seine Fingerabdrücke mit denen im Haus!«

»Carl«, begann Artur erneut. »Es ist zu spät. Selbst wenn da noch welche wären, würden sie sagen, dass Falk in der Zwischenzeit eben mal bei seiner Schwester zu Besuch gewesen ist. Aber du kannst sicher sein: Es gibt dort keine Abdrücke mehr. Helene ist nicht dumm, die hat das ganze Haus auf Hochglanz wienern lassen. Und als Allererstes den Blumentopf.«

Deprimiert ließ ich den Kopf sinken. Er hatte recht.

Es war zu spät.

Alles war zu spät.

Eine ganze Weile sprach niemand, dann fragte Artur: »Wann werden sie vollstrecken?«

Friedel antwortete nicht.

»Friedel?«, hakte Artur nach.

Er räusperte sich verlegen und antwortete: »Das kann man nicht so genau sagen. Vielleicht in einem Jahr oder eineinhalb.«

»Sicher?«

»Nein, die von Torstayns werden auf eine schnelle Hinrichtung drängen. Hinzu kommt, dass der Prozess so aufsehenerregend war.«

»Wie viel Zeit bleibt mindestens?«

»Ich denke, ein halbes Jahr. Aber es ist auch nicht unmöglich, dass ein Gnadengesuch Erfolg haben wird.«

Artur schüttelte den Kopf. »Wir wissen alle, dass das nicht passieren wird, Friedel.«

Der schluckte und schwieg.

Artur stand auf, umrundete den Tisch, an dem wir saßen, nahm Isi in den Arm. »Ich hole dich hier raus, ich schwöre es!«

Sie lächelte, während ihr nun auch die Tränen in die Augen schossen, und küsste ihn auf den Mund. Dann winkte sie mich heran, sodass wir alle einander umarmten und ich sie flüstern hörte: »Wir drei! Nur wir drei!«

70

Natürlich ließ Artur Helene überwachen, aber ehrlich gesagt, weder er noch ich machten uns Hoffnungen, dass sie uns zu ihrem Bruder führen würde. Alles, was Falk tun musste, damit sein Racheplan aufging, war, sich bedeckt zu halten, solange Isi noch lebte.

Dennoch wollte Artur die Boysens etwas wissen lassen, und so passten wir beide, kurz nach dem Schuldspruch, Helene an einem Sonntag im winterlichen Tiergarten ab. Sie hatte uns nicht kommen sehen, und es war offensichtlich, wie sehr sie mit der Fassung rang, als wir von einer Sekunde auf die nächste vor sie traten. Sie presste den Pelzmuff, in dem ihre Hände steckten, gegen ihren Bauch, und ihre Augen huschten hektisch hin und her, auf der Suche nach einem Ausweg oder wenigstens Hilfe. Das Dienstmädchen, das sie begleitete, war so erschüttert von Arturs Erscheinung, dass es Helenes Arm suchte und sich daran klammerte.

Helene aber fasste sich und rief: »Bleibt, wo ihr seid! Ich schwöre, ich schreie den ganzen Park zusammen!«

»Wenn ich dich hätte umbringen wollen, hätte ich das schon längst getan!«, antwortete Artur gelassen. »Ich habe eine Botschaft für dich und deinen Bruder ...«

Helene hob das Kinn und antwortete spitz: »Interessiert mich nicht!«

»Das sollte es aber«, gab Artur ungerührt zurück.

Sie schwieg.

»Sollte Isi hingerichtet werden, dann ist auch eure Zeit abgelaufen.«

Helene riss die Augen auf und zischte: »Was fällt dir ein!«

»Ich werde Falk bis ans Ende der Welt jagen und ihn töten. Doch zuerst werde ich dich töten. Ich werde nach Ostpreußen fahren und deine Eltern töten. Ich werde jeden umbringen, der euren Namen trägt, und anschließend werde ich alles niederbrennen, was euch je gehört hat. Die Boysens werden aus den Geschichtsbüchern verschwinden, es wird niemand übrig bleiben!«

Helene blickte totenbleich in Arturs halbes Gesicht, in die unbarmherzige Maske, die ihn wie einen bösen Geist aussehen ließ. Sie war hartgesotten, nicht ängstlich und skrupelloser noch als ihr Bruder, aber sie wusste auch, wer Artur war und dass er, wenn er wollte, wie einer der apokalyptischen Reiter über sie herfallen konnte, um abzumähen, was nie hätte wachsen dürfen.

»Vielleicht erwischt Falk dich ja zuerst«, sagte sie schließlich um Haltung bemüht.

»Ich würde nicht drauf wetten!«

Da funkelte sie ihn böse an. »Du unterschätzt ihn! Du glaubst, du wärst unsterblich, aber das bist du nicht. Keiner von euch.«

Artur fasste es so auf, wie es gemeint war: als Drohung gegen uns alle.

»Wirst du ihm meine Botschaft ausrichten?«

»Nein!«

Er blickte sie lange an, dann lächelte er.

Sie log.

Sie wussten es beide.

Dann verließen wir die Frauen und verschwanden, bevor Helene auf die Idee kommen konnte, Zeter und Mordio zu schreien, und Artur wieder einmal von Kommissar Trepermann vorgeladen werden würde.

»Er ist nicht allein!«, sagte Artur.

»Was meinst du?«, fragte ich ihn.

»Er hat Hilfe. Vermutlich sogar ziemlich mächtige.«

»Immer noch O.C.?«, fragte ich.

»Gut möglich. Die sind überall, auch wenn ihr Herr im Gefängnis sitzt.«

»Dann wird er versuchen, dich umzubringen, bevor du ihn erwischst«, antwortete ich.

»Ja. Und dich.«

Es lief mir kalt den Rücken runter: Alles würde wieder von vorn beginnen.

»Warum musstest du ihn so herausfordern?«, fragte ich ängstlich.

»Ich will, dass er in der Nähe bleibt. Ich will, dass er nach einem Weg sucht, mir zuvorzukommen. Isi läuft die Zeit davon. Und uns damit auch.«

»Und was machen wir jetzt?«, fragte ich.

»Ich weiß es nicht. Die ganze Zeit habe ich schon das Gefühl, dass wir etwas übersehen haben. Aber ich weiß nicht, was. Wir brauchen eine Spur. Und wir brauchen sie bald.«

Ich kehrte zurück in unser Haus in der Voigtstraße, wo kurz nach meiner Ankunft Fünf-Finger-Eddy an meine Tür klopfte, um mir einen Burschen vorzustellen, den alle nur Strippe nannten und dessen bürgerlichen Namen ich nie erfuhr. Zu Strippes Eigenheiten zählte, dass er niemals sprach. Man konnte den Eindruck haben, er hätte seinen Spitznamen in ironischer Brechung von Quasselstrippe. Aber dem war nicht so, er hatte mit einer weiteren Eigenheit Strippes zu tun: mangelndem Humor. Riss einer einen Witz, so war er oft der Einzige, der nicht darüber lachte, schlicht, weil er ihn nie verstand. Ironie, Sarkasmus, unerwartete Pointen: für Strippe Bücher mit sieben Siegeln. Und so war er dann auch an seinen Spitznamen gekommen, als ein sehr betrunkener Zuhälter auf seine Kosten Witzchen riss. Und je mehr er sich über Strippe lustig machte, desto lauter lachten seine nicht minder betrunkenen Kumpels, bis Strippe, der ruhig am Tresen gesessen hatte, einfach aufstand, zum Telefon ging, das Kabel aus der Wand riss und den Zuhälter damit erwürgte.

Schnell, brutal, ohne ein Wort.

Dann setzte er sich wieder auf seinen Platz und trank in aller Ruhe seine Molle aus. Da lachte niemand mehr. Und keiner riss je wieder Witze auf Strippes Kosten. Der Zuhälter landete in der Spree, und da keiner der anderen Ganoven ihn zu rächen gedachte, blieb der Vorfall für Strippe ohne Folgen, außer dass er fortan einen neuen Namen trug.

Strippe und Eddy würden für die nächsten Wochen und Monaten meine Leibwache sein, und Eddy schwor mir, dass ich alle Homosexuellenlokale Berlins aufsuchen konnte, wenn ich wollte, er würde weder von meiner Seite weichen noch sich darüber beschweren. Höchstens ein bisschen, aber das sollte ich einfach nicht ernst nehmen.

So kehrte ich schließlich, auch wenn meine Gedanken ganz woanders waren, zu meiner Arbeit zurück, die mir nicht unwirklicher hätte vorkommen können: Fritz Lang erschuf immer noch die Nibelungen und das mit Geschrei und Anforderungen, die allein dazu dienten, allen anderen klarzumachen, dass es nur einen König gab: nämlich ihn. Und was der Regent wollte, das bekam er auch. Wie einen Eichenwald mit einem Dutzend gewaltiger Stämme, die ein halbes Dutzend Männer nicht umfassen konnten. Sie waren über Wochen in mühseliger Arbeit gebaut worden, viel höher, als für den Filmausschnitt eigentlich nötig, aber Lang brüllte den armen Menschen, der ihn darauf aufmerksam gemacht hatte, nieder, dass allein er bestimmte, wie hoch oder wie niedrig ein Baumstamm zu sein habe. So wurden sie hoch wie Kirchtürme. Eine Woche mehr Arbeit, die man gar nicht sah, für einen Filmausschnitt, der, in Licht und Schatten getaucht, nur wenige Sekunden dauern sollte.

Währenddessen baute man auf dem Studiogelände das mittelalterliche Worms mit Dom und Burg nach, wobei ich mir ziemlich sicher war, dass die echten Bauten kleiner als jene auf unserem Gelände gewesen waren, aber das wagte weder ich noch sonst jemand anzumerken.

Alles kam unendlich langsam voran, sodass wir damit rechneten, dass die Filmarbeiten Monate dauern würden, vielleicht sogar ein Jahr oder länger. Für uns Kameraleute hatte das zur Folge, dass wir, wie die Schauspieler, ausgedehnte Wartezeiten zu überbrücken hatten. Wenn dann einmal gedreht wurde, mussten alle Beteiligten enervierende Wiederholungen hinnehmen, weil Lang gewisse Sequenzen immer und immer wieder neu inszenierte. Und wehe dem, der sich darüber beschwerte wie Hans Adalbert Schlettow, der den Hagen von Tronje spielte. Langs Tobsucht glich einem Haubitzenbeschuss, aus dem man sich erst nach Stunden wieder hervorzugraben vermochte.

Ich glaube, ich muss nicht betonen, dass ich mich aus allem herauszuhalten versuchte. Viele Stunden verbrachte ich damit, Zeitung zu lesen, während Lang, gepeinigt von seinen eigenen Dämonen, auf der Suche nach dem nächsten Bild war, das das vorherige zu übertreffen hatte.

In dieser Zeit fielen mir nur zwei Meldungen auf: In Russland hatten die Bolschewiken den überaus blutigen Bürgerkrieg gewonnen und das Land zum Jahreswechsel in UdSSR umbenannt: Union der sozialistischen Sowjetrepubliken. Immer noch geführt von Lenin, der Gerüchten zufolge sterbenskrank war und vor einem gewissen Stalin als seinem Nachfolger warnte. Ich fragte mich, mit welchem Recht er das tat? Der Bürgerkrieg hatte viele Millionen das Leben gekostet – was sollte da dieser Stalin noch schlimmer machen können?

Die zweite Meldung kam aus München und betraf eine neue Partei, die sich das erste Mal zu einer großen Zusammenkunft traf: die NSDAP. Ich entdeckte auf einer Fotografie das Hakenkreuz als ihr Symbol und wusste damit, dass ihre Gründung nichts Gutes versprach. Kaum war Hermann Ehrhardt verschwunden, tauchte mit Adolf Hitler schon der Nächste auf, der das Reich anführen wollte. Wie sehr es doch in der Natur einiger lag, andere zu befehligen.

Es wurde Februar.
Artur suchte verzweifelt nach Falk.
Ich war bei Isi, sooft ich nur konnte.
Helene reiste nach Ostpreußen ab.

Offensichtlich hatten die von Torstayns keine weitere Verwendung für die liebe, liebe Schwiegertochter, sodass sie das Haus in der Victoriastraße mit großem Gepäck verließ und verschwand. Natürlich schickte Artur drei seiner Leute hinterher, aber wir hörten nichts von ihnen.

Dann rief mich Anna, die Nachtigall, an und erinnerte mich daran, dass die Boysens nicht unser einziges Problem waren.

71

Überraschenderweise lud sie mich nicht ins *Arcasi* ein, sondern in Arturs Wohnung darüber. Sie öffnete mir und bat mich einzutreten. Zu meiner noch größeren Überraschung entdeckte ich, dass die Wohnung eingerichtet worden war, sehr geschmackvoll, wie ich fand. Überall hing jetzt Kunst an den Wänden, das Wohnzimmer besaß ein Sofa, Teppiche, gemütliche Sessel und auch ein Grammofon. Die Fenster hatten sogar Gardinen.

Anna musste mir meine Irritation angesehen haben, denn sie lächelte vielsagend, verschwand in der Küche und kehrte mit Kaffee zurück, den sie in einem ansehnlichen Service servierte. Artur hatte in dieser Wohnung gelebt, als hätte er vorgehabt, am nächsten Tag wieder auszuziehen. In meiner Erinnerung hatte stets nur das Nötigste darin gestanden, im Prinzip brauchte er nur ein Bett zum Schlafen und einen Raum, in dem er seine Abrechnungen machte, eine Art Büro, provisorisch wie alles andere. Der Rest war entweder leer, oder es lagerten Dinge darin, die man im *Arcasi* brauchte: Gläser, Schnaps oder derlei Gegenstände, mit denen sich Geld verdienen ließ, die aber die Polizei besser nicht finden sollte.

»Wie lange warst du nicht mehr hier?«, fragte sie.

»Ein Jahr, wahrscheinlich sogar eineinhalb.«

»Hat sich viel verändert, hm?«

»Warst du das?«

»Natürlich«, gab sie unumwunden zu. »Artur hat keinen Sinn für so etwas, und ich wollte nicht in eine Räuberhöhle ziehen.«

»Du wohnst hier mit ihm?«

»Fast ein Jahr schon.«

»Artur hat es nicht erwähnt«, gab ich erstaunt zurück.

»Gehört nicht gerade zu seinen Gewohnheiten, andere in seine Privatangelegenheiten einzuweihen«, erwiderte sie belustigt.

Ich nickte grinsend.

»Ich finde es schön, dass er wieder jemanden hat. Und ich könnte mir niemand Besseres vorstellen als dich!«

»Danke, Carl, aber sehen wir es, wie es ist: In Arturs Herz ist nicht viel Platz neben Larissa. Sie war sein Leben. Sie und das Kind.«

Eine Weile schwieg ich betreten, dachte an das, was im Krieg geschehen war. An den Schmerz, den Artur empfunden haben musste, und das Einzige, das ihm, wenn nicht Frieden, dann doch Genugtuung geben würde: Falk Boysens Tod. Ob er die bittere Ironie begriff, dass dieser Hass ihn zur Figur in eines anderen Spiel machte?

»Und das macht dir nichts aus?«, fragte ich Anna vorsichtig.

»Ich bin eine Hure, Carl«, sie lächelte. »Mein Herz gehört vielen. Und keinem.«

»Weder das eine noch das andere ist wahr«, antwortete ich.

Einen Moment sah sie mich an, dann sagte sie: »Vielleicht hast du recht. Ich liebe ihn, ihm gehört mein Leben. Wenn ich Teil seines Lebens sein kann, dann ist es ein gutes Leben. Dass er ein Mann für nur eine Frau sein kann, macht mir nichts aus.«

Ich war erstaunt über ihre Offenheit.

Da saß sie, eine der sinnlichsten Frauen, die das *Arcasi* je gesehen hatte, die Nachtigall, die jeder begehrte, und alles, was sie sich erhoffte, war, an Arturs Seite sein zu dürfen. Auch sie war nur die Figur in eines anderen Spiel, aber im Gegensatz zu Artur schien sie damit glücklich zu sein.

»Warum bin ich hier?«, fragte ich.

»Es geht um Kurt Arzberger.«

»Was ist passiert?«

»Jemand hat geredet.«

»Bist du sicher?«

Sie nickte. »Ich weiß nicht, wer es war, aber ich weiß, dass er Jo Schartes Namen kennt.«

Das waren keine guten Nachrichten, noch dazu kamen sie wirklich zur Unzeit.

»Ich habe es Artur gesagt, aber er will sich nicht einmischen. Er sagt, wir haben jetzt alle andere Probleme.«

»Das stimmt.«

»Scharte wird ihn umbringen, Carl. Kurt ist ein Kind. Er weiß nicht, was er tut und mit wem er sich anlegt. Ich will nicht, dass nach Klara auch Kurt stirbt.«

Ich biss mir auf die Lippen: Einerseits wollte ich, dass Scharte für das bestraft wurde, was er Klara angetan hatte. Andererseits würde es an Artur hängen bleiben, weil Isi im Gefängnis saß und ich unfähig war, mich mit jemand wie Scharte anzulegen.

»Was soll ich tun?«, fragte ich.

»Rede mit Artur.«

»Er wird nicht auf mich hören«, antwortete ich bestimmt.

»Er hört auf dich. Das war schon immer so.«

Ich schüttelte den Kopf. »Aber diesmal nicht. Was wir tun, tun wir für Isi. Klaras Schicksal hat uns alle getroffen, aber wenn ich zwischen Kurt und Isi entscheiden muss, dann weiß ich, wie ich mich entscheide. Das Gleiche gilt für Artur.«

»Bitte bedenke, dass Klara auch ein Teil von Isis Leben war. Genauso wie Kurt ein Teil davon ist. Isi würde euch nie verzeihen, wenn ihr Kurt sterben lasst.«

Ich blickte sie an. »Was willst du damit sagen, Anna?«

»Isi würde es so wollen! Erst recht wenn ...«

Sie ließ den Satz unvollendet, aber ich verstand ihn auch so: Erst recht wenn sie hingerichtet werden würde. Dann wäre es eine Art Vermächtnis, dann hätte sie wenigstens einen retten können, wenn schon nicht sich selbst.

»Ich rede mit ihm«, antwortete ich.

»Danke.«

»Nicht mit Artur, aber mit Kurt.«

»Carl ...«

Ich hob die Hand als Geste dafür, dass sie still sein sollte. »Ich weiß nicht, ob dir klar ist, wie ernst die Dinge stehen. Selbst wenn wir Falk finden, bedeutet das nicht, dass wir Isi aus dem Gefängnis bekommen. Und wenn wir sie nicht da rauskriegen, dann wird sie sterben!«

Anna schwieg.

Schließlich antwortete sie: »Unsere Welt, Carl, ist gewalttätig, betrügerisch und schlecht. Klara ist tot, Kurt wird es vielleicht bald sein. Ich sehe jeden Tag so viel Elend, so viele Gemeinheiten. Wenn nur einer, der so ist wie diese beiden, durchkommt, dann besteht für uns alle noch Hoffnung. Bitte versuch, ihm zu helfen. Nicht nur für Isi, auch für mich, für uns alle.«

Da saß sie nun, die unerschütterliche, schillernde Zeremonienmeisterin der Nacht, die hartgesottene Ganoven durch brennende Reifen springen lassen konnte, die jeden Kniff kannte, die oft in Ränke verwickelt war und den eigenen Vorteil zu nutzen wusste, und erlaubte mir einen Blick in ihr großes Herz und die verborgenen Sehnsüchte darin.

Für einen Moment verlor sich ihr Blick, dann aber verwandelte sie sich mit einem Wimpernschlag zurück in die verführerische Nachtigall, deren Lächeln Männer um den Verstand brachte.

»Ach, wie rührselig das klang! Das bin ich ja gar nicht! Wie wäre es mit einem Cognac?«

Ich schüttelte den Kopf und verabschiedete mich.

72

Die Gegend um den Schlesischen war nie schön gewesen, und es gab wirklich viele Gründe, sie zu meiden, nicht nur, weil Carl Großmann hier unschuldige Frauen abgeschlachtet hatte. Wer hier durch die Straßen ging, dem sprang das Elend alle paar Meter ins Gesicht. Hier sah man, was Anna beschrieben hatte: eine gewalttätige, betrügerische Welt, in der jeder ums Überleben kämpfte und abends nicht wusste, ob er sich am nächsten Morgen noch Brot würde leisten können.

Das hatte kurz vor Kriegsende noch um die fünfzig Pfennige das Kilo gekostet, jetzt zahlte man über tausend Mark dafür. Mittlerweile verdiente ein Arbeiter so viel wie ein Bankdirektor, nur dass es nichts wert war und jeden Tag immer weniger wert wurde.

Nur sehr wenige profitierten von der Inflation, aber einer davon war Artur mit seinem Immobilienimperium.

Seine schwindelerregenden Kredite hatten sich nach und nach von selbst aufgelöst, und ihm waren Werte geblieben, die sich nicht in Luft auflösen konnten: seine Häuser.

Hatte Artur Anfang des letzten Monats noch zweihunderttausend Mark an die Banken zurückgezahlt, so waren es in diesem Monat bereits eins Komma vier Millionen. Selbst wenn sich die Mark stabilisieren sollte, wäre er im Sommer schuldenfrei.

Der Krieg hatte alle ruiniert und Artur reich gemacht.

Daneben aber regierte die Armut: Die Andreasstraße war ein einziger Spießrutenlauf, vorbei an Huren, Gaunern, fliegenden Händlern, Bettlern, Kriegskrüppeln und armen Teufeln, die mich, da ich einen sauberen Anzug, geputzte Schuhe, ein weißes Hemd und einen neuen Hut trug, umschwärmten, als wäre ich ein Filmstern der UFA.

Es fiel mir schwer, sie von mir wegzustoßen, an ihrem hoffnungsvollen Lächeln oder bittenden Händen vorbeizueilen. Sie sandten mir Flüche nach, Unanständigkeiten und manchmal auch nur ein resigniertes Schweigen, was von allem das Schlimmste war.

In der Müncheberger Straße fand ich das Haus mit der Nummer elf, ungepflegt, mit einer Haustür, die windschief in den Angeln hing, und stieg hinauf ins Dachgeschoss, durch dunkle Flure, in denen es von den Klos auf halber Treppe nach Fäkalien roch. Wie privilegiert ich doch lebte! In einem sauberen Haus ohne lärmende Nachbarn oder schreiende Kinder, ohne Ausdünstungen und Verzweiflung.

Oben angekommen, klopfte ich gegen die Tür der kleinen Dachkammer, aber niemand öffnete. Ich lauschte, war schon im Begriff, mich abzuwenden, als ich drinnen ein Geräusch ausmachte. So drückte ich die Klinke nach unten, die Tür sprang auf: Das Zimmer war kaum zehn Quadratmeter groß, hatte nur ein Fenster, vor dem dreckige Vorhänge hingen, die es in schummriges Licht tauchten. Ein Bett, ein Schrank, ein Tisch und ein Stuhl. Und Kurt auf dem Boden liegend.

Ich stürzte neben ihn, drehte ihn auf den Rücken und erschrak: Sein Gesicht war furchtbar zerschlagen worden, die Augen zugeschwollen und das Blut auf der Haut getrocknet. Die Nase war gebrochen, mindestens ein Arm dazu, und die Art, wie er aufstöhnte, als ich ihn auf den Rücken drehte, verriet mir, dass sicher auch Rippen in Mitleidenschaft gezogen worden waren.

»Kurt! Kannst du mich hören?«

Er versuchte zu sprechen, aber die geringste Bewegung seiner Kiefer verursachte offenbar Schmerzen.

»Ich hole Hilfe!«

Ich bezahlte zwei Nachbarn dafür, dass sie mir halfen, die Wohnungstür aus den Angeln zu heben, ihn daraufzulegen und zum nächsten Arzt zu bringen, der ihn säuberte, seine Wunden verband und den Arm eingipste.

»Einige Brüche, Quetschungen, Schnitte, Prellungen. Sieht aus, als wäre er unter einen Lkw gekommen«, sagte der Arzt und nahm von mir seinen Lohn entgegen. »Er wird ein paar Wochen brauchen, um sich davon zu erholen.«

Ich rief eine Kraftdroschke und brachte ihn in die Voigtstraße.

Dort besprach ich mich mit meiner Nachbarin Frau Schulze, die gegen ein Aufgeld jetzt neben Hans auch Kurt versorgen sollte, wenn ich nicht da war.

»Was ist mit ihm?«, fragte Hans, als sie uns schließlich wieder verlassen hatte.

»Er ist sehr krank«, antwortete ich.

»Was hat er denn?«

Ich zögerte mit der Antwort, dann sagte ich: »Ein gebrochenes Herz.«

»Kannst du ihn wieder gesund machen?«

Ich zuckte mit den Schultern.

Diesmal war er noch davongekommen. Scharte hatte sein Leben verschont oder vielleicht auch nur gedacht, er hätte ihn sterbend zurückgelassen. Das nächste Mal würde es nicht so glimpflich ausgehen. Ich sah auf den dürren jungen Mann in Isis ehemaligem Bett, sah, wie er seinen Kopf während eines unruhigen Schlafs mal auf die eine, mal auf die andere Seite warf, und spürte, wie mir plötzlich Wut in den Adern brannte.

Anna hatte recht: In dieser Stadt waren Menschen wie Klara oder Kurt verloren. Und doch waren sie es wert, dass man sie schützte, weil es sonst keine Hoffnung mehr gab. Für niemanden.

So saß ich die halbe Nacht an Kurts Bett und wusste, dass ich ihm helfen musste. Und obwohl ich kein gläubiger Jude war, ging mir doch ein Satz durch den Kopf, den jeder Jude aus dem Talmud kannte: *Wer ein Menschenleben rettet, der rettet die ganze Welt.* Was aber der Talmud verschwieg, war, dass man, wenn man ein Menschenleben retten wollte, manchmal eines dafür opfern musste.

<h1 style="text-align:center">73</h1>

Kurt erholte sich in den folgenden Wochen zwar von seinen äußeren, nicht aber von seinen inneren Verletzungen. Anfangs warf er mir vor, ihn belogen zu haben, so wie wir ihn alle belogen hatten, und verlangte, dass ich ihn in Ruhe lassen sollte, er käme sehr gut selbst zurecht. Dass er dies mit gebrochener Nase, zerschmettertem Kiefer, eingegipstem Arm und bandagierten Rippen behauptete, dass er sich kaum zu rühren vermochte, ohne vor Schmerz aufzustöhnen, schien ihm nicht weiter aufzufallen und bestätigte mich nur in der Gewissheit, dass er ein Kind im dürren Körper eines Mannes war, das sich trotzig Dinge vornahm, die es niemals würde erfüllen können.

So begann ich auch keinen Streit, sondern pflegte ihn zusammen mit Frau Schulze, bis seine Wut in dem Maße abkühlte, wie seine blauen Flecken ausblassten. Stattdessen aber überkam ihn eine tiefe Melancholie, die ihn nicht nur über Klaras Tod, sondern auch über sich selbst weinen und verkünden ließ, dass er zu nichts nütze sei und allen nur zur Last fallen würde.

Eine Weile versuchte ich, ihn von diesen Gedanken abzubringen, bemerkte aber rasch, dass dieser Schmerz zu tief saß, als dass man ihn ihm mit ein paar schönen Worten nehmen konnte. Der Einzige, der zu ihm durchdrang, war Hans. Er besuchte ihn täglich, berichtete ihm aus seinem Leben, das vornehmlich aus Schulabenteuern bestand, oder spielte ihm auf der Fiedel etwas vor.

Ja, fast hatte ich den Eindruck, dass die beiden sich sogar ein wenig anfreundeten, vielleicht weil Kurt in dem achtjährigen Hans das unschuldige Kind sah, das er selbst für immer hätte sein wollen. Ein Junge, für den Mord, Prostitution, Zuhälterei, Armut und Gewalt nicht existierten, dessen einziges Problem darin bestand, dass ein Lehrer mal ungerecht war oder ein Schulkamerad frech.

Und ja, ich gestehe, es ließ mich hoffen, dass Kurt Jo Scharte wenn nicht vergessen, so doch offenbar zumindest überwinden konnte. Dass mein Schwur, ihm gegen Scharte beizustehen, möglicherweise obsolet werden könnte, weil Kurt einen Weg für sich gefunden hatte, mit der Last und dem Gefühl der Schuld fertigzuwerden. Insgeheim also spekulierte ich darauf, dass, wenn nur genügend Zeit verginge, ich mich vielleicht doch nicht einmischen musste. Dass Kurt und ich uns auch weiterhin versteckt halten konnten:

vor Scharte, vor Falk und der restlichen Welt. Wie wenig von dem, was ich mir erhoffte, in Erfüllung gehen würde, zeigte sich bald.

Ich besuchte Isi im Gefängnis.

Aus eigenem Antrieb hätte ich ihr nichts von Kurt erzählt, aber an diesem Tag hatte ich Hans dabei, der sich freute, seine Nenntante zu besuchen, und für den das Gefängnis eine große Aufregung war. Isi in Gefangenenkluft zu sehen, beeindruckte ihn so, dass er sich entschloss, später ebenfalls einmal ins Gefängnis zu gehen, um auch so etwas Spannendes zu erleben. Selbstredend hatte niemand von uns ihm gegenüber erwähnt, warum Isi einsaß, und vor allem nicht, was ihr blühte.

Eine Weile löcherte er Isi mit Fragen, wollte wissen, ob sie vielleicht Mörderinnen kennen würde, was es zu essen gab, ob sie schon Fluchtpläne geschmiedet hatte, was sie von denen hielt, die er selbst vorbereitet hatte – sie liefen letztlich immer darauf hinaus, einfach über die große Mauer zu klettern und zu verduften.

Isi hörte ihm geduldig zu und lächelte, während er sich ausmalte, wie er alle im Gefängnis austricksen würde. Schließlich tätschelte sie seine Hand und sagte ihm, dass sie noch ein bisschen mit mir plaudern wollte. Hans nickte und antwortete, dass er das später alles mit Kurt besprechen würde, der ihr bei einer Flucht sicher helfen würde.

»Kurt?«, fragte Isi überrascht und sah mich erstaunt an.

»Jemand hat ihn ganz schlimm verprügelt, und Papa und Frau Schulze pflegen ihn jetzt. Und ich auch!«

Isis Blick wurde stechend. »Verprügelt?«

Ich schluckte.

»Wer hat ihn verprügelt?«, fragte Isi.

»Jo!«, krähte Hans.

Ich beugte mich zu ihm herab und flüsterte: »Siehst du die Wärterin da vorn? Frag sie doch mal was zum Gefängnis, ja?«

Hans nickte. Dann rutschte er vom Stuhl herab und marschierte der Aufseherin entgegen, während Isi mich mit Blicken durchlöcherte.

»Ich höre!«

»Jemand hat Kurt von Scharte erzählt und davon, was Klara passiert ist«, antwortete ich entschuldigend.

»Und ihr habt ihn zu Scharte gehen lassen? Allein?«

»Wir haben nichts davon gewusst!«

»Und jetzt?«

»Er hat sich ganz gut davon erholt.«

Isis Augen verengten sich zu Schlitzen. »Das meine ich nicht!«

»Wir haben gerade ein paar andere Probleme, Isi!«, verteidigte ich mich.

»Und wie wollt ihr ihn schützen?«

Ich zögerte mit der Antwort. »Ich glaube, er hat es überwunden.«

»Glaubst du?«

Ich schwieg.

»Und wenn er nächste Woche oder nächsten Monat beschließt, es doch nicht überwunden zu haben? Was wollt ihr dann tun?«

»Wir wollen dich hier rausholen, Isi! Das ist das Wichtigste!«

»Was sagt Artur dazu?«, fragte sie scharf.

»Er tut alles, um Falk zu finden. Der ist in der Nähe, so viel steht fest!«

»Wieso steht das fest?«, fragte Isi.

»Weil wir zwei weitere Puppenjungs gefunden haben.«

Isi beugte sich vor und zischte: »Lass mich raten: tot!«

Ich schluckte und nickte. »Ja, zweimal ins Gesicht geschossen.«

Wütend haute Isi mit einer Hand auf den Tisch. »Er verarscht euch, Carl! Merkt ihr das nicht? Ihr denkt, ihr seid ihm schon ganz nahe, aber er weiß genau, dass ihr keine Spur habt. Er wirft euch diese Jungs vor die Füße und lacht über euch. Artur sucht und sucht, und Woche für Woche sterben Menschen. Genau wie Kurt sterben wird, denn eines Tages wird er sich wieder auf die Suche nach Scharte machen, aber dann wird der es nicht bei Prügel belassen. Dann wird er die Sache endgültig lösen.«

Ich schwieg eine ganze Weile, weil ich wusste, dass sie recht hatte. Weil ich nicht darüber nachdenken wollte, dass wir ihn und auch sie vielleicht nicht retten konnten.

»Du wirst Kurt helfen, Carl Schneiderssohn! Du wirst ihm helfen, oder du brauchst hier gar nicht erst wieder aufzutauchen! Hast du mich verstanden?«

»Isi, bitte!«

»Nein, Carl, du hilfst ihm! Und weißt du, was: Du tust das nicht einmal für mich! Oder für Kurt! Tu es ganz allein für dich!«

»Aber er scheint wirklich auf dem Weg der Besserung zu sein. Er spricht nicht mehr von Scharte, und er wirft uns auch nicht mehr vor, ihn belogen zu haben.«

»Wenn ich sterbe: Wirst du dann auch einfach damit abschließen? Wirst du dann sagen: Ach, die Zeit heilt alle Wunden? Ich verzeihe den Boysens, dass sie Isi umgebracht haben?«

»Das ist doch was ganz anderes!«

»Nein, das ist dasselbe, Carl! Kurt und Klara waren eine Einheit, die Scharte zerstört hat. Das heilt nie wieder. Und wir drei sind auch eine Einheit. Und bei Artur weiß ich, dass er es nicht überwinden würde, wenn es bei uns so weit käme. Wie ist es bei dir, Carl?«

Ich presste die Lippen aufeinander und spürte, wie mir die Tränen in die Augen stiegen.

»Sag mir: Wie ist es bei dir, Carl?«, forderte Isi unbarmherzig, deren Augen ebenfalls verdächtig schimmerten.

»Ich hab solche Angst um dich«, presste ich heraus.

Sie umfasste meine Hände. »Du hattest immer Angst, Carl. Trotzdem bist du nie weggelaufen. Fang jetzt nicht damit an!«

Ich weinte, zog Rotz hoch und schüttelte den Kopf. »Ich laufe nicht weg, Isi.«

Auch sie weinte und lächelte dennoch. »Ach, Carle, mein Carle.«

Den Rest der Besuchszeit saßen wir uns gegenüber und hielten uns nur bei der Hand, während Hans mit der eigentlich so strengen Wärterin herumalberte. Ihr beider Lachen sprang durch den Raum, der sonst nur Trauer und Tränen kannte.

74

Am Abend, nachdem wir gemeinsam gegessen hatten und Hans schlafen gegangen war, klopfte ich leise an die Tür von Kurts Zimmer und trat ein. Vor unendlich langer Zeit war Isi hier vor Gromatka durchs Fenster geflohen, vor unendlich langer Zeit hatten wir eines Nachts alle drei um unser Leben gekämpft und scheinbar gewonnen. Jetzt lag dort, in Isis Bett, ein junger Mann, der vielen Träumen nachgehangen hatte und dem kein einziger mehr geblieben war. Ein Dada-Künstler, seiner Worte beraubt. Er beachtete mich nicht, starrte gegen die Decke, die Hände auf dem Bauch gefaltet, als läge er in einem Sarg.

»Ich würde gerne mit dir über etwas sprechen«, begann ich vorsichtig und setzte mich auf die Bettkante.

Da er keine Reaktion zeigte, fuhr ich fort: »Wie hast du Scharte gefunden?«

Er zuckte zusammen und drehte sich dann von mir weg.

Schließlich murmelte er: »Was interessiert es dich?«

»Weil niemand von uns will, dass er damit davonkommt.«

Er richtete sich wütend auf: »Ach, ist das so?!«

»Ja, Kurt. Wir haben Klara alle sehr gemocht. Was ihr passiert ist, ist ein großes Unrecht! Und keiner will, dass dir ein ebenso großes Unrecht passiert.«

»Wen kümmerts?«, antwortete er deprimiert und ließ sich zurück ins Kissen fallen. »Wer bin ich schon?«

»Ein guter Mensch«, entgegnete ich.

»Niemand interessiert sich für gute Menschen, Carl.«

»Doch, ich. Und Isi. Auch Artur.«

Er winkte müde ab und drehte sich erneut zur Seite.

Wieder Schweigen.

Dann fragte ich: »Glaubst du, du könntest Frieden finden, wenn du die Sache auf sich beruhen lässt?«

Er ließ sich mit der Antwort Zeit und antwortete dann müde: »Frieden wäre schön.«

Es klang vollständig hoffnungslos.

Dann aber wandte er sich mir zu. »Warum fragst du das?«

»Weil ich wissen muss, was du wirklich willst, Kurt.«

»Ich will nicht mehr an das denken müssen, was passiert ist.«

»Auch nicht an Scharte?«

Er schwieg einen Moment. Dann antwortete er ausweichend: »Der kommt eh nicht ins Gefängnis.«

»Bei einem Geständnis schon.«

»Was soll er denn gestehen? Dass er meine Schwester verkauft hat? Dass er sie Tieren vorgeworfen hat, die sie zerrissen haben?«

Ich nickte.

Er sah mich verwundert an. »Ich weiß, dass ihr mich für einen Träumer haltet. Aber offenbar bin ich nicht der einzige.«

»Er wird dieses Geständnis nicht freiwillig ablegen, das ist klar.«

»Und wie willst du ihn dazu bringen?«

Ich zögerte, dann antwortete ich: »Der Punkt ist, Kurt: Wenn du diesen Weg einschlagen willst, dann musst du wissen, dass es keine Wiederkehr gibt. Was immer passiert, bleibt bei dir. Dein ganzes Leben lang. Es gibt Menschen, denen so etwas nichts ausmacht, andere dagegen zerbrechen daran.«

»Wovon sprichst du?«

»Ich spreche davon, Jo Scharte zur Verantwortung zu ziehen. Und das bedeutet im besten Fall: Er gesteht und geht ins Gefängnis. Wahrscheinlicher ist jedoch, dass er nicht gesteht. Und dann stehst du vor einer Entscheidung, die nur du allein fällen kannst: Du tötest ihn, oder du drehst dich um und gehst. So oder so wird dich das Ergebnis schwer belasten.«

»Mag sein.«

Alles Träumerische, auch alles Melancholische, war aus seinen Gesichtszügen verschwunden. Zurück blieb nur das Gesicht eines jungen Mannes, dem, wie mir schien, nicht klar war, was er im Begriff war zu tun.

»Wie hast du Scharte gefunden?«, fragte ich ihn nach einer langen Pause erneut.

»Eine Hure hat mit mir gesprochen, nachdem ich ihr alles Geld gegeben hatte, das ich noch besaß.«
»Was hat sie dir gesagt?«, fragte ich.
»Sie sagte, dass Scharte Mädchen aufpickt und sie in sich verliebt macht. Sie sagte, er sucht die Unschuldigen, weil die das meiste Geld bringen. Später lässt er sie für sich arbeiten, bis sie entweder fliehen, im Gefängnis landen oder sich so mit Drogen und Alkohol ruinieren, dass er sie nicht mehr gebrauchen kann.«
»Und hat sie gesagt, wo er wohnt?«
»Nein, aber wo man ihn finden kann. Er treibt sich im Westen rum. In den verbotenen Kasinos. In den Bars. Da, wo auch die reichen Ausländer sind.«
»Wo genau?«
Er zuckte mit den Schultern. »Ich habe mich durchgefragt und bin ihm später nachgegangen. Er hats wohl bemerkt.«
»Und dann?«
Kurt wich meinem Blick aus. »Du hast ja gesehen, was er mit mir gemacht hat. Ich lag irgendwo auf der Straße, und irgendjemand hat mir irgendwann auf die Beine geholfen. Ich glaube, es war ein Ausländer, ich weiß nicht mehr ... Jedenfalls hat der Mann mich in eine Kraftdroschke gesteckt, und die hat mich dann nach Hause gefahren. Da habe ich zwei Tage gelegen, bevor du mich gefunden hast.«
»Warum hast du keine Hilfe gerufen?«, fragte ich.
Er schwieg, aber seinem Gesicht konnte ich ansehen, dass er ganz offensichtlich beschlossen hatte, in seinem kleinen Kämmerlein zu sterben. Dass er mit der Welt, die ihn und seine Schwester so schändlich behandelt hatte, nichts mehr zu tun haben wollte.
»Verstehe ...«, murmelte ich.
Dann legte ich meine Hand auf seine Schulter und sagte sanft: »Ruh dich jetzt etwas aus, ja?«
»Wirst du mir helfen, Carl?«
»Ja.«
»Danke.«

»Das wird alles nicht leicht werden, Kurt. Und ich weiß nicht, wie du es verkraften wirst.«
»Mach dir keine Sorgen, Carl. Alles wird gut.«
Er lächelte. Es war das erste Mal überhaupt, dass ich ihn lächeln sah. Und doch gab es mir kein gutes Gefühl.

75

Falk hätte fliehen können, aber er tat es nicht. Ob er ahnte, dass ein Duell mit Artur unausweichlich war? Dass Artur ihn bis ans Ende der Welt und darüber hinaus jagen würde? Dass er die Drohung, jeden geborenen oder anverwandten Boysen auszulöschen, wahr machen würde?

Vor Morgengrauen klingelte das Telefon. Arnie bat mich, ins *Arcasi* zu kommen, und schon an seiner Stimme hörte ich, dass etwas passiert war. Voll banger Gefühle sprang ich in meinen Anzug, rief in Babelsberg an und meldete mich krank, lieferte dann Hans bei Frau Schulze ab und eilte in die Andreasstraße.

Draußen blinkte noch die Leuchtreklame in einen blassen aufgehenden Morgen, suchten müde Huren nach einer letzten Gelegenheit, schlichen vorbei an den an Häuserwänden zusammengesunkenen Säufern, die sie längst ausgeraubt hatten. Es war das Ende einer endlosen Nacht und der Beginn eines hoffnungslosen Tages, der nach Urin, Erbrochenem und zerstörten Illusionen roch.

Schon vor der Einlasstür standen vier von Arturs Leuten, die mich mit einem Kopfnicken grüßten und einließen. Drinnen, im grellen Putzlicht eines biergeschwängerten, kaltrauchigen Schankraums, zwischen verschobenen Tischen mit umgekippten Gläsern und einer mit Flaschen übersäten Bühne, stand ein gutes Dutzend weiterer Männer im Anzug und mit Hut und sah mich neugierig an.

Arnie löste sich von einem Grüppchen am Tresen, kam auf mich zu und gab mir die Hand. »Komm!«

Ich schluckte und fragte: »Was ist mit Artur?«
Er nickte. »Komm!«
Mein Magen wurde so flau, dass mir schlecht wurde. Arnie ging voran, hinter den Tresen in die kleine Abstellkammer, wo normalerweise Flaschen und Fässer lagerten und was man sonst noch brauchte, um eine wilde Meute eine ganze Nacht lang bei Laune zu halten. Dort saß Artur mit nacktem Oberkörper, während ihm ein Mann, den ich nicht kannte, gerade mit einer Pinzette etwas aus dem Arm zog.

»O Gott, Artur, was ist passiert?«

»Schon gut!«, beruhigte mich Artur. »Ist nur ein Kratzer.«

Was diesen *Kratzer* verursacht hatte, landete im nächsten Moment klappernd in einem Nierenschälchen: eine Revolverkugel. Dann desinfizierte der Mann Arturs Wunde und begann, sie mit Nadel und Faden zu vernähen.

»Du musst ins Krankenhaus!«, rief ich erschrocken.

»Sicher nicht«, antwortete Artur und wandte sich dem Mann zu. »Nicht wahr, Doktor?«

»Sie müssen ins Krankenhaus!«, bestätigte der Arzt.

»Siehst du?« Artur grinste. »Alles in bester Ordnung.«

Ich wusste, dass ich mir eine Diskussion mit Artur sparen konnte, und ich ahnte auch, warum er nicht in ein Krankenhaus wollte: Dort würde man gewiss die Schusswunde im Polizeirevier Fünfzig melden, was eine ganze Allee an Unliebsamkeiten nach sich ziehen würde.

»Was ist passiert?«, fragte ich.

»Schütze aus dem Dunkeln. Vor zwei Stunden etwa«, antwortete Arnie.

»Wo?«

»Draußen. Vor der Tür.«

»Hat ihn jemand gesehen?«

»Nein. Hat aus einem Auto heraus geschossen und ist dann abgehauen.«

Ich blickte Artur im stummen Einverständnis an, wir beide wussten, wer in diesem Auto gesessen hatte.

»Hatte er Hilfe?«, fragte ich Artur.

Der nickte. »Schon möglich, ja.«

Ich sah zu dem knienden Arzt, der mit konzentrierten Stichen Arturs Wunde schloss.

Artur schien meine Gedanken erraten zu haben und sagte: »Du kannst offen sprechen. Es ist der Arzt von *Vergissmeinnicht*. Nichts verlässt den Raum, nicht wahr, Doktor?«

»Schweigepflicht.« Der Mann grinste kurz, dann machte er sich wieder an die Wunde.

Eines musste man den Ringvereinen Berlins schon lassen: Sie waren perfekt organisiert. Eine kriminelle Parallelwelt, die unsichtbar für die ehrbare Gesellschaft ihren Angelegenheiten nachging.

»Es muss Falk gewesen sein, oder?«, fragte ich.

»Natürlich war er das. Wir kommen ihm immer näher. Und er weiß das.«

Ich dachte an Isis Einschätzung, aber vollkommen unabhängig davon, ob Artur oder Isi die Situation besser beurteilte, das Ergebnis war dasselbe: Alle Parteien suchten die Entscheidung.

»Was willst du tun?«, fragte ich Artur.

»Ich muss ihn zwingen, sein Versteck aufzugeben.«

»Und wie?«

Der Arzt zog einen letzten Faden und verband dann die Wunde. Artur wartete, bis er damit fertig war, und gab ihm schließlich die Hand.

»Arnie wird Sie bezahlen, Doktor.«

»Ich komme alle zwei Tage zum Verbandswechsel. Schonen Sie den Arm. Wenn die Naht aufreißt, gibt es nicht nur eine Riesensauerei, sondern Sie riskieren auch eine Sepsis.«

Artur nahm noch ein Fläschchen mit Schmerzmittel entgegen. Dann trat der Arzt mit Arnie hinaus in den Schankraum.

»Es gibt nur eine Möglichkeit, ihn aufzuscheuchen«, fuhr Artur fort.

»Die wäre?«
»Ich muss nach Ostpreußen.«
»Du willst zu Helene?«, fragte ich.
Er nickte.
»Er wird damit rechnen«, wand ich ein.
»Wahrscheinlich.«
»Dann wird man dir dort auflauern, Artur!«
Wieder nickte er. »Das Problem ist: Er weiß, wo er mich findet. Ich weiß aber nicht, wo ich ihn finde. Vielleicht zielt er beim nächsten Mal besser. Letztlich ist es wie bei einer Treibjagd: Du scheuchst das Wild auf, bis es aus dem Unterholz springt und über das offene Feld flieht. Erst dann kannst du es töten, ohne den ganzen Wald niederzubrennen.«
»Wann willst du los?«, fragte ich.
»So schnell wie möglich.«
»Aber bitte nicht allein!«, bat ich.
»Nein, Arnie begleitet mich.«
Ich hatte nach dem Gespräch mit Kurt die halbe Nacht wach gelegen und darüber nachgedacht, Artur um Hilfe zu bitten. Hatte mir Worte zurechtgelegt, wie ich ihn überzeugen konnte, mir mit Kurt zu helfen, wenn ihn gerade ganz andere Dinge sorgten. Isis Wunsch wäre mein letzter Trumpf gewesen, wenn er sich, wie zu erwarten, verweigert hätte, jetzt aber konnte ich mir die Frage sparen. Ich wusste, dass Artur mir verboten hätte, in dieser Situation noch eine zweite Front zu öffnen.

So antwortete ich nur: »Bitte sei vorsichtig!«
Er warf zwei Pillen ein und spülte mit einem Bier nach.
»Kannst du dir in der UFA die nächsten zwei, drei Wochen freinehmen?«
Ich schüttelte den Kopf. »Nur wenn ich fristlos entlassen werden möchte.«
»Du darfst keine Sekunde mehr allein sein, Carl. Egal, was du tust: Sei immer in Begleitung.«
»Versprochen.«

Wir umarmten uns, dann kehrte ich in die Voigtstraße zurück. Strippe öffnete mir die Tür.
»Wir müssen reden!«, sagte ich zu ihm.
Er nickte stumm.

76

Wenig überraschend sagte Strippe nichts zu meinen Plänen. Das *Gespräch* war eher ein Vortrag, den Strippe, nachdem ich ihn endlich beendet hatte, mit einem kurzen Nicken absegnete. Nichts in seinem Gesicht verriet mir, was er tatsächlich über mein Vorhaben dachte. In diesem Punkt waren Arturs Leute alle gleich, genau wie die Mitglieder von *Vergissmeinnicht*. Sie fühlten sich allein ihren Anführern verpflichtet, und da Artur Strippe offenbar befohlen hatte, mich unter allen Umständen zu schützen, war es für ihn von untergeordneter Bedeutung, warum Jo Scharte aus dem Weg geschafft gehörte.

Fünf-Finger-Eddy weihte ich nicht mit ein, weil er, im Gegensatz zu Strippe, ein bisschen zu viel plauderte und ich nicht wollte, dass jemand Artur in Ostpreußen anrief, um ihm mitzuteilen, dass ich in Berlin offensichtlich den Verstand verloren hatte. So ließ ich mich am Morgen von Eddy nach Babelsberg begleiten, ertrug Lang und seinen Gigantismus und kehrte am Abend dann in die Voigtstraße zurück, wo ich mich mit Strippe in den Westen aufmachte.

Kurt ließen wir zu Hause, was er stoisch hinnahm.

Strippe fragte die eine oder andere zwielichtige Gestalt, wo man denn Frauen kennenlernen konnte, die sich *noch eine unschuldige Frische* bewahrt hatten. Man schickte uns mal in die eine, mal in die andere Spelunke, aber das, was wir sahen, war nicht das, was wir suchten, sodass die beiden ersten Abende als Fehlschlag endeten und wir unverrichteter Dinge wieder zurückkehrten.

Am dritten Abend aber trafen wir eine windige Gestalt, die uns liebend gern Tipps geben wollte, natürlich gegen ausreichend Bares, was ich dankend ablehnte, bis er uns nachrief: »Wirklich, Jo hat die Besten!«

Da blieb ich stehen und wandte mich ihm wieder zu: »Wo finde ich denn diesen Jo?«

Er hielt die Hand auf und bekam zweihunderttausend Reichsmark für die Adresse einer Bar in der Ansbacher Straße und die exakte Beschreibung Schartes.

Ich bat Strippe, dort einzutreten und sich umzusehen, weil ich nicht sicher sein konnte, ob Scharte mich nicht erkennen würde. Vielleicht hatte er uns ja ausspioniert? Strippe öffnete die Tür, sodass ich kurz einen Blick auf eine schummrige Tanzfläche in der Mitte des Raumes erhaschen konnte, eine ausladende Bar im Hintergrund sowie ein paar wenige Tische und Stühle.

Ich trat in den Schatten und wartete.

Kurze Zeit später kehrte Strippe zurück.

Mit einem kurzen Nicken signalisierte er mir, dass er Scharte gesehen hatte, sodass wir zwei weitere Stunden herumstanden, bis der dann ebenfalls das Lokal verließ, sich eine Zigarette anmachte und, ohne uns zu beachten, davonschlenderte. Wir schlichen hinterher. Er blieb bald vor zwei Huren stehen, sprach ein wenig mit ihnen, kassierte offenbar ihre Einnahmen und stieg schließlich in einen Wagen an einem Kraftdroschkenstand.

Wir folgten mit einem anderen und fuhren zurück in den Osten, über die Landsberger in die Cotheniusstraße, eine kleine Allee mit gepflegten Häusern zu beiden Seiten in der Nähe des Friedrichshains. Dort stieg er aus und trat in das Haus mit der Nummer vierzehn.

Wir warteten in der Nähe, bis im zweiten Stock Licht aufflammte. Hier wohnte Scharte also. Ich war mir sicher, keiner der Nachbarn vermutete in ihm den Schurken, den wir kennengelernt hatten, sie sahen in ihm nur den freundlichen, gut aussehenden Mann, der ganz offensichtlich keine Geldprobleme kannte.

Wir befahlen dem Fahrer, uns in die Voigtstraße zurückzubringen.

In der nächsten Nacht trat Scharte gegen zwei Uhr in der Früh in das Haus mit der Nummer vierzehn und lief beschwingt die Treppen hinauf zu seiner Wohnung. Er schloss die Tür auf, öffnete sie und tastete gerade nach dem Lichtschalter an der Wand, als ein gewaltiger Schwinger von Strippe an seinem Kinn landete, er wie ein Schlagbaum umkippte und am Treppenaufgang bewusstlos aufkam. Wir hatten in seiner Wohnung auf ihn gewartet, hielten jetzt einige Sekunden inne und lauschten ins Treppenhaus, aber niemand schien das Rumpeln im Flur gehört zu haben, sodass wir hinaustraten, die Wohnungstür verschlossen und anschließend Scharte vom Boden aufhoben und die Treppe wieder hinunterschleppten.

Draußen auf der Straße legten wir ihn auf den Rücksitz unseres Wagens, stiegen ein und fuhren in genau das Haus, zu genau jenem Keller, in dem auch Gromatka gesessen hatte. Dort fesselte Strippe unseren Gefangenen an einen Stuhl, während ich nach oben in die Küche ging, einen Eimer Wasser holte und den Inhalt schließlich mit Schwung in Schartes Gesicht kippte. Luftschnappend kam er zu sich, nahm verwirrt wahr, dass er sich ganz offensichtlich nicht zu Hause befand, bevor er erst Strippe und dann mich anfunkelte.

»Was soll das?«, keuchte er wütend und ruckelte an seinen Fesseln. »Macht mich los!«

Da wir ihn nur still ansahen und er keine Möglichkeit hatte, sich zu befreien, wurde er nach und nach ruhiger, bis er uns schließlich erbost fragte: »Was soll das hier?«

Ich ging zur Kellertür, öffnete sie und ließ Kurt eintreten.

Scharte war mehr als überrascht, fasste sich dann aber.

»Ah, daher weht der Wind!«

Über ihm schaukelte eine nackte Glühbirne und warf tanzende Schatten an die unverputzten Wände, während wir zu dritt vor ihm standen und auf ihn hinabblickten.

»Das alles nur wegen einer Tracht Prügel?«, fragte Scharte.

»Nein«, antwortete ich ruhig.

»Weswegen dann?«

Kurt trat wütend vor, ich hielt ihn zurück.

»Du bist wegen Klara Arzberger hier.«
Scharte schwieg.
Seinem Gesicht war nicht anzusehen, wie er die Situation einschätzte.
»Und?«, fauchte er.
»Du wirst dich für das, was du ihr angetan hast, verantworten«, sagte ich.
»Was hab ich ihr denn angetan?«, fragte Scharte hinterhältig zurück.
»DAS WEISST DU GENAU!«, schrie Kurt.
Scharte schüttelte den Kopf. »Ich habe sie zu nichts gezwungen. Wenn du das meinst!«
»Jo hat die Besten!«, zitierte ich ruhig.
Er sah mich an, taxierte offensichtlich seine Möglichkeiten.
»Wenn ich dir einen Rat geben darf«, begann ich, »solltest du dich besser kooperativ verhalten. Denn ich bin der Einzige, der dich vor einem grauenvollen Schicksal bewahren kann.«
Ich glaube nicht, dass er mich oder Kurt wirklich ernst genommen hätte. Aber dass Strippe neben mir stand, schien ihm Sorge zu bereiten. Ganoven erkannten immer ihresgleichen.
»Was wollt ihr?«
»Ich will, dass du zur Polizei gehst und dich für all die Dinge selbst anzeigst, die du den Mädchen angetan hast. Ich will, dass du ein umfassendes Geständnis ablegst, sodass du die nächsten Jahre sehr viel Zeit hast, im Knast über alles nachzudenken.«
Scharte sah mich erstaunt an.
Dann fragte er lauernd: »Du bist doch der Freund von Artur, oder? Und dieser Hure, die auf ihre Hinrichtung wartet …«
Ich trat vor und schlug ihm, so hart ich nur konnte, ins Gesicht. Überrascht begriff ich, dass ich instinktiv Arturs Methoden übernommen hatte, und fühlte zum ersten Mal in meinem Leben echte Macht. Es war beängstigend und berauschend, anziehend und abstoßend zugleich. Als berührte ich mit den Fingern einen Spiegel, der kalt war, heiß war und mich mit süßem Schmerz lockte. Dahin-

ter aber gab es kein Abbild mehr von mir, nur einen dunklen Weg, über den ich Isi in die Freiheit führen konnte und mich selbst verlor.

Scharte spuckte Blut, fluchte und riss mich aus diesem kurzen, trockenen Rausch.

Da lachte er.

»Ich habe Klara zu gar nichts gezwungen. Die hat das alles freiwillig gemacht.«

Ich nickte Strippe zu, der ein Seil aus seiner Manteltasche zog und es fest um seine Fäuste wickelte.

Schartes gute Laune fiel augenblicklich in sich zusammen.

»Warte! Lass mich nachdenken!«

Einen Moment kehrte große Ruhe ein.

Selbst die Glühbirne stand jetzt ganz still.

»Gut, ich gehe zur Polizei und sage aus.«

»Was sagst du aus?«, fragte ich.

»Das mit Klara.«

»Und was noch?«

»Sonst hab ich nichts getan!«

Selbst wenn ich ihn nicht mit den anderen Frauen gesehen hätte, hätte ich ihm nicht geglaubt. Es war offensichtlich, dass er sich freikaufen wollte. Dass er vielleicht eine Aussage machen würde, aber wenn, dann nur, um sie später zu widerrufen.

Ich wandte mich Kurt zu.

»Du musst das nicht tun, Kurt!«

Er schüttelte den Kopf. »Ist schon in Ordnung.«

»Du kannst einfach gehen, und Strippe erledigt den Rest.«

Wieder Kopfschütteln.

Ich fühlte Hitze, Kälte, es zog mich hinein in den Spiegel, bis ich plötzlich weder Angst noch Skrupel mehr fühlte, in meine Manteltasche griff und Kurt einen Revolver gab, den er umständlich in die Hand nahm und nachdenklich wog.

Dann trat er vor, hob den Lauf an und zielte damit auf Schartes Brust.

Zitternd tastete sein Zeigefinger nach dem Abzug.

Scharte rief hektisch: »Du suchst doch den, der deine Freundin reingelegt hat?«

Blitzschnell griff ich nach dem Revolver, aus dem sich fast gleichzeitig ein Schuss löste. Die Kugel streifte Scharte am Arm, riss dessen Anzugjacke auf und schlug dann in die Wand hinter ihm ein.

Wütend schrie er auf: »Verdammte Scheiße! Nimm dem Kleinen die Waffe ab!«

»Was hast du gesagt?«, fragte ich und drehte Kurt den Revolver aus den Fingern.

»Den Mann mit der Narbe! Den sucht ihr doch, oder?«

»Was weißt du?«

»Erst lasst ihr mich frei!«

Wieder schlug ich ihm, so fest ich nur konnte, ins Gesicht. Es machte mir überhaupt nichts mehr aus.

»Fang besser an zu reden!«, zischte ich wütend. »Und wenn du gelogen hast, ist es aus!«

»Wenn ich euch sage, wie ihr ihn findet, lasst ihr mich dann frei?«

Ich zögerte keine Sekunde. »Wenn wir ihn finden, bleibst du am Leben.«

»Schwörst du das?«

»Ja.«

Er war nicht sehr zufrieden mit meinem Versprechen, aber ein Blick in unsere Gesichter verriet ihm, dass er keinen Spielraum hatte.

»Es gibt da zwei Männer, die ihn schützen.«

»Welche Männer?«, herrschte ich ihn an.

»Sie waren Klaras erste Kunden ...«

Ich holte bereits zu einem neuen Schlag aus, als er schnell hinzufügte: »Deine Freundin im Gefängnis hat einen von ihnen kennengelernt.«

»Von wem redest du?«

»Konrad Berger.«

Ich erinnerte mich daran, wie Isi berichtet hatte, dass sie Scharte nachgegangen und schließlich bei der Firma *Wilhelm Berger & Sohn* auf einen seltsamen Mann gestoßen war. Wie erschrocken sie gewesen war, weil sie in seinen Augen nichts als Leere entdeckt hatte.

»Und der andere?«, fragte ich.

»Wolfgang Leyschulte.«

Der Name traf mich wie ein Stromschlag – um ein Haar wäre mir die Waffe aus der Hand gefallen.

Die Lösung war die ganze Zeit so nah gewesen! Der nächtliche Anschlag, das Automobil der Leyschultes, das Dienstmädchen, dem ich nachspioniert hatte. Wolfgang Leyschulte hatte sein Gefährt offensichtlich nachträglich als gestohlen gemeldet: Er hatte nicht damit gerechnet, dass die Männer, die uns töten sollten, versagen würden. Und wir hatten diesen Trick nicht bemerkt.

»Wo ist Falk Boysen?«, zischte ich wütend.

»Das wissen nur die beiden!«

Ich setzte ihm den Revolver mitten auf die Stirn und fragte kalt: »Wo ist Falk?«

Schartes Selbstsicherheit war verflogen.

Er kniff seine Augen zusammen und presste hervor: »Ich weiß es nicht! Wirklich nicht!«

»Wo treiben sich Berger und Leyschulte für gewöhnlich herum?«

»Sie gehen nicht in Bars. Oder Clubs. Sie ...«

»Was?!«

»Sie stillen ihre Bedürfnisse privat.«

»Was bedeutet das?«

»Das ... Ich bringe ihnen die Mädchen. Sie müssen jung sein. Unberührt ...«

»Wo machen sie das?«

»Leyschulte hat ein Haus auf den Linden. Da sind sie ungestört. Niemand hört etwas ...«

»Wann ist das nächste Treffen?«, fragte ich hart.

»Ich rufe an, wenn ich etwas habe.«

»WANN?!«

»Das ist nicht so leicht!«, schrie Scharte zurück. »Sie wollen diesmal … Sie wollen …«

»WAS?«

»Sie wollen sie dabei umbringen!«

Schockwellen breiteten sich ringförmig aus, lähmten jeden im Raum, während Scharte auf seinem Stuhl saß und mit zusammengekniffenen Augen dem eigenen Geständnis nachzulauschen schien.

Da standen wir nun: ein Ganovenstillleben. Vier Männer in Anzügen, einen Revolver auf Schartes Stirn aufgesetzt, Licht und Schatten in einem schäbigen Keller.

Kurt trat neben mich und entwand mir den Revolver.

Vier Schüsse dröhnten, von nackten Wänden hin und her geworfen, in meinen Ohren, während in Schartes Brust Wunden wie rote Ballons aufplatzten. Und noch bevor ich Kurt abhalten konnte, hob der die Waffe unter sein Kinn und feuerte den letzten Schuss aus der Trommel ab: Blut und Gehirn spritzten bis an die Decke.

Dann wurde es still.

Totenstill.

77

Je länger ich später darüber nachdachte, desto sicherer war ich mir, dass Kurts Selbstmord keine spontane Entscheidung gewesen war, keine Kurzschlussreaktion nach einem Mord, sondern von Anfang an geplant. Dass sein Leben ohne seine Schwester keinen Sinn mehr ergab, dass er ohne ihr Lachen keine Zukunft mehr sah und sich nur noch nach *Frieden* sehnte. Er hatte es mir wortwörtlich mitgeteilt, allein ich hatte es nicht wirklich verstanden.

Nach den Schüssen kniete ich eine Weile neben der Leiche, hielt seine Hand, während Strippe nach oben ging, um zu telefonieren. Als er schließlich wiederkam, sagte er: »Artur kommt zurück.«

Ich nickte und sah ihn fragend an. »Was machen wir mit den beiden?«

»Es kümmert sich jemand.«
Er bot mir seine Hand. »Komm jetzt.«
Wir kehrten nach Hause zurück, wo ich ein paar schlaflose Stunden an Hans' Bett verbrachte und mich fragte, wie er in einer Welt wie dieser je den richtigen Weg finden sollte. Wie in diesem Chaos überleben, ohne das auf Kosten anderer zu tun? Seit knapp fünf Jahren war Frieden, aber der Krieg wollte einfach nicht aufhören.

Mit dem Morgengrauen trat Eddy ins Zimmer, ohne mich zu fragen, wo ich in der Nacht gewesen war oder was ich getan hatte, und begleitete mich nach Babelsberg. Dort verbrachte ich einen endlosen Tag damit, Streitereien über einen künstlichen Drachen zu beobachten, über ein Ungetüm, das Feuer spucken und Rauch ablassen konnte und in dem ein Haufen Männer und Mechanik steckten. Die Drachenpuppe war riesig, schwer zu bedienen, aber sie machte alle staunen.

Fast überflüssig zu erwähnen, dass es so etwas in der Filmgeschichte noch nicht gegeben hatte, dass es überhaupt einen Film wie die *Nibelungen*, an dem wir schon seit Monaten ohne Aussicht auf ein Ende drehten, in dieser Aufwendigkeit noch nie gegeben hatte. Was Lang natürlich nicht davon abhielt, ständig jemanden anzuschreien, weil sich das Ungetüm nicht so bewegte, wie er es gern wollte.

Ich sah zu den Schauspielern und Technikern, Bühnenbauern und Kamerakollegen, und nichts hätte lächerlicher sein können als dieses Gezeter über ein überdimensioniertes Spielzeug, während Kurt vielleicht immer noch in einem Keller lag und sein leerer Blick nie wieder etwas festhalten würde.

Als ich nach einem endlosen Arbeitstag am Abend wieder zurückkehrte, wurde ich bereits von Strippe erwartet, der mich ins *Arcasi* begleitete. Zum ersten Mal seit seiner Eröffnung hatte es offiziell geschlossen. Artur war zurück, bat mich zusammen mit Arnie und Anna an einen der Tische und ließ sich den Abend schildern, der mit dem Tod Schartes und Kurts geendet hatte.

Eine ganze Weile sagte niemand etwas.

Dann seufzte Artur. »Wie konnte ich das nur übersehen ...?«

»Was habt ihr mit den beiden gemacht?«, fragte ich.

Artur antwortete: »Scharte haben wir mit einem Gewicht an den Füßen in die Spree geworfen. Es wird nicht mehr viel von ihm übrig sein, sollte er wieder auftauchen. Wenn er überhaupt je wieder auftaucht.«

»Und Kurt?«

»Wir haben ihn im Tiergarten abgelegt und anonym die Polizei angerufen. Offiziell ist er nur ein toter Puppenjunge. Wir gehen davon aus, dass wir ihn bald ordentlich beerdigen können.«

»Neben Klara?«

»Ja.«

»Ich muss es Isi sagen«, antwortete ich matt.

»Ja.«

Einen Moment lang sprach niemand.

Dann fragte ich vorsichtig: »Du bist sicher sauer auf mich?«

Artur ließ sich mit der Antwort Zeit.

Dann aber sagte er: »Nein.«

»Wirklich nicht?«

»Nein, ich verstehe, warum du es getan hast. Es war nicht sehr klug, aber möglicherweise hast du mit dieser Aktion tatsächlich das Blatt gewendet.«

»Was hast du jetzt vor?«

»Wir brauchen diese beiden Männer. Und wir brauchen sie sehr schnell.«

»Und was, wenn sie nichts sagen?«

Artur verzog spöttisch den Mund. »Weißt du, die glauben, sie sind die Herren der Welt. Aber die werden alles tun, um ihre Haut zu retten, wenn ich sie erst mal in den Fingern habe.«

Anna zischte: »Bitte bringt sie um!«

»Das geht nicht, Anna«, antwortete Artur.

»Natürlich geht das!«

Artur schüttelte den Kopf. »Sie sind zu einflussreich, ihre Familien zu bekannt. Ihr Tod würde die ganze Stadt in Aufruhr bringen. Das kann ich nicht gebrauchen.«

»Sie sind schlimmere Kriminelle als die, die hier jeden Tag feiern!«, antwortete Anna bestimmt. »Ich würde sogar sagen: Keiner, der hierhin kommt, ist so ekelhaft wie diese beiden. Keiner!«
»Sie könnten Falk warnen, wenn wir sie laufen lassen!«, wandte ich ein.
»Sie werden ihn nicht warnen, dafür sorge ich«, antwortete Artur.
»Und dann lässt du sie frei? Einfach so?«
Artur schwieg. Ich sah zu Arnie, der die ganze Zeit nichts gesagt hatte, vermutlich aus Loyalität Artur gegenüber, denn man konnte deutlich in seiner Miene lesen, dass er Annas Meinung war.
»Was machen wir jetzt?«, fragte ich schließlich.
»Wir überwachen beide. Rund um die Uhr. Sobald wir sie alleine erwischen, nehmen wir sie uns vor.«

Noch am selben Abend bezogen Arturs Leute Position in der Rungestraße, wo das Berger'sche Kontor war, am Königin-Augusta-Ufer, wo die Villa der Leyschultes stand, Unter den Linden und im Grunewald, wo die Familie Berger residierte. Derweil bestach Fromm einen Angestellten des Katasteramtes, um herauszufinden, wo in Berlin beide Familien weiteren Besitz hatten. Nur einen Tag später besaß Artur eine vollständige Liste und stellte zu seinem Verdruss fest, dass er nicht alles würde überwachen können, weil es einfach zu viele Häuser und Werkhallen waren. Aber immerhin kannten sie jetzt das geheime Haus auf den Linden.

So konzentrierten sie sich auf Wolfgang Leyschulte und Konrad Berger, folgten beiden auf Schritt und Tritt, fanden sie allerdings niemals alleine vor, was Artur zunehmend nervös machte, denn irgendwann würden sie versuchen, Scharte zu erreichen. Wann würden sie misstrauisch werden? Und welche Schlüsse würden sie dann ziehen?

Währenddessen besuchte ich Isi im Frauengefängnis und teilte ihr mit, was geschehen war. Sie nahm es sehr gefasst auf.
»Wenigstens hat es Scharte erwischt«, sagte sie schließlich.
Ich nickte.

»Friedel war heute Vormittag bei mir«, begann sie zögerlich.
»Und?«, fragte ich.
»Das Gnadengesuch wurde abgelehnt.«
Mir wurde so schlecht, dass ich instinktiv nach Isis Händen griff, um mich daran festzuhalten.
Dann fragte ich mit rauer Stimme: »Was bedeutet das jetzt?«
»Das bedeutet, dass jederzeit der Termin für meine Hinrichtung festgesetzt werden kann.«
»Wir ... wir versuchen alles, Isi«, würgte ich hervor.
»Das weiß ich doch, Carl!«
»Artur findet Falk und dann ...«
Isi schüttelte den Kopf. »Er wird nicht gestehen, Carl.«
»Doch, das wird er. Du weißt nicht, wie Artur sein kann!«
Isi lächelte. »Ich weiß genau, wie Artur sein kann. Und glaub mir: *Ich* würde gestehen. Aber Falk? Du kennst ihn doch, Carl! Er ist ein armseliger Mann, der alles, was er je in seinem Leben angepackt hat, ruiniert hat. Artur hat ihm die Zähne ausgeschlagen und das Gesicht zerschnitten. Wenn Artur ihn erwischt, wird er froh sein, dass es endlich vorbei ist. Und doch wird er triumphieren, denn ganz zum Schluss wird er erreichen, was er immer gewollt hat: Er wird uns zerstört haben.«
»Sag das nicht, Isi. Artur holt ihn sich, und dann wird er gestehen. Er ist ein elender Feigling. Er würde lieber in den Knast gehen, als zu sterben.«
Isi streichelte immer noch lächelnd meine Hände, aber ihren Augen war anzusehen, dass sie daran nicht glaubte.
Dann fragte sie: »Was ist mit den beiden anderen? Habt ihr was herausgefunden?«
Ich schüttelte den Kopf: »Es ist wie verhext. Artur erwischt keinen von ihnen alleine.«
»Vielleicht ahnen sie etwas?«, fragte Isi.
»Möglich, ja.«
Einen Moment schien sie nachzudenken, dann sagte sie: »Ich hab da vielleicht eine Idee ...«

78

Am Abend suchte ich Artur im *Arcasi* auf und erzählte ihm, was Isi sich überlegt hatte. Dass ihr Gnadengesuch abgelehnt worden war, wusste er bereits, und er verschwendete keine Silbe daran, es zu kommentieren. Stattdessen sagte er nur staunend: »Dieses Aas hätte selbst unter der Guillotine noch einen guten Einfall …«
So änderte er also die Strategie und fasste einen gewagten Plan. Isis Plan.

Um die Füchse aus ihrem Bau zu locken, brauchte es einen Köder. Ein Mädchen, erfahren genug, um sich nicht selbst in Schwierigkeiten zu bringen, aber gleichsam so unschuldig, dass es die Aufmerksamkeit beider erregte.

Artur kannte ein solches Mädchen und ich auch.

Wir dachten an die junge Frau aus dem Scheunenviertel, deren Zuhälter Artur und Arnie im vorletzten Winter so furchtbar verdroschen hatten. Diejenige, die Philipp Schuhmann beschrieben hatte, einen der Männer, die versucht hatten, uns umzubringen. So begab sich Artur zusammen mit Arnie zu ihrem Luden, der aus Angst, dass Artur ihm wieder ein Messer in die Hand jagen würde, selbst eines zog, bevor Artur ihn beschwichtigte und das Mädchen auf unbestimmte Zeit mietete. Millionen Reichsmark als Ausfallentschädigung wechselten den Besitzer.

Artur nahm die Kleine an die Hand, brachte sie ins *Arcasi*, präsentierte sie dort Anna und erklärte: »Sie heißt Lene und war mal Magd in einem kleinen Dorf bei Zempelburg in Westpreußen. Ich will, dass sie wieder eine wird!«

Anna musterte das Mädchen mit dem auffälligen Leberfleck an der Schläfe und sagte zu ihr: »Als Erstes möchte ich, dass du mich nicht ansiehst wie eine Hure. Den Rest bekommen wir hin!«

Innerhalb eines guten Jahres hatte sie sich tatsächlich sehr verändert. Sie sah zwar immer noch aus, als wäre sie sechzehn, aber in ihren Augen blitzte die professionelle Verachtung aller Huren, die verriet, dass das Geschäft, das man ihr einst aufgezwungen hatte, das Einzige war, was in ihrem Leben noch zählte. Sie lebte für den, der sie abkassierte.

Und so tat Anna, was nötig war: Sie zog sie um und wies sie in die Rolle, die sie zu spielen hatte. Denn auch das hatte Lene im letzten Jahr gelernt: zu sein, wofür der Kunde bezahlt.

»Wenn du deine Sache gut machst, bekommst du fünfzig Dollar«, sagte Anna und zog sie ein wenig zu sich heran. »Und wenn da noch ein Funke Leben in dir ist, dann nimmst du das Geld und läufst davon. Hast du mich verstanden, Mädchen?«

Sie nickte, aber Anna war nicht sicher, ob sie es tun oder ob auch dieses Geld in den Taschen ihres Luden verschwinden würde. Es war immer wieder erstaunlich, wie viel Macht diese Männer über ihre Mädchen hatten. Und wie leicht sie einen Willen brechen konnten, vor allem wenn der durch jahrelange Geringschätzung nicht sehr ausgeprägt war.

Jedenfalls übte Anna mit Lene, wieder die zu werden, die sie einmal gewesen war, bevor sie in die große Stadt gekommen war, was viel länger dauerte als gedacht, aber schließlich schaffte sie es doch, dass selbst die Gauner von *Vergissmeinnicht* die Kleine für eine hoffnungslose Landpomeranze hielten.

So trat Lene dann an einem herrlichen Vormittag im Mai vor das Kontor in der Rungestraße und wartete geduldig, bis Konrad Berger es für ein Mittagessen in der Nähe verließ. Da stellte sie sich ihm mit scheuem Blick in den Weg und fragte schüchtern, ob er der *Herr Direktor* wäre.

Berger machte Anstalten, an ihr vorbeizugehen, als Lene schnell rief: »Herr Scharte schickt mich!«

Er hielt, trat vor sie und besah sich das Mädchen genauer.

»Herr Scharte schickt dich?«, wiederholte Berger die Frage.

»Ja, er sagte, Sie wüssten vielleicht eine Anstellung?«

Er schob zwei Finger unter ihr Kinn und hob das Gesicht an, damit er ihr in die Augen blicken konnte: Lene wagte kaum, ihn anzusehen, was Berger offenbar ziemlich amüsierte.

»Was kannst du denn?«, fragte er.

»Ich kann schreiben, rechnen, putzen, arbeiten. Alles, was Sie wollen«, antwortete Lene ungelenk.

»Alles, was ich will …«, murmelte Berger. »Und woher kennst du Herrn Scharte?«

»Er hat mich am Schlesischen Bahnhof angesprochen. Mir ist der Koffer hingefallen, und er hat ihn mir getragen. Er ist ein wirklich sehr netter Mann. Ich soll Sie von ihm ganz herzlich grüßen!«

Berger lächelte. »Ist das so?«

»Ja, Herr Direktor.«

»Und woher kommst du?«

»Aus der Nähe von Zempelburg. Das ist im …«

»… Osten. Ich weiß«, vollendete Berger. »Und wann bist du hier angekommen?«

»Vor drei Tagen, Herr Direktor.«

»Allein?«

»Ja, Herr Direktor.«

»Und deine Familie?«

»Ich habe nur noch eine Großmutter, Herr Direktor. Sie ist zu Hause geblieben.«

Berger nickte zufrieden.

Dann sagte er: »Ich glaube, ich habe da etwas für dich!«

»Wirklich, Herr Direktor?«

»Ja, etwas ganz Besonderes. Aber dafür müssen wir dich noch ein bisschen herrichten. Warum kommst du nicht gegen sieben Uhr am Abend hierhin?«

»Jawohl, Herr Direktor.«

»Gut, abgemacht.«

Er tippte zum Abschied kurz gegen seinen Hut, dann ging er.

Lene kehrte ins *Arcasi* zurück und berichtete Artur und Anna haarklein von dem Gespräch mit Berger.

»Er hat angebissen«, sagte Artur zufrieden.

Lene schwieg so vielsagend, dass Anna nachhakte: »Ist noch etwas?«

»Ich habe Angst«, sagte sie beklommen.

Artur und Anna sahen sich an.
»Hat er noch etwas zu dir gesagt?«, fragte Anna.
»Nein. Es sind seine Augen. Dahinter ist … nichts. Verstehen Sie? Als ob er keine Seele hätte.«
Artur legte ihr beruhigend die Hand auf die Schulter. »Wir passen auf dich auf.«
»Versprechen Sie es?«, fragte sie ängstlich.
Artur nickte.
Aber wenn er ehrlich war, wusste er nicht sicher, ob er dieses Versprechen auch würde halten können.

79

Gegen Abend standen Arnie und Strippe bereit.

Artur wagte wegen seiner Maske nicht, öffentlich in Erscheinung zu treten, schon allein, weil wenigstens Berger, wahrscheinlich aber auch Leyschulte wusste, wer er war, und er nicht riskieren wollte, dass die Falle vorzeitig aufflog. Seine beiden Männer aber hatten sich eingangs und ausgangs der Rungestraße unauffällig platziert, mit Blick auf das Berger'sche Kontor, wo gegen sieben Uhr eine eingeschüchterte Lene auftauchte, deren sichtbares Unwohlsein nicht einmal gespielt war.

In der Firma arbeitete keiner mehr, auch die Hofeinfahrt war durch ein großes Tor verschlossen, sodass Lene an die Tür klopfte und wartete, bis Berger selbst öffnete. Sie verschwand so lange im Haus, dass Arnie merklich nervös wurde: Hatten sie die Situation falsch eingeschätzt? Würde Berger am Ende schon hier über das Mädchen herfallen? In der eigenen Firma? Ohne seinen Kompagnon? Artur war überzeugt gewesen, dass das nicht passieren würde, jetzt aber, da Lene bereits über eine Stunde drinnen war, war sich Arnie nicht mehr sicher, ob sie das Mädchen nicht sehenden Auges in den Tod geschickt hatten.

Er löste sich aus seinem Versteck und ging näher heran.

Da öffnete sich die Haustür, und heraus trat Lene in einem eleganten Kleid, mit hochgestecktem Haar und dezent geschminkt. Sie wirkte vollständig verwandelt, nichts an ihr verriet die Minna vom Dorf oder gar die Hure aus dem Scheunenviertel. Sie sah aus wie ein blutjunges Ding, das zum ersten Mal mit ihrem Onkel ausgehen durfte. Berger hielt ihr die Tür auf und bot ihr seinen Arm an, sodass die beiden schließlich über die Spreeinsel Richtung Stadtschloss flanierten und sich dabei angeregt zu unterhalten schienen.

An der Schlossbrücke trafen sie auf Wolfgang Leyschulte, der dort auf sie gewartet hatte und Lene ebenfalls sehr freundlich ansprach.

Sie betraten ein Lokal auf den Linden, in das sie zu einem üppigen Abendessen verschwanden, während Arnie vor der Tür wartete und Strippe zu Artur eilte, der sich in der Nähe des geheimen Hauses der Leyschultes platziert hatte.

Die Sonne ging unter.

Einige wenige Laternen spendeten das nötigste Licht.

Es wurde spürbar ruhiger auf der Prachtmeile.

Dann endlich entdeckte Artur Lene mit den beiden Männern, die ohne jede Hast und in ein munteres Gespräch vertieft dem Leyschulte-Haus entgegenspazierten, bis sie schließlich davorstanden und Leyschulte die Haustür aufschloss.

Sie traten ein und verschwanden.

Arnie schlich zu Artur und Strippe, die im Schatten einer Linde lauerten.

In der Beletage flammte Licht auf.

»Ich habe kein gutes Gefühl!«, flüsterte Arnie.

Artur nickte. »Geben wir ihnen noch zehn Minuten …«

Sie starrten auf die erleuchteten Fenster mit den zarten Spitzengardinen und spürten eine große Unruhe: Wann war die rechte Zeit? Wann war es zu spät? Sie wollten die beiden mit sprichwörtlich heruntergelassenen Hosen erwischen. Berger und Leyschulte hatten Routine bei ihren Verbrechen, aber offensichtlich hatten sie beschlossen, den Einsatz und damit auch ihren eigenen Anreiz zu erhöhen.

Würden sie das zelebrieren?

Würde der Trieb mit ihnen durchgehen?

Schließlich war es Artur, der die Wartezeit verkürzte und den beiden anderen zunickte. »Los!«

Sie querten den Boulevard und ließen Strippe mit einem Dietrich die Haustür öffnen. Dann eilten sie die Treppen hinauf in den ersten Stock und fanden dort eine gewaltige, doppelflügelige weiß lackierte Eichenholztür vor, unter der ein schmaler Lichtstreifen schimmerte.

Artur lauschte.

Zuerst war da nichts, dann aber begann Lene zu schreien.

Er nickte Strippe zu, der sich an das Schloss machte.

Lenes Schreie wurden lauter, verstummten, brachen erneut aus, bevor es plötzlich ganz still wurde.

»Mach schon!«, zischte Artur.

Endlich sprang das Schloss mit einem Klicken auf, die Tür aber öffnete sich trotzdem nicht.

»Da muss ein Riegel vor sein!«, flüsterte Strippe.

Arnie und Artur sahen sich kurz an, dann nahmen sie vom Treppenabsatz aus Anlauf und warfen sich mit voller Wucht gegen das Türblatt, das knarzend nachgab, sodass sich ein Spalt öffnete und ein massiver Stahlschieber sichtbar wurde. Sie warfen sich erneut dagegen: Endlich sprang die Tür auf.

Sie stürmten das Wohnzimmer und fanden Lene auf demselben großen Esstisch wieder, auf dem auch Klara schon gelegen hatte. Zwischen ihren Schenkeln stand Konrad Berger, der vor lauter Hitze nicht bemerkt hatte, dass die Wohnungstür aufgebrochen worden war, und hinter Lene kniete auf dem massiven Tisch Wolfgang Leyschulte, zwischen seinen Fäusten eine dünne Schnur, die er dem Mädchen um den Hals gewickelt hatte.

Schon sprang Arnie auf den Tisch und verpasste Leyschulte eine solch krachende Gerade, dass der vom Tisch katapultiert erst gegen die Wand flog und dann auf dem Boden landete. Artur indes schlug Berger nieder, sodass auch der vollkommen benommen zu Boden ging.

Währenddessen hatte sich Arnie bereits über Lenes Mund gebeugt und rief: »Sie atmet nicht mehr!«

»Blas ihr Luft in den Mund!«, schrie Artur.

Dann sprang er auf den Tisch und schlug mit der Faust gegen Lenes Brustkorb.

Strippe rief überrascht: »Was machst du da?!«

»Das haben wir im Krieg auch so gemacht!«, rief Artur zurück und horchte dann nach Lenes Herzschlag.

Nach einer endlosen Minute hielt Arnie ein und lauschte wieder an Lenes Mund.

»Ein Spiegel! Schnell!«

Strippe riss einen Spiegel von der Wand, zerschmetterte ihn auf dem Boden und gab Arnie eine große Scherbe. In einem schwachen Rhythmus beschlug das Glas unter der Nase des Mädchens.

»Wir haben sie!«, stieß er erleichtert aus.

Dann rutschte er vom Tisch, packte sich den immer noch bewusstlosen Leyschulte und ohrfeigte ihn so lange, bis der mit flatternden Lidern zu sich kam. Zusammen mit Berger stellten sie ihn vor die Wand.

»Bitte, tun Sie mir nichts!«, jammerte Leyschulte.

Berger schwieg und starrte Artur nur an.

»So, wie ich die Sache sehe, werden Sie für viele, viele Jahre ins Gefängnis gehen ...«, begann Artur und wandte sich dann Strippe zu. »Ruf die Polizei!«

Strippe sah sich nach dem Telefon um, als Leyschulte bereits bat: »Können wir das nicht anders regeln?«

»Ich wüsste nicht, was es da zu regeln gibt. Vergewaltigung und versuchter Mord.«

»Man kann doch über alles reden?«, rief Leyschulte hektisch.

»Wirklich?«, fragte Artur ironisch.

»Ja«, antwortete Berger ruhig.

Er hatte sich ungeheuer schnell wieder gefasst. Der Schock darüber, dass sie gestellt worden waren, war ihm jedenfalls nicht mehr anzumerken, im Gegensatz zu Leyschulte.

»Sie können alles haben!«, sagte Leyschulte schnell. »Was wollen Sie? Geld?«

Berger wandte sich erst Leyschulte: »Er will kein Geld …«, dann Artur zu: »Und er wird auch nicht die Polizei rufen. Hab ich recht? Er sucht jemanden.«

»Wo ist er?«, knurrte Artur.

»Wenn wir dir Boysen liefern«, begann Berger, »haben wir dann einen Handel?«

Artur betrachtete ihn und entdeckte das, was auch Isi und Lene gefühlt hatten: Alles an Berger war ohne jede Emotion. Ein lebender Toter. Er verstand, warum sich die Frauen vor ihm gefürchtet hatten. Dieser Mann hatte tatsächlich keine Seele.

»Ja.«

»Nur damit wir uns richtig verstehen: Unser Leben gegen das von Falk Boysen.«

Artur nickte.

Einen Moment noch zögerte Berger, als ob er weitere Möglichkeiten taxierte, aber die Wahrheit war: Er war sprichwörtlich nackt, hatte ein Mädchen vergewaltigt und fast getötet, und nicht einmal seine Familie oder die seines Freundes Leyschulte würde ihn retten können.

»Es gibt da eine kleine Datsche außerhalb Berlins. Ich hab sie mal vor Jahren gekauft. Dort haben wir ihn untergebracht.«

»Die Adresse!«, forderte Artur.

Berger nannte sie ihm.

»Wenn wir ihn dort nicht antreffen«, sagte Artur ruhig, »wird dich nichts mehr retten. Auch die Polizei nicht.«

Berger nickte. »Ich weiß.«

Artur wandte sich Strippe zu und bat ihn, Lene aus der Wohnung zu tragen. Nur Arnie machte keine Anstalten zu gehen, hielt Leyschulte immer noch gegen die Wand gepresst, die Augen glühend vor Zorn.

Artur nahm ihn zur Seite und schob ihn Richtung Wohnungstür, als Arnie stehen blieb und leise zischte: »Das ist nicht richtig.«

»Arnie …«

»Sie werden es wieder tun.«

Artur schwieg, weil er wusste, dass Arnie recht hatte.

»Wir kümmern uns später um sie …«, versprach Artur vage.

Arnie indes hatte sich schon umgedreht, stürmte Leyschulte entgegen, griff gleichzeitig in seine Manteltasche und zog ein Messer hervor. Leyschulte starrte ihn entsetzt an, aber da packte Arnie bereits dessen Genitalien und schnitt sie in einer schnellen Bewegung ab. Leyschulte ging schreiend zu Boden, als Arnie bereits bei Berger stand und auch dessen Genitalien mit einem Ruck abschnitt: Blut spritzte, beide Männer schrien und wälzten sich auf dem Boden, die Hände in die offene Wunde gepresst.

Arnie und Artur blickten auf sie herab, bis ihre Bewegungen nach qualvollen Minuten langsamer, die Schreie schwächer und die Lachen unter ihren Körpern immer größer wurden.

Dann verlor erst Leyschulte, kurz darauf Berger das Bewusstsein.

Artur lief zum Telefon und ließ sich mit dem *Arcasi* verbinden: »Egon soll kommen. Und sein Werkzeug mitbringen. Er muss eine Wohnungstür reparieren … Ja, auf der Stelle!«

Dann räumte er mit Arnie die Scherben zusammen und richtete das Zimmer her. Schließlich standen sie wieder über den beiden, deren Atem sehr flach und schnell ging. Das Blut hatte sich zu großen Pfützen ausgebreitet und war zwischen ihnen ineinandergelaufen.

Leyschulte starb zuerst.

Berger wenige Minuten nach ihm.

Artur nahm das Messer, wischte alle Fingerabdrücke davon ab, drückte den Griff Berger in die tote Hand und legte es anschließend neben ihn.

»Das wird ihnen eine Menge zu denken geben«, sagte Arnie ruhig.

Gemeint war die Polizei.

Und auch die Familien der beiden, denn sie würden zwei nackte Tote finden, die sich offensichtlich die Genitalien abgeschnitten hatten. Die möglicherweise in Streit geraten waren und sich gegenseitig ins Gesicht geschlagen hatten. Ein Streit, bei dem Berger, der Größere und Kräftigere von beiden, erst Leyschulte und anschließend sich selbst verstümmelt hatte. In jedem Fall waren die näheren Umstände nichts, was irgendjemand der Leyschultes oder der Bergers in den Zeitungen lesen wollte.

»Vielleicht kommen wir damit sogar durch ...«, pflichtete Artur bei.

Die Chancen dafür standen gar nicht so schlecht, denn die Polizei arbeitete in jenen Zeiten noch unkoordiniert und war in erster Linie auf Geständnisse angewiesen, die sie aus Verdächtigen rausprügelten. Beweissicherung und Detektivarbeit waren weniger ihre Sache.

Trotzdem würden sie auf ein paar Ungereimtheiten stoßen: Vielleicht gab es ja Zeugen, die von einem Abendessen Bergers und Leyschultes mit einer jungen Frau in einem Restaurant erzählten, einer jungen Frau, die spurlos verschwunden war. Vielleicht fielen ihnen sogar die Macken in der Tür auf. Verdächtige gab es allerdings keine, und die üblichen würden nichts wissen. Außer Artur und seinen Männern hätten nur zwei Personen die Situation aufklären können: Jo Scharte, der auf dem Grund der Spree lag. Und Lene, die geschockt von dem Erlebten später tatsächlich das Geld nehmen und wegziehen würde.

Zum Schluss blieb eigentlich nur das Offensichtliche: ein gewalttätiger Streit unter Homosexuellen, der aus den Fugen geraten war. Und das war dann nun wirklich die zynische Ironie des Ganzen, dass ausgerechnet zwei kaltblütige Vergewaltiger der Nachwelt in dieser Weise im Gedächtnis bleiben könnten.

Sie prüften, ob nichts zurückgeblieben war, was sie in den Fokus von Ermittlungen hätte bringen können, löschten dann das Licht, verschlossen die Tür, die Egon erstaunlich gut hergerichtet hatte, und verließen die Beletage.

Draußen war wenig los, niemandem fielen drei Männer auf, von denen einer die in eine Tischdecke eingewickelten Reste eines zerbrochenen Spiegels ein paar Hundert Meter weiter in eine Mülltonne warf.

Sie traten in eine Seitenstraße und waren im nächsten Moment verschwunden.

80

In der Dunkelheit war die außerordentliche Idylle des Havelufers bei Kladow kaum auszumachen. Die Datsche war das letzte Haus auf der Sakrower Landstraße, grenzte unmittelbar an den Königswald und das Flussufer, wo man bei Tag auf die Pfaueninsel sehen konnte. Nun aber lag alles finster und verlassen da, eine sanfte Brise ließ die Blätter rauschen, man hörte die Tiere der Nacht und manchmal sogar ein leises Plätschern des Flusses.

Hier draußen, zwischen Berlin und Potsdam, schien nur das sanfte Licht einer einsamen Mondsichel und von Millionen Sternen am wolkenlosen Himmel. Selbst wenn man unmittelbar am Wegesrand gestanden hätte, hätte man die vier Schatten, die dem Holzhaus am Ende der Straße entgegenschlichen, nicht sehen können. Nur ihre heimlichen Schritte knirschten leise auf dem gestampften Weg, aber auch die löste der sanfte Wind auf und trug sie wie Löwenzahn davon.

Ein kleiner Jägerzaun rahmte das große Grundstück ein, auf dem mittig und ein wenig erhaben das Holzhaus stand, das nichts mit der Einfachheit üblicher Datschen zu tun hatte, sondern den luxuriösen Bedürfnissen eines Konrad Berger wohl angepasst worden war. Als die vier Männer von außen einen kurzen Blick durch die Fenster warfen, konnten sie sehen, dass alles drinnen von ausgesuchter Qualität war, allein Telefon war hier nicht verlegt worden.

Dort saß Falk Boysen an einem Tisch und las.

Gleich vor ihm ein Revolver.

Hier draußen gab es für ihn nicht viel zu tun, aber solange er diese Basis hatte, konnte er immer wieder nach Berlin einstechen, einen Schlag wagen und wieder verschwinden. Solange Artur nichts von diesem Haus erfuhr, standen die Chancen, diesen Zweikampf zu gewinnen, ziemlich gut. Und um ein Haar hätte er ihn ja schon entschieden.

Ein leises Geräusch ließ ihn aufhorchen. Trotz der Abgeschiedenheit war es nie still hier draußen. Käuze riefen, Ratten scharrten. Frischte der Wind auf, klapperten die Verschläge, pfiff die Luft schon mal jaulend durch die Ritzen. Das alles war sehr schnell vertraut geworden, sodass er nicht mehr nachts mit klopfendem Herzen davon aufschreckte. Jetzt gerade kratzte etwas an der hinteren Tür – vermutlich die elenden Nager vom Fluss, die Essen witterten. Müde streckte er sich, querte den Wohnbereich und verschwand in einem kleinen Flur, der zur Hintertür führte.

Dort hielt er inne und lauschte: Das Kratzen stoppte. Neben der Tür stand ein langer Knüppel. Er nahm ihn auf und drückte sehr leise die Türklinke herab. Manchmal gelang es ihm, eine der Ratten zu erschlagen, meist aber sprangen sie davon, während der Stock nur die kurze Treppe traf und die Vibration ihm schmerzhaft den Arm hochjagte.

Ohne ein Geräusch sprang die Tür einen Spalt auf – Falk blickte hinaus und sah: nichts. Kühle Nachtluft blies ihm ins Gesicht, dann schob er die Tür wieder zu und stellte den Knüppel in die Ecke.

Er kehrte zurück in den Wohnraum.

Blickte zum Tisch und sah dort Artur sitzen.

Gleich vor seinem Revolver.

»So sehen wir uns also wieder«, sagte Artur ruhig.

Falk stand wie gelähmt da.

Pulsschläge hämmerten durch seinen Kopf.

Die lange Schnittwunde, die Artur ihm beigebracht hatte, juckte plötzlich wie verrückt. Ihm war, als verzöge sich unter ihrer Spannung sein ganzes Gesicht. Sein rechtes Auge begann zu tränen. Hektisch wog er seine Möglichkeiten ab: Zur Tür waren es nur drei Meter – er würde sie vor Artur erreichen, aber nicht durchquert haben, bis der nach seinem Revolver griff und schoss. Die Hintertür wäre eine Möglichkeit.

»Glaubst du wirklich, es gibt noch einen Ausweg, Falk?«, fragte Artur, als hätte er seine Gedanken erraten.

Schon hörte Falk Schritte im Flur und wusste, dass er sich einen Fluchtversuch sparen konnte. Fast gleichzeitig trat Arnie durch die Eingangstür.

»Wie hast du mich gefunden?«, fragte Falk.

»Deine Freunde haben dich verraten. Trau nie einem Nationalen, Falk. Hast du das denn immer noch nicht begriffen?«

Falk starrte Artur an.

Dann aber entspannten sich seine Züge.

»Du kannst mich nicht umbringen!«, sagte er.

»Ich habe gar nicht vor, dich umzubringen, Falk.«

»Nicht?«

Artur stand auf und ging auf ihn zu.

Stellte sich direkt vor ihn.

»Es wird viel schlimmer als das.«

Falk schluckte.

Dann würgte er fast hervor: »Artur, vielleicht können wir …«

Artur schlug zu.

Ins Gesicht.

In den Magen.

Gegen den Kopf.

Er schlug ihn nieder und musste von Arnie abgehalten werden, ihn nicht gleich an Ort und Stelle zu erschlagen. Keuchend ließ sich Artur abdrängen, während Strippe und Eddy den Bewusstlosen an Händen und Füßen packten und hinaustrugen. Ein gutes Stück weit den Weg hinab, wo sie ihr Auto hatten stehen lassen.

Erst als sie mit Falk das Haus verlassen hatten, ließ Arnie ihn los.

Artur rieb sich die blutigen Fäuste, wütend darüber, dass er die Kontrolle über sich verloren hatte: Falk hatte verhandeln wollen. Aus Angst vor ihm und vor dem, was er ihm antun könnte. Angst vor Demütigung, Schmerzen und Tod.

Aber Angst war keine Konstante.

Sie war am mächtigsten, wenn einen der bloße Gedanke an sie lähmte. Wenn die eigene Fantasie schaurigste Geschichten spann. Nichts war schlimmer als die Vorstellung dessen, was geschehen *könnte*. Artur hätte diese Angst für einen schnellen Handel ausnutzen sollen. Hätte Falk zum nächsten Polizeirevier fahren und ihn eine Aussage machen lassen sollen. Hätte ihn in eine Zelle fliehen lassen sollen, erleichtert, dass er seinem schlimmsten Feind doch noch entkommen war.

Er hätte ihn gegen Isi tauschen sollen.

Jetzt aber würde er mit gebrochenem Jochbein, angeknacksten Rippen, aufgeplatzten Lippen, unzähligen Hämatomen und einem gerissenen Trommelfell irgendwann aufwachen und wissen, dass Artur ihm nicht mehr viel würde anhaben können. Er würde den Schmerz immer noch fürchten, aber wie Angst war auch der Schmerz keine Konstante. Irgendwann war der Körper so überreizt, dass das Empfinden nachließ und der Widerstand wuchs. Dann gab es keinen Grund für ihn, sich auf das einzulassen, was Artur ihm vorschlagen wollte. So hoffte er, dass sich dieser Moment der Unbeherrschtheit noch korrigieren ließ. Wie bei Berger und Leyschulte.

Und dennoch lauerte da die böse Ahnung, es vermasselt zu haben.

81

Falk erwachte an einen Stuhl gefesselt in einem Kellerraum mit einer nackten Glühbirne über seinem Kopf und Blutflecken auf dem Boden und an der Wand. Schartes Blut. Kurts Blut. Sein Gesicht tat höllisch weh, auch das Atmen fiel ihm schwer, dennoch wirkte er trotz dröhnendem Schädel und pochendem Ohr nicht mutlos, als Artur und ich in den Raum traten und uns vor ihn stellten.

»Sieh mal an«, höhnte er. »Ist dir das alles nicht viel zu dreckig hier, Carl?«

Ich antwortete nicht.

Artur schon: »Du glaubst, es wäre dreckig hier? Was glaubst du, wie dreckig es ist, wenn ich mit dir fertig bin?«

Falks linkes Auge war zugeschwollen, und er wandte uns den Kopf in einem seltsamen Winkel zu, wohl weil er auf dem rechten Ohr nichts mehr hörte. Aber ungeachtet seiner mehr als misslichen Lage schien er sich gefangen zu haben, denn er grinste schief, sodass man seine Goldzähne sehen konnte. »Aber noch sind wir ja gar nicht fertig miteinander, nicht wahr, Artur?«

Trotz Arturs Maske konnte ich deutlich sehen, wie es in ihm arbeitete. Wie viel Kraft es ihn kostete, seinen Erzfeind nicht in Stücke zu reißen. Er trat an ihn heran und drückte mit dem Daumen gegen das gebrochene Jochbein Falks, was diesen laut aufschreien ließ.

»Mir gefällt dein Ton nicht«, antwortete er lapidar und wartete, bis Falk den heißen Schmerz in seinem Gesicht verarbeitet hatte.

»Verdammter Hurensohn!«, zischte Falk wütend.

Artur stand mit verschränkten Armen vor ihm.

»Das hier kann sehr leicht für dich werden oder sehr schwer. Das entscheidest ganz alleine du.«

Falk grinste erneut. »Nein, das hier wird ganz und gar nicht leicht, Artur.«

»Man kann Menschen auf viele Arten vernichten, Falk. Dazu muss man sie nicht einmal umbringen.«

»Wie philosophisch – für einen Wagner«, spottete Falk, nur um dann anzufügen: »Und doch ist es so, dass Isi stirbt, wenn ich sterbe. Das sind nun mal die Fakten.«

»Ihr Leben gegen deines!«, antwortete Artur ruhig. »Das ist mein Vorschlag.«

»Interessant, allein …«

»Allein was?«

»Wieso werde ich das Gefühl nicht los, dass ihr viel mehr zu verlieren habt als ich?«

»Ein Leben ist ein Leben, Falk«, antwortete Artur. »Und ich kann dir deines zu einem solchen Albtraum machen, dass du mich anflehen wirst, es zu beenden.«

Falk nickte. »Das kannst du.«

Und doch zuckte er gleichgültig mit den Schultern und verzog spöttisch den Mund.

»Hier also mein Angebot«, begann Artur ruhig. »Du gestehst den Mord an Aldo, und dafür lasse ich dich am Leben.«

»Ich denke, wir machen es anders …«, begann Falk. »Ich gestehe gar nichts, und die kecke Isi verliert ihren Kopf!«

Die Ohrfeige, die ihm ins Gesicht klatschte, hatte er nicht kommen sehen, so sehr war er auf Artur fixiert. Aber er trieb auch mich zur Weißglut. Der Schlag landete auf der Jochbeinseite, was ihn minutenlang schreien und jammern ließ.

Schließlich sagte Artur: »Wie du siehst, bin ich nicht der Einzige, dem dein Ton nicht gefällt. Also, es ist ganz leicht: Du gestehst den Mord an Aldo. Du bist nicht vorbestraft, ein ehemaliger Offizier, was bei den meisten Richtern ziemlich gut ankommt. Und wenn du noch behauptest, Aldo habe Isi bedrängt und du hättest ihr in Notwehr geholfen … Ein paar Jahre: Dann bist du wieder raus!«

Falk blickte mal zu Artur, mal zu mir.

»Das klingt ja himmlisch!«

»Es ist das Beste, was du aus deiner Situation rausholen kannst!«

Er sah uns an.

Gluckste.

Und brach dann in schallendes Gelächter aus.

Artur und ich sahen uns erstaunt an, denn nichts an seiner guten Laune war gespielt: Er schüttelte sich wirklich vor Vergnügen. Zerschlagen und gefesselt an einen Stuhl, wie er es war, hatte es etwas von dem Ausbruch eines Wahnsinnigen.

»Nein!«, rief er schließlich und kam kichernd zur Ruhe. »Es ist nicht das Beste, was ich rausholen kann.«

»Es ist das, was du bekommst!«, bestimmte Artur.

»Es ist nicht das, was ich will«, antwortete er vieldeutig.

Artur hatte mir zuvor von dem Vorfall in der Datsche in Kladow erzählt, von dieser einen Gelegenheit, die er verpasst hatte, und dass er befürchtete, er könnte das noch bitter bereuen. Es schien, als hätte er mit dieser düsteren Prophezeiung recht gehabt. Falk war ein Bild des Jammers, aber er war weit von dem Feigling entfernt, der er im Krieg gewesen war. Und noch weiter davon entfernt, Angst vor dem Tod zu haben. Im Gegenteil: Er wirkte wie ein Mann, der seinen Frieden mit sich gemacht hatte und mit einer gewissen Gelassenheit dem entgegenblickte, was noch kommen würde. Er hielt das bessere Blatt in Händen, und Arturs Wut war nichts anderes als Ratlosigkeit.

Wir verließen den Kellerraum und verschlossen die Tür.

Dahinter begann Falk, erneut zu lachen. Wir hörten, wie er innehielt, wohl weil es zu sehr schmerzte, dann brach es erneut aus ihm hervor.

Die Situation war absurd: Nie war Falks Situation schlechter gewesen als jetzt, und gleichzeitig hatte er nie fester im Sattel gesessen. Und obwohl wir nie so viel Kontrolle über ihn besessen hatten, hatten wir uns nie so hilflos gefühlt. Die bittere Wahrheit war: Diese Partie um Leben und Tod steckte in einem aussichtslosen Patt.

Und die Zeit lief unbarmherzig ab.

82

Das Klirren der Gitter sprang von Wand zu Wand, verklang, während ein neues heranflog und über die kahlen Flure jagte. Manchmal hörte man die Stimmen der Insassinnen, die undeutlich durch die Luft tanzten, bevor im nächsten Moment eine Tür schwer ins Schloss fiel oder eine Wärterin einen Befehl bellte und sie verstummen ließ.

Isi hatte mir die Gefangenentrakte als schmale Gassen beschrieben, mit einem tiefen, rechteckigen, von Geländern geschützten Gang in der Mitte, der zu knochigen Treppen führte. Die wiederum verliefen nach oben oder unten, in Stockwerke, die alle gleich aussahen. Tür an Tür reihte sich hier, hinter jeder ein Schicksal, eine unerzählte Geschichte. Nur die Isis kannte jede, und alle hatten sie dazu eine Meinung, meist die, dass Isi schuldig war. Dass sie aber die Todesstrafe erhalten hatte, empfand man als viel zu hart und war sich dabei sehr sicher, dass sie, wenn sie einen armen Teufel auf dem Gewissen gehabt hätte, milder bestraft worden wäre.

Als wir sie an jenem Tag besuchten, trat sie blass und übernächtigt in den Besucherraum, schenkte uns aber dennoch ihr schönstes Strahlen. Wir setzten uns an einen der Tische, warfen kurze Blicke in den Raum, doch niemand beachtete uns.

Da sagte Artur leise: »Wir haben ihn.«

Isi hob überrascht die Brauen, dann lächelte sie. »Sehr gut.«

Wir schwiegen betreten.

»Was ist passiert?«, fragte sie alarmiert.

Artur erzählte es ihr.

Daraufhin sagte eine Weile niemand etwas.

Schließlich versuchte ich, sie aufzumuntern: »Wir kriegen das hin!«

Meinen Worten fehlte eindeutig die nötige Überzeugung.

Isi schüttelte niedergeschlagen den Kopf. »Ich wusste es.«

»Wir haben gerade erst angefangen«, versicherte Artur. »Er wird das nicht ewig durchhalten.«

»Das muss er auch nicht«, antwortete Isi matt.

»So stark ist er nicht!«, wandte ich ein. »So stark ist niemand.«

»Je länger es dauert, desto unwahrscheinlicher wird es«, sagte Isi.

Das befürchtete auch Artur, doch vor ihr stritt er es ab: »Er hat die Hölle noch nicht gesehen. Aber er wird es ...«

»Wie lange kannst du ihn quälen, Artur?«, fragte Isi. »Und selbst wenn er einwilligt? Was geschieht dann? Einer deiner Leute geht mit ihm auf ein Polizeirevier – und dann? Er könnte herumschreien, dass du ihn entführt und gefoltert hast! Was dann?«

Ich schluckte: An diese Möglichkeit hatte ich noch gar nicht gedacht. Natürlich würde er Artur nicht entkommen können, aber es würde die Angelegenheit ziemlich verkomplizieren. Die Polizei würde Artur suchen, Falk möglicherweise die Gelegenheit nutzen auszubüchsen. Wie lange würde es dann dauern, ihn wiederzufinden? Und mit welchem Ergebnis, außer dass wir viel Zeit verloren hätten?

»Wenn er wirklich hätte verschwinden wollen, dann wäre er ans Ende der Welt geflohen. Seine Familie hat Geld. Er hätte nach Amerika gehen können. Australien. Asien. Aber das hat er nicht getan!«, konterte Artur. »Warum nicht?«

Isi schwieg.

»Ich sage dir, warum nicht: Er will nicht mehr fliehen! Er will eine Entscheidung. Darum ist er hier. Nur dass ich ihn habe und nicht umgekehrt!«

Isi beschied: »Das alles nutzt dir nichts, wenn er sich auf keinen Handel einlässt. Es ist eine Sache, unter körperlichem Schmerz Versprechungen zu machen, eine andere, sich daran zu halten. Er muss einwilligen. Alles andere zählt nicht.«

»Da ist immer noch Helene. Und der Rest seiner Familie!«, wandte ich ein.

»Um was zu tun?«, fragte Isi. »Sie alle umzubringen? Wirst *du* das tun, Carl?«

»Ich … äh …«

»Wirst du, Carl? Wirst du Helene umbringen? Und das andere Boysenpack?«

»Wenn es sein muss …«, antwortete ich schwach.

Sie sah plötzlich so wütend aus, dass ich ihre Hand losließ und betreten zu Boden sah.

Artur ging dazwischen: »Er wird einwilligen, Isi. Und wenn ich seinen Willen brechen muss, dann breche ich ihn in tausend Stücke.«

Sie schüttelte erneut den Kopf. »Können wir ihm etwas bieten? Etwas, was er unbedingt will?«

Ich sah sie erstaunt an. »Was sollte das sein?«

»Ich weiß es nicht. So, wie ihr mir das Ganze beschrieben habt, hört es sich doch an, als gäbe es Spielraum?«

Artur zuckte mit den Schultern. »Ich wüsste nicht, was, Isi. Geld hat er.«

»Vielleicht Status?«, fragte ich. »Immerhin wäre er um ein Haar mit den von Torstayns verwandt gewesen. Artur, du kennst doch eine Menge einflussreiche Leute?«

»Wie viele von denen würden ihn akzeptieren, wenn er den Mord an Aldo gesteht und dafür einsitzt?«, gab Artur zurück.

Deprimiert stimmte ich zu: Auf diesen Handel würde Falk sich niemals einlassen.

»Gibt es jemanden, den er liebt?«, fragte Isi unvermittelt.

»Du meinst Helene?«, fragte ich zurück.

Isi schüttelte den Kopf. »Helene ist ein Biest. Wenn Falk nicht ihr großer Bruder wäre, wäre sie ihm egal. Nein, ich meine jemanden, an dem ihm wirklich etwas liegt. Hat er im Krieg nicht geheiratet? Zu Hause müsste er doch Frau und Kind haben?«

»Sind beide an der Spanischen Grippe gestorben«, sagte Artur. »Mal davon abgesehen, dass er nur geheiratet hat, damit es kein Gerede gibt.«

»Hat er einen Freund?«, fragte Isi. »Ich meine: einen richtigen Freund?«

Artur zuckte mit den Schultern. »Ich weiß es nicht.«

»Er steht doch auf gut aussehende Jungs? Vielleicht gibt es da einen?«

»Es gab ein paar«, wandte Artur trocken ein. »Aber die hat er alle umgebracht.«

»Niemand ist *nur* ein Monster!«, wandte Isi ein.

»Carl Großmann schon, Falk vielleicht auch«, antwortete ich.

Sie winkte herrisch ab. »Ernsthaft, jetzt. Falk ist nicht verrückt. Wenn er niemanden hat, dann bin ich mir sicher, dass er sich jemanden wünscht.«

»Und wenn es so wäre?«, fragte ich.

»Wie ist es denn bei der UFA? Gibt es da keine hübschen Bengel?«

»Schon, nur …«

»Wir müssen ihm ein Angebot machen, Carl. Nicht für ihn selbst, sondern für jemanden, den er liebt oder wenigstens lieben könnte.«

»Wenn es denn jemanden gibt«, wandte ich ein.

Artur starrte Isi nachdenklich an.

Dann aber sagte er: »Wenn da keiner ist, dann finden wir vielleicht einen nach seinem Geschmack ...«

Isi nickte. »Wenn er sich überhaupt auf einen Handel einlässt, dann nur, wenn er das Gefühl hat, es gibt eine Perspektive. Ein Versprechen auf eine Zukunft.«

Artur stimmte zu: »Es wäre einen Versuch wert. Es ist ja nicht so, als ob wir unzählige Optionen hätten ...«

Einen Moment schwiegen alle.

Dann nahm Isi uns bei den Händen und sagte leise: »Es gibt da noch etwas, was ich mit euch besprechen möchte ...«

83

Berlin fuhr Fahrrad.

Nicht ganz freiwillig, schon gar nicht, wenn man die Entfernungen betrachtete, die man in dieser Stadt selbst dann zurückzulegen hatte, wenn etwas *um die Ecke* lag. Glücklicherweise sorgte ein ebenso stabiler wie schöner Vorsommer dafür, dass diverse Städter bei strahlendem Sonnenschein recht beschwingt unterwegs waren, dennoch irritierten vor allem in den Morgen- und Nachmittagsstunden die leeren Straßenbahnen, während daneben unendliche Reihen von Radlern entlangfuhren.

Grund dafür war die Inflation, die die Preise in einer Art und Weise in die Höhe trieb, dass Löhne und Gehälter nicht mal annähernd mithalten konnten. Kostete ein Kilo Butter im Januar *nur* dreitausendsechshundert Mark, so stand es jetzt, Anfang Juni, bei etwa fünfzigtausend Mark. Ein Kilo Kartoffeln schnellte von zwanzig auf etwa sechstausend Mark, und Eier, welche wir im vorletzten Jahr bei Isis frechem Trick, mit dem sie die abergläubische Frau von Lossow hereingelegt hatte, so verschwenderisch aufgeschlagen hatten, kosteten im Januar etwa hundert Mark und standen jetzt bei eintausendzweihundert.

Und auch die Straßenbahn erhöhte immer öfter die Preise, sodass der billigste Fahrschein knapp tausend Mark kostete und von den wenigsten noch dauerhaft bezahlt werden konnte. Wenn man beim Schwarzfahren erwischt wurde, schlug das dann gleich mit vierhundertfünfzigtausend Mark zu Buche. So fuhren Arbeiter, Angestellte, Geschäftsleute oder Ausflügler eben Rad. Denn das kostete nichts – es sei denn, man besaß keines.

Ein Ende dieser irren Preissteigerungen jedenfalls war nicht in Sicht, die Notenbank druckte und druckte und druckte. Seit ein paar Tagen gingen die ersten Millionenscheine über die Ladentheken. Mitte des Jahres bestand die Nation aus lauter Millionären, und doch ging es ihr so dreckig wie noch nie. Nur Artur verfolgte die große Entwertung mit einer Mischung aus Staunen und Freude. Sein Kredit war abgetragen. Ihm gehörte jetzt alles, was er vor einhalb Jahren auf Pump gekauft hatte.

So machte ich mich zwei Tage nach unserem Gespräch im Frauengefängnis gegen mein Naturell mit dem Rad auf den Weg zur Bartholomäuskirche, am Rande der Armenviertel des Prenzlauer Bergs. Die Kirche hatte ein wenig Ähnlichkeit mit einer Pfeilspitze, so scharf ragte der Turm aus dem schrägdachbewehrten Hauptgebäude heraus. Noch bevor ich abstieg, fühlte ich die Blicke der Miserablen auf mir brennen, die dort standen und eine letzte Selbstgedrehte vor der Andacht rauchten. Die etwa fünfzig Meter, die ich von der Georgenkirchstraße bis zum Portal brauchte, waren wahnsinnig unangenehm. Ich war nicht übermäßig schick angezogen, aber im Gegensatz zu den meisten war mein Anzug ungeflickt, das Hemd weiß, meine Schuhe sauber und der Hut tadellos. Es war die Art Auftritt, die ich gerne vermied: Ich war derart Mittelpunkt des Interesses, dass ich meinen Kopf senkte, um mein Gesicht unter der Hutkrempe zu verbergen.

Ich nahm die Treppen zum Eingang, zwang mich, in die Gesichter zu blicken, lüftete höflich den Hut und wünschte allen Anwesenden einen guten Morgen. Verblüfft grüßten einige zurück, andere verzogen spöttisch den Mund. Dann trat ich zügig ein und suchte mir einen Platz nahe des Mittelgangs und wartete dort auf den Gottesdienst, den ich mir ebenfalls gern erspart hätte. Papa war nicht besonders gläubig, dementsprechend hatte er mich erzogen und aus mir einen wenig gottesfürchtigen Jungen gemacht, der mit Kriegsbeginn ein Atheist geworden war. Zudem saß ich als Jude in einer protestantischen Kirche, was besser mal keiner herausfand.

In quälender Länge zog der Gottesdienst an mir vorbei. Ich sang mir unbekannte Lieder, folgte der Liturgie und ignorierte die heimlichen Blicke der vielen Gläubigen, die mich hier noch nie gesehen hatten.

Nach einer Stunde endlich schloss die Andacht, die Menschen drängten zumeist über den Mittelgang nach draußen. Auch ich verließ meine Bank, blieb aber mit einem Fuß hängen. Ich stolperte förmlich in den Strom derer, die dem Ausgang entgegeneilten, und rempelte dabei eine junge Frau in einem schlichten schwarzen Kleid an, die um ein Haar stürzte. Zum Glück konnte ich sie mit einer Hand auffangen.

»Wie ungeschickt von mir. Ich bitte vielmals um Verzeihung!«

Sie nickte mir scheu zu und wandte sich wieder dem Ausgang zu.

Sie war weder hübsch noch hässlich, weder groß noch klein, weder dick noch dünn. Selbst ihr Haar war weder blond noch braun, sodass sie mir wie die durchschnittlichste Frau Berlins vorkam. Ich folgte ihr nach draußen, stand so nah bei ihr, dass ich riechen konnte, dass sie am Morgen Kernseife benutzt hatte. Ihrer Körperhaltung mit den hochgezogenen Schultern und dem leicht geduckten Gang konnte ich entnehmen, dass sie genau wusste, wer sich direkt hinter ihr befand.

Draußen eilte sie davon, ich folgte ihr.

Ich konnte sehen, wie sie versucht war, sich nach mir umzudrehen, wie sie auf meine Schritte horchte, dann aber hatte ich mein

Rad erreicht und blieb stehen. Sie aber lief weiter, querte die Königgrätzer und hielt schließlich, und darauf hatte ich gehofft, inne, um sich heimlich und mit gebeugtem Kopf nach mir umzudrehen. Da erst stieg ich auf mein Rad und fuhr davon. Ein Blick zurück verriet mir, dass sie mir nachsah, sich dann aber straffte und weitereilte.

Zwei Tage später hielt ein kleiner Möbelwagen in der Raabestraße sieben. Im ersten Stock war eine Wohnung frei geworden, nicht ganz zufällig. Sie war nicht sehr schön, aber geradezu luxuriöse vierzig Quadratmeter groß, bedachte man, dass nur eine Person einzog: nämlich ich. Die Packer hatten den kleinen Hausstand schnell eingeräumt, Bett und Schränke aufgebaut, sodass ich, als ich mit meinem Wagen vorfuhr, sie nur noch verabschieden und den Wohnungstürschlüssel in Empfang nehmen musste. Hans war in der Voigtstraße bei Frau Schulze geblieben.

Die Sonne brannte, sodass ich mir gerade mit einem Taschentuch den Schweiß von Gesicht und Stirn wischte, als die Frau aus der Kirche das Haus verließ, stehen blieb und mich erstaunt ansah. Für einen Moment gab ich vor, mich nicht an sie zu erinnern, dann aber lächelte ich und ging ein paar Schritte auf sie zu. »Wir haben uns doch schon mal gesehen, oder?«

Sie nickte und antwortete: »Ja, in der Kirche.«

»Richtig!«, rief ich. »Ich habe sie umgerempelt! Verzeihung noch mal dafür!«

»Ist doch nichts passiert«, gab sie mit dem Anflug eines Lächelns zurück.

»Wohnen Sie hier?«, fragte ich neugierig.

»Ja, dritter Stock.«

»Wirklich? Ich bin gerade eingezogen. Erster Stock.«

»Habe ich gesehen.«

Ich ging auf sie zu, reichte ihr die Hand und lüftete gleichzeitig meinen Hut. »Darf ich mich vorstellen: Carl Friedländer.«

Sie erwiderte den Händedruck. »Alma Danzer.«

»Freut mich, Sie kennenzulernen, Fräulein Danzer.«
»Frau Danzer«, korrigierte sie.
»Oh, ich sah keinen Ring, also dachte ich …«
Da antwortete sie bedrückt: »Der Krieg …«
Ich nickte verständnisvoll und hob meinen Hut für eine kurze Kondolenz: »Mein Beileid.«
»Danke. Ist schon lange her. Gleich neunzehnvierzehn.«
»Dieser verdammte Krieg«, schimpfte ich.
»Waren Sie auch …?«
»Ja, aber das ist eine lange Geschichte …« Dann wechselte ich das Thema. »Ich sehe, Sie gehen einkaufen?«
»Ja.«
»Darf ich Sie begleiten? Ich kenne mich hier noch nicht aus.«
»Natürlich. Kommen Sie.«

Man war in diesen Zeiten gut beraten, vormittags einzukaufen, bevor gegen Mittag die neuen Bankkurse ausgerufen wurden, denn dann war das Geld, das man in fetten Bündeln mit sich trug, in aller Regel deutlich weniger wert, und dementsprechend bekam man auch weniger dafür. Die brave Hausfrau ging also nach dem Frühstück ihre Besorgungen machen, und verglichen mit dem, was sich nur einige Wochen später auf den Straßen diesbezüglich abspielen sollte, ging es jetzt, im Juni, noch sehr gesittet zu. So gesittet, dass Frau Danzer und ich munter über dies und das plauderten, während sie einen Krämerladen nach dem nächsten aufsuchte und nur das Nötigste erwarb. Sie kam nicht aus Berlin, sprach dementsprechend auch keinen Dialekt, sondern war mit ihrem gefallenen Ehemann vor dem Krieg aus einem Dorf bei Magdeburg hierhingezogen.

Ich trug ihren Korb zurück bis hinauf in den dritten Stock, wo ich mich verabschiedete und nach einem Blick auf die Uhr erschrocken zusammenfuhr. »Ach, du lieber Himmel!«
»Was ist denn los?«
»Ich habe mich ganz verquatscht! Ich muss zur Arbeit!«
»Was machen Sie denn?«, fragte sie neugierig.

»Ich bin Kameramann bei der UFA«, antwortete ich und wandte mich bereits ab.
»Verkohlen Sie mich?!«, stieß sie erstaunt aus.
Ich aber sprang schon die Treppen hinab und rief: »Aber nein! Ich erzähle Ihnen gerne später mehr davon!«
Dann eilte ich hinaus zum Wagen, fuhr los und hoffte, dass Lang gerade jemanden anderen anschrie und vergessen hatte, dass ich zu spät war.

84

Aus dem Keller war eine Zelle geworden.

Zwar hätte Artur nicht übel Lust gehabt, Falk die nächsten Wochen an einen Stuhl gefesselt zu lassen, hatte aber dann beschlossen, seine Strategie zu ändern, um zu bekommen, was er mehr als alles andere wollte: das Geständnis.

So war die klapprige Brettertür einer massiven aus Eiche gewichen, mit Scharnieren und Bändern, die jeden Ausbruchsversuch sinnlos machten. In dem oberen Drittel hatte man ein kleines Geviert herausgesägt und ein Stahlgitter davorgesetzt, sodass man von außen jederzeit sehen konnte, was Falk drinnen so trieb. Der Stuhl blieb, aber es waren Pritsche und Wolldecke dazugekommen, wobei Falks Füße in Ketten gelegt wurden. Seine Hände dagegen blieben frei, damit er in einen Eimer selbstständig seine Notdurft verrichten konnte. Ein Arzt hatte sich sogar seine Verletzungen angesehen und ihm versichert, dass alles von allein heilen würde.

Ansonsten verbrachte er seine Tage in Einsamkeit, hatte kein Fenster, aus dem er hinausblicken, keine Menschenseele, mit der er sprechen konnte, außer dem jungen, attraktiven Burschen, der ihm morgens, mittags und abends das Essen brachte.

Und ihn jeden Tag wusch.

Am späten Abend des fünften Tages trat Artur ein und setzte sich auf den Stuhl, während Falk auf der Pritsche lag.

»Wie ich sehe, heilen deine Wunden schnell«, sagte Artur.

»Einen hübschen Jungen habt ihr mir da besorgt«, antwortete Falk grinsend.

Artur sah ihn nur stumm an, verärgert darüber, dass Falk seine Pläne so schnell durchschaut hatte. Er zahlte den Jungen gut, hatte ihm eingebläut, die Beziehung zu Falk langsam aufzubauen, aber der hatte das Kalkül trotzdem gewittert.

»Freut mich, dass er dir gefällt«, erwiderte Artur.

»Er sieht ein bisschen wie Albert aus«, sagte Falk und setzte sich auf.

Artur nickte. Albert Temmen, der unglückliche Puppenjunge, mit dem sich Falk eine ganze Weile vergnügt hatte.

»Was hat Albert eigentlich verraten?«, fragte Artur.

Falk zuckte mit den Schultern. »Er wollte telefonieren. Und ich habe mich gefragt, was ein kleiner Strichjunge wohl zu telefonieren hat, wenn er mit seinem Freier aufs Zimmer geht.«

»Du hättest ihn nicht umbringen müssen«, antwortete Artur.

»Ist das so?«, fragte Falk, um nach einer kurzen Pause anzufügen: »Was ist mit Wolfgang und Konrad?«

Man hatte die beiden tot aufgefunden, aber keine Zeitung hatte darüber berichtet. Es war auch niemand aus dem Polizeirevier Fünfzig bei Artur aufgetaucht, um ihn zum Schicksal der beiden Männer zu verhören, obwohl sie sonst keine Gelegenheit ausließen, ihn zu befragen, unabhängig davon, ob Artur etwas mit der jeweiligen Straftat zu tun hatte oder nicht. Sie terrorisierten ihn, was eindeutig auf eine gewisse Rachsucht derer von Torstayns hindeutete. Berger und Leyschulte jedenfalls beerdigte man in aller Stille – ohne weitergehende Ermittlung. Ein paar Tage danach war jemand im *Arcasi* aufgetaucht, der betrunken, wie er war, tönte, dass die Leyschultes nicht darüber hinwegkamen, dass ihr Wolfgang *so einer* gewesen wäre. Und dass man in gewisser Weise froh sei, dass er der Familie keine weitere Schande mehr bereiten konnte. Die *Freundschaft* zu Berger hätte man eh nie verstanden.

»Glaubst du, sie suchen dich?«, fragte Artur Falk.

»Ich glaube, sie sind tot. Sind sie es?«

Artur schwieg.

Falk nickte. »Schätze, wir sind uns recht ähnlich in diesen Dingen.«

Artur wechselte das Thema: »Hast du über unseren Handel nachgedacht?«

»Wenn ich hier etwas habe, dann ist es Zeit, um über Dinge nachzudenken«, gab Falk zurück.

»Und?«

Er zuckte mit den Schultern.

»Du möchtest also lieber sterben?«, fragte Artur.

Wieder zuckte Falk mit den Schultern. Dann fragte er nach einer kurzen Pause: »Erinnerst du dich noch an Thorn?«

Irritiert sah Artur ihn an und antwortete: »Nein.«

»Du lügst.« Falk lächelte.

Artur schwieg.

Er fragte: »Denkst du nie darüber nach, wie unser Leben verlaufen wäre ohne den Krieg?«

»Wie meines verlaufen wäre, weiß ich«, antwortete Artur. »Aber deines? Ein homosexueller Mann in Ostelbien? Stammhalter einer alten Gutsherrenfamilie? Was für ein Leben wäre das wohl gewesen?«

Falk sah verblüfft aus, dann aber nickte er. »Mich hat der Krieg wohl gerettet.«

Artur lehnte sich zurück in seinen Stuhl und machte eine präsentierende Geste mit der Hand. »Und sieh, was du aus deinem Leben gemacht hast!«

Für einen langen Moment mied Falk Arturs Blick, ja, seine Augen schimmerten sogar verdächtig, dann aber fasste er sich. »Ich glaube nicht, dass du über mich richten kannst, Artur.«

»Ich werde es aber.«

Falk schnaubte verächtlich. »Ausgerechnet du! Wie viele Menschen hast du getötet, Artur?«

»Nur die, die es verdient hatten«, antwortete Artur.

»Wer hat denn den Tod verdient? Die, die dir im Weg stehen? Die sich dir nicht beugen wollen? Denn das ist es doch, was du eigentlich sagen willst: Ich habe die abgeräumt, die sich zwischen mich und meine Ziele gestellt haben.«

»Ich habe jedenfalls keine Frauen und Kinder umgebracht!«, schrie Artur.

»Nein, deine Toten starben glücklich. Waren die nicht auch irgendjemandes Vater, Bruder oder Sohn? Ein Leben ist ein Leben! Das hast *du* gesagt, nicht ich!«, erwiderte Falk kühl.

Sie starrten einander an, während der Klang ihrer Stimmen gegen die nackten Wände sprang. Dann aber tauchte er in die Schatten, und Stille kehrte ein.

»Deine Lage ist hoffnungslos, Falk«, sagte Artur schließlich. »Du kommst hier nicht raus.«

Falk nickte. »Genau wie deine, Artur. Wir sind beide Gefangene.«

Die Erkenntnis traf Artur hart, aber bevor er sich etwas anmerken lassen konnte, stand er auf und verließ rasch den Keller.

85

Frau Schulze kümmerte sich um Hans wie eine Mutter, was mir nur umso deutlicher klarmachte, dass ich mich nicht wie ein Vater verhielt. Zwar war es in allen Familien eine unausgesprochene Übereinkunft, dass die Mütter nach den Kleinen sahen, während die wenigen Männer, die der Krieg nicht zerstört hatte, versuchten, sie zu versorgen. Doch ich vermisste den Jungen, obwohl er nicht einmal mein leiblicher Sohn war, und von Frau Schulze zu hören, dass er sich sehr gut machte und niemals klagte, versetzte mir einen Stich, denn klammheimlich hoffte ich sogar, dass er sich nach mir sehnte. Aber so war es nicht. Hans hatte sich entwickelt, war eigensinnig, selbstbewusst, manchmal sogar ein wenig größenwahnsinnig. Anzunehmen, dass ich mehr zurückbekommen würde, als ich bereit gewesen war einzuzahlen, war wohl ziemlich vermessen von mir.

Jetzt sah ich ihn so gut wie gar nicht mehr.

Ich fuhr morgens zur Arbeit und traf erst spät am Abend in der Voigtstraße ein. Meistens schlief er schon. Ich ließ mir von Frau Schulze den Tag beschreiben und fuhr weiter in die Raabestraße, wo ich übernachtete, nur um morgens, vor der Arbeit, in die Voigtstraße zu eilen, um Hans wenigstens ein paar Minuten zu sehen.

Am Sonntag ging es dann in die Kirche, was mir nicht gefiel, sich aber nicht vermeiden ließ. Nach dem Gottesdienst spazierte ich an Almas Seite zurück nach Hause. Vor dem Eingang hielten wir kurz, wobei sie mich neugierig ansah.

»Ist das mit der UFA wirklich wahr?«, fragte sie.

»Ich nehme Sie gerne einmal mit, wenn Sie mögen«, schlug ich vor.

»Wirklich?«

»Aber natürlich. Wann hätten Sie denn Zeit?«

»Eigentlich nur sonntags«, antwortete sie.

Ich machte eine Geste zu meinem Wagen. »Springen Sie rein! Wir fahren hin!«

»Jetzt?«, rief sie erstaunt.

»Warum nicht?«

Sie blickte an sich herab: »Ich ... ich hab überhaupt nichts anzuziehen!«

»Sie sehen ganz wunderbar aus!«, rief ich. »Kommen Sie! Machen wir einen Ausflug!«

Sie zögerte, dann aber gab sie sich einen Ruck und stieg in den Wagen.

Als vor zwei Jahren die AVUS eröffnet hatte, war sie die erste reine Autoringstrecke der Welt. Über sie kam man sehr flott nach Babelsberg, wenn man mit ihrer Eröffnung auch zehn Mark für die einfache Fahrt bezahlen musste, sodass dort nur die fuhren, die es sich auch leisten konnten. Und das waren damals schon nicht viele.

Ich nutzte diese Strecke aus diesem Grund nie, jetzt aber, um Alma zu imponieren, bezahlte ich lässig mit einem großen Schein und trat aufs Gas. Aus den Augenwinkeln konnte ich sehen, wie sie die Fahrt genoss, die Geschwindigkeit und die Tatsache, dass wir die Straße praktisch für uns hatten. Ich hätte alles darauf gewettet, dass sie noch nie Auto gefahren war.

In Babelsberg parkten wir vor dem dreistöckigen Fabrikgebäude mit den weiten Rundbogenfenstern und den eigenartigen gebogenen Zacken auf dem Giebel. Der Wärter in dem Torhäuschen kannte mich natürlich, so stellte er auch keine Fragen, als ich Alma sanft an ihm vorbeischob, sondern tippte nur zum Gruß an seine Mütze. Ich zeigte ihr die beiden Glashäuser, in denen heute wenig Betrieb war, sah mich aber gleichzeitig ein wenig nervös um, in der Hoffnung, Lang nicht zufällig über den Weg zu laufen.

Wir trafen ein paar Mitarbeiter, denen ich Alma vorstellte und mit denen ich einen kleinen Plausch hielt, bevor wir nach draußen gingen, um uns die Außenbauten für den Dreh der *Nibelungen* anzusehen. Alma war mehr als beeindruckt, als sie sah, mit welchem Aufwand Filme hergestellt wurden, wie pompös die Bauten waren und wie groß das Geschäft.

»Und das filmen Sie alles?«

»Nicht ich alleine. Es gibt mehrere Kameramänner. Aber ja: Hier entstehen all die Träume.«

Sie klopfte heimlich Mauern und Baumstämme, Wände und Tore ab und musste überall feststellen, dass sie hohl waren, Potemkinsche Dörfer, die hier aber eher mittelalterliche Monumentalbauten waren. Ich zeigte ihr die Kopieranstalt, ein Kostümlager, den Fundusschuppen und trank mit ihr in der Kantine einen echten Kaffee.

Dann fuhren wir zurück.

In der Raabestraße begleitete ich sie in den dritten Stock, als sie sich noch vor der verschlossenen Wohnungstür zu mir umdrehte und ich ein Strahlen in ihren Augen sah, das mir das Herz schwer werden ließ.

»Ich danke Ihnen, Herr Friedländer. Das war der schönste Ausflug in meinem Leben! So aufregend!«

»Gern geschehen!«

»Und Sie sehen das jeden Tag! Wie glücklich Sie sein müssen!«
Ich zuckte ein wenig verlegen die Schultern. »Nun, jeder Beruf hat so seine Höhen und Tiefen!«
»Aber was reden Sie denn da!«, rief sie lachend.
Ich erwiderte ihr Lachen. »Sie haben recht. Es ist schon etwas Besonderes dort!«
»Und dann all diese berühmten Menschen. Sie lernen wohl viele von ihnen kennen, oder?«
»Ja, natürlich. Ich filme sie ja.«
»Wie gut die alle aussehen! Vor allem die Frauen! Du meine Güte: Sie sind umgeben von den schönsten Frauen!«
»Sie sollten sie sehen, bevor sie geschminkt werden ...«
Wir lachten beide.
»Aber schön sind sie doch!«
Ich spürte, worauf sie hinauswollte, und erwiderte: »Schönheit liegt im Auge des Betrachters. Ich für meinen Teil suche ohnehin etwas anderes.«
Sie sah mich neugierig an. »Was denn?«
»Wahrhaftigkeit. Geborgenheit. Verlässlichkeit.«
»Und das bieten diese Frauen nicht?«, fragte sie ungläubig.
»Es sind Schauspielerinnen. Sie spielen. Verstehen Sie?«
Sie nickte.
Wir sahen uns schweigend an.
Dann hob ich kurz zum Abschiedsgruß den Hut und sagte: »Es war ein sehr schöner Nachmittag ...«
Nervös nestelte sie mit ihren Händen an ihrem Wohnungsschlüssel.
Dann aber huschte sie vor, gab mir einen Kuss auf die Wange, schloss schnell die Wohnungstür auf und verschwand dahinter, lächelnd.
Unschlüssig stand ich noch ein paar Sekunden vor der Tür.
Wandte mich ab.
Stieg langsam die Treppen hinab.
Das hier wurde immer hässlicher.

86

Rosa Luxemburg hatte auch in der Barnimstraße gesessen. Isi fragte sich gelegentlich, in welcher Zelle die berühmte Revolutionärin untergebracht gewesen war und welchen Arbeitsdienst sie zu verrichten gehabt hatte. Schwer vorstellbar, dass Luxemburg in der Küche oder Nähstube eingesetzt worden war, in der Wäscherei oder beim Herstellen von einfachem Handwerkszeug. Eher schon in der Bibliothek, wo allerdings nur die Frauen landeten, die sich das Wohlwollen der Wärterinnen und der Direktion verdient hatten.

In jenen Zeiten konnte man aus vielerlei Gründen in der Barnimstraße einsitzen, meist aber waren die Vergehen recht harmloser Natur: Mietschulden, Prostitution oder Diebstahl aus Not. Wer wegen politisch abweichender Meinung eingebuchtet worden war, hatte dies oft einer von Rechten durchsetzten Justiz zu verdanken, die gern die groteskesten Urteile fällte. Letztlich gab es jedoch kaum eine Frau, die dort wegen eines schweren Verbrechens einsaß. Aber es gab auch die.

Isi verrichtete ihren Tagesdienst in der Nähstube, obwohl sie darauf gedrungen hatte, in der Bibliothek Dienst zu tun. Warum man es ihr nicht gestattet hatte, war eigentlich unerklärlich, angesichts der Tatsache, dass sie bald hingerichtet werden sollte. Und ihr handwerkliches Geschick war so unterentwickelt, dass sie nur die allerleichtesten Dinge nähen durfte, wobei selbst die von fragwürdiger Qualität waren.

So verbrachte sie Tag für Tag beim stupiden Beutelnähen, versuchte, durch rhythmisches Wippen des Nähmaschinenpedals auf den Wogen eines gleichförmigen Geratters in ein Traumland zu fliehen, in dem sie ihren Gedanken und Erinnerungen nachhängen konnte.

Gern hätte sie einen Brief nach Thorn geschrieben, ihrer Schwester Gerda von ihrer Lage berichtet, aber die Wahrheit war: Sie wusste weder, wohin sie hätte schreiben sollen, denn die Straßennamen unserer Kindheit galten nicht mehr und waren durch polnische ersetzt worden, noch, ob Gerda nach wie vor in Westpreußen lebte, ja nicht einmal, ob sie es überhaupt noch tat. So trat sie das Pedal und flog davon, an Gittern und Türen vorbei in ein Paradies, aus dem sie niemand vertreiben konnte.

Neben ihr arbeitete noch etwa ein Dutzend anderer Frauen, alle im blauen Waschkleid mit weißem Halstuch. Die meisten waren sanftmütig und saßen wegen lächerlicher Vergehen ein. Eine jedoch, Olga Hess, eine Matrone in den Vierzigern, ein rechthaberisches, bösartiges Weib, das wegen Betrug oder Diebstahl, zuweilen auch wegen Sittlichkeitsverbrechen sehr regelmäßig Kost und Logis in der Barnimstraße genoss, reklamierte während ihrer Aufenthalte eine Sonderrolle für sich, befehligte die Mithäftlinge mit Kodderschnauze, Aggression, körperlicher Kraft und Schamlosigkeit. Jedes Mal wenn sie einfuhr, suchte sie sich ein junges Ding, das sie zu ihrer Dienerin erkor. Die Dienstbarkeit schloss körperliche Liebkosungen mit ein, denn Olga war Feuer und Flamme für zarte Mädchen, denen sie stets eine solche Angst machte, dass sie ihr schnell zu Willen waren und nicht wagten, sich bei den Wärterinnen zu beschweren.

So sagte auch Frieda nichts – ein Mädchen, kaum neunzehn Jahre alt, kaum fünfzig Kilo schwer –, als Olga sie aufforderte, in ihrer Mehrbettzelle die Pritsche neben ihr zu beziehen. Sie wagte auch nicht zu protestieren, als Olga in der Nacht zu ihr herüberrutschte und sich gierige Finger unter Friedas Nachthemd schoben, genauso wenig wie die anderen drei im Raum, die vorgaben zu schlafen und froh waren, dass nicht sie es waren, die Olga unter sich begrub.

Von all diesen Dingen bemerkte Isi lange Zeit nichts, da sie in einer Einzelzelle untergebracht war und sich auch sonst nicht groß um ihre Mithäftlinge kümmerte.

Eines Tages aber fiel ihr auf, dass Frieda die Arbeit in der Nähstube für Olga miterledigte. Später beim Essen sah sie, wie Olga nach Friedas Schüssel griff und sie ihr wegnahm, als ihre eigene leer gefuttert war. Eine Weile sah sie dem Treiben zu, bis sich bei ihr erst Widerstand, dann Wut regte.

Sie begann, die beiden zu beobachten. Das, was sie nicht mit eigenen Augen sah, wurde ihr von den anderen inhaftierten Frauen hinter vorgehaltener Hand zugeflüstert. So brachte sie auch in Erfahrung, warum die Wärterinnen selten eingriffen, wenn Olga andere tyrannisierte. Auch sie waren eingeschüchtert: Olga hatte jeder einzelnen gedroht, dass sie sie finden würde, wenn sie draußen wäre. Das verfehlte seine Wirkung nicht: Der Beruf war schlecht bezahlt und noch schlechter angesehen. Warum sich also mit jemandem anlegen, dem alles egal war? Einer Frau, die weder Angst vor dem Zuchthaus noch vor Obrigkeiten hatte und ihren Willen rücksichtslos durchsetzte.

Isi sah die kleine Frieda an Olgas Seite und fühlte ihr Martyrium.

Dann hatte sie genug davon und beschloss zu handeln.

Eines Mittags setzte sie sich den beiden gegenüber an den Essenstisch. Wie üblich schlang Olga ihre Portion in sich hinein, um sich anschließend Friedas Schüssel zu nehmen.

Da schob Isi Frieda ihr Essen zu und ermunterte sie: »Greif zu!«

Olga hielt inne, blitzte Isi wütend an und griff auch nach deren Schüssel. »Jib man jleich rüba!«

Isi aber packte Olgas wuchtige Handgelenke und antwortete zuckersüß: »Du willst doch nicht noch fetter werden, oder?«

Olga stand der Mund offen ob der ungeheuerlichen Beleidigung und sie legte den Löffel zur Seite. »Sach dit noch mal, do!«

Isi nickte freundlich und antwortete: »Ach, du lieber Himmel: Hat die Fresserei dich auch noch taub gemacht? Ich sagte, dass du fett bist! Eine Kuh mit dem Arsch eines Brauereipferds! Haste mir jetz vastand'n, Frau Hess-lich?«

Olga fuhr hoch und schrie: »Dir koof ick mir! Jloobst wohl, weil du 'ne Hochwohljeborene bist, jibtet keene Keile?«

»Setz dir, Frau Hess-lich!«, pampte Isi zurück. »Jede kann dir sehn, und dit is' wahrhaftich keene Froide.«

Olga wälzte sich aus der Sitzbank, wurde jedoch von einer ausnahmsweise durchsetzungsstarken Wärterin gehindert, sich auf Isi zu stürzen. Sie hielt inne, nahm wieder Platz, grinste Isi böse an und machte sich wieder über Friedas Schüssel her. Isis Napf aber rührte sie nicht an.

Genauso wenig wie Frieda, die bleich und starr vor Schreck hoffte, sie könnte vielleicht doch noch unsichtbar werden. Olga löffelte die Schüssel leer und verließ dann demonstrativ gelassen den Speisesaal.

»Dit hättste nich mach'n soll'n«, flüsterte Frieda.

Doch Isi tätschelte nur ihre Hand und sagte: »Iss mal auf, Kleine. Und überlass mir die Monster.«

Der Umgang mit Ganoven prägte.

In den vergangenen Jahren hatte Isi äußerst begierig die Tricks und Ränke von Arturs Leuten, aber auch von einer ganzen Reihe Gaunern von *Vergissmeinnicht* studiert und für ihre Zwecke weiterentwickelt. Einen Rat aber, der natürlich von Arnie gekommen war, hatte sich Isi ganz besonders zu Herzen genommen: »Prinzessin, wenn du kämpfen musst, dann zählt nur, *dass* du gewinnst. Nicht, *wie* du gewinnst. Darum gibt es nur eine Regel: Es gibt keine Regeln. Verstanden?«

Isi hatte genickt und sich dann von Arnie zeigen lassen, wie man gewann.

Als Olga am späten Nachmittag Isi auflauerte und sich ihr in den Weg stellte, da glaubte sie, dass sie ein arrogantes Fräulein aus dem Hochadel vor sich hätte, die sie vielleicht zu ihrer Dienerin machen könnte. Hübsch war sie ja, wenn auch, zumindest für ihren Geschmack, ein paar Jahre zu alt.

»So, Frollein, denn woll'n wa ma'!« Olga grinste, packte Isi mit ihren gewaltigen Armen und presste sie gegen ihre ausladende Brust. »Komm zu Muttan! Dit wird dir jefall'n!«

Isi aber warf ihren Kopf in den Nacken und hämmerte ihre Stirn krachend gegen Olgas Nase, die förmlich in ihrem Gesicht explodierte: Blut spritzte im hohen Bogen. Olga ließ Isi augenblicklich los, während vor ihren Augen Sternlein tanzten. Schreiend presste sie beide Hände ins Gesicht.

»DU MISTSTÜCK!«, kreischte sie.

Olga nahm ihre blutverschmierten Hände von der Nase, die eingedrückt und gleichzeitig anschwellend so schmerzte, dass ihr die Tränen kullerten. Sie holte aus zum Schlag, aber Isi war bereits bei ihr und drückte ihren Zeigefinger gleich neben der Nasenwurzel in das rechte Auge, so tief, dass sie den aufkommenden Ekel unterdrücken musste, als er hinter dem Augapfel verschwand.

Olga schrie wie am Spieß und ging zu Boden.

Endlich schritten die Wärterinnen ein und warfen Isi ebenfalls zu Boden. Dort sah sie Olga zappeln, schreien, gleichzeitig ihre Nase und ihr Auge haltend. Rasch half man Olga auf die Füße und brachte sie eiligst in die Krankenstation.

Dann erst half man Isi hoch.

Die Wärterinnen sahen nicht einmal böse aus.

»Kann die Kleine zu mir?«, fragte Isi ruhig.

»Sie haben eine Einzelzelle«, antwortete die Schließerin unsicher.

»Dann geben Sie Frieda meine Zelle«, schlug Isi vor.

»Und Sie liegen dann neben der Hess?«, fragte die Wächterin zurück. »Sie sind wohl verrückt geworden, Frau von Torstayn!«

»Sie wissen doch, was hier passiert«, sagte Isi und erreichte damit, dass die Frau beschämt die Augen niederschlug.

»Muss ja niemand aus der Direktion erfahren«, gab sich Isi betont verständnisvoll, »die lassen sich doch hier eh nie sehen. Frieda kommt zu mir, und alles bleibt ruhig.«

Die Wärterin wechselte einen Blick mit ihrer Kollegin und konnte sie leicht nicken sehen.

»Versuchen wir es für ein paar Tage«, antwortete sie schließlich. »Und bitte: keine Auseinandersetzungen mehr!«

»Das müssen Sie der Hess sagen. Ich bin friedlich wie ein Lamm!«

»Habe ich gesehen.« Die Wärterin seufzte und führte Isi den Gang zurück zu den Besucherräumen.

»Was ist?«, fragte Isi.

»Ihr Anwalt will Sie sprechen«, antwortete die Frau da.

Sie sagte es in einem sehr seltsamen Ton, und als Isi sie ansah, mied sie ihren Blick.

87

Die Sonne tauchte die Stadt in warmes rot-oranges Abendlicht. Selbst die grauen müden Gestalten unten auf der Straße wirkten, als hätten sie eine Atempause vom alltäglichen Abnutzungskampf genommen, saßen auf den wenigen grünen Flächen zwischen den Mietskasernen auf dem Gras, rauchten oder unterhielten sich. Für einen Moment sahen sie tatsächlich so aus, als hätten sie den Hunger vergessen, die schmerzenden Knochen und das fehlende Versprechen auf ein besseres Leben. Ich sah Kinder toben. Gegenüber standen die Fenster weit auf, sodass die lumpigen Gardinen in der Brise schwankten.

Ich hatte das Grammofon aus der Voigtstraße mitgebracht und ließ amerikanische Musik laufen, Rhythmen, die man immer öfter hörte und nach denen vor allem die Jüngeren verrückt waren. Die Berliner waren aber nicht nur Könige des Amüsements, sondern auch Großmeister der Verdrängung. Ihr Wille, die Realitäten zu ignorieren, steigerte sich Woche für Woche. Jede Nacht, wenn die Straßenlampen aus Sparzwängen, oder weil mal wieder Streik war, abgeschaltet blieben und sich eine tiefe Dunkelheit über die Stadt legte, öffneten die Dielen, Tanzbars und Trinkstuben. Diese Lust am Untergang hatte es schon nach dem Krieg gegeben, sie war Fundament von Arturs Vergnügungsetablissements, aber was sich hier in den letzten Monaten und Wochen aufgebäumt hatte, suchte wirklich seinesgleichen.

Z'jarn, Z'jaretten und Kokain, det is' Berlin.

Und jeden Tag wurden Leichen aus Landwehrkanal und Spree gezogen, all diejenigen, die lieber tot waren, als noch einen einzigen Tag so weiterzumachen. Die anderen aber setzten ihr bisschen Geld an der Börse ein, spekulierten auf Firmen, deren Namen sie noch nie gehört hatten, von denen sie nicht wussten, was sie produzierten, in der Hoffnung, ein paar Tage später Gewinn gemacht zu haben. Wenn das gelang, hatte die Inflation in dieser Zeit den Gewinn längst wieder aufgefressen, was die Leute nicht davon abhielt, noch mehr zu spekulieren, denn die vielen Millionen, die sie einsetzten, die sie verzockten oder gewannen, waren nichts wert.

Der Krieg und seine Folgen hatten nicht nur Männer verroht, die verletzt, zerstört oder verrückt aus den Stahlgewittern heimgekehrt waren, sondern auch alle anderen. Sittenlosigkeit, Härte und Gewalt hatten sukzessive die Grenzen verschoben, sodass in diesem Sommer 1923 Dinge möglich waren, die 1914 nicht einmal theoretisch denkbar gewesen wären. Selbst 1922 nicht.

Auf dem Kurfürstendamm promenierten geschminkte Jungs mit künstlichen Taillen, Finanzkapitäne machten mit Matrosen herum, ein Transvestitenball jagte den nächsten. Die Mode trumpfte mit immer neuen Ideen auf, der letzte Schrei für die Dame von Welt war: altägyptisch. Weil Howard Carter vor ein paar Monaten das Grab des Tutanchamun entdeckt hatte, tauchten jetzt auf jedem Fest Pharaoninnen auf, in eleganten, eng anliegenden Kleidern vergessener Tage oder einer Art Tutanchamun-Überwurf aus gelber, blauer oder roter Seide, dazu auffällig geschminkte Augen, Kopfbänder oder Stirnreife. Man trank Champagner und schlemmte, während der Rest Kohlrübenkaffee trank, Kohlrübenkoteletts oder Kunsthonig auf graugrünen Schrippen aß.

Eine Entdeckung für viele waren da Pilze: Die kosteten nichts und schmeckten ganz wunderbar. Wenn man denn wusste, welche essbar und welche giftig waren.

Täglich erschütterten neue Berichte von qualvoll gestorbenen Pilzsammlern die Zeitungen, löschten sich teilweise ganze Familien mit einer einzigen günstigen Mahlzeit aus. Natürlich warnten die Journalisten, aber eine Zeitung, die einhunderttausend Mark kostete, war für die meisten nicht zu bezahlen, und so verschwanden die Mahnungen ungelesen und machten neuen Tragödien Platz.

Die Stadt fiel.

Fiel.

Fiel.

Und riss alles mit sich: Herzen, Seelen, Existenzen.

Ein leises Klopfen ließ mich aus meinen Gedanken aufschrecken.

Alma stand vor der Tür.
Offensichtlich ausgehfertig.
»Ich habe Ihren Zettel unter meiner Tür gefunden«, sagte sie mit einem verschmitzten Lächeln. »Wenn Sie wollen: Ich wäre dann so weit!«
Ich nickte ihr freundlich zu, nahm Jackett und Hut, verließ mit ihr das Haus, bot ihr meinen Arm, den sie gerne annahm.
»Wo wollen Sie denn hin?«, erkundigte sie sich.
»Haben Sie Hunger?«, fragte ich.
»Wer nicht?«, fragte sie gut gelaunt zurück.
»Dann lassen Sie uns woanders hingehen. Ich denke, hier finden wir nicht das Passende.«

Wir gingen zum *Goldenen Hirsch*, jenem Lokal, das Isi einst in Schutt und Asche gelegt hatte und wo ich mich, nach dem Eintreten, heimlich umschaute, ob noch irgendwo Spuren der Massenschlägerei, die sie angezettelt hatte, zu sehen waren. Aber alles war blitzfein hergerichtet, und auch das Essen hatte eine hervorragende Qualität, nur dass man jetzt eigentlich einen Kredit für die Rechnung aufnehmen musste. Oder man hatte wie ich: Devisen.

Alma war angemessen beeindruckt, und ihrem Appetit nach zu urteilen freute sie sich sehr über das Mahl, das ich mit Wein und Wasser begleiten ließ, während wir uns angeregt über die Welt des Films unterhielten, an der sie, wie viele andere auch, sehr interessiert war. Meine Anekdoten und Bonmots amüsierten und erstaunten sie, es gab allerdings wirklich unzählige Geschichten und Geschichtchen von Eitelkeit und Verschwendung, mit denen auch ein wenig begabter Redner wie ich einen ganzen Saal hätte unterhalten können.

Schließlich aber fragte ich sie: »Gehen Sie einer Arbeit nach?«
Sie wurde ganz blass ob der Frage, obwohl ich sicher war, dass sie sie schon die ganze Zeit erwartet haben musste, dann griff sie nach dem Glas und trank einen großen Schluck Rotwein.
»Ich arbeite für die Justiz.«
»Oh, das klingt spannend. Was genau machen Sie dort?«

Sie senkte den Blick, konzentrierte sich darauf, ein Stück Fleisch abzuschneiden. Augenscheinlich war ihr das Thema unangenehm.

»Ich arbeite im Vollzug.«

»Sie meinen im Gefängnis?«, hakte ich nach.

Sie nickte und fügte rasch an: »Ist natürlich nicht so schillernd wie Ihre Arbeit.«

»Sagen Sie das nicht, Alma … Darf ich Sie Alma nennen?«

»Gerne.«

»Ich stelle mir vor, dass Sie dort viele interessante Schicksale miterleben?«

»Vielleicht, aber letztlich sitzen da eben doch nur Kriminelle«, wandte sie ein.

»Ich bin sicher, Fritz Lang wäre im höchsten Maße an diesen Geschichten interessiert. Vielleicht dreht er eines Tages sogar einen Film dort!«

»Im Frauengefängnis?«, rief Alma erstaunt.

»Warum nicht? Mit *Mabuse* hatte er großen Erfolg!«

Alma nickte nachdenklich. »Mag sein, aber bei uns in der Barnimstraße gibt es nichts Interessantes.«

Ich lächelte sie freundlich an. »Wer weiß …«

Sie erwiderte das Lächeln und antwortete: »Ihre Welt ist viel spannender … Carl.«

Die kleine Annäherung war mir nicht entgangen, so hob ich mein Glas. »Stoßen wir doch auf uns beide an!«

»Sehr gern.«

Wir ließen die Gläser klirren, und ich sah, wie sich ihre Pupillen ein wenig weiteten.

Später, nachdem ich bei dem sehr erfreuten Oberkellner mit Dollar bezahlt hatte, schlug ich vor, noch ein kleines Abschlussgetränk zu nehmen. Lange mussten wir nicht suchen: Überall hatten Kneipen und Bars eröffnet, überall lockten Spanner mit *Sensationen*. Wir nahmen die erstbeste, traten in einen voll besetzten Raum, rauchgeschwängert, in dem eine kleine Kapelle auf einer ebenso kleinen Bühne einheizte.

Überall wurde gebechert, gelacht, geschrien: Es war ein wildes Tohuwabohu. Ich drängte mit Alma im Schlepptau zum Tresen und stand im nächsten Moment vor einem nackten Mädchen, das dort, Schulter an Schulter mit all den angezogenen Kerlen, tanzte. Sie trug nur Schuhe, animierte ihre Nachbarn zum Trinken, wirkte schutzlos, allein, wie etwas, was man einem Rudel Wölfe zum Fraß vorgeworfen hatte. Ihren Augen nach zu urteilen, hatte sie etwas genommen, was ihr ihren Tanz leichter machen sollte.

Alma sah so entsetzt aus, dass ich ihre Hand griff und sie wieder nach draußen zog. Wir wandten uns ab von den Amüsierbetrieben und schlenderten schließlich über dunkle Straßen zurück nach Hause. Ihre Hand hatte ich nicht losgelassen, und es schien mir, dass sie darüber nicht unglücklich war.

Ich brachte sie zu ihrer Wohnungstür.

Sie machte keine Anstalten, die Tür aufzuschließen, und sah mich nur an.

Da nahm ich sie in die Arme und küsste sie.

Und sie erwiderte den Kuss leidenschaftlich.

Dann schloss sie auf und verschwand schnell in ihrem Zimmer.

Ich kehrte zurück in den ersten Stock und fand einen Zettel unter der Tür.

Komm ins Arcasi, stand darauf. *Sofort.*

88

Es war nach Mitternacht, als mich Anna am Eingang begrüßte, meine Hand packte und mich durch den tobenden Mob zu einem der Tische zog, an dem Artur, Friedel und Arnie saßen. Wie jeden Tag gab eine große Kapelle sich die Ehre, unterhielt Harry die Spaßgesellschaft zwischen den Auftritten mit unanständigen Witzen oder schrägen Gesangseinlagen. Alle waren betrunken, Pärchen klammerten sich verzweifelt aneinander, andere wiederum saßen zusammengesackt an ihren Tischen und fuhren hoch, wenn der nächste Gassenhauer sie dazu antrieb.

Johlen, Gelächter, Kreischen und Gesang schlugen wie die Gischt eines aufgepeitschten Meers gegen Wände und Spiegel, Schweiß lief in krummen Rinnsalen daran herab. Nur an Arturs Tisch herrschte Schweigen, sodass ich mich mit bangen Gefühlen dazusetzte, in die Runde grüßte und feststellen musste, dass niemand diesen Gruß erwiderte.

»Was ist passiert?«, rief ich in den Lärm hinein.

Friedel schaute zu Artur, aber weil der sich nicht regte und stattdessen ein Glas Bier in den Händen drehte, wandte er sich wieder mir zu und rief: »Sie haben den Hinrichtungstermin festgesetzt!«

Mir wurde so schlecht, dass ich eine ganze Weile brauchte, um zu reagieren.

»Wann?«, würgte ich hervor.

»Erster Oktober.«

»So schnell?«, rief ich empört. »Das ist in zwei Monaten! Kann man dagegen Einspruch erheben?«

Friedel schüttelte den Kopf.

Blass lehnte ich mich zurück: Es war, als wäre alle Kraft aus meinem Körper gewichen.

»Was ist mit Alma?«, fragte Artur.

Das Getöse der Feiernden dröhnte in meinen Ohren, ich hatte Schwierigkeiten, mich zu orientieren, weil sich plötzlich der Raum drehte. Artur wiederholte die Frage, bevor Arnie mich schmerzhaft anstieß und wieder auftauchen ließ.

»Sie ... Ich komme voran«, antwortete ich schwach.

Artur sah mich prüfend an. »Carl?«

»Ja?«

»Kriegst du das hin?«

Ich schluckte und antwortete: »Ich denke schon ...«

Niemand sagte etwas, aber ihre Gesichter sprachen Bände.

»Du bist der Einzige, der das kann, Carl!«, begann Artur erneut. »Diese Frau würde jemanden von meinen Leuten oder von *Vergiss-*

mein nicht sofort als Gefahr identifizieren. Die erkennen Gauner sofort!«

»Ja, ich weiß ...«

»Aber?«, fragte Artur.

Ich schüttelte den Kopf. »Kein Aber, Artur.«

»Wir können keinen Zweiten in das Haus einschleusen, ohne dass es auffällt. Die Leute, die vor dir in der Raabestraße gewohnt haben, sind glücklich, dass ich ihnen zum selben Preis eine größere und schönere Wohnung gestellt habe. Aber wenn du das nicht aushalten kannst und wir einen anderen schicken müssen, dann wird Alma ahnen, dass da etwas nicht stimmt. Sie wird sich fragen, wieso in kurzer Zeit zwei Männer an ihr Interesse haben, wenn es die ganze Zeit über nicht einmal einer war. Verstehst du mich, Carl?«

Ich nickte schwach.

Und mied seinen Blick. Ich mied den Blick aller Anwesenden.

Trotzdem nahm ich wahr, wie sie sich besorgt ansahen. Sie fürchteten meine Zögerlichkeit, meine Bedenken, meine Angst. Sie fürchteten, dass *Carl Schneiderssohn* alles in den Sand setzen könnte.

»War jemand bei Isi?«, fragte ich, um das Thema zu wechseln.

»Ja. Friedel«, antwortete Artur.

»Wie geht es ihr?«, fragte ich.

»Sie ist sehr tapfer.«

Ich nickte. Seit wir Alma als Ziel ausgemacht hatten, durfte ich sie natürlich nicht mehr besuchen.

Artur fasste meine Hand. »Sie verlässt sich auf dich, Carl. Sie glaubt nicht, dass Falk mitspielen wird, und das bedeutet: Ihr Leben liegt jetzt in deinen Händen!«

»Ja, ich weiß.«

Wieder flogen Blicke, während ich stumm vor mich hin starrte. Dann aber sah ich auf und sagte mutig: »Ich schaffe das. Ich verspreche es euch!«

Ihre Mienen blieben skeptisch.

Anna gab mir einen Kuss auf den Mund. »Ich glaube an dich, Carl! Du bist viel stärker, als du denkst!«

Ich lächelte gequält.

Artur nickte überzeugt, und das gab mir Kraft.

So verabschiedete ich mich und machte mich auf den Heimweg. Dachte darüber nach, was ich tun und was ich lassen sollte. Und woran ich das jeweils erkennen könnte. Dennoch fühlte ich eine nie gekannte Entschlossenheit: Isis Zeit lief ab. Ich musste etwas unternehmen, musste wagemutig sein – so wie sie. So wie Artur.

Ich musste auf Sieg setzen.

Ohne Zögern.

Ohne Zaudern.

In dieser Stimmung erreichte ich die Raabestraße und blickte an der düsteren Fassade hinauf: Ich würde nicht versagen! Rasch lief ich die Treppen hinauf in den dritten Stock und klopfte leise an ihre Tür. Ich würde mich nicht erklären, würde überhaupt nichts sagen, sondern sie küssen und sie im Sturm erobern.

Drinnen hörte ich Schritte.

Das Türschloss klackerte.

Dann flog die Tür auf: Ein Mann stand dort.

Nur mit einer Unterhose bekleidet.

»WAS?!«, blaffte er wütend.

Ich starrte ihn verwirrt an. »Wer sind Sie?«

»Wer sind *Sie*?!«, fauchte er zurück.

Hinter seiner Schulter tauchte Alma im Dunkel ihrer Wohnung auf. Sie hatte sich einen Morgenrock übergeworfen.

»Carl?«, fragte sie irritiert.

Da drehte ich mich schnell um, murmelte: »Verzeihen Sie die Störung ...«, und eilte mit bangem Herzen die Treppen hinab.

89

Falk machte keine Anstalten, von dem Angebot Gebrauch zu machen. Da war dieser wirklich hübsche Junge, der ihm gefiel, den er zuweilen herbeisehnte, weil er die einzige Möglichkeit darstellte herauszufinden, wie lange er schon in diesem Keller saß, denn dort unten gab es weder Tag noch Nacht, weder Woche noch Monat. Die Zeit hatte sich im Schein der nackten, immer brennenden Glühbirne aufgelöst und richtete den Blick auf das, was von der Welt übrig geblieben war: vier nackte Wände, eine Tür, ein Bett, ein Stuhl und ein Eimer. Der Junge aber war wie das Fenster nach draußen, eine Perspektive, die ihm fehlte, das Versprechen auf eine mögliche Zukunft. Zwar war er auch eine Täuschung, doch obwohl Falk sie als solche erkannt hatte, fühlte er, wie gut sie funktionierte. Wie stark das Verlangen wurde, der Versuchung nach einem Geständnis nachzugeben.

Seine äußerlichen Wunden waren verheilt, die inneren aber schienen in diesem Loch mit jedem Tag ein wenig weiter aufzureißen, denn die Erkenntnis, dass ihn niemand suchte, niemand vermisste, dass er keine Freunde hatte und keinen Halt, befeuerte in ihm ein schmerzhaftes Bedauern: Es war ihm nie gelungen, eine Liebe aufzubauen, wie wir sie zum Beispiel empfanden.

Eine Woche war vergangen, seit Artur ihn das letzte Mal besucht hatte, eine Woche, in der er hoffte, er würde wiederkommen, um mit ihm zu reden. Dann endlich stand Artur plötzlich im Keller, nahm sich den Stuhl und ließ sich nieder.

»Wie spät ist es?«, fragte Falk und setzte sich von der Pritsche auf.
»Spielt es eine Rolle?«, fragte Artur zurück.
»Nein.«
»Es ist sieben Uhr abends.«
»Danke«, antwortete Falk.
Eine ganze Weile verging, in der niemand etwas sagte, Falk Artur aber sehr genau beobachtete.
»Du siehst anders aus«, sagte er schließlich.
Artur sah ihn aufmerksam an. »Ist das so?«
»Ja.«
»Was ist denn anders?«
»Du scheinst weniger besorgt.«

Artur lehnte sich zurück und antwortete: »Und das kannst du sehen, obwohl ich nur ein halbes Gesicht habe? Die meisten Menschen sehen nichts in mir – außer einem Kriegskrüppel.«

»Die meisten Menschen wissen nichts. Sie essen, trinken, schlafen. Dann sterben sie.«

»Es muss nicht so sein.«

»Du meinst, ich kann diese Zelle gegen eine andere tauschen?«, fragte er.

»Du rettest dein Leben«, entgegnete Artur.

»Welches Leben?«

Artur antwortete nicht.

Schweigen fiel wie ein großes weißes Tuch über die beiden. Menschen wie Puppen, einander zugewandt und doch meilenweit voneinander entfernt.

»Willst du nicht wissen, ob ich mich entschieden habe?«, fragte Falk nach einer ganzen Weile.

Artur antwortete nicht.

Erstaunt hob Falk die Augenbrauen. »Was denn? Nicht interessiert? Die wichtigste aller Fragen, und du willst plötzlich keine Antwort mehr?«

Wieder Schweigen.

Da lächelte Falk plötzlich. »Na, sieh mal einer an! Ihr habt einen Plan!«

Auch darauf antwortete Artur nicht.

»Was ist es?«, fragte Falk. »Ein juristischer Kniff?« Er suchte die Antwort in Arturs Gesicht, schüttelte dann den Kopf. »Nein, das ist es nicht. So bekommt ihr sie nicht raus ... aber ... ah ... natürlich!« Sein Gesicht hellte sich auf. »Ihr bereitet einen Ausbruch vor. Richtig?«

Artur blickte ihn stumm an.

»Schwierig. Sehr schwierig. Du wirst Hilfe brauchen ...«

Es ärgerte Artur, dass Falk so ein aufmerksamer Beobachter war. Und gleichzeitig war er beeindruckt.

»Immer einen Plan, nicht wahr, Artur?«

»Denkst du manchmal an sie?«, fragte Artur da zurück.

»An wen?«

»An die fünf Jungs, die du damals in den Tod geschickt hast!«

»Es war Krieg, Artur.«

Der schüttelte den Kopf. »Du wolltest mich umbringen und hast *sie* dafür geopfert.«

Falk zuckte die Schultern. »Ich habe fünf Soldaten bestimmt, die ich nie zuvor gesehen hatte, deren Namen ich nicht einmal kannte. Denn das ist Krieg, Artur: So viele Tote, und doch sind sie nur eine Statistik.«

»Du wirst dafür bezahlen, Falk. In diesem oder in einem anderen Leben.«

»Ja, das werde ich. Und auch ich werde nur eine Zahl in einer Statistik sein. Das macht mir nichts aus.«

Artur sah ihn aufmerksam an. »Du warst immer ein Feigling. Im Krieg und auch danach. Du fürchtest dich. Du magst es abstreiten, auch vor dir selbst, aber doch ist es so. Du fürchtest dich! Vor mir!«

Mit einem Mal mied Falk Arturs Blick und sah stattdessen gedankenverloren auf seine Hände.

Dann fragte er: »Wie wollt ihr es anstellen?«

»Was meinst du?«, fragte Artur.

»Wie wollt ihr Isi rausholen?«

»Glaubst du wirklich, dass ich dir so etwas verraten würde?«, antwortete Artur.

»Warum nicht? Ich kann niemanden warnen.«

»Du wirst es früh genug erfahren«, antwortete Artur ruhig.

Falk nickte. »Am Tag meiner Hinrichtung.«

»Womöglich kommt er schneller, als du denkst«, entgegnete Artur.

Die Antwort verfehlte nicht ihre Wirkung. Dann aber fasste Falk sich. »Einem Offizier steht eigentlich ein ehrenvoller Weg zu.«

»Du warst nur dem Rang nach Offizier, Falk. Für eine Pistole mit nur einer Kugel braucht es einen richtigen Offizier.«

Falk schwieg.

Dann fragte er: »Und wenn ihr scheitert?«

Artur gab sich gelassen: »Auch das wirst du früh genug erfahren, Falk.«

»Ja, aber dann halte ich alle Trümpfe, nicht du.«

Artur schwieg.

Sie wussten beide, dass dem so war.

»Was willst du, Falk?«, fragte Artur nach einer kurzen Pause.

»Einen Sinn«, antwortete der rätselhaft.

»Einen Sinn?«, fragte Artur irritiert zurück.

Falk schwieg. Dann antwortete er: »Ich wüsste zu gerne, wie ihr es anstellen wollt.«

Artur starrte ihn noch einen Moment an und stand dann auf.

»Du gehst schon?«, fragte Falk.

»Wenn du verhandeln willst, sag dem Jungen Bescheid.«

»Ich verhandle nur mit dir. Du musst den Jungen nicht mehr schicken.«

Artur nickte.

In Falks Gesicht spiegelten sich Trotz und Trauer.

Und doch reizte er seine Situation aus, riskierte, dass wir Erfolg haben könnten und seine Chancen damit automatisch auf null sinken würden. Er hatte Angst und war doch mutig. Verzweifelt und doch zuversichtlich.

Die Frage, die wir uns stellten, aber war: Was wollte er wirklich?

90

Früh am Morgen, noch bevor ich in die Voigtstraße und anschließend nach Babelsberg fahren konnte, klopfte es leise an meine Wohnungstür. Ich rieb mir gerade mit Zahnpulver die Zähne, als ich öffnete und Alma vor mir stehen sah: blass, übernächtigt und nervös die Finger knetend. Rasch schlüpfte sie an mir vorbei und schob meine Wohnungstür zu, während ich in die Küche ging, um mir den Mund auszuspülen.

Dann kehrte ich zu ihr zurück.
»Du hast sicher Fragen?«, begann sie unsicher.
Ich räusperte mich und antwortete: »Nun, was ich gestern Nacht gesehen habe, lässt nicht allzu viele Fragen offen.«
Sie nickte, dann sah sie sich kurz um und fragte: »Können wir uns vielleicht einen Moment setzen?«
Mit einer Geste bot ich ihr einen Stuhl an und nahm selbst auf einem Platz.
»Ich kenne Willy noch nicht sehr lange.«
»Soll mich das trösten, Alma?«, fragte ich zurück.
»Natürlich nicht. Was ich eigentlich sagen will: Willy kam als Schlafgänger zu mir.«
Seit ich in Berlin war, kannte ich das Phänomen der Schlaf- oder Bettgänger. Alleinstehende Männer, die, um Miete zu sparen, gegen ein kleines Entgelt ein Bett für die Nacht mieteten, um morgens dann wieder zur Arbeit zu gehen. Das war für beide Seiten eine lohnende Angelegenheit, erst recht in einer Stadt, in der es keinen Wohnraum gab.
»Er arbeitet meistens nachts. Bei der Reichsbahn. In der Ausbesserung.«
»Gestern offensichtlich nicht.«
»Nein«, gab sie zu und verdrehte ihre Finger ineinander.
»Weißt du, Alma, für mich sah das aber ganz anders aus ...«
Sie schluckte und antwortete dann: »Ich ... ich war so allein nach dem Tod meines Mannes. Und ich hatte nie ... Bitte, das musst du mir glauben: Da war nie jemand. Nie!«
»Schon gut. Du bist mir keine Rechenschaft schuldig.«
»Doch, bin ich. Ich will dir Rechenschaft schuldig sein, Carl.«
Schweigend sah ich, wie Tränen in ihren Augen schimmerten.
»Ich habe mich auf Willy eingelassen, weil er ein netter Mann ist. Weil er mich heiraten will. Für mich da sein will.«
»Warum hast du nichts gesagt?«, fragte ich sie.
»Weil ... weil ...« Sie brach ab, starrte auf ihre Hände, sah mich dann aber fest an. »Du weißt, warum.«

»Weiß ich nicht«, entgegnete ich.

Es schmerzte mich, sie so zu sehen: nackt, aufgewühlt, voll banger Hoffnung.

»Weil *du* plötzlich in mein Leben getreten bist! Als ob du vom Himmel gefallen wärst, Carl. Du bist aufgetaucht, und ich wusste, ich wollte nur dich. Du bist so anders. So ein feiner Mensch. So kreativ. So besonders. Ich konnte es kaum glauben, dass du mich wahrgenommen hast, aber du hast! Und seitdem will mein Herz in tausend Stücke springen!«

Alles in mir schrie, und doch rückte ich ein Stück vor und nahm ihre Hände in meine. »Ich bin sehr froh, dass du das sagst.«

»Es ist die Wahrheit, Carl!«

»Und was ist jetzt mit diesem Willy?«, fragte ich.

»Ich gebe ihm noch heute den Laufpass, Carl!«

»Das ist deine Entscheidung, Alma …«

Sie beugte sich vor und küsste mich leidenschaftlich.

»Ich gehöre dir, Carl! Nur dir, hörst du?«

Ich schluckte und nickte.

»Ich muss jetzt zur Arbeit«, antwortete ich heiser.

»Ist recht, Carl! Ach, Carl, du machst mich so glücklich. So glücklich!«

Wieder küsste sie mich und eilte dann hinaus.

Den Rest des Tages verbrachte ich wie betäubt.

Ich bekam nicht einmal mit, dass Lang mich wegen einer Kleinigkeit zusammenfaltete, ließ alles schweigend über mich ergehen und dachte nur, dass ich alles verriet, woran ich eigentlich glaubte. Mir war mittlerweile wirklich jedes Mittel recht, um Isi zu retten. Auf verwirrende Weise fühlte ich mich gut und gleichzeitig hundsmiserabel.

Am Abend dann fuhr ich mit der Bahn zurück und erreichte die Raabestraße erst mit Einbruch der Nacht. Das Wetter hatte umgeschlagen, es war kalt und diesig und entsprach damit meinem inneren Sein. Kurz fragte ich mich, ob Alma auf mich warten würde, wappnete mich für weitere Lügen, für alles, was darauf unweigerlich folgen musste, als ich kurz vor der Haustür ein Geräusch hinter mir hörte und mich umdrehte: Im letzten Moment sah ich eine Faust auf mich zufliegen, wich noch aus, aber sie erwischte mich doch, ließ mich gegen das Haus stolpern, wo ich bereits den nächsten Schlag in die Magengrube kassierte und in die Knie ging. Die Luft blieb mir weg, panisch öffnete sich mein Mund, um zu atmen, zu schreien, aber nichts davon wollte gelingen.

Jemand riss mich am Revers nach oben und stellte mich ruppig gegen die Wand: Willy stand vor mir. In geflickter Arbeitermontur. Unrasiert und nach Schnaps stinkend.

»Die nimmste mir nicht weg!«, fauchte er.

Endlich löste sich der Krampf. Ich schnappte nach Luft und stieß fast gleichzeitig aus: »Was willst du?«

»Wat ick will? Ick will meine Braut!«

»Sie will dich nicht!«

»Jaaa«, rief er wütend. »Sie will den feinen Herrn vonne UFA! Hast ihr den Kopp vadreht mit Kino und allem Jlanz. Aber ick liebe ihr! Du nich!«

»Es zählt nur, was sie will«, gab ich zurück.

»Nee, et zählt, wat bessa is' für Alma!«

»Sie hat sich entschieden!«, rief ich und schlug endlich seine Hände von meinem Revers.

»Sie is'n bissken durchenander. Dit krieje ick allemal wieda hin!«

»Nein, es ist vorbei!«, entgegnete ich wütend. »Verschwinde einfach.«

Wieder presste er mich gegen die Hauswand und fauchte: »Jeh jefällichst zurück in deine Jlitzerwelt! Wat willst du denn mit 'n Mädel wie Alma? Die passt doch übahaupt nich zu dir!«

»Das bestimmst nicht du!«

»Doch, weil ich se nemlich liebe! Und deswejen machst du jetz hier de Flieje! Oda ...«

»Oder was?«

»Oda ick bring da um«, sagte Willy fest. »Ick hab im Kriech etliche Männer jetötet. Uff eenen mehr kommtet da ja nich an!«

Ich starrte ihm ins Gesicht und wusste, dass er es ernst meinte. Dass er seine Drohung nicht einfach ausgesprochen hatte, um sie folgenlos verklingen zu lassen. »Hau endlich ab!«, zischte er und schubste mich erneut. »Und komm nie wieda!«

Für eine Sekunde tanzte unsinniger Stolz durch meine Brust, verlangte eine beleidigte Männlichkeit, ihm gleich hier ins Gesicht zu schlagen und so lange auf ihn einzuprügeln, bis ich triumphierend über ihm stand, um ihm einen letzten Tritt zu verpassen. Bis dieses Gefühl wie ein Ballon platzte und demütigender Vernunft wich.

»Schon, gut!«, antwortete ich kleinlaut.

Er tätschelte mir zufrieden die Wange. »So is' brav. Jetz jehste bei deene Freunde vom Fülm und heiratest 'ne hübsche Schauspielerin. Du kannst mir jlooben: Eenes Tages wirste mir dankbar sinn dafür!«

Er trat einen Schritt zur Seite und ließ mich gehen.

Ein paar Meter weiter verschluckte mich die Dunkelheit. Ich hörte noch, wie er die Haustür aufschloss und eintrat. Er würde hoch in den dritten Stock gehen und sich zurückholen, was ihm gehörte.

91

Unter anderen Umständen wäre das Werben um Alma beendet gewesen. Ich liebte sie nicht, und mit einer Sache hatte Willy vollkommen recht: Wir passten nicht zusammen. Nicht weil ich so etwas Besonderes gewesen wäre, sondern weil wir uns im Grunde nichts zu sagen hatten und sie tatsächlich etwas vom Glanz meiner Welt geblendet schien. Um wie viel interessanter als das, was sie selbst Tag für Tag erlebte, musste ihr das bunte UFA-Universum erscheinen!

Unter anderen Umständen also wäre Willy als strahlender Sieger aus dieser Auseinandersetzung hervorgegangen, so aber kam er zwei Tage später am frühen Morgen von seiner Schicht zurück in die Raabestraße und stand vor Arnie und Strippe, die ihn ruhig musterten und fragten: »Heißt du Willy?«

Vielleicht hätte es ihm Aufschub verschafft, wenn er es geleugnet hätte, aber müde und gereizt, wie er war, blaffte er nur: »Haut ab, ihr Penner!«

Arnie verpasste ihm einen solchen Schwinger, dass er bewusstlos war, bevor er den Boden berührte. Die beiden packten Willy an Armen und Beinen und schleppten ihn in aller Seelenruhe und unter den milde erstaunten Blicken derer, die zu dieser frühen Morgenstunde bereits auf den Beinen waren, zu ihrem Wagen, um ihn dort auf den Rücksitz zu werfen und loszufahren. Das Ganze hatte weniger als eine Minute gedauert, die paar Passanten zuckten gelangweilt mit den Schultern und gingen wieder ihrer Wege, während das Geknatter des davonfahrenden Wagens langsam vom Zwitschern der Vögel übernommen wurde.

Willy landete in einem der Keller, in denen Artur Probleme zu lösen pflegte.

Gefesselt an einen Stuhl, immer noch ohne Bewusstsein.

Arnie kippte ihm einen Eimer mit kaltem Wasser ins Gesicht: Nach Luft schnappend kam Willy zu sich, zwinkerte irritiert und sah doch nur die beiden Kerle, die ihn vor dem Haus angesprochen hatten.

»Wat soll denn dit? Wat wollt ihr denn von mir?!«, schrie er wütend.

Arnie und Strippe sahen ihn nur schweigend an.

Willy stellte noch eine ganze Menge Fragen, fluchte, schimpfte und bat schließlich höflich darum, doch wieder freigelassen zu werden, denn bei dem ganzen Vorgang schien es sich um eine Verwechslung zu handeln, die er großherzig verzeihen würde, natürlich ohne etwas davon der Polizei mitzuteilen.

Antwort bekam er keine.

Eine halbe Stunde später hörte er dann Schritte: Artur trat zu ihnen in den Keller, und sein Anblick ließ Willy ziemlich kleinlaut werden.

»Guten Morgen, Herr Barthels. Entschuldigen Sie die Unannehmlichkeiten.«

Überrascht über die freundliche Anrede fasste Willy Mut und erwiderte wenig diplomatisch: »Bindet mir sofort los, ihr Arschlöcher!«

Artur schaute auf ihn herab und antwortete: »Vorher würde ich mich gerne mit Ihnen unterhalten!«

»Ick aber nich mit Ihn'!«

Artur blieb vollkommen unberührt: »Sicher haben Sie sich schon gefragt, warum Sie hier sind?«

»Hab ick! Und keene Antwort jekricht. Und wissta, wat? Die könnta euch sowieso in 'n Arsch schieben!«

»Ich möchte Ihnen ein Angebot machen …«

Willy hielt inne und sah aufmerksam zu Artur hoch. »Wat denn für 'n Anjebot?«

»Ich gebe Ihnen einhundert Dollar.«

Willy sah ihn mehr als erstaunt an, dann aber verengten sich seine Augen misstrauisch. »Und? Wat muss ick dafür tun?«

»Nicht viel. Nur die Stadt verlassen.«

»Dit soll alles sinn?«, fragte er.

»Noch heute.«

Skepsis und Neugier schimmerten in seinen Augen. »Nüscht weita?«

»Ja. Machen Sie Urlaub. Gründen Sie ein Unternehmen. Was Sie wollen. Nur weit weg von Berlin.«

»Und warum?«, fragte Willy.

Artur hielt ihm die Hand hin. »Sind wir uns einig?«

Willy starrte auf die Hand und ruckelte an seinen Fesseln. Artur gab Strippe mit einem Nicken zu verstehen, dass er den Strick durchschneiden sollte, was der auch tat.

Willy schlug ein. »Und wann jibet die Penunse?«

»Sobald Sie im Zug sitzen.«

Er nickte grinsend. »Einverstanden. Ich pack nur meine paar Klamotten …«

»Sie gehen sofort.«

Er schüttelte den Kopf. »Ick muss wenichstens meine Braut mitnehm'n!«

»Die bleibt hier.« Ungläubig starrte Willy Artur an, dann endlich fiel der Groschen. »Ach, daher pfeift da Wind! Der feine Herr vonne UFA hat seine Schläjer jeschickt!«

»Kommen Sie!«, sagte Artur. »Ihr Zug wartet!«

»Saren Se dem Scheißkerl, dess ick ohne Alma nirjenswo hinjehe! Hat wohl jedacht, er kann mir koofen, wat? Richten sie ihm jefällichst aus: Niemand kann Willy Barthels koofen! NIEMAND!«

Artur sah ihn fast schon mitleidig an. »Sie missverstehen Ihre Lage, Herr Barthels. Sie verschwinden. Auf die eine oder andere Art. Die Frage ist nur: Gehen Sie als wohlhabender Mann oder nicht?«

»Ick jeh nirjenswohin, du Schwein!«, zischte Willy.

Artur zuckte mit den Schultern. »Dann bleiben Sie eben hier.«

»Det könnt ihr nich mach'n!«, schrie Willy.

»Doch«, antwortete Artur trocken.

»Man wird mir such'n! Janz schnell habter de Polizei am Hals!«

»Wer wird dich suchen?«, fragte Artur. »Alma? Die Reichsbahn?«

»JA!«

Artur schüttelte den Kopf. »Bist du wirklich so dumm? Denn wenn, dann würde ich das Geld auf jeden Fall nehmen, bevor du die einzige Chance auf ein gutes Leben auch noch wegwirfst!«

»Alma wird mir such'n! Alma liebt mir!«

»Alma liebt dich nicht! Und du weißt das!«

»*Ick* liebe sie!«, rief Willy verzweifelt. »Ick liebe sie für uns beide zusamm'n. Sie wird een schönet Leben mit mir hab'n!«

»Du wirst eine andere finden«, antwortete Artur. »Kauf ein Haus im Grünen. Gründe eine Familie! Es gibt genug unglückliche Witwen da draußen!«

»Nüscht is'. Ick will nur Alma!«

Willy klang aufrichtig. Er mochte ungelenk in seinen Umgangsformen sein, vielleicht auch nicht sonderlich intelligent, aber seine Gefühle waren aufrichtig und sein Schmerz wahrhaftig. Er täuschte nichts vor, um möglicherweise einen besseren Handel herauszuschlagen, sondern war bereit, auf alles zu verzichten, nur um bei der Frau zu sein, die ihm alles bedeutete.

Artur war im Begriff, sich umzudrehen und den Raum zu verlassen, als Willy rief: »In Ordnung! Ick mach et! Ick nehm an!«
Willys Blick war flehend, und doch hätte nicht einmal jemand sehr Naives die Lüge darin nicht erkannt.

»Tut mir leid, es gibt kein Angebot mehr!«

»Aber eben haste doch noch jesacht …?«

»Bis eben wusste ich auch noch nicht, dass du alles für sie tun würdest«, gab Artur zurück.

Da sprang Willy vor und prügelte auf Artur ein. »Lass mir raus! Lass mir raus, du Drecksack!«

Artur packte ihn und hob ihn ein Stück in die Höhe, um ihn gleich mit voller Wucht gegen die Kellerwand zu schleudern. Für einen Moment blieb Willy die Luft weg, er krümmte sich und begann zu heulen. Wohl nicht nur wegen der körperlichen Schmerzen, sondern auch wegen der Aussichtslosigkeit seiner Lage.

Artur und seine Männer verließen den Keller und sperrten die stabile Tür zu.

Davor hatte ich die ganze Zeit gestanden und zugehört.

»Es geht nicht anders«, sagte Artur, der meinem Gesicht ansah, wie ich mich gerade fühlte.

»Er liebt sie wirklich«, antwortete ich leise.

»Ja. Und deswegen muss er da drinbleiben.«

»Wenn er wieder rauskommt, wird er sich rächen!«

Artur schüttelte den Kopf. »Er wird froh sein, Alma wiederzubekommen.«

Ich schluckte. »Er wird sie nicht wiederbekommen.«

Artur sah mich an. »Wir tun, was wir tun müssen, Carl. Sie werden beide darüber hinwegkommen.«

Ich nickte schwach und dachte, ich könnte mich nicht mehr dreckiger fühlen.

Aber da sollte ich mich täuschen.

92

Sie hatte auf mich gewartet. Es war später Vormittag, ich parkte meinen Wagen und war noch nicht ausgestiegen, als die Haustür aufflog und Alma mir entgegenstürmte.

»Carl! Carl!«

Ich zwang mich zu einem Lächeln, öffnete die Wagentür, die sie mir praktisch aus den Händen riss, bevor sie uns beide aus Freude und Erleichterung ins Wageninnere stürzte.

»Ich dachte, du würdest nie wiederkommen!«, sie schluchzte halb lachend, halb weinend.

»Alma, die Leute!«, mahnte ich.

Sie lag halb auf mir und ich äußerst unbequem zwischen Fahrer- und Beifahrersitz.

»Die sind mir egal, Carl. Alles ist mir egal, nur du nicht!«

Sie küsste mich, aber ich drängte sie ein wenig zurück von mir und bestand darauf, ins Haus zu gehen. Mittlerweile konnte ich überall auf der Raabestraße die grinsenden Gesichter sehen, die sich über den Gefühlsausbruch der ansonsten sittenstrengen Alma ebenso amüsierten wie über meine bescheidenen Versuche, sie zu stoppen.

Sie zerrte mich an der Hand hinter sich her, hinauf in den dritten Stock, wo sie hektisch aufschloss und mich in ihre Wohnung drängte. Dort fiel sie mir erneut um den Hals, küsste mich und zog sich gleichzeitig aus.

»Willy hat schreckliche Dinge gesagt! So schreckliche Dinge!«

»Alma ...«, begann ich, aber sie verschloss meinen Mund mit weiteren Küssen.

Ehe ich michs versah, hatte sie mich ins Schlafzimmer geschoben und auf das Bett geworfen. Dort begann sie, selbst nur noch in Unterwäsche, mir die Hose auszuziehen.

»Du bist zurückgekommen! Und ich lasse dich nie wieder gehen! Nie wieder!«

Später, als sie erschöpft und glücklich auf meiner Brust lag, starrte ich die Decke an und dachte an nichts mehr. Nach einer Weile wurden ihre Atemzüge ruhig und tief, sodass ich mich heimlich aus ihrer Umarmung wand und leise aufstand. Ich wollte fort und wagte nicht hinauszuschleichen. Also saß ich auf einem Küchenstuhl und fragte mich, wie das hier nur weitergehen sollte, wie es mir gelingen konnte, die Fassade aufrechtzuerhalten, denn eines war mir doch klar: Sollte Alma merken, dass ich sie hinterging, würde Isi ihren ganzen Schmerz, ihre ganze Enttäuschung darüber teuer bezahlen.

Es gab keinen Ausweg.

Weder für mich.

Noch für Isi.

Und auch nicht für Alma.

Und bedachte man, dass da noch Willy in einem Keller gefangen saß … Wie lange konnte das gut gehen? Wann würde alles auffliegen und in einer Katastrophe enden? Ich fühlte einen solchen Druck, dass ich mich zu fragen begann, wie Artur oder Isi ihr Leben nur aushielten. Gewöhnte man sich an so was? Zog man daraus sogar irgendwann einen Gewinn, sodass man die Einsätze immer weiter erhöhte, um noch mehr davon zu bekommen?

Fingerkuppen berührten sanft meine Schulter und ließen mich erschrocken zusammenzucken: Alma.

»Was ist, mein Liebster?«, fragte sie.

»Nichts«, antwortete ich. »Alles in Ordnung.«

»Warum bist du aufgestanden?«

»Ich … Wir haben nur so einen Stress in den Studios. Fritz Lang ist ein Wahnsinniger, und er ruht nicht eher, bis alle anderen auch wahnsinnig geworden sind.«

»Du Ärmster. Komm ins Bett: Ich tröste dich!«

Ich erschauderte und suchte nach einem Ausweg.

»Willy ist fort«, sagte ich schnell.

Es hatte die beabsichtigte kühlende Wirkung.

Sie setzte ich auf einen Stuhl mir gegenüber und antwortete: »Er hat mir dasselbe über dich gesagt.«

»Er war sehr aufgebracht«, bestätigte ich.
»Wie hast du ihn überzeugt?«, fragte sie.
»Ich habe ihn bezahlt«, sagte ich.
Sie starrte mich an. »Du hast ihn bezahlt?«
»Die Liebe war wohl doch nicht so profund«, gab ich kalt zurück.
Sie schwieg einen Moment.
Dann fragte sie: »Wie viel?«
Sie sah sehr verletzt aus.
»Das ist nicht so wichtig. Wichtig ist nur, dass er fort ist und nicht zurückkommt. Denkst du nicht auch?«
Sie schluckte, dann aber nickte sie. »Ja … nur … Er hat mir gesagt, dass er mich liebt … und ich habe ihm alles geglaubt.«
Ich griff ihre Hand und sagte: »Es ist vorbei, Alma. Denk nicht mehr an ihn.«
Eine Weile schien sie ihren Gedanken nachzuhängen, dann aber rang sie sich ein Lächeln ab. »Wir machen es uns schön, ja?«
»Aber natürlich.«
»Und du willst immer bei mir bleiben?«
»Ja, Alma.«
Sie beugte sich zu mir herüber und küsste mich.
»Du machst mich so glücklich, Carl. Ich war in meinem Leben noch nie so glücklich wie jetzt gerade.«
Ich versuchte es meinerseits mit einem Lächeln und antwortete: »Ich auch nicht, Alma.«
Sie küsste mich wieder.
Und ich dachte: Wenn nur diese Küsse aufhören könnten! Alles wollte ich ertragen, aber nicht diese Küsse.
Sie waren das Schlimmste von allem.

93

Isi hatte mit dem Fingernagel Olgas Sehnerv verletzt, sodass Olga Wochen auf der Krankenstation verbringen musste, wo absolute

Bettruhe in ihr böse Gedanken wie Unkraut wuchern ließ. Die kleine Frieda zog einstweilen mit in Isis Einzelzelle, und was allenfalls für ein paar Tage gedacht war, wuchs sich langsam aus, obwohl Olga erstmals keine Gefahr mehr war. Möglicherweise lag es an Alma, die Schichtleiterin in diesem Trakt war. Isi kam nicht umhin festzustellen, dass ich meine Sache offensichtlich recht geschickt anging. Jedenfalls war die sonst sehr strenge, korrekte und vor allem sehr dienstbeflissene Alma umgänglich geworden und hatte ihr Regiment für alle Anwesenden spürbar gelockert.

Frieda dagegen war nicht nur sehr glücklich darüber, dass Isi sich um sie kümmerte, sie verkroch sich geradezu wie ein Vögelchen unter Isis Schwingen und wähnte in ihr die große Schwester, die sie selbst nie hatte. Sie kam aus einer lieblosen Familie mit drei Brüdern, einem Vater, der trank, einer Mutter, die im letzten Jahr an Erschöpfung gestorben war. Seit dieser Zeit hatte sie versucht, auf eigenen Beinen zu stehen, und feststellen müssen, wie schwierig das für ein alleinstehendes Mädchen war, das Männer als Lustwerkzeug und Arbeitgeber als Sklavin ansahen. So verlor sie ihre erste Stelle als Dienstmädchen, weil der Sohn des Hauses ein paar Dinge an ihr ausprobieren wollte und seine Mutter ihr dafür die Schuld gab.

Danach arbeitete sie in einer Diele und musste sich dort der Annäherungen des Wirtes erwehren. Schließlich ergatterte sie eine Anstellung als Hilfskraft im Kaufhaus Wertheim, was so schlecht bezahlt war, dass sie ihr Zimmerchen nicht mehr halten konnte. Wegen Mietschulden wurde sie verklagt und zu sechs Monaten verurteilt, nur wenige Tage bevor ein neues Gesetz in Berlin in Kraft trat, dass die Mieter vor Rauswurf schützte, unabhängig davon, ob sie Miete zahlen konnten oder nicht. Wenigstens das hatte die grässliche Inflation bewirkt. Für Frieda war es allerdings zu spät.

Sie kam ins Frauengefängnis in der Barnimstraße und landete in den fleischigen Armen Olgas, bis Isi sie rettete. Jetzt lagen die beiden Nacht für Nacht in einem Bett, wobei Frieda sich im Schlaf an Isi klammerte, die das mit einem sanften Lächeln hinnahm.

Überhaupt war sie mehr Kind als Frau und folgte Isi auf Schritt und Tritt, als ob sie fürchtete, Olga könnte ihr auflauern und sie verschleppen. Dabei mühte sie sich nach besten Kräften, Isi zu gefallen, bot ihr an, ihre Arbeit für sie zu erledigen, die Zelle zu putzen, ihr überhaupt jeden Wunsch von den Augen abzulesen. Sie bewunderte Isi und wünschte sich nichts mehr, als immer bei ihr sein zu dürfen. Frieda erinnerte Isi in ihrer Zartheit sehr an Klara und weckte dementsprechende Beschützerinstinkte in Isi.

So verbrachten die beiden die Abendstunden in trauter Zweisamkeit, wobei Frieda viel über sich und ihre Familie erzählte und Isi wiederum aus ihrem Leben. Frieda lauschte gebannt und war voller Bewunderung für Isis Einfallsreichtum, ihre Keckheit und ihren Mut.

Und natürlich erzählte ihr Isi auch vom Prozess und dem Urteil, was Frieda, die keine Ahnung davon gehabt hatte, in Tränen ausbrechen ließ. Sie warf sich förmlich in Isis Arme und schluchzte: »Nein! Nein! Nein!«

»Shhhh«, machte Isi und streichelte ihr über den Kopf.

»Nein, det könn'se nich. Nich du!«

Sie weinte, und Isi schwieg.

Später, als die Lichter gelöscht wurden, als sie im Bett lagen, drängte sie sich an Isi, hielt sie fest und flüsterte: »Det dürfen se nich! Se dürf'n et eenfach nich!«

Eine Weile spürte Isi, wie Frieda leise weinte, bevor sie endlich einschlief.

Mitten in der Nacht wurde Isi wach von einem leisen, undeutlichen Geflüster: Frieda redete im Schlaf. Nicht einmal in ihren Träumen ließ sie die Hinrichtung los, sodass sie mal klar, mal dumpf sprechend, mal tretend, mal mit den Armen zuckend im Schlaf verarbeitete, was Isi bis dahin so erfolgreich verdrängt hatte. Jetzt aber ärgerte sie sich darüber, Frieda von dem Urteil und dem Hinrichtungsdatum erzählt zu haben. Ihr unruhiges Gemurmel ließ sie an die Bedrohung und die vielen Unwägbarkeiten denken, von denen ihre Rettung abhing.

Fortan blickte Frieda sie blass und mit schreckensgeweiteten Augen an, und selbst wenn sie über Belanglosigkeiten sprachen, sah Isi in ihrem Gesicht die nackte Angst. Und sosehr sie Frieda mochte, so sehr begann die Situation sie zu belasten.

Eines Abends dann, als sie bereits im Bett lagen und drauf warteten, dass die Lichter gelöscht werden würden, und Isi spürte, dass Frieda erneut mit den Tränen kämpfte, versuchte sie, ein neues Thema zu eröffnen.

»Magst du eigentlich Filme?«, fragte sie.

Frieda hielt inne und antwortete nach ein paar Augenblicken des Sammelns: »Ja, natürlich.«

»Welchen magst du am liebsten?«

Frieda zögerte mit der Antwort.

»Frieda?«

»Ick hab noch keenen jesehen«, flüsterte sie.

Isi drehte sich zu ihr um. »Wie bitte?«

Frieda blickte zu ihr auf und sagte: »Kintopp kost' doch Jeld.«

»Dann wird es wohl mal Zeit!«

Sie nickte. »Ick würde sehr jerne mal eenen sehn.«

»Mein Freund Carl arbeitet bei der UFA.«

Kurz sah es so aus, als würden Frieda die Augen aus dem Kopf ploppen. »Ist das wahr?«

»Und ob das wahr ist. Er ist Kameramann. Er hat für Lubitsch gedreht. Und für Lang. *Dr. Mabuse* kennst du vielleicht?«

»Ob ick den kenne? Jeda kennt den! Und dein Freund hat den jedreht?«

»Mit anderen zusammen, ja.«

»Isi, wat kennst du denn for Leute?! Dass de überhaupt mit mir reden tust!«

»Warum sollte ich denn nicht mir dir reden?«

»Na ja, weil de doch so schön bis'! Und so kluch! Und so tolle Freunde haben tust! Und ick bin nur 'n dummet Jör.«

»Bist du nicht!«, sagte Isi und streichelte Frieda ein paar Haare aus der Stirn. »Weißt du, ich habe da eine Idee …«

»Wat denn für eene?«

»Ich frage meinen Freund Carl, ob er dir bei der UFA eine Anstellung besorgen kann.«

Frieda fuhr hoch, als hätte sie ein Stromschlag erwischt – gleichzeitig ging das Licht aus, was einen so komischen Moment ergab, dass sie beide darüber lachen mussten. Schließlich umarmte sie Isi wieder und fragte: »Ist det allet wahr? Träum ick ooch nich?«

Isi gab ihr einen Kuss auf die Stirn und sagte: »Du träumst nicht. Wenn du hier rauskommst, holt Carl dich ab und besorgt dir eine Anstellung. Und wenn das nicht klappt, dann kannst du in jedem Fall bei Artur arbeiten. Jedenfalls wirst du nicht alleine sein.«

Frieda schwieg.

Doch dann begann sie erneut zu weinen und presste ihr Gesicht an Isis Brust: »Und du?«, schluchzte sie.

»Mach dir keine Sorgen«, flüsterte Isi. »Ich komme schon zurecht.«

Leise seufzend nahm Isi zur Kenntnis, dass, was auch immer sie vorbrachte, es doch nur in Tränen endete. Frieda klammerte sich an sie und heulte wie ein Schlosshund: »Se werden dir umbringen, Isi! Die bringen dir um!«

Isi hielt sie und flüsterte ihr zu: »Sie bringen mich nicht um.«

Es dauerte bald eine Minute, bis Frieda den Sinn dieses Satzes verstanden hatte, dann löste sie ihren Griff und sah Isi in der Dunkelheit an: »Wat meinste damit?«

Isi zögerte mit der Antwort, schließlich raunte sie: »Ich bleibe nicht hier.«

Wieder Schweigen.

Frieda richtete sich auf und fragte sehr leise: »Du willst – abhauen?«

Isi legte ihr den Zeigefinger auf den Mund und sagte: »Shhhh.«

»Is' det wahr?«, flüsterte Frieda.

»Du darfst darüber nicht sprechen. Mit niemandem. Verstehst du?«

»Na klar, natürlich nich! Ick schwör et dir!«

»Gut, dann reden wir jetzt nicht mehr davon. Wir reden überhaupt nie wieder davon. Einverstanden?«

»Ja!«

Frieda kuschelte sich an sie.

Wieder zitterte ihr ganzer Körper, aber diesmal vor Freude.

Isi war sich nicht sicher, ob es die richtige Entscheidung gewesen war, Frieda einzuweihen, aber noch einen Tag länger hätte sie diese Weinerlichkeit und Panik kaum aushalten wollen.

»Woll'n wa für imma Freundinnen sinn?«, wisperte Frieda im Dunkeln.

»Ja«, flüsterte Isi zurück.

Sie schliefen ein.

In dieser Nacht träumte Frieda nicht.

94

Die Inflation hatte sich unterdessen in einer Art entwickelt, wie es sich niemand hatte vorstellen können, und immer noch schien kein Ende erreicht. Obwohl unzählige Druckereien damit beschäftigt waren, noch mehr Scheine unters Volk zu bringen, kamen auch die nicht mehr nach. Berlin druckte Notgeld, kassierte die alten Hundert- und Zweihundertmarkscheine und druckte einhunderttausend oder zweihunderttausend darüber.

Immer höhere Scheine kamen in den Umlauf: eine Million, zehn Millionen, hundert Millionen, eine Milliarde. Die Entwertung war so rasend, dass sich viele Geschäfte nicht mehr die Mühe machten, die Preise für die Waren auszuzeichnen, sondern stattdessen jeden Tag Nummern in die Schaufenster hingen, mit denen man den auf den Waren ausgewiesenen Betrag zu multiplizieren hatte. Und weil es eine durchaus berechtigte Angst vor Plünderungen gab, blieben die Läden nur noch sechs Stunden täglich geöffnet.

Dann begannen die Schubkarrenläufe.

Da mittags der neue Dollarkurs veröffentlicht wurde und die

Mark beinahe täglich weniger wert war, brachten die Arbeiter ihre Tageslöhne, so schnell sie konnten, zu ihren Frauen, die damit in die Geschäfte rannten, um mit einem Berg von Papiergeld Lebensmittel zu kaufen, die am Nachmittag vielleicht schon unerschwinglich sein würden. Die Ladenbesitzer wiederum packten ihre Einnahmen in Schubkarren und rasten damit zur Bank, wo das Geld nicht mehr gezählt, sondern gewogen wurde, um davon Aktien zu kaufen. Behielt man Geld zurück, so konnte man es bald seinen Kindern zum Spielen geben, was nicht wenige taten. Bündel zu Millionen dienten als Bauklotzersatz oder wurden genutzt, um den Ofen anzufeuern.

Die Inflation bäumte sich zu einer riesigen, alles verschlingenden Welle auf, die die Rechten zurück aus dem Meer der Geächteten an den Strand der Gesellschaft spülte. Als Erstes floh Hermann Ehrhardt aus der Haft. Der Mann, der nicht nur mit der nach ihm benannten Marine-Brigade unzählige Tote zu verantworten hatte und maßgeblich am Putsch 1920 beteiligt gewesen war, sondern auch der Herr der verbotenen Organisation Consul war. Nach seiner ersten Flucht hatte man ihn überall gesucht, ihn überall vermutet, nur offenbar nicht in Bayern, wo er allen denkbaren Schutz genossen hatte.

Jetzt war er dank ausgiebiger Hilfe des Wachpersonals förmlich aus dem Leipziger Gefängnis spaziert. Die Zeitungen spekulierten erneut, wo er sich versteckt haben könnte. Die meisten Leser hätten es den Journalisten sagen, ja ihnen ins Gesicht schreien können: Bayern.

Wo anders also hätten sich reaktionäre Kräfte am *Deutschen Tag zum Angedenken an die alte Wehrmacht* treffen können? Einhunderttausend Nationale in Nürnberg feierten sich zwei Tage lang selbst, angeführt von einem gewissen Adolf Hitler, dessen NSDAP mir erst Anfang des Jahres zum ersten Mal aufgefallen war. Seine Partei war in anderen Bundesländern verboten, in Bayern aber erfreute sie sich nicht nur hoher Popularität, sondern erfuhr auch den Schutz der Regierung und ihrer Administration.

Auf Fotos sah man ihre Vertreter in Uniform in einem Meer von Hakenkreuzfahnen, von denen ich seit dem Putsch wusste, dass sie Böses verhießen. Irritierte Korrespondenten berichteten, dass die Anhänger Hitler mit *Heil!* und *Führer!* begrüßten. Und dann war da natürlich Ludendorff. Immer wieder Ludendorff, der der Regierung in einer Rede ganz offen mit Umsturz drohte.

Wie zuwider mir das alles war!

Alma wollte über all das nicht sprechen, sondern nur über uns.

Je mehr sie sich am Ziel all ihrer Wünsche wähnte, desto schwerer fiel es mir, das Theater aufrechtzuerhalten, das ihr, so viel war mir früh schon bewusst, brutal das Herz brechen würde. Einstweilen verbrachte ich Zeit mit ihr, lud sie zum Essen ein oder berichtete in bunten Bildern von den Wundern der filmischen Inszenierung, von den ungeheuren Summen, die nötig waren, um die Nibelungen zu drehen, und die zu investieren sich doch lohnte, denn die UFA erwirtschaftete, im Gegensatz zu den meisten anderen, hohe Umsätze in Europa und Übersee, abgerechnet in Devisen, sodass sie gut bei Kasse war, während die meisten anderen untergingen.

Von all unseren Rendezvous blieb mir nur eines in besonderer Erinnerung, weil es vielleicht als Sinnbild für die Kapriolen unserer Zeit diente. Ich hatte Alma zu einem Kinobesuch eingeladen und war mit ihr zu einem der großen Kinos im Westen gefahren, wo ich am Kassenhäuschen die Billetts lösen wollte. Der Eintritt kostete zweihundert Millionen Mark. Ich gab der Kassiererin einen Fünfhundert-Millionen-Schein, woraufhin sich herausstellte, dass sie kein Wechselgeld hatte. Stattdessen reichte sie mir vier Goldanleihestücke. Am nächsten Tag dann stellte sich heraus, dass die Goldanleihe auf fünfhundert Millionen gestiegen war und ich somit den Film nicht nur gratis gesehen hatte, sondern dazu noch eins Komma fünf Milliarden Mark verdient hatte, die kurze Zeit später aber auch nichts mehr wert waren.

Alma verbrachte den Sommer also in rauschhafter Euphorie, während sich der Termin für Isis Hinrichtung rasend schnell auf mich zubewegte. Trotzdem fürchtete ich den Moment, wo ich alles auf eine Karte setzen musste und Alma feststellen würde, dass sie nur eine Figur in einem Spiel war, das sie nicht gewinnen konnte.

Dann, eines Abends, klopfte Alma an meine Tür und nahm an meinem Küchentisch Platz.

»Ich möchte etwas mit dir besprechen, Carl!«

Mit kalten Händen und banger Vorahnung öffnete ich eine Flasche Wein und goss uns beiden ein.

»Ich weiß, dass es nicht an mir ist, dir diesen Vorschlag zu machen, aber da du so ein zurückhaltender Mensch bist, will ich es wagen und vorpreschen ...«

Ich sah sie fragend an.

»Wir sind doch glücklich miteinander, nicht wahr?«

»Ja, sehr«, antwortete ich.

»Wäre es nicht viel sinnvoller und auch viel kostengünstiger, wenn wir in eine gemeinsame Wohnung ziehen würden?«

Sie lächelte, aber an ihrer pochenden Halsschlagader konnte ich sehen, wie nervös sie meine Antwort erwartete.

Ich nickte.

»Ist das ein *Ja*?«, fragte sie beinahe jubelnd.

»Es ist gut, dass du es ansprichst. Tatsächlich habe ich auch schon darüber nachgedacht«, begann ich zögernd.

»Aber das ist ja ganz wunderbar!«, rief sie erfreut und machte sich daran, sich auf meinen Schoß zu setzen, um mich abzuküssen.

»Nur ein wenig anders, als du denkst«, fügte ich schnell hinzu.

Ihr Lachen wich einem fragenden Ausdruck.

Ich fühlte, wie mir der Puls im Schädel klopfte, dann nahm ich meinen Mut zusammen und sagte ganz fest: »Ich möchte mit dir fortgehen, Alma!«

Was auch immer sie erwartet hatte, damit hatte sie nicht gerechnet. Mehr noch: Es übertraf offensichtlich ihre kühnsten Erwartungen.

»Ist das wahr, Carl?«, brachte sie mit tränenerstickter Stimme vor.

»Ja.«

Tränen kullerten ihr über die Wangen – sie küsste mich und

nahm mich fest in die Arme. »Ich gehe mit dir ans Ende der Welt, Carl.«

Ich schluckte und antwortete: »Ich hab dir doch erzählt, dass ich mit Ernst Lubitsch zusammengearbeitet habe?«

»Aber ja, natürlich!«

»Nun, Lubitsch hat mir angeboten, nach Amerika zu kommen. Nach Hollywood.«

Sie starrte mich mit großen verweinten Augen an. »Wirklich?«

»Ja. Hatte ich dir schon von Kalifornien erzählt?«

»Nein, Carl«, stieß sie aus. »Aber du sollst mir alles erzählen. Ich will alles wissen. Und natürlich komme ich mit dir. Ich bin dein! Du kannst alles von mir haben. Du wirst sehen, was für eine Frau ich dir sein werde. Stolz sollst du auf mich sein! So stolz!«

Wieder küsste sie mich.

Angst fasste mit kalter Hand nach meinem Herz, denn jetzt gab es kein Zurück mehr. »Ich bin froh, das zu hören, denn es gibt da tatsächlich etwas, was du für mich tun musst!«

»Alles, mein Liebling! Alles! Befiehl mir, und es ist schon getan!«

»Ich habe eine Freundin, die mir viel bedeutet. Und die unsere Hilfe braucht!«

Sie stutzte ein wenig über die Tatsache, dass ich plötzlich über eine andere Frau sprach, dann aber nickte sie. »Was kann ich tun?«

Ich atmete einmal durch und antwortete fest: »Du musst sie freilassen.«

Es brauchte einen Moment, bis Alma den Sinn meiner Worte verstanden hatte, dann aber war es, als hätte ich einen Dorn in einen himmelblauen Himmel geschlagen, von dem feine Risse konzentrisch davonsprangen. Scharfes Kratzen kündigte den Zusammenbruch des Gewölbes an, das schließlich platzte und in Millionen Stücken über uns zusammenfiel.

Alma saß bleich auf meinem Schoß und starrte mich an.

Sie hatte das Ausmaß meiner Bedingung verstanden und wiederum nicht verstanden, suchte immer noch nach einem Hinweis auf Unschuld, den es nicht gab.

»W-was m-meinst du, m-mein Liebster?«, fragte sie brüchig, so als ob ich mit jeder folgenden Erklärung das Missverständnis ausräumen könnte, das ihr gerade so brutal ins Gesicht geschlagen war.

»Ich möchte, dass du Luise von Torstayn freilässt!«, sagte ich und zwang mich, ihrem Blick standzuhalten.

»Die Mörderin?«, fragte sie fassungslos.

»Sie ist keine Mörderin, Alma. Sie ist nur das Opfer eines Komplotts!«

»Hast du deswegen mit mir angebandelt?«

Das war die Frage, die ich am meisten gefürchtet hatte, über deren Beantwortung ich mir seit Wochen Gedanken machte. Wie viele Nächte hatten wir miteinander verbracht, wie viele Liebesschwüre waren ausgetauscht worden? Wie viele Küsse? Das alles stand auf dem Prüfstand, ihrem Prüfstand. Sie suchte in meinen Augen die Antwort, die sie bereits kannte, aber nicht glauben wollte.

»Ich verdanke ihr mein Leben«, antwortete ich ausweichend.

»Dein Leben?«

»Ja.«

»Ich verstehe nicht«, sagte Alma ratlos.

»Verstehst du denn, dass ich sie retten muss? Dass ich ihr das schuldig bin?«

Sie antwortete nicht, sondern erhob sich, nahm zwei Schritte Abstand und wandte sich von mir ab.

»Das ist es also, was du die ganze Zeit von mir wolltest?«, fragte sie.

»Anfangs schon, ja.«

Sie drehte sich um. »Anfangs schon?«

Ich senkte den Blick, um sie nicht ansehen zu müssen. »Ich wusste nicht, dass ich mich verlieben würde.«

»Ist das wahr, Carl?«, fragte sie voller Hoffnung.

Ich blickte auf und antwortete: »Ja.«

»Und Amerika ist auch wahr?«

»Ja.«

»Und der Preis dafür ist, Frau von Torstayn zur Flucht zu verhelfen?«

»Ja.«

Blass und mit versteinerter Miene knetete sie ihre Hände. Für einen Moment war ich versucht, ihr gut zuzureden. Ich wollte ihr versichern, dass wir direkt nach Isis Entkommen nach Amerika gehen könnten. Dass es kaum ein Risiko gab und die ganze Angelegenheit bald vergessen wäre. Für einen Moment war ich versucht, ihr all das einzuflüstern, aber ich schwieg aus Angst, es könnte meine Position schwächen, weil es sich wie etwas anhörte, was es tatsächlich auch war: betteln.

Ich schwieg aus Berechnung.

Ich schwieg, weil ich mich nicht selbst verraten wollte und es doch schon längst getan hatte.

Ich schwieg auch noch, als sie leise aus dem Zimmer ging.

Dann erst stürzte ich zum Waschbecken und übergab mich.

95

Als am Morgen die Zellentüren geöffnet wurden, stand dort nicht wie üblich eine der Wärterinnen, sondern ein hagerer Mann in den Vierzigern mit Brille und gescheiteltem Haar. Isi und Frieda sahen verwundert von ihrem Bett auf, während er in den Raum hineintrat und sie beide rüde anblaffte: »Was soll das hier?«

Dann wandte er sich an eine der Wärterinnen, die ihn kaum anzuschauen wagten, und wiederholte auf gleiche Weise die Frage.

Als sie schwieg, drehte er sich erneut um und knurrte: »Frieda Pudlatz?«

»Ja?«, antwortete Frieda schüchtern.

»Aufstehen und sofort in Ihre Zelle! Wirds bald?!«

Isi nahm sich die Bettdecke, legte sie sich über die Schultern und stand dann auf. »Was ist denn das für ein Ton?«

»Halten Sie den Mund, Gefangene von Torstayn!«

»Ich denke ja nicht daran! Wer sind Sie?«, herrschte Isi.

»Der Direktor dieser Anstalt.«

»Ah, und hat dieser Direktor auch einen Namen?«

Der Mann schnappte empört nach Luft, dann schrie er: »Was fällt Ihnen ein, Gefangene von Torstayn?«

»Frau von Torstayn«, erklärte Isi ruhig. »Selbst wenn es kein Benehmen braucht, um diese Anstalt zu leiten, bestehe ich auf Umgangsformen!«

Der Direktor blitzte sie wütend an – dann winkte er Frieda herrisch heran. »Los! Raus hier!«

Rasch eilte die an ihm vorbei und verschwand mit der Wärterin.

»Sie bleiben!«, befahl der Direktor Isi. »Bis zu Ihrer Überstellung nach Plötzensee genießen Sie Einzelhaft!«

»Nach Plötzensee?«, fragte Isi.

»Zu Ihrer Hinrichtung in einer Woche. Wünsche noch einen geruhsamen Tag, *Frau* von Torstayn!«

Damit wandte er sich um und warf krachend die Tür zu.

Sie blieb verschlossen und öffnete sich nur noch einmal am Mittag, als Isi ihre Zelle verließ und schon beim Betreten des Speisesaals sah, wem sie den Besuch des Herrn Direktor zu verdanken hatte. Neben Frieda saß Olga Hess und blickte sie triumphierend an. Wieder löffelte sie Friedas Portion, doch als Isi sich ihr nähern wollte, stellten sich gleich zwei Wärterinnen in den Weg und mahnten sie, vernünftig zu sein. Olga dagegen nahm Frieda demonstrativ in den Arm, zog sie zu sich und gab ihr einen Kuss auf die Wange. Sie hatte sich ihren Besitz zurückgeholt, und ihrer Miene nach zu schließen würde sie Frieda für die erlittene Demütigung bitter büßen lassen.

Am Abend brachte man Isi das Essen in die Zelle und teilte ihr mit, dass sie von nun an nicht mehr am gemeinschaftlichen Mahl teilnehmen würde. Natürlich protestierte sie dagegen, verwies auf Friedas Schutz, doch man erklärte ihr, dass der Herr Direktor so entschieden habe und dies unumstößlich sei.

Am nächsten Morgen nahm Isi ein einsames Frühstück in der Zelle ein. Sie hörte draußen die Schritte der Gefangenen, dann wurde es still bis zum Mittag.

Bis zum Abendessen konnte sie nichts tun, als dazusitzen und gelegentlich auf das Bett zu steigen, um durch die Gitter einen Blick auf die Welt draußen zu erhaschen.

Kurz bevor das Licht gelöscht wurde, hörte sie ein leises Klopfen an der Tür. »Isi!«

Sie stand auf und rief: »Frieda?«

Die Sichtklappe fuhr auf – sie konnte das schmale Gesicht Friedas erkennen, dahinter eine Wärterin, die sich nervös umsah. Offensichtlich hatte Frieda sie bekniet, Isi ein letztes Mal besuchen zu dürfen.

»Ich sage nichts!«, flüsterte sie.

Isi nickte.

»Ich schwöre es! Und wenn Olga mich totschlägt!«

Isi schob drei Finger durch den Sichtschlitz und berührte Friedas Hand, die sie ihr entgegengestreckt hatte.

»Freundinnen für immer!«, wisperte Frieda.

Wieder nickte Isi und lächelte sie an.

Dann zog die Wärterin Frieda weg von der Tür, der Schlitz schnappte zu.

Zum ersten Mal seit ihrer Verurteilung verließ Isi der Mut.

Die Zuversicht. Der Glaube an sich selbst, an mich, an Artur und an das, was uns so stark machte. Das Ende war nah, und sie konnte spüren, wie ihr die Zeit durch die Finger glitt.

Das Licht ging aus.

Eine ganze Weile lag Isi noch wach in ihrem Bett und versuchte, mit sich selbst ins Reine zu kommen. Offensichtlich war es mir nicht gelungen, Alma zur Komplizin zu machen. Offensichtlich war es Artur nicht gelungen, aus Falk ein Geständnis rauszuholen. Offensichtlich drohte ihr jetzt das Unvermeidliche: Tod auf dem Schafott. Es war schwer, das zu akzeptieren, und Isi spürte, wie die Furcht vor diesem letzten Gang sie zu lähmen begann.

Wie sollte sie jetzt noch entkommen?

Gegen drei Uhr in der Früh wachte sie auf: Das Zellenschloss klackerte leise.

Dann schob sich die Tür heimlich auf.
Blitzschnell war sie wach: Olga.
Isi sprang leise auf die Füße und machte sich bereit, ihrer Feindin entgegenzutreten.
»Frau von Torstayn?«, flüsterte eine Frauenstimme. »Sind Sie wach?« Das war nicht Olga.
»Ja?«, fragte Isi leise zurück.
Jemand schlich in ihre Zelle, zog die Tür hinter sich zu.
Erst als sie ganz nah vor Isi stand, konnte sie das Gesicht im schwachen Licht eines bewölkten Nachthimmels erkennen: Alma.
Sie berührte sie sanft an der Schulter und flüsterte: »Hören Sie mir jetzt genau zu ...«

96

Stumm ragen die brüstungsbewehrten Zinnen mit den beiden Ziertürmchen in der Mitte einem fahlen Halbmond entgegen, der die menschenleere Barnimstraße in Knochenlicht taucht. Am Himmel jagen ein paar Wolken über das Firmament, unten dagegen geht kaum ein Lüftchen. Wie aus weiter Ferne dringt ein wenig Stadtlärm heran, glimmt ein wenig Licht vom Alexanderplatz über den Dächern. Sonst aber ist da nichts – alles schläft, einer wacht, und das bin ich.

Ich sitze in einem Wagen, habe vor dem Tor geparkt, das normalerweise der Versorgung des Gefängnisses dient und das zumeist Lastkraftwagen nutzen. Eine Schleuse, in die die Fahrzeuge einfahren, bis sich hinter ihnen das Außentor schließt und vor ihnen das Innentor öffnet.

Ich starre auf die Tür, die in das Außentor eingearbeitet ist.

Über die ganze Front scheinen vergitterte Fenster auf mich herabzublicken, während ich still beobachte und an Alma denke, die noch in derselben Nacht, als ich mich ihr offenbart habe, in meine Wohnung zurückgekehrt und in mein Bett geschlichen ist. Die mich umarmt und dann gefragt hat: »Und du gehst wirklich mit mir fort, Carl?«

»Ja, Alma.«

»Und du lässt mich nicht allein?«

»Nein, Alma.«

»Liebst du mich, Carl?«

»Ja, Alma.«

Sie zog mich noch fester an sich heran und flüsterte: »Dann will ich tun, was du verlangst.«

Wir liebten uns, und ich dachte nur, warum haben wir es nicht mit Geld versucht? Mit Bestechung? Jeder hat doch seinen Preis. Insgeheim wusste ich natürlich, dass das Einzige, was Alma brechen konnte, Liebe war. Sie, die zeit ihres Lebens nie viel Wertschätzung genossen hatte, deren erster Mann, so tragisch sein früher Heldentod auch war, nur die Flucht aus einem lieblosen Elternhaus darstellte. Sie, die von einfachen Dingen träumte: Familie. Kinder. Und Liebe.

Immer wieder Liebe.

Isi musste es gespürt haben, sie hatte die verborgene Sehnsucht als Schwachpunkt der gestrengen Wärterin erkannt, aber *ich* hatte sie zu mir gelockt, ihr das Land gezeigt, nach dem sie sich so sehnte. Ich werde derjenige sein, der sie dort beerdigen wird. Wenn sie erfährt, dass ich nicht derjenige bin, der ihre heimlichen Wünsche erfüllt.

Und wenn ich doch mit ihr fortgehe?

Vielleicht könnte ich sie lieben? Vielleicht könnte ich es mit der Zeit lernen? Vielleicht könnte ich vergessen, wie es mit Marlies war. Mit Masha. Mich damit trösten, dass ich nicht gemacht bin für eine große Liebesgeschichte. Vielleicht könnte ich vergessen, wie es ist, wirklich zu lieben.

Könnte ich das?

Ich starre gegen das Tor, bis mir die Augen tränen.

Es ist so still hier.

Wir sind mitten in der Stadt, aber alles ist so still.

Es ist bald drei Uhr in der Früh, als ich Schritte höre.
Ich blicke um mich, aber ich kann nichts sehen.
Zu beiden Seiten verliert sich das Kopfsteinpflaster in der Dunkelheit. Aber da sind Schritte und bald auch ein leises Klirren. Ich kenne das Geräusch, jeder, der sich nachts schon einmal in zwielichtiger Gegend herumgetrieben hat, kennt das Geräusch: Es sind die schweren Stiefel eines Polizisten und ein Schlagstock, der an einer Metallkette baumelt.
Ich kann ihn nicht sehen, aber er ist da – und er kommt auf mich zu.

Artur stapft die Treppen hinab in den Keller, den er lange nicht mehr besucht hat. Es ist mitten in der Nacht. In einer Hand hält er einen Revolver – er klappt ihn auf und zählt sechs Schuss darin: Tatsächlich bräuchte er nur einen, aber er ist sich sicher, dass er sechsmal abdrücken wird.

Er ist müde, kann sich nicht erinnern, jemals so müde gewesen zu sein, aber so ist das wohl, wenn man am Ende einer langen Reise angekommen ist, die mit der Desertion mitten im Krieg begonnen hat, als er vor der deutschen Armee floh, die russische Front durchbrach und die Liebe seines Lebens fand.

Dann steht er vor der massiven Eichentür, klappt das kleine Fenster auf und blickt in den kahlen Keller und zu Falk, der im Licht einer Glühbirne auf seiner Pritsche eingeschlafen ist.

Er öffnet die Tür und schließt sie so geräuschvoll, dass Falk davon wach wird. Der zwinkert müde gegen das Licht, richtet sich auf und fragt heiser: »Wie spät ist es?«

Artur zieht den einzigen Stuhl in der Zelle zu sich heran und setzt sich Falk gegenüber. Erst jetzt entdeckt Falk den Revolver.
Sie sehen sich an.
Und schweigen.
Dann fragt Falk: »Worauf wartest du noch?«
»Auf einen Anruf«, antwortet Artur ruhig.
Falk nickt und macht: »Ah.«

Wieder schweigen sie.

Die Glühbirne über ihnen summt leise, ihr Licht wirft harte Schatten an die Wände.

»Du hast mich gefragt, ob ich manchmal an die Jungs denke, die ich auf dem Gewissen habe«, beginnt Falk. »Die aus dem Krieg, meine ich.«

»Ich weiß, wen du meinst«, antwortet Artur gereizt. »Ich denke oft an sie. Sie hatten nicht verdient zu sterben. Niemand in diesem Krieg hatte verdient zu sterben.«

»Oh, Ludendorff schon. Hindenburg natürlich auch. Und der Kaiser. Und noch ein paar andere. Aber die sind alle nicht gestorben.«

»Es war nur ... Ich war so wütend auf dich ...«

Artur sieht ihn aufmerksam an. »Du warst wütend auf mich? Ich habe dir zweimal das Leben gerettet, und du warst wütend auf mich?«

»Ja.«

»Warum warst du wütend?«, fragt Artur neugierig.

Falk reibt seine Hände, senkt den Blick. »Du weißt es wirklich nicht, oder?«

»Nein.«

Dann blickt er auf und sagt: »Weil ich immer so sein wollte wie du, Artur.«

»Hast du gut versteckt«, gibt Artur zurück.

»Nein, habe ich nicht.«

Erinnerungen steigen wie kleine bemalte Ballons auf, darauf Bilder aus dem Krieg: Falk in der Uniform der Ulanen, der Feuerhinterhalt im Schnee, die letzte Nacht vor dem Sturm, Falks bange Frage, ob Artur Angst habe, während es mehr als offenbar war, dass er selbst zitterte. Seine Versuche, ihn noch etwas bei sich im Zelt zu behalten, um ein wenig zu *reden*. Der Angriff am nächsten Tag und die Artillerie, die den Himmel in Brand setzte und die Erde verkraterte. Falks Verwundung und sein flehender Blick: *Bitte lass mich hier nicht krepieren, Artur!* Arturs Lauf durch den Bombenhagel mit Falk auf seinen Schultern. Falk, halb besinnungslos vom Morphium, sein Heranwinken und dann der Kuss.

Er hatte Artur geküsst und damit dessen Schicksal besiegelt. Für Falks Schande durfte es keine Zeugen geben. Er schickte Artur und diese Jungs in ein Himmelfahrtskommando.

Falk scheint seine Gedanken erraten zu haben: »Du erinnerst dich wieder ...«

Artur schüttelt den Kopf. »Es spielt keine Rolle mehr.«

»Doch. Tut es. Ich wollte so sein wie du, und je mehr ich das wollte, desto unzulänglicher fand ich mich.«

»Und das hat dich wütend gemacht?«, fragt Artur.

»Nein, ich habe dich nur umso mehr bewundert. Ich war nicht wütend, dass ich nicht so sein konnte wie du, ich war wütend, dass ich nicht einmal in deiner Nähe sein durfte. Verstehst du: nicht mal in deiner Nähe!«

»Wie gesagt: Das spielt alles keine Rolle mehr.«

Falk verzieht den Mund, dann aber nickt er. »Vielleicht hast du recht. Aber ich bin froh, dass ich es dir gesagt habe. Und ich bin froh, dass du mein Leben beendest, Artur.«

»Ich auch«, antwortet Artur kalt und sieht auf die Uhr.

Es ist drei Uhr.

Der Anruf wird bald kommen.

Der Trakt ist dunkel wie ihre Zelle, Isi fällt es schwer, sich zu orientieren, obwohl sie jeden Weg, jede Treppe gut kennt. Zu ihrer Rechten reiht sich Zellentür an Zellentür, links von ihr die Balustrade und das offene Stockwerk darunter.

Auf Zehenspitzen schleichen die beiden der Treppe am Ende des Stegs entgegen. Isi legt ihre Fingerkuppen auf den Handlauf des Geländers, um in der Dunkelheit nicht versehentlich zu stolpern. Almas Schritte dagegen sind sicher, sie tänzelt wie eine Katze auf einem Bauzaun durch die Finsternis, bis sie die Treppe erreicht und Isi mit einem leichten Stupsen auf die Stufen aufmerksam macht.

Leise, leise tippen sie herab, erreichen bald eine schwere Tür aus Stahl, die Alma in der Dunkelheit so behutsam öffnet, dass nur das scharfe Klicken des Zylinders zu hören ist. Isi spürt einen Lufthauch, der durch eine kaum sichtbare Türöffnung weht. Mit einem zarten Geräusch fällt auch diese Tür hinter ihnen ins Schloss.

Ab hier muss Isi sich vollkommen auf Alma verlassen, denn sie sind in einem Bereich, in den Gefangene keinen Zutritt haben. Bald schon überrascht sie eine Treppe, die sie hinabsteigen. Erneut stehen sie vor einer Tür.

Alma hält inne, lauscht nach verräterischen Geräuschen, aber alles ist still, sodass sie die Tür langsam öffnet und Isi frische Nachtluft auf der Haut spürt. Und endlich etwas Mondlicht sieht, das ihr nach der Wanderung durch den Bauch des Gefängnisses unnatürlich hell anmutet.

»Wir sind im Hof«, wispert Alma.

Am anderen Ende können sie bereits die Schleusentore erkennen. Sie müssen nur noch das Geviert kreuzen, das Atrium aus Beton und Ziegelstein, dann sind es nur noch zwei Türen, die sie von der Freiheit trennen.

»Gibt es Wachen?«, flüstert Isi.

»Ja, aber die schlafen meistens.«

Isi nickt und greift nach Almas Hand.

Vierzig Meter noch.

Dann ist sie frei.

Der rechte Stiefel stößt als Erstes ins Licht, dann sehe ich die Uniform und das blasse Gesicht eines Beamten, der meinen Wagen anstarrt. Ein Schutzpolizist: blauer Rock, schwarze hohe Stiefel, schwarzer Tschako mit Stern, schwarzer Gürtel mit Koppel. Er blickt mich durch die Rückscheibe an, nestelt mit der Rechten am Schlagstock und scheint nicht übermäßig überrascht oder beunruhigt zu sein: Er steht nur da in seiner blauen Uniform und schätzt offensichtlich die Lage ein.

Dann tritt er an die Fahrerseite heran und klopft gegen das Seitenfenster.
Ich drehe es herab und versuche ein Lächeln. »Guten Abend.«
»Guten Abend!«, grüßt er zurück. »Was machen Sie hier?«
»Ich bin lange gefahren und dachte, ich lege mal lieber eine kleine Pause ein.«
»Dann sind Sie nicht von hier?«
»Doch, ich war nur unterwegs.«
»Wohin waren Sie unterwegs?«
Ich blicke ihn fest an und frage: »Gibt es ein Problem? Man darf hier doch stehen, oder?«
Er sieht in Richtung Gefängnis.
Dann nickt er mir zu. »Name?«
»Carl Friedländer.«
»Papiere?«
»Habe ich nicht dabei.«
Er starrt mich mit kalten blauen Augen an. »Steigen Sie doch mal aus …«
Unwillkürlich werfe ich einen Blick zum Tor, bevor ich die Tür öffne und aussteige.
»Was gibts denn da?«, fragt er.
»Was meinen Sie?«, frage ich zurück und versuche, nicht unsicher zu klingen.
»Sie haben zum Tor gesehen. Erwarten Sie jemanden?«
»Ich? Wie käme ich denn dazu?«
Was mich irritiert, ist, wie ruhig er ist. Er wird Ende dreißig sein, hat sicher einige Erfahrung auf der Straße. Aber es ist drei Uhr morgens, und ich stehe ohne vernünftigen Grund vor dem Frauengefängnis.
»Kann ich noch etwas für Sie tun, Herr Wachtmeister?«, frage ich schließlich, um seinem Schweigen und dem forschenden Blick etwas entgegenzusetzen.
»Sie scheinen nervös zu sein?«, fragt er zurück.
»Nein, aber diese Kontrolle wird langsam seltsam.«

»Ist nur Routine«, antwortet er.

»Kommt mir aber eher wie Schikane vor. Darf ich Ihren Namen erfahren?«

»Nein.«

Ich muss ihn loswerden.

Mein Herz klopft wie verrückt, ich habe Angst, aber ich spüre auch, dass ich wütend werde. Das gibt mir Kraft.

»Sind wir jetzt fertig?«, pampe ich. »Ich würde gerne weiterfahren!«

Er sieht mir ins Gesicht und zuckt mit den Schultern. »Fahren Sie!«

»Was?«, frage ich.

Er nickt auffordernd. »Nur zu! Fahren Sie!«

Ich weiß, ich sollte nicht zum Tor sehen, aber ich stehe so unter Spannung, dass ich meinen Kopf nicht kontrollieren kann.

Ich sehe die Klinke.

Sehe, wie sie sich nach unten bewegt.

Sie kommen.

Ich balle die Fäuste und wende mich wieder dem Schutzmann zu.

Wie aus weiter Ferne schrillt ganz leise das Telefon.

Artur und Falk haben sich still gegenübergesessen, jetzt aber sieht Falk auf, und Artur erwidert emotionslos seinen Blick. Zweimal vernehmen sie das metallische Scheppern der Klingel, beim dritten Mal bricht es abrupt ab: Jemand hat abgehoben. Was auch immer gesprochen wird, kommt im Keller natürlich nicht an, aber bald schon hören sie schwere Schritte auf der Holztreppe.

Artur hebt seinen Revolver an und zielt auf Falks Gesicht.

Er soll sterben, wie seine letzten Opfer auch gestorben sind: mit zwei Schüssen ins Gesicht.

Falk scheint tatsächlich keine Angst mehr zu haben. Offenbar hat er seinen Frieden mit der Welt gemacht, gesagt, was er schon immer hatte sagen wollen. Beinahe ärgert es Artur, dass er nicht um sein Leben fleht, dass er nicht versucht, doch noch zu kämpfen, dann aber denkt er sich, dass jetzt alles gut wird. Die Toten werden nicht mehr lebendig, aber es kommt noch einer hinzu. Artur verspürt tiefe Befriedigung, er kann bald einen Schlussstrich ziehen.

Er wird Larissa und das Kind rächen.

In stiller Zwiesprache, immer dann, wenn alle anderen schlafen und er allein ist, wird er ihnen sagen, dass er sie liebt und es für sie getan hat. Dass er niemals wieder lieben wird und sie eines Tages wieder zusammen sein werden. Ausgerechnet er, der weder an Gott noch das Paradies glaubt, ist sich sicher, dass er sie wiedersehen wird.

Arnie öffnet die Tür, wirft einen Blick auf Artur, der auf Falks Gesicht zielt, und tritt an ihn heran.

Beugt sich herab und flüstert ihm etwas ins Ohr.

Richtet sich wieder auf, während Artur den Hahn spannt und sein Finger den Abzug sucht.

Falk schließt die Augen und erwartet das Unvermeidliche.

Isi hält immer noch Almas Hand, als die beiden loslaufen.

Vierzig Meter sind nicht viel, natürlich könnten sie ganz leise hier entlangschleichen, aber sie wollen beide so schnell wie möglich raus aus dem Gefängnis. Draußen warte ich. Ich werde sie mitnehmen, um anschließend mit Alma weiter nach Hamburg zu fahren, zur brandneuen *Albert Ballin*, die von dort nach New York übersetzen wird.

Doch Alma wird den Atlantik alleine überqueren.

Isi spürt Almas Hand und den Verrat, den sie alle an ihr begehen. Es ist feige, hinterhältig, und sie fürchtet, ich könnte daran zerbrechen. Möglicherweise würden wir irgendwann alle nach Übersee fliehen müssen: Isi, die wegen Mordes gesucht wird, Artur, dem das Polizeirevier Fünfzig das Leben zur Hölle macht, und ich, weil ich nicht damit leben kann, Alma zerstört zu haben.

Es hängt von Falk ab. Artur wird ihm ein letztes Angebot machen, sein Leben zu retten. Doch ganz gleich, wie er sich entscheidet, der Preis ist sehr hoch.

Sie haben die Strecke fast zurückgelegt, als plötzlich Lichter aufflammen.

Der Hof ist so gleißend hell erleuchtet, dass Alma und Isi schützend die Hände über die Augen legen. Aus allen Türen treten plötzlich bewaffnete Wärter und Wärterinnen in ihren dunklen Uniformen. Schnell sind die beiden eingekreist. Hinter ihnen tritt der hagere Direktor aus der Tür, die sie eben noch selbst benutzt haben. »Gefangene von Torstayn, Wärterin Danzer!«, bellt er. »Ergeben Sie sich! Sonst lasse ich auf Sie schießen!«

Alma hebt als Erste die Arme, Isi tut es ihr nach.

Sie schätzt ihre Chancen ab: Es sind vielleicht acht Meter bis zur Tür. Die Wärter haben ihre Waffen nicht im Anschlag, so sicher sind sie sich ihrer Sache.

Acht Meter.

Wenn sie es nicht riskiert, wird sie sterben.

Sie wird sterben.

So oder so.

Immer noch starrt mich der Schutzmann an.

Die Klinke fällt herab, die Tür schiebt sich auf.

Meine Schultern spannen sich, ich versuche, mich auf diesen einen Schlag zu konzentrieren, der ihn zu Boden schicken und uns die Zeit geben soll, ins Auto zu springen und davonzurasen.

Ein Wärter tritt aus der Tür.

Ein zweiter folgt ihm.

Geschockt sehe ich, dass hinter ihnen helles Licht aus dem Innenhof scheint: Die zweite Schleusentür ist offen.

Zu dritt bauen sie sich um mich auf.

Meine Hand ist immer noch zur Faust geballt.

Dann löst sie sich.

Der Schutzmann legt mir Handschellen an.

Artur zielt auf Falks Gesicht.

Nichts verrät, was er denkt, nicht nur, weil die Maske sein Ge-

sicht so unwirklich macht. Seine Hand zittert nicht, er hat sich vollkommen unter Kontrolle, aber innerlich schreit er.
Alles war vergebens.
»Isi ist frei«, lügt er.
Falk nickt leicht, aber er hält die Augen geschlossen.
»Ich mache dir ein letztes Angebot …«
Falk sieht ihn nicht an, aber seine Körperhaltung verändert sich: Er hört ganz genau hin. Vor einer Sekunde hatte er noch mit allem abgeschlossen, aber jetzt merkt er auf. Etwas stimmt nicht, er spürt es und kann es nicht verbergen.
»Sie kann nicht in Deutschland bleiben. Es sei denn, du stellst dich doch noch …«
Der Satz klingt lange nach.
Artur.
Falk.
Arnie.
Das Bild ist wie eingefroren.
Dann aber schlägt Falk die Augen auf und blickt Artur an.
Er lächelt böse.

97

Es hieß, dass den Mutigen die Welt gehörte, dass sie das Spiel des Lebens bestimmten, nicht nur ihr eigenes, sondern auch das der anderen. Sah man jedoch genauer hin, so entdeckte man, dass auch die Mutlosen gut zurechtkamen, dass sie zwar weniger gewandt, aufregend oder gar waghalsig vorgingen, aber wenigstens so oft gewannen wie die Mutigen. Verloren waren nur die, die nicht wussten, wann sie was zu tun oder zu lassen hatten.
So war es auch bei uns.
Isi hatte sich in die schlimmstmögliche Position gebracht, einfach weil sie Ungerechtigkeit nicht ertrug. Und ich, der von den Umständen getrieben wurde, der endlich mutig hatte sein wollen,

rang so sehr mit meiner Schuld, dass ich keinen Blick mehr hatte für die Möglichkeiten, die uns geblieben waren. Allein Artur hielt seine Welt, und doch hatte ihn seine fast unfehlbare Weitsicht in eine Sackgasse geführt.

Isi hätte Frieda sich selbst überlassen sollen, aber sie war nun mal, wie sie war. Frieda hatte sie verraten, wenn auch ohne sich dessen bewusst zu sein. Nachts, in Olgas Armen, hatte sie sich fortgeträumt, hatte im Traum ihren Schwur erneuert und ihn laut ausgesprochen. Und Olga hatte zugehört.

Schon am nächsten Morgen hatte sie dem Direktor von ihrem Verdacht berichtet, sodass Isi und Alma keinerlei Chance hatten. Und während Olga in Aussicht gestellt wurde, ihre Strafzeit zu verkürzen, wurden Frieda später achtzehn zusätzliche Monate aufgebrummt.

Isis gute Tat kannte daher nur Opfer: sie selbst, Alma, die im Alex einsaß genau wie ich, Frieda, deren Qualen sich verlängerten, und Artur, dessen Pläne gescheitert waren.

Nur Olga und Falk gewannen.

Noch während ich in Untersuchungshaft einsaß, wurde Isi nach Plötzensee verlegt. Ich dagegen wurde wieder und wieder verhört, stritt jedoch, auf Friedels Anraten, alles ab, auch wenn es mehr als offensichtlich war, warum ich vor dem Frauengefängnis mit einem Wagen gewartet hatte. Aber Friedel gehörte zu den Anwälten, die das Gesetz nicht nur so auslegten, wie es ihnen in den Kram passte, sondern auch zuweilen bis zu dem Punkt überdehnten, an dem sie sich ganz eindeutig auf der falschen Seite befanden.

Und so tauchte plötzlich ein Zeuge auf, der mich des Öfteren dort hatte parken sehen und mich ebenso oft gefragt hatte, was ich dort zu suchen hätte. Und diesem Zeugen hatte ich angeblich mitgeteilt, dass ich Angst um meine Freundin Luise von Torstayn hätte und mich ihr hier, vor den Mauern des Gefängnisses, näher fühlen würde. Jetzt war es nicht so, dass die Beamten in der *Roten Burg* noch nie Zeugenaussagen von sehr, sehr zweifelhaftem Wahrheitsgehalt vernommen hätten, doch in meinem Fall hatten sie keine

Wahl, diese Aussage nicht ernst zu nehmen, denn mein Zeuge war ein Polizist.

Ich denke, ich muss nicht betonen, dass er bestochen worden war, und vielleicht ahnten seine Kollegen auf dem Präsidium das auch, aber offiziell war der Mann ohne Fehl und Tadel, und so wurde ich drei Tage nach der gescheiterten Flucht freigelassen. Zähneknirschend zwar, aber wohl aufgrund der Tatsache, dass die Flucht verhindert worden war, flaute das Interesse an meiner Beteiligung dann doch sehr schnell ab.

Noch im Präsidium erreichte mich die Nachricht der UFA. Ein Polizist übergab mir einen handschriftlichen Zettel: Lang wünschte, mich auf der Stelle zu sehen. Ich war sicher, er wollte mich persönlich entlassen, nicht allein wegen der versäumten Tage in Untersuchungshaft, sondern auch wegen meines unregelmäßigen Erscheinens davor. Seine Geduld, die ohnehin nicht sehr ausgeprägt war, schien endgültig erschöpft.

Es war mir egal.

So schnell ich konnte, eilte ich nach Charlottenburg und stand bald vor dem Eingang der Vollzugsanstalt Plötzensee, einem fast schon unscheinbaren Ziegelbau mit einem großen Rundbogentor und vergitterten Rundbogenfenstern.

Dort verlangte ich, Luise von Torstayn zu sprechen. Nach einigem Getuschel tauchte ein diensthabender Vorgesetzter auf, der mir herrisch zu verstehen gab, dass es keine Möglichkeiten mehr gäbe, Frau von Torstayn zu besuchen. Ich wurde so wütend, dass man mir drohte, mich festnehmen zu lassen. Schließlich warfen mich zwei Männer raus und riefen mir nach, ich solle mich nie wieder blicken lassen.

Müde und niedergeschlagen machte ich mich auf den Weg nach Babelsberg, um mich dem zu stellen, was unausweichlich war. Je schneller ich es hinter mich bringen würde, desto besser.

Lang hatte gerade den Dreh einer Szene auf dem Außengelände für einen seiner Tobsuchtsanfälle unterbrochen. Seit vielen Monaten drehten wir nun die *Nibelungen,* und auch an einem ausgeglicheneren Naturell hätte die Anstrengung gezehrt, genauer gesagt zehrte sie an jedem, sodass die Nerven ziemlich blank lagen. Lang entdeckte mich, hielt inne und schrie: »KURZE PAUSE!« Man sah dankbar zu mir rüber und wandte sich schnell ab, als Lang auf mich zumarschierte.

»Mitkommen!«, befahl er und raste förmlich an mir vorbei.

Ich folgte ihm, bis wir fernab jeder Hörweite zusammenstanden und ich mich darauf gefasst machte, auseinandergenommen zu werden.

Stattdessen aber fragte er: »Wie geht es Ihnen, Friedländer?«

Überrascht antwortete ich: »Nicht gut, Herr Lang.«

»Ich hörte allerlei. Wollen Sie mir berichten, was passiert ist?«

So beschrieb ich ihm alles, was in letzter Zeit passiert war. Und wie schon bei Davidson, den ich 1918 um eine Anstellung bei der damaligen PAGU bat, war ich im Gespräch zu niedergeschlagen und gleichsam zu aufgewühlt, um die Geschichte zu schönen. Lang erfuhr also alles: das Todesurteil, Alma, den Ausbruchsversuch. Nur Falk Boysen ließ ich aus.

Er hörte schweigend zu und antwortete nachdenklich: »Verstehe …«

»Ich weiß, Sie wollen mir kündigen, und das ist auch in Ordnung so. Wenn Sie mich jetzt also …«

»Ihnen kündigen? Sind Sie verrückt?«, rief er.

»Nicht?«

»Sie erzählen die spannendste Geschichte, die ich seit Ewigkeiten gehört habe, und dann soll ich Ihnen kündigen? Nein, ich will, dass wir zusammen mit Thea ein Drehbuch daraus machen.«

»Wie bitte?«

»Ein Drehbuch! Und dann machen wir einen Film!«

Ich schwieg einen Moment.

»Herr Lang, das hier ist kein Film, verstehen Sie das denn nicht?«

Er sah mich überrascht an.

»Ist denn alles nur Material für Sie?«

Erst jetzt schien ihm aufzugehen, was er mir vorgeschlagen hatte, und zum ersten Mal schien er mir verlegen. Es wäre der Moment gewesen, ihm noch vieles andere mitzuteilen: dass ich durch ihn die Freude am Film verloren hatte. Dass ich sein Können bewunderte und seinen Charakter verachtete. Dass ich meinen Weg verloren hatte und nur noch mechanisch meinen Dienst tat. Dass ich mit Lubitsch und Davidson nach Amerika hätte gehen sollen, aber all das sagte ich nicht.

Ich reichte ihm einfach die Hand: »Leben Sie wohl, Herr Lang.«

»Es tut mir leid, Friedländer. Bitte nehmen Sie meine Entschuldigung an und gehen Sie nicht!«

»Das alles hier ist nicht mehr wichtig«, antwortete ich und ließ ihn stehen.

Ich hatte das große Glashaus noch nicht erreicht, da hörte ich ihn im Hintergrund brüllen: »AUF DIE POSITIONEN! UND WEHE, HERRSCHAFTEN, ES KLAPPT DIESMAL NICHT!«

Ich öffnete die Tür und schlüpfte hindurch.

98

Kaum hatte ich das Torhäuschen passiert, spürte ich nichts als große Erleichterung und die tiefe Gewissheit, das Richtige getan zu haben. Ich hatte als Fotograf begonnen, wollte das Auge der Welt sein und sie zeigen, wie sie war, um ihr dadurch Bedeutung zu verleihen und Momente für die Ewigkeit festzuhalten. Eine Camera obscura, mit der künftige Generationen durch die Zeit reisen konnten, um einzutauchen in eine vergangene Welt. Ich wollte ihre Fantasie beflügeln, ihre Empfindungen schärfen, sie ihre eigene Geschichte weiterspinnen lassen. Kino machte die Menschen faul, formte in ihren Köpfen die Ästhetik anderer, erzählte Geschichten, die nicht die eigenen waren, und entfachte Gefühle, die von anderen erdacht worden waren. Kino war ein Traum, aus dem ich aufgewacht war, ohne zu bemerken, dass ich im Schlaf geweint hatte.

In drei Tagen würde Isi hingerichtet werden. Wie sollte ich weitermachen – ohne sie? Wie sollte ich den Mut finden, neu zu starten, wenn sie nicht mehr war?

»Friedländer!«

Ich drehte mich um. Willy Barthels.

Es hätte mich überraschen sollen, ihn hier zu sehen, aber das tat es nicht. Artur hatte ihn freigelassen, nachdem Isis Flucht gescheitert war. Ich hatte bis jetzt keinen einzigen Gedanken an ihn verschwendet. Doch jetzt stand er vor mir, wirkte heruntergekommen, blass, wenn seine Augen auch vor Wut glühten.

»Uffrejenden Tach jehabt? Mit den janzen schönen Weiban da drin. Hast dir jut amüsiert, wa?«

»Was willst du?«, fragte ich müde.

»Wat ick will?! WAT ICK WILL?!«

Seine Stimme überschlug sich vor Schmerz und Wut.

»ICK WILL, DET ALMA ZU MIR ZURÜCKKOMMT! WEESTE NOCH, WER DET IS'? ALMA? DIT IS' DIE FRAU, DIE DU INS JEFÄNGNIS JEBRACHT HAST!«

Ich nickte deprimiert. »Ja.«

»JA?! DIT IS' ALLET, WAT DE SACHST?«

Ich schwieg.

Willy liefen die Tränen übers Gesicht.

Er zog einen Revolver und trat auf mich zu.

»Abknall'n will ick dir! Wie 'n Hund abknall'n!«

Ich hielt seinem Blick stand und wunderte mich, wie wenig ich empfand. Weder Angst noch Aufregung, weder Mitleid noch Reue. Da war einfach nichts mehr in mir.

Nur Leere.

»Dann mach!«, antwortete ich schließlich. »Es ist mir egal. Mir ist alles egal!«

Seinem Gesicht war anzusehen, dass er mit dieser Antwort nicht gerechnet hatte. Und auch nicht damit, dass ich weder um Hilfe rief noch ihn um Gnade anbettelte. Vielleicht hatte er sogar gehofft, dass dieses Gespräch eskalieren und ihn so wütend machen würde, dass er die Kraft fand abzudrücken.

»Ick war bei ihr, Friedländer. Ick war bei ihr un hab ihr jesacht, det ick se heiraten tu, wenn se rauskommt. Und wir dann jlücklich sinn. Und weeste, wat se jesacht hat?«
Ich schwieg und starrte ihn nur an.
Er begann zu weinen.
»Se hat jesacht, det se auf dir wartet. Det se dir jeschrieb'n hat und det du jeden Momang for se kommst!«
Alma. Wie übel ich ihr mitgespielt hatte – wir alle.
Willy heulte Rotz und Wasser, dann flammte plötzlich die alte Wut auf: Er spannte den Hahn und schob mir den Lauf schmerzhaft unter das Kinn. Ich sah, wie er all seine Kraft zusammennahm, versuchte, den Finger zu krümmen, wie er neu ansetzte, wieder in Tränen ausbrach, schrie.
Dann aber sank die Waffe kraftlos herab und fiel zu Boden.
»Se wartet uff dir!«, rief er heulend. »Nach allet, wat du ihr anjetan hast, wartet se uff dir!«
Mir war so elend, dass ich nur herausbrachte: »Es tut mir leid, Willy. Ich wünschte, das alles wäre nicht geschehen.«
»Ick hätt ihr jlücklich jemacht. Ick hätt uns beede jlücklich jemacht. Ooch wenn se mir nich jeliebt hätte.«
»Vielleicht kannst du das noch. Wenn das alles hier mal vorbei ist.«
Er blickte flehentlich, seine Hand packte meinen Oberarm. »Jeh zu ihr, Carl! Sach ihr, det se nich warten soll! Bitte! Ick warte uff ihr. Ick warte, bis se rauskommt, und fang se uff. Sachste ihr dit, Carl?«
Ich nickte.
Da ließ er mich los und blieb weinend zurück.
Ich stieg in den Zug und fuhr zurück in die Stadt.

99

Es hatte zu regnen begonnen.
 Schwere graue Wolken wälzten sich über den Himmel, ein unangenehmer Wind trieb Schauer in Böen über das Trottoir, und es

war bereits so dunkel, dass eilende Passanten zu Schatten wurden. Ein elend kalter Sommer war einem regnerischen Herbst gewichen, sodass das Haus, das selbst an einem herrlichen Sonnentag heruntergekommen wirkte, jetzt vollends zur Absteige der Traurigen, der Hoffnungslosen geworden war. Dort klopfte ich leise an der Haustür, Strippe öffnete mir und ließ mich ein.

Im Erdgeschoss, in einem heruntergekommenen Wohnzimmer, in dem praktisch nur noch Schrottmöbel lagerten, fand ich Artur am Fenster stehend und erschrak, ihn so abwesend, so ratlos zu sehen. Ausgerechnet Artur, der Mann, der für alles eine Lösung hatte, der immer einen Ausweg wusste und der anderen immer ein oder zwei Schritte voraus war, wusste nicht mehr weiter.

Er hatte alle seine Trümpfe gespielt.

Wir wussten es beide.

»Sie lassen uns nicht mehr zu ihr!«, krächzte ich und brach dann in Tränen aus. »Sie sitzt da ganz alleine.«

Artur nickte und antwortete leise: »Ich weiß.«

Wir umarmten einander.

Es war mir kein Trost, und ich spürte, dass es auch für ihn keinen Trost gab. In drei Tagen würden sie Isi unter das Fallbeil legen: Sie würde sterben, und es gab nichts, was wir noch hätten tun können.

»Was ist mit Falk?«, fragte ich.

»Nichts«, antwortete Artur.

»Ich verstehe ihn nicht. Er war immer ein solcher Feigling, und jetzt stirbt er lieber, als weiterzuleben? Hast du ihm nicht gesagt, was du mit ihm machst?«

»Das hab ich«, antwortete Artur.

»Vielleicht waren deine Drohungen nicht drastisch genug, Artur!«

Artur blickte hinaus auf die Straße und sagte schließlich: »Weißt du, was das Schlimmste war im Krieg?«

»Das Leid?«, fragte ich.

»Die Angst. Nicht davor, dass man starb, sondern davor, dass man es alleine tat. Irgendwo zu liegen, einsam an seine Mutter zu denken, seine Geschwister, seine Freunde. An alle, die man liebt und die nicht bei einem sind. Und von allen Möglichkeiten, alleine zu verrecken, gab es eine, die schlimmer war als alle anderen. Verschüttet zu werden. Eine Granate zu überleben, aber im Loch zu verschwinden, das sie gerissen hatte. Mit Tonnen von Erde über einem und der Gewissheit, dass man lebendig begraben war und niemand je erfahren würde, was mit einem geschehen ist.«

Ich nickte.

»Ich habe Falk gesagt, dass ich ihn kopfüber in ein Rohr stecken werde, das so eng ist, dass er sich nicht rühren kann. In dem er weder vor noch zurück kann. Dass ich dieses Rohr verschließen werde und er in dieser Enge, in dieser Dunkelheit, einem Horror ausgesetzt sein wird, der jedes Maß übersteigt. Und wenn er glaubt, es könnte nicht mehr schlimmer kommen, lasse ich Ratten in das Rohr und lege Feuer. Ratten haben einen enormen Überlebensinstinkt. Wenn sie durchdrehen, werden sie sich durch ihn hindurchfressen, nur um dem Feuer zu entkommen.«

Ich schluckte: Das war noch viel schlimmer als alles, was ich mir vorgestellt hatte.

»Und trotzdem will er nicht aussagen?«

»Ich weiß nicht, was er will.«

»Lass mich mit ihm sprechen, Artur. Vielleicht kann ich ja etwas erreichen.«

Er sah mich an.

Dann nickte er.

So stieg ich hinab in den Keller. Erreichte die massive Tür mit dem Guckfenster, schob den Riegel auf und trat ein.

Falk hatte seit der verhängnisvollen Nacht vor drei Tagen weder gegessen noch getrunken, weil Artur beschlossen hatte, ihm nichts mehr zu geben. Jetzt saß er angekettet mit spröden, aufgeplatzten Lippen auf der Pritsche und blickte mich fast schon überrascht an.

»Ach was, Carl Friedländer gibt sich die Ehre. Hätte nicht gedacht, dass du dich mit den Hässlichkeiten des Sterbens beschäftigen möchtest.«

Ich antwortete nicht, sondern nahm mir den einzigen Stuhl im Raum und setzte mich vor ihn. Dann sahen wir uns schweigend an. Schließlich fragte ich: »Können wir reden?«

Falk antwortete nicht, was ich als Zustimmung auffasste.

»Ich würde das hier gerne beenden, bevor es richtig eskaliert, Falk.«

»Wann wird sie hingerichtet?«, fragte Falk zurück.

Ich zögerte mit der Antwort, weil ich nicht wusste, was er mit der Frage bezweckte. Fragte er sich gerade, wie lange er durchhalten musste? Hoffte er auf eine Rettung durch Helene? War das der Grund, warum er ständig nach der Uhrzeit oder dem Tag fragte? Hoffte er auf ein Wunder, so wie wir auf eines hofften?

»In drei Tagen«, antwortete ich schließlich.

Er nickte schweigend.

»Warum gehst du nicht auf den Handel ein?«, fragte ich ihn.

»Ich bewundere, wie nah ihr euch seid«, wich er aus.

Ich sah ihn überrascht an.

»Das tue ich wirklich!«, bekräftigte er. »Ich hatte so etwas nie.«

»Du hast deine Schwester.«

»Meine Schwester?«, fragte er spöttisch zurück.

»Du kannst dich auf sie berufen, wenn du aussagst. Du könntest beteuern, dass du ihre Ehre verteidigt hast, nachdem Aldo sie fallengelassen hatte. Du weißt, wie die Richter hier ticken. Sie würden verstehen, dass du als ehemaliger Offizier praktisch keine andere Wahl gehabt hast. In ein paar Jahren bist du wieder raus und baust dir ein Leben auf!«

»Was für ein Leben? Mit Puppenjungs im Tierpark?«

»Liegt es nicht an dir, einen anderen Weg zu gehen? Berlin bietet dir alle Möglichkeiten dafür.«

Er schwieg eine ganze Weile.

Dann sagte er: »Ich hätte gerne die Gewissheit, dass nicht alles schlecht war. Einen Sinn, verstehst du?«

Ich runzelte die Stirn: Artur hatte mir von seinen Gesprächen mit Falk berichtet und über seine kryptischen Bemerkungen ebenso gerätselt wie ich gerade.

»Dann mach, dass es zählt, Falk. Tu das Richtige.«
Er schien darüber nachzudenken. Für einen Moment hielt ich die Luft an, als könnte ihn bloßes Atmen stören, das zu sagen, was er offensichtlich im Begriff war auszusprechen. Ich sah, wie er anhob, innehielt, erneut anhob, dann aber zusammensackte und schwieg.

»Falk?«, fragte ich leise.

»Ihr habt alles, und ich habe gar nichts.«

»Das muss nicht so bleiben, Falk.«

»Nein, muss es nicht«, gab er zurück.

»Falk, willst du wirklich so sterben, wie Artur es für dich vorsieht? Willst du aus Isis Tragödie auch noch deine eigene machen?«

Er schwieg.

Dann aber richtete er sich auf und sah mir fest ins Gesicht. »Sag Artur, dass ich ihm ein Angebot mache ...«

Mein Herz begann zu rasen.

Plötzlich war alle Müdigkeit fort und alle Melancholie verschwunden. Zum ersten Mal seit dem verlorenen Prozess blitzte so etwas wie Hoffnung auf.

Echte Hoffnung.

Ich fuhr von meinem Stuhl auf, als hätte mir der Teufel auf die Schulter getippt, und eilte aus der Zelle. Nahm die Treppen im Laufschritt und rief nach Artur. Der sah mich verwundert an, als ich berichtete, aber auch in seinen Augen blitzte plötzlich Zuversicht. Zusammen hasteten wir die Treppen hinunter und standen bald wieder vor Falk.

»Du hast mir etwas zu sagen?«, fragte Artur, merklich um Ruhe bemüht.

»Ja, aber nicht nur dir.«

Wir sahen ihn fragend an.

»Alle deine Leute sollen kommen. Alle, ohne Ausnahme. Auch die Nachtigall, dein Anwalt und Kino-Paule von *Vergissmeinnicht*.«

»Warum?«, fragte Artur.

»Hol sie! Die Zeit läuft.«

Artur nickte und preschte hinaus.

100

Es war Nacht geworden, als sich etwa zwei Dutzend Männer im kargen Wohnzimmer des Hauses drängelten und leise miteinander tuschelten. In den Ecken standen Gasleuchten, eine baumelte auch an der nicht funktionierenden Lampe in der Mitte des Raumes. Sie tauchten das schäbige Zimmer in gnädiges gelbliches Licht. Zweiundzwanzig Männer und eine Frau: Anna.

Artur trat in die Mitte, umringt von denen, die ihn zu seinem Anführer erkoren und ihm die Treue geschworen hatten: Arnie natürlich, Harry, der Einheizer, Strippe, Fünf-Finger-Eddy, Friedel, unser Anwalt, aber auch Kino-Paule, der Mann, dem Artur an die Spitze des Ringvereins *Vergissmeinnicht* verholfen hatte und der es immer noch nicht lassen konnte, in all seinen Gesten und Posen den Filmstern Harry Liedtke zu imitieren.

Ich hatte ihn einmal in einem Film besetzt, Statist in einer Massenszene, an der er begeistert teilgenommen hatte, nur um später entsetzt festzustellen, dass Lubitsch ihn herausgeschnitten hatte. Seit dieser Zeit hatte er das Interesse am Filmen verloren, nicht aber am Filmegucken und an all den hübschen Mädchen, mit denen er anbandeln konnte, wenn ich ihn dann und wann zu einer Premiere einlud. Zu keiner wichtigen, verstand sich, dazu war sein Benehmen zu grob: Paule wusste sich nun mal zu amüsieren.

»Wir sind zu viele für den Keller«, sagte Artur in die Runde und erntete zustimmendes Nicken.

Dann sah er zu mir herüber. »Hol ihn hoch, Carl.«

Ich eilte mit Arnie hinab, der Falk die Ketten abnahm. Wir schleiften ihn hinauf, schoben ihn durch die Männer hindurch in die Zimmermitte, wo sich um ihn herum mit zwei Metern Abstand ein Kreis bildete.

Neugierig schaute Falk sich um – er schien nicht im Mindesten nervös oder angespannt zu sein. Kurz ruhte sein Blick auf Anna, dann, als er alle angesehen hatte, wandte er sich Artur zu.

Der sagte laut: »Es sind alle da! Sag, was du zu sagen hast!«

Falk nickte und antwortete mit fester Stimme: »Die meisten von euch kennen mich nicht. Aber ich denke, ihr wisst, dass Artur und mich eine lange Geschichte verbindet. Dass wir heute hier stehen, dass wir heute in dieser Situation sind, hat seinen Ursprung im Großen Krieg. Dort beginnt unsere Geschichte. Die wahre Geschichte.«

Er wandte sich Artur zu.

»Du hast mich zweimal gerettet, Artur, und ich hab es dir schlecht vergolten. Aber ich tat es nicht aus bösem Willen. Ich tat es nicht aus Hass. Ich tat es aus enttäuschter Liebe.«

Die Männer im Raum erstarrten. Homosexualität war unter ihnen verpönt, man blickte auf schwule Männer herab, machte Witze über sie oder zog seine Kumpel damit auf. Liebe gab es in Form von Brüderlichkeit, Freundschaft und Loyalität. Alles andere aber war vollkommen undenkbar. Mir entging nicht, wie sie schnelle Blicke tauschten. Wie sie einander fragend ansahen und das, was Falk hier andeutete, mit dem Bild von Artur, das sie sich gemacht hatten, in Einklang zu bringen suchten.

Und daran scheiterten.

»Ein einziger Kuss hat alles zerstört …«

Unruhe kam auf, empörtes Räuspern.

Man fühlte förmlich, wie unwohl sie sich plötzlich fühlten. Ausgerechnet Artur, ihr Anführer, der Mann, der den Kaiser bestohlen, der sich mit der Garde-Kavallerie-Schützen-Division angelegt und Silber-Kurt zerstört hatte. Der eine ganze Bande hinterhältiger Verschwörer gejagt und zur Strecke gebracht hatte, ein Mann, den nichts erschüttern und niemand besiegen konnte, ausgerechnet er hatte einen anderen Mann geküsst?

»All das Unglück danach, das Himmelfahrtskommando, die Desertion, der Tod deiner Frau und deines Kindes – all das fand dort seinen Ursprung. Und dorthin kehren wir zurück, denn für den Bruchteil einer Sekunde war ich damals glücklich, Artur. Für den Bruchteil einer Sekunde hatte ich alles, was ich mir je erträumt hatte …«

Die Blicke brannten auf Artur.

»Ich verlange diesen Kuss, Artur! Diesen einen Moment! Als alles gut war und Sinn ergab. Das ist mein Preis!«

Es lag eine solche Spannung im Raum, dass man glaubte, die Luft wie ein altes Bettlaken reißen zu hören. Arnie trat an Artur heran, stand zwischen Falk und den anderen, sodass nur ich mitbekam, was er Artur zuflüsterte: »Wenn du das machst, Artur, verlierst du alles. Niemand wird dir mehr folgen. Das weißt du, oder?«

Artur nickte stumm.

»Was, wenn er dich nur vorführen will?«, warnte er. »Dann verlierst du alles, und Isi stirbt trotzdem!«

Artur zögerte mit der Antwort, dann flüsterte er: »Es gibt nur einen Weg, das herauszufinden, Arnie.«

»Dann wirst du es tun?«, fragte Arnie.

»Wenn das hier vorbei ist«, antwortete Artur ruhig, »gehört alles dir. In Ordnung?«

Arnie schwieg, aber seinem Gesicht war anzusehen, dass er sich wünschte, es gäbe eine andere Lösung.

Artur reichte ihm die Hand – Arnie ergriff sie nach einem kurzen Zögern.

Der Pakt war besiegelt.

Dann trat Artur in die Mitte zu Falk und sagte ihm leise: »Du hast mich gebeten, dir einen Revolver mit nur einem Schuss zu überlassen. Und ich habe dir gesagt, dass dieser Weg nur Offizieren offensteht ...«

»Ja.«

»Dann beweise jetzt, dass dein Wort das eines Offiziers ist!«

Falk nickte.

Einen Moment stand Artur vor ihm – dann nahm er seine Maske ab, präsentierte nicht nur Falk, sondern jedem sein zerstörtes Gesicht. Das Loch in seinem Schädel, in dem mal ein Auge, ein Jochbein und ein halber Kiefer gesessen hatten. Die meisten hatten ihn so noch nie gesehen. Selbst die Hartgesottenen schienen schockiert.

So näherte er sich Falk zum Kuss.

Berührte die Lippen seines Todfeindes.
Der Mann, der seine Frau und sein Kind getötet hatte.
Küsste ihn.
Spürte die Zunge in seinem Mund und die Leidenschaft, während alle anderen beschämt die Blicke senkten, auch Anna, bis niemand mehr die beiden Männer in der Mitte ansehen musste, die dort wie Liebende standen.
Alles, was war, zerbrach in unendlichen Sekunden, und als sie sich voneinander lösten, war es, als begänne die Zeit von vorn.
Nur ohne Artur.
Der mitten unter ihnen stand, aber nicht mehr existierte.
Ich nickte Friedel, unserem Anwalt, zu, der sich aus den Reihen der Zuschauer löste und Falk am Arm nach draußen zog. Zusammen verließen sie das Haus, bis wir, die wir still standen und schwiegen, das Auto hörten, das sich mit Vollgas entfernte.
Artur blickte aus der Mitte von einem zum anderen, und jeder, den er ansah, löste sich aus dem Kreis und verließ zügig das Haus.
Nur Anna blieb.
Und ich.
Artur setzte seine Maske wieder auf und schenkte uns ein Lächeln.

101

Falk hielt tatsächlich Wort.
Friedel war mit ihm noch in derselben Nacht zur Privatadresse des Oberstaatsanwalts gefahren, der zwar wenig begeistert über die späte Störung war, dann aber doch aufgeschreckt über die Wendung dieses spektakulären Falls Falks Aussage aufgenommen und sie noch in den frühen Morgenstunden an das Gericht weitergeleitet hatte. Für Artur und mich bedeuteten diese letzten Stunden noch einmal eine Zeit voller Bangen und Hoffen, dann aber wurde das Todesurteil erst ausgesetzt und später für ungültig erklärt.

Artur, Anna und ich feierten die erlösende Nachricht weder im *Arcasi* noch im *Eden*, sondern in einer unscheinbaren Diele irgendwo im Westen der Stadt. Arturs Lokale gehörten jetzt Arnie, genau wie seine Leute, die ihn als neuen Anführer akzeptierten. Natürlich wären wir immer noch gern gesehene Gäste gewesen, aber Artur wollte einen sauberen Schnitt, und ich glaube, er war nicht einmal unglücklich darüber, nicht mehr der berüchtigtste und berühmteste Gastronom, und ja, auch Ganove, im Schlesischen Viertel zu sein. Auch Anna gab ihre Stellung als Nachtigall auf – sie blieb an Arturs Seite, bereit, jeden Weg, den er ging, mitzugehen.

Die Presse scherte sich übrigens nicht um die Annullierung des Gerichtsurteils, weil andere Dinge eine viel größere Rolle spielten: Gustav Stresemann, der im August anstelle des glücklosen Wilhelm Cuno Reichskanzler geworden war, hatte den passiven Widerstand gegen Frankreich aufgegeben, um überhaupt eine Chance zu haben, die expandierende Inflation in den Griff zu bekommen, die mittlerweile atemberaubende Ausmaße angenommen hatte: Der Dollar stand im Oktober bei etwa zweihundertfünfzig Millionen Reichsmark, ein Brot kostete zehn Millionen. Und jeden Tag stürzte die Mark weiter ab. Die Menschen waren mit Überleben beschäftigt, und da interessierte ein Mordfall im Hochadel wenig bis gar nicht.

Einmal mehr lag Umsturz in der Luft.

Aus der Explosion der Inflation wurde eine Supernova: Bis zum Dezember stieg der Dollar auf vier Komma zwei Billionen Mark. Ein Brot kostete damit dreihundertneunundneunzig Milliarden Mark. Niemand konnte sich noch irgendetwas kaufen. Hungerkrawalle entluden sich im Scheunenviertel, wo gut gekleidete Agitatoren zwischen ausgewanderten Juden aus dem Osten durch die Straßen liefen und die Bevölkerung aufhetzten: Ein jüdischer Händler hätte in der Münzstraße einen Arbeitslosen betrogen! Ein anderer jemanden mit dem Messer niedergestochen! Nichts davon war wahr, aber Plünderungen und Misshandlungen unter den Augen und wohl auch unter tatkräftiger Mithilfe von Polizisten waren die Folge.

Das *Berliner Tageblatt* verurteilte die Ausschreitungen scharf und führte das Pogrom auf die unerträgliche Hetze von Nürnberg zurück, maßgeblich geschürt durch die NSDAP, deren Anführer Adolf Hitler zum fünften Jahrestag der Revolution einen weiteren Putsch versuchte, der glücklicherweise schnell niedergeschlagen wurde. Und natürlich war Ludendorff daran beteiligt, immer wieder Ludendorff, der sich offenbar nie für irgendetwas verantworten musste.

Die Ereignisse überschlugen sich also, während ich zu Hause saß und versuchte, einen Brief an Alma zu schreiben. Eine Weile hatte ich darüber nachgedacht, sie zu besuchen, dann aber davon Abstand genommen: Ein Treffen würde ihre Wunden nur noch tiefer reißen, also entschied ich mich für einen Brief. Doch wie beschrieb man einen Verrat, ohne den Verratenen noch weiter zu demütigen? Wie fasste man in Worte, dass das Versprechen auf eine gemeinsame Zukunft eine grausame Lüge gewesen war? Dass es keinen Sinn machte, auf jemanden zu warten, der sie so schändlich betrogen hatte? Ich schrieb unzählige Fassungen und schickte dann jene ab, die mir am wenigsten grausam erschien. Und ich bat Artur, ihr Friedel als Anwalt zu stellen, und hoffte darauf, dass sie die Kraft finden würde, mich eines Tages zu verachten und mit Willy eine Zukunft aufzubauen, obwohl ich ahnte, dass nichts von dem eintreten würde.

Allein dass Isi überlebt hatte, ließ mich morgens nicht vollkommen angewidert von mir selbst in den Spiegel schauen.

So stand ich jeden Tag vor dem Gefängnis in Plötzensee und wartete auf sie.

Friedel hatte uns davon in Kenntnis gesetzt, dass sie zwar rehabilitiert war, ihr Ausbruchsversuch aber dennoch eine Haftstrafe nach sich zog. Er verhandelte mit der Staatsanwaltschaft, die üblicherweise zwei Jahre für einen solchen Versuch verbuchte, und überzeugte sie in langen Gesprächen und auch während einiger feuchtfröhlicher Abendessen, die Strafe auf die Zeit zu verkürzen, die Isi seit der Untersuchungshaft bereits verbüßt hatte.

Dann endlich war der Tag gekommen.

Während in der Stadt der Überlebenskampf tobte und die Rechten einmal mehr versuchten, die Macht an sich zu reißen, standen Artur und ich vor dem Eingangstor in Plötzensee, als sich eine Tür öffnete und Isi aus dem Schatten des Innenhofes heraustrat.

Wir fielen uns in die Arme.

Lachend.

Weinend.

Endlich vereint.

Wir küssten uns ab und fuhren zurück in die Voigtstraße, wo Isi wieder ihr Zimmer bezog. Hans begrüßte sie stürmisch, freute sich, eine so gefährliche Tante zu haben, die sogar schon im Gefängnis gesessen hatte. Dass sie hätte sterben können, hatte ich ihm verschwiegen. Dann lief er raus, weil er noch mit Freunden spielen wollte, und ließ Isi und mich allein.

»Haben wir Pläne?«, fragte sie.

»Für heute Abend? Wir betrinken uns!«

»Ausgezeichnet!«

Am Abend trafen wir uns im Wohnzimmer: Isi hatte sich schick gemacht, auch Artur und ich trugen gut sitzende Anzüge. Artur öffnete eine Rotweinflasche, indem er den Korken mit dem Daumen in den Flaschenhals drückte, so wie er es damals gemacht hatte, als wir, fast noch Kinder, das erste Mal auf unseren hinreißenden Erfolg mit den Kometenmasken angestoßen hatten.

»Wir drei!«, sagte Isi feierlich. »Nur wir drei!«

Wir stießen an und tranken in einem Zug aus.

Danke

All denen, die mir bei diesem Roman geholfen haben.

Auch dieses Mal erspare ich Ihnen und mir einen seitenlangen Quellennachweis und möchte mich stattdessen vor allem bei Guido Altendorf vom Filmmuseum Potsdam bedanken, ohne dessen Hilfe das Buch sehr viel ärmer an historischen Fakten geworden wäre.

Jan Eik, natürlich, der mir mit dem Berlinerischen half.

Und natürlich meinen Erstleserinnen: Romy Fölck, Angélique Mundt, Martina Schmidt und Sibylle Spittler, deren Rat und Einschätzung immer hilfreich waren.

Last not least: Sonni Schäfer!

Der erste Band der ›Wege der Zeit‹-Reihe

544 Seiten / Auch als eBook

Thorn in Westpreußen, 1910: Carl, Isi und Artur pfeifen auf den Ernst des Lebens. Mögen sie auch aus einfachen Verhältnissen kommen, sie haben große Träume! Doch mit Beginn des Ersten Weltkrieges ändert sich alles …

www.dumont-buchverlag.de **DUMONT**

Der zweite Band der ›Wege der Zeit‹-Reihe

512 Seiten / Auch als eBook

Berlin 1918, weit vor den Goldenen Zwanzigern: Nach Jahren des Krieges hoffen Carl, Isi und Artur auf einen Neuanfang. Der Kaiser ist gestürzt, es ist Revolution! Und wo die Zeichen auf Wandel stehen, lockt das Abenteuer ...

www.dumont-buchverlag.de